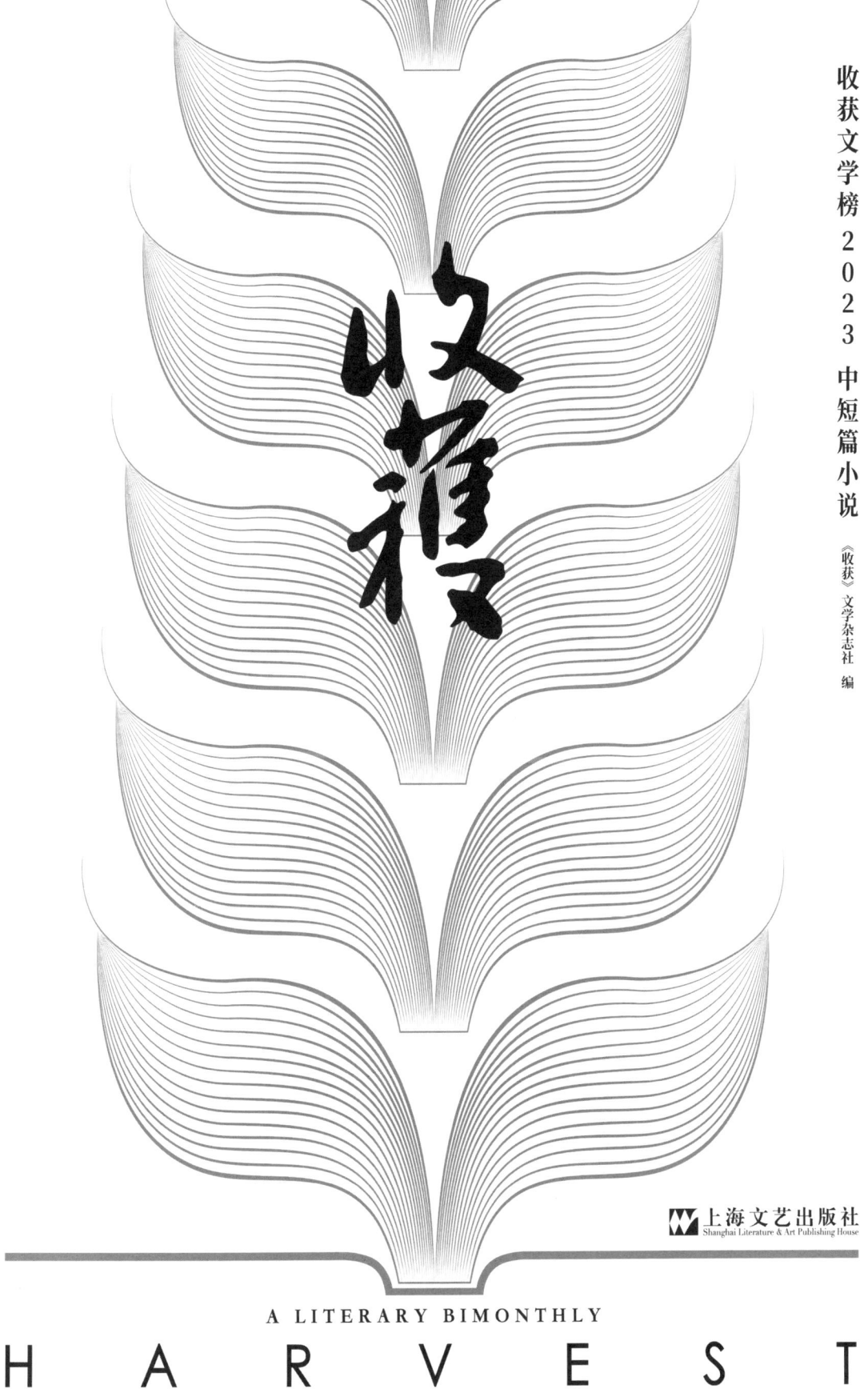

收获
收获文学榜 2023 中短篇小说

《收获》文学杂志社 编

上海文艺出版社
Shanghai Literature & Art Publishing House

A LITERARY BIMONTHLY
HARVEST

短 篇 卷

目 录

3	午夜的海晏县大街	索南才让
13	音声轶话	牛健哲
22	热带刺客	赵 挺
30	香山来客	双雪涛
40	骷 髅	穆 萨
50	穿过一片玉米地	周于旸
60	讲苏州话的人	阮夕清
73	华强北往事	邓一光
86	双 桨	别 鸣
96	天空划过一道白线	东 西

中篇卷

107	鱼缸与霞光	韩松落
133	去云那边	须一瓜
159	出　山	龚万莹
203	快活天	糖　匪
250	月光草原	杨　方
272	一个陌生女人的来信	黎紫书
289	表舅纪	北　村
331	花　间	计文君
368	回到那个初夏	王啸峰
399	附录：2023收获文学榜榜单	

收获文学榜 | 短篇卷

午夜的海晏县大街

索南才让（《收获》2023年第2期）

推荐语

　　一匹马是在牧场上吃草还是在赛道上奔驰，一个人是单纯按自己心意生活还是顺从世俗的潮流，放荡不羁的少年骑手该如何同体制内的警察姐姐相处？似醉似醒、如梦如实之间，纯真失落的惆怅与忧伤，不经意地流泻而出，体现出作者在琐碎平实的日常书写中萃取诗意瞬间的能力，就像从米谷和清泉中酿造出味道绵软而后劲浑厚的酒，这是天然之眼，无我之文，亦是自然之情，共通之理。（刘大先）

　　从家里出发，乘坐装马的厢车到了海晏县，先去了阿克敦巴酒店，那里有小白在等着我们。因为疫情，他从成都回来后已经在此隔离了十四天，今天他拿回自由，要请我们喝酒。在他的房间里，我们四个人聊了一会儿赛马会，步行去"裕丰楼"吃饭。酒是八十二块钱一瓶的汾酒，喝得尽兴。等散场出来已是午夜了，海晏县街面上空无一人，四月的夜游风将每一栋楼都拂尘一遍，也在我们身上久久流连，我打着酒嗝，沿海湖大道朝汽车站方向前行。右边荒地上高高的两堆钢铁建筑材料，发出又涩又锐的哨音，我走向那顶绿色的工地帐篷，似乎某个声音吸引了我，我观察帐篷里面的热闹，也许是觉得有趣吧，走了进去，我听见了好几个人的声音，进来后发现只有两个女人，她们很友好地看着我，无声地询问。我扶住帐篷的钢管立柱，眼前不再那么晕眩了。

你是送外卖的吗？戴蓝色棒球帽的女人说，但看起来不像，你是来找人吗？

他不是外卖。你有什么事？另一个长得漂亮的问。

我打开双臂，我手里没有东西。

我说对吧，他看起来不像送外卖的。你喝酒了吧？漂亮女人朝帐篷门口张望一下，目光回到我身上。你喝了很多酒吧，脸红得像屁股。她一说完，好像在等待这句话，帽子女人发出沉厚的笑声，笑得眼泪出来了。这会儿我才发现她们也喝了酒。她们身前的小方桌上有一个酒瓶和几个纸杯。我让自己显得自然一些，观察她们，然后有些高兴。她们醉得比我厉害，而且和我一样，她们也在努力让自己的表情变得自然一些。但她们没有做到，反而变得更坏了。她们不自然地扭捏着，好像身体里有什么东西在动。

我们的朋友买夜宵去了。帽子女妩媚一笑。他们会带酒回来，你和我们一起喝一杯吧。漂亮女人也点点头，用眼神鼓励我不用不好意思。

我就是进来看看，我刚刚吃完饭。我在最近的一张椅子上坐下，但马上又站起来。进来了两个男人，大个子披着头发，不友善地审视我，在等待解释；小个子将提着的夜宵和两瓶酒放在桌子上，朝我转过来一张木头脸，我听见了最好听的男声。老兄，你有什么事？他说。我进来是想休息一会儿。我说，我被风晕晕乎乎地吹进来了。然后不等他们再说，我离开了帐篷。走了一段路后，我犯起迷糊，想不起来究竟有没有跟他俩说话。但没关系，我很难受的状态好了很多。我接着朝汽车站的方向走，心里有点火气，现在，他们肯定在嘲笑我。没关系，尽管笑好了，我笑别人那么多，已不在意别人笑我了。我走了几百米，被风一阵阵吹，觉得清醒了，但我知道到了明天，我很可能已把这段经历忘得干干净净。按照以往的经验，我会这样的。这种情况叫断片，好像一部电影中间有一部分被切掉了，可能很重要，但却没有太大影响。我又走了几百米，汽车站可以看见了，隔着马路，我能看见汽车站前面停着的五辆车，其中的一辆是我的。我已经走了好一会儿了，为了点一根烟，我坐在马路牙子上，拉起衣襟摁打火机。这时候，一辆警车停在我面前，我数了数，下来四个警察。其中一个女警察很眼熟，我多打量两眼，认出来了。她说，弟弟，你在这里干什么？她蹲在我前面，笑嘻嘻地看着我。不知怎么回事，其他三个警察都在这一刻嘻嘻哈哈地笑起来。

我在抽烟啊。我说，这么晚了，你还在巡逻。我瞟着这三个警察，我觉得自己很奇怪，居然出现了骄傲的情绪。

不是巡逻，我们执勤刚回来。你起来，我送你回去。她说。

不用，我取个钥匙就回家。我利索地站起来。

你到哪里取钥匙？

我指了指小停车场。我把钥匙忘在车里了，已经好几天了，我今天刚从牧区下来。我说。

你要开车吗？她说，千万别动车。

你觉得我傻吗？

我送你回去。她坚持说。

真不用，你放心吧。我说，我到了家给你信息。

这时一个男警察问她，你弟弟住在哪儿啊？

就是这栋楼。我说，六单元。你们忙去吧，我走了。

你回家去。姐姐说。

抽个烟也要警察管。我说。

别这样说，我们在管治安。一个警察说。

那么请问，我有什么错？

你快回去吧。姐姐说，我们走吧。

等这辆警车拐过街角后，我坐下，重新点了一根烟，慢慢抽着。等了差不多二十分，她从政府大楼前面的人行道上走来。我就知道你会这样。她说。

我也知道你会回来。我说。

你真不回家吗？

我要回家，但先要取钥匙。

你要是想喝，我陪你喝点。姐姐说。接着我们去了她家，就在汽车站后面的青花小区里，这是海晏县最大的小区。我不知道我们喝酒了没有，反正第二天上午十点，我在她床上醒来，她已经上班去了。微信里有她的一条信息：昨晚，我们又发生了事，我们不是说好了做姐弟吗？你为什么这样？你违约了。我在她家的冰箱里找到一盒牛奶，一口气喝干。她这样说可真没意思，显得矫情又做作。我回复她：我什么也不记得，再说我也没有违约。我们没有规定成为姐弟后不能发生关系。我离开她家小区，很快坐进了我的丰田卡罗拉里面，一阵比醉着时更严重的头晕目眩，不太清楚接下来要干什么。我一定有事要做，但不会太要紧，这件事正在回来找我，我抽烟，慢慢等着。第三根快要抽完时，它来了。我得去赛马场，我的马——海王——在那里，他们几个也在那里训练马，兴致高昂。比较前几年，我对赛马的态度越来越散漫，这件事在没完没了地给我痛苦。我对海王也不再费心耗时地训练了。认识姐姐之前，如果我有十个故事的话，九个跟马和赛马会有关。我很认真地对待赛马，不会拿马开玩笑。现在我对自己的态度感到奇怪，我想我还没有想清楚，可我却从来没有好好想过，好像我被吊在半空，上摸不着天，下踩不到地。

再有几天，年度"金长鬃"赛马会在海晏县蒙古大营赛马场举办。这是重量级的比赛，如果算上虎头蛇尾的那一届，海晏县"金长鬃"已经在十年里举办七届了。疫情突发的二〇二〇年取消了，第二年差一点取消，最后虽然照常举行，但规模大幅度缩水，弄得像本县的交流赛一样，因为外面的马一匹也不让进来。如果我没记错的话，参加比赛的马总共只有六十几匹，又被分成七八个项目，几乎所有的马都取得了"不错"的成绩，因为每个项目都取前六名，八个项目下来就是四十八个奖。太丢人了！不过今年的这一届到目前为止，外县的、外州的甚至外省的比赛马，该来的都来了，这几日蒙古大营赛马场很热闹，训练日夜不绝。

给姐姐打了个电话。她没接，一分钟后，回复微信：什么事？在开会。今天忙。她将我要说的话全部堵死了，果然是最了解我的人。在县医院的十字路口，我临时起意，向右驶向公安局，院子里停着三辆警车，全部四门敞开，有几个警察在擦车，其中一个认出了我，说这不是弟弟吗，来找你姐姐？我说我不是你弟弟，当然也不是你哥哥。他说你说话挺冲的，是对我们警察不满意？我说没有的事，我最爱警察叔叔。他说昨晚你就阴阳怪气的，你有什么事？我说我没有事，在警察叔叔的保护下，我活得很安逸。他说是吧，你能有这觉悟，我很为你姐姐高兴，不然她太冤了。我说不用你操心我姐姐，麻烦你了。他说我觉得我们可能会成为一家人，我觉得我有可能会成为你姐夫。我说你有种再说一遍。他说你捏着拳头想干嘛，想打我？你想清楚，打警察可是重罪。我说有种你脱了这层保护壳，我对你有个整法。

其他几人搅黄了我们的冲突，打发我去找姐姐。我回到车里，绕着升旗台转了三圈，离开了。我从蒙古大营停车场的后门进入赛马场，迎面撞来一片沙土，我避开，走到就近的水泥看台坐下。赛场中有十几匹走马以匀速锻炼着，蹄子掏起来的黄沙扬打着肚皮。不知道是什么人出的主意，赛道里铺满了黄沙，足有一尺厚，跑得再快的马到这样的场地里也是英雄落难。这种赛道和草地根本没法比，没有了最激烈的速度较量，观看激情也会大打折扣。晕眩的感觉还没有过去，我看见华丹朝我招手的样子，有点像劈开在风中的纸人，轻乎乎地摇摆，我真担心他瘫倒在沙子里，被马蹄踩成碎屑。但一晃眼，我躲避了一下阳光的妩媚撩拨，他便已经牵着马站在我鼻子跟前。他说你咋的了兄弟？我说没事，就是难受。他说你他妈看起来明明就有事的样子，装什么？我站起来，一拳捣在他眼窝里，那股憋着的怨气随之喷出。我对他笑一下。他慢慢地抬起手，捂着眼睛，慢慢蹲下去，哦哦叫唤。小白来了，站在一边，掏出手机拍视频，一边说，瞧瞧，老八打人了，受害者是华丹小王子，你们快来看啊，就在入口这里。接着他给华丹拍了两张照片，对我说，我发到我们八大山人的群里了，嘿嘿，他怎么你了？华丹说，我问他是不是病了，他就给了我一拳，你这人怎么回事，你他妈真有病啊？我的眼睛怎么样？小白上前细细一瞧，说，没事，敷上鸡蛋，一天就好了。华丹揪住我的头发说，你这个断掌，看看我的眼睛，我怎么你了？我说你再他妈他妈的我还打你。华丹说你再动我一下试试？再碰我一下，我们绝交。小白劝道，别呀别呀，你气不过就还他一拳，老八你站好。我摆摆手，说，海王呢？华丹说去你妈的海王。

我们绕过大半个赛马场，到了主席台的背后，这里乱糟糟地扎着几十个尖顶小帐篷或旅游帐篷，几乎所有的帐篷门口都有一个结实而硕大的拴马柱，几乎大部分拴马柱上都拴着一匹马，每一匹马都有一个名字，每一个名字都装着一个故事，每一个故事都代表着一个象征性的开始和结局。多可笑啊，现在一匹马可以代替填充一个人的大部分生活，必要的时候，甚至是全部的生活。我看见我的后白蹄枣红马，海王，这位阁下等着我去训练它。它精神萎靡，虚着一条后腿假寝的样子，这一刻显得那么面目可憎。可它何辜呢？受苦受难的是它，我却好像感同身受的样子，何必呢？我兴味索然地解开海王的缰绳，牵着它离开帐篷区。华丹问我去哪里，我挥挥手，决定以后再不赛马了。我骑着海王走出体育场，在车旁犹豫了一下，然后将钥匙扔在车顶。总有一个人会把车送回来的。我打算骑着海王回家。这一回——从今往后——它再也不是专门比赛的马了，它回归本初——成为我的一双脚……连接我的身体，即便我们不能血肉相连精神共栖，全少也要抛开其他的羁绊变得纯粹一些。我们回家，去把日子过安稳。赛马场……见鬼去吧！

走之前，我想去跟姐姐打一声招呼。我几个月不会联系她了，或者因为这一步的离开，我们就此打住，真正分开。我没觉得占了她便宜。看样子她很快会有新感情了，我其实蛮乐意不打扰她，悄悄地退场。早在她搞出姐弟闹剧之前，我已经对这段没头没脑的恋情感到厌倦，可是我不能说——其实是不敢说——她当警察将锐利之气用得精光，转而在生活里软弱得一塌糊涂，我怕我说了她绷不住。但我没想到她也有这想法，她从未表现出来过。那次，天亮了，我们同时醒来，外面灰色的天空急雨澎湃，房间里潮热难忍，但我们都懒洋洋的，一下都懒得动。她突然提出来改变一下我们的关系。我问怎么个改变法？她说就是换成另外一种关系，比如姐弟关系。我说姐弟？为什么不是兄妹？她说你觉得合适吗？至少……要是我大你三岁，而不是八岁，我也愿意。我说这和年龄没关系。她说那和什么有关系？我说跟心理年龄有关系。她说不管什么吧，反正现在我们的关系不好，很别扭，我们转换一下看看吧。你笑什么？她瞪着我。我说没啥，一想到要叫你姐姐我就开心。她说你开心就好，其实我一直想当你姐姐的，却不知道怎么稀里糊涂成为情人了。我说我们不能算是情人吧。她说那是什么，我连情人也算不上吗？她一副无所谓的样子。我想了想，说，是比情人更亲近的关系。她说是什么关系？我说我也不知道。

接着这个对话是在当天晚上，那个秋夜像初雪一样消融得无声无息。我们怀揣莫名复杂的心情，在新开张的酒馆里喝了啤酒，出来时，驶经海晏县的一列火车准时响起了凌晨的汽笛。那声音带着长途奔波后哮喘般的疲惫，却依然在夜空中强有力地推进过来，有一种直捣人心的决绝。这声音戳进心里，谙熟地找到最佳位置，引发震颤。我闭上眼睛，几乎在奢望得到一种给予，又或者是想专注于什么。我呆立在空荡荡的大街中央，以冥想的姿态在等待、在接受。我想我这可怜的一点余烬，剩有一点颜色的余烬还能再获燃烧的机会……空寂的大街直条条像一根大铁棍，我和她依偎着走，彼此提供感情上的暖意。我们回忆到三年前初次请她吃饭，然后送她回家。我提议到广场上去散散步。她不愿意，说这么晚了，要不改天吧？我说别呀，我会送你回去的。在广场黄铜浮雕的背后，我抱住她，吻了她。

那时候，她还是乡上的一个户籍民警，我因为分户口的事情去找她，前前后后好几次，得到她分内分外的诸多帮助，心里很感激，多次想表达谢意，都被婉拒。后来她说，从我第一次找她开始，她就已经察觉到我的不怀好意了。但是后来我还是屈服了，我以为自己会不为所动呢。我说这怎么能叫屈服呢，难道不是情投意合了吗？她说是被迫的，无可奈何。她从开始便不看好结果。

我们的关系发展既平顺又不着边际，有很长一段时间我们没有见面。我知道她很忙，但我不忙，除了赛马，我平常只在清晨训练海王的那三个小时忙一点，尔后几乎无事可干。我有很多时候一整天都睡觉刷手机，即便这样我也没去找她，我不知道为什么，好像有或无都可以，就那么一个状态。我们打电话和视频，我说我忙得要死要活，她表示理解。毕竟是在为自己的事业而奋斗嘛。她说。我不明白她真的如此理解还是暗含讽意。我跟她说过赛马是我的一项事业，有极好的前景。但她并不认可,她不太懂这一行,一脸不以为然,说严格划分的话,这是娱乐。我说难道娱乐事业不是事业了吗?你将那么多靠娱乐为生的人置于何地?她想了想,说你说得对。我们再没有谈论这个话题。

我在公安局对面的那片保护林边上下马,将海王拴在围栏杆子上。这会儿,公安局门口有很多人,他们好像要去训练,穿着防弹服。我不卑不亢地走进大院,在这些人中找她。她下了两个台阶,朝我走过来,步子迟疑,有些迈不开腿的意思,但很快调整了。她的表情正常,但心里肯定很不高兴。她在说话前先眺望了一眼海王。我说,我要回家了。她不太明白我的意思,说回家?你不赛马了吗?我说以后再也不赛马了,我来跟你道别。她一怔,说再也不赛马了?那好啊,真好。她真的在为我感到高兴,我心里很温暖,有些后悔这样来找她,想说的话又不想说了。我本来想说我们就此结束,这是最好的方式,因为我再不会穿得干干净净的来县城,来约会了。一旦不赛马了,那么多理由破灭于虚无,都找不到痕迹。当我们下一次见面,会纯粹为一个牧人和一个警察,而不是情人或者姐弟。我们往大门外面走,我说,我可能有几个月时间不能来找你了,我有很多事情需要忙。以前不觉得有事,现在想法一改变,发现要做的事情太多了,由此可见,对待事物我们没有客观,甚至没有真正的正确,都是自以为是的正确。她点点头,说也许吧,我不会想这些,再说也没有时间去想,我每天忙得头发都没时间洗。她笑吟吟地瞧我一眼,说你放心,我会去看你的,带着好吃的去看你。我说不用的,你那么忙,有时间好好休息,美容、睡觉、或者逛街买衣服啥的,你有多长时间没有逛街了?她说怎么,你不欢迎我去,你是要甩了我吗?我说你不是很早就把我甩了吗,怎么说这种话?她说是啊,可是你又找回来了,我们又发生关系了,所以现在我们其实又变成了从前的关系,你在装糊涂?我说有这个必要吗?她说怎么没有?我又不是小姐,不是你想睡一觉就可以睡的,既然又睡了,那就好好地睡下去。我说你不是有很多追求者吗?刚才就有一位警察叔叔想当我姐夫呢,我看你一点也不寂寞,有很多人争着抢着要当我姐夫。她说小王八蛋。我说你到底有几个追求者?发展到什么地步了?她气得脸涨红,就差眼泪掉下来。我说好了好了,我说句实话好像十恶不赦似的,既然你想继续,我求之不得,这醋不算白吃。她说你现在是不是特别得意,觉得我很在乎你?我说你现在越来越不要脸了,有意思吗?她说你不用狡辩,我一看你表情就知道你是这么想的,你是不是已经很烦我了?我说等什么时候你来看我了,我们再慢慢说,到时我们会有很多时间,我们做爱后说。她说其实你的能耐没什么大不了。我说你的意思是你已经做过对比了?她转身走了。她走得很带劲,一身制服英姿飒爽,我觉得她真不赖,并且越来越优秀了。所以好像我刚才的话说得有些不成体统。

我突然想起从昨天下午开始,海王就没有喝过水,它渴得直嗫树皮。我牵着它绕开树林,去北面的河边。这里的草地和树林用网围栏一片一片分割开,成了好些单位的责任林。我找到一个被人用钳子剪开的豁口进去。草地上的牛粪很多,一看就是奶牛的屎。附近的养牛人,为了吃点好草也是拼了。我听说都是晚上赶着牛来偷吃这些草的，天快亮了回去挤奶。这些牛已经改变了生活作息，把反刍歇腿的时间放在白天了。海王咕咚咕咚喝水时，我想起来这片河边的草地，想当年是我们每年夏末来交淘汰羊时的驻扎地。那是九几年的时候，我跟着大人们来过两次，一次是十一岁，一次是十四岁。后一次我偷偷溜出去，在县城街道上逛了一下午，观看了好几个商店里的货品，翻了畜产公司的大围墙。那红砖墙虽然很高但不平滑，很轻易就上去了。我是去找姑姑的，先在大门口喊了半天，没人应。但翻墙进去也没找到她，整个大院子里所有房间一个人也没有。我看见一辆三轮自行车，好奇地骑上去，费了很大的功夫才控制住方向。在这个空荡荡的超大院子里，我骑了两个小时后再次翻墙离去。我回忆了一下当年住过的具体位置，大概在更往上一点，医院的背后。那里曾经有一大片平房民居，如今拆得净光，修了一条宽整的柏油路，伴有一条人行道，活动筋骨的人不断绝。这是一个轻松的环境，我在草地里躺了两个小时，让海王吃了个半饱。为了应对明天的比赛，海王已经两天没有吃草了，用精心准备的饲料维持着体能。它的肚皮使劲朝内收缩，贴入脊骨，身体又细又长，真像那种撵兔子的瘦狗。现在退出，它可以放开肚皮去吃草了，以后我再不会限制它吃东西，它结束了运动员的生涯，有权放纵自己得到快乐，吃出一个肥墩墩的大肚皮。以后无论它想吃什么，我都当是对它之前遭受磨难的补偿。我骑着海王，沿着河往上游走，找到了当年驻扎过的地方，这儿已然是一片刻意造出来的湿地了，有两只瘦母羊死在泥汪里，为了活命吸干了毛发里的营养，依然挡不住命运的宿轮。这里修了一条弯弯绕绕朝更上游去的木质栈道，被晒得脆生生的。海王的马掌和木板碰撞叮铃作响。路过两个散步的女人，话，喂，这是人散步的地方，不是赛马场，你走错了吧？咦，你不是昨晚那个人吗？我俯视下去，果然是那两个女人。今天她们正常得很，穿着一模一样的长裙子。帽子女戴着太阳镜，仰头和我说话，你在这里干什么？你记得我们吗？我看漂亮的女人，她盯着海王晃动赶苍蝇的耳朵出神。当然记得，很高兴再次见到你们，我说。那你在这里干嘛？她摘下了太阳镜，亮出脸上最好看的眼睛。哦，我在回家，我说。你住在哪儿啊？她也将目光落放在海王的耳朵上。海王的耳朵是最好的马耳朵，有棱有形有灵活，我想它的灵气重点体现在这耳朵上。我下了马。我家在凯热。我说。哦，那个村我去过。漂亮女人终于说话了，在大山根里是不是？我去过那里的一个牧家乐，老板是一个胖子，你认识吗？当然认识，我们是发小。我说。但他家做的菜不好吃，肉也不好吃，煮得太软了。她说。有机会请你来我家吃肉。我说。可以吗？你有胆子请两个年轻女人去家里？她很怀疑我的诚意。咱们定个时间吧，我来接你们。我说。你今天先别回去了，晚上请你喝酒，就在那个帐篷里。昨晚挺不好意思的，那两个人是我弟弟和他朋友。漂亮女人说。帽子女也说是啊，你别走了，我们先请你喝酒了才好意思去你家吃肉啊。既然这样，这顿酒无论如何也是要喝的，不然你们会觉得我只是在说客套话。晚上几点？我说。七点吧，不要吃饭来，我们会准备的。帽子女说。我们走到了八骏马铜雕像前，她们分别和海王照了几张照片，和我也照了。我和漂亮女人站在一起时，挨得更近一些。胳膊和胳膊结实地挨在一起，相互传递热能。我们添加了微信，她俩继续往前散步，我因为古怪的心理作祟，没有同行，说有事要办，骑着海王返回到它吃水的地方，一时间，不知道该干什么。但我想我应该躲得更远一些，以免她们回来时看见。我还有四五个小时需要消磨。我骑着海王，绕了一个远路来到海晏县产业孵化园区，经过这两栋低趴的黄色建筑，朝银天宾馆走去。海王的蹄子嘚嘚清脆地敲击建设路崭新的柏油路面。看见早保的"新世纪汽车行"了。我的丰田卡罗拉就是在这里买的。早保从前是修理摩托车的，他发迹很快，叫人吃惊。也许是水到渠成。我想了想，觉得机会对每个人还是公平的，不能因为别人混得好就起怨恶念头。正在建设的全民健身中心的外面，草木葳蕤。有五六匹马在吃草，各个相距几十米，长长的觅绳拴着它们。海王好奇地看它们，歪着脑袋，身子走偏了。它想到下面去，下去之后很可能会和其中一匹打一仗。我拽了拽它，它不太愿意搭理我。下面的马叫了起来，嘶鸣着。海王精神抖擞，我已经拽不住它了。快到那匹叫喊的马跟前时，海王已经激动得直喷粗气，一副傻逼的样子。这时候它好像觉得自己是一个霸主，要宣示权威了。儿马就是这毛病，易冲动、爱打架、动不动想表现。但这里没有母马，对方也是一匹儿马，同样情绪激烈，迫不及待地想和海王打仗。势不可违，我寻了个机会跳下来，扔开缰绳，走开一些距离，看它们的好戏。它们彼此喷气闻嗅，抬前蹄试探几番，然后不再耽搁，立身打了起来。

它们结束得很快，几乎是我一个哈欠的功夫，海王已经回到我跟前。它倒也没有受伤，兴许是发泄得很好，它的眼神也柔和了，显得心满意足。我们没再到马路上去，我牵着它，在这块县城郊区的草地里走了一阵子，一直走到驾校的大院子旁边。这里新开了一家面馆，我将海王丢在草地里，穿过马路。真惨啊，一只狗被碾死在路面上，我好好的食欲，一下子恶心没了。在店门口，在吃与不吃之间纠结了一会儿。服务员从吧台里面观察我，三个练车的小姐姐从驾校大门出来，唧唧咕咕说话。我跟随她们进去，要了一碗炸酱面。但脑海中的那团尸肉挥之不去，我有些惊疑不定，按道理我不太可能会被这样的小场面冲击，这种事发生在人身上的我都见过，但现在我却在这里觉得难受。我面对着马路坐着，越过马路，稍稍坐直身子便可以看见海王，它又去那匹儿马那里了。身后的三个小姐姐，聊练车的事，还有对拿到驾照的憧憬。我听出来除了一个，其他两位都是科目二挂科的，她们更担心考试，对那个还没有考过的说一旦你第一次没考过去，那么第二次难度将是第一次的十倍，因为你心理问题更难对付。我想起自己的驾照考试，一次性全部通过，没有遇到她们说的那种心理难关。我拿到驾照半年后就有了现在这辆车，并且很快便因为驾驶违规被罚。我去交警事务办理中心交罚款扣分，给我办理业务的是她的姐姐。那时候我和她还不认识。我想起来正是因为之前见过她姐姐，所以那天在派出所，我总觉得在哪里见过她，我盯着她看。她说你干嘛？我说我见过你，但想不起来了。她说笑话，我天天在这里你当然见过我。我说我是第一次在这里见到你，但我之前绝对在另外一个地方见过你。当然我还是想起来了这种熟悉感觉来自哪里,也知道了那是她姐姐。我记得我们第二次见面时我好像说过一些对比她们姐妹的话,还稍稍惹她不高兴了。她姐姐是最反对我们交往的人。几乎从一开始,她便看不起我,尽管我和她姐姐的接触全部加起来也没有几回,但我还是很明显感觉到了她有一种将人严格划分等级并以此来对待的习惯。这不是她一个人的问题,甚至可以说是大部分人的问题,但从来没有一个人向她那样表现得既真诚又认真,似乎这是她生活得有意义的准则,她在全力维护。现在,我们的关系变化了,我用不着难堪,可以心平气和地想想,觉得反对或许真有道理,她妹妹的工作越来越好,前途光明,而我和几年前比没多大变化,依然是一个骑着马做白日梦的人,即便我现在从梦中醒来,也不觉得我进步了。我以后还能干什么呢?除了老老实实生活,还有什么呢?我刚刚把自己的梦想掐死,并且表现得一副迫不及待的样子。

海王吃饱喝足,肚子溜圆。我们准时到了约定的帐房门口,将海王的缰绳拴在一条钢管上。帐房里面的人听到动静走出来,是昨晚那个大个子男人。嗨呀了一声,老兄,你这匹马是比赛的吧?好身板啊。他啧啧称奇。以后不是了。我说。咋不是了?他围着海王转了一圈。好马呀,这身体比例实在太棒了,他说。我不再赛马,要回家去牧羊了,我说。什么?用这么好的马去放羊?老兄,你是在糟蹋它呀。他大为惋惜地去摸海王的脖颈儿。你怎知道它愿意比赛呢,我知道,它早就累了,早就不想比赛了。我说。可是你看看它,它的价值就在赛场上,你是它的主儿,这事

你得替它做主啊。他说。我又不是它的宗教,我以后再不会替它做主的。我说。嘿,不管怎么说,这匹好马真真切切是你的。他没再纠缠这事。

帐房里收拾得很干净,地上铺着的是蓝色的地革(昨天晚上我没发现),床上是蓝色四件套,从生活气息来判断,这个帐房里已经有人住过很长一段时间了。邀请我的两位女士都在,对我很热情,我和她们握了手,坐到床对面的塑料椅上。这里的四把塑料四种颜色,我坐的是黄色的,觉得般配我的肤色,漂亮女士也坐上了很搭配她的白色椅子,但橘黄色椅子和蓝色椅子被坐错了。我觉得帽子女士应该坐橘黄色椅子,而把蓝椅子让给大个子男士。我看着他们坐在我对面,心里十分别扭,好几次想脱口而出,想让他们换一下,可这显得很蠢,我不太乐意在漂亮女士面前做这种事。我转过头去看漂亮女士,她莞尔一笑,说我们的饭菜正在来的路上。"裕丰楼"的菜,可以吧?大个子男士说酒是丹葛尔古城的青稞老酒,二十年份,好得很,等会儿你好好品品。我说好的,感谢你们的盛情款待。他说客气了,在工地帐篷里招待你,怠慢了。我说怎么会,帐篷是我的家。他说你这匹马退役,实在可惜,我看它年龄不大。他重又提起海王。我说它七岁。它退役,其实也是一种回归。他赞同地点点头,不错,也的确是一种安全的回归。他看向漂亮女人,说闯过这两年的苦难,才真心明白开心和安全比什么都重要。帽子女士给我们倒了茶水,吁着气说,所以我们就要把健康和开心加倍体验,我打算不再结婚了。漂亮女士和她对视一眼,说这样很好,你不必受到拖累了,你完全是属于你自己的。等下我们要为此干

一杯。大个子男士站起来，挡住了整个帐房的门，高声说，也要为我们的相识干一杯。他深情地看眼漂亮女士，转而对我说，人生无常，多折腾也没有好下场，还是平平淡淡实实在在好。漂亮女士眉目含情朝他一笑。我喝了几口水，这是几个受了伤的人或者是假装受了伤的人，在比试谁有资格说最痛苦的话。他们乱糟糟的声音中，我分外觉得自己是那个坦然于云端的人，俯瞰着这条被各种声音清洗过的街道。

酒菜被真正的外卖小哥送来，摆上小方桌。我将茶杯放在脚底下，因为实在没有地方放了，桌上摆了十个塑料打包盒，呈金字塔往上垒着。酒是好酒，我们连碰三杯，喝干满满一纸杯。我们相互通报了姓名，我说为我们的相识干杯。我们便聊出了共同的亲戚。世界真小，每六个人里面就有一个亲戚。我们从日益严重的交通整顿聊到遍布所有重要道路口的摄像头，聊到个人隐私、不能破除的案子、没有结果的追问、绝望的呐喊、担忧会被制裁的日子……然后我说，我有一个朋友在当警察。再聊了一会儿，我们发现说的又是同一个人。大个子男士说，她是我表妹。而且现在，我知道你是谁了。我点点头，说是啊，但我从来不知道你。他说我妹妹不会说这些的，但我知道你。我说是啊，你知道。这层关系让我们接下来的交流不那么顺利了，本来我们聊得非常好。他尝试回到之前的状态，但其实是他变得有些怪，似乎不太确定应该把我放在一个什么位置上。帽子女士搂着漂亮女士的脖子哭哭啼啼，又开心起来，一一和我们碰杯，我想我们应该喝了有四五斤酒。外面黑黝黝的，已经很晚了。帐篷里的灯光开始昏暗起来了，我望着夜晚，想着姐姐，一头栽进忧郁里。每当我喝醉了，便愈加想念姐姐。那些我们的记忆，也愈加清晰。

我离开帐篷，牵着海王再次行走在空芜的街面上。我想起来三年前，我赛马得到第二名，姐姐给我和海王庆祝。她给海王的脖子上搭上高级红绸缎，请我吃饭。那是在街另一头。我们聊得特别开心，我几乎可以确定，她动了和我结婚的念头。这一晃眼，我们雾一样的感情，慢慢退散着。我低着头，默默地走累了，在马路牙子坐下，点了烟。灰暗的路面在无限展开，仿佛一片深邃的海水。我突然心有所感地抬头，姐姐她站定在面前，不言不语地看着我。我伸伸手，明白这是幻觉，但我仍然高兴她来了。我看着她，害怕一晃眼，她就不见了。我把海王的缰绳递给她。她牵着海王，对我凝眸一笑，转身离开。他们亲昵地依偎着，渐渐融入彼此的影子，渐渐融入水色中。

音声轶话

牛健哲（《延河》2023年第2期）

推荐语

牛健哲的《音声轶话》是一部富有想象力的作品，主人公因为遭遇到一门陌生的语言而陷入迷失，他在新语言的学习和训练中触碰到了旧秩序的边界，由此小说探索了语言和控制、书写与现实之间的互文关系。小说在故事性的基础上具有哲理的辨思，这也使得这部短篇作品具有一种超日常的精神魅力。（杨庆祥）

那年初冬明明有人跟我谈得来。

我参加了一个有点无聊的家宅聚会，是餐桌上安静到需要逐个唱歌、其他人拍手击节的那种。一首据说是用洛佐语唱的情歌得到了最多称赞。因为没人愿意在音准音色方面耿直评论，所以语种成了好话题。唱歌的女人已经不年轻了，但却红了脸，她的名字丹芳这才被我记住。很多人说这种洛佐语好听，还有几个人表示想学。丹芳就说起她在澳洲研究继生社会群落时学习当地语言的事，当大家转而出门去逛院子时，她只能把没说完的话对着我说。我能感觉到她的耳朵和脖颈散发出的温热。

在院子里，她不禁又哼唱了那首歌，却没有吸引经过她身边的人。她走向角落里的一棵秃树，我跟了过去。这一次我才真的觉得洛佐语悦耳。我们交换了联系方式。

隔天，我和丹芳私下约会了一次，我喜欢上她了。她有一些白头发，可唇舌粉嫩，乐意讲她所深入的偏僻地区中移民和当地人组建家庭的故事。后来她给我寄了东西，我妻子取来邮包交给我，没问是谁寄的什么。我把它拿到书桌上打开，里面主要是册子和笔记本，有几张单页纸和一个存储盘。我翻看了那些注解残缺的文字和图画，试着播放了那个存储盘，还找出耳机悄自听了几段录音。当晚我很兴奋，对妻子既刚猛又温柔。洛佐语学习材料让我这样，我自己也有点意外。

在一张颜色暗沉的手绘地图上，一个岛屿占据当央，边缘的澳洲大陆海岸偏安一角。岛的名字涂抹过，又用洛佐语文字重写了，我相信它就是"提门诺岛"。先后听过的洛佐语声音让我可以想象岛上的清新与幽僻，至于丹芳在那里的研究工作她无意提及，我也不会多嘴问起。做知音不需要太多相处，同样不需要太多的相互了解。洛佐语的发音含几分童真，却也带几分炫技。那些录音片段有一半像是丹芳自己的嗓音，其余的有男声也有女声，有一两段应该是老者的。言说者无论什么性别和年纪，听来都元音饱满辅音清爽，音节过渡圆润流畅却又边界清晰，长句子说出来仿佛古泉欢腾。有一段歌声似乎从山谷另一边传来，但连韵尾的辅音都悉数脆生生地敲弹入耳，不像有些主流语言那样，很多轻弱音素需要听者根据情景和经验猜出。我明白寻常的学习方式无法傍近洛佐语的美妙，口舌咽腮的大量肌肉训练是必须的。

没必要把已经明白了的道理说给丹芳听，我自己开始了密集的发音练习。轻巧、硬朗和整洁纷至沓来，从唇舌到耳朵，直觉告诉我洛佐语有一定的成瘾性。慢慢地我觉得人能随时说话给自己听是一桩美事，好比女人突然开窍，迷上抚弄自有的乳房。我选择那些典型而有难度的多音节单词反复诵读，累了就在其间穿插一些整句连读。由于不甘于只是默读，那段时间我常常被人问起嘴里在说什么，我不想多说，随口给出了形形色色的回答，比如在练歌、在背诗词。

"别骗我，你背诗？"有一晚妻子说，"是不是最近账目出问题了？"

她担心我丢了这份工作，我就顺势扭开脸，让她别问了。我知道我练习的样子已经相当投入了。可以预见的，我的舌根和舌边开始肿痛，喉咙也发炎了，有几天几乎没法吞咽，发音一度十分蠢笨，可我心里毫无惊慌还愈发欣喜。丹芳说提门诺岛上很多人患过某种口咽腔炎症，自愈后语言能力才显著长进，学习材料里也有一段几次提及"腔道炎症"和"愈后语音"。而妻子这妇人竟试图让我吃药消炎。

果然在病症自行退去几天之后，我忽然漂亮地发出一个相当难掌握的发音，随之像是可以地道地说出很多包含这种发音的单词了。我如此兴奋，在路上一直重复那些词。时而有人迎面走过，见我把舌头像蛇吐信子一样伸出，迅即利落地从唇间抽回，那种特别润滑的语音似乎在我闭嘴后才生发，在他们听来一定格外新异。我不知道该加快脚步还是该放慢脚步。我想到如果修改那首情歌里的一个短句，就可以连续两次那样发音。在到家之前我拐进一条僻静的巷道，手抖着拨通了丹芳的电话。

"树叶刚刚落入河水。"我第一次真正使用洛佐语，其中的"落"含带久经等待和翻转飘荡的意思，但本身极其简单短促，它前后都是我刚学会的那种润滑、滞后彰显的发音。

电话听筒里静默了一会儿，丹芳终于

轻笑一声,"树叶刚刚落入河水。"

我没有多说一个字,挂断了电话。

丹芳给我的学习材料就只有那些,我一度认为只够爱好者赏玩,不足以传授可供应用的表达技能。可出我料想的是,随着发音水平的提高,我常常会自然而然地知晓有些缺少释义的词句如何使用,也能不大刻意地把某些想法转化为一串语音,其组成部分未必都是我学习过的。这个难以形容的学习过程或许比我主观感受到的历时更久,也不乏些许曲折,但总的来说,我正在舒服地滑进洛佐语沼泽。

几周时间里,我很少开口和别人说话。有几次持续十几分钟的所谓谈话,我居然只是用"嗯""哦"来完成的。

有一天下午,我去主任办公室报几个数字,交了相应的单据。回来坐下不久主任就打电话来,让我重把一个数字说给他,我记不准,也翻不到那份单据的副本,只嘀咕说刚刚汇报过。主任训斥了我,让我别废话,快点告诉他。我必须说点什么,可这时我突然口吃了,说不出任何一句临场该说的话,也讲不出真正想讲出来的东西,除非用洛佐语。那是个难忘的下午。在极度尴尬的冷场僵持期,我突然想到另一串数字,以平常口音微调重音,说出它可以很精彩地模拟洛佐语"你他妈真够恶心的"的音调。这让我为之一振。

"四千零七十一点五三。"我说。

"再说一遍。"听得出主任用铅笔在纸上速记。

"四千零七十一点五三。"

"好了。"他平静地挂了电话,好像从来没对我发过火一样。

之后的几天我有时会想一想这串纯粹用来模拟音调的数字会引发什么后果,但仍然用几乎所有空闲时间学习洛佐语,包括和丹芳通电话。欣慰的是,那数字居然没有引起任何不良影响,至少对我来说是这样。一两个月之后有一次主任灰头土脸地从外面回来,让人帮他在桌子上乱翻一气,不知道哪里出错了似的,但也没什么事找上我。

从那天起我就频频遭遇口吃,仍然是一个正常的词都说不出来、一下子憋住的那种。但我却没有为此烦恼,因为这并没有发生在我学说洛佐语时,相反倒给了我更多的机会抚摸我的心爱——只要我用原本语言的短语和句子模拟想说的洛佐语的音调,便能流畅地说出话来。我飞快地适应着这种语言反应模式,照这样下去真的无伤大雅,只是别人很难听到我心里的意思而已。起初我做转换时还有点生涩,比如在电话里听到妻子说身体不舒服时,我对她说"朝久久没有动静的地方看"就令人费解,稍加重复她便恼火了,而我脑子里的洛佐语其实是"数一数你有几天没这么麻烦吧"。一两周之后,我就渐愈轻车熟路,屡屡为洛佐语心念找到更合乎情境的模拟语句,我把"劳驾你让一让"说成"这条路应该走得通才对"就是相当成功的例子,对方斜了我一眼,闪开了。我当然不会指望总是有这么好的效果,但把别人拉进涉及洛佐语的交流本身就带有十足的新鲜感和欣快感,我要告诉别人"半个小时后我去楼下把东西交给你",就开口说"要看见我就站在路边的大石头上",然后对方又认真地跟我谈了几个回合才开始急躁起来。

生活呈现出有趣的面貌,我就像回到了被未知围绕的幼童时期。我周围的人真的就像那些小孩子朋友,对我时好时坏,有时会突然吵一架，回头听我开口说几句话就又望着我若有所思了。发生了几次出乎意料的工作调动，我甚至有了一两次艳遇，不知道我的话在两厢默默时有多意味深长，如果不是最后几句运气欠佳，她们就要去淋浴了。一段时间之后这种人际关系的动荡才略得平息，我终于获得了更多的独处时间去听、读乃至书写。如同我重温了童年便很快成长起来，变成一个享受孤独假期的书呆子中学生。只可惜这段时间缺少了丹芳分享体验，好多次我试图联系她，她先是显得很忙，没法好好听电话，后来就怎么也找不到人了。我成了一个孤单的洛佐语学习者，但我并没有感觉空虚，这使我要去分辨自己的情感。我把妻子拉上床，边亲热边哼唱丹芳唱的那首歌让自己兴奋起来，我眯上眼去想丹芳的样子和声音，但到了最激越的几秒钟，我狠狠吼出的却是最新学会的一句洛佐语，直到疲累地翻身仰躺下去我嘴里都是那一句。这样试过几次之后，我怀疑自己是否还喜欢丹芳，或者有没有真正喜欢过她。

妻子怀孕了，是我们婚后多年的第一次。我想我可能只是利用了妻子的皮囊和丹芳的做媒，跟洛佐语有了个孩子。有一天我像要给孩子找妈妈家一样，心血来潮地从一个嚷着会去新西兰旅游的同事那里借来一本澳洲地图册。回到家我把自己关起来，专心对比丹芳那张手绘地图和这本地图册上的各种形状和曲线，双手并用地旋转图张方向，奢望能"咔哒"一声地发现吻合。我翻查多遍，累到眼花也没能在地图册上找到提门诺岛，手绘地图又全无方位和比例尺信息，我连疑似是它的岛也没找到。许久后我站起来吁一口气，把用色俗气的地图册扔进垃圾桶。我不能太肤浅太贪心，有洛佐语其实已经足够了。时间、心力和嘴巴耳朵都是不该枉费的。

天气又寒冷起来，我瘦了，一副畏冷的样子，却时而觉得有无限深长的气息。丹芳寄来的册子和笔记早成了另一副样子，我把每一页都翻捻得又脏又软。我学到的洛佐语知识已经远远超过那些材料所包含的，它们寄生在我头脑里，施展着自我增殖之能。或者借助一句洛佐语格言的意象来说，就像一个耳廓大的水洼向外慷慨地分发了若干条疾溪狂流。幸亏没有人要我解释这是怎么发生的，我可以任由那些溪河之水源源不断地流淌，汩汩作响地奔拓。

儿子出生，我多请了几天假，得以专心誊写那些笔记。春天，我被派公出到另一个城市。任务不多地方也不远，计划是火车往返，当天早上出发次日中午就回来。我出门前查点了要带的材料和证件，然后竟然带了两套夏装和整理过的笔记。这说明我早就隐隐地感觉到了什么。到达后气温很低，对方先安排了晚餐接待我，我们喝了点酒，杯盘之间我朗声说了很多话，也见他们交换了几次眼神。换了地界，拟调法更亲密地伴我唇齿。他们扭捏地提出了一些令人厌恶的要求，我用斥责的劲头爽快地答应下来。第二天我起床吃力，没有按时完成核算。下午他们帮我另行安排行程，我的意思是只要上半夜能回返到家就好，然后他们就按我说的，给我买了凌晨飞去南方的机票。

我不清楚这是不是自己想见到的情势，但我似乎已经准备好了置身这种历险。一转眼我这样说话已经说了几个季节，在享受混沌的妙味之余，有时也很想宣告本意、要挤出口吃的阻障。这种时候我会有瞬间的惧怕，怕别人看出我的张口结舌，担心自己已然面红耳赤，幸好可以随时回头，重投洛佐语音韵，靠模拟语调安然渡过。庆幸之外我对平日所面对的人暗生了怨尤，因为连那些貌似知近的人也对内情毫无察觉。妻子照料孩子时我把那点关心连连表述成了别的迂邪词句，她竟然懒得开腔似的只是冷笑着摇头，后来更是漠然冷对充耳不闻。我话语的余音萦绕当空。试问当着无邪的婴孩说出了那些怪里怪气的话，我怎么可能不生他妈妈的气。

之后偶尔她要我帮手托抱着他时，我望着这粒团团软软、睁眼看我的小东西，不想在她近旁对他嘟囔出什么，难受得很。

丹芳继续音讯全无，其他人都不配知道我和洛佐语之间的事。南飞时舷窗外云海浩瀚，我想象自己正在飞去提门诺岛，随后又体味了一种自知无法抵达的凄美。飞机落地后，我没有再打开手机。我随最密集的人流乘坐巴士，来到一个长途客运站。在队列里我慢慢被挤到前面，学着别人的样子朝售票窗口里面喊了几次，窗孔传音效果差，我每次喊出的又都是不一样的词，但售票员后来居然听懂了一样，卖了票给我，是去四个小时车程之外一个从未耳闻的小城的。

车往西南开，车上多数人用很难懂的口音说话。我累了，在嗡嗡人声中饱饱地睡了一觉。

到了小城，我暂住一店，同时开心起来。当地人听北方话时耐心谦逊，对我语言表达的偏斜并不会皱眉，好像只会为他们自己的浓重口音而自卑。这样比觉得别人不对劲却不真正在乎可爱多了。我便更加畅快地频频开口。见到他们那么恭敬地对待我照葫芦画瓢所发出的语音我觉得意兴盎然，而在拟调把戏和口音差异的双重

作用之下，他们费神猜度领会我的话然后认真回应或者履行，则能搅起我更强的失控式快感。店家曾经连续两晚给我房间送了十五串半熟的活烤林蛙，还找了个街头画师来给我画半身裸像。我就起着鸡皮疙瘩咬下渗血的蛙头、一动不动地做完模特，然后倒头栽在床上狂笑不止。

习惯了口不对心，我对自己说过的话就产生了记忆困难，来到南方话多起来之后这症状更甚。生平第一次我觉得自己像个浪子，或者比那更妙，像个有失忆症的逃犯。

胸臆间的洛佐语越多地被拟调，反而越像是受了委屈。我亏欠它名分已久，有时让它莽撞出口甚至任由它支配我的肢体也算心甘情愿。在一个集市上，我和一个摊贩争执了几句，也许他不觉得那是什么口角，只是我拿着他的货品比画，同时说着一些听不懂的话。他拿回他的东西，无缘听出我吐露的粗野心意，直接挨了我一个脆响的耳光，捂着脸呆呆愣怔。类似的事发生过几次，我换了几次住处。后来的一段日子，我的洛佐语更是喜欢。大概是因为几句闲聊吧，一个生意人把我带到他城郊的场院，开始打捞鱼塘里的鱼出来加工。我担心自己跟他订过货。直接问他我是问不出口的，只能暂且住下，继续跟他胡乱聊天，希望自己可以说出和鱼或者交易有关的话，听他怎么接话。可言语好不容易接近此处时，他心领神会似的一笑。当天晚上他引着一个打扮俗艳、不算老的女人进我房间，我一见她那副样子就知道她做这种事不久，但可以满足我的所有要求。她在床上叫时，我再次无所避忌地喊出了洛佐语，我放声地喊并且瞪着她示意，她终于弄懂我的意思，现学现用了几句，

边喘边在嘴里重复。她比看上去聪明一些，这也是我在这里多住了几天的原因。结束了床上的事后，我也会对她讲洛佐语，她咏咏笑着跟我学，并不多问，大概以为我是从国外来的吧。

我度过了最为恣意的一段日子。那个生意人连日忙着加工鱼肉。

没人打扰时，我就拿出洛佐语笔记反复翻读，虽然随身带来的只有几十页，却有好几处文字隐含的几层意思蜕皮一样翻新绽露，获得这种领悟一定与我可以对着真人畅快地开口有关。比如笔记里的一个重点概念，在其他材料和录音里也被提及，我之前没法明白其中的意思，此时却可以做出推测。这概念说的是一种姑且译为"葡萄结构"的洛佐语现象，其颖异吸引着我不断寻求开口实践——几个音位串联起来，本来应该依据它们的先后顺序表达特定的意思，但这种串音古怪，说出来常常被错听成其他意思，重复几遍则可能引出几种各不相同的会意。洛佐语研究认为，能形成葡萄结构的串联音位都是差异微妙的或者互补的，相互勾连时，常态听觉极难捕捉个中精微，听者无法依靠平常的听觉暂留来回溯串音顺序，就像无法给一坨葡萄排定颗粒顺序一样。所以如果不能超常地专注并即时记取，葡萄结构的听者会听到对的还是错的意思、做出哪种误解，实际上是随机的。

我花了心思找到一个脏词教那女人在床上时喊叫，响在我耳朵里的或许是这个脏词，或许是一种特定称谓，是用来叫远房姑舅家里的少年异性表亲的，偶尔也听似"溃烂的柿子"。不管如何入耳我都觉得无比新鲜刺激。

欢愉的心境中，有一次我读通了笔记里另一相关段落的大意：岛上有少数人擅长使用葡萄结构，有的成了雅趣名士，有的则用此道来搞恶作剧或者传递晦昧信息。但几个大师善于吸纳这种语句带来的歧义，沉迷于在说与听中领受重重歧义疾速叠加带来的快感。这种快感被认为远超性刺激，听着搭档或自己的加速念诵，歧义层层累积，感受节节攀升，最终在颅内体验的峰巅炳爆迸射……大师通过聆听或者自言自语就可以引来的极致高潮我无福领略，但我也在研读这段时加重了呼吸。

每晚女人按我的吩咐做饭菜，有时碰巧真的就是我想吃的。后来每顿饭的菜都变成了鱼罐头半成品，生意人也不再朝我笑，我就知道我该走了。我拿出锁在手提箱里多时的手机，准备捏造一条先带样品回去再付全款的指令信息，想让自己走得体面一点。然而开机后接连涌入了一簇簇信息和未接来电提醒，我看下去，慌了神。我早知道主任会暴跳如雷，可没想到儿子那么幼小，竟被医院下了病危通知。来自妻子的最后一个电话就在两天之前。

我呆愣了，但不敢愣太久。回程必须及时准确，我却只字难吐，咽喉一阵阵痉挛。来到路上我拦下一辆车，好歹比画着让司机送我去机场，又艰难地买了机票。飞机上我脑袋胀痛，全程浑噩，终于降落在邻近我那城市的某城机场时是在午夜。我上了出租车，在手机上打字，要出租车跨城送我去医院，但进入我生活的城市之后出租车司机迷路了。一股劲儿扭拧着拱出喉咙，我接连喊出"叶脉并不是对称的"和"七十岁以后结伴照镜子"等几句话指路，看过他的表情和车行路线后就咬住自己的舌头恨恨地不再说话了。在出租车偏离得太远之前，我下了车朝医院跑，事后不记得是如何狼狈地跑到那儿,又是怎么找对病房的。

妻子扇了我一个嘴巴,会讲洛佐语的嘴唇开裂了,流出腥腥的血来。我只觉得万幸,因为孩子已经脱离了病危状态。听说他生病起初像在急着学话,随即开始咳喘哭闹。初诊医生要家长耐心喂药精心照护,妻子一个人哄不好连夜哭叫的病孩子,他又反常地一直喊爸爸,后来病情升级为哮喘,几次呼吸困难嘴唇青紫。儿科的重症监护室留了他很久,妻子当然几度崩溃。我回来时,难熬的病程已经在尾声了,帮忙甚多的是妻子的一个在医学院的朋友。几天后孩子出院,妻子始终没跟我说一句话,就好像她也在酝酿一种陌生的语言。

当然轮到我来日夜照顾孩子。他显然是被医院那些针头和管子吓怕了,吃睡都战战兢兢。这个仍团团软软的小东西,每哭过一场,两片嘴唇都要哆嗦很久。有一晚我起床哄他,喂了奶吃力地哄睡时,见妻子睡房的门开着缝,她醒着,正憔悴地坐在床边,准备随时出来接手。我流了几滴眼泪,咽下了咸涩的味道,感觉自己的口吃自愈了。我抱着孩子推开那扇门走进去,面对面地坦白告诉妻子,我学了另一种语言。

"我在外面说它。如果你还相信我……我以后不会再那样说话了。"

我哽咽,但真的不再口吃了。天以从前的色度亮起来,我去单位交待了事情,听足了主任的喊叫,没有回嘴一句,但能感觉到自己口咽间的通道已经像他一样大敞四开。取走了自己的东西,我开始找下一份工作。见到任何人我都表达流畅,而且重新用正常的语言思考,这就像一个骨折复原了的人重新跨上自行车熟练地骑行,并不需要再学习保持平衡。喜悦持续了许久。我觉得该说"早上好"时就会说出"早上好",想教儿子童谣时也能说得声情并茂,夸过女人的衣着还会歪头不假思索地夸她点别的什么,每次都能恰到好处,让对话活泛起来。

如果说有什么让我略感异样,那就是我的喉音仿佛比从前薄了一点,可感觉上却是说话声更加老成了。估计这就像度过了变声期一样吧。在家一呼一应之间,我与妻子有一种音调和声频上的搭配感。

一段日子之后,一切都理顺了。我逐渐习惯了这种通顺,我的语音如此有效,即便把话说在嘈杂的环境里,也不再有人让我重复。一定是每句话里的每个字都可以切中人们心思间的乐谱音符,全然无须质疑。我不再想听见任何其他语种或者方言,觉得它们像鸟兽呻吟似的,让我起鸡皮疙瘩。在老同学里有个中学外语老师,我们以前碰面时她会聊一聊她教学的事,看得出她有点喜欢说那些东西,现在我会尽量避开她,以免她扯出几个腥膻的外语单词。反正我不再缺少朋友,和其他人的相处变得欢快多了。有些人说我变了,我告诉他们这叫作恢复了,前一阶段是有一点小问题。

一天那个外语老师在路上叫住我,我见躲不开,就多寒暄了几句掩盖尴尬,相比之下她有点唐突,说:"你说话流利了,挺好的。"

我笑笑说:"前一阵子吧,我工作压力大了点,心理因素作祟,有点口吃。短期一过性的而已,现在全好了。"

"哦,我记忆里……从小你就有点结巴吧。"她说,"很轻微,有时出声有一点点停滞,像是有别的东西想说似的,我还觉得挺可爱的。不过还是现在更好。现在更好。"

我保持笑容，边走开边摇着头。女人就是这样，受过冷落就想说几句怪话，小施报复。我小时是否结巴，难道要别人来告诉我？可我已经不是在琐碎处纠缠的人了。在新的工作单位摸清一些路数后，我又去了更体面的另一家，也把家搬到环境更好的另一区。不大顺心的事就是孩子的哮喘间或还会发作，但这本来也是无法避免的，应对得法就好。我和妻子一起打理好新居，也一点点带大孩子。我们时而一起去参加一些聚会，我越发活跃，家眷在人前也很开心。

时隔几年，又到了冬天时发生了一点小波折，我在医院住了几天。但不碍事，我康复了，只是体力有所减损。事情出得偶然，那天傍晚我在路上见到一群人举着脑袋看楼顶，那上面有个女人站在边沿，寒风里衣着单薄头发飘摆。我看不清她的样子，但总觉得她是丹芳。并不是我对她的记忆有多深，而是此前几天刚好有人提起她。当年那个无聊聚会的组织者又找我去聚，居然说这次人不多不会太喧哗。他主动说起丹芳，说她在澳洲出了麻烦，因为语言学研究造假，被权威科研期刊撤了稿子，恐怕还要丢掉工作或者职称什么的。

得闲时我便随手检索了一下丹芳的这件事，果然是有关洛佐语的。她在刊物上发表的文章是关于洛佐语中第四人称的研究的，这个主题一度在领域内得到了一些关注，也有学者意欲附和，对该人称做出了文艺性的阐释，可随即丹芳坚称这种第四人称并非三个经典人称的变异形式或者分拆概念，而是另辟向度、独自兀立的一极。这样定性，没人能真正明确地理解其

指向和用法。后来他们认为这类研究过于虚张声势，罔顾学术规范和依据，进而有点冷厉地否定了丹芳和她的文章。几番争执之后语言学界撤回了对洛佐语作为一种真实存在的语种的认可，理由是在当地并没有找到说洛佐语的群体，个别难懂的口音当属某些已知土著语的亚型。而丹芳的最后一次辩解听起来的确脆弱而近乎失礼，是说洛佐语可能是像某些流行疫病一样的"自限性"语言，在局地兴盛一时之后会自然衰萎泯灭，残迹逸散。

辩驳之中，双方提到的地名都不是"提门诺岛"。

我没有为这些过多劳神，然而由此还是无意识地唤起了一些洛佐语的记忆，脑子里闪过了那些貌似精致灵动的东西，那种犹如闭嘴之后才响起的语音和只能随机听取的意思，那种被信奉为语言修炼的口咽腔炎症，还有自我增殖的语言知识……有那么一两个瞬间，我似乎想通了什么，明白了第四人称是什么东西，好像除了你我他之外确实另有一方需要单独界定和指代。我就是在这种头脑有点不大清爽的状况下见到那个要跳楼的女人的，我不知道自己为什么走进那座楼，上到顶楼走上天台。守在天台楼梯口的人一定以为我认识那个女的，知道她为什么站在那里，可是在楼顶我确认她不是丹芳，甚至也不大相像。我该退回去，但我对她说了一句洛佐语，接着说了第二句第三句。可能是受她那副模样感染，我像她一样流泪了，并且一直说下去。显然她没想到会出现我这样一个劝阻者，其间她甚至转过身看着我，皱着眉快要问我究竟在说什么了。

我说个不停，身后掩藏着的几个人想必观望了很久，读懂了局面，轻声告诉我

继续说下去。是执意要说下去还是不敢停下来,我是分辨不清的,只顾声音清朗、感情饱满地说着一种未必存在的语言,不在意自己有没有发出什么奇音怪调。那些句子特别连贯甚或是非线性地辐射而出,像无数藏身崖穴的蝙蝠一心飞扑出来。我不记得这天口吐舌灿了多少迷言妄语,过程持续了多久,只感觉有过一种吐尽肺内最后一丝气息的绝望和一阵痛快的崩塌感。后来救护车的笛声响起来,他们来抢救的是我。

我昏迷了大概一个昼夜,醒过来之后没做什么治疗,精神慢慢恢复。妻子在我身边,我没问那个楼顶女人怎么样了,只知道自己这次彻底忘了洛佐语,一词半句都不记得了,强要回想时甚至会有点作呕。

换季时,妻子那个在医学院的朋友来家里看望孩子和我。他查看了孩子的状态,问候了我几句。妻子沏茶时他在一堆废书报旁边信手翻看了那些正待清理的洛佐语材料,然后抽出几张纸问我怎么会有这个。我不知怎么回答,他说里面有些内容好像是上个世纪几个澳大利亚医生搞出的用来缓解哮喘的呼吸调理发音法,他也是读过一些冷僻的医学史料才对其有印象的。

他没有想带走它们的意思,只是用手指弹着那几张旧纸说:"或许对你儿子有用呢。"

热带刺客

赵　挺（《作家》2023年第7期）

推荐语

《热带刺客》是赵挺的一场疯狂的想象，虚拟与现实、反讽与隐喻、反叛与孤独，现实如游戏一般荒诞，而游戏比现实更荒诞，在游戏和现实之间，赵挺完整呈现了一代人分裂的两个世界，卑微的人生和低度的游戏精神。（吴玄）

一

这个夏天，我有时候活在圣洛都时间里，有时候活在北京时间里。

那些白领、蓝领、小老板、小领导、爸爸、儿子、孙子和混子，在圣洛都时间里，都是悍匪、大盗、阴谋家、诡计家、英雄、天才、富豪和上帝，大家或单打独斗杀人越货，或拉帮结派拯救世界，干着北京时间无法实现的事，而我在圣洛都里严重违背游戏精神，经常干一些毫无因果逻辑的事情，比如破坏搅黄那些飞天入地的计划，或者就在顶楼看看日出日落。我在里面的唯一要求是尽量活得长久些，因为复活需要二十四小时。于是我这样的人就被称为圣洛都里无聊无知无耻的玩家，简称圣洛都"三无"人员。

二

这一天，我偷了一架直升机。

我从圣洛都东部海湾飞到北部海湾，俯瞰了一上午，就像海岸警卫队，什么事情也没干。中午的时候，我暴力降落在杰克大道，损坏了建筑物，直升机冒黑烟。我把几个试图揍我的热心市民打了一顿，随手抢了一辆猎豹复古跑车，决定再去偷一架飞机。此刻，窗外的高架上车水马龙。所有人都在北京时间八九点钟的太阳里开始了一天的生活。在他们忙忙碌碌而碌碌无为的时候，我又偷了一架飞机，这时候的圣洛都已经是傍晚。我从北部湾起飞，直升机继续冒着黑烟，我才发现偷的是同一架飞机。我迎着巨大的落日俯瞰圣洛都，听着野牛乐队的歌曲，南方乡巴佬的唱法，温暖粗犷，虚幻迷离。这时候，后座突然出现一个人，爬到前面。我说，你谁？他说，给大富豪修飞机的，上来后临时上了个厕所，回来就被你飞到这里来了，赶紧换我来开。我说，这是要坠机了吗？他开着飞机说，不要坠到大富豪的家里去，都是用美金买来的。我往下看了一眼说，这坠到他家的概率也太小了吧。他把持着飞机说，你现在看到的都是他家。我说，美金玩家，真有钱啊。他说，五金厂打工的，工资全投圣洛都里了，成了这里的富豪，我就靠给他修飞机汽车游艇赚美金。我说，那还能飞多久？他说，已经没有升力了。我说，我不是美金玩家，就随便玩玩，没想到你在这里。他拿起对讲机呼叫，好了，进入射程范围了。他看着前方说，只有被打成碎片，才不会撞击大富豪家。我说，我们的命难道比不上富豪的房子吗？他说，你不知道圣洛都美金永远比命值钱吗？我说，太对不起了，你要和我一起死了。他说，别这么说，有弹射座椅。我说，那还好，按哪里弹射？他说，副驾没有，只有主驾有。说完他就窜出去了。随后几枚火箭弹飞了上来，我妈大喊，快点，来不及了，再不去小外公说不定就没了。我淡定地看着屏幕，轰地一声，一片火光，强制关机。

那个我毫无印象的小外公躺在床上，随时会死，我妈和他老婆聊了小外公年轻时候的事迹，青年参军，英勇杀敌，以一敌十，气魄惊人，昨晚给他擦脸时，还迷迷糊糊地喊杀啊杀啊。他们聊得正酣之时，我妈示意我说几句以表礼貌，我说，这应该是在说，啥啊啥啊。后来我就没插上一句话。在我插不上话的时候我们也没走成，热情的小外婆硬留我们到午饭后。小外公这时候就突然被送到了抢救室，我和我妈又在走廊待了一下午。小外婆安慰道，别担心，已经三进三出抢救室了。傍晚的时候小外公就在炎热的天气里走了。我说，我们终于可以走了。我妈告诉我哭不出来没事但不要开口。我参加了陌生的小外公的葬礼。这期间，我给小悦发了信息，只要你愿意嫁给我，我就去买海景房。我也不相信，她也没有回我。我就这样在人与人之间莫名其妙的仪式当中度过了与我无关的大半天。

炎热的晚上，我照例泡在北京时间破旧的泳池里，和那个沉默寡言的管理员老头谈谈十年多年前发现的一颗小行星，估计在几个月后会撞击地球。南极又发现了六亿年前的极小人类化石，推翻了达尔文的进化论。太阳已经进入了中老年，一百亿年后它也要死掉了。老头拿着拖把一边认真拖地，一边说，是啊是啊，快完了。

三

这一天，我跟踪了一条狗。

因步行太慢，我抢劫了一辆哈瓦那摩托车。哈瓦那车主试图反抗，我一脚油门让他躺在了地上。他就在那边很文明地骂我，做人要讲良心，不能像动物一样，圣洛都也是一个讲法理的地方，哪怕你是一头牛。我骂得比他凶，简单粗暴，结果一个字也显示不出来，他骂我是牛，是因为猪狗也显示不出来。我就骑着这辆哈瓦那摩托车跟着那条飞奔的狗。哈瓦那摩托车自带低音炮，听着节奏明快的音乐，一路无视所有交通规则，一直跟它到北京时间的中午，圣洛都时间的傍晚。那条狗来到了一个偏僻的河堤旁。一群一眼就能看出的悍匪聚在一起。悍匪说，为什么一直跟着我的自动摩托车？我说，我以为这是一条狗。对方说，你才是一条狗。我忙道歉，不好意思，那我先走了。他们拿枪对着我说，按照规矩，看到蒙面帮的脸，就不能活着回去了。我说，我是瞎子，现实中就是一个瞎子。对方说，你以为我们也是瞎子？我说，但我是个好人。对方说，但我们是坏人。我说，我现在马上可以变成坏人加入你们。对方说，卡宾枪还是AK47你选一把吧。我想这入帮派真快，于是说，AK47吧。对方说，好。然后就把卡宾枪给了我。我很纳闷，这算什么规矩。对方说，你走吧，需要的时候我叫你。我忙道谢，转身离去，走了一百米，对方喊住我，好，就站那别动，我看看AK47能不能爆头。说完刷刷刷子弹就飞过来了。

他们朝着我继续补枪的时候，我手机响了。我三舅问我快到了没，刚关电脑的我说快到了。闷热的中午，我去了三舅给我介绍的一个工作单位面试。我妈托了三舅，三舅很为难地又托了很多狐朋狗友，最后介绍我在一个食品配送公司做理货员。我自己照着电线杆上的电话就能搞定的事情，却用了这么曲折离奇的方式。对面的人一本正经地问了我很多令我茫然的问题，譬如自我介绍，职业规划，对实体零售的看法，是否能接受三班倒。我给他递了一支烟，卡在了自我介绍上。我本来想把我三舅介绍一番，想了想他那模糊的脸庞还是走了。

我继续躺在游泳馆的躺椅上降暑，思考到底什么样的谎言小悦才会相信，想来想去也想不出什么。周围陈旧昏暗，水面平静，皮肤平滑，只有那道阑尾炎手术留下的刀疤格外显眼。管理员老头扫地扫到了我身边。我舒了一口气，摸着那条疤痕说，前几年我们这里有个狠人，沉默寡言，六亲不认，作风狠毒，杀人越货什么都干，绝招一字断魂刀，被他盯上，九死一生，一天晚上，我和他交手，被他的一字断魂刀给砍了，不过我也砍了他一刀，他逃了，我也没追，至今不知道去哪里了。我想了想为了增加真实性又说，这个狠人名叫三无，认识不？

管理员老头点点头说，认识啊。

四

这一天，我迷路了。

走过数条繁华的城市大道，穿过一个大公园，踏过一片美丽的海滩，在游乐场里晃了一圈，又爬上了一个小山峰，感慨着圣洛都真是一个自由又美丽的城市，至此，已经完全忘记本来要去什么地方了。突然，周围警笛大作，直升机在头顶盘旋。屏幕里传来机械的警告，立刻投降，立刻投降。我不知道我做了什么，招来了这么多的圣洛都警察。我呆呆地等着警察进一步行动，他们依然发出警告，立刻投降，立刻投降。我忙说，我一直投降着，你们可以开始了。他们告诉我，双手抱头，双膝跪地才叫投降。我说，这我不会操作啊。警察说，按 shift 键加 f 键，不然我们视你为拒捕。我说，shift 键坏了，按不了啊。警察说，那只能视你为拒捕了，打腿！然后我被打得跪下带到了警局。警察说我私闯他人领地，需要关押半个月。我说，我去的都是公共场所啊。警察说，那是看起来像公共场所的私人领地。我说，道路游乐场大海沙滩山峰就没有不是他们的吗？警察说，没有。我说，我看到很多人，为什么不抓他们就只抓我？警察说，因为我们抓不到他们。我说，你们抓我的时候，在我旁边就有好几个围观的，怎么不一起抓了？警察说，因为他们买通了我们。我说，黑得这么直接吗？警察说，你玩圣洛都是不是从来没充过钱？我说，开发圣洛都的初衷就是创造一座自由的城市，想干什么就干什么，每个人都是自由的，有没有游戏精神？警察说，在圣洛都你的确想干什么就可以干什么，但你不要让我们抓住，或者搞定我们，这才是游戏精神。我说，那关吧，就封半个月的账号吧。警察说，充二百块，就可以放了。我说，我不会为了游戏充钱的，封账号吧。警察说，二十块也行，你到时候跑出去，我追你，追不到你，你跳楼自杀，这样明天就可以复活了。我想了想充了二十块，跑到警察指定的楼顶，他在楼下看着我，我突然转身就跑，心想，这也是靠能力跑的吧，然后发现所有楼道口全被堵死了。楼下的警察告诉我，不想跳也可以，你可以一直呆在上面。我说，呆着就呆着，我就一直看日出夕阳。这时候我妈说，北京大学啊，北京大学啊，快点，小侄子一家都在等我们，家族的光荣啊。于是我纵身一跃，圣洛都的景色在我眼前如大雪纷纷落下。

大雨滂沱的傍晚，我参加了小侄子的升学宴，几十桌人都在庆祝他考上了大部分人都没听说过的北京的大学，大家高谈阔论，觥筹交错，假装熟悉。我拿着可乐，在一堆不认识的亲戚朋友当中，晃来晃去，嗯嗯啊啊。有一个略微面熟，看起来有着初中文化水平的中年人对我说，一看我就是一个青年才俊，以后小侄子要向我学习。客套话我听了不少，这种客套话我还是听得少，一时间不知道怎么回，只好低头把邻桌不要吃的海参汤和大闸蟹给吃了。听了大半辈子客套话的我妈则从容说着，哪里哪里，都是靠他自己。我想但凡靠点别人也不至于现在这样。看起来具有初中文化水平的中年男子高瞻远瞩地举起酒杯说，我猜你啊，培养培养，两斤白的没问题。

我给小悦发信息说，你和你爸妈说，海景房我马上买，上午领证，下午买房，当天一条龙交易。反正小悦也不会回我。

晚上躺在游泳馆的躺椅上，醒来的时候，一个人都没有了。管理员老头给我拿来一条毛巾，我说，三无这个人，目前看来没有对手，没有人能够打败他，刀法精准狠毒，行踪神出鬼没，可能说着说着他现在就在背后站着了，没等你回头，已经挨了一刀了，上次我反应极快，所以只挨了半刀，另外半刀被我挡住了，我可能是唯一和他交过手，相互留下刀疤的人，他那绝招叫什么，专业名字我忘了，反正一刀毙命。

老头说，一字断魂刀。

五

这一天，我捡到了一把加特林。

我思考了很久该怎么使用它。杀人越货拯救世界都与我无关，最终决定，去圣洛都中心广场，用加特林扫射出一个爱心，里面再扫射出我和小悦的名字，然后拍照发给小悦，这是我能想到的除海景房之外最好的礼物。我走到中心广场，观察了很久，最佳扫射点就是那尊雕像顶部。于是我扛着加特林爬到了那尊雕像上。我骑在雕像的脖子上，拿出加特林。突然周围涌现出很多人。满屏的字幕：亵渎伟大的圣主，永久枪毙，永久封号！我扛着加特林，贴着圣主的大脸说，别误会，我在给圣主打扫卫生。带头的喊，你骑到圣主脖子上了知道吗？我说，那我换个姿势啊。于是我立即踩在了雕像的肩膀上。带头的说，你不知道攀爬圣主是死罪吗？我说，站在巨人的肩膀上看得更远，爱因斯坦知道不？带头的说，我们不爱因斯坦，我们只爱圣主。我突然想不出什么话。我说，报警吧，让警察来处理啊。带头的说，警察不管这些，现在我们准备射杀你，黄金子弹射杀，你就要被永久杀死，永久封号。他们叮叮叮朝我开了好几枪，我挂在上面以圣主的大脸为掩体左躲右闪，圣主的脸被打了几个洞后我终于被击中。我双手扣住圣主的脖子，双腿悬空，努力挣扎。这时候我妈急匆匆拿着勺子过来说，人家小琴不要房不要车，长得文静秀气，工作稳定，别让人家等，早点去等人家啊。我死死摁着键盘，晃荡了三秒，最后雕像崩裂，圣主的头和我一起掉了下去。

我在一家咖啡吧里和小琴见了面。她问我喜欢什么，我看她长得还行，就说喜欢西方现代哲学史。于是她从就维特根斯坦的分析哲学开始给我讲起。我对西方现代哲学史的理解停留在只认识"西方现代哲学史"这七个字上。在她讲到索绪尔的结构主义运动的时候，我说，我还喜欢美食譬如鸡腿饭。她表示我兴趣广泛，问我是做什么的，我想了想不能说无业，就说是创业，她问我的收入，我说还在回本阶段。

我重新注册圣洛都账号之后，又回到泳池那张慵懒的躺椅上。我在犹豫应该选择小悦还是小琴，虽然两个人都不理我，但是这不妨碍我陷入沉思。我给管理员老头发了好几支烟，他见我一副忧心忡忡的样子，点起烟主动开口，这样的功夫，我电视里都很少见到，这刀法，这速度，这力度，比子弹还厉害，这一定有内功，来回这么快，肯定还有轻功，你这条伤疤，绝不是普通人随意砍的。

老头看我一脸疑惑的表情说，我说的是三无。

六

这一天，我准备去看夕阳。

作为一个刚注册的新人，我和之前一样一无所有。我准备去圣洛都最高的大洋中心银行楼顶看夕阳。我一走进大门，就被保安拦住了。我告诉他我要去厕所，他说要陪我去。于是在厕所我趁其不备，用花盆将他打晕，换上了保安服。电梯里一位穿着银行制服的人和我点头示意，并且发我信息，去三十五楼。我没有理会他，直接坐到了顶层。突然枪声连连，爆炸声四起，我不知道发生了什么，坐在天台看下面的世界一片混乱。

夕阳快要落下的时候，那位穿着银行制服的人跑上来说，我们已经成功抢劫大洋中心银行。我一脸茫然。在对方的解释下，我发现我的保安服内置了指挥芯片，他们相互不认脸，都是根据芯片来进行调动指挥，而那个保安就是指挥官。他告诉我，下面已经被警察包围了，现在带我去安全出口。我被他带到一楼大厅，一群警察就把我包围了。银行制服对警察长官说，他就是指挥官，芯片在他衣服上，然后对我说，不好意思，我是卧底。我又被警察带到了警局，长官拿走我的芯片说，不好意思，我也是卧底，是指挥指挥官的人，祝贺抢劫成功。我脑子一片混乱地说，我可以走了吗？长官说，现在就灭口吧。我说，不是自己人吗？长官说，圣洛都只有任务，没有自己人。我说，那我明天就可以复活吧？长官说，不会死，关到私人监狱，这样你注册不了新号，一进来就在私人监狱，一直在，直到你放弃来圣洛都。我说，还有这种玩法？我心想，要做最后的反抗，去私人监狱的路上，要利用一切机会逃跑。这时候，有人拿着喇叭在楼下喊，着火啦，着火啦，快下来！长官走到门外说，这里就是私人监狱，再见。说完就把门关上了。

我打开门，楼道里还没有烟雾，也不知道哪户着火了。我想了想，回去拿了笔记本电脑，衣服裤子来不及穿，穿着一条短裤就跑了出去。此刻，我清醒意识到火灾不能坐电梯，于是就从楼梯跑了下去。我赤裸上身抱着电脑飞奔出楼梯口，拿着喇叭的人吓了一跳，他说，你七幢的？我喘着粗气点点头。他拿着喇叭冲我喊，七幢的急什么啊，不是说了一至五幢先演习，这都通知多少遍了。然后又看了我一眼说，演得跟真的似的。

闷热的天气里，我就这样直接去了游泳馆，躺了大半天。这次换管理员老头给我递烟了，我略感无聊地点着烟说，告诉你一个秘密啊，这三无啊，虽然武功高强，来去无踪，但是呢其实已经死了，不然现在为什么没有他的消息了？你不要告诉别人，其实是我杀的，他当时没逃走，要置于我死地，我就拿出枪，一枪崩了他，记住，不要和任何人说。

老头拿着拖把看着我说，那你是杀人犯？

七

这一天，我遇上了圣洛都的灾难日。

我在想如何逃离私人监狱。突然，房子剧烈晃荡，墙体开裂，整间房子坍塌了。我看到圣洛都的人都在乱跑。天空中飘着富豪们的飞艇。很多串着人的绳索被吊进飞艇，也有人不断从绳索上被打下来。与此同时，地面枪声爆炸声四起。圣洛都的灾难日，也称为重启日。富豪们的飞艇需要不停地在灾难日救人，以救的人数来分配重启之后的土地，于是各大富豪纷纷争抢人头。想要在数量上领先，不仅要自己抢，还要阻止人们上其他富豪的飞艇。为了避免人们成为竞争的牺牲品，大家签署了严格限制富豪们用武器阻止人们上飞艇的协议，于是富豪们临时雇佣人用武器去阻止上其他飞艇的人，这就导致大家身份转换极快且混乱。现在的圣洛都有的为了躲避自然灾害，有的为了争夺飞艇仓位，有的为了阻止对方上飞艇，像我这种瞎跑的人，起初我为了躲避地震，跑到了中心广场的空地上，后来为了躲避洪水又爬上了中心广场的旗杆，接着被飞艇抛来的超级绳索围住拉到了飞艇内，里面的人发给我枪和防弹衣，让我去杀对面两只飞艇下的人。我连良心发现一下的机会都没有。他们的枪顶着我的脑门。我扛着枪飞奔到另外两艘飞艇下，枪头刚朝上，飞艇上面就密密麻麻射来子弹，我都来不及担心生死，突然又涌出一批人说，不想死就跟着我们去打对面的飞艇，我一看那是之前发我枪的飞艇，但也没时间犹豫，又随着他们到了原来的飞艇下面，枪头还没朝上，又涌出一批人说，别打了，我们联合去打东边最大的飞艇，于是我们又急忙朝东飞奔而去。队伍快速而散漫地前进之时，有人说，先把他们打了吧，有人说，他们是指谁？有人又说，别打自己人。大家纷纷说，谁是自己人？此刻，地震洪水余威不断，大家情绪茫然又激昂，不知道谁开了第一枪，于是大家相互射击。我边跑边开枪，还捡了很多平时根本看不到的武器，这是我玩圣洛以来最紧张的时刻，鼠标和键盘都快被我按裂。我趟过水，跳过大裂缝，一路往圣洛都峰跑去。北京时间的午后，伴随着电风扇呼呼的声音，汗水顺着我杂乱的头发流到我紧绷的脸上，而我依旧边跑边漫无目的地射击。跑到圣洛都山腰的时候，电扇电灯电脑突然全部熄灭。我透过被刘海遮住的双眼，隐约看到电脑黑屏里的自己。

我就这样走出停电的房间，去剪不得不剪的头发。几个昏昏欲睡的理发师打足精神围着我，给我介绍离子烫、空气烫、中分、三七分、美版、韩版、保养、护理等等，在那些奇形怪状的发型中，给我设计了一套价值二千八百九十九只收九百九十八的方案。剪发期间我，我拍了几张照片给小悦看，最后付了三十块钱走了。

我在昏暗的泳池里游了五十米便气喘呼呼地上岸。管理员老头叼着烟一直坐在旁边。他分了我一支烟说，来无影，去无踪，功夫高强，深不可测，这样的人竟然活在我们这个社会，难以想象。我点着烟才略微反应过来说，是啊，的确厉害。管理员皱着眉头看着泳池说，你竟然还能把他杀了。我猛吸一口说，是啊，要保密啊。管理员老头看着我说，我没和别人说，但是和我们老板说了。我夹着烟看着他说，然后呢？老头说，老板也认识三无，想见你。

八

这一天，我被全城追杀。

在灾难日，我没被救也没死。因捡来的那些武器而遭到各路人马追杀。我把武器全部扔给他们，他们依旧紧追不舍，但又不一枪毙掉我。我用各种交通工具夺路而逃，奔走了小半个圣洛都，翻墙进入一个花园，躲了一阵子，周围终于没有了动静。我喝了一口水，才发现这花园有点美丽，还有一幢大建筑。我绕着房子走了一圈，跨进了洞开的大门，室内奢侈豪华，空无一人。我楼上楼下走了好几遍，从白天走到了黑夜，全屋灯光自动亮起。北京时间晚上六点，我拿起手机拍了很多照片，发给小悦，告诉她准备买下这样的房子。我盯着屏幕里自己在圣洛都的形象，思考了很多，譬如我和小悦坐在沙发上会聊一些什么，晚上我们在哪个房间睡觉。我走到夜幕中的花园里，发现花园外聚集了一批牛鬼蛇神。他们见到我，立即扛着各种武器对着我。带头大哥挥了挥手说，都放下，又不打，装什么装。大哥隔着花园的栏杆对我说，出来吧，这样你也逃不走。我说，杀了我得了，反正明天又可以复活。

大哥说，杀了你就不知道其他武器在哪里了。我说，我真的没武器了。大哥说，圣洛都混的怎么能轻易相信人。我说，怎么样才能相信我？大哥说，圣洛都混的怎么样都不能相信人。我说，赶紧开枪吧。大哥还没反应过来，我就被后面的子弹射中了，大哥一惊扭头说，这是大富豪的家你都敢打，到时候圣洛都里不能混，圣洛都外都不能混了，撤撤撤……

当他们撤走，我也静静地躺在了花园里。我的手机铃声响起。对方是民事权利委员会，告诉我正在非法入侵私人住宅，马上过去一趟。我百思不得其解，北京时间里的我明明在自己破小的房间里。因民事权利委员会是一个很厉害的组织，我只能关机前往。

我在明亮的办公室里被告知，私闯圣洛都民宅是违法的，要得到处罚，而且他们看过我圣洛都账号的记录，说我有私闯私人领地的前科，曾在圣洛都里被处罚过。我说，圣洛都只是一款虚拟游戏而已啊。他们说，圣洛都的资产也是用美金买的，违法照样接受处罚。我说，怎么处罚？他们说，根据圣洛都法律，经过原告允许，双方协商解决，房主让你赔款一万块美金。我说，圣洛都违法犯罪事情那么多，每个人都要被处罚吗？他们说，具体事情具体对待，有些在圣洛都里处罚，有些需要在这里进行。我说，我被一伙人打死在花园里，他们不需要处罚吗？他们说，你在圣洛都不是美金玩家，那命是免费的，一文不值，杀你不构成犯罪。我说，一万美金太多了吧。他们说，没钱，只能拘留十五天了。我说，是十五天不能登录圣洛都账号吗？他们说，是你这个人要去警察局关半个月。我说，现在虚拟世界和现实世界不分了吗？他们说，你要明白世界就一个世界，不分虚拟和现实。我说，一万块美金能按揭吗？他们说，根据条例，按揭需要支付利息。他们扔给我一张纸，上面写着具体按揭多少天，利息多少。我看得昏昏欲睡，便同意了。

这一天将近北京时间晚上十二点，我一进泳池的更衣室，管理员老头拿着扫把说，来了？我说，老板呢？老头说，在泳池边。我和老头一起朝泳池走去。泳池比平时昏暗了一些，我回头发现老头正在脱衣服，我说，老板还没到？老头说，先一起游一圈。我说，你也会游泳？老头说，二十年没有游了。此时，我发现老头腹部也有一条和我类似的伤疤，我盯着他的腹部说，你也和我一样？老头说，和你不一样，我是阑尾炎开刀留下的。

香山来客

双雪涛（《收获》2023 年第 5 期）

推荐语

《香山来客》包容并且提供给解读者最大的丰富：少年友情及自故乡到北京的远征，大众传媒犹有余温的东北往事，京漂和中产阶级发迹及其怪癖，罪案调查与女性复仇，如此等等。这些小说的衍生物重要，但更重要的是，《香山来客》叙事的轨迹和停顿、速度和力道、起跳和落地、姿势和身段，年轻一代最优秀短篇小说家的文体技能和技术，恰如其分且简净好看。（何平）

  下午的时候彭克给我打电话，让我过去一趟。我酒醉刚醒，不爱动弹，就问他晚上去行不行。他说我如果想让你晚上来，不就跟你说晚上来了吗？我说，明白，但是我现在走不动。昨天走回来的路上不知道摔哪了，现在后背疼得厉害。他说，那晚上十点左右，应该可以恢复吧？你还能打羽毛球吗？我说，到了晚上看看吧，反正我把拍儿带着。放下电话我从床上起来，煮了一袋方便面吃下，然后躺在沙发上看电视，看一会儿睡一会儿，将养到晚上七点，身体还是感觉轻飘飘的，像是没了秤砣的秤杆。小明在屋里乱转，拿头顶我的小腿，我必须带它出去上厕所。下楼之后我才发现已经下过一阵小雪，地上一片肤浅的白色。天又黑又冷，园区里没几个人，我就把绳子解开，让小明自己跑两圈，它马上就从我的视野里消失了，冷空气让它的前腿有点痉挛，跑起来很不协调，像电动玩具。我到北京的第二年开始养它，现在它已经七岁了，对小区的地形远比我熟悉，在哪里能找到玩伴也很清楚。我与它的关系一直比较疏离，我养它，它被我养，我们只有彼此，但是这也没什么。最近一年我才发现它在衰老，走路的速度变慢，食量也比以前小了，而我刚到中年，之后大概率会有独处的时间，相比之下现在的时间倒有了特别之处。心情好的时候我会给它做饭，带它在小区的广场上玩飞盘，但是今天没有，我宿醉未消。坐在一条长椅上休息的时候，物业的几个工作人员穿着蓝色的羽绒服，领口露出白色的三角形衬衫领子，从我面前走过。他们手里拿着饭盒，应该是已经吃完了，饭盒和里头的勺子相撞，发出叮当的响声。两个女人说着方言，嘴里面哈出热气。很少在北京看到哈气，我才意识到今年的冬天也许是我来到北京后最冷的一个冬天，远处广场上几个爱跳绳的外国人过去一年四季都穿帽衫短裤，今天上半身也穿上了棉服。

昨晚从九点开始我都是在酒吧度过的，在十二点左右，我到了比较愉悦的状态，身体感觉到暖和，精神感觉到饱满，很多清醒时难以说出的体会，这时都可以轻松地组织语言将其表达出来。跟我一起喝酒的老郑先走了，他过去是一个鼓手，后来因为打架伤了右手腕，再也不能敲鼓了，现在是一个年轻乐队的经纪人。他喝了一会儿跟我说，我得去看一眼，那边有我的乐队，也许一会儿可以再回来。我说，你再陪我喝一会儿，我这是最后一杯了。他说今天有几个制作人要去看演出，他还得露一个面，如果我乐意的话，可以跟他一起去那边喝。我说，你那个乐队我听过，太吵，唱的都是英文，我一句也听不懂，他们都是高中学历，为什么非得唱英文呢？他替我叫了两杯酒备上，就走了，我知道他不会再回来了。老郑一直是一个好人，当年我、老郑、彭克一起来的北京，准确地说，是老郑先来的，然后我和彭克来投奔他，住在他的出租屋里。那时老郑还有女朋友，一个健壮直率的女孩，跟着乐队东奔西跑，有时候碰见另一个乐队的人，就跟着那个人走了，过了一阵子又跑了回来，继续睡在老郑家的床上。我们住进来之后，老郑发现不方便，就跟他的女朋友吵了一架，把她撵走了。我还记得那个女孩走时的惨状，衣衫不整，东西不停地落在地上，嘴里一边骂脏话一边恳求着，老郑一言不发把她推进了电梯里。我跟彭克说，要不咱俩走吧，你还有多少钱？彭克正在摆弄一台手提摄影机，他刚找到一个给寺庙拍纪录片的活儿，香港人委托的。彭克说，我没钱了，一个事情要分两方面想，你以为老郑是为了我们把女孩撵走的，兴许是老郑为了把女孩撵走才让我们住下的呢？我只好把房门关上，我说，彭克，你这次如果挣了钱，我们就搬走吧。他说，我这次没要钱。我说，你为什么不要钱？他们对寺庙和佛祖了解什么？挣他们的钱不丢人。他说，我现在要钱没用，而且对方也没什么钱，人家单纯地想做个有诗意的东西，你跟我去吗？那边清净，适合写东西。我说，我不去了，你走了我就清净了。他说，也好，你不用写得太完整，就按照咱俩聊的故事，一个大概齐的剧本我就可以拍。我说，好。之后三个月，我白天去资料馆看电影，晚上在房间写剧本，一个挺工整的犯罪电影，故事就发生在我们三个长大的Ｓ市里，罪犯有着解放全人类的信仰，反对资本主义的日益猖獗。这个形象我用了我爸的。彭克回来时头发剃光了，整个人瘦了一圈，两只眼睛精光四射，在脸中央转着。他说开始的时候不顺利，跟和尚打了几架，几个小和尚把他关在禅房里，用棍子揍他。第二天他把领头的和尚骗到自己的房间，用刀顶着他的老二，抽了他二十个耳光，然后拿出一把火腿肠。和尚跟他说，他平时也吃的，如果给他准备一瓶白酒就更好了。彭克马上下山买了两瓶白酒上来。两人喝酒时彭克告诉他，隐私并不重要，如果片子拍好了，把这个小寺宣传出去，他的成绩不小，兴许可以升住持。之后的拍摄都很顺利，和尚就像绵羊一样，头羊往哪里走，他们就往哪里走。领头的和尚跟他说，其实他们院子里的断塔底下有一个舍利，除了他和住持，别人都不知道，因为那个大和尚后来背叛了空门，被逐出寺庙，在附近当了农民，谁承想死时竟烧出了舍利，还留下一幅字：留惑润生。他和住持就偷偷去把舍利和字接回庙里，放在塔底下。和尚领着他把这个也拍了，彭克说那个舍利很圆。

小明有点玩累了。它回到我身边，围着我转，意思是要回去。我把它领回家，给它弄了点罐头吃，自己洗个澡。宿醉之后的人都有一种臭气，喝醉的时候闻不到，清醒的时候很明显。从浴室出来，小明已经睡着了，下巴枕着自己的前爪。随着年龄的增大，它每天下午都要打一个盹，做梦时还会呜咽。我随便看了半部电影，然后换了一套衣服，拿上羽毛球拍，打个车向彭克的工作室进发。彭克的工作室在香山脚下，一栋巨大的别墅，家具并不多，大部分地方空着，但是每个屋子都有一张桌子和一个烟灰缸。他把其中两个大房间打通，弄成一个羽毛球场，能陪他打球的人主要有两个，一个是他的助理毛毛，过去是河北省羽毛球队的运动员，省运会女子亚军。另一个就是我，我们俩都是最近三年从没有任何基础开始跟毛毛学的，通过我的努力，水平一直相近，没有拉开差距。

老郑已与彭克彻底闹掰，最近几年都没见过，原因是彭克的第三部电影让老郑做音乐，两人产生了分歧，最后差点动了刀子。彭克侮辱了老郑的能力，也侮辱了他对工作的理解。你怎么想真的不重要，彭克说，这么多年你的想法我从来都没过过脑子，它们一点营养都没有。我在名义上是彭克公司的编剧，但是最近几年其实没写什么东西，原因有两个，一是跟彭克合作太痛苦，如果你不把他惹毛，通常他不会故意贬低你，事态的发展会令你感觉到自己是一个废物。无论你多么努力，只是装饰了他的世界的一角，他所要建造的东西极为巨大，甚至超出了业界所能抵达的范畴，没人能够做到，包括他自己，但是他还是向此挺进。最后拿到的东西只是最初设想的百分之六十，也已足够出类拔萃，将其他人甩开。只是这个过程中，所有人都要日以继夜地冲击自己的极限，很多人垮掉了，永远丧失了对这个行业的兴趣，另一批人再补充进来。我试过了，我必须让自己慢下来，形成自己的节拍，才能在他身边活下来。二是彭克给我买了房子，我和小明的家就是他的礼物。后来他在老家给父母买房子，也顺手给我父母买了一套。我们的父母本来年轻时就认识，是同一个工厂的职工，现在住在一个小区里，平时相约散步，生病时互相照顾，天冷的时候就一起去三亚避寒。前年我爸生病，彭克把他接到北京做了一个复杂的手术，可以说是救了他一命。我不写东西也可以活着了，每天看片遛狗喝酒对于我来说也没有什么损失。这不算是彭克的失误，我能给他的帮助越来越小，经过多年的稀释，已几乎没有任何味道了。我是否也受过他的凌辱呢？实话说，具体情况我想不起来了，我们在一起打打羽毛球，有时候谈谈工作，有时候也说小时候的事。高中时候他想弄一台课本剧，名字叫《西安事变》，我就是编剧，后来在八一剧场演了，他是导演，自己演了张学良，我挑了蒋介石的一个卫兵演，台词不多，但是有几处笑料。这台戏反响极好。在那场文艺汇演里，老郑代表另一个学校表演《真的爱你》，他说他站在幕边看了我们的戏，笑得在地上打滚，我们就那么认识了。老郑家里条件好，身边有不少兄弟，但是他很看重彭克，彭克虽穷，两人关系平等，老郑很重视这种平等的感觉。

司机有一搭没一搭地跟我说着话，我感觉到他心情不错，这是一个好活，足有三十公里。雪时下时停，这会儿又大了起来。他问我爬没爬过香山，我说从来没有。他说香山现在虽然树叶子都掉了，还是值得爬的，上去之后能看到整个北京，颐和园的尖塔就在眼前。我说，我从没上去过，我的目的地通常是山脚下，有机会我上去看看。前一天晚上我之所以喝多了，是遇见了两个女孩，我渐渐想了起来，醉酒后的记忆就像漏水的房间一样，时间有时会将其连成一片。老郑走后，我继续坐在吧台喝酒，一点之后，酒吧相对安静了一些，散台区域来了两个女孩：一个妆容很厚，穿着丝袜，个子较高；另一个穿着羽绒服，个子中等，没怎么化妆，但是一直在抽烟。

这个酒吧面积不大，没有表演，是我的一个朋友专为了朋友喝酒开的，放的音乐都是"齐柏林飞艇"和"空中铁匠"这种，平时年轻人不多。我看了她们一会儿，她们说话时挨得很近，好像怕音乐的声响让她们误解了彼此的意思。快到三点的时候，酒吧里就剩我们三个人了，我朋友给我发了一个微信，他让酒保先下班，我继续随便喝，走时把音乐和灯都关了，卷帘门拉下锁上就行。我回复说，这里还有两个女孩，她们的账怎么算？我朋友说，酒保会把之前的账结了，之后的酒就算是你送的。我说，我？他没再回复。

半小时之后酒保下班，又过了十分钟，女孩要酒，我只好走过去说，他们这下班了，你们喝什么酒我给你们拿，老板说不收你们钱了，但是如果你们要喝调酒的话我恐怕调不了。化妆的女孩抬头说，你准备喝到什么时候？我说，我不知道，喝到困的时候吧。化妆的女孩说，那是什么时候？我说，一般是早上，刚有天光那么一瞬间。化妆的女孩说，这么精确？我说，既然你问我，我就尽量说得精确些，其实也没有那么精确。她指着无妆的女孩说，我们俩刚才在打赌，赌你什么时候走，她更接近些。我看着无妆的女孩说，你还要喝一点吗？想喝什么？她说，我有些喝不下了，我平时不怎么喝酒，我再喝一杯啤酒吧。化妆的女孩要了一杯威士忌。我把她们俩要喝的酒拿过来，自己回到吧台区，继续抽烟听着音乐。这儿还挺舒服的。过了大概二十分钟，无妆的女孩拿着空杯子走过来说，我想再要一杯。她把身子倚在吧台上，脸色苍白，脖子挺红，好像脸部的皮肤已经失去了生命一样。我说，你是学生吗？她说，我想再要一杯啤酒。我帮她打了半杯，放在她手边，她拿起来喝了一大口说，研究生，我刚从美国回来，不用害怕，我已经隔离完了。她停顿了一下，用手指打出一个OK的手势说，我是数学家。我说，了不起，你研究数学的哪一部分？她嘴里发出"哈"的一声，没有回答。我拉长自己的视线，另一个女孩已经趴在桌子上睡着了，这下不好办了。我说，你朋友睡着了，你能送她回去吗？她说，她不是我朋友，我们在另一个酒吧刚认识的，你把手机拿出来，我把酒钱给你。我说，不用。她说，我是数学家，把手机拿出来，钱我算给你，简单加法。我说，钱不用算了，时间不早了。她说，那我们加个微信吧，我现在说的话你明天还能记得吗？我说，什么？她说，下次没人陪你喝酒的时候，你可以叫上我，我是一个很好的酒友。我说，可是你是个数学家，我上初中之后数学就很少及格了。她说，那你很幸运，迟早机器会把我们全代替，数学这个行当里不再有人存在。我说，那到时候你去干吗呢？她指了指自己的脑袋说，数学是一种思维，笨蛋，你以为就算那几个数吗？她兀自又发出"哈"的一声，走回自己的桌子，把另一个女孩扶起来，两个人的包都挂在她的脖子上，走出了酒吧。我又坐了十几分钟，把自己杯子里的酒喝完，杯子冲洗干净，放回柜台下面的隔层里，然后出门去拉卷帘门。我脚一滑摔了一跤，后背着地。我在地上躺了一会儿，如果这时候给我一条被子，我愿意睡着。远处有汽车经过的声音，地面有石头磨损的味道，那味道还挺好闻，一种累积了太多鞋底鞭笞的甜味。

车停了下来，彭克别墅的烟囱上冒着烟。

毛毛正在给炉子添柴，柴火都是她去旁边的林子里捡的，用一只小小的麻袋。她膝盖向外张开，蹲在地上像个男人。她告诉我彭克刚开完会，正在另一个房间睡觉。我推开门，彭克躺在躺椅上，灯开着，腿上盖着黄色的薄毯子。因为生活不规律，他时胖时瘦，这段时间他非常消瘦，脚丫子像刷子一样从毛毯下面露出来。不远处的长条桌子上放着一本打开的画册，开本很大，上面都是文艺复兴时期的画作和雕塑，旁边放着一个烟灰缸和一只保温杯，烟灰缸上搁着一段没抽完的雪茄。他其实没怎么睡着，他的睡眠分散在一天的各个时段里，但是每次都睡得很轻，浅梦像小鸡的绒毛一样鲜嫩。他看见我，坐起来，我感觉他还晕乎乎的。他说，你什么时候来的？我说，刚到。他缓了几秒钟说，你坐这，我给你讲一下这个故事，讲完打球。这也是他的习惯，他每天不停地给各种人讲故事，这些故事有的是编剧写好送到他这儿的，有的是他听到的，觉得有意思，有的是他自己想的。他把这些故事讲给不同的人，听他们的反馈，讲的过程中他会修改，准确地说，他通过讲述在重写每一个故事，每讲一遍都重写一次。讲的过程中他会非常认真地观察你的反应，哪个部分你眼睛一亮，哪个部分你扭动了一下，好像想上厕所又不好意思去。我坐下。他说，这么个故事，暂定名字叫《舍利》。他讲了大概三十分钟，我听着，偶尔点头，有时候问一个逻辑上的小问题。大概一年前，彭克告诉我太太不允许他再拍电影了，他的身体垮了，机能差不多等同于八十岁的老人，他必须得休息几年，规律地饮食和运动，要不然随时可能暴毙。他又去看了中医，中医的结论也差不多，他的元气已耗尽,几乎只有敲骨吸髓,才能维持正常生活,所以必须开源节流补充能量。这个恢复的工作可能需要持续十年。他说,他们说的问题我感觉到了,我只是确认一下,但是我想再拍一部电影。我说,十年后再拍吧,你可能死在片场上。他说,不会的,大部分疼痛都是我想象出来的,不是真实存在的,我只要处理这个想象就可以。如果我不工作,我马上就死了,我越拍身体越好。我现在主要担心我的脑子,如果我想不起来事儿了,我就干不了了,我这两天试着想了想小时候的事,很多还能想起来。那次咱俩去劳动公园滑冰,让人家抢了,回头咱俩回去想抢别人,又让原来那伙人抢了一次,我都记得真珠儿的。刚来北京的时候,他很快就学会了北京话,老是丫丫的,几乎可以乱真,现在他经常跟我说我们那的方言,而且词汇相当古老,几乎是我们父母曾经说过而我们长大后都不说的。

彭克拧开保温杯喝水,发出咕嘟咕嘟的声音,感觉十分甜美。你觉得咋样?他说。我说,挺好。他说,老郑最近在干吗?我说,还那样,我昨晚刚见了他。他说,是吗?你给我讲讲,你们都干了啥,聊了啥?我说,不打球了吗?他说,你先讲讲。我就把昨天晚上的情况讲了一下,讲着讲着就提到了那两个女孩。他说,有意思,后来你们说话了吗?我说,说了。我就把跟那个女孩的对话讲了一下。他哈哈大笑说,有意思,数学家。彭克滴酒不沾,他酒精过敏,一喝酒就浑身痒痒,衣服都穿不住,但是他特别爱听我讲喝酒的故事。我又讲我摔了一跤,差点睡着了。他笑得更开心了,说,这个女孩我想见一下。我说,啥?他说,我想见一下这个女孩。我说,你见她干吗?他说,我想认识一点普通人,这个电影我想全部用普通人演,你和老郑都要演,回到我们最开始。我说,胡闹,我不演。他说,要演,你和老郑都要演和尚,你演酗酒的和尚,老郑那个和尚有一种天然的道德感,这个女孩演两个和尚的朋友。你给她发个微信,问她现在在干吗。我说,我没有脸找人家,我根本不认识她。他说,就要你不认识她,我也不认识,我们认识的人要么跟你有共同点,要么跟我有共同点,就要这么一个陌生人,我时间紧迫,快发个微信,你就当什么呢,就当抽一个签。我说,如果她不回,我绝不会给她打电话,不回就算了,你接受吗?他说,好,发吧。我拿起手机,找到那个女孩的微信,她的微信名叫郭晓派,有一个转账的记录,我还没收。我发:你好,昨天匆匆一面,未及多叙,请问你听说过彭克这个人吗?过了一分钟,她回说,听说过,你今天感觉怎么样?我想了一会儿说,我今天感觉正常,他想见见你,聊聊天,没有别的意思,他听了我们昨天的遭遇,觉得你很有意思。她回说,你是帮他拉皮条的?我说,不是,他病了,只想聊聊天,看你今晚的时间。她回说,我正在倒时差,睡不着,昨天对你不太礼貌,如果你也在,我就过去看看。我说,我也在,这里十分偏僻,你走时我可以送你。她说,地址发我,如果我帮不上什么忙,请你们不要见怪。我说,来就好。

彭克看我放下手机,问,来吗?我说,应该会来。他说,她是不是很温柔,跟昨天不一样?我说,是的,不但温柔,而且文雅。他说,如我所料。说完他又在椅子上躺下,把毯子抻到下巴底下,说,你跟毛毛说,让她弄点吃的,我饿了,然后给你的朋友准备点零食。

　　大概四十分钟之后，女孩来了，今天她化了一点淡妆，而且穿了黑色靴子，显得比昨天高。我在门口迎她，跟她握了一下手，我说，辛苦你了，晓派，我这么称呼你可以吗？她说，朋友都这么叫我，你今天喝酒了吗？我说，等你时喝了一点，不是很多，你呢？她说，我昨天的酒还没散，现在嘴里还有酒味。毛毛从房间里出来打个招呼，叮嘱我们不要聊太久，彭克的心脏十分脆弱，就像要燃断的保险丝一样，今年冬天太冷，要尤为注意。她和彭克几年前是恋人，后来成为了朋友，最近她更接近护士的角色。她穿好运动服，戴了一顶红色绒线帽，出发去林子里跑步。每次彭克见女人，她都找个别的事儿做，离开这栋房子。我领着女孩来到彭克的房间，他已经坐到长桌的后面，小臂平放在桌面上，像是一个准备听课的学生。他说，你好，坐。晓派坐在对面，我坐在她右边。他说，你的名字很好玩。晓派说，其实原来派是数学的 π，这是高中时同学给我起的外号，出国之后我就改成了中文，反正他们也不知道是什么意思。他说，好玩，你具体研究什么？她说，我是研究黎曼曲面的，说起来有点复杂，但是那个图形你可能见过。彭克说，我知道，有个版画家，叫埃舍尔，画过这个东西，像一个楼梯，转圈的，但是永远走不完。她说，这你也知道？我说，彭导什么都看的。彭克说，你是准备以此拿个文凭去互联网公司还是准备一辈子就研究这个？她说，后者吧，她想了想说，你们听说过菲尔兹奖吗？我应该三年之内会拿到。彭克说，这么有信心？她说，还好，我的正常水平。你们是想做一个关于数学的电影吗？彭克

说，是的，也跟佛法有关，你觉得两者是相通的吗？她说，我觉得是有关系的，在最上层的位置。彭克点头说，我们一直在找你。我看了他一眼，他说得那么自然，以至于我怀疑起昨天的记忆，是他让我去的吗？好像不是。晓派拿起面前的薯片放在嘴里说，我在美国看过你的电影，我和几个同学一起去的，有美国人有印度人，大家都很喜欢。他们说你又幽默又暴力。彭克说，是吗？她说，你有一次来纽约做讲座，我的一个室友坐了挺长时间的火车去看你。彭克说，是吗？她说，你们晚上还一起吃了饭，你喝过酒之后还跟她上了床，你说你就喜欢普通的女孩，normal people。彭克说，不会吧？我说，你喝点什么？茶？威士忌？圣培露？她说，给我一点巴黎水，不要加冰，你帮他打工是吧，具体干什么？我说，我打杂的，我是彭导的众多员工之一。我给自己也倒了一杯水放在面前。我想起上次有个女孩，是彭克在宠物店认识的，他跟我提起几次，那是几年前他身体刚开始衰弱的时候。过了几天他突然跟我说，我好像把她弄伤了。我说，什么意思？他说，我不是故意的，你知道有时候人一激动，动作什么的不好控制，不过没有证据是我弄的。我说，你可以说具体一点吗？他说，我咬了她一口。我知道肯定不是简单的牙印那么简单，我说，在哪个位置？他说，小腿。你去简单查一下，非常友好地，你是个亲切的人，事情好办些。打给她五十万吧，做一个微整形够了。我说，嗯，你为什么这么丁？他说，热量，能量。你最近写了什么？或者有什么有意思的故事给我讲讲吗？我说，暂时没有，我还在找感觉。他说，完全不急。你爸你妈今年体检了吗？让他们做一

个体检,不要有侥幸心理,老年人体检特别有必要。后来又出现一起类似的事件,也是我去处理的,幸好她们互相都不认识,也没有足够的积蓄可以对新冒出来的钱表示冷淡。

晓派说,她说你带了一把小刀,把她的手指扎了个小眼,喝了点血,她觉得你很好玩,有这回事吗?彭克说,你这么说,我想起来了,她叫朵瑞斯,是德州人,拿的篮球奖学金上的你们学校。晓派说,你记性真好。她给我讲了你的这个小细节,我觉得很有意思,我就做了一点小研究。你可能不知道,我的脑袋除了做数学,还有一些余地,所以我平时也做别的研究,要不然很浪费的。只是我没想到这么快会见到你,所以请原谅我准备得没有那么充分。彭克看了我一眼,我也看向他,他的感觉良好。晓派从背包里拿出一个黄色皮面的小本子和一个挺大的牛皮纸袋。她打开本子说,我现在找到了九个女孩,伤口分别在后颈、大腿、小腿、胸部、臀部,面积大小和深浅不等,最严重的一个是在小腿,你差点咬断了她的跟腱。当事人对当时具体情况的描述在我的录音笔里,今天没带来,我觉得再给你听也没什么意思,就像刚才我说了,你的记性是很好的。这个袋子里,是她们在医院的诊断结果和X光片。你不要过于担心,我不隶属于任何组织,这些研究都是我个人的爱好,一直做数学是很枯燥的。我能再喝一点巴黎水吗?我拿起瓶子把她的杯子倒满,我说,你真是个聪明的女孩,你高考考了多少分?我们一直挺后悔小时候没有好好念书。彭克说,你把这些点连成线了吗?晓派说,你说这些女孩吗?没有,她们每个人都以为自己是唯一的受害者,只有我才是唯一

的见证者。啊不对,你这个员工也是。她伸出手来,我伸手跟她握了握,她的手就是通常意义上女孩的手,normal hand。她说,你很可爱,你知道吗?我说,你说你是个好酒友,果然如此。看来昨天我们不是偶然遇见的。她说,任何相遇都有原因。我说,我不喜欢这个原因。她说,办完事情我们再聊。

彭克说,晓派,你是叫晓派吧?有人表演说假话,有人表演说真话,你是哪一种?晓派说,你来做判断,你不就是干这个的吗?我现在想问一下你的人生理想。彭克说,什么?她说,人生理想。彭克说,我没有,我就是一步一步走到这的,如果非要我说,恐怕是占有。占有更多的东西,占有更多的故事,占有更多的时间,占有更多他人的头脑和记忆,占有历史,这么说可以吗?她说,可以的。她扶了一下水杯,但是没有喝,她说,你想占有我吗?我说,我可能得先走,今天我们家修地热,我拖了一个冬天了。彭克说,你稍微等一会儿,需要你走时我告诉你。怎么占有你?她说,你想怎么着都行,但是不能太狠,允许你攻击的部分我会给你画出来。如果你想要新鲜感,你可以去找别人,我也可以帮你参谋,但是我需要一直在你身边。你的公司我要三分之一,去年九月开始,我在另一所学校旁听了制片课程,那个一点都不难,那些数字简直是初中生水平。我知道你还有两个后期制作公司,我要一个,我对剪辑很感兴趣,那也是一种方程式,另一种创造的乐趣。我会为你挣钱的。彭克说,如果早知道这个夜晚是这样,我真应该把它拍下来,这么流逝掉太遗憾了。看来你是上天派来的礼物。晓派说,不敢当,现在拍来得及吗?彭克说,来不及了,

一旦你知道了摄影机的存在，一切就都变样了。我们俩对占有的理解可能有点分歧，你给我的限制可能会制约我的发挥，不过没关系，求同存异，各有各的道理。彭克把身子弓到桌面上，说，我最近一直在想一个问题。他把手伸到晓派的水杯里，然后在桌子上画了一条线，说，这是啥？晓派说，一条线。彭克说，用数学语言呢？她说，你连尺子都不用，我怎么用数学语言？彭克说，我认为这是一条直线，姑且这么认为吧，好吗？直线的两边是无限的，对吗？晓派说，对的。他又蘸了一点水，画了一条更短的线说，这是什么？晓派说，另一条直线。他说，这是一条线段，线段是有限的，对吗？她说，如果它是线段的话，那它是有限的。他说，我们的生命就是这个东西，有限的，在一个有限的东西里，谁来评判我们活得对不对呢？晓派说，我觉得是我们自己。彭克说，狂妄，自己怎么可能有客观的评价呢？有人说，只在尘世上走一遭，我们既不能和前世相比，也无法对来世加以完善，这不是很混蛋吗？晓派说，无限可能就在有限之中。他说，诡辩。晓派说，现代科学的发展在不断佐证这个观点，量子力学，包括对我们大脑的研究。在有限和无限的关系里，我想说的是在有限的历史里，你们男人拥有无限的权力。他说，这是自然的选择。晓派说，这不是，这是一个阴谋，一场你心知肚明的把死去的男人、活着的男人连在一起的阴谋。如果我们想挣点什么东西，只能从你们手里拿。如果你们攥得太紧，就需要把这只手掰开，这时候你们男人也会发现自己拥有了更多。彭克说，于是你就有了计划。晓派说，不要说得像是我花了许多心思，它很简单，很省力，完全不劳神。

这杯水不能喝了，你把它污染了。彭克说，换一杯吧。晓派说，不用，我身体里的水分够多了。

彭克把头转向我，说，毛毛回来了吗？我说，应该还没有，如果她回来了，我能听见门的声音。他说，毛毛为我付出了很多，你知道吧？我说，知道。他说，她生火很厉害，你承认吧？我说，承认。他说，你多久给你妈打一个电话？我说，我没有算过，大概一周一个吧。他说，我大概半年没跟我爸妈说过话了，都是毛毛在弄，我也不知道我为什么不想跟他们说话，这一点我没搞清楚。晓派说，我的提议你怎么想？彭克说，你的提议很好，最重要的是合理，我无法拒绝你。晓派说，我希望你能愉快地接受，不要有什么不舒服，我有能力来到这里提议，我就有能力把这些事情做好，这个逻辑OK吗？彭克说，OK，你确实干得很漂亮，我觉得我们的合作是一种对我生命的延续。他把烟灰缸上的雪茄拿下来，放在桌子上，说，你抽烟吗？晓派说，看心情，现在不想抽，那东西没有任何好处。彭克说，没错，没有任何好处，那是朵瑞斯吗？她说，谁？朵瑞斯？她回头朝门口看。彭克迅速拿起烟灰缸，在她脑袋上打了一下，晓派摔倒在地，说fuck。我跳起来，彭克弯腰又在她头上打了一下，我听见了骨头碎裂的声音，血从她的额头流出来，淌在地上。她的眼睛闭上了，两条腿僵直地伸在桌子底下。我伸手去拉彭克的胳膊，他站立不住，摔倒了，倒在地上，他使尽全力又在晓派脑袋上砸了一下，那脑袋已经没有任何反应，只是动了一下，更多的血从一个小洞里涌出来。我去扶他，他说，别碰我，把门关上。过了大概五分钟，他爬起来，躺在他的躺椅上。

你还打羽毛球吗？他说。我说，什么？他笑着说，没有，我觉得最近打羽毛球还是有用的。我听见大门打开的声音，毛毛回来了，带进了风声。他说，你听听我的心脏，过来听听，跳得很好。我趴下听了听晓派的心脏，不跳了。他说，我原以为我会死在她旁边，刚才有一瞬间，我觉得我的心脏裂开了，现在看来只是一次锻炼。我没有说话。他说，你翻翻她的身上和包里，有没有打车的票子。她的手机在桌子上，裤兜里有一包纸巾。皮包里有一个化妆包，一张国家博物馆的票根，一副棕色皮手套，一副黑色耳机，一只钱包，还有一支录音笔。他说，打开听听。原来她一直在录音，包括她刚才的惨叫都在里面，那句"你想占有我吗"录得异常清楚，我想起来那时候她把包从椅子上挪到了桌子上。再之前是她和一些女孩的对话。彭克说，我现在感觉到非常轻快。我还可以再活过，你觉得可以吗？我说，我不知道。

他说，现在有几件事情，第一是把她的衣服都脱下来，烧了，包里的东西能烧就烧，烧不了就砸碎，分散扔掉，然后把她埋在树林里。那个录音笔应该会有备份，得把它找到，这件事情你让毛毛办。第二件事情是，你先用湿巾把桌子和烟灰缸都擦一遍，然后再用干手巾擦一遍，做这件事时戴上胶皮手套。最后一件事情是要编一个故事，这是你的专长，你昨天见过她，喝酒聊天，从这开始讲吧。我先睡一会儿，你一会儿回来找我。

他的语速非常快，就像一盆水泼在地上一样。我在晓派尸体面前站了一会儿，没有动手。毛毛在外面哼着歌，跺脚掸落身上的雪。刚爬完香山，吸进了很多清冷的空气，她心情很好。我回过头，意识到彭克死了，我走过去，他的眼睛半闭着，已经什么都看不见了，我轻轻拍了拍他的脸颊，他已经完全变成了一团物质，随着我神经调动的手掌颤动。毯子从他的身上滑落下来，我拿上羽毛球拍，离开了房间。

骷　髅

穆　萨（《野草》2023年第6期）

推荐语

　　当穆萨笔下的主人公将一具骷髅标本拼凑完整、藏于封闭的床箱之际，生活被打开了一道裂缝，也给读者带来一阵惊惧与晕眩，那是异物刺入日常，锋利的碎石掷入平静的湖面。作家兵行险招，既要渲染、制造恐怖的氛围与意象，又要严丝合缝地落实于具体人物的性格、心理与生活节奏中。设想之奇崛与手腕之高明由此可见一斑。小说结尾，主人公送别骷髅、手捧黄玫瑰，似乎日常生活的常轨终于闭合。但掩卷之际，又分明感受到骷髅空洞的眼眶中射来的锋棱，逼迫着读者再思隐与显、断裂与延续、变异与日常的复杂关系。（金理）

　　晨雾尚未散尽，如残留的睡意在大脑中缭绕不去。公路蜿蜒，海拔越来越高，透过雾气，时或能够看到远处的城市，那些建筑密集地坐落在旷野中央，静谧得令人惊讶。一只狐狸迅疾地穿过路面，他忙踩了一脚刹车。车上其他人没看清是什么，短暂地望向遍布石块与杂草的狐狸消失之处。他没有告诉他们那是一只赤狐，任他们好奇与猜测。坐在副驾上的秃头男人是他的上司，正是此人在这个难得的假日喊他来这种荒郊野岭开车。"小程，公司有十几口人想去，还差一个司机，你还是一起去吧。"他只好答应了。后排是三位女同事。他一路听着他们喋喋不休，把车开得飞快。

公路尽头是一块平整的土地，他们下车后，另外两辆车很快也到了。这些男男女女年龄在二十五到三十五之间，置身野外，似有无穷精力，兴奋地嬉闹着。接下来的山路只能依靠步行，程誉提出他想留在这里看守车辆。上司知道他只是不愿随众人爬山，于是同意了。同事刘岩想要陪他，他以自己犯困，想在车上睡觉为由，拒绝了她的好意。

来时的路上他的确有些犯困，但此刻山里的空气让他清醒无比。同事们沿小径而上，很快连声音也消失了。周围剩下他和三辆尚自散发余温的汽车。风吹得青冈树叶簌簌作响，看不见的鸟雀在其中争相鸣叫。路的一侧是停车的平地，另一侧是梯田式的山坡。他从山坡上逐级跳下去，到一个较为陡峭的地方停住。眼前视野开阔，空气凉爽，他找了一块石头坐下，感到十分惬意，假日被占用的怨气似乎也渐渐平息。

百无聊赖之中，他捡起脚下的一块碎石抛了出去，石头在空中旋转下落，伴着一声轻响掉在肉眼可见的缓坡上。他想超越这段距离，于是捡起另一块，用更大的力气扔出去。很快他就迷上了这个游戏，以致后来发明出更多的花样，比如先以较高的角度扔出一块石头，再以另一块击打它，有时竟能打中。平台上的碎石被他捡完了，打算前往下一个平台之前，他在脚下疏松的土地中又挖出几块抛了出去。埋藏在土壤中的石头较大，但他可以像掷铅球一样，用肩背的力量把它们扔出，别有一番趣味。他继续在脚下挖掘，其中一块格外浑圆，触感不像石头，等到全部挖出，他发现那是一块完整的人的头骨。

程誉像被那东西咬了一口似的，猝然丢下它，倒退两步。头骨在地上翻滚几圈，停住时面部朝上，那双塞满沙土的眼睛无神地望着天空。他站在原地四下张望，周围凝然无声，连鸟雀都不再叫了。他继续盯着地上的头骨。它颜色发黄，表情既狰狞又有些无辜，两排牙齿还完整地留存着，光秃的头顶则让他想起他的上司。起初他和它对峙般站着，等到他确认那不过是个骷髅，既没有危险性，也不会让他产生生理上的不适，他渐渐地不再害怕，蹲下身子凑过去，近距离观察它。他感到这个游戏比扔石块新鲜刺激，也比他身后那群人哼哧哼哧地上山又下山好玩多了。

后来，他用双手小心翼翼地把头骨捧起来。头骨比表面看上去要重一些，里面裹挟着土壤和许多植物根须。他和它对视，像个考古学家拿着它翻来覆去地观察。最后他把它带回汽车旁，从树上折下一根细枝，顺着面部那些窟窿开始清理。随着沙土从眼睛、鼻子、嘴巴里掉落，孔窍疏通，一颗干净清晰的骷髅头渐渐呈现。

"是不是舒服多了？"他对它说。

接下来的几个小时，程誉一直坐在树荫下端详着这个死人头骨。他猜想它的性别、生活年代、身份、死因、死去时的年龄……一切信息都无从知道，更显得它神秘诡谲。临近中午，气温渐渐升高，他从车上拿出矿泉水喝了几口，用剩下的水将骷髅表面清洗一番，又拿到阳光下晒干。此时它看起来更像一件工艺品，虽然品相不佳，颜色泛黄，头顶甚至有苔藓似的青痕，但这样一来倒更显得粗犷自然。

同事们下山时，头骨已被他裹上塑料袋塞入背包，放在汽车后备箱里。车是公司的，但平日任由他开。后备箱还有其他同事的物品，为避免被他们察觉异样，他把自己鼓囊的背包放在最内侧。爬山耗尽了他们的精力。原定于下午的其他活动已有半数人表示不愿去了，上司只好决定取消。他们沿山路回到城市，由于出汗，连聚餐也免了。程誉只需开车把上司和后排的三位女同事逐一送回住处，就能够独自享受剩余的假期。

回程路上大家默不作声，当车内只剩下他和刘岩时，他们反倒有意无意地说起话来。刘岩问他整个上午独自一人是不是很无聊。他敷衍地说他只是睡了一觉。于是她讲起他们登山的过程，讲山上的地形、植物、动物。作为回应，他偶尔抬头从后视镜里看看她。她坐在中间座位，头发扎在脑后，镜子里映出她的额头和眨动的双眼，使他联想到那层皮肉之下的头骨。

"那你呢，除了睡觉，什么也没干吗？"她问。他说还扔了石头。"扔石头？"那个额头诧异地前倾了一下。他向她解释自己如何让每一块石头飞得更远，又如何用一块石头撞击空中的另一块。她听后捂着嘴大笑起来。他不知道这有什么好笑的。他想，假如他告诉她，他还捡到一个死人头骨，就放在她身后的后备箱里，她还笑得出来吗？

快到她的住所时，她邀请他一同吃饭。"不好意思，我想自己吃。"他拒绝道。"没关系，也没指望你会答应。"她说。这话让他微微一愣。的确，他独来独往惯了，对于公司里任何与工作无关的邀约，总是尽可能拒绝。上司为了大局，有时会勉强他参与一些活动，比如这次登山。而其他同事碰壁一两次也就识趣。唯独他身后这位女士似乎乐此不疲，从来不会因为被拒绝而不再相邀。他知道，她说"没指望你会答应"还不够准确，应该说她料定了他不会答应。他不知道一个人为什么明知对方会拒绝却仍然提出邀请。但让他发愣的并不是这个。即使他常常以拒绝的姿态出现在人前，也从未有人对他说过"没指望你会答应"这类话。而今天听到刘岩如是说，他的心底生起一股小小的叛逆。似乎较之于和对方吃饭，他更不能忍受对方明知他的答案却仍要他亲口说出。对他而言，这近乎一种戏弄。于是在靠边停车之际他几乎要脱口而出同意和她一起吃饭，但他还是忍住了。"下次吧。"他说。

他的公寓距离刘岩的住所只有五分钟车程。公寓是他一年前买的，如今还在按月支付房贷。进屋后，他首先打开背包，拿出里面的头骨。塑料袋不够密封，一些渣土掉进背包底部，他不去管它，径直将头骨拿进卫生间，放在洗漱台上。接下来，他点了一份外卖，换上宽松的睡衣，像男孩把玩新买的玩具一样用一支牙刷认真清理头骨的每一寸部位。

这项工作比他想象的更为耗时。骨头表面顽固的污垢要经过反复刷洗才肯掉落。一些肮脏的印记和颜色已经与白骨同化，怎么洗也是徒劳。最费力的是牙缝。不知道此君生前就不讲卫生还是死后才形成的大量斑痕，他像雕刻师一样几乎将两排牙齿逐一打磨，它们看起来才稍微像样。外卖送到后，他快速地吃了，随后又清洗头骨内部。两小时后，他总算把它洗得干干净净，没有一丝尘垢了，尽管那些洗不掉的东西让它看起来仍然脏兮兮的。

他的房间几乎没有朋友造访，但父母偶尔会来看他。因此他不能像摆放工艺品一样光明正大地把头骨放在桌面或是置物架上。思来想去，他把它藏在卧室衣柜的顶层。当天夜里，他梦见头骨在衣柜里生出了皮肉，五官渐渐清晰，头发与柜子里的黑暗融为一体，但仍然分辨不出它的性别。他问它叫什么，它表情严肃，闭口不言。那副样子让他感到有些害怕。第二天早晨，模糊的梦境使他想到小说和影视剧中许多荒诞不经的鬼怪故事。他第一次对他的工艺品产生质疑，这东西是否是一件不祥之物，他把原本属于荒野的它带回住所，是否有失妥当，托梦、还魂、重生，这些词语在他脑中不住闪现，是否此人生前的遭遇将与他的生活相交，从而给他招来厄运。好在白天的阳光旋即使这些想法淡去。打开柜门面对着散发清淡土壤气息的头骨时，他一样爱不释手。

剩余的两天假日意味着他可以不跟任何人见面。父母有时会喊他出去吃饭，但几乎每次都谈到对他恋爱结婚之事的担忧。他们甚至自作主张给他安排过相亲饭局，在他明显表示厌烦后，他们也就听之任之，不再插手。有时他自然也会感受到独处的孤寂，可但凡与人交往，那些别扭与不适之感总让他立刻想要退缩。他通常无法参与他们那些话题，无法领会他们的玩笑，对他们所喜爱的事物也提不起兴趣。学生时代他曾因此感到自卑，但如今已接受他与他们之间的差异，他就是这样一个人，以这样的方式存在。他并不厌恶人本身，假使能够找到同类，比方说，假使有人和他一样喜欢这件意外捡来的头骨，他并不排斥和那人共度假日，一起把玩、欣赏、研究、揣测这件荒野之物。但想想就知道，倘若他所熟识的这些人看到一个骷髅头，他们脸上的表情会变成什么样。

假期第三天，他醒来时没有再被梦境困扰。但另一个想法在他脑中诞生。他的工艺品曾经是个活生生的人，此人不仅有脑袋，还有身体的其他部位。它们是否也埋藏在那片梯田式山坡上。想到他带回头骨的做法可能使一具完整的骨骼身首异处，他感到这也许才是这件事的不祥之处。于是，他带上一只编织袋和两样小型掘土工具上路，驾车来到南山公路的尽头。天气依然晴好。平台上土壤被翻动过的痕迹犹在。他开动铁锹，顺着埋头骨的地方挖掘，没几下又出现一截白骨。可见它们原本是一体的，他想。他兴奋地挥动双臂，把多余的土壤顺着山坡抛洒出去，干燥的土壤颗粒像降雨一样落下，发出均匀细微的响声。

一具无头的人体骨骼很快就出现在他掘出的坑穴里。脊柱、髋骨、肋骨、四肢，清晰分明。为避免打乱顺序后不易拼接，他先用手机拍摄一张照片，再把它们一一拾进编织袋。确认没有遗漏，他把口袋放在一旁，扩大挖掘范围，试图发现棺椁的痕迹或是死者的遗物，最终一无所获。正当他掘土之际，身后传来人声。来不及将编织袋放入车内，两人已经从小径来到公路。"太好了，有车。"他听到他们中的男声说。他们朝他走来，他赶忙拉上编织袋的拉链。

一对小情侣，学生模样，长得清纯可爱。他们趁假期来爬山，打车到此地步行上山，下山后正好遇到他，想搭顺风车回城市。"我们可以给你和打车来这里一样的价钱。"男生说。他们在路边蹲下身子，一边询问他是否方便，一边看着编织袋、坑穴和他手里的铁锹。这景象，俨然一副野外埋尸现场被人撞见。他有些心虚。"这是在挖什么？"未等他回应搭顺风车的请求,女生已经好奇地问。他只好先回答女生。"矿石。"他说,随后捡起坑穴里的一块普通石头,装模作样看了看,丢下山坡。两人倒是来了兴致,"什么矿石,值钱吗?"女生接着问。"不值钱,做研究用的。"他说。"您是地质专业的?"男生对他顿生敬意。他回答说是。接着,他们指着口袋,说想看看他挖到的矿石。"有什么好看的。"他冷淡地说,一边收拾工具,准备离开。"您挖完了?""那您同意带我们回去吗?"两人跟在他身后问。"走吧。"他把编织袋放入后备箱,请两人上车。他不想拒绝,一是自己心虚,怕拒绝引起他们怀疑;二是他不想让他们在挖掘之地停留,以免发现什么端倪。

回去的路上,他们仍想与他谈论地质和矿石。他在地质学上和他们一样是外行,为了不露马脚,只好主动把话题引到他们身上。他问他们是哪里人,在哪所学校读书,学什么专业,得知他们不在同一所学校,甚至又问他们是怎么认识的。总之,陌生人相遇时聊什么,他就同他们聊什么。往常他讨厌这样,他不知道说这些话、互相了解对方的信息有什么意思。如今他为了避免谈论自己为隐藏骸骨而撒的地质学的谎,不得不勉为其难聊起这些。他故作感兴趣地问他们,他们倒是句句都真诚相告。

"我们认识的时候……你说还是我说?"男生欲言又止地看了看女生。女生让他说。于是他继续讲他因何原因偶然地去她的学校,如何在食堂吃饭时因没有饭卡而请她代刷,又如何在刷卡后索要她的联系方式,两人如何频繁地开始聊天,频繁地前往对方学校……他冗长地描述着他们相识的经过,不住地看向身旁的女友,

与其说是讲给陌生司机听,不如说是讲给她听的。听他讲述这些过程时,程誉无须插话,也不用思考什么新的话题,因而他感到舒适。看着后视镜中两人对自身经历甘之如饴的样子,他想原来这就是人们不厌其烦地互相交流的结果。他又想,假如他告诉他们,后备箱编织袋里其实并非矿石,而是一具无头的骸骨,他们还能甘之如饴吗?

到了市区,两人在一处公交站下车。他们要付给他搭车的费用,他坚决不要。骸骨的缘故,他不愿和他们留下任何联系过的痕迹。他继续开车回去,拎着编织袋上楼,将里面大大小小的骨骼放入浴缸。浴缸洁白的内壁反衬出骨骼表面的脏污,它知道清洗它们又要花去他大量的时间了。黄昏时分,他盘坐在客厅地板上,对照自己拍摄的照片和一幅人体骨骼结构图,像拼积木一样把那些清洗干净的骨头连同柜子里的头骨拼接在一起。人体骨骼有二百零六块,许多部分本就连接在一起,因此拼起来倒也不难。而一些细小的骨骼脱落后不易区分,比如二十八根手指骨形状大小相似,挖出时又不曾标记,他只好随意拼凑。

这堆松散的骨头平躺在地面,看身高大概是个成年人。他在房间四处走动,不知道应该把它们安置在哪里。唯一隐秘且足够宽敞的空间是床箱。掀开床板,里面放着一些冬季被褥。尽管这样会显得自己和骸骨共寝,但他的房子别无合适的空间,他只好决定把它藏进去。他又下楼买了一根热熔胶枪,把那些骨骼的脱落部位粘好。这样一来,骨架稍微有了立体感,一具完整的骸骨标本在灯下呈现。他绕着它走来走去,从不同角度欣赏他的杰作,心中很

是满意。死亡的模样,他想。每个活人不过是给这东西填上血肉。他注视着它,仿佛注视着所有人的内部。他想到和自己朝夕相处的那些人,父母,上司,同事,想到刘岩,还想到今天搭顺风车的那对情侣。几十年后,他们都将变成地上这副模样。随后,他把床箱里的空间腾出来,小心翼翼地将骷髅放入。

假期结束,每天照常上班,他感到他又回到了活人的世界。他不再有时间整日和骷髅待在一起,只能在每天起床时和晚上下班后掀开床板看看它。久而久之,一副静态的骨架也没什么好看的,但它的存在给他的生活造成了一些变化。他买了一些介绍人体骨骼的书,开始了解不同部位骨骼的名称和作用。他搜集查看近几十年来本地发生的命案和失踪人口案,试图知道这具骷髅是否和某桩尚未侦破的案件有关。不仅如此,对人体骨骼的熟悉使他有时将身边的人也想象为一具具骷髅。那些白骨在大街上奔波,有的乘车,有的走路。除了那个大高个,同事们彼此几乎不再认得出谁是谁。他们用髋骨坐在椅子上,用指骨在键盘上敲来敲去,龇着两排牙齿,像往常一样忙得不可开交。由于久坐,大部分同事的脊柱弯曲得严重,还不如他床箱里那个人的脊柱健康。他自己也是如此。照镜子时,他可以看到自己皮肉下的头骨轮廓,额骨、颧骨、鼻骨、上下颌骨。这层皮肉似是虚幻之物,他所看到的那些坚硬的白色骨组织方为实相。

一次,某同事过生日,宴请全部门职员,自愿参与。刘岩知道他不会去,因此特意来做劝说工作。"又不是你过生日,你干吗来劝我?"他说。不过,大概是上次她邀他吃饭时心中微小的叛逆起了作用,他竟同意了。不仅刘岩,公司其他人也感到意外。晚上他们在一间包厢喝酒唱歌,许多人上前蹦迪。他坐在沙发上看着他们,刘岩在旁边和他碰杯。酒过三巡,众生皆为白骨的幻想又出现在脑中。他看到那些男男女女化为体型相似的骷髅,努力扭动着身躯,并且互相取悦。他们的肱骨带动桡骨和尺骨上下摆动,他们的足骨踩着节奏,胫骨和腓骨在拥挤的场地寻找缝隙,他们的髋骨无节制地晃动,不健康的脊柱像一条条笨拙的蛇,颅骨们更是自以为是地甩来甩去。音乐吵闹,不同颜色的灯光照着他们,这景象犹如中世纪的死亡之舞。

"你笑什么?"刘岩在旁边发问,他才觉察到自己被幻觉中的骷髅们逗笑了。他很想告诉她他在笑什么。但她大概从未见过真人骷髅,更没有像他一样和骷髅长久地相处过,即使告诉她,她也无法将眼前这群同事在想象中白骨化。但是他看到她同样也在笑。"你又笑什么?"于是他问。"我笑你笑的样子挺好笑的。"她说。多么可笑的一句话。他不理解她为什么要这样说,可这话实实在在地又一次惹他笑了起来。他的笑更加助长了她的笑。于是,两人莫名其妙地笑得停不下来。和一个同事笑成这样,于他而言是从未有过的。

这次聚会后,他和刘岩的关系表面看来没什么不同,但他能感觉到他们之间的些许变化。她常常找他聊工作上的事,有时聊着聊着话题就转入日常。一次他们不着痕迹地讲起彼此的童年经历,聊了许久他才惊讶地意识到他居然连这种事也开始对她诉说。他本能地戒备起来,而她似乎也敏锐地察觉到他的防线,及时止住话题。她对他小心翼翼的迁就,使他略微感到心情复杂。为了偿还这份迁就,他开始试着主动找她说话，这在以往是绝无可能的事，而她并不露出惊讶的神色，只是自然而然地接纳着，仿佛他们的关系向来如此。

距离骸骨被完整地掘出已有两星期，他偶然地从一本书上看到通过骨骼可以判断死者的性别。于是原本已经习以为常的对骸骨的兴致又重新激起。晚上，他对照书上介绍的方法细细察看床箱里的骨头。由于缺乏不同性别骨骼实物的对比，一些方法模棱两可，并无作用。但他隔着皮肉摸索自己相应部位的骨头作为参照，发现这具骸骨额骨陡直，颧骨低，乳突较小，骨盆入口为椭圆形，可初步判定其为女性。他放下那本《法医人类学》，退后一步，隔了一段距离端详躺在床箱里的骨架。一个女人，他想。知道性别后，他似乎不再能够安然地将它看成一件工艺品。这是一个女性的遗骨，而不是一个摆件。但这一想法没有在他脑中过久地停留。时间不早，他盖上床板，准备上床休息。

《法医人类学》还介绍了通过骨骼判断死者年龄的方法。较之性别，年龄推断起来更为复杂，即使专业人员也未必能够准确地鉴定出来，同样由于缺乏实物对比，对他而言更为困难。因此他花了大量时间研究这部分内容，最终还是只能粗浅地推测死者是一名成年人，年龄大约在二十至四十五岁之间。还很年轻，他想，不知道为什么猝然身亡。埋骨南山，又无棺椁坟墓，大概死得很不正常。也许是凶杀，见色起意，谋财害命，杀人掩埋后逃之夭夭。死者生活的年代无从推知，那需要更加专业的仪器和技术。但查看近些年本地的案件，没有发现未找到尸体的凶杀案，失踪人口信息也多为老人和儿童。多半是个古人。这样想，他更容易接受了。既然不是

同时代人，就不涉及未侦破的案件，捡回骸骨的行为大概也算不上盗墓，他可以安心收藏这件标本。除此之外，人骨标本想来也和其他藏品一样，年代愈久远愈值得收藏。倒不是说它可以高价售卖，而是时间使人对同类的骨骼没有了心理障碍。一具新鲜的尸体令人不适；而一堆白骨则仅仅使人产生初见时的恐惧，久之，人们可以端详甚至触摸它；假如骸骨深埋于地下上万年，挖出时已成化石，那么它不仅不会引起恐惧和不适，还可以放在展柜里供人参观了。

他的这件藏品，自然还没有久远到可供参观的程度。但表面那些即使是由于缺乏保护、直接与土壤接触而加速造成的斑痕和污垢，也足够显示它和死亡已相隔一段漫长的距离。这是一个惨遭意外的古代年轻女子。不论真相如何，他凭着一己之意这样定义他的藏品。他也为它只能够由他独享而感到遗憾。许多时候他脑子里一闪而过地冒出邀人一起观赏的念头，尽管他不善与人交往，但一想到有个人和他共同研究这件死亡与时间的艺术品，兴许还能为推知骸骨的身世提供新的思路，他还是有些蠢蠢欲动。

一天下班后，刘岩搭他的车回家，他在她所住的楼下停车，两人一起去附近一家餐馆。这不是他们第一次单独吃饭了。这段时间他们联手逐一击破他构筑已久的防线，他们的关系正平稳地向深处推进。饭间，她问他一个人生活有些什么爱好，他不假思索地说他喜欢收藏。话一出口他就后悔了。除了那具骸骨，他此前对收藏毫无兴趣。"看不出来啊，"果然她继续道，"收藏什么呢？"他原想骗她说收藏矿石，可刘岩不像那对搭车的陌生情侣可以敷衍，

若是追问起来，他对矿石一无所知，没法继续编下去。何况他本能地并不想骗她。于是他说："标本。"

刘岩露出惊喜的表情，立马对他的这一爱好来了兴趣。"肯定很美吧，你收藏的标本。"她侧着脑袋想象着，仿佛已经看到了她以为的他的藏品。她继续问："都有些什么？"他动用起自己为数不多的关于标本的知识，勉力回答她。"还不是常见的昆虫、蝴蝶、螳螂、蟋蟀，还有一些别的什么。"随后他问她，"怎么，难道你也喜欢标本？""当然了。谁会不喜欢标本呢？"她看上去很兴奋。"可是，"他说，"都是死了的东西，都是尸体，不会觉得害怕吗？""不会，以前去植物园见过他们制作标本，只觉得很漂亮。昆虫都很短命，它们用被制成标本的方式对抗时间，多好。"他表示认同。最后，她笑嘻嘻地说："我想看你收藏的。"他想了想，答道："改天吧。"

这天回到住所，他开始网购标本。他首先买了一些他向她提到的蝴蝶、螳螂、蟋蟀。随着它们送到，拆开包装，看到那只翅膀上磷光闪烁的黑色燕尾蝶静静地伏在透明容器里，一种既鲜明又诡秘的美似乎于瞬间将他慑住。于是，出于对标本本身的兴趣，而不是为刘岩来他的房间参观做准备，他开始大量地选购其他的动物和植物。除了成品，他同时也买了一些标本工具，打算亲手制作。很快，他的房间就名副其实地成了一个标本收藏爱好者的房间。

收藏标本期间，他不仅没有冷落他的骷髅，反而对它爱惜有加。他感到那些买来的标本虽然异彩纷呈，但在赤裸地呈现死亡的美与震撼上，它们远远比不上他床箱里的人骨。他给它涂上制作标本使用的防腐剂，人体骨骼面积大，防腐剂用量多，以致每晚睡觉时他都能闻到浓烈的药剂气味。这气味让他联想到木乃伊。相比骨骼，血肉之躯才更难于存放。但这并不是他所要考虑的事了。

刘岩几乎每天搭乘他的车上下班，这在部门已经尽人皆知。他们一起吃饭不再刻意邀约，饭后去附近公园散步也是常有的事。对于他们关系的升温，同事们收敛对待这种事的向来的态度，既没有打趣起哄，也没有投来异样的目光。大概他们深知他性格孤僻，恋爱不易，于是都小心谨慎，不敢表现过度的关注。刘岩同样把握着分寸，仍像朋友一样与他相处。自从她上次提出想看他的藏品，他回说改天，她就没有再提过此事。他猜想，也许她将他的"改天"理解成了他不愿意。毕竟他们虽然都是独居，对彼此的关系也已心照不宣，却从未去过对方的住处。或许她认为在他看来这仍是一道尚未开放的界限。想来想去，在一个周末他主动邀请了她。

他们约好下午相见，她穿了一条下摆参差不齐的黑裙子，像那只燕尾蝶。他领她进屋，替她放包，给她泡一杯果茶。直到此时，他还并不确定他是否要向她展示那具骷髅。她亲切地打量着他的房间，神情仿佛打量着一个她不久之后就将搬来的地方。较之观看标本的目的，他请她来他的住处这一行为对她而言显然更为重要。但她还是首先被茶几表面的几样标本吸引了。那是几只体型中等的帝王蝶，在他的藏品中实属最为普通的，因此摆在客厅茶几上。她拿起相框仔细观赏。对于她的称赞，他表示这种蝴蝶没什么特别的。他起身去置物架给她拿另一只蝴蝶，她跟了过来，站在架子前面观看。置物架上多为昆虫，不同科目的蜻蜓、螳螂、蜘蛛、蝉，她挨个欣赏，最后才看到他拿下来的那只。

"蝴蝶里面，这一只是我最喜欢的，也是我花价钱最贵的。"那是一只阴阳蝶，长得奇怪，左翅为黑褐色，右翅为蓝色，像是某种畸形或病变所致。"这种蝴蝶是稀有品种，"他说，"据说雌雄同体，左翅是雌性，右翅是雄性。""雌雄同体，那它们怎么交配呢？"她说。"大概既可以和同类交尾，也可以自娱自乐。"他猜测道。于是她笑了。她的笑里有一种绝对的信任，这让他既感到放心，又隐隐地有些担忧。

看完昆虫，他带她来到阳台，那里有个更宽的置物架，上面摆着他收藏的体型稍大的动物。这一次，刘岩没有像刚才那样凑近它们直接拿起来观看，而是隔着一段距离，表情严肃地盯着它们。上排的架子上有几只蝎子，几条个头较小的蛇，两只拳头大小的伸展着脑袋和四肢的乌龟。中间部分主要为不同种类、不同颜色的蜥蜴。架子下排则陈放着一些海洋中的鱼类。"害怕吗？"他问。她摇了摇头："多看几眼就没事了。"随后上前拿起一件，细细察看里面蜥蜴皮肤上的褶皱和花纹。等她看得差不多了，他告诉她："我还有一件体型更大的标本，想看吗？"她点点头："当然。"

他们来到他的书房。书房是由一间次卧改装的，并不宽敞，两面形成九十度夹角的书架之间放着一个木质圆柱，圆柱上固定着一只蓝孔雀。这件藏品让她惊讶。圆柱齐胸高，孔雀站在上面，丰硕的扇形尾羽垂悬而下，煞是美丽。就在她绕着孔雀欣赏和抚摸的时候，他感到心跳加快。"这还不算什么，我还有一件藏品。"隔着孔雀，他看着她说。"还有比这个更大的？"

她问。"更大，当然。但体型不是最重要的。重要的是物种。实话跟你说，是一具骷髅。""人的骷髅？""没错。""你在开玩笑吧？""没有。"她的表情看起来有些疑惧，对眼前的孔雀瞬间失了兴致。她还是决定要看个究竟。

卧室门一打开，弥散的药剂气味就使她皱起眉头。他没有再说多余的话，径直带她走到床边，连同铺盖掀起一侧床板，那具骷髅赫然躺在里面，如同躺在自己的棺木中。那双空洞的眼睛像是在看着什么，又好像什么也没看。刘岩失声叫了出来，面部不受控制地紧绷。她本能地抓住身旁的他，但又立马撒手，转而后退几步。裙子下摆晃动，一只受惊的燕尾蝶。

回到客厅，她的情绪平复了一些，但脸色仍然难看。她在这房间不再觉得舒适，走路时也似乎有意回避房间的主人和那些标本，仿佛她恍悟自己误入了一个遍布生物尸体的诡异之地。她决定要走了。"不好意思。"她连声道歉。他试图向她解释，那具骷髅是他捡来的，就在那次爬南山的时候。他还告诉她，那是个古代女子，距今已有很多年了。他又说，之所以放在床箱里，是因为暂时没有合适的空间。但这些都没什么用。"不好意思，我只是觉得有点变态。"她说。她找到自己的包，跟他道别，随后转身离开。那杯果茶已经变凉，他坐在沙发上，一口气把它喝了。

晚上，他被防腐剂的气味裹挟着躺在床上，几次忍住了想要联系她的冲动。这些天与她相处时的场景不停地涌上脑际。他去想床箱里的骷髅，他有些后悔把它展示给她。原本是个很好的下午，她喜欢那些动物标本，也喜欢他的房间。他们会一起吃晚餐，他会送她回家，也许还会跟她上楼，去她的住处看看。虽然缓慢，但他们的关系会持续发展下去。如今骷髅把一切搅黄了。但即使今天不给她看，她也迟早会知道这件事。没关系，他想，他们不过回到了原来的样子。他可以照样独来独往，照样对任何人爱答不理，他床箱里的艺术品还在，他照样可以把空闲时间全花在它上面。

第二天，他很晚才睡醒，打开手机没有任何她的消息，这让他重又感到心神不宁。他不知道事情有没有回转的余地，不知道经过一夜，她心里如何想。下午，他总算忍不住约她外出吃晚饭，她回说："不了。"他盯着这两个字看了许久，大段输入他想要对她说的话，最终又统统删去。晚上他再次掀开床板，用手指摩挲着骷髅的肋骨，触感滞涩，微凉。他想象着他的手抚摸她的皮肤，那是一种截然不同的感觉，尽管他从未触摸过。

许多同事看出他们关系的变化。他看到他们关切地去问她，而他不知道她是怎么对他们讲的。这种感觉让他更加不安。若是以往，他自然可以无动于衷，对他们的想法和看法漠不关心，但这次他只能佯装不在乎，实际上却不住地瞥向她的工位。她背对着他认真工作，一次也不回头看他。

回到房间，在公司的那些感觉短暂地消失了。他原以为能在骷髅这里寻求慰藉，但看到那堆白骨，他发觉自己对它有了轻微的责怪。这本应该深埋地下的不祥之物，他想，却被他带回来搅扰人间的生活。

防腐剂的气味日益消散。他似乎也逐渐开始适应与她的冷淡关系。只是再次看到她的背影，总感到比那个沉睡在床箱里的女人更叫他心生怜爱。这并不是由于她们之间生与死的区别。一星期后，他带着那具骷髅来到派出所，向他们讲述了挖掘和收藏它的详细经过，又乘警车去往南山，将挖掘现场指给他们看。由于涉及人命，他们把他留在所里，同时将骨骼送去检测。后来他们告诉他，死者是一名民国时期的年轻女子，由于年代久远，仅凭骨骼无法推断死因。他没有问他们将如何处理这具骷髅。那不再是他所能关心的事了。

从派出所出来，已是黄昏时分。他走进对面一家他来时就注意到了的花店。玻璃容器里插满各式各样的花枝，下面标着好听又别致的名字。他问店主："这些花还能开多久？""一两个星期。"老太太微笑着说。真是易逝的东西，他想。他选了一束颜色夺目的黄玫瑰，随后开车前往她家楼下。

穿过一片玉米地

周于旸（《西湖》2023 年第 6 期）

推荐语

周于旸《穿过一片玉米地》是一部具有科幻色彩的作品。小说从罗曼诺夫的童年奇遇出发，以成长史的叙事模式讲述了人的追求、幻灭和救赎。这部作品具有多重指向：个人发展、帝国崩塌、挥之不去的孤独以及"诗"与"真"的矛盾。这些故事素材在很多作品中都被书写，但周于旸以出色的叙事能力将它们整合为一个故事有机体。（杨庆祥）

　　罗曼诺夫确信他在六岁时见到过宇宙飞船，那是一个春雨洗涤后的明亮夜晚，空气新鲜得像条刚从水里捞起来的活鱼，田野里到处都是飞蝇。罗曼诺夫翻出围墙，准备去水塔上玩耍。燃烧的球状物划过夜空时，他正倚着一棵白桦树撒尿，于掌抚过树干的纹路，上面有句话，Всё мгновенно, всё пройдёт.（一切都是瞬息，一切都将过去。）这是他的祖父在一九六一年刻下的出自普希金的诗句，当时他用一根挖耳勺完成了这一壮举。祖父常常抱怨，如今已不是诗人的时代，他在耕田劳作的同时，也将这种愤懑情绪宣泄在农庄每一棵树的树干上。

　　一阵来路不明的风吹过脸庞，罗曼诺夫感到额头上似有什么光亮，他的视线逐渐从尿柱上移开。多年以后，罗曼诺夫意识到那一次抬头断送了他整个人生，他原本可以成为一名中学教师，也可以去开牛奶车，或者如他祖父所愿，当一名诗人。

但是那颗异状飞行物不由分说地落在了乌拉比诺镇五百米外的空地上，拖着长长的浓烟尾巴，仿佛拍摄照片时因晃动而产生的一道幻影。宵禁从九点钟就开始了，罗曼诺夫确定除他之外无人见证这一神迹。离坠落的地点只隔着一片玉米地，他没有犹豫半刻，就像丢失的东西是他身上的零部件一样，好奇又急不可耐地沿着方向寻去。

那一晚他见到了那艘无人认领的飞船，它在一座废弃的小木屋外刨出了一个大坑，罗曼诺夫赶到的时候，它已经如同窝在贝壳下的珍珠一样安详无害。这艘飞船与识字读本上画的全然不同，并非是一根长筒火箭，也不是盘子状的飞碟。它的顶部是个巨大的球状空间，尾端连接着一圈推进器，整体看上去像触手紧紧裹在一起的一只章鱼。罗曼诺夫从木屋旁的电网下捡了根金属棍，爬进坑中，用力敲打飞船的头部，金属棍碰撞后发出"咣嘶咣嘶"的空灵声响，即便他年纪尚幼，也明白这种声音不是地球上的物体能够发出的。

第二天，乌拉比诺镇发生了异样的变化，先是有居民发现窗玻璃上出现了奇怪形状的裂纹，随后农场里的奶牛开始无端嚎叫，工人们激动地以为这是要生小牛了。更加细心的居民察觉到打开水龙头后，水下落的速度变缓了，原本只要半个小时就能注满的大浴缸，现在需要四十分钟。罗曼诺夫的祖父也许是唯一兴奋的人，因为他感到脑子里突然之间收到了源源不断的诗歌灵感，仅仅一天时间，他就写下了将近一千行诗句。

飞船被居民发现后，政府的人来了，他们将乌拉比诺镇整个封锁起来。镇上的人先是被送到了赈灾营，随后又给安排到新的住所。乌拉比诺镇被划为了军事研究基地，政府要求居民们保守秘密，但并未让他们签下任何带有奖励性质的保密条款，因为官员们认为，即使此事传到外边，也不至于有人会荒谬到去信以为真。

离开镇子以后，罗曼诺夫和祖父一起生活了十七年。那次经历给罗曼诺夫留下了无法磨灭的印象，此后他几乎没有错过任何一个夜晚，总是在月亮升起之时虔诚地望向夜空，他相信闪耀的群星当中会有一颗为他而落下。时光流逝，他不得不承认那个夜晚发生的一切只是偶然事件，外星飞船不会频繁光临地球，人类也全然没把外星人当回事，它们只是用来丰富科幻小说的想象元素。意识到这一悲观的现实后，罗曼诺夫决定主动出击，中学毕业没多久，他立刻加入了一家航空俱乐部学习飞行技术，随后以优异的成绩进入苏联最好的飞行学校。经历过两次世界大战，所有国家都明白了航天技术的重要性，飞行学校的军官一再向他们强调，将来的战争是飞机的战争。但罗曼诺夫认为他们目光短浅，在地球之外，深邃而璀璨的广袤空间里，有着远比战争更为重要的事情。

一直到从航空学校毕业，罗曼诺夫从没有怀疑过自己的命运将会与众不同。他虽性格沉闷，也不是工于心计的人，但在校念书的那几年，他从未受到过欺负。罗曼诺夫以一种超越同龄人的智识和自信获得了大家的敬畏，祖父称其为"诗人的特质"。他在第一次试飞时就获得了学校有史以来最优异的成绩，不论是平飞、转弯还是盘旋，都像在胯下骑着一根魔法扫帚一样游刃有余。但在拿到毕业证的那天，空虚的劲头形势汹涌地浮上心头，一切以往的奋斗仿佛陡然消逝，记忆深处永不停息的"咣嘶咣嘶"的声音，也像断了电一般停止了敲打。

罗曼诺夫后来意识到，一生中难免有那么几次，人会荒唐地去怀疑自己的价值，那些他信以为真的东西正在慢慢消解自身的意义。他一度走进死胡同，无法解释自己的惶惑。他曾回到乌拉比诺镇，如今这里已是一片荒芜的空地，没有房子，没有水塔，更没有宇宙飞船。阴郁的天空笼罩着肃穆的土地，树上的椋鸟发出几声带血的啼鸣。这里已经不叫乌拉比诺镇，变成了一个被称为"23区"的地方。面对这苍凉贫瘠的大地，即便将记忆力训练成一把锋利的剃刀，也难以在时间的冲洗下再次清晰刻画那个经历非凡的夜晚。他开始怀疑那是从梦境中跑出来的一段经历，因为一个六岁儿童的印象难以成为有力的证据。

那时他的祖父也已经老得不成样子，他不再写诗，而是在涅瓦河畔做起了贩卖纸花的生意，他所用的纸张是从自己的诗歌册子上裁下来的。他写了一辈子诗，但是顾客们皆是冲着那些精致的纸花而来，甚至建议他换一些没有字母的彩色纸张，这样生意会做得更好。苍老的祖父耗尽了整整一个晚年，也没有等到那个为了阅读他的诗歌而拆开纸花的人。

一个灯火黯淡的夜晚，罗曼诺夫执意要和祖父谈论往昔岁月，尤其是他们在乌拉比诺镇度过的那段日子。然而祖父很明确地告诉他，别犯傻了，自打你出生以来我们就住在这里。罗曼诺夫心想，这里是哪里？经过了一番短暂的追问，他才从绚烂的幻梦中走出来，他视线中的物体终于有了鲜明的棱角。这儿是梅兹达尔，靠近波罗的海的边陲小镇，一个摇曳着伟大口号的人间仙境：当你忘记时间，时间也便忽视了你。凡是在战争中受到创伤的士兵，都会被送到这里接受疗养。罗曼诺夫不敢相信，他质问祖父，说，乌拉比诺镇的树干上明明还刻着你的诗句。祖父说，得了吧，那是古希腊诗人才会干的蠢事。

在模糊的童年记忆与祖父不容置疑的证词中，罗曼诺夫选择相信前者，并且断定祖父已经到了神志不清的年纪。一九九〇年的春天，罗曼诺夫入选苏联宇航员大名单的同一天，他的祖父在家中悄然去世，这几乎验证了他的判断。祖父的确老了，折出的纸花也不再铿锵有力，一阵清风就能将它整个展开，露出花叶背后的迷人诗句。罗曼诺夫收集了祖父留下的所有作品，此后每当面临重大关头之时，他都会像问神求签一样展开纸花，看看祖父会发表何种意见。

祖父第一次显灵是在一次心理技术测验中，几乎挽救了罗曼诺夫的整个职业生涯。那是一项检验在强迫速度和复杂情况下能否保证工作能力的素质测试，最早由二十年代一位著名航空医生提出，后来纳入了宇航员的选拔体系。进入测试舱之前，罗曼诺夫打开了一朵纸花，上面写道，地球不是唯一的行星，流星坠落的地方没有名字。测试开始后，罗曼诺夫在水池中进行了飞船遇险时的演练，需要在设备故障的情况下启动应急装置，并且发送一段带有坐标位置的求救信号。罗曼诺夫一时间难以适应笨重的航天训练服，迅猛到来的漂浮感让他在狭小的空间内无法进行充裕的演算，他很快进入类似溺水的状态，大脑脱离了身体独自运转。等到他回过神来的时候，测试结束的铃声已然响起。

苏联航天组为此专门召开了会议，因为谁也没有料到罗曼诺夫能在那种情况下迸发出富有想象力的诗句，除此以外最好的宇航员也写错了至少两个坐标数字，这让他们难以抉择最后一个候选人员。直到科学专家小组中的一位惊奇地发现，试题中的坐标地点曾经是一颗不知名陨石的坠落之处，恰好呼应了罗曼诺夫诗歌中的后半句。消息一出，就连向来不看好罗曼诺夫的训练导师也由衷地感叹道，事情居然就这么发生了。这次测验的结果让罗曼诺夫毫无争议地成为了驾驶小鸟号飞船的宇航员。

罗曼诺夫被选入小鸟号还有另一个重要原因，法捷列夫在一九九二年三月对他作了点明。彼时他们已经远离地球三十多万公里，漂浮了六个月之久，时间早已失去了质感，就像在梅兹达尔度过的那段模糊的岁月一样。法捷列夫说，像我们这样没有亲人的人，更容易被派遣来执行机密任务，这有助于他们更好地保守秘密。这项任务起始于一九九一年九月，出发的前一天下午，罗曼诺夫在发射中心外的草坪上目视着高耸的小鸟号，一连抽掉了两包烟，将其视为告别前的最后享受，当他在太空里犯烟瘾时，他能凭借这份味觉记忆不遗余力地将嘴巴堵上。第二天上午，罗曼诺夫躺进航天舱，伟大的倒计时在他耳边回响，他努力保持专注，不断地将手掌展开又合上，生怕陡然间从一张陌生的床上惊醒，一如他过往岁月中无数个碰巧成真的梦境一般。点火过后是一阵不间断的震颤，仪表盘上的数字开始闪动，他曾把乘坐火箭上升的过程想象为乘坐一间永不回头的颠簸电梯，直到那一刻他开始为自己的无知感到脸红。天空变暗的同时，罗曼诺夫终于与他记忆的源头再次相逢，六岁时丢失的灵魂重回到他的身上。他陶醉地张开双臂，仿若要挽起太阳一般感叹道，我这一生太需要这样的时刻。

这项被称之为"归巢计划"的提案是苏联航天史上最为荒唐的想法，缘起于那架在乌拉比诺镇发现的宇宙飞船，这让苏联当局重新审视外星人存在的可能性。他们解析了飞船内的一切信息，始终无法确定它的来意，只发现了一个太空坐标，经过初步判断，是它出发的地点，他们认为那里有连接另外一个文明的通道。一九六九年，当阿波罗11号登月成功时，苏联当局怀疑美国得到了外星技术的支持，于是加快了"归巢计划"的进程，此行的最终目的在于探求地外文明，与外星人建立联系。这一过于科幻的提案引起了诸多科学家的反感，把赢得太空争霸的希望寄托给外星人，还不如到教堂里虔诚地向上帝祈祷。但是没人能够对那架明显不属于地球的飞船做出解释，它是这一计划最终获批的唯一理由。

虽然罗曼诺夫曾陷入惶惑，但他始终坚信自己会与那架飞船再次相逢，只不过是多绕了一点弯路，就像丢失了夹在书中的书签，从头翻起也能找到中断的地方。罗曼诺夫在航天局内重新见到了它，它杵在一个巨大的密闭空间当中，周围是一圈稳定架，仿佛实验室里待解剖的动物一样，已经失去了原有的活力。罗曼诺夫迫不及待地拿起金属棍敲向它，时隔二十年，他再次听到了那声熟悉的"咣嘶咣嘶"的敲打。罗曼诺夫为此震颤不已，起了一身鸡皮疙瘩。长久以来，宇宙飞船就像黑夜里的一把吉他，他能够借此发出一点像样的声音来对抗黑暗。他一度丢失了它，但是从今以后，他的信念再也不会产生丝毫动摇。

小鸟号升空后不到三个月，发生了一件无比糟糕的事情，并且没有挽回的余地。一九九一年的年尾，苏联宣布解体。消息传到罗曼诺夫这里的时候，他正在拆开祖父的第十三朵纸花，上面写道，生活就像一头老母猪，不是你我二人能够操得动的。他花了一点时间才反应过来，他现在的身份是一个过时的苏联人，不属于地球上任何一个国家，面临着永远无法落地的窘境。因为苏联航天站的一切任务已被搁置，甚至流出了要卖给德国人的传言，人们已经不遗余力地投入到复苏经济的繁复工作当中。

　　罗曼诺夫心想，好吧，地球上没有安放我的位置了。他和法捷列夫探讨过此事，得出了一致的悲观结论，没有哪个国家会愿意花大价钱来接他们回家，加上"归巢计划"是一项秘密行动，他们已经被地球人彻底遗忘。那时罗曼诺夫开始失眠，尽管身处宇宙空间，他们仍然保持着地面上的作息习惯，这种有益生命的仪式变得不再重要。他的情绪崩溃，一度要戳破氧气罩，不过当法捷列夫开始安慰时，他依旧摆出内心强大的架势。他的祖父是勃列日涅夫时代的老实农民，教过他如何在各种情况下保持体面。

　　他们比荒漠中的旅人更加悲观，坐以待毙地在永不落地的梦境中走向消亡，宇宙中的每一天都是夜晚，他们在机舱里用互诉衷肠来消磨时光，罗曼诺夫在回忆往昔中逐渐看清自己如何走到今天这一步。法捷列夫问道，那一晚你看到了什么？罗曼诺夫说，我穿过了一片玉米地。法捷列夫说，穿过一片玉米地，然后呢？罗曼诺夫不耐烦地说，我们已经输了，即使见到外星人也毫无意义，没有人可以拯救苏联。法捷列夫说，我们不是在替苏联做事，我们在为人类做事。罗曼诺夫说，恐怕你还没意识到，不论去哪，我们都去得不是时候。法捷列夫说，你穿过玉米地后，到底又见到了什么？

　　罗曼诺夫没有回答，因为他想起了新的往事。战争年代，祖父曾经受过伤，一颗子弹擦过他左膝盖的十字韧带，腿脚变得不听使唤。罗曼诺夫学会走路之后，经常像弹球一样在屋子里到处乱窜。祖父没有办法，便开始修路。他告诉罗曼诺夫，只能在他修建的范围内活动，其余的地方都是伪装完美的陷阱，一旦涉足就会跌入深渊。他还告诉罗曼诺夫，地球上的每个人，都在自己铺设的道路上活动。他用这种方式让罗曼诺夫留在身边，永远待在他目力能及的地方。每天的劳作结束后，祖父都会花一点时间来修路，让罗曼诺夫的活动空间不断扩大，与他成长的速度保持一致。祖父说，等到你长到十八岁，这条路就能通到彼得格勒。

　　飞船降临的那个晚上，是他第一次离开祖父铺设的路，来自头顶的异物使他全然忘记了脚下的沟壑，他跑出去很远，等反应过来时惊慌不已，以为自己已经堕入了某种黑暗。面对玉米地时他有一些犹豫，最终还是决定沿着火光寻去。多年以后回想此情此景，罗曼诺夫确信这是人类心中渴望火焰的本能。他没有慌张，也没有尿裤子，他在玉米地里留下脚印，那是他首次发现双脚可以在土地上踩出印记。一九六九年七月二十日，阿姆斯特朗在月球上留下第一个人类足迹时，罗曼诺夫认为这就像他当时穿过玉米地那样。

　　那是他生命中最美好的一天，他没费什么劲就闯过了重重阻碍，见到了那架章鱼外貌的天外来物,并用金属棍向它打招呼。飞船顶部有一个突出的空间,像商场里的八角柜台,玲珑有致,光滑剔透。他仍在指望着什么,忽然之间八角打开了一角,发出淡蓝色的微光,此时地面还残留着点点星火,在飞船周围肆意昂扬,辉映中荡漾着壮阔的情绪。打开的舱门后面出现了活物,它有肌肉,也有脸,头上戴着透明头盔,脸上没有皱纹,仿佛皮肤表面浮着一层铜版纸做的面具。罗曼诺夫心想,这就是外星人了,它并不夸张,有人的样子,手指也是五根。它站在船体上朝周围瞭望,没有展露出凶蛮的态度。

罗曼诺夫就站在那儿,等它下来。那是罗曼诺夫人生中第一次和祖父之外的人交流,他没有像祖父想象中那样变成一个沉默内向的人,相反,因为那次与外星人接触的经验,让他足以有底气去应付人类的圈子。外星人比他高大许多,已经是成年人的形态,身上穿着斑马条纹的防护服。他们不通彼此的语言,罗曼诺夫挑起金属棍,在地上画了一个圈,泥土像蛋糕一样松软,就是虫子有些多。他继续往下画,画出了身体、手和脚,这是人类的形状。外星人蹲下身来,端详起地上的图案。罗曼诺夫兴奋不已,又画上一个月亮的图案,他伸出了手,和黑暗中另一只陌生的手臂碰到了一起,沿着肘部一直滑过整个小臂,他摸到了厚实的肌肉,也感受到从中延展出来的生命空间,它有脉搏,也有血液流淌的痕迹,似乎还有麝香的味道。罗曼诺夫朝着天空中指去,又用棍子敲打了两下地面,告诉它,这是月亮。不过那天夜晚的月亮稍显圆润,并非如他所画的那样弯钩似弧。但外星人心领神会了这一切,他从杂草堆里折下一根木棍,在月亮下面写

下了一串奇异的文字符号,罗曼诺夫借着月光辨认了出来,这是他学会的第一个外星语。

他们就这样交流起了各自的文明,罗曼诺夫摘了一只玉米递给外星人,并在地上写下,кукуруза(玉米)。外星人的眼神中透露出疑惑,仿佛食客在琢磨一道未曾见过的菜品,罗曼诺夫明白了它们星球上并不种植玉米。随后他们又探讨了蝴蝶、奶牛和自行车,他把金属棍当作笔,鞋子当作橡皮,安静的田地里扬起一阵阵小沙尘。后来他们又在水池里用波纹展开意义模糊的对话,在一次次呼唤与回应中逐渐拉近了彼此的距离。

罗曼诺夫唯一遗憾的是,他与外星人相遇的时间过早,以至于没有做好任何准备,就连大脑也处在一生中最模糊的阶段,好比买了双大码的鞋子,由衷地期望身体能够迅速长大。如果是现在,他能问出更多关于文明的东西,而非仅凭一份赤诚的孩童之心,永无休止地赖在那个长眠不醒的夜晚。黎明之后,罗曼诺夫再没有见过外星人的身影,时间无情地在这条路上伸长延展,使得记忆逐渐变成一幅吹弹可破的柔软拼图,他需要时时刻刻警惕碎片的遗失,才能避免陷入面目全非的糟糕处境。

隔日清晨,祖父比往常起得要早一些,他走进厨房准备早饭,用牛奶冲泡玉米片。罗曼诺夫从床上醒来,脑子里仍有意犹未尽的片段,他急匆匆地跑到屋外,穿过门廊时不小心打碎了祖父用了十几年的咖啡杯。祖父说,不论你想看到什么,他已经走了。罗曼诺夫并不理会,当着祖父的面离开了他修建的路,没有任何犹豫和磕绊。祖父望着他的背影,不可避免地忧愁起来,悲伤地看着他离开自己的世界,明白从此

以后,这世上再没有能够困住他的栅栏。罗曼诺夫开始向宇宙发问,关心起地球的形状,关心月亮的变化和星星闪耀,但从未关心过人类以及他的祖父。

随着时间流逝,祖父越来越感到罗曼诺夫正在为荒唐的事业迷失心窍。他们为此发生无数争吵,祖父告诉他,深渊不在脚下,深渊在天上。但是罗曼诺夫坚称,不会再有比写诗更无用的事情了,就算是去撒哈拉沙漠里挖一条鱼,也比在废纸上写两行字更有意义。祖孙俩这辈子从未被同一件事物打动过,也从未为彼此的事业骄傲,当祖父在想着怎么拿下一行诗句时,罗曼诺夫关心的是如何能够离天空更近一点。他的飞行生涯中只吃到一次处分,那是在一次飞行演练中上升到了超出安全距离的高度,他被危险的诱惑冲昏头脑,自以为能够划破天空的局限,迈入更为璀璨的空间。事故发生之后,他遭到了严厉的惩罚,带着无法藏匿的沮丧之脸回到家中。祖父没有趁机延续他们的争吵,他为罗曼诺夫打扫好了房间,在桌上点上一支蜡烛,再摆上一株向日葵,将一行行诗句放进火焰中烧掉。隔着火光,罗曼诺夫难以在这一行为中揣测祖父的意图,认为这是和解的信号,祖父摇了摇头,说,如果诗能够轻易被破坏,那它就不应该来到世界上。

他们永远像隔着一层雾一样相处,祖父陪伴他度过了整个童年,但没能见证他是如何长大的。因为自打他懂事之后就像被什么东西攫走了灵魂,总是喃喃自语,眼神涣散,并在墙上涂鸦旁人完全看不懂的文字语言。为了引起罗曼诺夫的注意,祖父常常把诗集端到他的面前,骄傲地向他念叨,你应该看看我写的诗句,我用它们换到不少钱。有时还会多嘴一句,说,没有它们,你早就饿死了。祖父渴望从他嘴里撬出一句赞美之词,然而一生都没有如愿。感性的祖父不断尝试走进他内心的办法,他告诉罗曼诺夫,你已经长得比我高大,但如果核弹落下,我依然会挡到你的面前。由于倾注了太多鲁莽的情感,那几乎成为了他一生中最不像样的一句诗,像是写在了一张无法摊平的皱纸上,多么拙劣的技艺,丝毫没能拨动罗曼诺夫的心弦。祖父的从容与才华永远难以施展,他在一行行迷惘的诗句中发出不幸的感慨,注定没有能力摆平这一份难以修饰的爱意。

一直到罗曼诺夫被困在宇宙中六个月之后,几乎了然了祖父的箴言。舱室内到处漂浮着食物残渣,以及写有祖父诗句的纸,其中写给罗曼诺夫的诗歌不在少数,祖父写道,关乎爱与疼痛的诗句里,有美好的词语,但那也是罗曼诺夫一生都不会用到的词语。另有首诗写道,夜里的眼泪并不靠谱,给罗曼诺夫的信也注定无效。祖父的话让他淌下热泪,他愈加确信了一件残忍的事情,他能重新燃起对祖父的情感,只是因为他实现了追逐一生的目标,随着小鸟号升入了太空,审视往昔不过是完成宏伟目标后排遣空虚的行为罢了。他在自暴自弃中后悔这一生没有好好度过,也终于明白自己是被祖父养大的罗曼诺夫,祖父用一首首无用之诗撑起了他们的生活,为他交学费,并把他送上宇宙。就像每一个在成年后意识到父母不易的人一样,他为此愧疚,像祖父这样一个鲜活的人类,在他的目光中却被置换成了几近透明的空气。

在最后一次畅聊中,罗曼诺夫彻底情绪崩溃,他绝望地望向另一端的地球,由于距离的遥远，他已经能轻易地将它握在手中，也明白这场没有终点的旅行会以死亡作结。一向沉默的法捷列夫也终于讲起了他的往事，他在反复追问中终于确定了一件事，他说，那一晚你确实见到了外星人？罗曼诺夫说，那是我糟糕一生的源头，我被自以为有意义的事物吸引，终于要为此付出代价。法捷列夫说，如果是这样，那我们就是故人了。

在一片黯淡的星光中，法捷列夫将往事娓娓道来。当年他乘坐的飞船在宇宙中游弋了七年九个月，间或有恒星的光芒从舷窗中照进来，像一条柔软的丝带经由风的指引落到他的脸上，但仍无法覆盖他的孤独情绪。出发之前，象人星的长官告诉他，你是这艘飞船的心脏。穿过夜色温柔的斯文地带时，这颗心脏曾停止过跳动，他在一个河床中满是醇酒流淌的行星上落地，千沟万壑，酒香氤氲，人不用睡觉也能找到忘记时间的办法。但来自象人星的警告犹如一道咒语，他又启程奔入无法降落的彻夜。

再往前推几年，法捷列夫曾在一项航天选拔计划中脱颖而出，成为象人星上最能忍受孤独的人。这一测试将志愿者埋藏在海底不到两米的玻璃罩子内，任凭水母和金枪鱼在他们头顶游过。研究人员在观察室里目睹着一个又一个人因情绪崩溃而退出。唯有法捷列夫坚持到了最后，此前他当了十一年的灯塔守护人，练就了一身无人能敌的本事，时间流逝带来的压抑会在他的身上失效，就像被火焰灼烧也不会感到疼痛一样。法捷列夫在这项竞赛中熬过了所有对手，等到他上岸时，全球各地的记者已经等候多时，所有人都迫切地想要知道，一个人如何在不靠酒精的情况下

熬过如此漫长的时光。

当象人星把目光抛向宇宙时，法捷列夫被指派为"琴键计划"的宇航员，他将开着飞船在宇宙中以"波"的形式，在虚无的黑色空间中不断发出音符，就像在钢琴键上不停地行走一样，一边扩展探索空间，一边传递母星的文明。象人星试图以这种方式与宇宙中的其他生灵建立联系。这趟旅程没有制定返航计划，航行了七年之后，法捷列夫就因距离问题与象人星失去了联系。

第十三次通讯失败后，法捷列夫在无垠的宇宙中发出一声短暂的哀叹，他躺倒在蓝色的睡袋上，身体像是在一口井里无止境地下降，灵魂却陡然间轻快了不少，仿佛触碰到了某种未曾谋面的知觉，身体也跟着舒畅起来。他把可能与不可能的事罗列在白纸上，闯进一座孤岛，在远隔喧嚣的土地上过一种不算完美的生活，仿佛又变成了一件可行的事情。最令法捷列夫感到忧虑的是，忍受孤独的能力正在随着年龄的增长缓缓衰退，他迫切地开始寻找降落的地点。

第一个星球是搭建在桥梁上的世界，那里的人正在过着无比内耗的生活。他们终其一生都在攀比姓名的长度。古老的文字藏匿在果实的核里、动物的骨架上以及岩石的缝隙中，只要能够挖掘出来，便能为自己的名字添上一些字符，以期在成年之际能够记住一个上千字长的姓名，从而跻身上流社会。这个星球上有史以来名字最长的村民足足有二十二万七千个字，成为受人敬仰的万国首领，然而也因为没有人能叫出他的全名而一生都被孤独缠绕，满身的荣光也无法照耀他空寂的灵魂。他没有挑起战争，也无法坠入爱河，任由时

间把他熬成油尽灯枯的灰骨。从那之后，再没有人愿意成为孤独的君王，这个群龙无首的星球终究无法避免瓦解的命运。

第二个星球落在无垠的水面上，那里的人住在矿泉水瓶模样的房子里，两个瓶子在随波逐流中碰撞到一起，房子里的人走出来交涉、聊天，乃至于结亲联姻、生儿育女。如果缘分不够，就等待着下一次碰撞的机会，几十年如一日。法捷列夫将飞船停留在海面上，他走进一个矿泉水瓶，里面的人正在用纸牌游戏消磨时光。法捷列夫向他们介绍了象人星，描述自己如何远道而来。这些土著的脸上流露出困惑的表情，并非是语言不通导致，而是他们无法理解为什么飞船不用贴着海面也能移动。法捷列夫这才发现这个星球上连一只飞鸟也没有，地心引力将所有物种牢牢地摁在海平面上。

两次失败的降落经历后，法捷列夫对宇宙生灵丧失了信心，那并非是自己所需要的热闹。他重新回到狭小的舱室内，继续过着循环往复的单调生活。每周一的早晨他会离开舱室，穿着宇航服到外面进行例行检查，确保这架飞船能够永远安稳地航行下去。检查完毕之后他会倚在机身上消磨一会儿时光，就像一个坐在金枪鱼背脊上的渔夫，面前是能够吞噬一切的汪洋大海。他真想当着大海的面脱下游泳圈，纵深跃入绚烂的深渊，那会是他一生中做出的最优雅的姿势，将为他多余的人生省去不少麻烦。

尽管法捷列夫事无巨细地排查了所有故障，但是飞船在经过太阳系时还是发生了意外，维系飞船平衡的系统突然宕机，法捷列夫不得不丢弃两个推进器来保持稳定。那是他几年来第一次因紧张而流汗，可笑地意识到自己根本没有做好赴死的准备。为了寻求救援，他将"波"的辐射范围调至最大，令他欣喜的是，仅仅过去了一天便收到了回应雷达上的坐标，指向一颗蔚蓝色的星球。

这是一个荒途旅人的漫长故事，他对着窗外陌生的景象慌张凝望。法捷列夫就这样降落在了地球，走出船舱时发现了一个小男孩，他们有过简短的交流，这让他感受到来自陌生星球的温暖，于是延缓了服下自杀药丸的时间。一九七七年，"旅行者一号"发射时，他意识到地球上的人类也开始干和他一样的事情。无论相隔多少个星系，宇宙中的生灵都会被同一片深渊所吸引，那是刻在智慧文明骨子里的基因。从加加林第一次升空到人类在月球上留下足迹，法捷列夫看到了重返母星的希望。

先前在宇宙中漂泊的时候，法捷列夫曾多次路过地球，但并未建立联系，因为先祖对这里做出过判断，危险而美丽。事故发生之后，他把飞船留给了苏联人，供他们研究新技术，自己藏匿在人类中间。他的皮肤逐渐适应了太阳的辐射，长出了和人类一样的汗毛，他热爱古典音乐，也爱听海浪翻滚的声音，他经历过一段无忧的日子，周游世界，寻山觅林，甚至产生过葬在这里的念头。但故乡的召唤依旧跨越了整个星系，法捷列夫开始寻找进入航天局工作的机会。最终如他所愿，成功当选"归巢计划"中的宇航员。只有一件事出乎他的意料，他没有想到那一次降临会改变一个男孩的命运。

罗曼诺夫的精神已经被折磨得不堪，几乎无法对这惊世骇俗的叙述产生反应。他一连三天难以入眠，要接受眼前这个男人来自于当年那架宇宙飞船并非易事。茫然中他想起祖父写过的诗句，命运并非是一条线，而是一个圈。他反复咂摸着这句话，迷惘中他的嘴角露出了微笑，那一个情感共鸣的瞬间，他毫无阻碍地接受了法捷列夫讲述的往事，并且意识到，人生这块碑上的最后一块石头已经安然落地，虽无意义，倒也圆满。

罗曼诺夫说，最后一条讯息过去三个月了，没有回复。法捷列夫说，你得做好准备，我们要放弃地球了。罗曼诺夫说，不论我放不放弃，它已经遗忘我了。法捷列夫说，跟它做最后的道别吧，程序启动后，就不再做绕地运动了，我们必须在燃料耗尽之前落地。法捷列夫的口吻一如往常般轻描淡写。罗曼诺夫向着舷窗外深情凝望了最后一眼，他不认为有什么无法割舍的执念。指令发出后，他们静默了几秒钟，仿佛在进行一场默契的哀悼。话匣子再次打开时，法捷列夫开始向他介绍自己母星的样貌，它跟地球一样优雅宁静，山水交叠，人也为爱情和美酒而奋斗。罗曼诺夫对此并不关心，只是喃喃地问了一句，那里和地球共享一个天堂吗？我死去之后，不知道能不能再见祖父一面？

小鸟号将在三个月零九天之后抵达目的地。进入漫长的睡眠之前，罗曼诺夫展开了祖父留下的最后一朵纸花。那是一朵玫瑰，花瓣堆叠成螺纹状，缝隙间密度的把控也格外精准。他从最外一片花瓣开始拆，偶尔路过坚硬的棱角，碰上难缠的折纹。他比以往多了一点耐心，永远如此，这是他和祖父相遇的唯一方式。他看到一个老人如何在艺术创造上倾注心血，如何把情感研磨成精华粉末。他感到些许残忍，仿佛自己在破坏一朵玫瑰的生命。当他完整摊开的时候，惊奇地发现最后一张纸上没有文字，而是一幅铅笔插画，上面画有一片玉米地，一座飞船从天而降，画的中央是一个男孩，正迎着降落的方向飞奔而去。

这一生没有更好的解法，法捷列夫说，象人星也有柔软的风和分明的季节。但他还是得做好准备，淹没在海蓝色的月光下。就像六岁那年穿过玉米地一样，罗曼诺夫将跨越整个星系，去宇宙另一端的陌生星球当一名外星人。

讲苏州话的人

阮夕清（《上海文学》2023年第3期）

> **推荐语**
>
> 阮夕清《讲苏州话的人》，讲述一对父子因失去妻母而遭遇的困境，他们不愿一直停留在悲伤里，但孩子始终没能从痛苦中挣扎出来，父亲不得已祭出了古老的通灵之术。在一番逼真的表演之后，通灵术的虚假昭然若揭，可正是通过这样的虚假行为，孩子意识到了父亲的苦心，克服了自己的情感障碍，借假修真地完成了一次关键的成长，父爱的深厚婉转也在其中显现出来。（黄德海）

醒来前的半小时，张先骏起码做了十个梦，其中一个梦过于特别，以至于他还没醒来就把其他梦忘了，只记得这个梦——他和一个不认识的女人生了个孩子，蟋蟀大小，他把孩子装在那种透明的鸣虫盒里，每天塞一粒泡饭或苹果肉喂，听孩子哭叫。这天换食没留神让孩子跑了出来，捕捉时不小心摁断孩子双腿，懊恼后迁怒于他调皮，索性挥指弹开他如弹死蝇，却怎么也弹不掉，直至孩子身体被刮得血肉模糊，尖利泣喊如坏掉的电动车警报器。他满头大汗醒来，摸到枕旁手机，才凌晨三点，离儿子起床尚有一小时，他不敢深入分析这梦的喻意。毫无疑问他爱儿子，梦里却揭示他厌恶儿子，另外这个不认识的女人是谁，怎么会是一个不认识的女人？如果代表妻子的话，他怎么会不认识妻子？当然可以解释为梦是反的梦是假的，可做这样的梦，就是罪大恶极。手机屏幕打出白光，从床头往房间展开一条路，沿途经过此刻高耸的五斗橱，这条通道还不稳定，门把手吊着的妻子的丝巾在光中飘动。他告诉自己必须睡去，却无论如何睡不着了。他翻两个身，体会宇航员的失重感，类似宿醉未醒，可视力在缓慢恢复，周围家具在慢慢显形，因为有了手机屏幕的那一道光，书桌、台灯、躺椅、衣架区分出轮廓，妻子的风衣挂在衣架上，两只包，包括书桌上的两瓶卸妆水。三个月了，他没改变它们的位置，最多擦擦灰，擦好后放回原位，尽量让室内保持不变。他当然知道这些东西叫做遗物，包括枕头、盖的被子、身下这张床，都是妻子的遗物，他躺在大大小小的遗物之中，被一种令人不适的来自阴间的温暖包围着，可他还没准备好离开。

张先骏收拾齐整仪式需要的物品，看看时间，这才推开儿子的房门。他吓了一跳，张广青不知什么时候醒的，已经穿好衣裤，黑乎乎一团庄重地端坐床头。他打开灯，发现儿子连鞋带都系好了。为什么不多睡会儿？要么睡，要么就起来，坐在那边装鬼干吗！我睡不着了，但我也不高兴出来。张广青去拿桌上的书包，手伸到一半，想到今天不必带书包，随便取了本漫画书，跟着张先骏出门。张先骏语带警告，今天我不和你吵，你说话口气也注意点，别讨我骂。说完他就意识到自己示弱了，他主动在维护什么，只有担心真的吵架才会事先提醒。从楼道望去，窗外乌漆麻黑，一些高层起伏，挂着零星几处光，像是连绵大山深处的微弱篝火。他们在电梯里不吭声，张先骏去披张广青翘歪的夹克衫领，动作突兀。张广青很不耐烦地挥手挡开，嘀咕道，我自己会弄。你会弄，那你怎么不弄，光嘴会说，对了，你带好信了吧？带了！张广青恼火地踢了脚电梯门外的购物袋。车驶出小区，半空夜色被路灯照白一圈，路灯成了一排探测天空深度的小手电。张广青贴靠车窗，他第一次面对凌晨四点的城市，街面空旷，前方有个清洁工弯腰扫地，垃圾车陪伴，垃圾车比清洁工要清晰。灯火通明的早班公交隆隆驶过，气流吹动灌木丛的白雾，公交站台灯箱广告刺眼，外国女明星手持百事可乐，笑容亲切，他回头多望了两眼。张先骏揿响音乐，是《D大调奏鸣曲》，钢琴十级曲目，后视镜发现张广青两指塞耳，知道他不喜欢。他摁掉几首练习曲，换了首英文说唱，欢快的节奏响起，可对于他们正要去做的事情，这欢快显得古怪。他索性关了。

清名桥小学面目模糊，大门口空无一人，张广青知道再过两个小时，这里会车水马龙，欢声笑语。两小时后的场景让他走神，好像会在下一秒就出现，带着虚假的为他一人而设的热闹。那些蹦蹦跳跳进校门的学生里，没有他。今天周四，上午一节自然课，下午三点机器人社团活动，他一周没去上学了，想念这些课，可这个想念尚不能抵消对那两个王八蛋的愤怒。他仍然没做好准备面对他们，就算他们已经道歉。到黄溪村要开一个小时呢，你要是困，先眯会吧。张先骏关照儿子。那个事情，你以前试过没有？可能感觉到父亲语气变得平和了，他也想满足下忍了几天的好奇心，张广青终于开口。他一周没跟父亲像样说话了，哪怕父亲和他认真交待此事，并关照他给妈妈写封信，他也只是闷头照做。张先骏明白他指的那个事情是什么。我当然没试过，不过我公司里那个阿五头试过的，绝对灵，林阿婆说话的腔调和阿五头爷爷一模一样，连阿五头小辰光给爷爷起外号的事都说出来了，这事没有第三人知道的。你脑子坏掉了，这是靠迷信骗钱，道德与法治课举过例子的！张先骏听出儿子终于暴露出之前隐忍的不屑，口吻瞬间生硬，你又要吃巴掌了，你知道林阿婆名气有多大，找她的人从上海排到无锡，我托朋友打招呼她才答应的，我警告你，等会看到她，一定要懂规矩。

人到中年，最怕接到两类电话：半夜父母电话，其次就是小孩班主任电话。儿子班主任来电话时，张先骏攀上爬下地在业主家验房，公司连续跳走四个员工，近期碰到三个楼盘集中交房，人手不够，他只能顶上。客厅地面十几处空鼓、玻璃划痕严重、地插打不开、朝东墙面渗水，张先骏冷静地数着病情。业主捶墙拍门，放狠话要找开发商退房。张先骏安慰他，普遍现象而已，拿人比，最多算亚健康，比起其他楼盘，尤其精装修的楼盘，已是质量不错的了，大家都差不多。业主听了他的说明，特别是那句大家都一样，心情稍稍平复，意犹未尽地骂几句。

张先骏飞快地把各种可能性过了遍，迟滞两秒才按键。班主任秦老师知道家长接电话心悬一线，直接告诉他不是什么大事，张广青打架，一个打俩，同桌鼻子被捣出血，另外一个同学挨了他两巴掌，对方家长也在学校，为了避免今后矛盾，要他过来处理下。他听到她的背景环境声跟着高跟鞋走动在转换，越来越安静，估计从办公室走到楼道里，最后一句话特别清晰：广青爸爸，你一定要好好赔礼道歉，对方家长工作我做得差不多了。

儿子平时喜欢一个人玩，拿副扑克牌可以躲房里自言自语半天，跟同学向来不热络，不过要弄到打架，肯定事出有因。张先骏担心激怒他的是自己想的那件事。在门岗填好表，他小跑向教师办公室，看到"五年级教师办公室"门牌，焦灼之余，更有源自小时候的慌张，证明有些胆怯从未离去，只待场景再现，哪怕隔了几十年，仍然保鲜。办公室呈长方形，横排两张办公桌，一共三排六张，他像走进了一节火车车厢，傍晚阳光从绿格窗射进，靠墙处产生了隧道出口的通透效果。老师各就其位，两个家长和三个孩子都在，像几个没有票的旅客挤在火车过道。张广青斜着脑袋，头发乱蓬蓬的，他见张先骏来了，气恼地转身对墙，倒像张先骏是罪魁祸首。另两个孩子眉来眼去，做手势，不避嫌地传递各种暗号。一个刀削脸、身型微驼的家长显然不满儿子的态度，不轻不重拍记头皮，喝令他站直。他不理会张广青，先向秦老师问好。没等秦老师说话，那个穿圆领马褂的家长先问候他了，兄弟，你是这孩子的家长吧，你平时带他练的？出手够狠的啊！张先骏听清这话里的挑衅，此人宽脸阔嘴，人高马大，肚子也大，掌中盘串，是好汉的气质。他双手合十，对好汉躬身行礼，再对驼背家长躬身行礼，对班主任也行了个礼，弯腰弧度达到日本标准。他尽量真诚地说，两位兄弟，实在抱歉，我带小朋友去医院检查。

医院就不用去了，没必要，可事情要弄清楚。驼背家长食指点点张广青，问问你儿子为什么打人。张先骏顾不得讨厌这根指头，他望向儿子，张广青头一斜，他再以目光询问秦老师。我问到现在了，三个人都不肯说,她烦躁地解释,又操起教鞭敲两下办公桌,板脸警告那两个孩子,你们要是不说原因,抄二十遍《小学生守则》。张广青,你抄四十遍!好汉由衷地夸了句,嘿嘿,他妈的,现在你们三个倒是一个阵营了。张先骏一把揪住儿子耳朵,拎行李箱一样硬拽到秦老师面前,批作业或备课的几个老师喊道,你别动手啊!张广青一声不吭。说,你为什么打人!张先骏持续发力,往下拉儿子耳朵,张广青脑袋一下一下压撞高叠的作业本,脖子却梗起,涨红着脸怒视父亲,昂头与父亲角力。张先骏知道自己表情扭曲,让他瞬间失控的,是对儿子这么多天的担忧早已达一个临界点了,里面也掺杂其他隐秘的情绪,但在班主任和其他家长面前,无论如何,这行为算变相的示好——这态度算好了吧,算合作了吧。

陆明昊说张广青不会哭……从来没哭过,张广青就打他了。眼皮底下的暴力让戴眼镜的孩子震惊,吞吞吐吐地坦白。我放你的臭狗屁!那个叫陆明昊的男孩瞪圆了眼骂他,明明是你说张广青妈妈死了,他一次都没哭过,血管里流的是自来水。可能为陆明昊洪亮的骂声所慑,戴眼镜的男孩低了头,不过他继续反驳,我悄悄说给你听的,你最坏,故意重复给张广青听,还讲得怪里怪气的,我说是自来水,你说除了自来水,还有百事可乐!蔡老师听出端倪,招呼那两个父亲到门外说话,张先骏大概能猜出她讲了些什么,接下来该怎么做,似乎需要安抚一下儿子。他做不到情绪收放自如,很多人有这种能力,他从来没学会,所以他怒容依旧。张广青狠狠盯着窗户,仿佛施加伤害的不是父亲,也不是同学,而是教学楼顶的落日与晚霞,

仇人相见,分外眼红。

张先骏察觉到儿子不对劲是在妻子头七过后,半夜上厕所发现的。凌晨两三点,儿子房门底部亮出一条刺眼的光线。他以为儿子在偷看网络小说,推门而入,只见张广青枯坐床头,手中没书,面无表情,知道他会进来一样,有事先预备好的平静。他问,怎么不睡觉?张广青说做梦惊醒了。猛地一躺,伸手关灯。他在黑暗中站了会儿,儿子一动不动,发出可以让人听到的均匀呼吸。张先骏关上门,轻靠门口,先听到里面不停翻身的动静,知道他在找一个舒服的睡姿,夹紧枕头或卷裹被子。然后听到床垫的挤压,是坐起来了,他强忍住没推门,先前那个故意让人听到的均匀呼吸也消失了。半小时后他重新出去察看一次,门框下光线锋利,自带寒意。

这情况三番五次出现,张先骏确定儿子失眠了,五年级失眠,比自己提前了七年。随之而来的是精神萎靡,成绩迅速下降。接到班主任电话,告知孩子状态不对,听课眼神游离,有两堂主课顾自睡去。班主任小心地揭示她的答案,会不会妈妈的事,孩子走不出来,你多留意孩子。替儿子关灯容易,可他无法替孩子入睡。这话题很敏感,以自己小时候的体验而言,对于青少年,承认怀念某人,哪怕是父母,也是很没面子的羞于启齿的事情。甚至越思念,表面会越抵触,他迂回暗示过一次,妈妈已经走了,想想她的希望是什么?你更要好好学习,早睡早起,按时练琴,不然怎么对得起她,你总不能让她活着时生气,死了也生气吧。

尤薇艳发生意外的前一个周日下午,她足足训了儿子半个小时,起因是练琴偷

懒。后来忍不住动手扇脸，张广青还手推搡妈妈，尤薇艳跄跄几步，躺坐沙发。母子冷战几天。现在，儿子再也没机会向妈妈道歉了，思念和懊悔，这是儿子失眠的源头吗？还有不哭，他心知肚明，不管在医院、殡仪馆，还是做五七时，儿子的确没哭。旁人也提醒过，你儿子怎么不哭。他觉得是孩子从没经历过不幸，心智尚无法处理重大悲伤，一时懵住，哭不出来也正常，这是儿子失眠的另一个源头吗？妈妈死了，他哭不出来。

与同学冲突的后续是各打八十大板，同学向张广青道歉，他也向两个同学道歉，家长见证。张先骏替儿子请了一周假调整状态，带他爬山、看电影。张先骏近乎讨好地和儿子交流，谈吴文化、飞碟、电影里恐龙的种类、傅聪练琴的故事。张广青配合沟通，听他絮叨会儿，漠然地"噢"一声，点点头，像是接听一个不情愿、但又不能主动挂掉的电话。这表情还是惹得张先骏想开口骂他，但他自知上次理亏，尽量控制语气，不带教训。吃牛排时，他认为铺垫成熟，提到有的人难过是面上哭，有的人难过是心里哭，都一样的，难过也好开心也好，都是自己承受，不用去理会别人的看法。张广青无动于衷，嚼着牛排，切滑鸡蛋，餐刀嚓嚓划响瓷盘，仿佛听不懂张先骏的意思。也许，五年级的孩子本来就应该听不懂。

夜晚两点，张先骏看着不会有人去穿的衣物，不会有人去用的卸妆水，当然说不定以后还会有人去用。就是这个"说不定以后有人去用"，让他觉得虚无，他又为自己感觉到虚无而欣慰，又想到隔壁在黑暗中睁大眼睛的儿子，不禁悲从中来，他咬住枕头无声地号啕大哭。从对家人和自身继而人类的哀怜中挣扎而出，他头脑恢复平静。问题总要解决，他记起妈妈带他去看过的林阿婆，当时他是三十一吧。刚才的悲苦如同大雨，将他的灵魂冲洗了一遍，他对生活暂时具备近乎窗明几净的洞悉，这简直接近于智慧了，她应该能帮上忙。不过有一个问题，如果去找林阿婆，等于承认需要借助现实之外的力量解决了，他再三琢磨，想到最坏的后果，次坏的后果，觉得后果都不大，可以一试。

车上高架后视野开阔，两排路灯如同机场的指引灯，城市全景展示在眼前。亮化工程需要，高楼轮廓都镶上一条光带，仿佛一些巨大电子管。更远的方向，浓重黑幕笼罩四周，世界被关在一个小抽屉里。环城高架行驶半个小时，张先骏拐到锡洛公路，烟囱、标准厂房、冷却塔、电塔、物流仓库、铁路依次出现，如果把城市比作一座楼房，现在他正行驶在设备间。张广青仰头睡着了，肩膀呼应车身的微颠而不时抖动。他按低音乐。

二十多年前，张先骏走过这条铁路。办完退学手续，他把生活用品送给同学，书籍大多拎去赠给在读书会认识的同系学姐，学姐回赠的手表让他惶恐。他拒绝接受，学姐不容置疑地塞进他别着钢笔的衬衫口袋，双目灼灼地鼓励，时间见证我们失去，也将见证我们获得。金属表带的凉意瞬间入怀，秒针贴牢肌肤走动，也不清楚由于这块表，还是那句话，他的不安减轻了。造成不安的结果来自未来，临时工、没有工作、长期没有工作、父母的愤怒、远亲近邻的冷眼，但仿佛有更重要的事，至少这一刻，让这些结果变得次要，这更重要的事是什么，他也说不清楚。他们约定每月通信一次。

从北京到无锡，普快行驶二十一个小时，他晚上八点从北京西站出发，隔天傍晚五点可到无锡。非客运高峰期，票还是难买，他加价二十块钱从黄牛手中买到座票。车厢通道旅客或坐或躺，行李当成枕头靠垫，睡熟的那些人，每一张脸上挂满愁苦，还不如醒来，醒来倒更像是休息。睡眠可以调度身体，却无法提供灵魂的缓冲。他必须从他们身上甚至头顶跨过，才能走到车厢尽头的厕所，整个过程提心吊胆，怕不小心踩到某人，或因动作过大引起别人愤怒。他注意到膝旁的瞌睡老头，坐地环抱蛇皮袋，袋子上锅碗瓢盆形状突起，戳出两根筷子。老头惊醒，困惑地打量周围，好似突然穿越至此，确认安全后，抱紧蛇皮袋，坚决闭眼，这样才能重回属于他的真实。张先骏憋尿，熬不住了才去。第四趟去厕所，列车已过常州。他低头收束皮带，背还没挺直，听到哗啦轻响，正好捕捉到一弧手表的银影滑入槽孔，竟像活物，逃离的姿态灵动欢畅。他没有戴表的习惯，手表塞到书包的衣服里，无聊翻出把玩，看来是之后迷迷糊糊犯困，顺手放裤兜了。他脑袋嗡嗡作响，一片空白，补救般探手抓了两把空气。

下一站是洛社，属于无锡站的四级小站，他提前下车向车站工作人员说明情况。工作人员说，找不到了，找到也摔得稀巴烂。他不死心，问一定要找的话，有什么办法。往回走，走的时候千万小心，注意看过往火车，不要蠢到为了块表，把命搭进去，我看你长得不算蠢，但细细看还是挺蠢的。过了口瘾的工作人员指向眼前这条刚刚把他运来的、散发着隐隐钢铁腥气的铁路。某节铁轨，反射初秋下午阳光，仿佛一个无法直视的焊点，在他的眼中灼出黑洞。他沿铁路往回走，锈黄铁轨两旁铺满了碎石，每走一步，脚下就发出细微的倒塌声。他尽可能靠近铁轨，保证枕木低处、枕木铁轨交错带也在视野之内。

铁轨上空空荡荡，他索性走到轨道中间，踩着枕木低头寻觅。碎石上有烟头和稀烂的糖果纸。走了一阵，发现撕成两半的脏皮夹子，两张票根。他甚至看到本泡烂的《山海经》杂志。他就这么低头前行，同时不忘前后看看。火车远远驶来，车轮愤怒地敲打铁轨，他快速跑到铁路旁，热腾腾的狂风刮过脸庞，身体在钢铁咆哮中战栗不停。铁路尽头浮沉半轮鲜红夕阳，走得太久，他产生错觉，好像攀爬一架锈迹斑斑的铁梯，越爬越高，接近天空时，夕阳却消失于暗凉暮色，他也往这片漫漶的混沌中深入，于别人的视线，自己是否也算一种消失。走过横林站牌，前面就是常州，两边乡村已被夜晚吞没，除了铁桥被一排路灯照亮，轨道交汇处信号灯旁稍显清晰，其余道路需要辨认才能看清了。他不得不彻底放弃。虫声欢唱，广袤黑色里的微光是遥远的村庄和乡办厂，直到这时，他才意识到把自己带到前所未有的危险处境了。不安席卷而至，他转身狂奔，直到喘不过气，跌跌撞撞地快走一会儿，接着狂奔，背后似乎始终轰鸣着一列想碾压他的火车。

他没给学姐写信，学姐也没来过信，读书会同学信中提及，她毕业后留在北京，又去了德国。他们再次在网上相遇，用QQ寒暄了几句工作、婚姻，哪怕是文字交流，有时间思考，仍然无话可说。他跟她说了弄丢手表的事，表示愧疚。对方却完全想不起来曾经送过表给他，问他国内靠谱的奥数训练营，暑假想带孩子回国去报，提升孩子的数学能力。他忧伤过几天——怎么不忧伤呢，原以为两个人隐秘的，或一群人甚至一代人的记忆，最终成了一个人的记忆。

学姐还在QQ好友栏，后来不知谁拉了一个当年读书会的群，十几个人，开始还有人转热点新闻评论、发黄段子，应者寥寥，像是酒席冷场时强扯的话题，没几天，连问候表情都没人发了。他们难得会私聊几句，逢年过节发个消息。

真他妈的，他简直是记忆的垃圾桶。他相亲成功，女方希望不管面积大小，要套房子。他打两份工、跳槽、创业、还贷的压力治愈了忧伤。尤薇艳，苏州望亭人，中专毕业留无锡，在图书馆工作。为解决她的事业编问题，两人潜心规划钻营人脉多年，终获成功。她性格稳定，两人情感甚洽，儿子健康，这里面有具体的可以列出来的幸福感。

儿子在睡觉，他看着与公路平行的这条已经荒废的铁路，觉得那块表仍在某个角落，碎了或正常运作，还有一个看不见的年轻人正埋头疾走，黑夜里脚步慌乱，狼奔豕突。

还要多久？车拐入乡路，路况糟糕，张广青被颠醒了。张先骏瞥一眼导航，很快，你急个屁，十分钟就到了。导航里哆哆嗦嗦的女声说：前面第一个路口左转，直行两公里。张广青按下车窗，晨霭涌入，带进野外清冽的土气，父子俩头脑为之一醒，好像已经开到很远很远的地方，其实还在这个城市。路边隐现一顶连一顶灰白大棚，如奔涌的层层波浪，田野传来几声公鸡打鸣，偶尔一两下充满惊疑的狗吠。如

没面对过凌晨四点的城市，张广青同样没面对过凌晨五点的乡镇，有那么一瞬间，他竟生起类似秋游的兴奋。这兴奋稍纵即逝。

导航提示已到达目的地。张先骏靠村口牌坊停好车，再打开手机导航输入门牌号，凭借隐约记忆，和儿子一前一后向深处走去。灰白民居分布在道路两旁，表情黯淡像做旧的电影布景。应该是前面一户了，空地停着三四辆车，影影绰绰几撮人。门口有人缓步迎来，是一个穿唐装的瘦高个中年人，他问他们名字，语气毫不客气，仿佛老师点名。查看手机后，告诉他们排在第五，起码要等一个半小时，到时会喊号。这人也不多话，说完又回到门口站立，好像张先骏看到的是幻觉，他从来就没动过。

排队在前面的，全家都来了，四人并排，一对老夫妻和一对相拥的年轻人，小伙子在一身黑衣黑裙的女孩耳边低语。听到了什么，老夫妻转头注视着他们，老头把手搭在小伙子肩上，像鼓励，又像给他安慰。隔几米距离，一个戴鸭舌帽的中年人靠墙半蹲，吸烟不用手，空叼嘴中，像咬着根吸管，腮帮一鼓一瘪，持久地吞咽。从他圆肩、弯背、啤酒肚，以及满地烟头看出，他不在乎什么健康形象，可他又穿洋气的背带裤。他飞快划动手机，这局游戏，他不想输。紧挨他的瘦小老太，戴蓝花布头巾，脸如陈皮，她摸出个鸡蛋，剥掉壳，愁眉苦脸地劝他吃，他不接，她也不收回，来回胶着。一个绿头发少女背靠槐树，斜挎军绿旅行包，亮紫漆皮短外套印着"苏荷之恋"。她最多十七八岁，却满脸浓妆，腿细而直，脚踝处文着蝎子，眼睛埋入黑蓝的眼影，她看向这里，仿佛与

张先骏形成了对视。一家三口站在车旁，小孩坐妈妈怀中吃着手指，得意地摇头晃脑。车牌苏C、苏A，还有浙B，显然是慕名远道而来的。张先骏张望他们，张广青却对陌生人不感兴趣，他凝视村路后的田野，菜地井然有序，浓绿灰绿色泽各异，呈现出平等而丰富的美。地平线浮沉几缕玫红天蓝的流光，一群白点从灰茫大地飞出，融入天空，那些心脏般的垂云，贴地面更近了，他有点失落，他不知道这种鸟的名字。

门开一边，挤出连续咳嗽声，穿唐装的瘦高个仿佛能听懂这个咳嗽，悠长地喊话，请刘建国家属入宅。先做了个请的手势，他侧身走进黑木铜环门内，那一家四口跟了进去。门无声关上。上次来好像也是早上，张先骏记不清楚了，他吃"百忧解"不见效，越来越少和人说话，几天说不到一句，被妈妈硬拉到黄溪村。林大仙的盛名，妈妈从几位下岗同事那儿得知，她们提及时神情激动，这种完全信任的表情，生长在她们年轻时。她比她们更加激动，孩子的精气神漏了，心悸、失眠、多梦、健忘、困倦、惊惶，试过多种中西药，无论如何，相比医院精神科，林大仙传闻的能力与价格更实惠。关亡时，林阿婆和张先骏几次问答，彼此吓了对方一跳。张先骏迷惑于大仙话语漏洞，不知如何骗到这么多事主，原以为需熟读相书兼具心理学才能经营这等超现实业务，没想到几句就能引起自己怀疑。林阿婆吃惊于她关亡遇到过关父母、关祖父母、关外公外婆、关儿女孙辈，甚至关宠物狗猫的，但第一次遇到关同学和关老师的，又非情侣，这怎么个关法，再说了，同学和老师关你屁事。她迂回试探，偶出几言，也不知是否

切中要害。出门后，妈妈问他准不准。他说挺准的。那解决方法有用吗？可以试试，我好朋友是在南方，名字真的带五行之火和水。妈妈笑得舒心，她尝试了一次用古老的信仰来解决儿子的病，果然管用。一个原因，他不忍妈妈为自己焦虑；另一个原因，哪怕知道林阿婆在胡说，他确认获得了轻松，这可能与他看破而不说破有关，智力优越感油然而生——他亲历了人们如何解决现实挣扎的过程。

鸟鸣轻盈，凉风慢摇树梢，没发出任何声响。张先骏关照儿子，你冷的话把帽子拉出来。这句话张广青接受了，他套上卫衣帽子。世界的像素在变高，樟树叶子青绿，槐树叶子深黄，草叶慢慢亮出露水。门又开启，一家四口走出。老妻和儿子（女婿）扶着媳妇（女儿），她哭肿了眼睛，脚步绵软蹒跚，脱了力似的。穿背带裤的中年人放下手机，毫不客气地问，怎么样，准不准，准不准？无人理会。瘦高个送他们上车，不紧不慢回到门前，喊，请张金荣家属入宅。瘦小老太太整整衣服，领着因失了面子而唠叨的中年人进去。

呜呜呜几声，一辆电动车开来，穿保安服老头把着龙头目不斜视。车篓几根脏萝卜，随弹跳撒下泥渣。想必他对这些关亡的人见怪不怪了。电动车自带的喇叭正播新闻：到二〇一一年十月三十一日，地球人口突破七十亿大关，并且在二〇五〇年全球人口达到一百亿……张先骏重复道，突破七十亿大关，我上高中时才五十亿，人口增长得真快。张广青说，这有什么奇怪的，人就是地球的脂肪，地球已经是中年，它发福了。他的这句话让张先骏愣了愣，这和儿子平时的表述不太一样，显得挺有思考的。

那对母子出来后，不停地说话，都有指责埋怨对方之意。老太太叹气，叫你听话你不听，早被你爸爸料到了吧！中年男子说，爸爸明明是怪你自作主张，你难道听不出来吗？那套房你要分成三份，给妹妹，给她管什么用，爸爸的意思是我来做主。家和万事兴，我当家，我来想办法和，不分房，我可以给妹妹钱啊，总之不会让她吃亏。他语速极快，老太太接不上话。中年男子说，他住得太挤，回去我们先烧两间别墅给他。老太太不停地点头。

瘦高个清清嗓子喊，请陈涛家属入宅。绿头发少女过来对他说了几句，瘦高个表情错愕，张先骏听到他绕来绕去的回话，大意是不退钱之类。她转身离开。她手插裤袋，下巴微抬，短皮靴踩响水泥路，面容颓废，嘴角却挂着睥睨生活的冷嘲，吸引了张先骏和张广青。仿佛担心这瞬间的私密欣赏曝光，父子俩同时瞥向对方，张先骏觉得不好意思，眼神滑至高处。阳台堆满旧棉被、断腿藤椅、马桶、破电视机之类，一顶摇摇欲坠的铁鸟笼悬靠扶栏，关着淡黄阳光。等到一家三口出来，已近七点，孩子趴妈妈肩头沉睡，小夫妻低语几句，丈夫面露难色，给儿子的衣服和奶粉怎么烧呢，衣服买真的，还是做纸的，奶粉呢，烧奶粉包装盒吗？又来了几拨人。排队的仪式感，瘦高个的苍白脸色和黑绸唐装，即将面对的未知，这些都加深了张广青的紧张，他进门时贴在父亲身后。

客堂不大，没开灯，窗帘拉满了，靠供桌的三根烛火照明，烟气弥漫萦绕。客堂中间一只搪瓷脸盆，锡箔尚存余温，一边融化一边明亮。林阿婆端坐供桌旁的太师椅，膝边站匹纸马，如受香火供养的神像，不太像真人，看到他们进来，不带感情地说，来了啊，东西带了吧，先摆上来。张先骏认真打量她，疑惑多年未见，她倒是老样子，也可能从没看清过她，才有如此体会。摆在哪里？摆到香炉前面。供桌上有盘塑料苹果、云片糕和一碗清水，他打开拎包，一样样拿出妻子的东西，放上供桌，口红、袜子、腰带、保温杯、一双棉拖鞋。对了，青青，你把信给我。什么信？张广青显然还在适应这恐怖电影里才有的环境。你写给妈妈的信。张广青回过神来，从夹克内袋掏出折成鸽状的信纸，递给父亲。林阿婆颤巍巍离座，两指伸进碗里，画龙点睛般蘸水轻按张先骏带来的东西。依次按过，她点一支香，擎过头顶拜拜，插入香炉，颇具威严地盯着父子俩，你们谁先跟尤薇艳交流。青青，你先来。张先骏交待完几句，隐入墙角的阴影，让儿子独自面对林阿婆。林阿婆伸指轻弹张广青额头，凉意沁入心脾。她从桌底摸出一袋纸元宝，掏只打火机给他，先给妈妈烧点买路钱。张广青将整袋纸元宝倒进脸盆，半蹲屈身点纸。林阿婆提醒，要跪的。张广青"噢"了声，双膝跪下。耳中"嗡"地一声，火光张牙舞爪像动画片里的鬼魂。眼前瞬间变亮，张广青看清了客堂的布局和林阿婆，纸马没有眼睛，她的脸像布满霉斑的落叶，双腮涂红，白发梳得缕缕分明，别支花哨的金簪。热浪扑面，满屋灰絮飞扬，他膝盖没动，上身往后退避，形成瞻仰的姿势。

林阿婆坐回太师椅，语速极快地念词，像猫腹咕噜声，嗓门突然拉高，用与之前不同的尖利腔调说，青青，姆妈想侬的，最近天冷了，你出门要多穿点衣裳啊！

68

这不是妈妈的声音，但属于年轻女性，而且她和妈妈一样，苏州口音。张广青悚然站起，侧头寻找父亲所在，墙边暗处，张先骏面孔阴晴不定，指指嘴巴，示意他回话。张广青回复"姆妈"，我知道了。轻得好像害怕她听见。倷最近成绩怎么退步了，几次周考都没考好，语文要用点心，姆妈在下面替倷急，睏不好。张广青告诉自己镇定，她在装神弄鬼，肯定是瞎猜的，成绩容易推断，要么成绩好，要么成绩不好，我要是成绩好，爸爸不会带我来的。他说，我会好好复习。好好复习，好好复习，倷只会嘴上讲，现在我也没办法监督倷了，倷要自觉，否要做青肚皮猢狲！好的，我肯定自觉。来回几句，他忽然觉得，这个"姆妈"很好敷衍，恐惧稍有减轻。

对了，姆妈帮倷买的书看了吗？张广青警惕起来，什么书？国际大奖丛书、《文化苦旅》《海底两万里》，我猜和以前一样，买了就堆书架，半年也不翻。我看的，《海底两万里》看到一半了。

怎么真的知道！张广青听到心怦怦乱跳，一件事开始怀疑真假时，已经有小部分相信，这怀疑小心翼翼，又不受控制地迅速蓬勃。青青，倷看书看一半是个坏习惯，前面《水浒传》《西游记》都没看完，做事情要有始有终，我说过倷多少次了，五年级，马上小升初了，要拎拎清爽！张广青再次侧头，这些话父亲都听到了吧，怎么没反应，他不紧张吗？父亲不说话，静静地看着他，表情些许陌生，也可能因为视线昏暗，一切都变得陌生，香炉旁的保温杯、口红、信，像是别人的东西。难道他没听到，张广青眼下不确定父亲是否听到"姆妈"的话，我进入特定的空间了吗，只属于我的，与外界隔绝的听觉？他更不敢动了，生怕一动，一切化为泡影。像梦中考了满分，电光石火间猜测是虚构，可兴奋是真的，紧张是真的，只要不醒，和真实体验区别不大，所以这略带惊疑的幸福也是真的。你要听进去，不要左耳朵进，右耳朵出！我《西游记》已经看完了，《水浒传》后面写得差，我讨厌他们去打方腊征辽国。张广青着急妈妈的错怪，忍不住回嘴。连续数落他的"姆妈"咳嗽几声，默然许久，没再纠结张广青的阅读习惯，交待起其他事。姆妈还是想倷把钢琴继续学下去，起码考完十级，倷晓得为啥？如果对前面的发问，张广青的应答有应付、戒备，还有冲动，目前他开始琢磨她这句话的意思了。钢琴十级过关，是母子近一年对立的主要导火线，因其反复，争吵历历在目。他努力找另外答案，找不到，只好略带遗憾地说，你以前说过，同学们好几个都过十级了，我不争气，家长群里你最没面子。

看得出儿子钢琴考级对"姆妈"实属重大，她豁然起身，张广青以为她要靠近，不自觉退后一步。他还没准备好她真的和妈妈有关。她并未迈步，只是立在原地。现在，她是需要距离去感受和想象的妈妈，张广青担心靠得太近，这个模糊的妈妈会有变化，变成林阿婆还好，万一变成其他什么呢？

姆妈是说过气话，倷想想，会弹琴，就多一个永远陪倷的朋友，以后不开心弹弹，开心也可以弹弹，多好，倷对它多用心，它就陪倷多久，姆妈其实是帮倷轧朋友，倷朋友少，但钢琴一个可以顶十个呢，现在让我说中了，它比姆妈陪倷的时间要长吧。

大门隔绝了户外动静,光从窗帘四周空隙放射,给它镶了银边,闪亮的灰尘涌动翻滚。藏青色布被照成半透明质地,有微渺的事物从外面轻拱,布面愈来愈薄,吹弹欲破。这场景似曾相识,一部电影,女鬼不能见光,退缩茅屋角落,红日已然高升,书生拼命抱破木板去挡窗口。对一堆竹筒大小的木板而言,窗口那么大,怎么挡得住呢?书生一点办法没有,只好用背去挡,窗口那么大,书生的背怎么挡得住呢?书生声声绝望的呼喊里,她正在一片片灰飞烟灭。室内可见度提升了,桌前青烟袅袅,洋溢千姿百态,身边曼旋纸钱黑屑,张广青更觉玄幻。对了,青青,上次姆妈打侬,懊恼得很,别往心里去,我当时太急了,侬啊晓得,过后我特别想道歉,就是不好意思,大人也会不好意思的啊,唉,啥人晓得后来会发生那个事。本来以为再也没机会了,这次能上来看看侬,真要谢谢林大仙,先骏,等会替我多谢几声林大仙。好的,你放心。张先骏在儿子身后回应。

　　"姆妈"的道歉使张广青不知所措,像做错事挨了训,头更低了。那天的事她都记得,确凿无疑,我在和妈妈的鬼魂交流。我已经对她说了一万次对不起了,每天一百次,几个月过去,肯定满一万次了,要可以当面说句对不起,少活十年、二十年也愿意,可现在面对面,我怎么说不出来?应该是我说道歉,我怎么说不出来。这时他发现,面对妈妈的鬼魂,自己的紧张和狼狈,等于面对妈妈。

　　你,你在那边还好吗?张广青问得生分,甚至害羞。挺好的,阴间和阳间差不多,都是过日子,我刚来,慢慢适应。那你头还疼吗,好点了吗?害姆妈的病叫脑溢血,不疼,现在已经好了。锡箔燃烧殆尽,蜷曲的元宝如朵朵黑玫瑰,不像烧给妈妈的钱,像烧给妈妈的花,妈妈拿到花,比拿到钱更开心吧。他当然没说这些话,可也没其他话讲。

　　想姆妈的话,就给我逢节烧烧纸,生日上上香,知道我生日是几号吗?知道的,阳历五月十五号,逢节是什么节?清明节、七月半、中秋节、过年、地藏王菩萨生日、寒衣节。张广青记在心里,前几个节日他都知道,后两个陌生,他不好意思问,打算回去自己查。辰光差不多哉,青青,我再跟爸爸交待几句,慢点慢点,妈妈又想起什么,自责地轻拍膝盖,差点把最重要的事忘了!侬以后不要跟同学吵架,男子汉,动手没出息,记住了吗!好的,我记住了。是他们先说我坏话的。他想告诉妈妈打架原因,犹豫了会儿,还是没开口。妈妈却听到了他心里想的,侬不会哭又没关系,难受在心里,等于哭在心里,这些姆妈都知道的,他们不懂,不能理解,他们还是小孩,但侬不是了,姆妈不在,侬是半个大人了,大人不要和小孩计较。

　　又一阵没人说话。他站在有妈妈的寂静中,对世界不再防御,体内最柔软处,一根紧张的弹簧终于松懈、再以慢镜头收回复原,他想一屁股坐地上,最好躺平。这样的寂静能带走就好了,以后难过时,睡不着时再走进去。妈妈爸爸在寂静中低语,就像他们在卧室说话,说什么不重要,只要说就可以了。多么祥和而安宁的背景音,疲惫感更强了,他抑制住打呵欠的念头。他按照林阿婆的要求,完成最后的仪式。鸽子在火光中飞翔了一秒,垂首拢翅,很快化为黑烟,几支灰羽飘浮,优雅如雪花降落。

他相信，这无非蜕掉的躯壳，真正的它早已衔着文字抵达阴间，抵达月之暗面，抵达天狼星系，稳稳落进妈妈的信箱。

外面世界与进来时有所不同，不仅更加敞亮，也更加深邃。那些等待关亡的人，贴在地面的身影形成入口，爸爸脚下也有，随他移动。父子俩沿田埂慢走，面容有淡淡疲惫。张先骏特地没马上返回，带儿子走走菜田。撒入心底的虫鸣，轻薄的水杉，各种喊得出名字的菜、小野花和落叶、废弃抽水机，他们被漫无边际的温柔包围，心存默契地脚步一致。如果从牌坊处往前看，慢慢靠拢的他们，貌似两个历经了长久跋涉远途而归的游子。

张广青若有所思地踢踢石子，捡了几粒银杏果又扔掉。他对父亲说，我肚子饿扁了。张先骏听他说得可怜，饿不死你，附近街上有羊汤店，我们喝羊汤去。他觉得自己做对了，关亡效果不错，儿子多少释怀了，至于怎么解释，留给以后吧，一代人有一代人的解释。其实他已经想好一套说辞应付儿子的质疑了，总之往科学上引，比如量子纠缠、信息残留、意识传递什么的，无非承认现实之外有更多的现实。会有一天，也许高中，也许大学，哪怕他不说，儿子也能明白过来，理解他的做法。但不是现在。如果儿子说漏嘴，他能想象那些家长会怎么议论他这个爸爸。青青，今天的事要保密，不然同学们会说你迷信的。我知道，我又不傻，他们算什么，我凭什么和他们说。

打开天窗，凉风掠过额前，一辆满身污泥的中巴车超过，车身刷着"车神物流"的字样。郊区早高峰路况复杂，他放慢车速，告诉儿子今天安排：等会早饭结束，回去先补个觉，中午万象城吃牛排，下午逛书店，奶奶家吃晚饭。她准备了你最爱吃的藕粉酒酿圆子和糟毛豆，晚上早点睡觉，养足精神，明天归队。我没问题，下午也可以直接去上课的。张广青翻开漫画。今天我们放松，学校明天去，车上别看书啊，眼睛看瞎掉。好的。张广青答应着，眼睛却没离开书，并将漫画捧高，挡住自己的脸。张先骏后视镜看得分明，被他的心不在焉弄得恼火，刚想骂他，记起什么，苦笑着摇了摇头，反正后面时间还长，慢慢来吧，存着以后再骂。好久没去田野走走了，怎么说呢，踩着泥土，他找到了久违的脚踏实地的稳重感。这么多年自己始终是个围着地球飘浮的宇航员，妻子和儿子是两根安全绳，断了一根，另一根亦有可疑的松裂，他要时时刻刻修补，牢牢抓住。他暂时滑到了安全之处。他想起给林阿婆打的那个长电话，整整一个小时，难为她记了那么多。面对生命的虚空和完全的无意义，人类身上也有一根若有若无的安全绳，为修补那根安全绳，人类发明了很多种办法，无论如何，林阿婆的存在算一种办法。林阿婆才是"灵魂的工程师"啊，有些，只能算"灵魂的拆迁队"或"灵魂的装修工"，张先骏自觉形容准确，满意地摁高一格音乐。

张广青走出烟云飘渺的屋子后，的确有那么几分钟，他深感疑惑，等身上烟气渐消，疑惑随之在田野中散去。那么多蛛丝马迹，轻易发挥下柯南的能力，很快找到了唯一答案。此刻，他被爸爸的用心感动，也哂笑爸爸幼稚。看来，爸爸真以为我会相信，他那么容易相信我会相信，太自以为是了，他快五十了，怎么还如此幼稚呢！爸爸的幼稚让他心生不忍。不过，好久没人对我讲苏州话了,好久没听到苏州话了,以后身边再也不会有人讲苏州话了。复杂而猛烈的委屈拍打着张广青的心怀,胸口酸苦难抑,他终于忍泪失败,躲在《幽游白书》后,紧蹙眉头,悄然无声地哭得泪流满面。

华强北往事

邓一光（《天涯》2023年第5期）

> **推荐语**
>
> 邓一光《华强北往事》众声喧哗，泥沙俱下，纷至沓来的信息之流如同深圳特区风驰电掣般的历史一样斑驳陆离，曾经有幸在时代潮流中击水三千的弄潮儿最终发现自己不过是巨浪上的孤舟。从兵工改制到国企转型，从生猛创客到剽悍极客，从泛滥的山寨到原创的召唤，华强北的人们仿佛白头宫女说开元遗事，又像凝望废墟的历史天使，小说在极短的篇幅中展现了一幅微小而磅礴的经济嬗变史。（刘大先）

聚会在大伙儿首次感染的第二个月举行。

这里说的大伙儿，指教育集团办得红红火火的李荐、PPP做得风生水起的宋南柳、刚从纳斯达克退市回来的陆万修、经营两家茶场和三家书院的吴依桐、改走政界之途人称丛委员的丛丹，还有加密货币崩盘后躺平做寓公的马之骅。说点闲话，当年这几位在华强北攒电脑和手机，十几年过去，人早已离开华强北，成了社会上呼风唤雨的人物，如今四五十岁，有的家都重组过几次，可只要一提当年的事，都有点鼻塞，血压不正常，要解开衬衣上面那粒纽扣才能通畅说话。不知哪一年、是谁，问大家有没有华强北过敏体质，居然没有免俗的。大家就嚷着改群名，原来的

"华强北兄弟姐妹"改成"当年兄弟姐妹",以此为界,以后不提华强北。

感染不是同一天,分先后轻重。陆万修第一个"中标",人在香港做上市前的公关,忽略了,肺都杀白了,幸亏弄到特效药,捡回一条命。李荐症状较重,妻子之前感染过,有经验,照顾全在节骨眼上,也恢复了。丛丹和马之骅症状不明显,群里发言底气不足,带不了节奏。吴依桐最玄,喷嚏都没打一个,疑神疑鬼,最后去做了抗原,才知道中过标,属于"极品"无症状。原来大家猜谁会是血清免疫者,结果无一幸免。打个不恰当的比方,相当于二〇一三年工业用地集体入市,大家挤出瓶颈,脱了层皮,但活过来了。

李荐在群里问,见不见?丛丹和宋南柳几乎同时回复,见见见,当然见,这次知道怕了,不见下次怕见不成了。马之骅紧跟着表态说,绿码退役,自囚就没意思了,见就好好见。他在弘法寺修行时认识了两位修养力爆棚的年轻女士,这次一块儿带来,营造点正念磁场,为大家助力好运。吴依桐说,要这样,她带位老朋友,前几天取消航班熔断机制从澳洲飞回来的,不提修养的事,人超有故事是事实。只有陆万修回复得晚,上来发了一堆"宝宝我错了""请欺负我吧"之类的道歉表情包,连声说对不起,有点事耽搁了,认罚认罚,他信贷额度没有群中的人高,但这次他买单。大家就笑骂他滑头,美股转港股的运动战大佬,比银行头寸谁能比得上他?不过这三年聚得少,基金池快溢出来了,轮不上他挣面了,他省下头寸对付长尾效应吧。

接着讨论了一下吃什么,饭后要不要安排余兴节目。最后决定,经历是教人成长的,不是怂恿人放肆的,建立底线原则,首聚讲好兆头,吃大盆菜吧,大盆菜生机勃勃,富含蛋白质,不是还要迎接后面几波吗,用得上。不知道酒精里的甲醛、甲醇、铅和锰是否助长毒性,酒就不喝了,留着疫情彻底平息后开个大的。余兴活动被否决了,专家说感染后康复期可能一周,也可能一年,陆万修某中大同学无症状感染,以后什么事没有,恢复步道走十天,那天吃猪肚鸡嫌胡椒粉没给够,拿起胡椒瓶往汤锅里加胡椒,打个喷嚏,人往下一歪就没了。所以,要活动自己关着门活动,不制造"群体事件"。

这样,李荐、宋南柳、吴依桐、丛丹、陆万修、马之骅,六个兄弟姐妹,加上马之骅带来的两位女士和吴依桐带来的男士,九个人在园博园旁边的建安山海中心桂岭之家见了面。见面时情况有点儿乱,大家磕磕碰碰挨个热情拥抱,说些明末清初岭南出海逃亡史里惊心动魄的梗,用共情话式作了重逢仪式。

别小看这个仪式,它很重要。当年李荐在新宝安技术学院受到学校歧视,宋南柳受不了公务员队伍的氛围,陆万修在科委犯错误受了处分,朱远辰刚从牢里出来,四个人揣着几千块钱闯入华强北,穿着汗衫、裤衩,趿着人字拖,拉一辆铁皮拖车,咣当咣当往停车场拖电子元器件纸箱。他们是华强北黄金时代最后一批光芒四射的人,完全不在意挥洒青春和满脑子的拼杀念头,每天早上爬起来,一头青丝随风飞扬,跑到万佳百货门前看升旗仪式,正是在冉冉升起的国旗下,认识了扎着马尾辫的吴依桐和丛丹。吴依桐和丛丹那会儿刚迈出校门,在"女人世界"商场倒腾女装,受四人指点,从龙浩代理手中拿下NIKE、

CK jeans 和 LEE，接着改作宾奴和真维斯仿货，攒下底子后转行跟着四人做电器生意，从此结下牢不可破的友谊。

李荐感慨地说，还得常聚啊，不聚我们这些人就像跑过五百公里的新能源车，没动力。大家说，是是是，我们都跑五百公里了，动力问题不解决，新能源股怎么上去？国家怎么复兴？只有陆万修和大家的感受不一样，问谁知道乙类乙管的权威解释，可没人在意他的忧心忡忡，像是把他的话过滤掉，夸张地说着动力的事，弄得他好像多少有点矫情。

等大家都在巨大的橡木围桌边坐下，马之骅把带来的两位女士介绍给大家。沈绿夏，澳门自由艺术家，匈牙利沙画大师 Ferenc Cako 的弟子。安晴，香港马术骑手，马术大师赛上拿过名次。两位女士果然不是等闲之辈，举止得体，看起来是饭局中的常客。大家心里有数，马之骅英雄一场，跌在加密货币上，教训惨重，最恨搅局的事，不会乱带人的。

吴依桐也把她带来的朋友介绍给大家，那位男士六十岁左右，年龄比在座的大一轮，个头不高，头发修理得十分得体，穿整洁的萨拉维夫休闲装，目光直率而温和，可能患有黄斑病变，看人时眼神专注，嘴角带着一丝说不出是沉静还是阴鸷的微笑。

"我朋友老钟，前天过境回来的……"吴依桐说。

"依桐。"陆万修还在他死里逃生的惊魂里，抢话道，"你光做了抗原，做 CT 和心脏彩超没？"

"他在外面盘桓了三个月，一直抢不到过境指标……"吴依桐还没介绍完。

"别人我不担心，就担心你。"陆万修继续说，"还记得三年前南山半马吗？那次你把大伙吓得不浅。"

"大家都闯了鬼门关，你只担心依桐，是担心她借你那笔款收不回来吧。"马之骅拿陆万修开涮。

陆万修对吴依桐有意思，俩人目前都单着，吴依桐孩子都没生，说条件倒适合，可吴依桐这些年经历人生的兴兴灭灭，看破了男女那点事，信了教，陆万修那点心事在她身上挂不住，只是见她今天带了个男的来，忍不住又往上挂，这个情况大伙都清楚，只是不说破罢了。

"我有准备，提前上了球蛋白。我都怀疑抗原是不是疫苗原因，做也白做。"吴依桐笑嘻嘻着对陆万修说，又偏过头转向马之骅，目光不聚焦在他脸上，口气却是冲着他去的，"诸位，老陆现在是我莲塘书院的大董，我和他的债权债务平了，以后别在我俩之间挑事儿。"

"我和依桐的事我俩自会处理，你好好蹲在弘法寺念经吃斋，别乱了性子，到头来修不成正果，一辈子出不了山洞。"陆万修也说马之骅。

吴依桐和陆万修那么一说，她带来的那位男子知趣，礼貌地退到众人身后——人还坐在吴依桐身边，但显然有能力做到不抢关注，让自己隐身在众人的视线外。

大家看出陆万修今天心思有点重，确实"中标"害怕了，纷纷安慰他。不过陆万修怼马之骅也不是没有一点道理。他们这几个入行时间差不太多，马之骅晚几年，他学历高，当年在著名的短翅缩脖鸟大厂做技术，对摄像头和指纹解锁有研究，磕碰过的手机用彩笔一涂什么痕迹都看不出来，少不了仗着这点能力去华强北 UFC 混场子，找人摆擂台。马之骅帮助李荐和宋南柳搞过机，俩人惜才，把他带进朋友圈，帮他攒活赚点外快。陆万修那时候想给吴依桐的男朋友戴西瓜帽，防着马之骅，后来发现马之骅眼里只有技术不近女色，这才放了心。

众人热闹地见面时，领班就带着传菜生布好凉菜，腊八件、麻酱鸡丝蛋卷、野菜腐皮卷、醋浸百叶、野蘑陈皮葛根粉、剐河鱼生。定菜时李荐就打过招呼，宴席要清静，"六炖四""四炖八""倒宴"和"三滴水"的排场坚决不要。李荐在几个人中是老大，举起手中的熟普，示意大家动筷子。没上酒，大伙谈资依然旺盛，上海、新疆、贵州、云南、东北，各地信息记忆犹新，足以佐菜，沈绿夏和安晴两位不认生，带来些他们圈子里没有的跨界资讯，虽然日子还没出腊月，屋里温暖，大伙儿感到了客家菜南渡以来最具温情的气息。

三轮茶后，热菜上来，大伙儿对白鱼头尾羹和白南瓜酿红小豆赞不绝口。没见面时群里谈的全是疫情，如今大家见了面，晦气的事不肯再沾，说了一会儿各自准备复出时遇到的困境。他们当中没受影响反而因祸得福的是宋南柳，他做PPP时在群里张罗过，没人信他，结果蓝色王冠病毒一来，市场调头比谁都快，PPP风头看好，这点大家没有预料到，问能不能追投，宋南柳说，种子轮和天使轮都叫过你们，如今D轮都过了，本人现在当不了家，请你们去阿拉伯塔吃潜艇海鲜大餐吧。李荐和吴依桐这几年趁市场疲软攒了点物业，也遇到些麻烦，倒也不伤筋动骨，主要看能拿到多少政府扶植政策。马之骅反正躺平了，借疫情跟着高人卜了两年传统文化课，人文精神课和自然精神课结业了，正在奇偶精神和会通精神的道路上跋涉，困境只当是修行。影响大的是陆万修，北美退市

背上高压债务，港股上市程序刚刚走完聆讯，卡在推广期持续不断的尽职调查和验证上，再拖几个月肯定完蛋，所以他受病毒惊吓，大家说些天助他找平衡的好听话，要他稳稳接住，别犯焦躁病就好。

这样说着，就从当下劫数说到当年友谊。他们混迹华强北那些年，空气中金属成分重，可真正赚到大钱还是仿机时代。之前不是没有仿过别的，服装、手表、电器元件都仿过，不成气候而已，等到美国次贷危机爆发那年，全国百分之八十的手机厂家汇聚深圳，华强北成了亚洲手机交易中心，他们的时代到来了。李荐和宋南柳入行前就是朋友，走得近，他俩最先做大，出资盘下曼哈数码广场东边居民楼的几套民宅，建了简陋工厂赶活，顺带帮陆万修、吴依桐和丛丹带活，那一年他们赚了不少。第二年夏天，媒体曝光了华强北黑色产业链内幕，没想到反而刺激了华强北的产业链扩张。有天凌晨，李荐和宋南柳结束了手头的活，约在柏宁啤酒坊喝黑啤，俩人分析，网络手机销售全面铺开，价格完全透明，线下交易被逼着价格跳水，往前走不知道底还有多深。他俩借着啤酒劲分别给兄弟姐妹打电话，要大家小心。吴依桐白天刚经历了一件莫须有的事，她和男友去登记结婚，走到门口俩人突然觉得没意思，决定分手。她没看透人生，懒无心肠地说，不会有问题吧，我看新闻里联合国教科文组织还授予咱们深圳"设计之都"的称号耶，你俩别糟蹋这份殊荣，喝酒喝成神经病。李荐说吴依桐，万浪不催小心舟，总之你多个心眼，别赌得太大，赌到拔不出来，谁都保不了你。

就这样，大伙衔着苦胆又抢了两三年钱，到了二〇一一年，那年也怪，好像死

神约好了要练黑翅膀，不吉的消息接踵而来，先是福岛核泄漏，接着拉登被击毙，乔布斯去世，然后卡扎菲死于非命……那年的山寨机市场越来越不好做，出现了几次心搏骤停信号。那天，李荐和宋南柳在嘉华酒楼请人吃饭，碰到莱茵集团和深石化几位高管在那儿喝酒，俩人过去打招呼，高管们带着不怀好意的笑容和他俩握手，手沾一下就缩回去，怕烫着似的，他俩就知道事情不妙。也是那天，吴依桐一位内地的同学签证出了问题，不能出境去香港，在口岸大哭一场。吴依桐把同学的老公放在铜锣湾百货"老公寄存处"，丢了一部新上市的手机让他刷剧，自己带同学去格兰云天的裙楼免税商场买了满满一箱梦特娇内衣、进口药品和烟酒，假装完成了香港行。送走同学后，有跳舞草和猪笼草气质的吴依桐鬼使神差般给李荐打电话，说市场像是疯了似的，分销商拼命抢货，她舍不得那么好的机会，可眼皮子又跳得厉害，问要怎么小心、小心到什么时候。李荐正四面八方摸情况，说他也看不准，让吴依桐准备好随时能撤的那种后路就是。

到了夏天，第二十六届世界大学生夏季运动会在特区举办，一百五十二个国家和地区的近万名年轻运动员乌泱泱到来，山寨机时代也到了最后时刻。中国代表队拿下第七十五金那天，宋南柳给在新加坡帮儿子办寄宿的李荐打电话，告知刚刚发生的事，有人从赛格大厦十八层楼窗口倾泄下数千部苹果手机和诺基亚手机，地面一片手机碎片，汽车被砸出无数坑洼。李荐说，不好，让宋南柳立刻给几个哥姐打电话，通知他们收手离场。李荐匆匆赶回国，领着兄弟姐妹们开始"逃亡"。陆万修、吴依桐和丛丹手里压机不多，很快离了场；

宋南柳摊子大，一时割不干净关系，被扣押了一大批货，担心债务冲突，索性跑路躲到国外；反倒是李荐自己，压货多，退场程序需要时间，来不及出手，市场塌方时损失惨重。

悲剧出在朱远辰身上。因为贪心，朱远辰在大逃亡前筹资抢低水，结果被套牢，债主天天上门讨债，讨不回债就在幼儿园门口绑架了他女儿。朱远辰四处筹钱还债，几个朋友尽自己能力凑了笔款子，也只是杯水车薪，债主寄了孩子的一只小指头给朱远辰，他一急，跳楼了。这事对大家冲击很大，以后谁也不提这件事情，本来群名改前改后都是忌讳，但这会儿大家突然觉得，其实也没有那么不堪回首，也许经历了过去的几年，大家都变了，承受力强了。

众人聊天，也没忘和马之骅带来的两位可爱女士闲聊几句。沈绿夏没带作画工具，问了服务生，餐厅投屏有爱思助手，于是放了一段手机里的沙画表演，果然惊艳，大家给她鼓掌，争着看她神奇的手指是怎么长的。安晴没法把她的纯血马牵进餐厅，而是讲了个笑话。有一年她在瓦尔肯斯沃德的托普斯国际马术中心参加环球冠军赛，遇见一位意大利帅哥，迷上了，打算下手，可她发现这位帅哥连续三天认错坐骑，自己的坐骑丢在那里，把一位德国骑手的坐骑牵走。事发后，意大利帅哥礼貌地向德国同行道歉，说都是荷尔斯泰因马，模样个头差不多。德国同行气急败坏地说，你的马是红色，我的马是橙黄色，你会把赤郡奶酪当成一分熟的奎宁牛排吃掉？意大利帅哥说，亲爱的，这正是我的问题，我是色盲。

大家被这个笑话逗得哈哈大笑。丛丹关心安晴最后有没有对可怜的意大利帅哥下手，答案是没有，安晴一想到七彩的自己在对方眼里只是一片灰暗的人形，就了无兴趣了。

最先是陆万修注意到吴依桐身边的老男人，他始终没说话，安静地听大伙儿聊天，偶尔若有所思地喝一口普洱，基本不怎么动筷子，好像不太习惯客家菜。大盆菜上来时，转到他面前，感觉他对裹满豉油、冰糖的烧鹅和鲜鲍、蚝干不感兴趣，用公筷在菜钵里撅了一块萝卜和一截粉葛，就结束了对这道客家人无尚荣耀的菜式的膜拜。陆万修心想，刚才吴依桐是怎么介绍老男人来着？他掉过头看其他人，发现李荞和宋南柳也注意到老男人了。

"先生……"李荞关切地问老男人，"您不喜欢盆菜？"

"我们胡聊，钟先生别在意。"宋南柳也说。

两个人和钟先生说话，钟先生微笑着冲两人点头，但没有开口，吴依桐把话接了过去。

"他姓钟，叫他老钟好了。"吴依桐从包里取出一支沉香烟，她另一边坐着的陆万修立刻打燃火机为她点上。

"大家都是朋友，依桐的朋友和之骅的朋友也是朋友，"丛丹热情地说，明显有点热情过头了，"钟先生，您也说点什么吧。"

"他和你们谈不到一块。"吴依桐一副故意气大伙的口气，一边说一边翘着兰花指，贴了贴钟先生的肩膀，咯咯笑得花枝乱颤，"胡说啦，老钟这两天犯声带炎，说不了话，你们让他安静待着，别为难他。"

陆万修见吴依桐和老钟的亲热劲，脸色不好看。李荞和马之骅神秘地对视一眼，傻瓜都能看出吴依桐眸子里那点内容，陆万修要不继续往她茶场和书院砸钱，这戏

她还会演下去。不过礼节讲了，人家有充分的理由不开口，大家也不强求，换了话题。

之前都说了自己的事，剩下马之骅，大家就问马之骅何时出山。用大家的话说，鸡本来在天上飞，后来贪图丛林生活，活成了刀下客，现在局势不好，丛林着火了，再不飞，就成烤鸡了。马之骅用湿巾擦了擦手，不说烤鸡的事，问大伙儿还记不记得洛班。大伙儿记得，洛班是马之骅当年的异国搭档，吴依桐还和洛班认了姐弟。马之骅就说了洛班的事，他前两天看OpenAI发布会，看见西装革履的洛班站在Y Combinator总裁阿尔特曼身后，不再是当年那个眼里汪着两眼清泉的少年，成熟多了。

传奇时代最后的疯狂中有人逃离，也有人闯入，马之骅就是闯入者，他的故事是勇者的故事。在华强北摆摊台那些年，马之骅遇上了俄罗斯背包客洛班，那会儿洛班不到二十岁，有个像他浑名一样又高又宽的额头，在硬件上身怀绝技，无论电脑还是手机，任何问题他都能解决。马之骅和洛班交了手，那两次对手让华强北的人记忆犹新。马之骅英雄惜英雄，带洛班去群星的士高蹦迪，去柏宁球馆打保龄球，去航都大厦二十一世纪演艺中心看港台明星演出，后来知道，洛班是伊尔库茨克人，在新西伯利亚读大一那年替黑帮组织"战斧"洗钱失手，跑来中国。这一说，马之骅更是加倍对洛班好，让他搬进自己的公寓，每天给他打包斋肠粉，以后两人联手搭档，洛班对付软件，马之骅对付硬件，一时虐杀华强北，大批年轻人前赴后继来找两人拜师学艺，有路上拦住双膝一折头磕下不起来的。洛班惊讶地合不上嘴，说

他当苏-30战斗机设计师的父亲都没有这个待遇。马之骅操着蹩脚英语告诉他,这是中国人的习惯,有时间我给你读几段金庸的书你就知道了。

那会儿就吴依桐支持马之骅和洛班,她喜欢有着泉水般的眼睛的洛班,豪气干云地转给他俩一个柜台。马之骅和洛班很快从帮人翻机测验干到供应商,收入可观。山寨机塌方时,两人没来得及混成大主,没受什么损失,苦熬着没撤,可华强北元气大伤,没过两年又封街改造,珠三角手机代工厂跟着经历了一场生死劫。没过多久,洛班的老东家追查到洛班的 ID,胁迫他去日本参与和雅库扎合作的市场开拓计划。马之骅把流水全凑齐,硬塞给洛班,俩人依依不舍分手,谁知洛班离去不久,矿机被币圈带火,在接踵而至的攒矿机浪潮中,华强北死灰复燃,成了全球最大的矿机集散地。马之骅很快在矿圈赢得了名声,成为比特币界和以太坊界说得上话的极客,不光矿机走得顺溜,还瞅准时机倒卖电价差收取托管费,日进斗金,遗憾的是,有着又高又宽的额头的洛班没赶上辉煌日子,马之骅一提起这事就觉得对不起小伙伴。

那几年,躲过山寨机塌方的大伙儿都看不懂形势了,不是看不懂未来,是早上看不懂下午的事,就算是有家底的人,也输不起,大伙儿一商量,决定撤出华强北。吴依桐和丛丹事先找好了路子,第一批清柜撤离。接着是陆万修,他投了两家壳公司,转身做起了上市辅导。剩下李荐、宋南柳和马之骅三人。李宋二人在华强北混了上十年,深知时代已变,自己只能在矿圈混混,进不了币圈,更别说链圈。这条路到头了,俩人靠给新疆和内蒙矿场倒机最后捞了一把,摊子转手卖掉,割清干系离场,带家人飞去牙买加,在尼格瑞尔海滩晒太阳。一天,李荐得知比特币创下一万九千八百五十美元的历史高价,一些不甘寂寞的商家纷纷入场,就知道海啸来了,立刻给马之骅打电话,警告他这妥妥的是回光返照,这道收魂大菜会害死很多人,让他赶紧跑路。马之骅甘蔗刚啃到甜口,不肯松牙,在电话里说,这是我最后的机会,闯过去了就继续跟着你们混,闯不过去,总喝你们的酒也没意思。几天后,李荐收到陆万修的信息,说马之骅破了戒,仗着手头有一批 ASIC 芯片的超级版图服务器,自己下了矿池。李荐一听急了,家小丢给宋南柳照顾,自己飞回国,下飞机就赶到赛格广场。他看到大楼里人头攒动,根本下不了脚,一半以上商铺都在改卖矿机,马之骅身后跟着几个两眼发直、嚼着槟榔的助手和保镖,办公室里坐着几个打游戏的银行信贷员,就知道完了。马之骅一见李荐就把他拉到一旁,嘴里填一把复方丹参片,悲壮地问李荐,老大,你觉得我现在还走得掉吗?李荐哭的心思都有,反问马之骅,你觉得呢?两个月后,币价崩盘,马之骅手下数千个经销商在惨烈的"矿难"中团灭,他自己也一头栽进币圈坟墓。

大家你一句我一句关心马之骅,马之骅反倒理智,回大家说,他已经能看到血色灵光了,金色灵光做不到,怎么也要修到黑光能量,到那会儿再说出山的事。

这样边吃边聊,时间过得很快,大家吃得差不多了。这期间老钟收到了几条短信,在手机上打了字并悄悄给吴依桐看,然后悄无声息地离开了。李荐和宋南柳注意到,俩人以目光罩住吴依桐。吴依桐示意一会儿再说。等马之骅说完十九等灵光的事，李荐再看吴侬桐。

"他有点急事，怕打断大伙儿聊天，让我代为告假，一会儿再来接我。"吴侬桐解释。

"没冷落他吧？"李荐问。

"他在国外待久了，没那么拘谨。"吴侬桐说，"没事，你们聊你们的。"

丛丹接过话头，说前些日子关在家里，在微信上和政协文史委主任尹博士聊口述史的事，不知怎么就说到华强北如今的萧条。尹博士的观点是，风云激荡的三十年过去了，那个英雄不问出处的时代有很多珍贵的历史资料应该记下来，便怂恿她做个口述史。丛丹不能回想那段青春岁月，拒绝自投罗网，只是前段时间去了一次华强北，觉得那里和她一样，人老色衰，心里不是滋味，到底她对它的感情超过两任前夫和所有前男友。

吴侬桐不知意味什么地笑了笑，说，萧条倒不一定，死而未僵是真的，故事没结束。丛丹问，怎么知道？吴侬桐说，老钟前天一过境就要去华强北，我陪着去的，在那儿泡了一天。客家人还在修手机，暗中运作庞大的手机翻新市场，潮汕人还在做电器，不过是换了Kinghelm（金航标）北斗天线连接器和Slkor（萨科微）元器件，进出都是大单；那里密密麻麻的银行网点没拆，现金流仍然巨大，三百家物流营业点的两千多个快递小哥，每天往外发送二十万件包裹。这个巨兽没有死，还活着。

"活着也好，死了也罢，对在座几位而言，不过是一段野蛮生长的日子，你我生生死死蹚过几年，不都出来了，能戒掉还是戒掉吧。"宋南柳劝大伙。

"老大，你怎么看？"陆万修心有纠结，那段历史对他毕竟不只是打拼，还有一份未竟情感。

"我比你们简单，听老孔的。"李荐慢条斯理地说，"老孔说，富而可求也，虽执鞭之士，吾亦为之。如不可求，从吾所好。我听这个。"

李荐当老师遭遇挫败，华强北打拼十年，以资方身份做回教育，到底把自己洗干净了，说什么都往教育上扯。他引用孔子的话，意思说赚钱是因为无路可走，回头还得当老师，逝者如斯，不说也罢。这个态度把吴侬桐得罪了，吴侬桐平时很服李荐，这会儿偏要唱反调。

吴侬桐说，吃得也差不多了，反正没安排余兴节目，大伙儿要不想散，她给大伙儿说个故事，是关于华强北的。大伙儿先有些沉默，一年多没见，确实不想散，但不知道该不该听华强北的故事，都拿眼看李荐。李荐一向照顾人，尤其是他们当中年龄最小的吴侬桐，猜出大伙儿看他一眼，其实是在想听和怕听中纠结，就做主说，吃的是客家菜，擂茶麻烦，换大茶药吧，茶喝透，人见透，该断的念头断透，侬桐你讲，我们听。宋南柳示意领班到身边，小声叮嘱，桌上碗碟清掉，换大茶药，服务生退下，他们自己泡。一会儿茶上来，领班带着服务生退出房间，大伙儿喝着俗称断肠草的大茶药，以毒攻毒，吴侬桐点上一支烟，开始讲故事。

故事从一九七九年开始。那年发生了多少大事啊，中国颁布了《中华人民共和国刑法》和《中华人民共和国刑事诉讼法》，对某国进行反击战，给右派平反，和美国建交，知青纷纷返城，中断了三十年的穗港铁路通车，说起来哪件事情都不得了。相比较，那年三家兵工厂从粤北大山里迁来宝安，改制成公司，取名华强公司，就真不算什么大事了。第二年，特区成立，兵器工业部和电子工业部众多企业南下找出路，需要地方落脚，一位高官站在华强公司工棚外，随手拔了根脚边的杂草赶扑脸的蚊虫，赶完用杂草在眼前划了个圈，说就是它了，华强路由此诞生。

三家兵工厂中有位子弟跟着父母来到特区，在第二中学读高一。少年听说父母的新单位——华强公司，盖了特区第一座二十层高楼后，一些香港人在落马洲用望远镜往这边看，猜测这边发生了什么大事。粤北山区长大的少年没见过香港人，从父亲抽屉里偷了四片式物镜和普罗目镜，找来卡纸和胶水，做了一副简易望远镜，偷偷跑到深圳河边铁网后看香港人长什么样。望远镜中，那些香港人长得和少年没啥区别，其中一个看到了少年，犹豫地举手冲他挥了挥，少年也高兴地冲对方挥手。这事少年没告诉父母，免得父母大惊失色，那是"通敌行为"。事情过去五年后，邓小平在华强北观看几个小学生和电脑下棋，看完对身边人说，电脑要从娃娃抓起。当年冲香港人挥手的少年已是广东工业大学大二的学生，作为娃娃选手的助教正好在现场，回到学校后他就申请了没有几个人报名的计算机应用专业课程。

"同行啊。"马之骅打断吴依桐的故事说。

"你说的这位是从书上看来的吧？"李荐问，"书上人物大多不可信。"

大家都听懂了李荐的意思。前面丛丹提到口述史，说不自投罗网，真实原因大家心里有数，论财富、名气和贡献，他们当中谁也进不了华强北史，现在吴依桐上来就讲华强北襁褓之年的故事，往后当然会讲到孩提之年和垂髫之年，就是说，她讲的是他们心心念念错过了的那段往事，这多少让人有些醋意。

"不，一个活生生的人，书上没有他的故事。"吴依桐说，"我继续讲还是停下来？或者你们把醋吃够我再讲？"

"讲讲讲，你们别打搅依桐。"陆万修替吴依桐维持秩序。

"我先问你们，一九九八年你们在干什么？"见大家都闭了嘴，吴依桐反而让他们开口。

"我最郁闷的时候。"李荐想了想，"从惠州调到新安职业技术学院第二年，试讲评分低，没拿到讲台，在学校待不下去，找人做工作抽调到史志办做助理，编纂第一套《深圳市志》。"

"那年我科员转正。我这人没官运，只能做协理。"宋南柳接着李荐说，"也不是我争，那年市里实现医疗用血全部无偿捐献，卖血成为历史，上面一高兴，给了我们血站几个职数，我算同喜之获。"

"说起来就我亏，那年作为科委最年轻的副处，我负责的深港超大规模集成电路生产线投产，怎么说都是有功之臣，没想到踩到狗屎，不说也罢。"陆万修感慨万千。

"那年我研三，"马之骅说，"导师推荐我去润讯通讯发展有限公司实习，做传呼系统开发，主管是学长小马哥，他成立公司，要我跟他一起走，我说行，就这么进了新公司。"

"那年我俩还在读中学。"丛丹轻声叹了口气，"你说，时间怎么过得这么快？"

"有意思。"李荐若有所思，"依桐这么一提，我倒是想，那一年移动、电信、联通，三大运营商连影子都没有，'风清扬'

还在杭州湖畔花园风荷苑十六幢一单元二〇二室苦劝他的合作伙伴省下一半饭钱投进公司续楼租。"

"那年大强子刚拿下海龙大厦一个三平方米柜台，带着十几个员工帮助人家刻光盘，"陆万修抢话说，"我跟科委的头儿去中关村考察，就没注意到他的柜台。"

"那年我和小马哥在南山一间小屋子里处理千年虫病毒引发的OICQ危机，同事给我俩带猪脚饭回来，我那盒比他那盒少两块猪脯，我硬从他盒里找补回来。"马之骅哈哈大笑。

"依桐，你到底想说什么？"陆万修问吴依桐。

"问多余了。"宋南柳替吴依桐回答，"想想那两年的两件大事：一九九八年，一百五十年未遇的特大洪灾冲走了一千六百六十个亿；在这之前的一九九七年，东南亚金融危机，半数以上产业过剩，百分之四十的国企亏损，国有银行不良资产达三分之一，八千万职工下岗，谁的日子都不好过。"

"再想想你是怎么离开官场的，"李荐补充说，"大部制改革，政企分离，你上司拿这个做了处理你的理由。老孔说，乱世四辟。可依桐说的那位肯定没么做，依桐，我没说错吧？"

"嗯。"吴依桐笑着点头，从唇间挪开香烟，继续讲她的故事，"我就叫他老A吧。"

那一年，国家盯住香港国际贸易口岸的地利，指示工业部与有电子产品先发优势的特区合作发展电子工业，华强北街从工厂区向电子市场转型。老A大学毕业后分配到邮政局工作，听父亲说了华强北公司转型的事，找来一堆《人民日报》和新华社的通讯稿研究了两天，就辞职创办了一家小公司，第一笔活是替塞班系统和诺基亚3310功能机做代工业务，结果没经验，质量不过关，货交不出去，好不容易积攒下来的一点资本也亏进去了，邮政局回不去了，又不敢告诉家里，只好找哥哥借了点钱，在万佳百货和曼哈商场中间过道上租了两平方米柜台，安了两部公用电话，卖矿泉水、香烟、饮料、凉茶和煮玉米。

"卖水收入不少，一个月怎么也有几万，比我们刚开始强多了。"陆万修说。

"陆董，看来你错过了真正的生意，我前面说的事，可不是随便说的，那和我们后来的疯狂时代不一样，是一切皆有可能的时代。"吴依桐安慰般看了陆万修一眼，"他月营收超九十万，光两部电话就能收回二十万，所以他两年后重新站回内场，帮人山寨限量版百达翡丽、卡地亚和江诗丹顿。"

"朱元辰也仿过表，拉我一起做，我没答应。"陆万修跌在历史盲区上，不甘心，找补说。

"真讨厌，别打断依桐，让她讲行不行？"丛丹不满意地看了陆万修一眼。他犯了忌，提了不该提的人。

故事继续。千禧年后，华强北快速形成从元件到成品的全供应链，不足千米的一条街，年交易额达到三千多亿，打个喷嚏亚洲电子市场都要感冒。老A决定不再做A货，他把仿表的活盘给别人，在明通数码城拿下两个商铺，开始做高速公路用灯和高保真音响，同时一直盯着电子研发市场。闹非典那年，联发科突破诺基亚和摩托罗拉垄断的芯片技术，推出第一款具备通信基带、蓝牙和摄像头模块的单芯片机解决方案，老A终于等来机会，他去深纺大厦二楼人头攒动的人才市场转了一圈，把山本培训的宋三木约到华富路的狼堡酒吧，那时宋三木还没有成为"春晚最牛粉丝"。老A把一箱现钞推给宋三木，让他十天内在那些排队交简历的人里给自己挑选培训五百名有经验的技术工，然后他飞去新竹，找到联发科一位执行长，凭三寸不烂之舌接下一笔大单，以极快的速度整合出一条产业链，生产出成品手机发往全国市场。他遇到了对手。市场上有人跟单，全是B货、C货，价格低廉，他的原单货发不出去，会计告诉他，公司流水只能撑几天，再不想办法，他就只能面对联发科的高额罚单和索赔。老A完全没有选择空间，一咬牙，下令原单尾货QC（质量控制）环节采用A货标准生产，成本压到竞争者没法做到的低廉，全面铺货，不到一周时间就打垮对手，占据了手机供货渠道，以后客户几次推出迭代机必经他手，他就这么回归了自己的专业。

"我刚进场时听人说起过联发科那件事，我和李荐想见见这位神秘人物，不得其法，原来是他。"宋南柳插话说。

"等等。"李荐终于找到机会，问吴依桐，"高人不语，不像我等意马四驰，你说的这个人，我见过？"

"嗯。"吴依桐笑了笑，点燃一支烟，"不过，你想听故事呢，还是咱们换个话题，去找到那个人？"

李荐不置可否地笑笑，示意吴依桐继续讲她的故事。

中国科考队找到南极风陆冰盖最高点那年，手机生产由审批制改为核准制，此时老A已经拥有完备的产业链，成了华强北第一代分销王，每天流水过百万，多的时候上千万，每天涌进华强北的五十万供应商，不少是冲着他来的，银行主管副行长们每周排着队请他喝功夫茶，华强北商圈的赛格广场、华强电子、华强广场，三十万一平方米的柜台，或明或暗由他控制着，包括在座的几位后来入场时求爷爷告奶奶拿到的那几个柜台。

"说柜台干什么，说老A就好了。"丛丹眼神里本来是满满的敬佩，这会儿不高兴了。当年她懵懵懂懂，等不及李荐使手段托人搞柜台，跑去和人家睡觉抢下一个，回来高兴地告诉吴依桐，被吴依桐骂得狗血淋头，这事大家都知道，只是不说破。

吴依桐没有理会丛丹，继续讲故事。她有讲故事的才华，不然也办不下三家书院。

继高仿名牌服装、手表和电子元件之后，华强北终于被仿机钉在了山寨街的恶名上。老A对此耿耿于怀，他大学毕业后不久就结了婚，很少回父母家，父亲知道儿子在外面做得很成功，不知道他靠什么成功的，担心地问过儿子。老A回答不了，他和多数头部大鳄一样，不愿意抛头露面，躲在西装革履的总经理背后做着隐身事主，他一直想改变自己的身份，他做过努力。有一段时间，老A和几位头部大佬私下密谋，华强北是一头市场经济野兽，让它活成食草动物没有可能，大家能不能联合起来，改变低端卖场形态，让华强北发展成国际电子物流中心和高新技术研发中心，撕掉山寨佬的标签，可是，大家又为市场规划升级的责任主体吵得不可开交。

老A入场的第十二年，苹果发布了划时代的iPhone 4，小米和华为也推出了廉价智能机，线上手机销售把市场价格压到最低，实体店销量严重下降。因为利润空间被压缩到喘不过气，李荐们忙着把柜台销货转移到线上销货，他们在华强北街头冲来冲去的时候，老A也在为零售行业改变后的消费格局巨变煎熬，他站在赛格大厦七十六层办公室落地窗前发呆时，也许在脚下蚂蚁似跑来跑去的人群中看到过李荐们，但他想要转型已经来不及了，他没有时间了。不久后，京东与阿里巴巴先后在美国上市，互联网电商的崛起给了老A最后一击，他眼睁睁看着自己的产业链帝国被毫无抵抗力地冲垮，最糟糕的时候，他有十几万台手机压在仓库里，宋南柳看到的那几千部从楼上倾泄下来的手机就是他的积压货。阿里巴巴在纳斯达克敲钟那天，老A的一批芯片在香港因涉嫌走私被扣押，他正焦头烂额地处理事情的时候，哥哥给他打来电话，说父亲问了几次，他是不是在干脏活，偷人家的东西。老A说是，但不是他一个人在偷，他不过是其中一个。哥哥在电话里说，我给老豆，你是最大的那个贼，还是不提这话？老A沉默了一会儿，挂断了电话。几小时后，老A叫来律师交待了后事。他决定守住最后属于他的家人和孩子的秘密，带着一个永远摘不掉的符号离开少年和青年时代的生活地。

"我是在布里斯班姐姐家认识他的。"吴依桐没说她是怎么认识老A的，"那是一座阳光城，年轻，活力四射，人们非常放松，但他却像一块沉默的石头，冷漠，没有温度，像个局外人，和环境格格不入。他知道我在华强北干过几年，不断向我打听华强北的消息。直到我第三次去澳洲，他带我去汉密尔顿岛看袋鼠，那天凌晨他来我的帐篷，把我从睡袋里拍醒。他说别急，袋鼠还没出来觅食，他就给我讲了华强北的故事。他说他是看着那条不足千米的街道在稻田中建立起来，最终成为世界上最大的电子元器件集散地，同时也成为丰富的垃圾食物的聚集地，美味，却没有尊严。他在这条街上见证了摩托罗拉和诺基亚的鼎盛和衰落、国产手机的兴起和拼杀、山寨机的疯狂和集体死亡、全球金融危机、芯片走私，最终成为一场噩梦。"

大家都安静，他们面前在茶盅七分处泛着白光的茶水也一样安静，不知道以毒攻毒的断肠茶对人有没有帮助。

"他没有回避这场噩梦的始作俑者中有他。"吴依桐继续说，"他说他一直想回到华强北，做个老而弥坚的创客，洗去A货王的耻辱，不过他后来安静下来，不再想这件事。我告诉他，那座城市正在努力撕下山寨之都的标签，争取创客和极客之都的未来，他和城市的想法一致，为什么不回去？他断然说，不可能，山寨不是一种模仿行为，而是一种基因，它会以文化的方式遗传下去，如果它曾经辉煌过，那它的遗传力量就非常强大，他身体里的毒素太多，回不去了，他最好死在外面。"她停了一会儿，说，"他说这句话的时候，一只袋鼠顶开帐篷门帘探进脑袋来，是一只母袋鼠，它大大的眼睛给我留下了非常深的印象。"

吴依桐结束了她的故事，餐厅里非常安静，有一阵大家都不说话，觉得自己在这个故事面前显得相当平庸，就像二〇一七年以后安静下来的华强北，当它不再容纳冒险者和疯子的时候，它也是平庸的。

"你刚才说，他会回来接你？"李荐打破沉寂问吴依桐。他没提名字，但大家都知道他在说谁。

"他是那么说的。"吴依桐说着伸手去拿烟，发现沉香烟盒里已经空了，她四顾张望，好像在找命根子。

"他还能开口说话吗？"宋南柳问。

"至少短时间不能。"吴依桐本来打算把空烟盒丢掉，不知想到什么，改变了主意，把空烟盒装进手提袋里，停了一会儿说，"这么多年了，他从没回来过，我们也一样，取了群名，又改了群名，兜兜转转，还是没能忘记那个改掉的名字，你们不觉得，有时候我们想戒掉什么，只是一个托词？"

不知道是不是服务员没把门关好，大伙儿感到一股凉风从背后吹来，不由打了个寒战，连同两位群外女士，集体沉默了。

双　桨

别　鸣（《花城》2023 年第 6 期）

推荐语

别鸣《双桨》，文字细密周致，对话口角毕肖，叙述既能超高又能伏低，跟得上每个人经历的琐琐碎碎，也能把惊险的水上生活写得惊心动魄，人物心思的委婉曲折也一一呈现出来。小说重心是普通人的生活，不过是连续起来像流水账的日子，这流水账里有着人们的挣扎、辛酸和无奈，却也不时生机勃勃如同滚滚江水，于窘迫中显露出人们非凡的活力和心劲。（黄德海）

　　五月大端阳，晚上蒋津扯住我不放，到江边摊吃麻辣烫。他叫来半件啤酒，一米九八的个头，蹲坐红塑料小板凳，胖头鱼一样，腮帮子起伏，闷头一气喝了前三瓶。喝到后三瓶他开始话赶话，反正不听我意见，尽扯他在收费音频听来的格言金句，怪整船人乱了节奏，不是他能力问题。过了十点，江面漆黑，有游轮经过，霓虹闪烁，隐约传来歌声，我后背透凉，越过蒋津庞大身躯，想象别处的生活。

　　蒋津伸长手脚，说："人生有三种能力决定未来，一是让自己变巨牛的能力，二是让周围人都帮自己的能力，三是混不好也想得开的能力，练成其中一种，人生就有奔头。"我说："那你就会第三种？就不能练第一、二种？"蒋津埋头唆肉杠子，佝偻背，汗直滴。我盘算，蒋津怎么说都算见过世面，省城待六年，进京集过训，可是话说回来，就是撑不住场面，这多年也没见什么长进。正有些郁闷，阿婆把电话打到蒋津手机，我坐小方桌对面，都能听见她训人，蒋津急赤白脸，一抹汗水，哼哈几句，手机直塞我。

阿婆语速快，一说一串："铁栅门我反锁了，你姑娘娃，都深更半夜，陪他这个人才，搞甚名堂，快些回来，桌上咸蛋红枣粽子，吃了洗了睡，明早还要起来卖面。"我连答好好。阿婆节约话费，断线突然。我把手机还蒋津，催着买单，他伸长方便筷，在锅里反复捞，瓶里酒喝干净，从绿塑料筒里猛抽卫生纸，擦额头擦嘴，喊熊老二打个折。小妹握单，左右不肯，必须照价，蒋津酒劲上头，非喊老板说话不可，说熊老二肯给初中同学面子。旁边油毛毡棚子，闪出熊老二，提剁肉菜刀，指指点点，骂蒋津白长这身板，江边芦苇秆子，杵到天上，空心屁用，兰矿新村队下午丢人，害他押错龙船，亏了一千多。蒋津伸长臂，摁我肩膀，小山一样斜靠过来，我只好抵住，掏钱买单，赶紧走人。

峡口江涛嘶吼，汛期水涨，两岸山峰对峙，黑色剪刀一样，剪出倒三角形靛蓝夜空。大船航行渐远，船尾灯光闪烁，蓝三角尖上，摇荡出串串碎金。浊浪拍岸，夜深风急，码头坎下，江滩腾起几道黄龙，沙尘打着旋上天。败阵的龙船裹挟其中，飞腾不得，被人倒扣两条长板凳上晾，龙头反拧垂地，龙须在风中乱摆，嘴脸疲沓而沮丧。蒋津在我耳边又唠叨："熊老二打小在兰溪河哪见过江船？不要怨天尤人，现在我们的样子，是曾经的我们用时间亲手塑造。"我推他说："站直了，装什么装。"蒋津耸肩甩手，往石梯上跨，蹒跚长腿，右腿膝盖僵直明显。我跟他身后，爬上两百多级石梯，穿过省级公路，兰矿新村依山而建。大江截流，江水倒灌兰溪河，兰矿矿区淹没，整体转产落空，有门路的谋出路，剩余一百多户集中搬迁，半山腰先住五年，山体滑坡，又往高处搬，依着山脊，夹在本地集镇间，局促两栋五层楼，小路曲里拐弯，两边横七竖八搭简易板房。此时一片漆黑，唯有麻将馆亮堂堂，门旁悬挂一蓬艾蒿叶，内里烟雾缭绕，叔伯们围桌或坐或站，见我们经过，远远打招呼："屈寁寁，这晚还和蒋队到江边看水，爬上爬下不嫌累，早点结婚噻。"我说："你们荷包里钱莫掖到，早晚每人包个大红包送来，着甚急？"叔伯们搓麻将大笑，又上下打量我和蒋津，七嘴八舌议论身高差。

我记得大概十五岁前，我和蒋津俩身高还差距不大。初中二年级，班主任严三立安排我俩成同桌，早自习蒋津胳膊肘过线，我把圆规藏课本里锥他，他一蹦而起掀翻课桌，我跳起用雨伞敲他头，并没有踮脚去够的印象。到初三，蒋津像冲天炮一样，剧烈发育长高，阿婆说他放屁都往上嘣，眨眼冲过一米九。学校篮球队缠着他入队，兼教体育的历史课谭老师骑人字梯，篮球框下给他演示什么叫扣篮，一度让他成校园明星。全县校园篮球赛，兰矿中学队成众矢之的，蒋津一上场运球，就被其他校队针对，抢球时被暗里扇耳光、上阴肘，他面色惨白，迈不开步，屡遭全场嘲笑，不得不换下场。遇省皮划艇队招队员，谭老师认为他身板在这儿，不练体育可惜，极力推荐说蒋津他爸是峡江舵把子，有水上运动家族史。

蒋津得幸离开兰矿，去省城练了六年划桨。先前阿婆一提这事就恼火，说蒋津是瞎猫子撞到死老鼠。后来兰矿中学那届高考，只有我过分数线，学校敲锣打鼓送喜报，阿婆差点烧高香，结果我被省内三本录取，念三年文秘，找不到合适工作，还是回来跟她下面条。现今蒋津退回兰矿新村，还伤右腿膝盖，阿婆就说他是个人才。反正十五岁以后，我和蒋津就说话费劲，非得仰头不可，基本在他第四根到第六根肋骨之间活动。

麻将馆里，有人说荤段子，大意是这身高差距床上恐怕不大协调，叔伯们哄堂大笑。我有些恼火，推蒋津一把喊："动手抓赌，抓赌！"叔伯们手捏牌，纷纷摇头说，就他这点本事？我见蒋津满脸堆笑，将路边沙砾抓一大把，朝麻将馆里猛撒，叔伯们大叫躲闪，我拽起蒋津就跑。拐过巷角，经过骚人民宿，蒋津抓我右手，蠢蠢欲动说："要不再来试，不是阿婆话多，早该结婚了。"我很不耐烦说："莫乱想，十一点你接班，不想要饭碗了？"心想都怪他自己上次浪费机会，蒋津以前皮划艇队四个队友，带家人从省城自驾游，沿途玩了大坝西陵峡，非要来诗祖故里不可，看望退役发达的蒋津，自然要他办招待，免费好吃好喝好住。我这才知道，蒋津两年前离队时，曾对队友吹嘘，要跳出舒适区，改变世界改变自己，挣五百万给他们看。队友们是来兑现，蒋津怕被嘲笑，专门请了假，联系骚人民宿，好话说尽，让民宿老板外出，他花积蓄包三天，对队友说这是他连锁产业之一。我被他扯来，客串服务员，结果闹得我七窍生烟。蒋津那些队友家属得便宜也不卖乖，挑三拣四，要求太多，天天让我唱《六口茶》、跳摆手舞，不管我怎么解释这是诗祖老家，不是土家山寨。队友们也是整日拿骚人店名开荤玩笑，我跳脚辩解，这是《离骚》的骚，不是骚货的骚，他们大笑一番，不再睬我。等到第三天下午，好不容易送走他这些队友，我躺客房大床，累得不想动，蒋津中午狠陪了些酒，趔趄溜进来趴我旁边，哽咽哭起来，我搂着他头睡着。天色暗下来，后半夜迷迷糊糊，被他摁住，折腾半天，结果没成。和前年我偷偷跑去省城看他一样，酒店房间里，也是翻来覆去，反正不成。

再往斜上走一段，见到一楼川妹面馆招牌，蒋津先从旁边墙缝推出踏板车，再过来托起我脚，顶我翻过铁栅栏，我想轻手轻脚，松手落地时，还是踢响面盆。蒋津守栅栏外，舍不得走的贱分分，我从铁栏间伸手推他，低声说："快走，我阿婆瞌睡浅，醒着在。"蒋津捉我袖口，伸鼻子说："这花椒味，香。"我说："快走，迟到扣两百。"他掏出手机，摁出收费音频课，塞进耳机，浅蓝制服夜光下透白，叉长腿猛踩踏板车，抄草丛小路，车尾竖起长竿警灯，无声连闪，冲下斜坡。

川妹面馆招牌上的川妹，既不是我阿婆，也不是我，其实是我妈王翠，面馆从她手里开张。在我阿婆嘴里，我妈王翠也是一个人才。人才，是阿婆讥讽人最重的话，大概就是不省事、不正常的意思。

我掏出钥匙踮脚走，轻开阳台后门。当初搬迁时一楼最俏，屋后朝阳空地，能种菜养鸡，兰矿这一百多户，谁家都抢着要。我阿婆举着我爸相片，在搬迁办公室赖着哭了三天。等一楼房子钥匙一到手，我妈马上在空地种辣椒种花椒，出钱请工打通向街阳台，面馆再开张做生意。

在阿婆眼里，我妈的长处，除了生我之外，就是下红油小面绝活。面要干爽泛黄碱水面，铁桶锅沸水里翻滚，长竹筷子捞起，竹漏勺过海碗，白面裹麻辣红油，一勺肥肠或牛肉，加上黄豆葱花，馋得面锅旁边的人口水直流。这其中关键，是用油辣子、花椒面秘制红油，外人掌握不到，开始只有我妈会，后来被阿婆偷瞧好久，瞟学大概。

以前兰矿人都食堂过早，馒头花卷豇豆包子加稀饭，只有我家特殊，吃我妈的红油小面。对门邻居小孩蒋津没人管，天天溜到我家，和我面对面坐小板凳，端小搪瓷碗，埋头稀里呼噜嗍面。兰矿搬迁前两三年，效益眼见不行，食堂三天两头停火，我妈把厨房窗户掐掉，从灶台支出木桌子、长板凳，早上卖红油小面。起初就收食堂饭票，三张票一碗面，到晚上拿饭票找司务长，换等价米面油。这样卖了一年多，兰矿转产又停产，食堂永久关门，我妈开始收现金，光头小面从五角卖起，阿婆如今涨到两块五，加牛肉肥肠就算豪华面，十三块一碗，往来生意人经常点。

屋里阿婆留盏小瓦台灯，给我回来照明。靠墙案板，她已备好明早要用的大瓷缸红油，旁边三个大竹匾，铺开褐花椒壳、红辣椒皮、生姜大蒜。圆茶几上放两个咸蛋、一串三角粽子，我假装没看见，快步往里房走。"莫想跑，吃了才能睡。"我说："不想吃，半夜吃了容易隔食，明天胃疼。"阿婆说："蒸都蒸好了，你好歹吃两口，大端阳应个景，我这儿有酵母片，睡前嚼一颗。"我说："我这个月又胖三斤，还想不想我嫁出去，天天塞我吃这吃那，又不是过去，没得人饿肚子。"阿婆不吭声，我以为她翻身又睡，毕竟明年就七十，我好歹劝说关了面馆，阿婆左右不肯，说老家伙闲下来，走得更快，有事做终究有念想，等我结婚生娃，她有重孙抱，再关不迟。

我进里间洗漱，正埋头洗脸，背后脚步声，阿婆披衣揉眼，我闻到酒气，立刻数落她，又偷偷喝酒。阿婆说："过端阳，喝杯雄黄酒，驱邪保平安。"我只管拧毛巾倒水，低头不搭理。阿婆说："蒋津那个人才，你就算了啊，要钱没得钱，要甚没得甚。"我打断她说："少操这些心，好不好，我都二十四，这是我自己的事。"阿婆本有些酒意，满脸赤红说："翅膀硬了是吧，想学你那个人才妈是吧，你等我死了，你尽管去。"阿婆动了肝火，我赶紧不吭声。阿婆站了一会儿，说："卡和存折给你，明天把你妈打卡上的钱，转到存折上给我，存到你好结婚。"

打我懂事起，我阿婆和我妈就是天然对手。我也知道我妈在兰矿是个异类。首先，她一口和周围人都不一样的方言，我大概三岁以前跟她学说话，出去和其他兰矿小孩玩耍，被大家嘲笑欺负，每次我哭着回来，阿婆就指着我妈说她是人才，然后逼我很快憋成一口弯管子兰矿普通话。等再后来，我长到十多岁，才慢慢发现，我妈小时候教我，比如说吃肉是吃嘎嘎，夏天抓蜻蜓叫捉丁丁猫儿，傍晚指蝙蝠说看檐老鼠，都是上游川江方言。其次，我妈爱干净，每天睡前要洗澡，夏天等天黑定，她一手端放毛巾香皂的白瓷盆，一手牵我手，到兰溪河畔寻僻静处，洗得香喷喷再回家睡觉，冬天她用煤炉子烧两大壶开水，紧闭卧室门，抱我泡木盆澡，有一次我们缺氧晕倒盆里，阿婆更加恼火，本来煤从矿里捡来不花钱，也被阿婆说成浪费败家。其三最招人嫌，我妈爱读书，从老家捡回黑皮书放手头，兰矿办公楼有一间阅览室，像我妈这种矿里工人家属，三天两头进入，绝无仅有。我妈看书容易入戏，诵读，跟着书里内容，叹息哭泣，机关的人开始稀奇，后来嘲讽多，这让阿婆难堪，总说女人不安分，家门算不幸。直到三年前，我妈跑去南方，一去再没回头。她将黑皮书留我，被阿婆塞煤炉子引火烧掉。我妈给我订火车票，我去湛江看过她两次，对她现状，我不接受，再不去。我妈给我一张卡，每月打钱过来，阿婆怕我卡绑手机乱花销，总要求我取出，转存到她为我办的零存整取存折。

我阿婆说人老了瞌睡少，每天早上她四点起床，将煤炉子开封，换蜂窝煤，烧头锅水，煮碗筷消毒。等我五点出来，先吃头碗面，再抹台摆碗，待头拨早客陆续到来。去年秋天，我从湛江回来，从阿婆手里夺过长竹筷子，负责炉前下面、起锅分碗，让阿婆只管放红油、撒作料、舀浇头。一般忙到上午九点半，过早的人就逐渐稀少，十点一过我和阿婆就吃午饭，等到十点半不见客，封火收家业锁铁栅门，回房睡回笼觉。

江上开始发大水，好些人早上不过江，今天生意一般，阿婆记账说："你睡一会儿再去银行。"我嘴里答应，找到她喝剩的半瓶雄黄酒，倒进下水道。片刻间，大木床传来阿婆鼾声。最近两年阿婆手抖脚抖，我扔了家里所有存酒，央求附近超市小卖部，不卖酒给她，她还挖空心思找酒喝。我躺床上刷手机，蒋津又给我推荐两门音频课：和7位大咖一起，在人生赛道上不断成长；听完这10课，发现财富增长的5个新机会。我先前认真听过二门，都是语重心长往心窝子钻，但热血沸腾后我也无法印证，后来我发现蒋津天天催促我点听，都是为他挣积分，方便他购课打七折，更

觉得意思不大。我又点开我妈朋友圈，她时不时发九宫格湛江风景照，金沙湾海滨浴场、霞山绿荫路什么的，他们一家也带我去过，到处潮乎乎闷热，我总觉得回到了小时候发高烧时，难受又无助。上个月大概我妈和她现在的老公、小孩，一起去了趟丽江，朋友圈里发古镇、雪山、虎跳峡风光照片。我起床到洗脸池，使劲拧毛巾，擦去泪涕，反正睡不着，换衣裳去银行。

出了兰矿新村，下两百多级石梯，沿着省级公路，我往镇上银行走。每年端阳前后，峡江开始涨水，一寸一寸舔，等梅雨到，就一尺一尺拱，急浪卷漩涡，上游冲来杂物，江面堆积成丘。我想起蒋津他爸和我爸当年顶风破浪捞浮财，两岸观者如云，锣鼓喧天。码头坎下，暖阳高照，沙坝中间有几个大人小孩放风筝，从镇上买的塑料纸白雪公主、孙悟空和机器猫，拖彩色长条尾巴，飘飞江流上空，远看静止不动。龙船仍垂头丧气，倒卧两条长板凳上，船底朝向江空暴晒，遍布盐渍般白痕，像块超长腌肉，一群人正围着议论。我望见水手张，现在都叫他张总，这个黄发男人高举右臂，提一尾大鱼风筝，发号施令。我脚步不停，沙坝上光亮刺眼，大鱼风筝在阳光下泛银鳞。我歇脚细看，鱼尾在动弹，斑斑血迹，混入江沙。他手里提的不是风筝，是一尾近两米长的江鲟。

蒋津他爸和我爸都在的时候，他爸是船长，我爸是大副，每天驾兰矿一号，上午将车队运来的煤堆装舱，转运到下游三十多公里外连沱码头，卸装到大型货轮，运往大江南北，吃过中饭他们又驾兰矿一号，载上满舱物资砂料，傍晚运回峡江口卸岸，再由货车拉回兰矿。那时峡江多大鱼，与船家各安天命。江面，能见巨大鱼

脊露出，尾鳍泛水花，阿婆说江豚拜风，江鲟护桨，江豚出没提醒大风大浪，最好停班，江鲟出现就是风和浪稳，正好行航。

沙坝上，众人朝我这边张望，水手张招手喊："过来，你。"我左右看，并无旁人，他更大声："望么事望，就是你，过来，过来。"我往码头坎下走，印象里水手张还停留在船上，成天操持拖把做甲板卫生，自从兰矿一号倾覆，蒋津他爸和我爸追悼会办了之后，五六年一晃过去，只听闻水手张发迹，反正与我家再无往来。我行近龙船，他紧锁眉头，举大鱼说："你这丫头，跩个二五八万，叫你半天不动。"众人都笑，看稀奇一样。他说："联系不到蒋津，估计躲起来了，都找不到他，你看到他，就带话他，躲得过初一，躲不过十五，明天内回公司，办解聘手续，滚远点莫惹人嫌。"我说："他码头值夜班，从来老老实实，没惹过是非。"水手张将鱼递给旁人举，合起手掌搓揉，说："把蒋津这个瘪子，从江城招回来，当我码头保安队长，他怎么报答我？"我不明所以，不好接话。他说："我搞个龙舟队，参加每年端阳比赛，招他回来就是为这，让他带队训练指挥，我做了大指望，他倒好，把队伍搞成稀烂班子。"旁边帮忙举鱼的矮胖子补充说："一时要我们改桨板，一时要我们跪划，整日里经验成套成套，上场一点作用都不起，被别人队甩出好远。"水手张说："我算搞明白了，他比赛训练在湖水里，我们峡江有风浪有漩流，还赶上发洪水，他个够迂腐。"矮胖子又插嘴补充："还是舵把子的儿子，要赶上他爹半点灵活，就好了。"水手张飞脚踹过去，夺过大鱼高举，说："你个够话多。"我说："输就输了，好大点事，至于开除蒋津，大人有大量。"他扫众人一眼，攀我肩膀到江水前，说："听说还跟到你阿婆下面条，大学生，可惜了。"我推开他说："莫扯虚头巴脑，说正事。"他说："好，不扯懒淡，截流后你也晓得，客船货船都不再靠我们码头，不吸引游客上岸，大家喝西北风。"他指岸上搬空废弃的老诗祖祠，说："打旅游牌，把诗祖榨干用尽，龙船比赛就是榨干用尽的办法。"

我想起，以前诗祖祠在半山腰，兰矿子弟上学那会儿，每年要打红旗，成群结队来春游，如今江水涨到祠门口，门窗黑洞洞干瞪眼，里外野草丛生，瘫在岸边，远看像栋烂尾房，就差墙上拆字画圈。诗祖铜像搬走快十年，兰矿一号也翻在祠门口那片江心，想起来都像上辈子的事。水手张说："我们新村码头和旁边镇上码头，哪个能赢昨天这场赛，就在莅临贵宾心里，投上重要一票，游轮靠岸接待的独家经营权，就要靠这一票一票争取过来，我讲这些，你该懂。"我说："你又不是外星人，这有什么不懂。"他说："的确是我们兰矿唯一正取大学生！可以，可以。"我说："问题是现在已经划输了，你还能怎么搞？"他说："你这个问题有意思，下一步怎么搞，正要研究一下，要不你晚上七点半，来公司临江大楼继续谈，公司正差策划推广部副经理，我觉得你有希望。"身后众人喧哗，打断他的话，矮胖子指江心喊："有东西，是大鱼？是浮财！"一团黑影随浪起伏，众人都挤江边看。水手张说："大鱼在我手里，大惊小怪，就一根木料。"矮胖子说："搞不好是江底金丝楠，当年蒋舵把子从大水里捞浮财，抱起过一根，被浙江老板一万块钱收走了。"水手张举大鱼用力扔他，说："你再话多，么事舵把子，不就是个飘飘？"众人扯嗓门哄笑应和，矮胖子

双桨

不再张口，涨红脸举右臂，手指紧扣从鱼唇穿过的铁丝，将鱼头尽力擎向空中，鱼目圆睁充血，鱼尾在江沙里拖来拖去，裹成了沙铲铲。沙坝边缘，江浪翻卷，涛声如雷，我估计没睡好，头昏脑涨，恍惚得厉害。我往岸上走，江风猛刮，水手张黄发飞起，大声说："诗祖老爷才是我们舵把子，他老人家说得好，要上下求索，求的甚，求财得财，索的甚，索利得利。"

我一路发冷，挨到镇上银行，拿号坐等。铁椅冰凉硌后背，我站起不断转圈，想大概昨晚吃麻辣烫受了江风，有些感冒发烧。叫号一直不动，柜台前有人争吵，一白发老妇拍透明隔板，问养老金怎么没到账，保安过来劝说拉拽，老妇掏出手帕抽泣，我看见老妇扭曲面孔，鼻右翼有颗红痣，突然记起她。四年前一个夏天晚上，码头放完露天电影散场，阿婆和她在人群中猝然大吵，声嘶力竭，引来里三层外三层围观。之后不久我妈王翠就决然南下，再没回来。

我当时和我妈挽着走，聊电影情节，阿婆突然当街暴怒，我们不知缘由，阿婆已揪那老妇右臂短袖，喝问："你说谁是飘飘？信不信，撕烂你贱×嘴。"她反手抓阿婆领口说："老娘就说了，你敢把老娘么搞？长年厮一起，死都抱团，还不是？"阿婆和她扭作一团，我和我妈急护阿婆，掰她手指，推来搡去，失去平衡，四人栽下沙坝，滚成泥猴。回家路上，阿婆和我妈不吭声，我亢奋过度，边走边打盹。朦胧望见川妹面馆招牌，我听阿婆说："过去浮财晓得抢不少，现今欺负孤儿寡母，贱×遭雷劈。"我妈说："唉，秤不离砣，砣不离秤的。"阿婆连声呸呸，说："峡江行

船，不许提秤砣，那是舵不离桨，桨不离舵，船家义气第一，老辈子说：双桨抄起，过峡闯滩。"过一会儿，我听见我妈说："凡事包容，凡事相信，凡事盼望，凡事忍耐。"阿婆说："你不要立场不坚定。"我实在太困，只记得我妈灰头土脸，几道水痕滑过面容，仿佛被割了几刀。今天再遇这鼻翼红痣的老妇，她捂脸痛哭，被保安搀到我身旁座位。我死盯她，想趁保安转身，抽她两嘴巴。她拿下手帕，满脸涕泪，滑过苍老脸庞，眼神哀怨，嘴里咕叨，找旁人借钱。我恍惚想起我妈，心里疑窦丛生，怀疑自己看错，这老妇可能并不是四年前那人，我越发感到凄凉可怜。

我起身出银行，江风正起，凉透心肺，浑身抖。沿公路走，穿过集镇，我往兰溪河深处。兰溪河早不是过去潺潺溪流，涨成一湾深潭，墨绿深邃，停滞不前。与大江交汇处，墨绿与浅黄，水面分界明显，维持兰溪河最后的尊严。我在发烧，头昏脑涨，想找怀抱。我妈出走前那一晚，挤上我小床，最后一回抱紧我。我妈问："你知道我从哪里来？"我不懂事，打趣说："从你该来的地方来。"我妈又问："你知道我要到哪里去？"我说："到你该去的地方去。"

天上乌云密布，远处传来雷声。公路坎下，老诗祖祠裹在蓬草间，荒凉无声。祠前咫尺之遥，江水喘息奔腾。蒋津他爸和我爸驾兰矿一号，江心劈波斩浪，拦截大龙。端阳过后，洪流从上游直涌而下，川渝支流纷纷涨水加入，洒脱闯过白帝城，自此憋屈怄气，受尽瞿塘峡巫峡束缚，好不容易脱缰而出，到老诗祖祠门口，眼看下一个峡口又近在眼前，江洪咆哮暴怒，将冲刷而下的生灵物什堆积，不断盘旋江

心。年年此刻，舵把子扬名立万时，蒋津他爸赤身出没风波，漩涡里拽捞钱箱、家具、猪牛、盆锅，转身游回浅水，抛在滩头，任由两岸矿工村民抢拾，一朝得浮财，半年饱饭菜。给舵把子助威，声嘶力竭指浮物方位，热闹压过洪峰。

雨点噼啪在落，我愈加寒冷，头疼如裂。我妈说："寡寡，妈给你说正经，不要嬉皮笑脸。"我说："你是白帝城来的，每年清明不是带我去江边，给家公家家烧纸。"

我妈说："我是从重庆奉节白帝镇八阵村来的，住在草堂河边边上，你家家祖上参加过保路运动，家家过去念教会学校，一辈子当老师，嫁了家公生下我和你舅舅，你家公搞运输挣钱，河边起栋水泥吊脚五层楼，正对长江和白帝城，我考取景区售票员，家里日子好着呢。"

我说："听你说无数回，耳朵都起茧了。"

我妈不管不顾，继续说："谁都没想到，只住够半年，九一年六月，半个月雨不住点，都担心山上滚石头，万一滑坡冲了楼，江水看着直涨，毕竟我们在草堂河，离入江口有距离，七月初六整日瓢泼，到晚上电闪雷鸣，江水倒灌草堂河，江里河里洪水对撞，把楼房脚基冲断，五层楼斜着垮，山上泥浆直灌，全被冲进洪水。"

我说："听阿婆讲过好多回，你抱根木料，一直漂到峡口，遇到我爸捞浮财，把你救起来。"

我妈说："当时救我起来的，是蒋舵把子，你爸每次捞浮财，负责搬东西。"

我哭着说："妈，我爸和蒋津他爸翻船，走都走好久了，您翻旧账？"

我妈说："船家不落家，你爸和蒋舵把子绑船上，一年四季难得回来，等他俩一起沉船走了，就被人反水，我大街上遭人欺负，出门被戳脊梁，以后该你扛的，你得自己扛。"我只管大哭。我妈说："被救上岸，在你阿婆家住了快半个月，就想要回去，江里洪水没退，你阿婆又嘴巴缠人，隔三岔五打岔，让学这忙那，过了半年再想回去，已被老家那边认定失踪死亡，售票员工作没有了，几个远房亲戚也不待见，只捡到家家留下的黑皮书，被阿婆软缠硬磨嫁了你爸。"我妈说："阿婆都看在眼里，都早在安排，想拴牢你爸，机关算尽一场空，也莫想拴住了我。从前我是眼瞎的，如今能看见了。"

雨水淋透我头发，衣服湿漉漉紧贴身体，我仿佛在江浪中奔跑。风大浪大，洪水滔天，蒋津他爸站在船头，铁桩一样屹立不动，我爸在驾驶舱紧握舵盘，兰矿一号像小纸片般起伏。那条大龙六层楼高，龙首张牙舞爪，巨型餐饮城，重庆趸船改装，洪水中脱缆，踩住浪巅，冲州撞府，直杀而下。上面有令，再过下一个峡口，挟洪流巨浪，撞击大坝，必酿大事故，不惜代价在此拦截。两岸依旧观者如堵，雨具相连，鸦雀无声。蒋津他爸将扁壶里酒，一口气喝一半，取下背带扔进驾驶舱，我爸将余酒一饮而尽。蒋津他爸喊，干死个够。我爸转动舵盘，开足马力，兰矿一号船头笔直，往大龙拦腰猛撞。甲板交错，火花四溅，喀声震峡，听者胆寒。大龙倾斜，兰矿一号船头开裂，掉头再撞，嵌入大龙船体，马力不歇，往江底抵。大龙咬紧兰矿一号，洪水里打旋，一圈接一圈，往深处卷。漩涡嘶吼，钢铁沉没，垃圾杂物大量涌起。阿婆撕心裂肺喊，我妈死死搂住我，我看不清、听不见。

双桨

93

兰溪河碧绿宽阔，雨水打出无数细眼，我跌跌撞撞往坎下望，旧渡船靠岸边，船上无人。水波荡漾，一道颀长黑影游弋水下。我喊几声，蒋津像江鲟一样，破水而出。沿林中小路，我下到河畔，爬上旧船，蒋津指着我笑，说像雨水淋透的红面猴。他划动双桨，船行树荫避雨处，从参赛背包里，翻出汗巾将我擦干，用毛毯裹住。我额头滚烫，心里焦灼，听他手机放船头，打最大音量，反复播音频：如果你真的愿意去努力，你人生最坏的结果，也不过是大器晚成……你总抱怨你没有一个辉煌的父亲，总有一天你的儿子也会像你一样埋怨你的无能……我咽口水，压住聒噪喊：“水手张让我带话，你明天内办解聘手续，让你走人。"蒋津捡起船桨，低头不语。

那是划艇专用桨，看他右膝绑厚厚绷带，我说：“抱着这桨，你还想作甚？你被淘汰，回不去了。”

他说：“我是我们队最有天赋的，那四个队友都不如我，全都拿奖牌，为什么我不可以？”

我说：“你右膝练废了，废了，懂不懂？"

他说：“快好了，真的快好了，我在兰溪河里游得可快，逐步加快划桨速度，不疼。”

我说：“你是舵把子儿子，划船游泳都不敢去峡江，只在这兰溪河里泡，你这算甚？”

他关了手机声音，说：“我不是蒋舵把子儿子，你难道不晓得？我是你阿婆从别人家抱来，塞给他的，你不晓得？我从小到大，天天在你家混吃混喝，舵把子一年到头不回来，你不晓得？”

我说：“听谁胡说八道？”

他说：“我回来后，拽你阿婆问清楚了，我亲生爹妈过去住对岸，据说就在过江三百里。”

我说：“阿婆，你信她？”

他说：“峡江舵把子，数诗祖老爷，我信他老人家，要上下求索，求的甚，求名得名，索的甚，索利得利。”

我说：“你爹是飘飘，你也是飘飘，你就是舵把子儿子，装么事装，信么事信。"

蒋津满脸血色，长身猛扑，将我压在旧船中央，他低声嘶吼，我朝他脸上吐口水。他拉开毛毯，分开我双腿，直冲我体内。我连声大叫，船身剧烈起伏，他腰腹抵住我头，双肋在我眼前猛晃，我双手死死抓紧船帮，害怕船体翻覆。雨水大概是停了，我透过树冠，隐约看见光。剧烈摇荡间，我恍惚回到前年去省城看他，他带我在东湖划船，我把船桨伸入湖水，分明触及大鱼身体，滑溜而湿润，弥漫着水腥，远处隐约传来景区广播里歌声：水中鱼儿望着我们，悄悄地听我们愉快歌唱，小船儿轻轻飘荡在水中，迎面吹来了凉爽的风。混沌中，停止了，我被手机铃声惊醒，蒋津不知去了哪里。我头疼欲裂，腰腹酸痛，勉强支起上身，摸到手机，是阿婆来电。阿婆说：“你没和那个人才在一起耍？打蒋津他电话故意不接呢。"我说："哦。"阿婆说：“你钱转到存折吗？”我说："没。"阿婆说：“那还不赶紧回来早点睡了，明天早些去银行排队。"我说："哦。"阿婆挂了电话。我翻找衣服，摸索口袋，卡和存折已不见。我缓缓起身，穿好衣服，想起蒋津走前说，欠我的，让我等着，总会还我，他先去找水手张了结旧账。我想他如何和水手张销账，会不会强硬起来，将水手张踹倒在地？

雨已住，近黄昏，我爬上公路，撑腰

往前走。洪峰已过峡口,向大坝而去,浊黄江水灌入兰溪河,墨绿与浅黄界线,瞬间不见。我见手机微信我妈头像摇晃,我妈朋友圈里说,地虽改变,山虽摇动到海心,其中的水虽匐訇翻腾,山虽因海涨而颤抖,我们也不害怕。我逼近码头公司临江大楼,行到那栋船形十层楼前,水手张带一群人,正站楼下,向江边望。一艘游轮避洪靠岸,游客发出阵阵欢呼,拿手机相机,朝沙坝拍摄。

那条败阵的龙船,被人用火点燃。熊熊火光中,仿佛活物一般,龙须颤抖,龙首舞动,龙船在升腾。我看见沙坝一角,一个匆匆逃走的细长身影,蒋津正扔掉火把,佝偻身躯,往最后一班轮渡赶。洪水在涨,轮渡就要停班。过江三百里,除了山,还是山。

双桨

天空划过一道白线

东　西（《人民文学》2023年第1期）

> **推荐语**
>
> 东西《天空划过一道白线》生动饱满而又蕴含哲思。三位亲人间的相互寻找和等待变成哲学，更是轮回和荒诞，前脚追，后脚赶，仿佛"三岔口"般的闪挪腾移、摸着黑在台上打，却又心知肚明一切都是灯光下的表演。等待的真谛恰如天空划过的那道白线，羚羊挂角，无迹可求。（徐坤）

杜八又喝醉了，躺在后山的草地上乱喊乱叫，一会儿骂他老婆一会儿骂他儿子。全村人都听得见，但他们听多了听烦了就下意识地屏蔽他的内容而只听他的声音，好像他的声音是一种自然现象，时不时会来那么一下。也有连声音和内容一起听并听得心惊肉跳的，那是他八岁的儿子杜远方。杜八喷出来的每一个字都跟杜远方有关，哪怕他只喷他的老婆或他的命运，那也是指桑骂槐含沙射影。所以，每次杜八开骂杜远方就远远地躲着，把脖子缩了再缩，恨不得一头钻进泥里。杜八的骂声时高时低时远时近，像锋利的钢针扎得杜远方头皮发麻脊背冒汗全身颤抖。直到杜八骂累了，睡过去了，杜远方才踮着脚尖来到他身边，把手指伸到他的鼻孔前试探，感觉还有气进气出，心里便又腾起一丝美好的盼望。他像等待一个即将改正错误的孩子那样坐在一旁等待，有时从上午等到傍晚，有时从傍晚等到深夜，没有其他选项，他就他爹这么一个亲人。

现在是午后，天空一片碧蓝，干净得

像用水刚刚洗过，太阳照得地皮发烫，整个山谷瓦亮瓦亮。阳光树叶青草泥土以及水塘的气味混合发酵，一股熏人的杂香弥漫。鸟虫声不时响起，偶尔插入人的呼喊鸡的打鸣和牛马的走动，空气因这些声音的突然闯入产生微妙的气流，即开即合。杜远方坐在后坡的那棵伞状的树下，一团椭圆形的树荫像一滴硕大的墨汁滴在他身上，仿佛一团水珠滴在一只小小的蚂蚁身上。离他十米远的草地上躺着杜八，由于担心他被晒坏，杜远方折了一些枝叶把他覆盖。每次折枝叶时杜远方都一边折一边怨自己不够狠心，想这么丢脸的爹醉死他算了晒死他算了，可每次他所做的和他所怨恨的总是相反。

太阳往西偏了一点，树荫大了一圈，热气在风的吹拂下减弱。杜八已经睡了一个小时，胸腔顶着的枝叶一起一伏。透过枝叶的缝隙，杜远方看见杜八额头上大颗大颗的汗珠。他想帮他擦汗但没带毛巾，他想把他叫醒，但试过多少次了，这种时候即使摇他拍他掐他拉他都是白干。至少他要睡到太阳落山，杜远方正想着，却不料杜八忽地扒开枝叶坐起来，大叫一声儿子哎，快来看啊……他一边呼喊一边指着天空，根本没看见儿子就坐在离他不远的身后。可他知道只要他这么一喊，杜远方无论躲在哪个犄角旮旯，准会停下手里的动作抬头张望，跟他分享这份不期而至的眼福，他也会因为儿子能够分享而产生美妙的获得感和幸福感。

一切仿佛静止了，包括心跳和时间，包括听到呼喊的村人和动物，甚至包括植物和风和那些飘荡的气味……杜远方随着他的手势看去，心里顿时涌起莫名的欢喜。他看见天空划过一道白线，那是一道又直又细的白线，像一条雾一束云一根长长的香烟，在碧蓝的天空无声地迅速地划过，最终两边都看不到头。或一年或半载，村庄的上空就会划过一道白线，而每次划过最先发现的都是杜八，仿佛他对这道白线有第六感。大家都觉得白线好看，比什么彩虹什么火烧云都好看，尤其是在碧蓝碧蓝的晴天，但大家都不知道它是什么划出来的。有人说那是超音速飞机划的，可白线的前方却看不见飞机。有人说那是火箭划的，也有人说那是导弹飞过留下的印子，可谁都说得不够自信，下结论时连舌头都捋不直，每个音节都打飘，仿佛它是无法破解的世界第十大奇迹。

奇迹还发生在杜八的身上，无论他喝得多醉睡得多沉，只要这道白线一出现他就立刻清醒，好像它是他的Wi-Fi，一下就把他激活了。他突然觉得天空是那么漂亮，好看得都让他想哭，连疙疙瘩瘩的心情都荡平了。他兴奋，好像他是这道白线的发明人，抑或因为自己最先发现它而发现了自己与众不同的天分。我跟他们不一样，他想，我本来就不属于这里，老婆跑了算什么？孤单和被人看不起又算什么？通通都抵不上这道白线，仿佛它把他所有的困难都打败了。

在杜八心情好的时候杜远方会向他打听妈妈的情况。他说你妈好漂亮。说完他得意一笑就咬紧了嘴唇，不愿再多说关于她的任何一个字，好像伤自尊了。但是杜远方忍不住要问，而他有时也忍不住想说，尤其是喝醉以后。于是，他断断续续地像吝啬鬼发红包似的一次说一点点，一次比一次说的信息量少。你妈怪我只讲这里空气好风景好，却没告诉她这里偏僻。你妈是在广东瓦塞皮革厂打工时跟我好上的。你妈说别指望我们家抽屉里会有什么像样的东西，其实我们家连一只像样的抽屉都没有。你妈骂我是酒鬼醉汉。平心而论，你妈没跑之前我也喝酒，可从来没醉过。你妈叫刘丽洲。你妈说我骗了她的感情。儿子哎，长大了你就知道，感情这东西是能骗的吗？谁骗我试试？

从八岁问到十岁，杜远方才获得这些零零星星的信息，但这些信息怎么也不能让他拼凑出一个完整的母亲。他一直在找母亲的照片，装衣服的箱子里没有，装稻谷的木桶里没有，米缸里没有，镜框后面没有，枕头下席子下也没有。家里能藏的就这些地方，他找了不知多少遍，以为只要这么找下去总有一天照片会被感动得跳出来。他找得眼圈都撑大了，眼珠子都定了，杜八才从衣服的夹层掏出一个扎紧的小小的布袋。他接住，手心仿佛被烫了一下，问，这是什么？杜八说你妈走之前把照片烧了。他仔细地打开布袋，里面是一撮纸灰。他把纸灰倒到桌上摊成照片的形状，每天要看好几回，幻想纸灰能变回照片，就像幻想衣服能变回棉花。倒腾中，纸灰越来越少，有的沾在桌面再也装不回去，有的被风吹走，于是，他再也舍不得把纸灰从布袋里倒出来，生怕连这一点纪念也会从指缝里溜掉。

一天晚上，杜八又喝醉了。这次他没骂老婆也没骂儿子，而是一把鼻涕一把眼泪地哭，哭得全村人都不适应，好像发生了自然灾难，连牲口和家禽都竖起了耳朵，连树也静悄悄的，没有一丝风。杜远方突然看不起他，觉得他像个小孩自己反而像个大人，他矮下去了自己却高大起来。他说，你为什么不骂了？语气里除了不习惯他的不骂之外似乎还夹杂着一丝挑衅。杜八心里一阵内疚，说对不起，儿子，有时骂不是骂而是爱。杜远方说那你继续骂呗，骂了你心里会好受些。杜八说你都读初中了，再骂人家就笑话你了。杜远方问，那你为什么哭？杜八说想你妈了。杜远方说，想她为什么不去找她？杜八说我要是去找她了，那你怎么办？杜远方说家里那么多粮食，够我吃两年了。杜八说，你当真？杜远方说当真。杜八不信，久久地盯着杜远方的眼睛。杜远方一点都不露怯，跟杜八对视。杜八第一次从杜远方的眼里看到了一股蛮气。

几天之后的早晨，杜八背起了行李，杜远方站在门口送行。天亮了许久，但太阳还没露出来。山谷腾起一层层雾，把远山近树都染白了。雾越来越宽越来越厚，朝着村庄缓缓飘移。杜八说只要一找到你妈，我就立刻把她带回来。杜远方问，你知道她在什么地方吗？杜八说不知道，然后抬头看了一眼灰蒙蒙的天空，接着说，但我知道她是沿着天空划过的那道白线走的，我会沿着这个方向找下去，直到找到她为止。说完，杜八转身走去，他的背包一耸一耸的，他的铁壳水壶在屁股上一甩一甩的。随着杜八的远去杜远方感到左胸被强大的吸力拉扯，仿佛要把他的皮肤撕脱，仿佛要扯出他的心脏。他用意念按住自己的双脚，但双脚却不由自主地飞奔起来。他叫了一声爹。杜八停住，回过头来，说你要上学，你有你的前途。杜远方说可我想跟你一起走。杜八说如果你要跟着走，那我就不走了。杜远方停住。杜八又转身走去，他走一步回一次头，回一次头说一句你回去，像驱赶一只跟随的小狗。他一连说了五次你回去，就被大雾笼罩了。杜远方再也看不见他的背影，只听到噗哒噗哒的远去的脚步声。杜远方想追，但天上忽然哐的一声，太阳冒出来了，它的万道金光像万道金箭穿雾而下，噼噼啪啪地扎向大地，震得地皮都抖了。真好看，雾里有一条条斜斜的金黄的光线，光线里有一团团一缕缕飘浮的乳白色的雾。儿子哎，快来看啊……杜远方听到从远处传来杜八的呼喊，便坚持着仰视。他知道这一刻不能看爹的方向，否则他又会忍不住追上去。

从杜八离开的那一刻起杜远方就开始了等待。这天，他眼睁睁地看着日光怎么一点点变淡，又怎么一点点变暗，直至整个被夜色吞没。他没开灯，坐在门槛上盯着黑沉沉的坳口，想象他爹像一盏灯那样突然出现，想象他爹带着他妈像两盏灯那样一起出现，他们一边奔跑一边喊他的名字。可是，坳口没出现他期待的灯，眼前只有萤火虫在飞舞，它们像他爹发回的信号，左三圈，右三圈，亮一下，灭一下，一共三下。它们重复着循环着，让他生起希望又坠入失望。他提醒自己没那么快，爹最多才走到县城，从县城往前走，一边走一边打听，至少要走一个月才走到海边。即使到了海边他也不一定马上能找到，至少要打听一个月吧。掰着指头一算，两个月过去了，就算他爹撞了狗屎运真把他妈找到了，但她还愿不愿意回来？她有没有重新成家？如果她没有重新成家，那得给他爹三天时间劝她。三天后他把她说服了，他们一起坐车往回赶，这得多少时间？至少也得两三天吧？也就是说他们回来至少是两个月之后的事情。那太久了，他恨不得现在他们就回来，恨不得他们从来就没有离开。

杜远方不停地想，竟然忘记了饥饿，虽然有几个瞬间真切地感受到了饿意，但他不愿意承认，也不想生火做饭，好像只有一动不动地坐在门槛上想，他爹才能快点回来。所以，一旦有了饿意他就赶紧想他爹，仿佛想爹能填饱肚子。他一遍一遍地想象他爹寻找他妈的过程，从他爹出村时开始，到他们回村时结束，如此循环反复，想象陷入了怪圈。想到天亮，他满怀信心地认为七天，只要七天时间他爹和他妈就会出现在他面前。他甚至认为这都不是想象，而是伸手可即的真实，因为他连他们的声音表情气味动作都想象出来了，虽然母亲的面貌有些模糊。

可是，他等了两年多时间，把自己等高了，把坳口看矮了，把门槛坐光滑了，也没把他爹等回来。他开始担心爹是不是出事了。有人说两年多时间，即使你爹找不到你妈也应该回来了，他怎么忍心留下你一个人不管？有人说没准儿你爹已经成了孤魂野鬼，也有人说你爹是不是被哪个女的拐走了……不会的，我爹不会不管我的。虽然他总是这么斩钉截铁地回答，但心里却越来越虚，因为他的等待已远远超出了他的预期。他开始感到害怕，害怕自己的等待没有意义，害怕某天突然传来关于爹的坏消息。于是，他自言自语以舒缓压力，有时也跟墙壁说话，好像墙壁能听懂他的心事能录下他的声音。他把想跟他爹说的话全部说完，写了一张字条压在饭桌上，就背起了行囊，锁上了大门。村民们站在路边为他送行，有的人送钱，有的人送食物，有的人送祝福。他把他们送的揣在身上，沿着他爹走的方向去寻找。走着走着，他感到前方的吸力渐渐变弱，身后的吸力却越来越大，忍不住一回头。全村人都在朝他挥手，他们的手像风里翻飞的树叶。而他的家孤独地站在村头，被狂风呼呼地吹着，仿佛快要被吹哭了。

　　杜家的小屋从此大门紧闭，既没有人的声音也没有烟火气，更没有坐在门槛上的盼望眼神。外墙的颜色越来越深，上面渐渐出现了褐色的水渍。从屋后长出的一株青藤沿着墙壁往上爬，即使枯萎了也仍然紧紧地爬在上面，好像那是它的床。小草从地缝拱出，沿着墙边断断续续弯弯曲曲。天黑以后，屋里屋外被夜虫的声音淹没，每当人们经过它们就停止鸣叫，一旦脚步远去，它们又放肆地歌唱。风吹断了屋角李树的两根枝丫，一枝断落了，一枝还没有完全折断，吊在树上渐渐枯黄。三格玻璃窗被石头砸坏，一些玻璃碴掉进屋内，一些没有完全破碎的玻璃仍卡在框上。路过的村民偶尔会趴在窗口朝内张望，看着满地的灰尘和零星的鸟粪，感叹这一家子就这么消失了，一个都可能回不来了。

　　嘭的一声，杜家的大门在杜远方出走两年后的一个深夜被打开，打开它的人是刘丽洲。刘丽洲拿起压在饭桌上的字条，拍掉上面的灰尘，看见一行字：爹，饭我帮你做好了，在锅里。刘丽洲转身揭开锅盖，锅里粘着一坨黑，那坨黑变得已无法辨认，就像一团黑炭。她不知道字条是什么时候留下的，没写日期。他的字写得比她的还工整好看。他该长得比我还高了吧？孩子他爹为什么没回来吃这餐饭？明显，这屋里已经很久没人住了。难道他们进城打工去了？也许我不该回来，也许他们并不欢迎我。但大门的锁头还是原来的锁头，钥匙还放在老地方，这钥匙到底是他们为我放的还是他们其中一个为另一个放的？一时间她竟无所适从，好像她不曾是这里的主人，好像他们就躲在某个角落看着她，考验她，继而再决定接不接纳她。生疏了，

这地方，这房子，已经没有她的半点痕迹。要不是老高被人谋杀了，要不是老高被人谋杀后突然冒出三个妻子和六个子女驱赶她谩骂她，让她分不到丝毫遗产，甚至怀疑她是凶手，那她是无论如何也没有脸面回到这里的。人就这么贱，只有落难的时候才想起谁对自己好，才知道自己最想依靠谁。她对着空荡荡的屋子叫了一声远方，叫了一声杜八，说了一声我回来了，就像跟他们打招呼或者给自己壮胆，然后放好行李，打开水龙头，清洗落满灰尘和鸟粪的地板。起夜的人听到杜家有响动，看见杜家的灯突然亮了，便悄悄走过来，趴在窗口一看，当即惊叫：天杀的，你怎么现在才回来？他们都去找你了你怎么现在才回来？你跑到哪里去了？怎么跑了这么多年？她想不清这些问题，更回答不了，只是默默地清洗地板。恍惚间地板一片血迹，她仿佛在清洗老高的被害现场，但再一恍惚血迹消失。

　　这个刘丽洲和从前的那个刘丽洲有区别了。从前的刘丽洲嫌地面脏整天踮着脚尖走路，既不下地干活又不做任何家务，大部分时间都跷着二郎腿遥望远方，像一只受伤的鸟在积聚起飞的能量。她是因为怀上了孩子才勉强同意跟杜八回乡的，如果他们不回乡而只靠杜八一个人打工挣钱，那是无法应付一个孕妇在城里的开销的，尤其是像她这种喜欢模仿有钱人生活的孕妇。仅凭怀孕这一条，再凭没来之前杜八对家乡的过度美化，她就有资格做个懒人。但是，现在的刘丽洲勤快得像一支秒针，她把杜家荒芜的田地打理干净，种上粮食、蔬菜和水果，希望用丰收的景象迎接他们回来。然而，一年过去了他们没有回来，两年过去了他们仍然没有回来，她开始担

心儿子的命运。闲聊时,村民们跟她讲儿子的可爱,讲儿子如何想念她。他们说他在梦里叫妈妈那是再平常不过的事,用照片的残灰想象照片也不算稀奇,最令人震惊的是他整天照镜子想象母亲的容貌,一照就是几个小时,因为他爹说他长得像母亲。村民们说得越是生动刘丽洲就越挂心,她担心他迷路了,遇上了坏人,被人谋害了。当然她也曾想象他在城里打工发财了,娶上漂亮的老婆了。但是担心总是多于放心,于是她出发了,在一个静悄悄的清晨。她决心把儿子找回来,否则这辈子都内心不安。她想象儿子行走的路线,想象他有可能去的地方,想象这个世界到底有多大,想着想着,天就下起了瓢泼大雨,仿佛在阻止她挽留她。可她不但没有回头,反而加快了步伐。

雨断断续续地下了五天,第六天杜八就回来了。村民们说挨刀砍的,你怎么现在才回来?刘丽洲等了你两年,五天前刚离开。杜八惊呆了,看着刘丽洲留下的字条和那些粮食,满含热泪。这四年多,他找得太辛苦了。他一边寻找一边打工挣钱,干过搬运工、安装工、泥瓦工和油漆工,睡过桥洞、公园和工地。他的皮肤粗糙了,手指变形了,目光里多了一点凶狠或者坚毅。他找到了刘丽洲在海边的家,但她的父母也不知道她去了哪里。他们说她从来没回去过,也不跟家人联系。一个活生生的人失联了,他们竟然说得比丢了钥匙还轻松。他怀疑他们说谎,却没有办法证实。他找到了他们一起打过工的瓦塞皮革厂,她的工友说她回来过,但上了一个星期的班就不再上班了。他每到一个地方就找当地公安局查她的身份证,但都没有查到她活动的痕迹,仿佛连她的身份证都具备隐

身功能。他被关于她的假消息指引,又被假消息中的假消息蒙蔽,走了许多弯路,认识了许多不该认识的人。绝望时,他以为她已经退出了这个世界,没想到,真幸运,她还好好地活着,而且还回来了。

这天傍晚他喝了许多酒,喝醉后他就骂老婆和孩子。但他不是真骂,只是用这种方式怀念过去。村庄好久没响起他的骂声了,村民们听得既亲切又伤感。在他的骂声中,西边层层叠叠的山峦上夕阳像一枚软软的蛋黄正在下沉,天边铺出一片霞光,那片霞光像铺满了金黄色稻谷的宽阔无边的晒谷场。在霞光的映衬下,天空忽然划过一道白线,就是过去他经常看见的那种白线。他一激灵,酒醒了大半,对着天空大喊:儿子哎,快来看啊……他一遍一遍地呼喊,越喊越苍凉,仿佛要把杜远方从这个世界的某个角落喊出来。黄昏因为他的呼喊充满感情。

刘丽洲留下的字条是:老杜,别找我,如果三个月之内找不到儿子,我就回来。他把字条装进左胸口袋用力按压,好像那里多长了一块肉。有了这张字条,他的心里多少踏实了一点点,但他不踏实的是不知道儿子在哪里。他以为儿子一直在等他,没想到儿子也离开了。第二天,他到县公安局报案,让他们查查儿子的下落。儿子的下落没查到,杜八又回来了。他坐在门前遥望坳口,等待奇迹出现,甚至把凳子搬到楼顶,好像坐得高看得远就能看到奇迹。可三个月过去了,刘丽洲竟然没回来,他等得脊背直冒冷汗。也许她根本就不想回来,也许她又遇到了合适的男人,也许她被人骗了,也许在寻找过程中她忘记了寻找,这样的遗忘在他寻找时也曾产生。如果说儿子留下的那张字条是盼望,那她

留下的这张字条会不会是阻止？难道她在阻止我去找她？他越想越觉得不对劲，后悔回来的当天没有立刻去追赶她。等待变成了煎熬，继而产生恐惧，同时产生屈辱。他重新出发，谁都拦不住，除了寻找他们还想寻找真相。

杜家的大门再次紧闭，由于没有烟火气，墙壁很快就长出了霉斑，风雨放肆地刮淋，外墙的颜色仿佛人的表情越来越凝重、越来越悲伤，好像谁都可以欺负它。然而，一个寒风呼啸的下午，杜远方回来了。因为风太大，吹得树叶门窗喳喳直响，以至于村民都说他是被风刮回来的。这时，离他爹离开只有三个月的时间，村民们为他们父子的错过惋惜得直拍大腿。杜远方同样惋惜，拿着他爹留下的字条，右手微微一抖却马上稳住。他已经学会了掩饰，甚至学会了忍住眼泪，但他却无法掩饰他右手的小指，那里短了一小截，虽不影响工作却略显突兀。他长高了，留着短发，脸部轮廓柔和，皮肤比过去白，眼神里透射出迷茫与忧郁。他讨厌喝酒，却学会了抽烟。

只要他们还活着就会找到我，杜远方说。他如此有信心是因为他带回了一部手机。他说凡是他经过的大街小巷都贴满了寻人启事，上面写着知道杜八和刘丽洲下落者请拨他的号码，有酬谢。村民们问他，有什么酬谢？他说钱，他打工积攒了一些钱，酬谢至少两千块。村里几乎没有手机信号，偶尔有也是一闪即过，就像害羞的姑娘丢给她刚认识且喜欢的男人的眼神。手机一直不响，他每时每刻都盯着，除了睡觉。一天中午，西北风呼呼地刮，他坐在门口遥望枯黄的远山。树叶都落了，光秃秃的树枝张牙舞爪，像坚硬的粗细不一的铁丝在风中震鸣。忽然，他感到脖子的某个点一冷，紧接着脸上也出现了不同的冷点。他缩了缩脖子，知道那是雪。雪零零星星地下着，在风中飘摇，仿佛天上撒落的麦片。这时，手机就像卡了鱼刺似的突然响了半声，他立刻按下接听键，却听不到对方的声音。信号不好，他歪着头用脖子夹住手机，飞快地爬上屋角的那棵李树。当他爬到李树的半腰时声音出现了：儿子哎，我是你妈，你在哪里？他大叫一声妈……失声痛哭，眼泪如雪片簌簌而下。雪越来越大，他就站在雪花飞舞的李树上一边哭一边跟他妈说话。

两天后，刘丽洲回来了，分离了十九年多的母子终于见面。刚见面时他们还不太适应，伸出去的双手只伸到一半就缩了回来，但缩了不到三分之一又立即伸了出去，把对方紧紧拥入怀里。他们有许多话想说却不知从何说起，于是，刘丽洲就变着花样做好吃的，仿佛要用吃的来代替她满腹的语言。他们一边吃一边打量对方，当眼神相遇时都尴尬一笑，都露出友好的表情。几天了，他们仍然没有深度交流，好像交流是敏感部位，抑或彼此都觉得只要待在一起交不交流已不再重要。杜八留下的字条是：找不找得到你们我都会回家过年。离过年还有半月，刘丽洲忙着准备年货清洗被褥打扫卫生。刘丽洲做什么杜远方就跟着做什么，哪怕只需要一个人做的事他也要搭手。空闲时，杜远方会坐下来抽烟。他把香烟叼在嘴里，用镀金的打火机叭地把香烟点燃，又叭地把打火机盖上，仿佛抽烟就是为了听打火机发出那两下动听的金属声，一副很享受的样子。由于他短了一截的小手指过于扎眼，一开始刘丽洲并没有注意打火机。当她习惯了他的小手指后，那只打火机像一声惊雷瞬间把她吓得脸色惨白。

她说，你认识老高？他说我不认识老高。她说老高就是那个死鬼。他说死鬼我也不认识。她说你的打火机是金做的。他说不可能，最多是镀金。她说，镀金的哪有这么沉？他掏出打火机掂了掂，说确实沉。她说，你在哪里拿到的打火机？他说路过一个砖厂时，在路边的草丛里捡到的。她想说当时她就在那个砖厂帮老高管财务，但她没好意思讲，因为她就是被老高从瓦塞皮革厂诓走的，老高有钱而且还说自己单身。他问，你为什么对这只打火机感兴趣？她说，你看没看见打火机上印着一个"高"字？他说看见了。她说那是老高定制的，全世界只有这一只。他说别人也可以定制，天下姓高的不止他一个。她说老高抽烟时也像你这样叭的一声把火打燃，然后又叭的一声把火盖上。他说，难道我要把它还给老高吗？她说，你不知道他死了吗？他哦了一声，不再说话。她盯着他的眼睛，他迎着她的目光。她想起跟老高相处的日子，想起老高在砖厂附近被谋杀后，身上唯一消失的就是打火机。想到这，她感到脊背冰冷，率先把目光撤回来。

她沉默了，忽然被恐惧笼罩，仿佛有两束刀子般的目光在暗处盯着自己。她害怕了，害怕杜八回来后问她这些年是怎么过来的，害怕杜八喝醉了还会像过去那样骂她，更重要的是害怕杜远方的那只打火机不是捡来的。腊月二十八清晨，她清点完所有的年货后便悄悄地走了。杜远方一起床，就看见了她留在桌上的字条：儿子，我找你爹去了。杜远方想爹不是马上要回来了嘛，她为什么还去找他？她在撒谎。杜远方冲出门去，外面已是白茫茫的一片，雪覆盖了山川大地。他沿着她留下的脚印追赶，发誓一定要把她追回来。然而，他们都没有回来。除夕这天，杜八回来了。过完正月十五，他就背上行李去寻找母子俩。

杜家的小屋越来越寂静，越来越显得孤独。一年半载，他们中的某位会回来住几天，然后又以寻找其他两位的理由离去。如此循环，他们一个寻找一个，在这个世界上转着圈圈，却没有谁愿意永久地停下来。等待是漫长的，他们没学会等待；寻找是美好的，他们却用来逃避；停止已不适应，他们过惯了流动的生活。每当天空划过那道白线的时候，村民们便倍加思念杜八一家。村民们仍然觉得白线好看，他们仰望着，仰望着，忽然就听到一阵歌声。歌声仿佛来自天上，仿佛是那道白线唱出来的：

天空划过一道白线，地面走出许多圈圈……

收获文学榜 | 中篇卷

鱼缸与霞光

韩松落（《收获》2023 年第 6 期）

推荐语

韩松落《鱼缸与霞光》延续了"消失"的主题，一个人的"消失"构成了一群人的噩梦、恐惧和希望。这是一部当代的"离魂记"，既有推理小说的缜密情节，也有心理小说的意识分析，同时又有一点神秘主义的光晕。小说以杂糅的形式映射着当代社会的典型抑郁，具有丰富的可读性和可写性。（杨庆祥）

大卫·林奇是这样开始一个故事的：碧蓝天空，白色栅栏，红色玫瑰和黄色郁金香圆鼓鼓地盛开着，翠绿的叶子托着花朵；孩童过马路，女人喝下午茶，老男人浇草坪，年轻人徘徊在草地上，低头翻捡着什么；哦，草丛里有一只爬满蚂蚁的人耳。

这里也可以用同样的方法开始。群山环绕的小城，白杨树和槭树的叶子被夏天的太阳晒成墨绿，灰色的楼宇，阳台上有鸽子咕咕鸣叫，屋檐下，燕子在泥窝边轻盈地弹跳一下，然后飞走。燕子飞走的地方，有一扇窗，阳光照进窗户，投在临窗的木桌子上，桌上有一张信纸，写着一些字。随后，有个男人走进屋子，拿起这张纸，皱着眉头，开始阅读。

一九九六年七月十二日，甘肃东部的天泽县，省矿业机械厂电工班的李志亮留下一封信，离家出走。

李志亮生于一九六八年十一月十五日，

祖籍辽宁,是矿业机械厂的子弟,父亲李东强,一九四六年生于辽宁,母亲郝琴,一九四七年生于河北,高一辍学。李东强于八十年代初毕业于哈尔滨工业大学,在矿业机械厂担任工程师。哈工大毕业生为什么会来位于甘肃县城的机械厂工作,他从来未曾解说过。郝琴则在李东强的安排下,到厂里的后勤部门工作。

李志亮生于河北,四岁时随父母到了天泽,在矿业机械厂幼儿园度过两年,六岁时到天泽县东关小学读书,十二岁小学毕业,随后进入天泽县二中初中部就读,初二时转学到教学条件较好的天泽县一中初中部,高中依然在天泽县一中就读,高三时考入中原机械工业学校,一九八九年,回到省矿业机械厂工作。开始在车间,后来在父亲的协调下,转到电工班工作。

矿业机械厂所在的天泽县,位于甘肃东部,距离省城兰州二百公里,面积三千五百平方公里,人口三十八万,旧石器时代就有人居住,秦始皇时代设县,其后两千多年,面积有扩有缩,但大致位置没有变化。因为地势平坦,位于陇海线上,且有河流,有矿产,五十年代之后,陆续有工厂迁移至此。除省矿业机械厂之外,天泽县还有一家冶炼厂、两家修造厂、一家塑料厂,以及驻守当地的几支部队。矿业机械厂在当地是大企业,有员工两千名。县城的商业,都集中在矿业机械厂、冶炼厂所在的云川北路上。

矿业机械厂的核心部分从辽宁迁来,创始阶段的工人多数是东北人和河北人,他们的后代也多半在工厂工作,工厂有自己的生活区。矿业机械厂由此成了一块飞地。天泽人说当地话和兰州话,矿机厂的人说普通话、东北话、上海话,当地人听秦腔,矿机厂的人听京戏和越剧、沪剧。天泽县最早穿牛仔裤、最早跳迪斯科的,都是矿机厂工人。李志亮在这里长大,需要在两个世界里转换,在厂区和家里说普通话和东北话,在学校和县城说天泽话和兰州话。

李东强的外形,有明显的东北人特质,方头大脸,眉眼端正,但性格温吞,沉默寡言,倒是和本地人比较接近,在非常年代也没有因为言行出挑带来麻烦。但他有个喜好,和本地人不一样,也和他的粗糙外形不一致——他有藏书的习惯,家有藏书接近五百册,而天泽县图书馆的藏书,也不过两万册。但李东强极少邀请别人到家里作客,也从不徒手拿书在街上行走,甚至一再告诫家人,不要在任何场所被人看到手里拿着书,因此,他的藏书和读书习惯,从没引起人们注意。

李东强和郝琴有两个儿子,大儿子李志明,生于一九六六年,中专毕业后,到矿业机械厂工作,二儿子就是李志亮。两个儿子的相貌,比父亲英俊许多,但两个人都有一种蒙尘之感,像是在刚刚制作完成的匕首上,撒了一把土,英俊得毫不明显,需要仔细辨认。两个儿子的性格,也比父亲爽朗,因为基本是在当地长大,有童年朋友,交往范围也更广。

一家人居住在矿业机械厂的家属区,十一号楼三单元三〇二,他们的住房由矿业机械厂自行修建,在一九九二年竣工,根据面积和楼层,以每套一点五万元到二点五万元不等的价格卖给厂内职工。售卖之前,根据工龄、职称、职务等因素进行了排序,李东强分配到的这套,房本面积九十平米,实际一百四十平米,售价二点五万元。

一家人的生活，没有丝毫古怪之处，全家人的性格、行为，乃至消费、娱乐，就在天泽县城居民的均线附近摆动。生活中的一切细节，一切用品，也像所有天泽人一样，非常容易辨认出处。军便服、军大衣、军靴、军用皮带，通常购自县城附近部队门市部，每逢部队廉价处理军用品或者周边，小城青年就蜂拥而至；工作服、绒衣、手套、电工绝缘鞋、挎包，是厂里的劳保用品；脸盆、香皂、洗发膏、牙膏、球鞋、皮鞋、文具，购自天泽县百货大楼，每批就几款，可以凭借款式分辨出购买时间。偶然也有来自其他地方的物品，比如，有些年轻人，会在周末乘火车去兰州（通常都会设法逃票），买花衬衣、卫衣和饰品。还有几次，是白银针织厂等等日用品工厂遭遇经营危机，用白汗衫和背心等产品抵工资，员工们拉着产品来到天泽县，在街心花园兜售，价格极为低廉，汗衫五块，背心三块，第二天，天泽县的男性，几乎全部穿上同款汗衫和背心。

在其余地方，天泽县居民的生活，也显得单调和整齐划一。八十年代末，广场舞兴起，因为起初的主力是中老年人，被叫做老年迪斯科，后来，全县三十岁以上的女性，几乎全部加入。九十年代初，气功热，几大气功门派，统治了全城成年人，也有儿童和少年加入，有一位八岁男孩，由家长引领，用一年时间，练到某种气功二级，成为气功神童，到处参加报告会并展示神通。一九八八年，《红高粱》获得金熊奖，全城居民出动观影，因为传说此片儿童不宜，小孩都被留在家里，有个孩子因无人看管，在家触电身亡。一九九二年，《大红灯笼高高挂》上映，全城居民又一次倾巢出动。

天泽县也极少发生凶案，大多数治安案件，都在盗窃、斗殴、诈骗这个层级。仅有的几起凶杀案，都是熟人作案，很快破案。公安局门口，有四个装了玻璃框的看板，两左两右，用以展示公安局侦破的凶案，从现场血迹到尸体远景近景和伤口局部，全部彩色照片，配以仿宋体手写的案情介绍。看板的更换速度，依据凶案发生频率，或者说，凶案被侦破的频率而定，如果半年没有合适的凶案，就半年不换，以至于彩色照片全部褪色。

李志亮的性格，也在均线附近，不算温和，也不至于暴戾，不细腻，也不算粗糙。他的日常穿着，也没有出格的地方，毕竟，父亲李东强最担心的，就是自家人过于引人注目，带来灾祸，每每发现这种苗头，就全力打压。李志亮常穿的衣服，包括一身军便服、两件化纤夹克、几件白衬衣、一身工装蓝的运动款绒衣，冬装是部队的劳保棉袄和军大衣，还有一件托人在空军基地买到的深棕色飞行员皮夹克，带毛领，非常昂贵，但他一直舍不得穿这件衣服。一九九四年，他还曾花一百八十块钱，在兰州市东部批发市场，购买了一件墨绿色的羽绒服，回家之后，在周围的环境衬托下，他发现这件衣服的颜色还是扎眼，第一次穿出去，就被熟人评价为"真骚情"，他再也没让这件衣服上身。

李志亮的爱好很少。可以算作爱好的，只有两个，一个是用机械厂的边角料，制作各种摆件。有一阵子，兰州青年流行用炮弹壳子弹壳制作工艺品，这股风气也蔓延到了天泽县，李志亮不能免俗，找到部队上的熟人，要了些训练用过的弹壳，做了几件东西，但很快就厌倦了。

另一个爱好，是骑自行车游荡。他有

一辆凤凰"二八",黑色,不是轻便型号,但他很喜欢,他经常骑着这辆车,在城外游荡。城外有大片麦地,他就骑车在麦地中的白土路上穿行。麦收之后,他会把车推进麦田,在麦垛上靠一会。曾有人看到他从城外回来时,自行车把上挂着一个用蓝色野菊花和麦秸编织的花环,这是他唯一算得上浪漫的经历。

没有谈过恋爱,几次相亲都失败了,好在他对相亲也没有多少期望。如果他是天泽本地人,二十八岁还不结婚,就显得异常,但人们对矿机厂这块飞地,以及这块飞地上居民的看法,多少有点不一样。当地人甚至觉得,矿机厂的男青年,如果热衷恋爱,会对当地的婚恋市场造成冲击,他们都打光棍可能更好。总之,他生活里并没有出现会带来精神上的重大挫折或者人生重大挫败感的事件。

一九九六年七月十二日,农历五月廿六,晚上六点十分,郝琴下班到家,换了拖鞋,放下厂工会分给每位员工的一箱杏子,就去厨房准备晚饭。六点四十,李东强和李志明下班到家。父子俩的工作地点不在一起,他们是在回家路上遇到的,李志明接过父亲手里的杏子,一手一箱杏子,和父亲一起到家。三个人打算等李志亮到家后一起吃饭,就坐在餐桌前说着话,对话的重点是杏子,李志亮必然也领到了一箱杏子,四个人,四箱杏子,该怎么处理,毕竟杏子不经放。直到八点,他们也没等到李志亮回家,以为他被朋友叫去吃饭了,就先吃了饭。李志亮当晚没有回家,一家人也并没觉得异样,直到第二天早上上班前,李东强到李志亮屋子里去,才发现他留在桌上的信,只有十几个字,写在一张矿业机械厂的信纸上:

我走了。我要走遍中国,走遍大地,走遍星球。

李东强拉开衣柜,发现李志亮带走了自己常穿的衣服,下楼去派出所报案时,发现李志亮骑走了凤凰"二八"。报案时,警察认为,李志亮是成年男性,留了信件,不能算失踪,无法立案,何况,他离家还不到二十四小时。根据他们的经验,很多离家出走的人,通常会在三个时间段内回来:一周,三个月,半年。

李东强全家,分头到李志亮的所有同事、同学和朋友家打探消息,想看看李志亮有没有留下更明确的信息,却发现他出走前没有任何异样,当天下午还在正常上班,唯一不同的是,他五点就提前下班,因此没有领取发给员工的那箱杏子。被李东强一家询问过的同事和同学,又自发扩散消息,到认识李志亮的人那里打听消息,都没有结果。

很快,警察所说的第一个节点过去了,一周了,李志亮没有回家,也没有任何消息。就在这时,天泽县城南,距离县城中心五公里的垃圾场,发现了一具焦尸。其实,一个拾垃圾的老人,在几天前就看见了那具焦尸,但那具尸体被扔在一个大垃圾坑的沟底,需要踩着垃圾走一段陡峭的下坡才能到达,加上他视力不好,并没有看得很清楚,"不知道那黑黑的是个啥"。直到几天后,他看到有野狗在撕扯那个黑色的物体。这时距离李志亮出走,刚好一周。

尸体经过了很充分的焚烧,衣服和皮肤都被烧毁,看不出身份样貌,唯一能作为线索的,是一条没被完全烧毁的军用皮带的皮带扣,那个皮带扣,和李志亮使用的完全一样。但那时，在天泽县或者临近区域，系同款军用皮带的人实在太多了。认尸之后，李东强认为这不是李志亮的尸体。当然，还有更好的方法——当时，DNA 检测技术已经用于刑侦了，只是需要送检测物到北京去，检测费用加上差旅费，非常昂贵。焦尸案最终成为悬案，没有出现在公安局的宣传栏里。

三年后，天泽县文化馆的赵老师，在西安参加培训，在街头看到一个人，酷似李志亮，只是头发略长，衣服略时髦。这个人迎面走过来，似乎也认出了赵老师，眼神顿了一下，走过去之后还回了头。据赵老师说，他立刻掉头追上这个人，跟他打了招呼，这个人不承认自己是李志亮，但当赵老师说"你父亲母亲都在等你回家"的时候，他的表情大变，泪水瞬间滑落，愣了很久，然后转身离去。赵老师认为自己遇到的就是李志亮，回到天泽后，专门找到李东强，讲述了自己的经历，言之凿凿，情绪丰富，两分钟的相遇讲了一个小时，却没有任何证据，整个场景也酷似民间鬼故事里的情节，加上这位老师经常发布古怪言论，比如别人死去的亲戚给他托梦，以吸引别人注意。所以，他所说的经历，并没有人当真，转眼就变成小城传说，流传了一阵，就逐渐湮灭。

从那之后，就再也没有李志亮的消息了。李东强和郝琴，依旧在矿业机械厂工作，退休后，两人回到辽宁老家住了一段时间，因为无法忍受漫长的冬季和动辄零下三十度的严寒，最后还是回到了天泽县。李志明也依旧生活在天泽，一九九九年结婚，三年后有了女儿，他和妻子另外购置了住房，多数时候还是和父母生活在一起。李志亮的那间房子，始终保持原状，他留下的那张纸条，被李东强夹在了一本人民文学出版社的《巴尔扎克中短篇小说选》里。他说，这种收藏方式最保险。

在李志亮出走前两年，有两只燕子，在李家的阳台上方筑了一个窝，整日飞来飞去，啾啁不停，这在楼房小区是很罕见的事。李志亮出走之后，那窝燕子再也没有回来过。郝琴视之为某种昭示。

这件事看起来就这么过去了，但这仅仅是对李家而言，在距离李家不远的六号楼一单元五〇一，这件事引起了另外一些后果，甚至可以说，是一场持久的风暴。

住在五〇一的，是矿业机械厂的另一家人。这家人是标准的三口之家，父亲曹广仁，生于一九五六年，矿业机械厂经营科业务员，这个科在一九九六年分出一部分员工，成立了多种经营科，曹广仁也在其中；母亲王自强，生于一九五五年，矿业机械厂工人。他们只有一个孩子，是个男孩，生于一九八〇年，名叫曹景，在李志亮出走那一年，刚好十六岁，正在读高一。

曹景一家，和李志亮一家生活在同一个厂区，两家家长很少交集，也没什么来往。不过，在曹景十一岁时，他表姐的追求者、李志亮的同事，为了让曹景表姐高兴，以及显示自己是爱孩子的，时常带曹景出去玩，也带他去了李志亮家里，看李志亮用边角料做东西。那天，李志亮穿着工装蓝的绒衣，一条看起来很厚实的卡其色裤子，脚上穿着一双白色回力鞋，用了三个小时，做了一艘二十厘米长的铁船，并且用木板喷了蓝色油漆，做成海面的样子，粘了几块黑色的石头充当礁石，一块稍大的形状不规则的炭渣，被他做成了一个小岛，填了一些青苔，还种了几棵草。一片海和一座岛，就带着油漆味降生了。

后来，曹景还看见过李志亮打篮球，看见过李志亮骑车去往城外，也在商业街上碰到过他。李志亮唯一一次穿墨绿色羽绒服出门，就曾被曹景看到。因为见过一次面，曹景很能从人群中认出李志亮来，他总是隔着老远就站定，等李志亮走到跟前，认真地打个招呼。但他再也没有被带去李志亮家里看他做东西。记忆里，只有那么一次，只有那么一个下午，安静的，若有所待的一个下午。他也有点奇怪，李志亮后来为什么再也没有穿过那件羽绒服。

李志亮出走三天后，曹景从父母那里知道了消息。当时，他们一家三口正在吃饭，曹广仁说起了这件事，曹景突然感到一阵恶心，一阵虚热，喉咙里似乎有液体涌上来，却没吐出什么，只是干呕了几声。在父亲扶他去卫生间的时候，他听到母亲抱怨说："给你说了别在饭桌上说这些东西，容易把孩子惊到。"

之后几天，他持续地情绪低落，神思恍惚，无法入睡，这些他都没有告诉父母，父母也并没有注意到，其实就连他自己，都不能明确地知道，这种情绪低落和李志亮的出走有没有关系。因为当时的他，正面临自己的问题。初中毕业时，他没有考上中专，尽管全年级也只有两个人考上了中专，但曹广仁仍然非常失望，考不上中专，就意味着曹景失去了在两年后就业的可能，还要上三年高中，高中毕业之后，鉴于当地的升学率非常低，他未必能考上大学，也未必能有工作。曹广仁开关门的声音都大了很多，王自强则刻意拖长声叹息。曹景认为，自己的情绪和这件事有重要关系。

除此之外，他还经历了更折磨人的事。他也考入了李志亮曾经就读的天泽一中高中部，高一的第一个学期，一件意想不到的事发生了，他的信被"截"了。事情是这样的，这所中学的收发室，收到所有的信件和包裹之后，除了挂号信，会由门房托学生带话，通知本人来登记和领取之外，其余的邮件，并不会做进一步分发，而是全部放在校门口的信报夹里，任由所有人翻阅和领取。这样一来，信件到达收件人手里的概率就非常低。有些信件，就被路人截取了，他们会选择那些看起来有点出挑的信封，拿走，读完，然后扔掉，或者通知信件主人，拿钱来换信。信报夹是无数斗殴和悲剧的发源地。但学校一直没有改变这种信件发放方式。

曹景就受到了这样的威胁。截走他信件的，是初三补习班的学生，他们把信拿走，小范围传阅后，托人带话给他，要他拿八十块钱来，才能把信给他，否则就会拆信，并且把信件内容公布出来。对于当时的他来说，八十块钱是一笔很大的钱，他拿不出这笔钱。但根据他的经验，这会有很严重的后果，不把信件拿回来，就得准备迎接极其猛烈的下流谣言。他盘算了一下自己的存款，一共二十多块钱，这二十多块钱，攒了差不多半年。之后一周时间，他每天放学后到县修造厂模具车间后的沙堆里筛废铁，去废品收购站卖，一周下来也只卖了十块钱，他又到血站去，试图卖血，但血站以他年龄不够拒绝了他。

几天后，初三补习生撕票了。其实信早拆了，他们只是把拆信这件事公开了，并把信件内容添油加醋告诉了很多人。那封信没有任何过火的内容，写信者是他初中女同学，女同学在初中毕业后，没有考上高中、技校和中专，就到省城去打工了，写信过来，无非是要他帮助联系几位初中同学。但截信的人却故意扩散说，信件内容非常下流，他们肯定"拔包子"（接吻）了。曹景的"风流韵事"由此流传开了。

至于为什么会是初中补习班的学生威胁高中生，也需要说明一下。初中补习班的很多学生，入读中学通常比较晚，又补习了两三年，实际年龄要比高中同学大得多，甚至大过高三同学。而且补习班管理松懈，补习的目的也是为了考技校和中专，学生很有些江湖气，跟社会青年交往频繁，和高中部的风气完全不一样。

这件事对曹景产生了影响。有很长一段时间，他总觉得同学在对他指指点点，传播他的"风流韵事"，有人走过他的身边，不巧表情不好，或者吐了痰，他会以为是在唾弃他。班上同学写信收信，甚至读到冰心的《寄小读者》——所有与"信件"有关的讯息，都会让他心惊肉跳。这后遗症持续了很久，一直到高二下半学期，班主任任命他为班长为止。整整一年，他就耗在这件事上，这一年，他如同在浑浊的深渊里由人搅拌。

也是那时候，他读到一本书，这本书是父亲从县图书馆借回来的，老鬼的《血色黄昏》，一九八九年出版，讲述知青在内蒙的生活。封面画着暗红色的天空，血红的落日，黑色的山峦，黑色的大地，一个壮硕的黑色男人，站在天地之间，搬运着一个黑色石块，整个身躯，似乎都被这石块坠到弯曲。这本书的书名、封面，和书里描绘的一场大火，带给曹景一种特殊的感觉，这种感觉和李志亮的出走搅拌在了一起，最终形成了一个画面：血红的天空，黑色的大地，天地之间，有一个黑色的人影，向着目睹了这个画面的人走过来，不停地走，无声地走，但始终也走不出这画面。他不知道这个人是谁，也不知道他长什么样。就是觉得异常恐惧，画面消失之后，又是持续性的情绪低落。

起初，他只是不断想象这个画面，只要停止想象，画面就消失了。没过多久，这个画面出现在了他的梦里。有时候是出现在别的梦境里，别的梦做得好好的，突然画面中断了，血红天空黑色大地和黑色行走者出现了，无声地行走着。有时候，整个梦境都是黑色行走者在天地间的行走，无休止地走，可能走一个小时甚至两个小时。有一次，梦境出现了变体，这个行走者还推着一辆自行车。这个梦境和时不时袭来的情绪低落，还有现实中各种事件的叠加，让曹景的整个高中时期，都处于一种抑郁状态。遗憾的是，那时候，人们对抑郁症还没有什么了解，曹景只能靠自己对自己进行观察，以及自我安慰。

在李志亮出走前，他居住的那座居民楼上，出了一件很小的事。住在二单元四〇二的居民、同样在矿业机械厂工作的三十六岁的王林平，被一种来历不明的噪音困扰，这种噪音是一个拖长了的"嗡"声，像是在头顶上悬挂了一个巨大的金属钵，然后摩擦钵的边缘形成的回声，听起来不很明显，却令人烦躁不安。这个声音每天早晨六点准时出现，持续"嗡"一天，到夜里十一点准时消失。更奇怪的是，王林平全家五口人，只有他能听到这个声音，所有人都认为他出现了幻觉。

整整一年时间，王林平被这个声音折磨，无法入睡，更磨人的，还有周围人的嘲笑和敌意。他对这个声音和自己受害状态的描述，似乎是一种自供，表明他是过于敏感的，有被害妄想的。而不论敏感，还是被害妄想，还是无法忍受一个小小的噪音，都和一个矿业机械厂工人的身份不符。这种精神状态和睡眠状况，让他出了很多次小事故。

他并没有坐以待毙，到处寻找这个声音的来源。起初，他以为这个声音来自楼上人家，借口到楼上人家串门，进去打探，楼上没有任何异常，没有发声装置，也没有异常的物件，更没有那个"嗡"声。于是，他又请求厂里的水电工，在查水表电表的时候带上他，让他可以到紧邻他家的三单元四〇一和五〇一家去"串门"，电工答应了，在上门的时候带上了他，结果依然如此，那两户人家没有任何异常。

一年后，他偶然听说，三单元六〇二那户人家养了一缸金鱼，邻居们说起这家人来尽是嘲笑，"也不看看自己一个大老粗，养那么贵的鱼图个啥，又费电又吵"。他突然产生灵感，觉得这个鱼缸的噪音和自己听到的噪音有点关系。于是声称自己想看鱼，托邻居把自己带去了那户人家，一打开门，一只巨大的鱼缸，就立在客厅正中，增氧泵正在工作，发出"嗡嗡"的声音，但只要进到卧室里，就听不到这个声音。而且这家人开关增氧泵的时间，和他听到的噪音时段完全一致，每天早上，老爷子起床的时候打开增氧泵，十一点，老爷子睡觉的时候关掉。他立刻回了自己家，让那户人家五分钟后关掉增氧泵，五分钟后，噪音消失了，他终于确定了那个怪异声音的来源。并分析出了这个声音的传播方式。鱼缸靠墙，增氧泵发出的声音被墙壁吸收，墙体和楼的结构，可能正好形成了一种扩音机制，声音经过墙壁的共振、扩大，成为一种噪音。当然，那时候他们都不知道低频噪音这个说法。

奇怪的是，这户人家既不和他家在一个单元，也不在一个楼层，更不在一个方位，但鱼缸发出的声音，就是能跳过三单元的五〇二、五〇一、四〇二、四〇一这几家人，神秘地、无法解释地，传到了他的耳朵里，让他无法入睡，使他几近疯狂。也因为这种跳跃式的传播，他始终查不到声音的来源。这件事的结束没有那么复杂，王林平请求那户人家挪开鱼缸，不要靠墙，并在增氧泵下面，加装一个防震垫，说到恳切处，几乎声泪俱下，差点当场跪在那家人面前。那家人和他同在矿业机械厂工作，经常见面，没有那么难缠，也被这位邻居的激烈情绪吓住，生怕招来祸事，就按他的要求照做，低频噪音从此消失。

厂区不大，鱼缸事件很快传遍全厂，这户养鱼的人家收获了更多的嘲笑。六号楼的少年曹景也听到了这个故事，起初他没觉得这件事有什么特别之处，只把它当做这个世界教给他的一点新知识。不久之后，李志亮出走了，在持续的情绪低落中，曹景突然想起那只鱼缸，并且产生了一些联想。

他觉得，李志亮似乎就是那只鱼缸，发出了一种声音，或者一种信号，这种声音经过复杂的环境和心理的共振，变成了一种超常规的信号，最终到达他这里。他分明离李志亮很远，仅有一次交往，和若干次街上遇见，但那个由李志亮酿成的"低频噪音"，终归是兜兜转转来到了他这里，和他发生了关系，这个世界上，未必只有他收到这个声音，但只有他听到了这个声音。

曹景上了大学，毕业后进入交通设计公司，在大城市开始了自己的生活。李志亮和他的出走，在很长一段时间里，被曹景遗忘了，他甚至忘记了那座小城，那座小城被他隔离在了一个不会碰触的区域。但有一天,大概是在二〇〇七年,血红天空黑色大地和黑色行走者的梦境又出现了。

曹景分析过这个梦境重现的原因,大概是因为,公司重组,自己所在的研发部门被压缩,他被分流出去,在几个部门之间流转了一段时间,最后总算到了新的部门,部门领导比较跋扈,而且酷爱喝酒,经常拖着下属或者乙方公司人员一起喝酒,所有人都苦不堪言。喝酒唱歌,经常要熬夜,熬夜后的两天,曹景的情绪都会比较低落,星星点点的低落,最终连成了线,他开始持续地轻度抑郁,并第一次萌生了辞职的念头。就在那时,黑色行走者的梦境开始出现了。几个月后,他换了部门,但黑色行走者一旦开始行走了,就像野兽在某处撒了尿,做了记号,从此不断重返旧地。

那之后的十年时间,血红天空和黑色行走者,常常出现在曹景的意识里。戴上手套开始工作,黑色行走者也迈出了步子;冗长的会议中间,拿起笔假装做笔记,黑色行走者在笔记本的纸页中出现了;家里的水龙头坏了,等待修理工上门的时候,黑色行走者嗒嗒地行走着,步子的节奏和水龙头滴水的节奏一致;女朋友不接电话的时候,黑色行走者在远处行走着。情绪低潮的时候,他也不太敢看天空,尤其是黄昏的天空,那时候的天空,一律是血红的,云彩像是女娲用刚从炼石炉舀出的熔浆抹出来的,还沿着天空不断滴落。

黑色行走者的出现,是有预兆的,每当这个画面快要出现的时候,曹景看到和感受到的一切,都变得大、浓、深,空气越发透明,雾越发浓重,红色越发暴戾,黑色越发如同深渊,事物的细节越发清晰,

连灯泡和星星散发的光芒,都像是一束束细细的玻璃管子。黑色行走者出现之后,那种浓重、鲜艳就留在了他的心里,甚至,不是精神性的存留,而是物理性的,他甚至能感觉到,自己身体里,有红色的血液或者油漆,一伸手就黏在手指上,那些事物刻录下的波纹,能够用手指像读盲文那样读出来。

他也会反复想象李志亮行走中的一些细节,这些细节都是他用自己的旅行经验来填补的——李志亮怎样看地图,怎样向别人打听路线,怎样打零工赚钱,怎样找到临时的居所,会不会突发病痛,会不会在乡村小诊所输液,周围都是呻吟着的病人,黧黑的脸,肿胀的手掌,医生的桌子上,放着一本卷了角的《知音》杂志。他甚至能想象到,李志亮走在路上,路边的水塘里长满藻类,覆盖了整个水面。夜晚行走在正在修建高架桥的山谷里,周围都是巨大的钢筋框架和吼叫的水泥搅拌器,像走在异星的地狱里。这都是他工作时经历的场景,被李志亮挪用了。后来,当他减少野外作业之后,他想象中的李志亮,开始频繁地出现在城市里,李志亮在喝咖啡,他成为深夜食堂的店主,他在盲人按摩店接受按摩,按摩师在讲述自己的悲苦经历,他隐居在闹市区的老房子里,屋子里有昏黄的灯光。

但这还不够。几乎是,每当他有了新的生活体验,经历了新的场景,他就会把这个体验和场景,安放在想象中的李志亮身上,像是一种——供奉。他有种可怕的感觉,似乎李志亮和他幻化出的这个行走者形象,正在变成一个黑洞,一个填不满的黑洞,自己的所有经验都用来填补他,充实他,丰满他,给他以血肉,而自己在

填充过程中迅速干瘪下去。

但彻底触发他的迷狂的,是二〇二〇年十二月的"西藏冒险王"失踪事件。

"西藏冒险王"叫王相军,是四川人,长期驻留在西藏,拍摄西藏的地理景观。二〇二〇年十二月二十日,他在拍摄西藏那曲嘉黎县的依嘎冰川时,失足落入冰川暗河。直到第二年三月十八日,他的尸体才被发现,警方确认他是意外溺水高坠死亡,排除了他杀。

在"西藏冒险王"还只有六万粉丝的时候,他被推送给了曹景,曹景起初没有关注他,但不久之后,平台又一次把"西藏冒险王"推送了过来,这一次,曹景关注了他,一直关注到他拥有一百四十万粉丝。曹景通过"西藏冒险王"在快手和抖音上将近五百个视频作品,以及若干直播中的片言只语,逐渐拼出了他的人生概貌,记了笔记,最后写成了一篇短文:

王相军希望喜欢人们叫他老王。老王是四川广安人,一九九〇年出生。十九岁高中毕业之后,离开家去打工,曾经去过北京、上海、广州、深圳、广西、云南,在这些地方,他做过三十多份工作。在广东,通常是在电子厂工作,在广西,当过搬运工,在云南,就在饭店洗菜洗碗。

之所以每份工作都做不长,是因为他并不喜欢大城市,他觉得,那些地方一开门就是高楼大厦,特别憋闷。他也不喜欢复杂的人际关系,在家乡的时候,他看到往日的小伙伴,慢慢长大后,一个个变得很社会,很假,找个人帮单着,"就开始欺负个子小的,打不过他的,没有背景的",他觉得很失望。后来出门打工,他也不喜欢那一个个小社会,"就连一个厨房里,老板、切菜的、炒菜的,这么几个人,都还要拉帮结派勾心斗角",他觉得"人心很不好,很假"。他喜欢大自然,"喜欢真实的东西","我们看到的山,就是很真实的","我们看到山是这个样子,它就是这个样子,看到这个树什么时候开花结果,它也就是这个样子"。

所以,出门前,他就知道自己要的是什么了,"有了路费,想去哪里就可以去哪里,觉得这个想法特别棒"。只要打工一段时间,攒够路费和一段时间的生活费,他就去下一个地方,看山看水,直到"一个地方看得差不多了",再去下一个地方,找下一份工作,攒够钱,就离开。如此周而复始。

打工攒的钱不太多,工作两个月攒的钱,可以给他提供去下个地方的路费,并且生活半个月,然后就得继续找工作了。

他最后一份通常意义上的"工作",是在那曲的一家青海拉面馆。拉面馆的工人都爱刷快手,尤其夜班,都是用快手打发时间,他也下了一个。因为喜欢风景,他自然关注了很多拍风景的、搞徒步的博主,看多了他们拍的风景之后,他觉得,"我去的那些地方比他们的漂亮得多",如果自己做快手的话,"搞到五万十万粉丝应该没问题",于是他就辞职了,开始拍快手。

他的启动资金,就是打工攒下的七千块钱,他用四千块钱买了一辆摩托,剩下三千块作为路费和生活费,就这么开始了。拍视频的收入不稳定,有时候一周都没有一毛钱收入,有时候一天几千块钱,但他对生活的要求不高,他就希望通过拍视频得到的收入,能让他继续走下去。

他去过很多地方,最喜欢的还是西藏,他在西藏停留的时间最长,自从二〇一二年,他第一次到西藏,之后的八年时间,他有六七年都在西藏,他在两个短视频平台上的作品，也多半和西藏有关，因为，"西藏是最舒服的，西藏的山更大"，"去了很多地方，只有西藏待得住，一天看不到雪山都不行"。

他拍了日照金山，为了拍到金山，他等了整整四天；他拍到了喜马拉雅的冰川，也拍到了喜马拉雅的春天，和山上的百里杜鹃；他为雪山上零下十五度的天气里，盛开的蓝花惊呼，匍匐在地上闻花朵的香气，也在海拔五千多米的高山上，为盛开的荷花雪莲、苞叶雪莲惊叹，反复说着"这个是珍稀植物不能采不能采哦"；他在无人区的湖泊边，光着膀子和马卡鲁峰合影；他站在念青唐古拉山前，反复说，这山比阿尔卑斯山更美。

这么多年，他只在二〇一七年回过一次家，也很少和家人联系，因为一联系就要回家，"回家就有很多琐碎的东西"，他认为自己的状态不是"旅行"，而是"流浪"，但他喜欢这种状态。

有人问他将来有什么打算，他忽然放慢语速："一直能走下去，就非常好了。"

二〇二〇年十二月二十日，老王落水，引起巨大轰动，短视频平台上迅速出现大量和他落水有关的评说视频，每个都流量巨大，点赞几万几十万，回复几百上千。因为搜救者没有找到他的尸体，也没有其他线索，人们就在他的视频和直播片段里寻找蛛丝马迹，阴森的传言很快出现，传播最广的一种说法是，他是被谋杀的，最大嫌疑人就是他的助手小左。有人把他落水前一天的蓝色冰洞视频的声音，做了慢放和除噪处理后，疑似听到了对话，有"流血""杀死"等词语。人们认为，小左嫉妒他的成就，嫌老王给自己的钱少，就把他谋杀了。

还有一种阴谋论，和民族主义情绪结合在了一起，有人说，有特务在西藏的冰川上活动，被王相军发现，还有人说，有特务想要夺取王相军积累下来的地质资料。总之，他的死，变成了一个离奇阴惨的传说。而几乎每个评述解析他的视频，都会配上 Else 的《Paris》，一首被大量用于案件纪实、恐怖片和神秘事件解说视频的乐曲。

差不多有一个月，曹景每天要用几个小时看这些视频，看了一个两个，平台就会推送更多。在曹景的宇宙里，老王由此成为唯一的内容。面无表情的出走者，遥远的西藏，蓝色冰洞里的低语，冰川上的"谋杀"，冰河里的死亡，反复出现。他被这件事里那种阴郁的、非现世的，又有点超脱的气氛吸引了，放任自己沉溺在这种气氛里不能自拔。更重要的是，断断续续的封锁，也让他有大量的时间沉溺其中。

他的情绪也越来越低落，但不是那种具有伤害性的低落，他知道自己的低落情绪是"西藏冒险王"的失踪带来的，不是由自身生发的，这就意味着，它不具攻击性，不是向内的，只停留在表皮。

这件事让他意识到，李志亮正在变成一个不断吸引同类事物的磁铁，让他身上背负的铁屑越来越多，他决定，要和李志亮和他幻化出的形象，带来的长久的抑郁情绪，做一个告别。他选择的方法，是回到现场，坐实李志亮的存在，复原当时的细节，破坏这件事的幻觉之光，给李志亮的出走除魅。

就在王相军落水一个半月后，他回家过春节。回到天泽后，他发起几场聚会，召集了许多朋友，打听李志亮的人生细节。他知道自己得准备一些理由，于是努力编造了一些，比如想写写家乡的故事，想给李志亮的父母一点安慰，等等，又觉得不合适，小地方的人，对这种调查行为非常警觉，对"书写"就更为警惕，会以为他是媒体卧底，并产生严重抗拒。李志亮的家人，也必然会听到消息，并且产生阻抗。最终，他编造了一个不会被人深究的理由，来柔化自己的行动：当年，厂里一个姐姐暗恋李志亮，曾经托他给李志亮送过情书，这个姐姐现在和他在一个城市，前不久在一次活动中，两个人偶然遇见了，姐姐五十岁了，孩子也大了，还是非常牵挂李志亮，想在不打扰李家人的情况下，了解李志亮的现状。

这个故事基本是合理的，更重要的是，符合一般人对感情的期望，特别是非常时期人们的期望。朋友们果然对这个凄美的暗恋故事产生了极大兴趣，非常热心，努力向那个遥远的姐姐表达善意。他们的见识也超出曹景的想象，曹景本以为他们会带来一些过时的信息，提出一些老土而落伍的看法，比如"他可能就是厌世当和尚去了"，并对他的郑重其事不以为然。没想到，他们和他想的不一样。

有些朋友是调查派的。一个"调查派"的朋友说："可以查一下户口，有时候一个户口上的人早都迁走了，只不过我们不知道，但派出所会留底子。"另一个朋友说："在抖音上看过一个特大凶杀案，凶手是五六个人组成的犯罪团伙，杀了人抢了钱，就跑到内蒙去了，然后买通了人，在一个农村重新立了户口，又把户口陆续迁到内蒙，等于是重新出生了。李志亮会不会也找个废掉的户头于，变成另外一个人。""问题是李志亮又没有杀人也没有放火，这么费劲变成另一个人干啥，直接迁走不是更方便。"曹景听他们讨论得如此认真，有点不好意思："这个是不是不好查，现在查身份信息都会留下痕迹。"同学一笑："我们这是小地方，小地方懂不。"打了个响指。

第二天，同学先给警察朋友打了个电话，随后带他去派出所，见到警察朋友后低语几句，警察看了看站在一边的他，点点头，指着他笑了一下："我把你认得，你是高二三班的班长。"然后进了挂着"副所长办公室"牌子的屋子，大概十分钟后，警察朋友出来了，同学问，为什么去了这么久，警察说："到领导办公室去，也不能请示完就走嘛。"随即带他到户籍室去，打开电脑一通操作。李志亮的户口，依然挂在李东强为户主的户口下，沉寂已久，没有迁出，也没有注销，警察朋友还拍了张照片给他。

消息还在汇集。有人汇集出李东强家的家史，有人拼凑出李志亮的几次相亲，以及相亲对象的下落，也有人认识李志明全家，知道一些零碎但无用的消息。这的确给了曹景极大的安慰。他以为老朋友们生活在偏远封闭的小县城，早都失去了生机，对生活毫无想法，但没想到他们另有一种生机勃勃，经常聚会，经常喝酒，还结伴出去野炊、爬山和露营，一样在看《山海情》《小偷家族》，玩《阴阳师》，时下的消息都知道，包括"韩国N号房事件"，蓝可儿塞西尔酒店失踪事件，也知道云南人又到了吃菌子看小人跳舞的时节，吃火锅时会拿平菇香菇当笑料，尽管这些知识多半来自抖音和快手，但至少不是毫无波澜，信息多了，互相矫正，也能凑出对的一面。

有些朋友是"推理派"的。在李志亮离家出走后第二年，厂长被抓了，他的罪行超乎人们想象，勒死情妇，车撞知情者，给竞争者投毒，巨额现金藏在柜子和空鱼缸里。于是有人认为，李志亮很可能知道厂长做的见不得光的事，被厂长害了，至于那封信，或许是被迫写的，也或许是厂长找人仿照他的笔迹写的。写好之后，拿着他的钥匙，趁他们家没人，开门进去，把出走信放在桌子上就可以，就算遇到李志亮的家人也不要紧，那时候同事之间的来往紧密得很，拿着钥匙出出进进都很正常。还有人说，李志亮的父亲其实已经认出那具焦尸就是李志亮，但害怕厂长加害他们全家人，没敢当场指认。

还有一位朋友，更出乎曹景想象，他从文化底蕴、风俗习惯的角度，提出了自己的看法。他认为，甘肃处于半农半牧区，本来就有游牧传统，出走并不少见。天泽县在历史上，更是典型的半农半牧地带，以前是羌人的地盘，后来匈奴占过，现在也是多民族杂居，有回族、东乡族、蒙古族、藏族、羌族、维吾尔族。城外不远有个贺家营，村民三千，据说是吉卜赛人的后裔，以算命为生，平时在家种地，农忙结束了就带着《周易》《万年历》《麻衣相》，牵着狗和毛驴，游走全国算命卜卦，他们有自己秘密的神灵、自己的隐语，也不和外族通婚，他们的算命技艺也从来都是父传子、母传媳，服饰也和汉人不一样，男女都穿黑，女人梳"高头"（高高的发髻），裹黑色头帕，穿带花边的大襟袢，戴镶了很多银穗的耳环。

还有一个曹家堡，全村不到两千人。自打有了这个村子，全村人都以养蜂为生，政府给村民分了地，他们也不怎么种，荒着，长草，顶多种点自己要吃的菜，他们就喜欢养蜂，一年到头流浪在外面，回来一个月，就又走了，可能养蜂是假的，他们就是为了找个理由走出去。"我们班上的蒋个铁，他爸爸就是养蜂的，有一年过完年，押着蜂箱出去，说是追油菜花去，再也没回来，他们的习惯也奇怪，男的可以走掉不回来，在外面结婚养娃，女的就不能再婚，一直在家里守着。他们村子上，这种情况还不是一个两个。所以你看，蒋个铁后来也跟他爸一样，跑到南方去，说是打工去了，再也没回来，带回来的信说是又结婚了。"

他还说，甘肃人往外跑是长在基因里的，改不掉的，五十年代开始，甘肃人又开始往新疆跑，农民、要饭的、右派、逃犯、逃婚的、娶不上媳妇的光棍，都往新疆跑，新疆遍地都是甘肃人，现在所谓的新疆话，其实就是兰州话的变种，抖音上几个拍方言段子的新疆人，他们说的话，别处的人听不懂，甘肃人一听就懂。这位朋友认为，这种气氛下，发生什么都不奇怪，"丢下老婆丢下丈夫丢下娃，突然走掉的人多得很，只不过我们不知道。李志亮也有可能受了些这种影响。他一天天骑着车在外面浪，你知道他都认识些什么人，给他灌输了些什么想法。"

李志亮既不是真正的本地人，也不是游牧民族后代，李东强和郝琴也是谨小慎微的知识分子，他的出走冲动，不太可能是受家庭影响，他也许就是被这块土地上的空气影响的，就像王林平被鱼缸影响、曹景被李志亮影响一样，鱼缸噪音既然能辗转抵达王林平，吉卜赛浪人、游牧民族传统就能抵达李志亮。

几次聚会，没有结果。聚会的主题就变了，变成纯喝酒。李志亮一家，也不见有人提起了。

还是没有真正的线索，反而让李志亮的面貌更神秘更复杂了。曹景决定，既然无法从李志亮这里切断抑郁信号，就从自己身上着手。回到自己常驻的城市，就开始寻求心理咨询师的帮助。

他找到了我。

在这里，请休息十分钟，休息十分钟再回来。以上的部分，可以叫做《鱼缸》，以下的部分，就叫《霞光》。这两个名字，没有什么特别的意思，就是为了中场休息之后，你我还能找到这里。

我是在十五岁的时候，对心理学产生了兴趣。那一年，我沉迷于推理小说，并且读到了江户川乱步的《飘忽不定的魔影》。那部小说里，有一个江户川乱步小说里经典的"妖女"形象，这个女人精通心理操控术，并且擅长催眠，心理学在她这里，几乎是近乎妖术的存在。她利用心理操控技术，制造了一系列凶杀案，包括迷惑保镖、进入一间防卫森严的密室，让人以为这是一桩较为典型的"密室杀人案"。

这本书激起了我对催眠术和心理学的兴趣。我在市图书馆，找到了一本日本人撰写的《催眠术》，反复阅读揣摩。当然，江户川乱步和他的"妖女"，对一个想了解心理学的人来说，不算一个太正统的开始，但的确是一个有着强劲动力的开始。强劲到，让我去读其他的心理学书籍，也强劲到，让我在学了金融、又在金融机构工作了五年之后，最终回到和人心有关的行业。曹景找到我的时候，我已经在心理咨询行业工作了十年。

他的朋友推荐了我和我所在的平台，我和曹景用视频连线进行咨询，五次咨询，每次五十分钟，上面所有这些，就是他在这五个小时里对我的讲述。曹景这样的来访者，是我最喜欢也最惧怕的，他是自觉的，已经把自己理得清清楚楚，甚至主动挖掘了影响自己的各种因素，对这些因素进行了深入剖析，这个过程旷日持久，已经被他打磨得逻辑通顺，没有毛刺了。这也是我最担心的地方，他呈现给我的，都是经过他选择的，深加工过的，留给我的空间并不多。

我试着从一个比较平凡和俗气的角度，来梳理曹景的状态和他抑郁的成因。在曹景的少年时代，李志亮所代表的，是少年曹景不曾拥有的事物，包括他想要拥有的外貌、衣着、技能和身份，以及家庭环境和人际关系。李志亮是一个显性的投射对象。如果按照正常的进程，这种投射对象，在曹景成长之后就会失效了，毕竟，曹景后来拥有的都是李志亮不曾拥有的生活，长大的曹景很快就会发现，李志亮的局限性，以及小城生活的单调，少年的神和神龛一起倒掉。

遗憾的是，李志亮失踪了，他的失踪，和天泽小城的环境，以及曹景在高中的遭遇联动，酿成了一种特殊的心境，一种急性的抑郁，拥有了这种特殊的心境和气氛之后，李志亮在曹景这里，就获得了不朽。这个神龛就没法轻易推倒了，甚至越来越牢固。因为你无法让一个消失的人消失。此后发生的事，打个比方，就像沙漠里有一株草，拦住了一些风沙，慢慢变成一个小沙包，小沙包就能拦住更多沙土，最终变成一个巨大的沙丘，也像珍珠蚌，被种入砂砾之后，会分泌珍珠质包裹砂砾，最终形成珍珠。或者，像一个普通人，因为干了一件不平凡的事，就渐渐在传说里变成了神，人们自觉地添砖加瓦，塑造金身，寄托愿望。

失踪的李志亮，在别人那里，可能只是一个普通的失踪者，但对于曹景这样一个特殊的个体来说，却意义非凡。平凡小城里的曹景，在成长过程中，期待得到一些人性的材料，进行深加工，但没想到，他最终得到的材料，是李志亮和他的失踪，对他来说，这个材料是相当不平凡的，甚至具有某种异色，他用自己当时的心境，和此后的生活体验，对这个材料进行重重包裹，让它越来越复杂，甚至可以说，他把这个失踪者，锻造成了一个自己的小神，把出走和失踪，锻造成了一个小信仰。这种信仰的可怕之处在于，他是以一己之力进行锻造，整个过程中都充满了自我重复、自我强化和升华，这种重复和强化，最后可能走向偏执，甚至带上邪异的色彩。这就是他抑郁的来源。

他的抑郁，之所以被"西藏冒险王"激发，或许因为，李志亮是故事的前半段，是一个提问，而"西藏冒险王"更像是这个故事的后半段，是一个回答。李志亮和"西藏冒险王"，都是脱离生活常规的人，他们也有自己的幸福感，但这个世界不会认为这种幸福感是合理的，他们会动用各种微妙的力量，让这个脱离者再也不能回头。"西藏冒险王"身后的诡异传说，说明人们是怎么评判他的，人们显然认为，他遇到这些诡异的结局，并不意外，这样才算合理，他人生的逻辑必须继续延伸，延伸到这些结局上。

从"西藏冒险王"所受的待遇，曹景足以推断出，李志亮最后会有怎样的结果，这个结果还会被进一步歪曲，变成李志亮无法掌控的样貌。曹景的抑郁于是被全面激发了——他不但被李志亮本身困住，他还发现，自己抑郁的来源，是无法讲述，也不可能获得理解的，甚至是会被歪曲的，而且必然会被歪曲。

这是我的理解，我把我的理解交给了曹景。这大致就是一个咨询师要做的事，"对他人的理解"，这个任务到我这里，似乎已经完成了，这种理解似乎也得到了曹景的认可，因为他本来就是带着对自己的理解来的，所以我们完成这个任务的过程还算轻松。

起初，我们约定的是七次咨询，第五次结束之后，他却没有约下一次，然后就突然消失了。我有点失落。我其实还想给他一个建议，我希望他能让别人参与这个信仰，重铸这个信仰，甚至毁灭这个信仰。比如，把李志亮和他的故事讲给更多人。让一个人的异教变成许多人的文学，让 cult[1] 变成正典。就像正在四处散播的新冠病毒，一边传播，一边变异，毒性随之减弱。"李志亮病毒"其实并没有减弱，于是我隐隐约约觉得，事情没有这么快结束。却没想到，它走向了另一个走向。

我们没有留私人的联系方式，与咨询师有关的工作纪律，都严格禁止我们和来访者有额外的交往，国内心理咨询界对咨询师的要求是，在咨询结束后，三年时间内，不能和来访者有咨询以外的联系，国外就更严格，有些协会要求，咨询师和来访者，终身不能产生咨询以外的交往。但半年后的二〇二一年九月，我在微博上收到一封未关注人的私信，发私信的人说自己是曹景的朋友，受曹景委托前来，想加我的微信，发一些资料给我，反复考虑后，我留下了微信，马上接到了他的添加请求，打过招呼后，他发来了一系列照片。

---

[1] cult，"受特定群体欢迎的"，"作为偶像崇拜的"，在电影制作领域指的是手法独特、题材诡异、非主流领域的拍摄风格。

这些照片，是曹景搜集到的和李志亮有关的照片，包括李志亮的几张单人照片，几张合影，和家人的，和同学朋友的，还有他的工作证照片，他制作的模型照片，他留下的出走信的照片，以及天泽县城的照片，矿业机械厂、车间、家属区、李志亮家所在的楼栋，他家屋内的照片，他的房间，他的床铺。还有天泽一中，甚至还有城外的麦地，以及那个发现焦尸的垃圾场。总之，他在那五天时间里告诉我的所有事，都有照片佐证。

李志亮很英俊，那种英俊略微超出一个小城青年的英俊，但也并不十分触目，它是模糊的，不确定的，就像一种基本款的衣服，你并不知道它算不算出色，直到它被合适的人穿在身上。天泽县城，以及矿业机械厂，和我的想象差别不大，我是在这种环境长大的，也有一群久未联系的留守朋友。

其实，在知道自己即将看到李志亮的照片时，我就应该拒绝的，但好奇心战胜了一切，而好奇心是有后果的。

——让一个具体的形象进入眼中，和让一种病毒进入身体是一样的。更何况，这个形象不是一个单纯的形象，它还包括了一座小城的历史，一段九十年代动荡史，一个未解的凶杀案，一场被人忘却的失踪，以及一个工厂、一家人、一个人的故事，而且有可能是全部故事。更不巧的是，我完全能理解这个故事。这个形象让我对曹景有了进一步的推断，对他来说，李志亮是个"他者"，是个阴郁的男神。在曹景生活在天泽县的时候，这种意义还不明确，因为，县城生活，有另一种危险，它把人埋没，它让人不愿意相信，在这种不起眼的地方，会出现刻骨的、独立的、不需要任何参照的美，会有空前绝后的机遇，它让人蒙尘，也让人失去判断，在小地方，你不知道自己遇到的是一颗坠落的废星，还是壮阔的银河。

等到曹景去往大城市，后果就显露出来了。他逐渐发现，大城市的人，从形象到内心，从情感到表达，都不得不互相驯化、互相学习，越来越相似，落入那个"同质化的地狱"。它貌似让人更鲜艳，更有光泽，形象和内心都得到更多的扩张，但它同时也是毫无止境的埋没。因为它早就具备了人工智能时代的一切特征，它是一片混沌海。你只有更巨大、更独特，获得更多的支持，才能稍稍抵抗这种埋没，这种被混沌海吞噬的可能。为此，你只能不停地卷入放大自己的战役之中，而这场放大自己的战役一旦开始，结果就是放大的通货膨胀。你在二十米见方的显示屏上露脸了，别人就获得了在五十米见方的显示屏上露脸的机遇，你露面十五秒，别人就能露面十五分钟，你生产出了一种独特性，这种独特性就会迅速被效仿和普及。而大多数人连这样的机遇都没有，大多数人都无法成为生产者，只能接受自己平庸、懵懂、被埋没的命运。

曹景忍受不了这种"不是生产者"的宿命，但他能做的，也只是努力否定、嘲笑"不是生产者"的那些人。在和我交谈的时候，一旦提到周围的人，他就会走题，开始肆意评价他们，说他们"一模一样，特别无聊"，"A和B毫无区别，是互相复刻的关系，构成他们的最小积木块都是一样的，同样的游戏角色，同样色号的口红"。他甚至还举了一个例子，他们的领导有段时间迷上了安藤忠雄，所有的同事，都开始讨论安藤忠雄，会议上不时地用他作为例证。他起初以为这是权力影响的结果，但后来发现，是因为周围的人处于空心状态，无所适从，急需言辞、内容和故事，权力只是他们接受填充的理由之一。只要有人愿意领头，哪怕那是一个没有权力的人，懦弱的人，他们也会马上起身，跟着他去向任何一个地方。他们把自己交出去太多次了，也已经驯化成功了，他们不能忍受一刻落单。

李志亮却和任何人都不一样，而且永远没有可能变得一样了。他的英俊，他的自行车，他的荒野，他的小城，他所在的九十年代，他和那个游牧传统日渐远去的往昔的若即若离，他和那桩焦尸案的迷离关系，都让他拥有了神秘感，让他有别于所有人。天泽县的生活，虽然也是由各种积木块构成，积木块的来源甚至更单一，但那些积木块更大，更草率，更接近人性的根本词汇、根本欲望，所带来的禁锢感反而没有那么牢固。李志亮也没有可能表露自己对高迪或者黑川纪章的看法，也不会因为讨论时事而翻车，失去了新进展，失去了产生新进展的可能，他就是一个毋庸置疑的"原人"，并将永远锁定在这个位置上。他具有了一种永久的差异性，这种差异性甚至像一口深井的井水，取之不尽，每过一个晚上，就会自动悄悄注满。因为这口井拥有一个曹景这样的信徒，不断从现实生活中搬运东西到过去，现实中的面孔、话语、扑朔迷离的信息，加上他的新感受、新认识、新理解，再搬回去，去充实它的丰富性，强化它的差异性。他不断注水，又不断从中打出新的井水。这也是曹景在时隔多年之后，又回过头来探寻李志亮的轨迹的原因。我在看到他的照片的第一时间，就明白了这件事。但我没想到，这种推断对我同样成立。

也是在那段时间，我遇到一个来访者W，这个来访者是一位普通的司机，唯一不寻常的地方是，他是大剧院的司机，车上载的都是演员、文艺工作者，或者文艺工作者变成的领导，总而言之，是一些略微超出常轨生活的人，耳濡目染之下，他懂得向心理咨询师求助，并且有所准备。

W生在唐山，经历过地震，是地震孤儿，地震过后，远走他乡投奔亲戚，在亲戚照顾下，上中专，到厂里当电工，在厂子倒闭前，调到剧团为领导开车，后来又跟随剧团领导，调到了大剧院。他在二十五岁时结婚，妻子在广播电视学校后勤部门工作，岳父岳母则在大学后勤部门工作，妻子的工作是岳父岳母安排的，他们的安排显示了他们对现实的想象力和触手可及的长度。

W有一个看起来很奇怪的问题：他不能出门旅行。在描述这个问题的时候，他的说法矛盾而混乱，起初他说，"我很宅，喜欢待在家里，不喜欢出门"，后来又说，"我成天开车往外跑，已经跑得够够的了，不开车的时候，就想待在家里"。对仅有的几次旅行，他的说法都是"被迫的，被动的"，"单位组织大家出去，我不去能行吗？出去了我就尽量待在酒店里"。但当我问他是否去过新疆、海南的时候，他又表现出强烈的好奇心，问我："听说海南的海是蓝的，不是泥汤子海？"

之所以在"出行""旅行"这件事上产生这么多的对话，是为了突出他的宿命感，引出他真正要说的事情："你看，我这么不爱出门的一个人，偏偏找了一个莫名其妙爱出门的老婆。"但他妻子的事，却并不是"爱出门"这么简单。

结婚三年后，W的妻子突然离家出走，不知去向，半个月后，妻子又突然回来，神色疲倦，对出走期间的事只字不提，状态类似梦游或者失忆。在刚发现妻子出走时，W就向岳父岳母报告了消息，岳父岳母并不惊慌，只是神色羞赧，似乎已经知道了会发生什么，并且安慰W，让他不要过分焦急。此后几年时间，妻子又出走多次，最长的一次出走，足足有五个月，每次出走归来的状态也都大同小异，仿佛经历了一场白日梦游，从她的谈话中，可以隐隐约约得知，她是追随某个男人去了，每次追随的都是不同的男人。W的岳父岳母终于吐露实情，他们的女儿在青春期曾经爱上海员，后来遭遇冷暴力分手，从此留下心理创伤，在结婚前就曾多次出走。

岳父岳母讲述往事的时间场合，略有点离奇。当时正逢中秋，大剧院推出迎中秋戏剧周，W得到作为福利的十张门票，邀请亲朋好友前来看戏，岳父岳母也在其中。在门厅等候时，或许是人来人往的嘈杂，让岳父岳母稍感松弛，不断走来打招呼的熟人，也分担了他们的压力，他们便从某个中秋讲起，那个中秋，他们的女儿离家出走，导致他们没有过好中秋。起初，他们吞吞吐吐，半遮半掩，但看到W并没有激烈反应，逐渐坦然，话语也越来越顺畅，但最终的落脚点，显然又掺杂了一点心思，"我说这个的意思是让你放心，她往外跑不是因为你引起的，和你没有关系，不是你不好，你们好好过"。最离奇的是，谈话结束，进了剧院，剧院里演的竟是《倩女离魂》，却是在郑光祖的版本上加入现代戏剧元素改编而成，甚至有暗黑舞踏的场景，岳父岳母吃不消，提前离场。

那时已经有了精神科，以及各种心理门诊，良莠不齐，泥沙俱下，W带着妻子，四处看精神科，竟也有了点成效，妻子出走的时间间隔逐渐拉长，到W向我进行讲述时，妻子已经有八年没有出走。

但W的问题在于，他竟然暗暗期待妻子再度出走。生活逐渐变得庸常，妻子也不像从前那样，似乎总有无穷的力气折腾出各种生活戏剧来，突然发生的出走事件，让她有了神秘感。她去了哪里，为什么出走，和谁在一起，遇到了什么，她和别的人，究竟有什么不同，她遇到的人，和他又有什么不同。她每一次出走，似乎都在为她的神秘感充电，直到电力消耗殆尽，她就又一次及时出走，如此这般，几次三番，让他对她充满了期待，也充满了欲望，甚至对她涉足的地方也充满了欲望，他想象着她的迷狂之旅，甚至想在她出走后，悄悄跟着她，看看她都去了哪里，遇到了什么。如果是光明正大地和她一起出去旅行，就没有这样的魔力。

他甚至描述了一个很具体的想象场景。在想象中，他跟踪着出走的妻子，去了所有她去的地方，在妻子没有觉察的角落窥视着她，等她回家之后，他独自出行，又把妻子走过的地方重走了一遍，还住进她住过的酒店房间，洗她洗过的温泉，坐她坐过的车，和司机聊天，打探妻子和司机的谈话。甚至具体到，他想象出妻子睡过的酒店床单，和他跟父母一起生活时睡过的床单一样，肉色，有牡丹和孔雀的图案。

但他周围的一切人，却都在给他压力，像他妻子这样的出走是不正常的，是必须要矫正的，并且给出了一个很现实的后果，"再这么下去班还上不上了"。他也服从了这种压力，佯装焦虑，佯装痛苦烦闷，但真正让他焦虑的，却是妻子终于被矫正了，八年没有出走的时光,对他来说犹如服刑。是的,他用了"服刑"这样的说法。

在我看来,她不出走,他就没有机会"出走"。在"出走"这件事上,他是失能的,地震摧毁了他的家庭,和他的童年生活,并且给了他一个强有力的暗示,他需要安定的生活,他需要一个不会垮塌的窝,他需要重建,任何出行,任何一种不安定的生活,都是对他曾经遭受的痛苦的背叛,会让重建的努力付之东流。犹如电影《唐山大地震》中,幸存者所说的:"我如果过得花红柳绿,就更对不起你了。"他不能背叛。她的出走给了他一线生机,一点可能,牵扯出一个深广的深不可测的世界。这样的出走让她变成了一个"他者",让她拥有了神秘感。她出走带来的焦虑、痛苦,则占据和替换了他已有的焦虑。

他之所以把妻子的出走,简单地描绘为"爱出门",是为了在面对陌生人时,淡化妻子出走事件中的失德色彩,更是为了淡化自己内心欲望的失德程度,也有可能,他既不觉得妻子是失德的,也不觉得自己是失德的。这种淡化只是刻意彰显自己的妥协。如果,妻子只是"爱出门",那他也好办了,他的压力就不该有这么重。

我头头是道,侃侃而谈,在我谈话的过程中,一丝忧虑从我心头掠过,我和曹景是不是面对着同样的问题?曹景是用出差代替了旅行,那不是真正的旅行,我则假装自己是因为工作走不开。我甚至怀疑起自己的职业选择,起初,我的老师问我为什么选择这个职业的时候,我给出的回答就是:"我从小跟着父母,搬家太多次了,就希望过安定一点的生活,这个工作正好可以在家做。"

对曹景和我,都一样,李志亮是一个可以恣意行走的替身,一个外部世界的引入者,一个"他者",一个阴郁的男神。

一旦理解了这个逻辑,就是有后果的。

二〇二一年三月到九月,曹景结束咨询后的半年时间里,我偶然会想起他讲述的事,也偶然会想象血红天空和黑色大地的景象,但都是浮光掠影,稍纵即逝。直到九月,看了那些照片之后,一个晚上,我突然梦到了那个场景,梦里,那个黑色的人影披着漫天的血色霞光,不停向我走来,却永远走不到我面前。惊醒之后,我莫名其妙想到两个字:感染。

之后,我需要在一个月时间里,前往五个地方开会或者工作,在那几个地方,我少则停留三天,多则停留十天。因为疫情的原因,如果我每次结束工作,就回到我所在的城市,行程码就有可能带星。于是我决定,那一个月都在外地打游击,只去没有疫情的地方,如果一个地方开始有零星爆发,就赶紧离开。

我去了很多以前想去却没有去成的地方,李志亮的形象,时不时叠加在我看到的人和事之上。在大同云冈石窟,看到那些严重剥蚀的佛像,我联想到的,却是李志亮照片上的脸。在平遥古城,一个卖砖雕的小店,年轻的店主说自己卖完这批货就要去上学了,我问他,这种零工好找吗?你是怎么找到的?心里想的却是,另一个人,在过去的二十多年时间里,可能一直在做这种短期工作。

到了四川绵阳,正是华西秋雨季,这里已经连续阴雨许多天,我冒着雨去一条小街上吃米粉,在一家被油烟熏得乌黑的小店坐下,店主很快端上米粉,然后把围裙一卷,和一个孩子在厨房的后门坐下,面对着一条被绿萍覆盖的小河对话。他们讨论的是这个家的女主人,店主的妻子,孩子的母亲。这个母亲,显然也有些不同寻常之处,"她从哪里来的,莫得人晓得","她整天坐在窗户前头,对住这条河看,这条河有什么看头,臭的哟"。

显然,她不在这个家了,有可能是短时期去了别的地方,也有可能是永远消失了。我凭着断断续续听到的几句话,拼出一个轮廓。自从开始关注李志亮的故事以来,我突然发现,现实世界里的"失踪"实在太多了,这些消失的人和他们的故事,被一个隐蔽的大数据库,不断推送到我面前。此刻,大数据又在工作了,它知道这正是我要听的故事。可我不想再多知道一个失踪者的故事了。

回到酒店,我有两天不想出门,天气似乎也在配合我,始终阴雨连绵,给了我不出门的理由。两天后,我买了动车票,离开了绵阳。

我的抑郁状态被彻底激活,是在二〇二二年五月。在家封闭了将近两个月之后,一天晚上,楼上突然传来了"嗡"声,很长,很有金属感,就像曹景描述的那样,像"在头顶悬挂了一个巨大的金属钵,然后摩擦钵的边缘形成的回声",这个声音每天晚上十一点准时开始,第二天早晨八点结束,在这个时间段里,它响十分钟,停五分钟,然后再来十分钟,就这样循环。我毛骨悚然地想到,我的"鱼缸低频噪音"来了。但此时此地,我不可能像天泽县的王林平那样,挨家挨户地去查找声音来源,小区是封闭的,单元门是封闭的,即便没有封闭,大城市居民楼的邻里关系也不可能给我这个机会。

因为李志亮的故事,我想当然地以为,这个噪音的来源也是鱼缸。我于是在业主群里发问,谁家养了鱼,谁家有鱼缸,能不能在增氧泵下面放一个减震垫,能不能把鱼缸挪开一点,不要靠墙放。但业主群的全部注意力,都被抢菜、拉走感染者占据,没有人注意到我,哪怕我在刷屏。我试着录下这个声音,发现它录不下来,我@我周围几户人家,他们陆续回答了我,说自己没有听到什么声音,我打电话给物业,甚至报警,都没有结果,警察打来电话,声音非常疲惫,说即便出警,也还是要交给社区来协调。

这个低频噪音持续了一个月后,终于有一天,群里有个邻居回应了我,说她也能听到这个声音,我看到她的楼层,有点犹疑,她在四楼,而我在九楼,即便我已经知道,曹景故事里的那个鱼缸噪音,也是跳空传播的,但四楼和九楼相差得也太多了。我还是加了她,问她是在什么方位听到这个声音的,她说是在朝北的屋子里,她怀疑那是屋后的加工厂发出的声音。当那个噪音再度出现的时候,我打开了我朝北的屋子——两个月来我只在白天进去过,果然,那个噪音比我在朝南的卧室听到的,要强烈得多,打开窗户,窗外,一百米外,一个平房院落里,一个形似水泥搅拌机的巨大的消毒设备在工作,轰轰作响,并且喷出白雾。它发出的声音打在我们北面的墙上,沿着墙壁传送到朝南的卧室,就成了我听到的声音。向市长热线和市政、环保部门投诉之后,那个声音消失了。它消失得如此容易,让我有点意外。它的来历如此简单,也让我有点惆怅。

被这个噪音笼罩,无法入睡的深夜,我在抖音和快手上看视频,开始是什么都看,后来就变成只看旅行视频,原因非常简单——越是无法出行,越渴望出行,只有看户外旅行视频纾解。这个原因是如此简单、赤裸和直白,如此理所当然,让习惯用幽密的语言和复杂的理论进行心理分析的我,感到无比震惊。

李志亮就在这些旅行视频里,无处不在。

看"巡游轨迹",看着两位主人公开着车,在大盘鸡发源地沙湾城外,在公路边停下车,买了一个西瓜吃,他们的脸就慢慢变成了那些旧照片上的李志亮。"白强游记",播主在湖北宜昌八二七厂,走进已经被废弃的厂区和生活区,在食堂打饭的窗口向里望去,"李志亮在外面这么多年都吃什么"这个问题就出现了。"黑皮晓洁一起看世界",夫妻两人在新疆兵团,钻进七十年前挖的地窝子,仿佛就会吵醒睡在深处的李志亮。"向西行""浪迹天涯""米奇妈房车旅行""陈雄极限户外""扬帆在旅途""失落的村庄""辟谷行脚""小白的奇幻旅行"……镜头里那个热爱荒山、废墟,正在走遍中国,走遍星球的人,对他们家乡的人来说,也不过是一个又一个李志亮?

看着看着,我就明白了,曹景其实已经找到了解决之道:把他的感受分享给我,不,感染给我。他的生活停顿了,新进展变乏了,那口井,让他有了匮乏和枯竭之忧,他急需新人加入,和他一起,搬运新东西注入井中。

他一定用了很长时间,在平台上选择合适的咨询师,再一个个去了解他们,二〇二一年这样的年份,他有的是时间。选定目标之后,他还会继续通过微博、抖音和别的平台了解咨询师,看他们是在什么环境里长大,是不是易感体质,是不是和他同频,对荒野、废墟、失踪、死亡是什么感觉。我在抖音上仅有的十个视频,那些晚霞、鲜花、荒草、废墟,那种在"恋生"和"恋死"之间的摇摆,足够让他最终确定要联系我。

的确,我生长的环境和他和李志亮几乎一样。所以我完全能够理解他,在我理解他的同时,甚至在我起心动念的一瞬间,我就已经被感染了。我希望他能让他一个人的宗教,去经受更普遍的审视,他其实已经在做了,给我看李志亮的照片,就是给我埋下种子,拦住风沙变成沙丘,等待一个时机激活它。他知道必然有这么一种时机。

不知道什么时候才能解除静态,我一边疲惫不堪,精疲力竭,一边毛骨悚然——我每天看到的荒野、废墟和我想象中的李志亮带给我的感受,就是毛骨悚然。我决定向别的咨询师求助了。我用的是曹景用过的方法,先在平台上找咨询师,然后通过他们的自媒体去了解他们,最后我圈定了一个人,一个叫刘茵的咨询师,在业内有声望,翻译过几本心理学著作,操办过很多线下项目。

尽管我们的职业规范是,让我们尽量减少社交暴露,她显然也遵守了这个规范,但我的职业经验,让我足以通过非常少的材料,就能了解一个人,我通过她的不到五十条微博了解到,她在东北和内蒙交界的地方出生长大,那个地方,是一个叫牙克石的城市,有工厂、废墟、林业站,也有森林、河流、草原和荒野。她在微博上转发一个荒野旅行视频的时候说,她哥哥有个朋友,毕业以后回到牙克石工作,教书教画画,对荒野非常着迷。她还说过一句话:"咨询其实就是陪着来访者一起探险。"我预感她能了解我的经验。

五天时间,每天每次五十分钟,咨询

开始后，我告诉她，我也是咨询师，之所以来找她，是因为我在一次咨询中被"感染"了，希望她有准备。然后告诉她，我的出身来历，我中学时候遇到的霸凌，我的复仇方式。我怎样入行的，接触过哪些理论。我怎么遇到曹景的，我对他的分析，他讲述的故事在哪些地方影响到了我。她说："这是个击鼓传花游戏，只不过，第一个接到花的人，有点不太寻常，他让这个花变成了花束。"我明确地感受到，她理解了。

在她看来，曹景出生于一九八〇年。这是一个刚刚经过巨大动荡的时代，时代遗留下种种创伤，而在当时的背景下，人们仍然停留在集体主义的生活方式中，为生存本身而活。这些创伤无法言说，也没有空间见光，但是是在黑暗中存在，在潜意识中一代代向下传递。同时，不能"出挑"是之前的时代延续下来的生存法则，就像李东强，对"出挑"的忧虑和抑制，应该就是因为他本身的发展就是因为"出挑"而受到了重大的影响。

"在这样的背景下，天性不敏感的人，就可以随波逐流地选择大众生活，而对于敏感的孩子来说，很多东西，时代的，父辈的，自身成长中经历的所有被引发的情绪，是没有地方可以放置的，只能自己默默承受，自己用自己的方式尝试解决、解释和突围，或者就变成了一个秘密的困兽，成为抑郁和焦虑的来源。"

"症状是一种表达。很多人内在的隐患，日常处于潜伏状态，会让人隐隐不安，但是人都有逃避的本能和功能，在成长过程中，形成了自己的防御机制，实现了表面的平衡和相安无事。没有到迫不得已，没有人会主动地去查看。但是经年累月积累在那里，一直是隐患，有一天被一些相关事件激发，隐患就藏不下去了，趁机呈现，也是在用这种方式寻求关注，寻求解决的路径。"

"想要症状消失，或者说获得某种程度的'痊愈'，最好的契机，是在某个故事中找到自己，放置自己，以自己的真实肉身为这个群体的故事找到结局，也为自己的隐疾和故事找到结局。完成自我的叙事，也完成这一类人的叙事，自我实现了完整和意义，症状也就消失了。"

没过多久，我就找到了结束这个阶段性抑郁的契机，"完成了自我的叙事"。这个契机非常简单和直接，我们可以出门了。那之后，我休息了两个月，打算回老家，回老家的前一天晚上，朋友约我吃饭，他给的地址，是一个新疆餐厅，稍稍有点偏僻，打车过去，大约六十五块。

这家餐厅似乎是按照新疆时间来运营的，晚上九点半，我和朋友落座之后，旁边临窗的一个大桌，才开始有人前来，到了十点，陆陆续续来了十二三个成年人，他们带了四五个小孩，小孩子对饭菜兴趣不大，简单吃了点，就在店堂里奔跑和看电视。成年人们坐在那里，互相问候，寒暄，烤肉和大盘鸡陆续上桌，白酒，啤酒，红酒，酒换了几种，有人开始轻声哼歌，老板及时送来两把琴，一把吉他，另一把琴我不认识，冬不拉？热瓦普？我分不清楚，但已经有人开唱了，一首非常沉郁的歌，唱歌的人闭着眼睛，表情深沉而痛楚。

他唱完歌，他的朋友们开始鼓掌，我也示意朋友一起鼓掌，他们听到我们的掌声，向我们点头示意，坐在左侧的一个光头男士，招招手，似乎是请我们坐过去的样子，我指指自己，一个疑问的表情，不等他回应，就坐过去了。

"你们从哪里来？"

"乌鲁木齐，不过我们是博尔塔拉人，不是乌鲁木齐的，乌鲁木齐嘛是省会，我们不是省会的，我们是小地方来的。他们一家，维吾尔，他也是，他，柯尔克孜的，这个是他女朋友，维吾尔，他，蒙古族，他们三个，汉族。""你们是亲戚吗？同事？""不是的，我们是朋友，汉族的这个朋友嘛，到我们那里援疆，援疆你知道吧，支援新疆，我们就认识了。他们是你们这里人，今天晚上是他们招待我们。""你们刚才唱的是什么歌？""《萨马勒山》，你没有听过吗？"

我搜到了那首歌，《萨马勒山》：

"萨马勒山我挚爱的故乡，像镜子一样的湖水，
如今我是士兵却不是为你而战，每天都是煎熬。
你总是一次又一次地，出现在我的脑海里，生我割下我脐带的我挚爱的土地。

我们没有马，双脚已麻木了没有了知觉，
好像已经走了十五天，
好像已经快到下一个战场了。"

"再唱一个。""好，再唱一个。"琴交到了另一个人手里，他调调琴，唱起另一首歌，似乎是蒙语，坐在我旁边的一个年轻小伙子，看我一脸茫然，拿出手机，找到正在唱的这首歌，给我看歌词，《阿拉套山》，也是和山有关的歌：

"啊朋友，我想听你歌唱，
唱唱我们的夏尔西里时光。
草原繁花把我们埋藏，
我们静静或坐或躺。
啊朋友，我想听你歌唱，
唱唱我们的爱情和酒量。
欢乐的宴会直到天亮，
你不停把《黑眼睛》唱。
啊朋友，我想听你歌唱，
唱唱我们的父母和家乡。
白杨树下说起父亲病况，
脚下厚雪咔嚓地响。
好朋友，我想听你歌唱，
唱少年的愿望是风的愿望，
唱那达慕大会的骄傲荣光，
唱我们寻找的天堂就在身旁。
啊朋友，我想听你歌唱，
我已经在回家的方向。
阿拉套山就在我的车窗，
痛楚般的欢乐心中回荡。"

他唱完了，我忍不住问："你们以后就不走了吗？"

唱歌的男人故意用了一种不满的语气调侃说："哎，咋了，你们这里不能来吗？"

"不是不是，不要误会，我希望你们留在这里啊。"

"你们这里我们留不下，太贵了，我们就是路过一下，他们一家，后天去广州了，他要去海南，他要到厦门去，你旁边的这个到成都去，就是这三个汉人兄弟，还在你们这里。新疆太冷了，冷的地方出来嘛，都往热的地方跑。你不唱一个吗？我给你伴奏。"

那个晚上我和他们一起坐到凌晨两点，最后在路边告别，整个晚上，没有想起鱼缸噪音，没有想起李志亮。和他们在一起的那几个小时，这仿佛都是一个巨大的包

裹着我的茧里的事物，他们根本不知道这个茧的存在，他们的不知道，把这个茧击碎了。

真正的最后一击，是在我回老家以后。第二天，我回到老家，第三天，和老同学聚会，我简单讲述了这一年多我遇到的事。在一个个给他们打电话约饭约酒的时候，我突然产生奇怪的感觉，感觉自己又在复刻二〇二一年二月的曹景，像他那样联系旧日朋友，希望一种更有人间气息的关系给自己支撑。

只是我的结果比较利落，所有这些，在我讲完自己的事后，就戛然而止——我被同学的一句话掀翻，抑郁猛然刹车，也许是暂时终结，但终归结束了。也可能因为，我是间接感染，我身上的"毒株"毒性已经比较轻了，所以能被轻易终结。

就一句话："对县上的同学来说，你就是个失踪者啊，你还到处打听失踪者的事情，明明你就是，你还不知道你吗？"

"你还不知道你吗？"是我们方言中的表达方式，带点轻微的贬义，你还不了解你吗？你还不知道你是个什么东西吗？还有一个第一人称的说法："我还把你不知道吗？"我知道我，我知道我是什么东西。所有的失踪者，血红天空黑色大地中黑色的行走者，他们就是我，我就是他们。我早都走出去了，我本来就身处不安之中，不用制造安稳的幻觉。我不用对他们有所寄托，我不会继续供奉了。

在那天酒局中间，我给曹景打了语音电话，把自己最终的发现告诉了他。我说，我有预感，我不会再梦到他的梦了，梦里那个人已经走过来了，我已经看清楚了他是谁。他有一张脸，所有人的脸。我们要和"李志亮的血色黄昏"共存了，它来过

就不会被彻底清除，但我知道接应它的是什么了，内部，我身体里的荒凉感，外部，时代的节点。每个人头顶都有鱼缸，也都有嗡嗡作响的时刻。

曹景说："那就好，多保重。"停了一下，他说："出来走走吧，我已经出来了。"

"好的，是时候出来了。"

而在别处：

在别处，李志亮早已经出来了。

他在四川的小城，开了一家很小的面馆，为顾客做一碗面。下午四点才出摊，晚上十点收摊。

他在国道边上，开了一家修车铺子，他是矿业机械厂的先进员工，修车对他来说不难。

他在甘肃、青海、新疆开包车，走大环线，一天八百块，从春天跑到秋天，冬天休息。有时候遇到好人，有时候遇到难伺候的人，遇到难伺候的人，他就不那么高兴。

他在宁夏，在贺兰山下卖饮料，他找了一个很好的位置，游客经常会在那里停留，停下来就会买点水和零食，顺便让他帮着拍张照。

更多时候，他都在行走，行走中的他，面目清晰了，甚至有可能带上了微笑。

他走在戈壁、荒野、草原上，风滚草滚过马路，远处有群黄羊遥遥望着走路的人。

他走在花海里，花海中，戴着彩色头巾的女人们，埋下身子在劳动，拔草，给花草浇水，把鹅卵石拣出来，扔得远一些，鹅卵石总是会吸收阳光的热量，变得滚烫，烤坏这些八瓣梅、万寿菊和波斯菊。鹅卵石是捡不完的，今天捡掉，明天还会出现，

那足以证明，大地在震动。

他走在小镇的街道上，杂货店、五金店、小吃店，在他的视线里不断出现。街道尽头走过一些人，他们拉拉扯扯地，正在奔向某个葬礼，有人穿着白色的孝服，有人举着白色的纸花串、招魂幡，有人拎着一大袋花卷。

他在车站的长椅上休息，坐在对面的老人抽着纸烟，断断续续和他聊天，终于，他温和地说，"你怎么不找个工作，找个工作好啊。"

他把房车停在青海的雪山下的营地，清早推开窗，窗外不远处，就是悬崖、山谷、和对面的山峰。营地的朋友走过来打招呼，他们说着什么，也许是说昨天睡得好不好，也许是说下一段路怎么走，也许是在商议中午吃点什么，"我们在张掖买的丸子还没有吃呢，中午一起吃，我支桌子去。"

他坐在乡村大巴上，车窗外开过一辆拖拉机，拉着满满一车秸秆，一个孩子趴在秸秆顶端，牢牢地抓住捆秸秆的大麻绳。冬麦已经破土了，淡淡的绿色铺满整片大地，黄昏的雾气正在散开，雾气最深处，有人点了火堆，也许是在烧落叶。火苗很亮，火色很红，似乎足以让整片大地温暖起来。

他在西藏的雪山脚下，看见了日照金山。不枉早上五点起床。他想。他哈出一口气，他听到不远处有转山的人说话的声音。那声音带着轻微的回声，在山下回荡。

他在塔吉克人聚居的小城，坐在全城唯一的一家咖啡馆门前。旅游的季节已经过去，漫长的冬天就要开始。天边有淡淡的霞光，一个穿着黑色羊毛长袍的老人，沿着墙壁的阴影边缘，走向街道尽头。

他走在河西的玉米地中的白土路上，阳光很好，白土路很硬，在玉米地中间，像一条静静的白色河流，玉米已经结穗，绿色的叶皮被撑开。四下无人，他手舞足蹈，甩着手脚，似乎手脚长到一步就能跨出去很远，像走在水上那么轻松。

他走在大理三月街，街中心，售卖特产的人，支起巨大的舞台，在迪斯科舞曲中，一边唱歌，一边介绍他们的特产。路边的小摊上，摆着色彩瑰丽的物品，动物的皮毛、骨头、晒干的草药。天上有一朵飞碟形状的云，也许真有个飞碟藏身其中。

他走在太行山的山道上，已经是秋天，树叶正在变得金黄，偶然可以看到小小的院落，可不敢小看太行山深处的小院，就是最落寞的小院里，也至少有一尊精致的佛像，一片异常精美的壁画。小小的院落，至少要有一件宝物，才能在太行山里立得住脚。

他走在琼海城外的防浪堤上，浪花扑上来，打湿了他的鞋子，渔船正在离开港口，开始一天的工作，有人站在船头，穿着白色的T恤，又有一个人走出船舱，也穿着白色的T恤。后出来的那个人，把手臂搭在另一个人的肩膀上。海对他们来说，依然那么新鲜，每天早上，都像是第一次看到。

他不停地走，不停地看，永不疲倦地，投身风景，风景不是墙，风景可能是幻景，可能是肥皂泡，需要走进去，需要戳破，让它破碎，让它成为泡沫。

中国大地上，这个星球上，无数感染了病毒的人，离开原来的位置，疯疯癫癫地、兴高采烈地、手舞足蹈地、垂头丧气地走在大地上，像一个又一个破烂的稻草人，一百亿双鞋也不够他们这么穿的，他们不顾一切地行走着，戳破一个又一个，一幕又一幕，风景的幻景，风景的肥皂泡，让它们破碎。

而他们自己，坚不可摧。

镜头拉远，地球也在宇宙里孤零零地转着圈行走着，试图戳破宇宙的幻景。

那就好，多保重。

去云那边

须一瓜（《收获》2023年第5期）

推荐语

须一瓜中篇《去云那边》，有意并置了狭窄的人间和瑰丽的云彩，仿佛象征着两个截然不同的世界，前者枯燥乏味，后者舒卷如意。作者却没有把这两个世界处理成现实和梦想两端，而是把二者有效置放在人物身上，并借由他们的行动把这两个看起来截然相反的世界牢牢绾合在一起，就此，人间生活里透进了瑰丽的光，而云彩也就有了更为丰富的内涵。（黄德海）

……当我撑大我那风造帐篷上的裂缝，
直到宁静的江湖海洋，
仿佛是穿过我落下的一片片天空，
都嵌上这些星星和月亮。
我用燃烧的缎带缠裹太阳的宝座，
用珠光束腰环抱月亮；
……
我是大地与水的女儿，
也是天空的养子，
我往来于海洋、陆地的一切孔隙——
我变化，但是不死。
……

——雪莱《云》

一

一辆白色的SUV正准备下高速，它已经奔波了三个多小时。年轻的女人开着车，带着五岁的男孩。男孩一路在看云。

在高速公路上，年轻的女人反对小男孩躺着，她要求他坐在配合安全带的儿童专用增高坐垫上，但是，小男孩一下子就放弃了。他还是躺着看车顶大天窗外的云，追云不便时，他就解开安全带，站起来。他只专注于云的变化，似乎在编导云的剧情。这趟行程，路有多远，云的故事就有多远。因为小男孩一会儿坐直，一会儿躺下，一会儿系上安全带，一会儿又解开安全带，使女人不得不放慢车速。

女人不时瞟后视镜，并通过耳朵，去捕捉后座的动静。除了云，小男孩对所有的人事，都心不在焉。三岁前没有开过口，家里的老人根据经验，都怀疑他是哑巴，但后来证明医生的判断没错，他会说话，只是不想说话。父亲平时忙，陪伴少，跟他说话，他以点头摇头回应。当爹的有一次大怒：不许摇头点头！眼睛看着我！用嘴说话！小男孩就吓得小便失禁了。对那些非要撬开他的嘴巴、动手动脚的热情客人，小男孩眼神排斥，有一次竟然哭了，令家人客人都颇为难堪。总之，他能不开口就不开口，比如，给他食物，他张嘴，就表示接受；拒绝，就是走开；甚至要去洗手间拿遗忘的玩具，里面的人连问他要什么，他只踢门不作答；那些学龄前儿童视听教材，他一律视而不见、听而不闻。偶尔，小男孩发出清晰的单词，或回应了人，犹如钻石光芒，綦家蓬荜生辉，这幸福地证明了他的听、说能力，都是正常的。但不能否认的事实是，他几个月的说话量，不及正常孩子的一天。他似乎活在自己的世界里。

有个懒惰的、嘴甜的保姆，被长期雇用了，因为，她能给小男孩指认各种云。他们一起去顶楼天台看云，遇上了好云，小男孩会容光满面地回来，又比又画，转达他刚刚经历的一场盛大相遇。比如，满天螺蛳云、棉花罐打翻云、茶垄云、散掉的香菇云、老头撒尿云、老鼠偷油吃的云，还有树根云、吐血云、金片片云、猪奶头云……这个准文盲保姆，用云的想象力，激荡了小男孩云世界的生机勃勃。

有时，保姆洗菜洗一半，或者拖地进行中，突然一声高喊——哇，看天！天烧起来啦！——快看！

小男孩就连忙牵着她去阳台观赏，或者他们直接就奔向顶楼天台——他们家就在顶楼错层里。高天阔地，小男孩软软的头发，像丝绸旗帜一样飞舞。他会张开胳膊，像十字架一样，仰天旋转，然后拥抱自己的云。保姆倒没那么喜欢云，但她从来没有忘记自己"读云者"的天职，她一边解读云彩，一边玩手机。公平地说，她对看云的孩子无限耐心。看到天空暗沉，云们归途隐匿，他们就心满意足地一起下天台回家。

旅途中，无数车辆掠过这辆白色SUV。两个半小时的路程，他们已经走了三个多小时。因为车里的云孩子，女人只能以尽量平缓的速度来护佑后座上的看云人。孩子的父亲正在这两个半小时车程的锦天城开会，今天是他的生日。女人决定给丈夫一个意外惊喜，她要带着孩子"从天而降"，给他特别的生日祝福。小男孩对这个建议无感，因为爸爸无论是否出差，都经常不在家。但是，妈妈说："哎呀，锦天就是出七彩祥云的地方啊！"

小男孩张大了眼睛，看着妈妈。

"五颜六色！"妈妈加大诱惑力度，"满天！红的、绿的、黄的、湖蓝的、金棕的、蓝紫……"

"各种颜色？"小男孩归纳了一下。

"对啊，"妈妈说，"前几天电视新闻不都说了，锦天这个季节彩云最多。"

小男孩并没有看到电视，因为外婆大喊他来看云的时候，新闻画面已经闪过了。

妈妈继续煽动："所以要赶紧！到时我的手机还借你拍照。"

小男孩没有吭声。他把一本云童话绘本放进自己的双肩包，又把一只麂皮象宝宝玩具，放进去。这是他出门必带的助眠玩具，他必须捻着象宝宝左耳朵的尖尖，才能入睡。女人暗暗得意。一路上，男孩的自言自语表明了她的确拿捏准了他的小七寸。

小男孩说："棉花糖的云，都是加颜色变的。"

妈妈很聪明，说："那是假云嘛。真的云，什么颜色都是自己长的。电视上说了，只有特别的地形地貌，才会邀请到天上各种颜色的云——全世界只有锦天最多！"

"要它不来呢？"

"给电视台打电话呀。"

"怎么说？"

"你就说，喂，你们不是说，这几天都有彩云吗？"

男孩笑了，但他说："我不。"

车行了一两公里后，小男孩说："你打。"

年轻的女人愣了一下，反应过来，说："嗯，让爸爸打！他说，喂！我们全家来锦天过生日哪！说好的七彩祥云呢？！"

男孩无声地笑了，看起来很有信心。

二

出高速收费站，SUV女司机把车靠边，接起一个重复打进的电话。后座上的小男孩，又解开了安全带。他手里有两张嘎嘎响的玻璃纸，一张香槟色，一张宝蓝色，他轮流透过玻璃纸看天。通话中，女人不断回头看后座的小男孩，她语调亢奋，有点急躁，她说："还要二十七分钟，估计我会比预计时间再慢点。"

"孩子饿了，我会先带他吃点东西。"

"不不，不去酒店吃。给他惊喜！这饭点儿人多，万一被他看到就不好玩啦。"

"你把他房卡放总台，交代好就行。估计我们吃好进去你们要开会了。"

"知道，你发的流程我看了。下午我出去办点事，最晚五点到酒店给他庆生，不耽误他晚上八点的活动。"

"不用不用！他不吃蛋糕，小生日而已。谢谢谢谢。"

"不不！小事！就是买些有机菜种——我自己开车导航很方便。"

"保密啊！——这会让我们綦小朋友大开心的！"

"当然当然，你们綦总可能都忘了自己生日。对了，你的房卡也留总台一张，到时我可能需要打理一下。"

三

龙帝温泉大酒店从空中鸟瞰，是个拉长的S形，尾梢犹如巨幅飘带，飘了七八百米，其实，它模仿的是巨龙飞天的造型。起降锦天的飞机，最容易看到的就是，巨龙在绿树掩映中腾起的龙脊摆动线条。说是龙脊，其实是平的。整个酒店不高，昂起的龙头才十多层，龙尾一层多高；S形的屋顶天台，就是斜上的平展龙脊，上面"龙鳞"——半圆片式的扁平阶梯，缓缓升高，间或又穿插着一方方如茵绿草。

龙脊中线，从龙头到龙尾巴都是艺术灯柱，仿佛是S形的龙脊在晶莹发光。夜色里，巨大的"龙脊飘带"上，银白的星光小灯，会在草地上满天星般闪烁，如银河在人间的倒影。所以，当地人都叫它"那个星光龙酒店"。

女人的车开进龙帝温泉大酒店差不多是下午两点了。进了大堂，一手牵着孩子，单肩挂着双肩包的女人，一眼看到了唐秘。唐秘却没有认出低扎马尾、穿着牛仔裤平底鞋的老板娘。看到笑着走向自己的女人，小秘书还算机灵，立刻春花绽放地迎了上去。"姐姐真是越来越漂亮了！比年会时更年轻啦！我都没敢认呢！"唐秘说，"我正要给綦总房间送资料，那都给姐姐吧。这是他房卡，918。"

等候电梯的时候，唐秘压低嗓子说："这次订晚了，没订到大床房，被綦总骂了。是我们秘书组的失误。"唐小姐做着鬼脸，从小包里掏出了一个黑蓝色的丝绒小盒，托着递给女人："祝老板生日快乐！——只是小领带夹，弥补一下我们工作过失。"女人竖起食指，"嘘"了一声，谨防泄密的样子。小男孩伸手抓过小盒子，女人接过秘书手里的材料，说："你开会去吧，我自己上去。"

女人上了九层。酒店的扭曲结构，她有点懵。一名保洁阿姨路过，鞠躬问候，说："星光自助餐厅往那边，出玻璃门下楼梯就是。"女人更为困惑，阅人无数的保洁阿姨不再掩饰轻慢："很多阿姨都会走错。小孩爸妈在里面是吗？我带你去。"

女人有点明白自己被误认为保姆了，她倒不生气，只亮了一下手里阿拉伯数字很大的房卡。保洁阿姨说："噢，918。往那边，拐弯第一间，你碰一下门就开。"

地毯很厚，小男孩跑向自动玻璃门，又跑下楼梯，他看到了自助餐厅。俩服务生想摸他的大脑袋，小男孩立刻原路回转。好在这些都没有被妈妈注意到，她站在918房门前，门把上，挂着"请勿打扰"的纸牌。女人"滋"地碰卡开门，就在门要自动关上前，小男孩进来了。他没有注意到，他的妈妈站在玄关，呆若木鸡。

标房里的两张小床，已经被拼成一张大床。綦总个子大，拼大床也可以理解，但是，女人看到了床前两双凌乱的拖鞋，是用过的拖鞋：珠粉缎面的是小码，深灰缎面的是大码。

女人蹲在地上，缓了缓困难的呼吸。她心跳如鼓击，口干舌燥。小男孩看到她在深呼吸，便自己爬到窗前的沙发上。他把黑蓝色的小盒打开，拿出领带夹，研究了一下，还咬了一下，很快失去兴趣，便把它夹在小象宝宝的大耳朵上，然后去卫生间尿尿。

女人绕床而行，如她所愿，床头柜上，她看到了安全套盒。她不想碰它。男孩从卫生间出来，塞给妈妈一样东西。女人没有心思看，把小男孩的手推开。她被枕头上一根栗色的直长发吸引。小男孩把从卫生间里拿出来的东西，再次夹到了小象宝宝耳朵上，一边一个，他觉得满意。

女人去了洗手间。洗手间乱堆的浴巾里，她再次看到了一根栗色直长发。女人感到自己上嘴唇异样，就像几只蚂蚁在爬。是，上嘴唇在发抖。她按住颤抖的上唇，但手指一拿开，它还是在微微颤抖。她想，它如果靠近键盘都能打出字来了。女人看向镜子里的自己，没有涂口红的嘴唇发灰，彻底的素颜，让这张情绪风暴中的脸，就像冰箱里过了保质期的冻肉，红的发灰，白的也发灰。她本来有一头天然微鬈的浓密长发，因为劳作不方便，习惯随手一扎，头发被皮筋常年控制得紧贴头皮。她觉得自己就像一个出土的兵马俑，真丑啊。难怪，难怪那个保洁阿姨，态度轻慢，她当她是一个带孩子去餐厅与父母会合的迷路保姆。

女人目露凶光地出卫生间，拎起背包，一把拉起沙发上的男孩往门口走。小男孩不想走，女人粗暴地抱起他，男孩双腿乱甩，以示反对。女人语气凶恶："要干什么你？！"小男孩沉默。女人大吼："说啊！"小男孩沉默。女人胸腔一阵暴痛，她觉得自己心脏要炸开，她狠狠掼下小男孩，死死瞪着他。男孩看着疯狂的女人，退着走到沙发边，拿起小象宝宝，紧紧抱在怀里，眼睛里已经有了泪光。

女人心里一颤，扑过去，搂紧孩子。

她是到总台取车钥匙时，才忽然意识到儿子的象宝宝耳朵上的领带夹。她暗吃一惊：首饰盒子还在918的沙发里；更重要的是，她注意到，小象另一只耳朵上的水钻发夹——当然是粉色拖鞋主人的。女人低声问："你是在卫生间拿到的吗？"小男孩没回答。她取下小象耳朵上的水钻发夹。

女人让门童看护一下儿子，她奔向电梯，按了九楼。她再次进了918房间。不知为什么，她的上嘴唇又开始颤抖，她一口咬住上唇。她把扔在沙发上的黑蓝首饰盒拿起，把水钻发卡扔在洗手台边。然后，她退出了房间。她听到了电梯有人出来的声音，走廊空空无处藏身，丈夫回房间的可能性很小，但是，她还是做贼一样心虚紧张。厚地毯无声无息，她却感到有人在袅袅走近。她选择了面对915房间，假装找房卡开门。一个苗条的女人走过，她视线的余光里，看到了一袭珠灰泅紫的长裙。随后，身后有门禁"滋"地响了。她顿时浑身暴汗，上嘴唇不可控制地又抖动起来。她努力克制住回头看的念头，但终于，她还是侧脸猛地回瞟了一眼。走廊里已没有任何人了，一切又回到静谧无人的状态。珠灰泅紫的长裙进了哪个房间？918？她搜索视觉记忆的残余，觉得自己看到了那个女人进918房间的背影。栗色的直发被时尚发簪斜挽，垂落的发丝随意而风情，肩型有致，然后是——918的门沉重而缓慢地闭拢。看错了吗？一时之间，她膝盖僵硬、胸口虚空，不知道自己刚才那一眼是想象，是事实，还是整个都是幻觉。

保洁阿姨推着保洁车过来，还是之前那个，和之前一样，有优越感地礼貌问候："需要我帮您开门吗？"

四

今天，对这个叫刘博的男人来说，是个非常可恶的日子。不止今天，这几天都是他妈可恶的日子。今天的肝火，是昨天的堆积；昨天的肝火，是前天的堆积；前天的肝火是大前天造的孽！他粗算了一下，已经近五十个小时没睡觉了。肝火如野火，烧得他一直口腔溃疡牙龈出血。一个人，年近半百，又老又傲，他和世界就更加互不妥协了。这样的人，他不口腔溃疡谁溃疡呢？他悻悻地想。

人们尊称他刘博，那是对他学识的尊敬，实际上，很多人看他一个光头，心里就会怀疑他的学问。现在，他不仅光头，还加上三天没刮的灰黑胡子浓密拉碴，再加上一副被透明胶临时补缀起来的眼镜，看起来社会评价更低。这眼镜是今天上午被一个混蛋打飞的，还好他闪得快，不然以那个家伙的劲道，可能连眼镜一起打进刘博的眼窝里。更可恶的是那个老实的年轻护士，那混蛋第一脚就把她踹翻了，当时她蹲在病床前为病孩脚腕处扎针。进针两次失败，小孩在哭叫。儿科病房，患儿哭闹是正常的音响。带着几名实习医生查房的刘博正遇见了劲爆瞬间。不是他一把推开了那个混蛋，护士少不了挨第二脚。但是，年轻护士一骨碌爬起来，连滚带爬，就扑向病床给孩子拔针，她怕伤着孩子。孩子母亲趁机一巴掌扇在护士脸上，护士帽飞越病床。刘博一把揪提那女人的马尾巴，提摔开她，自然是下了重手。在女人、孩子的尖声鬼叫中，混蛋男人一拳当头打来。刘博躲避，眼镜飞了。两个男学生扑上去死死拧住那混蛋。

医务科过来处理了，后来，分管领导也来了。混蛋夫妻拒不道歉，大喊大跳说："护士不会打针！医生很会打人！"刘博让学生报警，分管领导要他冷静，而那护士擦干眼泪就表态说她理解患儿家属的心情，她原谅了患儿父母，弄得院领导比患儿家属还感动。院领导也希望叫刘博的那个男人，能忍辱负重，向患者家属道个歉。刘博转身继续查房去了。

查完房，刘博回到办公室，年轻护士进来，说，主任别生我的气，我知道您在帮我……刘博懒得说话，他摘下学生替他用透明胶带临时粘住的眼镜，在手里晃荡。护士低声说，我就是觉得大局为重比较好。

刘博说，大局你跟院领导谈。

护士回避他嘲讽的恶毒眼神，眼看窗外，语调更加怯懦：……对不起，我真的没多想，就觉得……

刘博说，之前你护着患儿很善良，但之后，你装神弄鬼干什么！

护士泪光闪闪不承认。

刘博摔门而出。

这一天，是好天。蓝色的高空，卷云如丝，天边积云像白塔。但对于刘博来说，这个倒霉日子，才刚刚拉开序幕。大前天，同寝室的大学好友从四川过来开个专业学术会，但这三天他们都还没见上面。第一天，他代二线医生值班，碰到一个笨蛋的住院医生，一夜不断求救，害他整夜"仰卧起坐"，根本睡不好。次日是他的门诊日，一百多号病人，看得他滴水未沾、滴尿未撒，精疲力竭才收摊。到院食堂才打了饭，城东儿童医院急呼他过去会诊。会诊结束后，他披星戴月回家，刚洗完澡，又因一个肠套叠的高危娃，被紧急叫回医院实施急诊手术；手术到凌晨四点，回家再洗洗睡，已经快五点；两个半小时后，也就是第三天，是他自己的手术日，早上七点半到医院，一直忙到下半夜，完成了九台手术，最后一台手术结束于凌晨四点多。他到办公室拉开午休床，才休息了一会儿，床还没焐热，就听到走廊外面人声鼎沸，该死的"马大哈"助手竟然忘记告诉病人家属，手术顺利，结果，傻等在手术室外的病人家属悬心到天亮。一询问，得知手术早已完成，病人已被送去ICU，立刻举家暴怒了，六七名家属，个个怒喊要投诉。那个叫刘博的倒霉蛋，自然没法睡了，只好起来安抚家属，汇报手术顺利的情况并致歉，然后，查房。本来查房流程结束，他终于可以回家睡大觉了，但是，在最后时刻，他的眼镜被人打飞了，而且，家属要投诉他"像黑社会老大一样，领着学生打人"。这事看起来尾巴长，院办让他先回去睡觉。

可是，老同学下午就要飞离锦天了，中午告别餐，他必须过去，哪怕一刻钟也是礼貌的。他心里打算的是，见半小时就回家睡觉。

五

那个被称为刘博的光头男人，驱车往吃饭地点"棕榈人家"而去。

医院过去有七八公里，但从"棕榈人家"到他家，倒是很近，两公里不到。多年未见的上铺兄弟，小个子，宽肩膀，和过去一样，还是习惯含胸驼背，却动辄发出声如洪钟的哈哈大笑声，睥睨生死得很。事实上，他也确实胆大，因此，他赢得了班花的青睐。二十年过去了，他已是西南医界翘楚。一见面，大家就被光头的胶带破眼镜逗乐了。都是同行，天南地北各自医院都有同样的故事，所以，说着说着，就骂着粗话一杯杯喝酒解怒。光头倒没喝。两周前，他们院骨科医生，喝了两杯啤酒，酒驾刑拘了。但是，最后临别，他还是喝了一小口白的。因为老同学说自己和班花离婚了：婚姻就是一口锅——把两棵小白菜煮烂——老同学说的时候，高举酒杯，独孤求败，又难掩感伤惆怅。光头告诉他，今天也是自己离婚冷静期的最后一天。话音未落，举桌喧腾：小白菜呀，锅里黄……

老同学拿起手机，模拟采访话筒，问他感言。光头男人说：如果不是冷静期，今天我没回去，她能打我二十个电话，并要求视频为证。她觉得我能出轨全世界。所以——两棵小白菜都煮烂了……

举桌再次沸腾。老同学提议为婚姻之暖锅干杯，于是，光头男喝下了一杯；之后，代驾来电说两分钟到，他又主动敬了大家一杯，然后和老同学拥别。

那个叫刘博的男人，独自下楼到门口。约好的代驾，却迟迟未到，再催促，才明白那家伙，因为听错地址，到了岛外一个连锁店。男人倦怠不堪，跌坐在店外石阶上。女老板过来说，拐个弯，都能看到你们小区的白蘑菇顶了。算了，一站多路，我送你吧。他们才一上车，女老板没有放手刹就猛踩油门，"唔"的一声，把光头男人睡意吓没了，紧跟着是猛烈倒车，车撞到右侧棕榈树上，男人的头撞到副驾驶座窗框上。女老板跳下车查看擦掉的红漆：不好意思不好意思！你以后别停这有树的位置，很多人……

疲惫至极的男人，懒得查看刮伤位置，他揉着被撞的包，奄奄一息地挥手让她靠边。女老板贴心地喊，一杯啤酒也会抓啊……

头其实被撞得很痛，而且，眼镜的鼻托位置，更痛。这个叫刘博的男人从后视镜里，看到了自己右边鼻梁透出点紫青。我操！他恨恨地咒骂着。

已经能看到自家小区前的公交站了，只要过这个十字路口，右转进辅道就能直接开进茂盛花木夹道的小区地库口。但是，这个该死的红灯特别慢，横向路早都没车了，它还红着。这路口的红绿灯，简直是不负责任的混蛋操作。

今天是他倒霉的日子，倒霉的高潮马上就要开启。

六

法院路和主干道湖西一路是个大丁字路口，白色的SUV在丁字下竖位置的法院路，它要右拐到横在路口前的湖西一路。SUV要右拐，无须看信号灯，只要没有直行车就行。当时，SUV女司机眼睛里就是没有直行车的。她内心犹如乱坟冈，戳心堵肺地痛，以至于她都忘了叮嘱小男孩系好安全带。但是，好像就是刚右转，身子还没有正过来，车子左后部就被什么重重地撞了，她听到男孩吃惊的叫声，与此同时，她也踩死了刹车。SUV很稳地停住了，但只见车前路面，掉落了一地的车零件，分尸式的痕迹绵延十几米，痕迹最前段，靠边停着一辆旧的暗红色车。女人被吓到了，连忙出了驾驶室。

她的车，左后轮上，一块花盆大的凹陷，有撞痕，但白漆基本还在，但一地的车灯、塑料片、保险杠之类零碎，拉拉杂杂地撒了一路，显然都是那辆暗红色破车的，它们把事故现场渲染得很吓人。女司机的心怦怦直跳。一辆黑车打着双闪停在两车间，一个打深色领带、白领模样的短眉细眼的男人，怒不可遏地出来，他直接对前车下来的光头男人发难："你他妈奔命啊！这么快的速度变道超车，你差点撞了我你知道吗！"

光头男人在查看自己破红车的伤情。

SUV的女司机看着一地狼藉十分心虚，说："我拐……真没看到你的车……我才……"

那个叫刘博的光头男，一听就暴怒挥手："拐弯让直行！你他妈的新手上路吗！"

"超速！"白领男说，"限速六十，你起码八十！我不是反应快，你得先和我撞！"

那副胶带粘连的破眼镜，都掩饰不了光头男人拧着眉头的凶狠眼神。

看红车肢解似的惨状，SUV女人还是惶恐："……超速，那我们……各一半责任……"

白领男突然高叫起来："——还酒驾！！你报警！他全责！"

白领男手机一通拍。女司机还有点迟疑，白领男训斥："你也拍！正面、侧面，撞击点，包括两车的全景照！"

光头男人用杀人的眼神阴沉地盯着白领男。

白领男很轻蔑地冷笑："——绝对酒驾！绝对超速！——危险驾驶罪！"

白领男塞给女司机一张名片："我为你作证，也可为你提供任何法律援助。"

女人麻木地接过名片，她的眼睛直勾勾看向自己的车。不知何时自己下车的小男孩，摇摇晃晃地向她走来，他脸色发紫，两只小手抓着自己的脖子。女人丢了名片，尖叫一声，扑向孩子。光头男人也奔了过去，他推开女人，从背后抱住小男孩。他的两臂围过小男孩胸腹，使劲往上提，一下，一下，又一下，小男孩有时被他提离地面，但终于，小男孩"噗"地吐出了一颗开心果仁。

女人一把抱住小男孩，急得乱摸他喉咙："还有没有？！"

小男孩在思考。重新恢复的呼吸，大概让他舒服，他仰头看着光头。

女人有点歇斯底里："说话呀！还有没有！"

光头男人："怎么可能？"

小男孩一脸新奇和疑惑，他指指自己喉咙，对着光头男人说："一震，就吸进了……"

女人起身，把光头男猛推一趔趄："都你撞的！"

女人蹲下，上下摸索孩子，果然，她发现孩子额头发际处有个发红的、微微鼓起的山核桃大小的包。女人按压着，小男孩躲闪，说："壳子……"

女人大惊："果壳？也呛进去啦？！"

光头男人："怎么可能！"

男孩又摸自己的头。女人喊："很痛？！"

小男孩只摸不说话，他走两步，蹲下来看自己吐出来的开心果，又仰脸看光头。

女人站起来，捡起名片，然后掏手机。光头男人一看她按110，连忙把她按住："别！私了吧，我帮你修车。我的车我也自己负责。"

——那小孩呢！！女人凶神恶煞，和刚才的惶恐迟疑截然不同，她的面目变得十分凶悍。

男人深吸一口气，蹲下，仔细检查了一下男孩。男孩始终眼神清澈地看着他。想吐吗？男孩摇头。男人站起来，说："他没事。"

"没事？！你说没事就没事？！——去医院拍片！"

"他真没事。你相信我。"

"放屁！我信你一个酒鬼！"

"我告诉你！以我的酒量，两小杯只是消毒口腔！"

"酒气都喷我脸上了！你哈口气——鸟都掉下来！"

"你以为你是酒精检测仪啊！"男人被她骂得有点想笑，但他的心情太糟，依然铁青着脸。女司机环顾四周，这才发现，刚才那个路见不平的白领男人突然不见了，黑车也开走了。女人再次掏出手机，又骂了一句粗话："行，混蛋，就让警察测！"

"——好了好了！我他妈都赔你！我全责！我带小家伙去医院——检查检查检查！"男人怒气冲冲。

"去大医院！协和！我必须五点前回到龙帝大酒店！"

"协和起码九公里，周六病人多，你回来来不及的。去儿童医院吧，三公里多。不信你自己导航。"女人掏手机导航，男人说，"现在两点四十，这样好不好，你先回酒店休息，也让我休息半小时——我三天没睡——就半小时后！我去酒店接你们去医院，保证五点让你们回到酒店！"

女人怒眼圆睁："你他妈当女司机都弱智？酒驾逃逸，罪加一等！"

光头男人咬紧牙关，他掏出驾照，给女人看："我不逃。算我求你了，我真的四五十小时没睡觉，现在，我头晕脑涨。"

女人劈手夺过驾照："先去医院！人没事你就滚！"

男人咬牙切齿。他给车行朋友打了电话，把车钥匙交给路边银行里的保安。

光头男人上了她的车。他估计这辆该死的进口SUV，够他赔一两万了。他的那辆黑色途锐，归即将离去的老婆了。如果今天它们对撞，应该不会像红色的老车那么狼狈，但可能就他妈得赔更多银子了。

七

这个叫刘博的倒霉男人，他也没想到，去儿童医院的路，突然被修路围挡，车得绕行。女人猛拍方向盘，摁出了七八拍的恐怖长喇叭音。工地上的工人，全部直身在看她。光头男人狠狠抓住了她疯狂的手："全市禁鸣你不懂吗！"

松手！女人左手突然有了一个黑色喷筒，它对准了光头。光头猜那是防狼喷雾。他怒吼着："神经病！禁鸣多少年了，你他妈开惯了乡下土路吗！把交警按来了，就让交警给你儿子做体检吧！"

女人反唇相讥："来呀，我看他是先测你还是测我儿子？！"

"行，你摁！什么颅脑血肿、颅底出血你耽误得起，你就继续摁！"

女人老实了。男人恶损了人，自己还是心肺闷痛。操他妈的，今天就是见鬼了！离家一步之遥，偏偏被一个神经病缠上。女人拉着黑脸按他指导的新路开，一脸不信任的叵测表情，明显是提防再遇围挡阴谋，但她又不得不隐忍着，因为小男孩在侧。小男孩在后排，则不时发出零碎的小声音。光头男人觉得，那也是一个小神经病。

开出龙帝温泉大酒店大门后，女人脑子还是一片空白。满腔油泼似的怒火，让她像一支熊熊火炬。开始她只是模糊觉得，今晚绝不在酒店过了，太恶心！现在，她需要购买一批有机种子，尤其是儿子指定需要的紫色椰花菜。买了，她连夜回家，让他妈的生日快乐通通见鬼去吧！多一分钟她也待不住了，回去她就着手离婚。但很快，她觉得不对。复仇！她必须先复仇，必须狠狠地复仇！这是狗男女对她的家庭、她的生活最严重的侵犯。这个家，她付出了太多！

得让小三死无葬身之地！得让混蛋的背叛者无地自容！

五点，她必须赶回酒店，回到战场。开过第二个天桥，她就把车靠边了。她已经理清了思路。熄了火，她开始打电话。第一个电话，打给大綦的秘书小唐，先确认大綦晚上的会议，大概几点结束。唐秘说，綦总好像不太想参加了，说肠胃有点不舒服，想早点回房休息，让曹副总去。看不到老板娘脸色的小秘书自作聪明地说，嘻嘻，说不定綦总想给自己过生日吧。第二个电话，她打给蛋糕店，定制了一个生日蛋糕。她加价，要求下午五点务必送到酒店总台。第三个电话又打给唐秘，说，如果晚上有空，多找几个小伙伴，来918房间吃蛋糕。不过，准确时间待定，只要确定人在酒店就可以。还有，最重要的——请大家一律严守秘密。

唐秘兴奋得嗷嗷叫。

计划严密，没想到才布置不久，就撞了车——这该死的酒驾！

绕路显然远了很多，女人不断因为路况，指桑骂槐地撒野泄愤。光头也阴沉着臭脸，不时回击她咎由自取，是孩子不系安全带的结果。车里的愤懑对峙情绪，张力十足。直到后排的小男孩呼叫："一条！一条！一条！"前排的两个大人都没有反应，小男孩拍了光头男人的椅背，想引起他的注意。光头男人潦草地转了转头，他明白小男孩是看到了辐辏云条。他刚才就看到了，那折扇骨一样的辐辏云，其实很淡，不是爱云人，不是专业观察者，很多人都会忽略。

显然，小男孩很想让陌生人关注到自己的发现。车到湖边，小男孩再次夸张惊呼："线！云线！"

小男孩猛踢椅背。

光头男回了一句："那叫航迹云，飞机干的。"

小男孩又踢了一脚椅背。光头男人说："是飞机尾气形成的凝结痕迹，不算云。"

男孩眼睛闪闪发亮，很快地，他喊："这边——马！小马！"

光头男偏头看了，说："那叫碎积云。"

"还有！大大花菜云！——妈妈要种紫色的花菜！"

光头男人说："都谁教你的——那叫高

积云云塔。这些都是很普通的云,分数很低。"

小男孩完全兴奋了,他撅着屁股,半站着,不是扒在光头男的椅背上,就是反转身子看天窗,满天找宝一样指云。保姆解读的云,都被陌生而了不起的名字改变了。那个叫刘博的光头男人,终于被童心点燃,也多少是想摆脱无聊,他不仅有问必答,后来还摇下车窗,伸臂竖起三个指头,用指测法,教男孩区别了一座云是层积云还是高积云。

越来越崇拜他的小男孩,要求停车,他要下车。女人的腮帮在连续鼓起,金鱼一样吐气。捉奸的核弹引爆在即,时间已经太紧了,可是,她也不明白,这个自闭症一样的孩子,莫名其妙地和这个面目可憎的光头男亲近。她不得不承认,孩子的这个状态是让她舒心的。

停车熄火,但她不下车,就在驾驶室,她看着一大一小两个男人,在湖边的草地上,伸长手臂,竖起三根手指,对着天上,做着直臂测云动作。两人重新上车,受小男孩的邀请,光头男人也坐到了后座。小男孩的问题非常多,这样的健谈,让前面的女司机暗暗吃惊。光头对孩子的语气,越来越温和,女人不觉得是男人对付孩子有一套,而是觉得自己的孩子原来这么聪明讨人爱。男人介绍了云的三大家族,描绘了低云族、中云族、高云族,在天上的高度和变种。他还让小男孩知道了,雷暴云有多狂暴雄壮;为什么积雨云又叫"云彩之王";高层云为什么无聊得像塑料膜。

女人为了表示领情,参与话题说:"没想到成年人也会对虚妄的东西感兴趣啊。"

光头指着一片像风过沙漠涟漪般的云片,把男孩脑袋拨过去看:"收集云彩,不是要抓住云,我们只是看它,爱它,记住它,这就足够了。云知道的。"

男孩一直点头,还击鼓似的同步抖击小拳头。女人感到被男人排斥在话题之外。他还是对她窝火。女人觉得自己更恼火,但她为儿子的意外快乐而宽容,所以,她又厚着脸皮问了一句:"你气象站的?"男人说:"我母亲曾是。"女人说:"你在哪儿上班?"男人说:"维修厂……""修什么?""看人家需要吧。反正,钳子、夹子、刀子、电锯、锉刀、锤子,我都顺手。"

"所以,你的车可以自己修?"女人忍不住悻悻一句。

到了儿童医院急诊室,女人又怒火暗起。首先,急诊并不是你一挂号就给你看,还得排队。候诊长椅,已经坐等了八九个人,还有不断来去的人,不知是否也是候诊人;其次,总共就两个急诊医生。导医小姐说,一个小学参加区运动会的车被撞了,一下子送来六七个孩子,已经在调度加派医生。而两个值班急诊医生和护士们,在几个急救间之间奔忙,小学生的家长正陆续冲进来,大呼小叫,还有哭哭啼啼的;剩下一个轮转见习医生,满头大汗地接待普通急诊。只能排队干等。

女司机站起又坐下,坐下又跺脚,焦躁得不行。

"喂,"光头男人说,"你看不出来吗?这么长时间了,他没呕吐,神志清楚——他没事!"

"闭嘴!"女人说,"我同学,摩托车撞了,全身哪儿都不疼,他也感觉没事。回家到晚上才发现鼻子、耳朵,有一点出血。幸好他女朋友坚持去医院,结果,你猜怎么样?什么左颥骨右颥骨,血肿骨折骨裂,脑袋里被撞得像打散的蛋,差点完蛋！——医学的事，你最好闭嘴！"

"行行，我去个洗手间。"

"你可别想溜！酒驾的人证、物证，我齐了！"

光头男人转身走。女人掏出他的驾驶证，又把那个路见不平的好心人名片仔细夹在里面。这时她才发现，名片上写的是律师。律师？这下子，女人心更安了。

八

叫刘博的光头倒不想溜，但是，他太想打个盹了。候诊时，那个精力旺盛的小破孩，根本不让他闭眼。他知道门诊二楼有个咖啡座，洗手间出来，他转上自动扶梯，但是，刚要到二楼，就看见咖啡座玻璃墙里，有个熟悉的同行的脸。他不想让人发现他麻烦缠身，只好又掉头而下。他郁闷烦躁至极。

回到急诊大厅，他座位边多了一对夫妻，妻子抱着一个五六岁的男孩，看那腿脚，应该和那个爱云娃差不多大。光头一走近，就听到丈夫在低声斥责："我们小时候，谁蜜蜂蜇了当回事！我告诉你，他是男人，你再这样宠他，就是废了他！"

光头这才注意到，那个被蜂蜇的男孩，手腕红肿，头脸似乎也有点肿，松弛无力的嘴巴张着，露出虫蛀的小门牙。爱云的小男孩，也是个方圆脸，眼睛旁的太阳穴特别饱满宽展，加上光洁的大额头，软软肉肉的有型下巴，看起来还真比一般孩子漂亮。一看光头回来，小男孩收回对蜂蜇男孩的傻看，马上挨到他身边，还掏出了两张玻璃纸。

他又开始和光头谈起了云。男孩想用两张彩色玻璃纸，制造彩云。那个蜂蜇男孩，在看他们。女司机在看手机，但心思都在儿子这边。

……

"我还见过这样的！"小男孩把食指和拇指弯成半个圆圈，"天上，就一个小门，姐姐说，是鸡笼门。因为，那么小，只有天上的鸡才能进出……"

光头男人比画了一个弯月手势，小男孩热切点头。男人心不在焉地"哇呜"了一声，"那是马蹄涡！非常非常稀罕的云，最多持续一分钟就蒸发了。看见它的人有好运！太厉害了你。"

"那它多少分？"

"四十分吧？也许五十分。"男人说。他开始为身边的蜂蜇男孩分心。蜂蜇男孩闭着眼睛，他的头脸越来越肿，但那对夫妻依然专注于指责对方，他们一直在压抑性地攻击对方，父亲的语气像说黑话："蜂来富！燕来贵！你的笨蛋儿子说不定就从此转运变聪明了！"孩子的母亲四两拨千斤："你经常被蜂蜇，是蜇出了科长还是局长？你爸连马蜂都蜇不死，怎么还是全村最穷的人？我们结婚他……"

那个做丈夫的"腾"地站起，急赤白脸，胳膊拧起又放下，他狠狠瞪了一眼正看着他的光头男和女司机，硬生生收了抡掌动作，然后，怒出候诊大厅。被瞪的路人甲和路人乙，第一次互相看了对方一眼，眼神都是默契的悻悻与无辜，还不约而同耸了耸淡漠的肩。蜂蜇男孩的妈妈，把脸贴着疲倦昏沉的男孩，一边张望着就诊通知屏幕，一边掏出手机。她在电话里，不知对谁，历数丈夫的种种自私懒惰与不靠谱，声音越来越大。

"那最最多分的云，什么样？"小男孩说。

光头看着这个孩子，他不明白，他为什么不能安静一会儿呢？

男人仰头闭上眼睛。小男孩用力推他。男人说：

"开尔文-亥姆霍兹波，它就像一排排整齐的海浪，卷起的花边……"闭着眼睛的男人，听到了异常的吸气性喉鸣音，他睁眼看蜂蜇男孩，并站了起来。那个年轻母亲还在失望控诉。蜂蜇男孩的脸肿得厉害起来，他额发湿透，面色青紫，呼吸有明显的喉鸣音，手腕伤口周围，出现了一大片明显的疹子。他妈妈在泪水的控诉中，已经谈到离婚事宜。

爱云小男孩坚持要牵光头的手，要他坐下。

光头男人漫应着："开尔文……也只有一两分钟，看到它的人，所向无敌……"

光头男人突然重拍蜂蜇男孩的妈妈，一手抱孩子一手拿手机通话的女人也跳起来，她也看到了自己孩子的异常。光头男人冲进了诊室，那个见习医生跟着出来。

"喉头水肿！"见习医生让孩子母亲抱娃进了抢救大厅，他要护士过来测孩子血压，并准备静脉输液。光头男人看着几近昏迷的男孩，语气粗暴："立刻！环甲膜穿刺！马上！"

见习医生显然不买光头的账，因为他自己看起来就是打架打输的急诊脸。但是，年轻医生又被光头的霸道气势镇住了。看孩子的样子，也的确像高危的喉头水肿，所以他一扭头，就向急诊大厅另一角落，高喊一个急诊医生的名字。光头厉声大喊："快！再慢，就来不及了！"

一名护士奔回来，拿出环甲膜穿刺盒。但是，躺在急救台上的男孩，因为呼吸受阻，越来越挣扎，穿刺术变得非常困难。

没有经验的见习医生无措地又想去搬救兵，光头忍无可忍，戴上手套就拿起穿刺器械，说："别动！就一下！我是医生！"

孩子的环甲膜穿刺本来就很不容易，何况一个想摆脱窒息的小孩，但光头男人出手利索准确。男孩气道通了。见习医生差点跪了下来，是感激，是后怕，也是松弛。年轻的医生知道，若插管延迟，患者可能在半小时内病情恶化，而那时，气管插管及环甲膜穿刺都非常困难。一句话，过敏性急性喉头水肿，一耽误就是致命的。

生死一线间，SUV女人感受到了紧张。她在大门外，隐约看到光头忙碌的身影。她和爱云孩，两次企图混进抢救大厅，都被护士赶出去。第二次又被赶出来的她，翻出了扣留的光头驾驶证，没错，上面没有单位信息，名字叫刘旗云。照片上头发颇多，看起来还蛮讲道理的脸，和眼前凶狠不耐烦的光头不太像。女人想了想，决定给那个路见不平的人打个电话。

电话通了。先是一个女声，问明需求，然后那个白领男的声音就出现了。没想到他第一句话是："女士，算了，冤家宜解不宜结。"女人说："我是外地人，马上要离开锦天，还想请您处理善后呢，您这是……"

律师咳嗽了两声，说："直说吧，这人不坏，他救过我儿子，手术到下半夜，完了还丢出红包。我认出他来了，所以，我走了。"

"他是医生？"

"对，非常有名的医生，只是老了很多，胡子都花白了——如果我没有认错人的话，就是他。但不管怎样，冤家宜解不宜结，退一步，天地两宽。就算是律师给你的人生忠告吧。"

"万一他不是呢？"女人说。

"那，"律师喘出一口粗气，"如果赔偿合理，你还是放他一马吧。总之，一个好医生，他也不知道会在哪里收获回报，甚至长得像他的人也跟着有福了——OK？"

九

离开医院的白色SUV，往龙帝温泉大酒店而去，时间是下午四点二十一分。

在光头阴郁郑重的恐吓下，女司机终于放弃了等候。周六本来病人就多，再加上校车出事，那些随后闻讯赶来的爷爷奶奶、外公外婆、姑姑舅舅等，把候诊厅吵得像春运火车站。女司机烦躁不堪，她明白五点钟，是不可能赶回酒店了。女人说："行。晚上八点后再来。"

光头男人拒绝再上车，女司机砸了两拳车喇叭。

"言而有信，你是男人吧？"

那个叫刘博的倒霉蛋说："我不是。你要体检吗？"

"上来！"女司机说，"没时间了。请——上车！"

光头男人不动，他坚持说女人八点的活动结束，他一定在儿童医院恭候——虽然，男孩绝对没有问题——对此，他愿意打赌两万块。

女人喝令他上车："信不信，我现在报警，警察还能测出你酒驾！"

男人转身而去。他在医院大门外的超市，买了一瓶矿泉水，大喝几口，想想，他又买了两瓶。

女司机赶上来说．"你也知道法网难逃啊，风筝线拽在我手上呢。"

光头男人说："我告诉你，驾照补办很简单，我徒弟一天就能搞定。至于酒驾，你他妈爱举报就举报吧。老子非常非常需要睡觉！如果杀了你才能让我睡一会儿，我可以切开你气管！"他往副驾驶座重重扔下两瓶水，转身而去。

机动车道上，SUV车发了一会儿呆，又追了上去。她狂按喇叭，光头男人一转身，小男孩立刻手舞足蹈，大喊：

——爸爸！来！

光头男人简直七窍生烟。那个额头宽广的小男孩，对他打出了马蹄涡云的手势。光头男人胸口温热，几个沉重的深呼吸，都没有化解掉那个暖和感。他还是走回了SUV车。

我不是你爸爸！男人还是没好气。

女人咆哮："他也当你是真爸爸！只是因为你救了他，他习惯把帮他的人都叫爸爸，他还叫过一个十五岁的中学生爸爸——这是他的礼貌——你以为你是什么东西！"

男人阴郁地说："你说呢？"

女司机口气忽然转暖："算你帮我一个忙吧，求你了。"

男人虽然上车，但冷着脸。小男孩把他的手打开，把自己的小手，像豌豆粒一样放在他手心里；另一只小手，示意大手掌把里面的手，豆荚一样包裹起来。

女司机说："酒店的活动，也许少儿不宜，我需要你陪陪他。如果他耳朵、鼻子开始出血，你最知道怎么办。再说，善始善终，做人基本责任，对吧？"

男人还是冷漠无言。一路无言地开了一会儿，小男孩趴在男人身上睡着了。沉默有令人厌烦的尴尬，女人打破尴尬，声调亲和得有点低三下四："喂，我是不是——很像保姆？"

"不像。"

"那你，第一眼觉得我像什么？"

"像被欠薪的保姆。"

女人抄起车门边的喷雾。

男人说："彩带喷筒。你下车的时候，我看了。"

女人音量猛提，看不出是玩笑还是愤怒："我保姆？！你他妈还像个人贩子！我今天才知道什么叫遇人不淑！"

男人说："是，我就是懒得拐精神病的人贩子。"

"你的破眼镜和紫鼻梁，怎么回事？"

"被人打了。"

"你打输了？"

"对。我们没有正当防卫的资格。"

"明白了，你们被人捉奸在床了。"

"恐怕比那更糟。"

女人语气再次低伏下来："谢谢你！我儿子今天说了比一年还多的话。"

男人没有回应。

女人说："看得出来吗，他自闭？"

男人没有回应。

"你看不出来吗？"

女人在后视镜里，看到男人闭着眼但微微摇头。

女人说："其实我非常苦恼。已经在约心理医生了，说先试一个疗程，五次一疗程。"

"他没自闭。"

"他爸说，他四个同学的孩子都自……"

"他没自闭！"

"专家说，现在有很多自闭症的孩子……"

"能目光对视，能食指指物，能正确表达，没有重复古怪动作——他很正常！"

"他这么看云，不古怪吗？"

"很多人爱云。我母亲去世的时候，正好看到窗外的虹彩云，她笑了，都忘了说遗言。"

"你妈是专业……"

男人高声："他、不、自、闭！钱多你就约去。"

"……呃，还有，我儿子……"

"你他妈能不能让我打个小瞌睡？对，你不是欠薪保姆，你他妈就是欠薪保姆中的女流氓！"

女人笑了。男人闭着眼，没有看见她的笑。

十

酒店大堂的世界各地时钟中，北京时间十六时四十一分。女司机一路接了三个电话，可能怕光头再发火，她都是压低嗓子通话的，但光头还是听了个大概。一是，那个活动要延迟一刻钟左右，上个会议推迟了；二是有人送来的什么，女人让他交给门童，让门童放在总台；三是703房间可以休息。这些零碎的信息，让光头以为他可以到703房间休息一会儿，没想到，女人把他们领到咖啡座，随后，服务员送来了糕点和咖啡。女人说，我带他上去一下，你先吃点东西。

小男孩甩开了女人的手。他不走，不仅不走，还试图和光头男人挤坐一个沙发座。男人退到双人座上，男孩立刻也坐过去。女人看着光头。咖啡、曲奇饼干、坚果和布朗姆蛋糕，女人把咖啡杯推移到男人面前，男人无动于衷。

你喝点提神，我很快。她走了两步又回头，耳语般说："天网恢恢。人贩子，我儿子信任你，我也想信任你。"

男人看着她，抄起精致的咖啡杯连托

碟，重重蹾到了隔壁空桌，咖啡汁荡漾弹溅到乳白的桌面。这是直截了当的拒绝，他们互相瞪视着。

小男孩大口吃蛋糕，自己给牛奶加了很多糖。女人往电梯方向而去，还不断回头看。

光头男人从手包里拿出纸和笔，开始画云。小男孩果然上钩，要求自己画。他在自己的双肩包里掏出了一本云绘本和一盒彩色蜡笔。男人去总台要了三张A4纸，和一条捆扎用的彩色纤维捆扎绳。男人说："我们说过的辐辏云，就是天街的那种，条条大路通罗马，对不对？看起来是连到天上车站的。天上的车站！你把它画出来，还有两张纸，你再画你看过的最喜欢的云。画满三张，我马上睡着，谁也不许讲话。你画得好，我就能梦见你画的云，只要我俩的脚用绳子连接好——不能断开。到时候我醒来就能告诉你，你画了什么云。"小男孩兴奋得两手直压自己的脸颊。

光头男人终于让自己躺下了，他侧蜷在双人靠背沙发里，小男孩跪坐在他身边的单人沙发上，他小心保持绳子的连接，他一点也不想吵醒光头。小男孩全神贯注，在和光头男人的梦云比赛。二十分钟左右，一个穿黑色西服的苗条挺拔的女人过来了。

男人在酣睡，小男孩在酣画。女主管一眼就认出了这个男人，尽管他侧脸灰暗、胡子拉碴，胶带缠住的眼镜更是邋遢狼狈。但女人为了确认没有认错人，特意绕着观察了两圈，然后，她轻轻在小男孩脑袋边耳语：画得这么好呀？

小男孩置若罔闻，专注上色。

女主管说：他是谁？

小男孩依然在画。

女主管拿起了桌上的小象，小男孩一把按住。

女主管说：你要不要吃软心巧克力？

小男孩不睬。

女主管说：他是谁？

小男孩依然上色。

女主管厚着脸皮：哎哟，你是画前天来的七彩祥云？

男孩这才抬头看她，点头。

女人微笑：他是谁？

爸爸。小男孩边画边说。

女人发蒙，怀疑自己听错了。她再问男孩他是谁，小男孩一把推开了她。

女主管回到总台，示意大家不要打扰咖啡座的人。她自己走出酒店大堂，开始拨打电话。

SUV女司机下楼了，她边走边接电话，出了电梯往咖啡座而来。时间是下午五点三十。

咖啡厅奶棕色的地毯完全吸音，光头男人在沙发上侧身蜷睡。女司机重新叫来热咖啡和糕点。服务生离去后，女人看了看时间。她不准备马上叫醒他，她拿起手机，为蜷睡的男人和作画的小孩拍了合照。相连的黄色纤维绳，得到了细节突出。女司机脸上浮起笑意。

男人微微睁眼，又闭上了。桌边流光溢彩的身影，令他有点迷惑，揉了揉鼻根他坐直了，渴睡的眼睛还是非常生涩。揉捏鼻根动作，让受伤的鼻梁钝痛，他清醒了。戴上破眼镜，明白都不是梦境：那个休闲邋遢的虎狼女司机，已经判若两人。她坐在他右侧，面对大堂的单人沙发上。女人的头发洗吹之后，干净轻盈、丰茂微鬈；一身紧致垂悬的黑裙，被她的二郎腿，勾勒出漂亮的腰臀曲线。黑色的高领下，是一片倒扇形的白皙裸露。没有任何首饰，也许自信，也许忘了戴。以光头男人的眼光，如果她再丰满一点，肯定更令人窒息。但显然，这女人不在乎，二郎腿上跷着的那条腿的脚尖，挂荡着考究的黑高跟鞋；她的锁骨和挺直的平整颈背，倒散发着知性的美与果敢。光头男人伸了下懒腰，感觉自己就像走出了通宵鏖战的手术室，完成了一个复杂的高危手术，终于回到清新的满天星光下。这是他从深夜的手术室出来，经常有的舒服感觉。

女人好像都是魔术师啊，到底有多少女人会来这一手：一放任，就鹰头雀脑；一收拾，就貌若天仙？

但男人看到了她端咖啡的手，他几乎顿起反感。那只拿咖啡杯的手，无名指的指甲缝里，有着明显的灰线；另一只放在手机上的手，食指和大拇指指甲缝里，也一样有细细污线。男人恶心至极，转开视线。女人看起来在悠闲地喝咖啡，实际她的眼睛越过咖啡杯，一直盯着大堂里进来的人们。女人很敏感，她还是感受到了男人的反应，立刻把手机上的手，藏到桌下。

光头男人站起来，女人不看他，但一把拽他坐下。他顺着她的视线看，大堂那边，一个高大的白衬衫男人走向总台，他取回了自己的房卡。手搭棕色外套的"白衬衫"，身高体厚，气宇不凡，他一路低头看着手机。他身后几步远，一个栗色斜发髻的紫灰长裙女人跨进大堂。她双手拿着手机，边走边双手按键，在回复着什么；从她的侧脸看，十分甜蜜可人。

光头男人不明就里，他还是想离桌活动一下筋骨。女人却死死拽住他，一边在回应打进来的电话。男人嫌弃地看着她拽着他衣服的手，既厌恶那条指甲灰线，又忍不住被那些污线吸引，这让他情绪更加恶劣。他摔开女人的手。

"你的重要活动，就是鬼鬼祟祟喝咖啡吗！"

女人收起电话，看着男人。

她似乎也有点不知所措。她的眼神黯淡飘忽，有点像病房里濒临死亡的病孩眼睛——他们还不认识生，就要接受死亡了，那双眼睛困惑大于恐惧。那个叫刘博的男人，不想回应这样莫名其妙的无助眼神，他转开眼睛。

女人开口了，嗓子很哑，就是突然近乎失声的沙哑，她说："我在捉奸。"

男人心里一震，低头看她。女人幻灭的眼神，挫败而自卑，和她强劲高贵的黑裙，形成显著的反差，这不由令他恻隐。他又坐了下来。小男孩还在画云，那是创造者的入迷状态了。女人深深垂下头，男人有点害怕女人哭泣，但只是数秒后，她一甩长发，又侧扬起了脸。这张脸是俊美光洁的。刚才被她的曼妙身形席卷的男人，这才注意到她额角宽广饱满又线条清晰的脸。小男孩很像她。原先秋茄子一样的嘴唇，因为用了车厘子色的哑光口红，比丝绒黑玫瑰的花蕾还性感；之前，他也不记得女司机是什么形状的眉毛，现在，他看到一对流动蓬勃的帅气眉毛；但随着脸一扬，这张脸又出现了倔强和不羁，男人不由联想到了斗兽场。作为男人，他还隐约虚荣地觉得，她需要他。他回应了她。

十一

女人手机信息提示音震了一下，她一看马上站了起来。随后，她嗅了嗅儿子的头发，又意义不明地拍了拍光头男人的肩，快步离开。男人看了一眼总台的时间墙，总台的北京时间指向十八点十四分。男人无聊地看着那个匆促的黑色背影拐进电梯通道。收回目光后，他又百无聊赖地直身，想看看小男孩的画作。小男孩立刻用手遮挡，并用小象挡出隔离线，表示拒绝。男人便重重后仰，闭着眼休息。

唐秘和三个小伙伴，和老板娘在等候电梯的大通道胜利会师了。有人提着总台取的漂亮蛋糕，有人捧着大束鲜花，有人拿着彩带喷筒，一行人兴奋得叽叽喳喳。这些干练的行政员、市场推广的灵巧人，激动亢奋中，没有忘记给老板娘以密集的"惊为天人"级别的热烈夸赞，夸得女人忍不住一直偷瞄电梯镜子里自己的样子。她并不喜欢这类富贵感的衣裙，但是，她确实看到自己的美。这是一个相当正面的激励。女人抿嘴看着摩拳擦掌的"捉奸小分队"，唐秘还神气活现地晃了晃手里的文件夹，用她的话说，一切精准到位！

一出九层电梯，一行人就互相嘘嗫声食指，其实，通道里的厚地毯完全吸音，但他们就像鬼魅一样，诡秘夸张地飘行到了918房前。看年轻人狂喜亢奋的乐活表情，女人也有过闪念，是不是踩下急刹车，不要就这么昭告天下，但是，年轻人眼神默契地最后互相确认"准备好了"的信号时，她也不由点了头。

唐秘镇定地敲了敲门。笃笃。里面鸦雀无声。

笃！笃！唐秘再次敲了门，这次敲门声更重了。

又隔了几秒钟，唐秘正要再次敲，里面传来含糊的男声："谁？"

这个声音，女人太熟了。她感到自己口干气短，脑门发凉。

唐秘语调沉稳："是我，綦总，小唐。"

"什么事？"

"锦天市政府发来一份传真急件，曹副总请你签字。"

"什么内容？"

"不知道，可能跟晚上会谈有关。"

"我肠胃不适，晚上我不去。"

"曹副总说得你签发走个流程。"

又过了十来秒。

制造惊喜并期待惊喜效果的年轻人，简直快被他们预想的高潮憋疯了，他们彼此扭曲着身子，互相狰狞着鬼脸，故作僵直地摇摆长臂，缓释着临爆的压力。

门，终于开了，但是，开得很小，綦总伸手拿文件夹。

一束花重重压在他手上，门差点被推大，但高大的綦总控制住了。与此同时，楼道里爆发出突击式的恐怖欢腾，彩带乱喷，生日快乐的狂欢呼啸里，市场部的那个奔放女孩，把指头放在嘴里，吹出了足球场上的那种尖利唿哨。綦总立刻拧起眉头，他借这个疯狂的唿哨，表达了不悦。其实，他一眼就看见了他的妻子，她笑盈盈的脸，莫名地令他极度愤怒。

没有惊喜。门里的男人，表情复杂，他对手下拱了拱手，脸色冷峻。但年轻人都以正常的想象力，把这个表情解读为"老板彻底反应不过来"，这个傻傻的小分队反而更亢奋了，他们试图奋勇进屋切蛋糕。綦总一声沉喝："谢了！我需要休息。敢把我从马桶上骗开门，也算是心意吧。谢谢大家，我发冷我很难受。"

女人把蛋糕交给唐秘，顺水推舟："綦总肠胃不行，你们就拿去分了吃吧。"

女人手上黑色的彩带喷筒并没有交出，但突然的急刹车，让年轻人面面相觑。这么有趣的事，一下子就冷场了？是继续热心热闹走完庆生流程，还是包容理解老板病痛立马暂停？彷徨迟疑中，就在这个时间点，远处，电梯门开了，一个呼喊而近的嘹亮童声，在通道里云雀一样高叫。

女人急速挥手，示意年轻人快走。

十二

光头仰靠在沙发上，消失的睡意再也蓄不回。他不时微眯眼看专心作画的小男孩，大部分时间就闭目养神。他没有注意到，更想不到，那位黑西装主管，若无其事地再次无声地来到他们桌子边，掩饰着用手机给他和孩子都拍了照。

男人的电话响了。就在他低头掏手机的时候，女主管立刻转身离去，但光头还是大致辨认出她的背影来。来电是院办负责人："那个泼妇，被你揪头发的那位，说腰被你甩得让病床撞断了骨头，越来越痛，要求拍片。"

光头说："拍去！有问题，费用我出；没问题，她自理！"

"孙院的意思，你休息好了还是马上进来，别让事情发酵。反正也是你的病人家属，就说点软话，哄哄绝对能摆平。"

光头说："让我道歉？！"

"不是，道歉的话，护士长和我们院办都说了一箩筐了。闹事的夫妻，还是怕你。"

"怕我？！我他妈眼镜还没修呢！他们赔吗？！"

"院长的意思，大事化小小事化了。不然，他们乱发朋友圈、微信什么的，很损坏医院形——"

小男孩是突然站起来的，他手指着大玻璃墙外的天空，两眼发直，直瞪着外面的天空，张口结舌。光头男人被男孩的石化动作惊到，他"嗯嗯"回应着电话，顺势看向酒店外面。露天停车场那边的天空，已是一大片的粉绿深蓝浅紫，如明丽的丝缎飘展在高空。他不是因为惊讶不再回应电话里的声音，而是小男孩拔腿就跑，而孩子忘了自己和光头脚上相连的绳子，绳子一绊，小男孩一个狗啃屎跌了出去，男人也一个趔趄，手机摔飞了。

小家伙一骨碌起来，因为解不开绳子，像青蛙一样，双腿乱蹬。光头男人赶紧按住他的腿，为他解绳。男孩急得捶地。"别急，"光头男人说，"它至少会持续二十分钟。"小男孩已经激动得面红耳赤，呼吸急促，他一摆脱绳子，就向电梯通道飞跑。这个不擅奔跑的男孩，跑姿有点跌跌撞撞。男人顾不得解开自己这头的绳子，从另一个桌子的沙发下捞出手机，也猛追。小男孩的奔跑已经无人关注，因为很多服务生和客人，都往大堂门口而去，在各色人等的大呼小叫、赞叹和跳跃中，人们纷纷掏手机拍照。

没错，虹彩云来了。

男人很怕小男孩跑丢，他边追边喊："你去哪儿？"

这个沉默是金的小家伙居然大声回应："918！"

男人差点再次摔跤，他被遗留在脚上的一段纤维绳绊倒，往前冲了好几步才平衡了身子，但他还是用另一架电梯追上了九楼。

小男孩冲向918房间。

抱着大蛋糕、闹生日未遂的年轻人的讪讪队形，被一往无前的小男孩穿越而过。918房间门口，夫妻俩互相对视，男人的深沉冷峻，对抗着女人的莫测巧笑。"我来得不是时候？"稳操胜券的女人，显然想做出一个温柔的眼风，但是，她的表情不够圆润。丈夫看穿了女人的心机与叵测的妩媚，他按抚着自己的腹部，一只手潦草拥抱了女人。

也许丈夫在等闹生日的年轻人走得更远，也许妻子在等待小男孩走得更近。夫妻俩沉默而潦草地拥抱着，间隙不是亲吻，是泰山压顶的对视。

这活火山一样的拥抱，同样被一往无前的小男孩穿越。

小男孩冲进房间，一把拉开窗帘，同时踮脚跳叫：看！——看！

夫妻俩呆怔的瞬间，临时监护人也随之闯进，他在小男孩开辟的通道里，直奔窗前，他帮助孩子彻底拉开了沉重的双层遮光大窗帘。

做丈夫的男人反应比妻子快，他一把搂转女人，把她连拥带推，搂送到窗边。此时，他们一家三口都站在了看得到虹彩云的窗前。大衣柜在他们的身后，因为角度不理想，丈夫把妻子推向贴窗位置，他简直要抱起妻子，而不是矮小的儿子。而光头男人早已后退避让，他看到了大衣柜下露出的紫灰色长裙的一角。

光头踩上去一拧脚尖，裙子机灵地缩回衣柜。

酒店窗子只能推一条不大缝隙，但即使开窗有限、角度有限，窗框还是显示了云彩后半部的传奇异彩，它已经超尘脱俗、美轮美奂。小男孩发出原始人或者兽类的尖叫。那个做父亲的，脸贴着妻子，呼应着儿了，也发出原始人一样的夸张号叫。

光头男人再次回头，衣柜内置灯亮着。他知道那个女人顺利逃亡了。

与此同时，小男孩突然急推父母，掉头就往房门口跑。光头迟疑了一下，他当然明白那对夫妻斗兽场般的血腥对视，休战只为儿子的虹彩云。光头男人不得不重拾责任追了出去。小男孩一路直奔九楼转下半个楼梯的自助餐厅，来时他就看到餐厅另一头连接的千米大天台，那是天高地远的"龙脊"所在。而光头多次在那用餐，也在那银河星光长廊里散过步，小男孩一往那个方向跑，他就明白了。

大地暮色渐起，天上的云彩，却明丽如新日发轫。这一份与人类不般配的世外美丽，使天地都虚幻起来，而虹彩云是活体，它在呼吸、在舒展，它迤逦曼妙，令人呆怔。

只有心事如铁的人，才不会被它点燃。918房间内，女人看到了大衣柜灯由亮转暗的灭灯一瞬。这明灭交替感转瞬即逝，就像不曾存在过。被武力搂抱着推向窗边的女人，其实第一眼就看到了午间合并的大双人床已一分为二，又恢复为原来的标房小床。是的，那双一次性的拖鞋彻底消失了。女人看着虹彩云瑰丽奇幻，再看一脸发青的冷峻男人，她的大脑，有一种类似缺氧性困顿：他们身手真快啊，半分钟不到。

门虚掩着，但楼道悄无声息。男人过去把门开得更大，碰死。

门开再大有用吗，谁能跑得掉？女人嘴角一直保留着骗人的甜蜜，男人看透了这份骗人的笑意而进入更严酷的防卫模式。七彩祥云在天，窗里的人，只感到看不见的剑影刀光。女人端详着丈夫：理亏而不妥协的气盛，说明了什么，说明了女人的价值已经损耗到不值得维护了，不是吗？女人夸张笑容里的诱惑和无知感，是山河破碎的自我抵抗，却令做丈夫的男人格外恼怒。他太清楚这个女人的聪明,而柜子对他而言,是个致命的悬念。他咬着牙床,回避她的注目,拿出电话打,他要对方给他马上买点肠胃药送来。女人在大衣柜边踱步,轻声曼语犹如对当年热恋的嘲讽:"一日不见,如隔三揪——揪不是秋啊。但我是想给你惊喜的,没想到惹你这么不高兴。"

"我只是肠胃难受没心情。你来我高兴啊。"丈夫坐在沙发上,一手按摩着腹部,"一阵阵抽痛恶心,我可能发烧了。七点多还要开会,做男人很累。"

女人坐在了男人身边,歪头看男人。男人伸手搭了一下她的肩,又开始按摩自己的腹部。

"你一直没有正眼看我啊。这黑裙,你说好看,我就买了,八九千呢,值得吗?"

"喜欢就值得。"男人看着窗外,说,"晚上我可能回来比较晚——那些官员你知道,都是一场二场连三场。"

"既然这么难受,就让曹副总去好啦。"

"涉及投资转移,我不去,他不敢拍板。"

"哟,你在出汗,痛得很厉害吗?"女人抚摸男人额头。男人偏开脑袋,说:"一阵阵的。吃点药就好。"

"真没事?"女人笑,"那运动一下?以前你总叫它祖传偏方百病消。"

别逗了。孩子和药,马上就进来。

女人以妖娆甜糯之姿,重重地坐进男人怀里。她开始拉拉链。

男人一把推开她,站了起来。

女人不为所动,依然保持夸张的燕语莺声:"当年柳下惠……"

在大衣柜面前,男人愤怒焦躁得几乎崩盘,但他只能还以温柔:快去看看你宝贝儿子吧。

女人起身走动,她手拿黑色的喷筒,扶风摆柳在衣柜前来回走,突然,她对着大衣柜门喷射,深蓝色的玉米粉,纵横交错喷在柜门上,整个房间立刻蓝雾腾腾。丈夫目瞪口呆,随之他弹起身子,像要保护柜门,但他马上意识到没有意义,因此,他站直了,干瞪着女人。女人哂笑:"綦志伟!你别再紧张出汗了,也许里面是空的。"

男人的困惑表情很到位。这个表情是真实的,他是希望柜子里的女人趁乱出去,但他心里没底,她是否身手敏捷,抓得住这闪电般的天助机会?同样地,他之前一直寄望妻子没有发现柜子异样,现在,显然,一切都证明妻子的表情内涵复杂而阴暗。

女人却引而不发。她不开柜门,但她的手在柜门上的蓝色粉末中,来回游走,像是弹钢琴。男人几乎窒息,他感到柜子里的人,会被这样的弹奏弄休克。

"说吧,怎么回事?"

"你疯了?!你看不出我病了?你以前从不这样!"

"对,以前!以前我会做三十七种男人所需的滋补靓汤;以前,你一不舒服,我就帮你艾灸、精油按摩、送药;你和儿子,就是我全部幸福生活的人质。只要你好他好,我赴汤蹈火零落成泥碾作土,甚至粪土也心甘情愿。"

"唉,我都知道,但你今天好好的发神经干吗?我是病人啊!"

"对,今天来了虹彩云。"女人对窗外挥手,满面嘲讽感的夸张春色,让男人想狠狠揍她,女人说,"你现在装病晚了!下午两点,我就站在这个位置。请问綦总,你们自己搬运的双人床,会比大床房更好做体操吗？"

"这房间从来都是标房！小唐没有订到大床房，还被我骂了。不信你去问！"

"两双穿过的性感拖鞋，女款的也不见了哦，可能连腿还藏在衣柜里——你要不要亲自开门看看？"

"吃错药了你！"男人爆出了吼声，但他很快稳定了语气，"别发疯了，我很难受，一直反胃想吐，我要上卫生间。你去管儿子吧，我们再谈吧。"

"有人看护着呢。綦志伟，说真话吧，我想听一句实话。"

"这就是实话。我不知道服务员是不是给你开错了房间。这样吧，我们都冷静一下，你去看儿子，我去趟洗手间，我上吐下泻……"

女人挡住了他。

"你以为那个物理系的高才生是白读的吗？中午一进来，她就拍了精彩床照。卫生间里，那女人落下的两样东西，她也拍了——其实，不是傻，是给你个说实话的机会。很遗憾，你没有通过。"

男人两只手捧着腹部，仿佛胃痛难忍。

女人猛地拉开柜门，柜里空洞明亮。

女人略微一震，也有奇怪的轻松感，但她一笑而出，并摔上了房门。

十三

天空蓝得有点发紫。在人们看不见的深空，一定有清泉水在一遍遍荡涤，只为那个时刻，那个丝缎般时刻的到来。也许它不是神祇过境、仙女西行，它是让有的人，看到自己在天上的美的倒影；只是让有的人，看到自己真正的老家。

龙帝大酒店 S 形的千米龙脊，已经被镀上香槟色的薄薄夕晖。西二郭湖整个水面，金箔闪烁。光头男人站在星光餐厅通往龙脊长廊的玻璃大门口。近千米长的宽展龙脊，的确是最好的观云地了，但因为饭点时刻，那飘带式的超长平台上人影寥寥，更显得那个五岁的孩子，在天地之间的细小孤单。自助餐厅里的食客，没有人发现大玻璃墙外，旷世的奇云，在高天招展；大餐厅内，灯光美食的香氛氤氲里，人们穿梭于一盆盆新鲜的佳肴美味间。在人间，美食就是许多人最美的天。不习惯看天的人很多，一辈子不抬头看天的人，也不少，人们低头于在地面奔忙、饕餮、追逐、获得而心满意足。

小男孩面向西天，细小的双臂张大到极限，十个指头，也大张如某种带吸盘的小动物。小小的身影，在用力拥抱，他似乎要把天上的各色云彩，全部揽抱到他瘦小的怀里。他可能是意识到了云太大太大，颓然垂下小手，看起来像认输的云俘虏。

多次邂逅虹彩云的光头男人，也被今天这浩大的云天画面震撼到了。太磅礴了。

天边，西二郭湖的水面由金转棕，水库边的树梢和山峦，颜色黑棕庄重。大地的肃穆，更映衬出西天高空上，流丽万端的虹彩云。宝蓝一泻的天幕上，兀自绵延气象万千的那抹宝石般的瑰丽，因为过分超然与靡丽，有了收摄魂魄的迷幻感。光头男人觉得，这是他见过的最磅礴飘逸的虹彩云，它简直就是高天里横过人间的仙锦魔缎，在天空自由飘扬。

也只有到了龙脊，天高地远，才能看清今天虹彩云的全貌。它就像一前一后两只迎风而飞的天鹅翅膀，后面这扇漫天巨翅，从翅膀根的紧实到翅膀末飞羽的轻扬，颜色阶梯，在流丽渐变。翅膀根上，可能云层太厚，只有薄的边缘，被透着橙光的金绿色勾勒了轮廓，然后，整个飘飞的羽翅，在湖蓝、湛蓝、果绿、淡黄、粉紫、紫蓝、柠檬黄、金棕中，晕染魔变，逆风飞翔，又犹如仙丝柔道在高空梦幻翻转。大翅膀渐渐拉长，但始终在色变中保持明丽的绚烂，有时候是天蓝、粉绿缠绞着淡紫罗兰；有时候，整个底部陡然灰红又翻出清新的灰紫蓝，随后是柠檬黄转淡绿浅粉，最后，翅膀的亮度开始渐渐散淡。就在光头男人以为虹彩云就要谢幕之际，天空的巨翅从中间开始，就像高光核爆，腾涌出耀目的白金色，以它的亮黄金色为中点，金粉绿、金橙、金黄、金红次第铺展开，天空瞬间光亮沸腾，越来越炫目。这才是真正的高潮，它就像一种浩瀚的呼唤，正普天而降。

小男孩仰天呆立，就像电击过的小布偶。光头男人走到了他身边，孩子已经泪流满面。光头把手搭在孩子小小的肩上，搂着他的小肩头。小男孩没有回头看光头男人，他的眼里只有天上的虹彩云，就像在谛听云的呼唤。

餐厅的自动大玻璃门又开了，黑衣女人站在门口。

犹如一个天人之约，她看到了万里长天上，最绚烂的绝世云彩。

她扔掉了手臂上的风衣，向他们走来。虹彩云照亮了她的微笑，天上地下，各自明丽万千。她就像走在T台上的模特，蓬松的发卷，随着弹性的步伐在脸边自信跳荡。当小男孩和她一对视，女人立刻俯身，平伸双臂，对高空的虹彩云，做了很不模特的大波浪身形。一脸泪痕的小男孩，因为激动，因为有了生命中最为重要的见证人而再次泪如泉涌。他哭出了声。

女人奔过去，贴脸了小男孩，把自己的手机递给他。

光头男人有点困惑，他一时不能理解这个捉奸的暴虐复仇者，怎么忽然如此若无其事、意气风发，918房间里发生过什么？是丈夫成功地摆平了妻子？还是另一场恶战，正在酝酿中？本来，光头男人以为女人没空赏云的，现在看起来，容光焕发的女人，没有错过虹彩云的云约。她看起来似乎正在滋长恢复自我、修复破绽的能力。

光头男人退往身后的长椅，坐了下来。小男孩亢奋于各种拍照中。

女人绕着草坪走到光头身边："看到了吗，我走过的这一块，和我家天台上种植的菜地差不多大。之前，人家告诉我，一家人，只要有席梦思那么大的一块菜地，就吃不完了。我不信，我一口气种了两张半席梦思那么大的菜地。"

光头男人点头。

"地大，品种节奏能更好掌控。完全不用去市场买菜，我儿子、先生吃到了最新鲜、最安全的有机蔬菜。因为吃不完，我每周开车二十多公里，把新摘的蔬菜，送到我公公婆婆家，顺道送到我小姑子家。再多，我就送给左邻右舍，送给物业。"

光头男人隐约感到了沉重，他凝视着若无其事的女人。

女人则望着开始黯淡的天空。他才意识到，她平静正常的声音，其实很悦耳。

"他两三岁都不说话，我决定放弃工作。医学研究证实，农药与自闭症密切相关。我信任有机食品的治愈力，我信任食品是人类与大自然最深刻的连接。我没有种过菜，但是，我从头学。我去水源最干净的农村菜地，买了三万块钱的泥土，拜了三位老菜农为师。我知道怎么清洁土壤，每次使用后，又怎么修复它们；我知道用鱼粪、厨余垃圾、香蕉蛋羹、灰烬、豆渣，自堆有机肥；我去购买加工处理过的鸡粪、牛粪；每天，两三个小时，我在天台上浇水、施肥、捉虫；周六周日，除了陪伴儿子，我都在打理天台的绿色菜园。每个季节我的菜园都生机勃勃，芥菜、青椒、空心菜、油菜、莴苣、芫荽、西红柿、秋葵、丝瓜、豆角，还有迷迭香、薄荷、芝麻菜……"

女人声腔里有清美的齿音，渐渐失色的虹彩云余光，依然让她的微笑，柔暖和善。

"有一次，我公婆因为我送菜耽误了他们的门球比赛而劝我，不要种那么多。我丈夫说，你们就知足吧，你媳妇是可以把火箭送上天的人，这样的人来给你们种菜送菜，你们是上辈子修了高速公路还是造了跨海大桥？"

女人一直笑着，就像说别人的段子，可是，光头男人感到了寒意。她春风明媚的脸上，第一颗泪珠越过睫毛后，其他的便一颗连一颗地掉了下来。她依然努力微笑："我儿子爱吃我种的菜——不过，现在，他爸爸已经觉得农药与自闭症的关系，是专家扯淡。"

女人对着光头张开她的十指，手心，然后是手背。那个叫刘博的男人，看到了那双手，手指修长，但手心粗糙，至少有三个指头的指缝发黑。光头男人的恶心感略减，但还是不舒服。

"你该戴手套。"

女人说："两三天就要拔草。最难根除的是酢浆草和天胡荽。酢浆草看起来茎细好拔，但根系下面却留着透明大颗粒，在土壤深处，手指得插下去才能摸索到，才能清除；天胡荽的根，也是环绕纠缠。你只能铲起泥土，掰松，像清理蜘蛛网一样，才能拔除。戴了手套，手指就不再灵活。插入指甲缝的土，可以剔出，但被污染的弧线是清洗不掉的。如果场合需要，我会腾出时间去美甲，把它们遮掩住。不过，这些年，已经没有什么需要我的重要场合了。"

女人始终微笑着，隐约露出洁白的牙齿，莫名令人酸楚。那些流淌的泪水，荒谬得像是别人在流泪。

光头男人很想安抚这个女人，就像拥抱那个小男孩；但是，女人的微笑又令他迟疑。他干咳了几声，说："呃，呃，我不是说你，而是，那个，很多女人，为了一个男人，把全世界关在门外，很蠢。就等于把自己关在牢里，男人回家，她就像被探监一样高兴。她不知道虹彩云，也不知道人间的紫灰裙子。"

女人一下瞪大眼睛。

"你看到啦？！"

光头男人摇头。

"——你看到了！"

光头男人耸了耸肩："我一定懂你的意思，但我和他，"男人一指小男孩，"我们两个男人都认为，地上的任何裙子，都没有天上的虹彩云美——你愿意让你儿子——看到哪一样？"

女人终于言行一致地哭泣了。她放声痛哭。

光头也终于感到了女人的脆弱无依。咖啡厅的那个眼神，那个濒死患儿般无辜绝望的眼神，是孤苦真实的。女人哭得呛咳，她跪在地上咳着哭。

小男孩听到了妈妈的哭声，他急忙往

回跑,他站在两个大人跟前,轮流审视着他们,眼光里生气又有点狐疑。女人看出了孩子的担心,她把双手平伸给光头,那个叫刘博的男人,把自己的手覆盖上去,他们互相牵住了对方的手。小男孩羞怯地笑了,他扔下手机,把自己的小手,也叠放上去。

女人说:"我知道封闭体系里的熵增与死亡,我更知道,抓住了胃就抓住了男人是个愚蠢笑话。我也知道所有的爱情,都会被操持家务磨损……"

玻璃门那边,那位着黑西装女主管身边,还站着一位着套装的短发女子。她们是亲姐妹,她们都拿着手机,在给三个彼此握手的人拍照。

虹彩云已经全部转灰。

十四

白色 SUV 车开出了龙帝温泉大酒店的林荫道,时间是晚上八点二十分。

光头说:"你确定不去儿童医院了?"

"嗯。"

女司机说:"在儿童医院候诊的时候,我就知道我儿子没问题了。"

"那好,你按我的导航开吧。"

女司机点头。小男孩不怎么看星空,他还是喜欢云天,他问:"明天,它还来不来?"

两个大人都没有回答他,他就打了一下男人的手臂,这个动作,把问题归属了。男人说:"可能还来。"小男孩一指驾驶者,说:"她有一条很多颜色的裙子。"

男人说噢。

那么多颜色从哪里来?

也只有男人接得住孩子跳跃的思维,他说:"穿过薄云的太阳光发生了衍射,薄云里有均匀的细水珠——均匀的冰晶也可能——小冰晶的云是贝母云,我们说过的,它是高云族——反正它们都是均匀的小水珠或小冰晶,把太阳光藏着的赤橙黄绿青蓝紫都散出来了。只要云很薄,很均匀,很自由……"

小男孩说,妈妈的裙子,风吹到天上,也是虹彩云。

当然。所有的妈妈都是虹彩云。她下来给你种菜做饭,就变成雨水;她要做她自己,就又会飞上天变成虹彩云。只是呢,很多妈妈忘记自己是虹彩云,所以,就变成天天下雨的雨水了。

二十分钟后的夜街头,就能看到超过芒果行道树很高的协和医院鲜红的大招牌。导航说,过红绿灯就进辅道。女人一看到协和医院大招牌,就扭脸看光头。那个叫刘博的男人,在低头看新进来的微信,随之黯然一笑。

女司机说:"彩票中大奖了?"

男人念:"一,重婚罪:指在有合法配偶的情况下又与他人结婚或建立事实婚姻所构成的犯罪;二,离婚冷静期,过错方和非过错方,照样可以调整财产分割五五比例,过错方拿小头。"

女司机说:"法律课?"

男人说:"对,最后一课。再过三小时,有个女人也要变回虹彩云了。"

女司机忽然感到失落,自问自答般:"有多少虹彩云为别人变成了雨水?"

男人摇头:"水云选择,不在婚姻,也不在男人,全由女人自己决定。女人都是天空大地的养子。你儿子都知道,只有最轻盈、最自由的云,才可能变成虹彩云。"

协和医院大门口,车子靠边,那个叫

刘博的男人下车。车子启动而去。

　　行驶了十几米，车子停了。男人疑惑着走过去。

　　女人把一本驾照还给男人。男人接过，再次挥手让行。他看着白色车在芒果行道树的斑驳光影下远去，但是，二十米不到，车又靠边停下了，打着双跳灯。那个叫刘博的光头男人，跑了过去。

　　女人降下玻璃窗，说："他还有事。"

　　后排玻璃窗也降下，男人看着孩子。

　　小男孩说："我的书，什么时候给我？"

　　男人有点忘了。

　　"给云打分的。"男孩说。

　　"噢，《云彩手册》。让她把地址发我，买好了，我寄给你。"

　　"她刚刚不高兴了。"小男孩说，"还嗷了一声。"

　　女人扭身敲打小男孩的头。

　　光头走到驾驶座那边。过往的车灯里，女司机脸上的泪痕在暗亮着，她僵直地看着远方迷离的灯光车流。男人伸手，拍了拍她的头顶："别连夜往回赶了，拐弯不让直行的人，夜里更危险，还带着孩子。"

　　女人点头，声音喑哑："其实，夜间开车我眼睛很花，但我，不知道去哪里好……"

　　女人又说："你现在去哪儿？"

　　男人说："去找一个该死的人道歉——你别回去了。"

　　男人又说："到家都半夜了。"

　　每一辆过往的车灯，都让女人的新泪汩汩暗亮。

　　男人说："真的，别回去了。"

　　女人说："我在想，我是不是该去找我儿子最喜欢叫爸爸的那个人。"

　　男人倾身拍了拍车窗框："喂，小伙子，你有几个好爸爸？"

　　后座的小男孩伸长两只手臂并拢后，双剑合璧般，直直指向车外的光头男人。

　　那个叫刘博的男人，忍不住笑了。

　　他对着女司机说："别回去了。听话。"

　　他声音很轻，后排的小男孩听不清他说了什么。

出 山

龚万莹（《钟山》2023 年第 2 期）

推荐语

龚万莹给了笔下主人公一段留洋的经历，如同一则寓言，作家对家乡这片土地爱得深沉，故而必须在转身离开之后，再作远距离的抚爱与凝眸。这则寓言也关乎人的成长与文学的进阶，勇敢地跨出一己藩篱，终于从容回返更为丰富的自我。《出山》既镌刻生活现场毛茸茸的质感，日常情绪与生离死别纤毫毕现；又不乏遍尝百味、过尽千帆后的领悟与豁达。龚万莹的写作，从"邮票般大小"的鼓浪屿出发，在特殊与普遍、过往与当下、个我与社群的辩证间，抵达了人类共通的生存境遇。（金理）

1

小菲到上幼儿园时才搞明白外公是谁。

去幼儿园开家长会的时候，油葱是这样介绍自己的，"我叫油葱，是她阿公。"小菲要等到识字后才会知道，他的大名是"尤聪"，不是"油葱"。小菲觉得蛮丢脸的，他头毛像是用重油炸过的葱，黄黄卷卷泛油光。上半身虽然是正经的蓝色条纹衬衫，还加装一条橘黄领带，下半身竟然穿着短裤配白色及膝袜和棕色皮鞋，哪怕只是幼儿园学生，都会觉得这位年过半百的老阿伯，打扮得太超过了一点。可油葱看到小菲和其他小孩对他目瞪口呆，就无比得意。阿公有帅没？岛上的世家子以前都这么穿。

那天刚好小菲妈妈工作忙，爸爸又烂醉在家，油葱于是第一次出马，去幼儿园充当家长。小菲在这天也才明白过来，那个杂货店的热情阿伯是自己的外公。从苏打饼到菜脯干，从搪瓷盆到马桶刷，从螺丝帽到枕头套，小菲家里的小东西，几乎都是去他店里买的。小菲妈妈每次去的时候，都一脸不爽，拿了东西扔下钱就跑，不多做停留。那家积满不同年份尘灰，不对，根本就是用尘灰捏出来的店铺，里面每个毛孔都塞满了三件以上毫无关联的杂货。小菲一直觉得，油葱就是喜欢在家里积满东西，所以才顺便开了杂货店。小菲去店里时，油葱也从来没白送过什么，一分一毛算得特别细。遇到小菲超想要的抢手货，比如爱心图样的橡皮擦，他还直接坐地起价。油葱要是让小菲叫他阿公，小菲就学着妈妈百米冲刺一样地跑走。不过，小菲的爷爷奶奶都在外地，她也从没见过外婆，这回家长会上冒出个怪咖外公，她倒也不太介意。

小菲介意的是，那天没上去表演蚌壳舞。一开始小菲就没被选进舞蹈队里。虽然老师明明说要选坐得最直的小女孩，下课时小菲还放话自己肯定会上，后来老师还是只选了长得漂亮的。表演蚌壳精的小朋友们都抹上了口红和胭脂，那些动作小菲都会，在转圈的时候，小菲想自己可以做得更好。但或许小菲是比她们胖一些，眼睛也小一点，其中一个上台前还用蚌壳把矮墩墩的小菲刮倒了，那个眼神跟小菲说她是故意的。

回家的路上小菲很沮丧，连头上细软稀疏的黄毛也耷拉在耳边。油葱知道的，他认可过小菲的舞蹈实力，去杂货店买苏打饼的时候，小菲跟他表演过的。那时杂货店的电视里放着《西游记》里的嫦娥献舞，电视外小菲头顶手帕跟着连续转了八个圈。一跳完，她马上提饼跑掉，听见背后油葱在为她拍手叫好。

家长会那天，在回家的山丘石路上，每棵榕树都像史前巨兽那么大，气根垂坠到楼梯缝隙里，与石头纠缠在一起。路的高处种植着松树，像一座座苍绿宝塔，松果被雨滴打落，掉在地上滚。小菲那时一句话也不想说，举起绘着金表带的大红伞，一路用小雨鞋猛踩水坑。悲伤的时候，小菲力气就特别大，迅速蹦跳着上台阶，油葱都差点追不上。

有一只柠青色螳螂蹦出，拦住小菲去路。它轮换着举起手刀，一副威猛的样子。小菲停下来，怕它跳身上。油葱上前，把小菲拉一边，带她走过去。走了几步，他突然说，当蚌壳精有什么好的？

小菲说，就很好看啊，还能跳舞。

油葱大叹一口气，说你爸外地人，你妈就知道工作，都不给你讲我们岛上的故事。以前有个姓洪的小子落海，被蚌壳精救了。蚌壳精变成女人的样子，哇，大美拟！还跟他结婚了。然后呢，小菲问。然后他们很幸福，在沙滩上跳舞，睡着了。小菲说我就知道，故事里漂亮的人都很幸福。油葱说，别急，没完，然后，有只头上长着黄毛的海鸟，飞过来，把蚌壳里的软肉叼走了。谁叫你躺得嘴开开！

哈哈哈。小菲开心又恶毒地笑起来。油葱说，小菲，你是鸟，要飞，当不了岛上的蚌壳精就算了！这时候，带着大眼斑纹的甜橙色蝴蝶，从湿漉漉的树枝上飞下来，停在油葱的背上，翅膀像屋顶上被风鼓起的被单，扬起草木湿枝的气味。

油葱看见小菲笑的时候，也很得意，说对嘛，这才像我嘛。小菲说我才不要像你，你像榴莲。油葱说，你是说我臭哦？小菲说，你面皮好粗哦，感觉摸一下会剐破手。油葱说，可是榴莲内面，连籽都是软的。

油葱总有些办法，让小菲可以重新神气起来，班里再有人拿没选上蚌壳精的事来笑小菲，她就说，当蚌壳精有什么好的，再把那个故事说一遍，就赢了。一个故事就能让小菲开心。

2

小菲的妈妈，油葱的女儿惠琴，号称食品厂邓丽君。岛民个个黑肉底，惠琴的白面皮总在人潮中闪闪发光，像花卷上不多的葱粒，很显珍贵。油葱的高鼻子在他自己的脸上属于突兀的平地起高楼，在惠琴这里却是与湖泊般发亮的眼睛相互辉映的温柔山脉。她喜欢穿彩色衣装，戴垂坠下来叮叮咚响的耳环，走路时摇晃得厉害，一座闪光的脆弱风铃。惠琴的跛脚是天生的，左脚像一朵开得过于肆意的花。她说全怪油葱爱抽烟，她还在母胎中，就被那烟喷歪了腿脚。

惠琴对朋友说话总是柔软温和，但只要油葱一出现，她身旁的空气就扭曲打结，脑袋上膨出一颗杀气腾腾的蘑菇云。惠琴从来不叫"爸"，不得已有事找他时，都直接把眼神扔过去，砸中他。如果眼神不管用，惠琴就直接叫他"油葱"。而油葱应得很快，一脸谄媚的样子。

惠琴的妈早逝，从那以后，父女俩总是冲突不停。尤其在惠琴大了肚子早早嫁人这件事上，两人大闹过几场，后来婚礼上油葱面色铁青地勉强参加，像一只发绿生霉的葱油饼。惠琴嫁人后，要是过得好也就算了，结果真如其父油葱所言，那男人喝完酒，脑壳就飞走了，多大金额的六合彩都敢签，什么人都敢打。惠琴常被男人打。小菲冲去帮妈妈，又总是讨皮疼。小菲母女俩早就形成了一种默契，知道辨认风暴来临的预兆，往往与六合彩开奖的时间相关。在那之前，就尽量避开与他的冲突。不论他决定找哪一个的麻烦，另一个人就要冲出去把大门打开，哭叫着让厝边进来救命，不要怕丢脸。住在街对面的妙香，也就是小菲爸爸嘴里的老妖婆，总是第一个冲进去的，但无奈身子软弱，也只能站在门口大声陪哭。油葱总是勇夺第二，又是挡又是骂，带着街坊再一个个来喊停，总要折腾一个晚上才能结束。

可是想到女儿才刚上小学，惠琴决定吞忍。油葱要是在她面前多嘴，说你眼睛糊到蛤蜊肉了？在这种人身上浪费青春。惠琴就会说，还不是因为你诅咒我，闭上你的阔嘴，不是因为你，妈也不会早死，我也不会早嫁。最后好像她继续这种追打逃的婚姻，只是为了跟油葱赌一口气，就这样继续坚持了三年。但后来，就连上小学的小菲都知道，爸这次真的玩大了，差点把房子都输没了，还因为恼羞成怒把小菲失手推下了楼梯。虽然小菲头壳硬，没受伤，但妈妈惠琴也终于下定了决心，不再忍了，带女儿搬出了原来住的地方。但她没去找油葱，而是拜托妙香给她找了罐头厂的宿舍。

最开始，惠琴一不注意，偶尔也会习惯性地走回原来的旧家。锈烂的门总锁着。

出山

有次下雨,她看见有蜗牛在铁门的螺旋纹路上慢慢上行,爬到顶,又摔回原点。雨里面,她看见二楼外墙皮又融掉一块。才搬走三个月,植物长势凶猛,裸出土墙的地方都被接管。朝南窗户被爬山虎死死纠缠,根本打不开,之前还能看到一点淡蓝色窗框,现在被墨绿色叶潮彻底吞没。

惠琴知道男人还蹲在房间里面,应该还是捧着那本气功书,不停地运功调动室内气流,间或抬起头,分辨着不同物件身上弥散的光。所有带黑气的都要扔掉,紫气的是宝贝,绿气黄气不伤人害物。不知道那天他往自己女儿身上砸的花瓶带着什么气。恋爱时她觉得这男人充满了奇思妙想,可如今那些狂想把他们的日子压垮了。惠琴巴住铁门,借力踮起脚尖,用力盯着枝叶缝隙,似乎看见模糊人影,感觉那影子被酒精那挠勾勾的气息充满,鼓胀着,一丝丝往外渗。她赶紧收回手,掌心都是细小的铁屑,一边走一边搓,它们还是不离开,湿漉漉地贴着皮肤,满是金属腐败的气息。

3

搬出旧家后,惠琴的工作忙碌起来。顾不过来时,她经常把女儿小菲抛到油葱的杂货店里,就像抛出一根橄榄枝。

那时杂货店门是用老旧的木头组成的,每天关门时要把一长条一长条木头拼接在一起。有一次,小菲绊到店里的木门槛,狠狠跌倒了,额头上鼓包,大概有一只枇杷那么人。油葱差点卟疯,哆哆嗦嗦去倒了一大碗花生油,往她额头抹。小菲整个额头已经锃光瓦亮,仿佛头顶一颗夜明珠,她摸着黏黏又香香的油头,非常满意地开

始傻笑。油葱更慌了,不是说抹油可以消肿吗,怎么还越鼓越大!我家这聪明蛋不会撞成一个大憨呆吧!他感觉无法交代,就关了店门,带小菲去菜市场。基本上小菲指哪儿他买哪儿,还下重本买了四斤花脚蟹,带上海鲜去找女儿惠琴负荆请罪。惠琴第一次接受了这歉意的赎价,叫来邻居和朋友,全部人大嚼海鲜,还从冰箱里翻出来好几个菜,又是热热闹闹的一个晚上,大家都忘了小菲脑袋上的包,包括小菲自己。

后来,小菲看见油葱把门槛拆了。

小菲还觉得有点感动,油葱为了自己,特意拆了门槛。随后才知,岛上开始整修,有学者发现杂货店原地址是历史遗迹,油葱的店被征用了。油葱立刻同意,因为提前签字,还有补贴,可以得好大一笔钱!他把店关了,去岛的西边帮人看管一座山,负责养鸡种杨梅,说是要当"座山雕"。

那年暑假,油葱跟小菲说,走,假期跟着阿公玩。小菲就去山上陪油葱待了两周。满山杨梅树,树下鸡乱跑。油葱根本不是老大,鸡才是座山雕。偶尔山上来蛇,但鸡够多,冲上去围殴那条蛇,活活啄死吃了。这些鸡,个个是飞鸡,野得很,总是猛地蹿起来,飞到树顶。

小菲刚到山上时,油葱在树下忙着抓鸡,让小菲也去帮忙。油葱说时间到了,鸡都急着找老婆,公鸡互看不顺眼,打架都往死里打,每天要死伤好几只。所以他干脆给鸡戴上塑料片眼镜,叫它们当上知识分子,一个个都顾面子,就不打架了。小菲才不信呢,油葱又在骗小孩了啦。但她之前从没抓过活鸡,更没给鸡戴过眼镜,感到新奇,在山上彻底玩疯了。她追着鸡

屁股跑了三天，又仔细看了手里这些红色的塑料小眼镜，右边是通透的，左边是密封的，鸡戴上去后，只有一只眼睛能看见，或许这才是它们不打架的理由。

小菲每天玩累了，就回山上的石屋吃饭。油葱总是手忙脚乱地准备烫海螺、鸡汤砂锅和虾米炒挂菜之类，随时会失手撞破两只碗。

你杂货店原来是什么遗迹？吃饭时，小菲问油葱。

油葱说，是个祠堂，也是全岛第一个外国人居住的地方。那人在英国努力学医和闽南语，准备了个十五年。一路辗转，从欧洲到吕宋，又终于来了咱岛。然后，他死了。他来的第二日，染了当地疫病，喉咙肿到闭锁，人虚落去，一周后死了。他没来得及跟人说闽南语。他学的医术也没能救自己。

小菲听的时候，正在用牙签挑一只痣螺，忍不住说，笑死人，也太衰了，十几年全白费，油葱你肯定又在乱说。油葱拿起痣螺的厣，也就是那枚小小的鳞片，按在小菲的眉心，突然严肃说，憨孩儿不要笑，死人事，不要笑。小菲以为他接下来要说个鬼故事，可是他转头没再说。

相处多了，油葱对小菲满嘴的普通话很不满意，说她都被学校教傻了，闽南语都说不轮转。青蛙叫什么？不会说？蜻蜓呢？也不会？哎哟可怜歹，半个小北仔。那两周，油葱带着小菲满山跑，到湖泊边缘，看阳光的涡流在水面流动；抬手翻动那些覆满青苔的石块，看下面涌出来的亮壳虫和软软的恶心的蚯蚓；再让小菲这个胆小鬼骑到他肩上，试着从树上拧下青木瓜，看树流出珍珠一样的血。山上的日子热烘烘，每天都有新东西看，从花斑蟑螂到无头鸡，比动画片精彩。

最后两天，油葱接电话时神神秘秘，小菲听到他提到妈妈的名字，但自己一靠近，他又马上改口聊别的。

后来，小菲才知道，那阵子爸妈在岛上离婚，闹得不太好看。小菲下山那天，爸已去了他北方的老家。油葱偷偷拉着小菲说，你要理解，你妈不容易你要理解，她是一个很好的妈妈。你爸你也别恨，他是你爸。到了巷口，小菲还是伤心地哭了一会儿。

一进家门，妈妈在煎鱼，小菲不说话，钻进厕所洗澡，听见整个世界都开始落雨不停。从山上回来，她才第一次发现在家里能听见这么多声音。雨落入青草，打落缅栀子，渗入砖墙的声音。还听见天空的鼓声。或许不是鼓声。这小区每个家大约有四个窗，每个窗都有一个雨披，被雨点反复击打。塑料雨披，金属雨披，新雨披，旧雨披，无数的家环绕着，雨声被放大、被创造，噼里啪啦咚，是雨披的声音。小菲突然感觉到幸福，这样一个安全的，只有雨声的家，这些亮起的窗户。不再有酒气，皮带和突然而至的暴风。

妈妈这些年都在吞忍，可是上次爸喝醉把小菲推下楼梯后，她就再也不饶他了。小菲想起妈妈那天说，咱会有自己的家。

洗完澡，整个人轻轻。吃完饭又有些爱困。妈妈和小菲沉默地喝茶。咕。咕噜。两个人贴在一起，没有缝隙。窗外亮光闪闪，雷还在一个个打。轰。隆。轰隆。小菲用脑袋靠住妈妈，手轻轻抓着她松软白嫩的手臂，帮她焐热，然后跟她说："妈，阿公说，你是一个很好的妈妈。"

4

夜里会偷吃东西的，不只是老鼠，还有大人们。

一开始，小菲没发现。作为小学生，小菲早早地就被逼着上床睡觉，连《还珠格格》都错过了。有一天小菲梦到五阿哥永琪来学校表演唱跳，他突然在人群里看见了小菲，就在他势必对她爱爱爱不完的时候，她醒了。醒的太不是时候，心里很难过。突然，她发现外面有人在聊天。透过浅黄色软木门的缝隙，能看见暖锅咕噜咕噜地冒泡，周围是奶白的鲨鱼丸子，挣扎跳动的虾，鲜切的白灼鱿鱼，淡金色冒着泡沫的啤酒。油葱老神在在，坐于灯光下。他的鹰钩鼻闪闪发亮，少有南国岛民长着那样的鼻子，因此他常自豪地宣布自己身上有着希伯来血统。脑袋上的卷头毛，让他看起来像只熊，讲话的时候手又指又比，动作像在划拳，说出来的每个字都被手势扩大了一号。妈妈，妙香姑婆外加两三位叔叔阿姨，眼睛都看着他，耳朵都朝向他，只有他一人在那里喷嘴沫。

小菲大生气，然后感觉尿急。

厕所在外面，外面有客人，有客人小菲就害羞。不愿去。不知哪来的灵感，她拿起纸笔写了张纸条，然后蹲下来，对着门撒了一泡尿，把自己的纸条顺着尿河放出去。小菲妈走过的时候看到了，上面字迹有些模糊，但还能看清：

"你们自己吃火guo，太过分了！"

妈妈大笑，所有人暂时抛弃油葱，兴致勃勃围观尿湖上漂着的白纸条。小菲钻回被子里，听见声音越来越近，是妈妈把木门推开，靠近床上装死的她，戳了她的脸叫她起来。油葱让小菲坐在他身边，小菲也没在客气的，狠吞五六颗丸子和一堆虾。

那时，小菲的重点在于吃，大人们的重点在于听，油葱的重点在于说。他说到重要的桥段，全场都要认真，小菲此时如果还沉迷于剥开螃蟹的肺和钳子，就会被油葱点名，菲啊，来咯，阿公说的这段你要认真听哦。她只好缩起脖子，敷衍地停一停。油葱仿佛蓄了一夏天雨的水库，在短暂的屏息一瞬后，词语就哗啦啦喷涌出来。见他开始忘我，小菲立刻扑向食物。全部人听得嘴开开，快到结尾最关键时刻，油葱却暂停，不说了，开始猛吃菜，两口就干下去一只白灼大章鱼。全部人就开始狂夸他讲得好，要他继续，他却开始自谦什么"狗声乞丐喉"，说故事还没有完，还要再酝酿酝酿，下次再说吧。

妙香姑婆早就认识油葱，她笑着对小菲说，你看看，你阿公就是这样。这样你妈妈就得再准备酒菜，不然故事就听不到结尾，这老猴真狡猾。

5

小菲宁愿去动物园当只猴，也不想去上学。

爸妈离婚，让小菲在小学的日子变得辛苦。小菲那时候就明白，人都有的东西，你没有，这会变成被欺负的理由。但还愿意站在她身边的，就是真朋友。她在那时候认识了最好的两个朋友，可惜都在别的班级，自己在班里还是独自受欺。因为九年义务教育而不得不聚在一起的同学们围着她，唱嘲笑的歌。兴之所至，还会推倒她，把她当作矮胖的陀螺。小菲总是一声不吭地爬起来，脸上带笑，假装玩得愉快。她绝不让自己露出一点难过，这点面子，她还要争。

小菲总是衣衫带土走回家，趁妈妈没回来，自己把衣服洗掉。可是有一天，她在路上遇到下山卖鸡的油葱，他在夕阳里拍拍她的脑袋，她就哭了。她说油葱，你要赶快帮妈再找个老公，不然她在工厂里会被笑。油葱掏出手绢在她的小圆脸上，不熟练地三抹两抹，把她五官都揉在一起再揉开，然后说，你不要听他们的，让他们来听你的。

第二天，油葱去小学接小菲，身穿古怪的芒果黄斑点长风衣，打着一根斜纹花领带，像只刚打劫了驯兽师的花豹，屹立在校门口。等四年级的孩子们排好队走出校门的时候，油葱猛冲一步到他们面前，呼啦一声扯开自己的风衣，孩子们就集体尖叫出来，把他团团围住。

油葱毕竟开过杂货店，囤积了一大堆没卖掉的古怪零食。他在风衣里衬左边挂满这些对付小孩的糖衣炮弹，荧光变色糖能让你舌头变成蓝色，毒菇红的钻戒糖可以一边戴一边舔，超大卷的泡泡糖拿来跳绳都没问题，还有放屁糖，打开时就像有人放过臭屁但是放进嘴里却是蜜桃香。而在风衣里衬右边，是原先杂货店里的纸板抽奖盒，一共有八十个小小的扁格，伸手掏破那层薄薄的纸，就能看到是几等奖。

油葱说，瞧一瞧看一看，小菲的朋友紧过来，每人免钱抽一个！不要推不要挤，小菲的好朋友，每人免钱抽三个！他把凑近的一圈小脑袋都推开，只准小菲站在他的旁边，菲啊，这个是你朋友吗？来抽一个。这个呢，不好意思下次再来。还有这两个呢？是很好的朋友？就是你之前说的那两个？来，一个人抽三个，不够再继续抽。最后实在有富余，小菲也心软，让干巴巴在旁边等的同学有机会抽。小菲觉得油葱好像会魔法，她的好朋友抽到的号码都是好吃的想要的，欺负她的臭同学抽到的都是放屁糖，但他们也还是很开心。油葱只不定期来了校门口三次，自称是小菲朋友好朋友的人就满地都是了，自称得久了，他们自己也就信了，不好反悔。油葱得意地说，小孩比小鸡好搞定多了，一切尽在掌握。

6

油葱说得没错，小鸡他搞不定。因为鸡，惠琴又发火了。

妙香姑婆跟油葱和惠琴父女俩都很熟，见状就来相劝，她人热心，常常帮衬小菲家。

"阿姑你免说。油葱这人就是爱虚华，可是人又不够会！"惠琴生气，是因为近来她才知道，油葱根本不是去帮人看鸡，而是豪横地包下了整座山。那座山总算是结出了杨梅，但果子还没收获就被撞到地上，满山都是香滚滚的烂杨梅，躺在地上流血。鸡，也不停变少。成年鸡少到只剩一半，小鸡仔更是折损得颗粒无收。油葱这才发现，山上总有野猪在夜晚来袭，这是人家事先不会跟他说的。

妙香说，惠琴啊，你爸他就是个憨人，不懂做生意。山的情况，鸡的品种，野猪的行迹都没搞清楚就掏钱干，实在是傻出汁。但他说过，去包这座山也是想把生意做好，想供你和小菲改善日子。

一听到，惠琴忍不住大爆炸，说，拜托欸，我最讨厌就是他拿我做借口。我不心疼钱，那是他的钱，要怎么浪费是他的事！我不用那么多钱来穿金戴银佩珍珠，现在跟小菲有吃有喝就有够了。你不是不知，这些年他玩废掉的钱有多少！我妈破病，最需要钱的时阵，他说这钱根本不够，要跟人去做蜜饯生意，结果反而欠债跑路躲到墓地里，那时候你也是知道的。而且，有人说油葱在山上养小姐啦。这个老猪哥！

妙香吃惊地张开嘴，又合上，再无话了。惠琴意识到自己实在是凶巴巴了一点，赶忙叫小菲帮泡茶，自己去厨房端出新烤的绿豆馅饼给妙香吃，一边抱歉地说，哎哟歹势啦，我不是呛你啦。妙香伸出手指，把惠琴蓬出的一缕乱头毛别到耳后，然后用手轻轻拍着她的后背，说，好啦，没事啦没事啦。

终于，妙香苦劝，惠琴大骂，油葱折腾许久，才承认自己生意倒担，仓促收了场，勉强保住一半的钱。于是小菲四年级那年，欢喜白喝了许多鸡汤，妙香帮忙拿菌菇或鱿鱼干炖得香香的，就是肉有点硬，毕竟都是油葱送来的，满山跑的硬汉鸡。

那阵子大人们吵作一团，可小菲只觉得，妙香姑婆做的汤，真正是全岛第一名。

原先小菲家与妙香姑婆没什么来往，小菲还以为她是个冰山老太。小菲印象中，幼儿园的上学路上总要路过一栋两层洋楼，带个灰石墙的小院子，种着绿茸茸的葡萄藤。院子的台阶直接通向二楼。二楼窗户全是晶莹剔透的彩玻璃，窗户大开，客厅一览无余，总有人在里面打麻将。昏暗的房里，隐约见一位白衣老仙女，身体干瘦素净，总是笔直坐着，像个冰雕。有一些灰尘在她身边打着旋，灿亮如星尘。小菲有时候会好奇，站在台阶的下端，背着书包仰头呆呆看她。每次小菲抬头望向那客厅，就觉得是个戏台，高高地架起，里面有着沉默的一出剧目。但老仙女打麻将时，只看牌，从没理过小菲。满屋烟雾弥漫的，小菲也总看不清她。

再后来，大约是小学一年级时，小菲看见那房子所有的窗户都关上了，破烂的麻将桌，木凳、眠床、门扇板正源源不断从房子里被抬出来，摆在那个矮牵牛和葡萄藤拉拉杂杂的园子里。老仙女长发微微散乱，背对着大门，端坐在那只马蹄足八仙桌上，吃一细枝红豆冰，很认真地咬和嚼。在她的头顶是瓦蓝的天空，排布着紧密有序的云絮，像一颗一颗白色的齿痕。

结果几天后，小菲发现她又出现了，竟然搬到了自家街对面的平房里，成了邻居。

小菲那时觉得对面的小平房很香，感觉有许多鲜花在屋内同时绽放，花的灵魂都在向外蜷曲延展。房子只有妙香自己一个人住。小菲第一次去敲门时，是晚上，路灯亮起，门打开，探头，小菲看见老仙女站在天窗切割出的银色方块月光里，她满头长发竟然都转为纯粹的洁白，比之前亮得更加璀璨了，让小菲想起海底的珊瑚。小菲看呆了，嘴巴微张，那老仙女说话了，你是油葱的孙女对吧？叫我妙香姑婆吧。

妙香姑婆刚搬过来，小菲就听到邻居议论她。当初妙香也是响当当的一蕊花，她老公在后面追着跑的。那时候婚礼也风光，但后来她一直没孩子，好好的正室，让老公把二房请进了门，人家生了儿子，所以正室还不如妾。她倒好，还是日子照过，舞照跳，贪玩一世人，后来才被扫出门，从二层洋房搬到了小平房。那时候，小菲爸妈还在一起，爸爸也看妙香姑婆不爽，觉得她妖里妖气。小菲跟妈妈说起，惠琴就叫她千万别跟姑婆说这些，一家有一家事，我们懂什么？还不知道别人怎么说咱家呢。

后来,妈妈惠琴与妙香姑婆越来越熟,常一起吃饭,惠琴被打的时候,她总跑来帮忙,直到小菲跟妈妈搬出去后,她们还经常互相走动。许多人一开头还笑,妙香之前都靠别人养,出来后要是继续贪玩,哪撑得过半年?没想到妙香很快就想到了,给岛上这些双职工家庭的孩子提供餐食,稍微收一些费用大家也都乐意。她此后直到生命的最后,没人见过她再打过麻将。就这样,倒也把日子好好地过起来了。

爸妈离婚后,小菲就经常去妙香那里吃饭。老一辈的手工菜她都会,炒粿条和芋包做得尤其好,有时候得空还会炒面茶。小菲和其他小孩每次都吃得好像猪哥在吃泔水,大口大口吞。有时,妙香姑婆穿起旗袍跳舞给他们看,很妖娇,手和脚都飞起来,香香软软地在乐音里飘。妙香姑婆的阿母,可是正宗从上海被带到岛上的舞女,什么舞都会跳,妙香姑婆肯定跟她阿母跳得一样好。

7

小菲上初中时,岛屿上许多事情都变了。

岛上许多人的房子都中了拆迁,工厂也全都迁到岛外,原有的三所小学因为生源不足只好合并。很多人开始需要每天在清晨坐轮渡,去对岸的大岛上班。妈妈也换了个新工作,给台湾人做助理。小菲之前看到的台湾人,都生怕别人不知道自己是头家,老爱穿花叶繁复纠缠的衣服,还得配上背带裤,总之就是怪怪的。但新来的这个老板赵保罗,倒是憨厚低调,跟妈妈年纪相仿,眼睛眯成细线,眉心有一颗浑圆的红痣,话少叫人害怕,可说起话来又总带着一种歉意似的,过于客气了。妈妈腿脚没那么灵活,但做事情很麻利,别人要整理很久的资料,她三两下就搞好了。这老板很重用妈妈,只是工厂在岛外,每天通勤很远。

岛上也有不变的东西。小岛大约在中秋节后就会开始吹凉风,巷口长长的三角梅从向上攀变成向下垂,仿佛是岛屿天气隐秘的拉闸开关。

天冷的时节,油葱又开始在忙了。

他鼓捣先进技术,买了一台二手数码相机。那时候他给小菲和妙香姑婆都拍过照,小菲不好意思说,妙香姑婆看了却直接不高兴,说把她拍胖了拍丑了拍老了,怒抢相机给油葱震撼指导了一番。小菲也觉得自己比他拍得加减好看些。油葱大摇其头,他说你们不识货,都不是我客户啦。后来大家才知道,他的客户是死人。他开始做殡葬摄影。他说就跟婚礼摄影一样,不拍不行,拍了,也不会有人看。相机里大多是黑衣、鲜花、死者和绕棺材走的亲友。油葱还怕吓到小菲,她却拿着照片看得入迷。那些躺卧在白床上的老人家,两颊擦粉红胭脂,头戴绣花边的帽子,身上盖丝亮的层叠被子,绣着红色十字。棺材周围是一圈白一圈黄的大朵菊花,遗体就像花丛里大号的洋娃娃。

一直以来,小菲对殡葬、墓地相关的事情并不排斥,甚至有些迷恋。初中班里组织清明节扫墓,她喜欢逃离人群,躲在墓园深处,一块墓碑一块墓碑地阅读过去——陈大蒜林悯饲王雅各。都是陌生人。站在旁边的朋友,总会怕怕地说,你别念名字,念名字就是在呼叫这些人。小菲总会忍不住笑她们,哈哈哈,搞得每个墓碑都是声控门铃似的。小菲觉得不能看到许多人的出生，但可以把许多人的死亡一次性看个够，有什么不好。在墓园的那种蒸腾的，热乎乎，潮湿闷闷的气息，让她觉得安宁，岛上许多人正睡在那里，都安息在乐园里。

这次油葱的转型还挺成功，似乎工作不断。除了拍葬礼，有些老人会约他去拍遗照，比如岛上中学的林校长，自从得了癌症后，就找油葱一年拍一张遗照，就像是一年买一张死亡彩票。老人家最爱找油葱，他们说其他人给拍照总是拍不成，说1，2，3，结果眼睛总在数3的时候闭上。要不就是浑身不舒爽，拍出来一张青惊脸。油葱一边拍一边会练疯话，给人逗得想笑，然后他再出其不意抓几张，总有一张表情自然。

8

油葱说，他从此就要当"地下工作者"了。

那三年，油葱的殡葬摄影越做越顺手，看得多了，自信也跟上来了。他索性把钱一凑，买了地下商场的店铺，开了家殡葬一条龙。他跟女儿惠琴保证，自己这次心里有底，是踏踏实实地干，惠琴便也不再给他漏气。

油葱说这次捡了个便宜。他的福寿一条龙选址在地下商城里。这里原先是个山洞，后来改建成带有下沉小广场和一圈店铺的商场。地下商场往上走，是一座小山，顶端有一座私人白色庭园，中心带一座小迷宫，后来被改成公园，逐渐废弃了。

关于地下商场和连带的山丘该怎么规划，这些年一直在变。规划处三四年换一拨人：一拨人觉得应该重视开发，兴建人工景致；一拨人觉得保留原味，原来的就是最好的；一拨觉得应该发展店铺，借商户之力发展；一拨觉得商业化氛围太浓，损害本真的美。又把商户迁出。于是这里挖了停，停了挖，开始店铺有补贴售出，过会儿又关停不让开店。小山坡上的树被砍掉几棵，为了让路上建起音乐凉棚步道。步道建到一半，又因为经费问题停滞。过两年，因为这些半成品步道有碍观瞻，又一一拆去。没办法，这是一座太多人经手来装饰和塑形的奶油蛋糕。最终由于想法太多，人气却一直没搞起来。所以，油葱入手时，捡了个最低价。

油葱的福寿殡葬一条龙，就在地下商场深处那个最大也是唯一的店铺，那个位置空了多年无人问津。地下商场里其他店铺，则是做什么生意都撑不过三个月，最后通通躲不过倒闭的命运，卷帘门都裹上了厚锈。油葱用霓虹灯牌在店铺门口打出"寿衣"两个字，闪闪烁烁的，颜色每隔三秒钟还变一次。

把全部家当搬进地下商场那晚，油葱找了妙香姑婆过来，在街上展开两只圆板桌，现场热炒办桌，请帮忙搬家的亲友们吃饭。妙香现在不仅是精致小菜做得，大锅热炒也不在话下。他俩双剑合璧，一个切一个炒，蔬菜肉丁海鲜上下乱飞，搞得有些游客还以为这是哪家大排档，差点坐下来点菜。自己办桌，关键还是便宜，比上酒楼便宜。

在一旁杀鸡杀鸭的时候，油葱还要缓缓念一串："做鸡做鸭不费时，出山人度人子女。是男是女，赶紧去出生！"然后再一刀下去抹它脖子，让血流进大碗里。小菲问妙香姑婆他在做甚，姑婆说老一辈杀动物都要念一下，是跟它们相劝，这辈子当鸡鸭，命送此地给人吃，总算没浪费时间，下辈子祝他们当有钱人子女。小菲说油葱真的厉害哦，还能给鸡鸭送葬。

开席后，油葱感谢众人，又大声宣布，孙女小菲这次中考大获全胜，考上了对岸的重点高中。小菲妈妈惠琴下班也来了，难得地倒上啤酒，满面带笑，珍珠项链在街灯下漾着暖暖的光晕。油葱说，他早知，孙女小菲以后是要干大事的人。然后他把小菲小时候，对着门外大人撒尿的故事说出来，说她如何运用一泡尿加一张纸条，争取自己吃火锅的权利。那天晚上菜很好，有些蛤蜊还是油葱跟渔民叔去礁石上挖的，总之就是便宜又大碗，大碗又满堼，大家吃得热热闹闹。

那天晚上，沿街客厅里电视机都在播着奥运比赛，油葱摆在街边的音响放着《浪子的心情》，暖金的啤酒在小玻璃杯里溢出泡沫，银色的瓶盖在地上砸出清脆的声音。更高更快更强，大人们也跟着发威，平常一两瓶啤酒就把一桌人喝得面红耳赤，这次，他们喝掉了一箱。

9

油葱的殡葬生意，竟然真的稳扎稳打地干起来了。他甚至还忙不过来，聘请了两个帮手。其中一个帮手，是妙香。岛上学校外迁，学生变少了，她原本的生意也就不做了。她还是喜欢做饭，就在一条龙店里照顾伙食，有需要的时候，还能外出帮死人化妆。妙香每天在店里坐镇，把暖锅摆好的时候，整个店就是烟雾弥漫的仙境。每天有大约一个钟头的时间，黄昏的余晖会从天窗灌注进来，聚集在地上形成齐整的长方形，给地板铺上一块暖金地毯。

妙香比油葱大十岁，她跟小菲说过，那时候，油葱还只是个流鼻涕的小屁孩，妙香带油葱在山顶白色庭园里玩捉迷藏，他每次都找不到她，玩到后来经常耍赖，倒在地上哇哇哭，像个小肉球，等着妙香给他抱起来，拍去满脑袋的苍耳。小菲喜欢听油葱儿时的糗事，总是忍不住哈哈大笑。

另一个帮手，是渔民阿彬。他原本是渔民，近些年避风坞被封闭，他的渔船也遭清退，再不能出海。他身材硬邦邦，力气大，一条龙工作中的搬抗推，他都能干。他吃饭规矩最多，会教小菲吃鱼不能翻过来，不然会翻船。只能用筷子把鱼骨和肉分离，然后整条鱼骨连着鱼头拉起来。鱼头必须最后吃，不能一上来就挖鱼眼，那是对客人不敬。油葱总笑阿彬，如今已经不上渔船了，还遵从这一套。阿彬习惯了在海上纵横来去，到了岸上也神出鬼没，经常不见人，但店里需要时他都会准时出现。阿彬比油葱年轻许多，两人是死忠兼换帖的好朋友。全岛大概也只有他，闲来会把长长的渔线甩到油葱面前，然后叫着："油葱油葱，快点咬钩！"油葱这时候就满脸喜悦地走出来，陪阿彬去钓鱼。

除此之外，生意最好的时候，福寿一条龙还会增加三四个临时帮工在外面四处跑。

高二那年暑假，妈妈惠琴要跟赵老板出差，小菲就寄住在油葱那里。

小菲喜欢地下商场的安静。这一区向来很冷清，人们没事也不愿意从殡葬店门口经过。有人怪油葱的殡葬一条龙带屎了整个地区，问题是他来之前，这里本来连鬼都没有一只。油葱跟小菲说，大家就是觉得衰运和鬼都住在一条龙店里，不小心经过，这些阿飘就会跟你回家。妙香听到，

出山

就大笑起来，说，拜托，也真是想得美，衰运和鬼，难道没有主见吗？而渔民阿彬会说，只要稳稳把钱赚到就可以，那些瞧不起油葱的人就是一群没本事，全身上下只剩一张嘴的废物。

走进店里，中心必然是一张可以泡茶的桌子，感觉像是从倒闭的家具店里捡来的垃圾，边角磕烂了，桌面布满暗色纵横交错的痕迹，油葱非说是红木的高档货。桌上茶盘旁边，摆着白色塑料泡沫盒装着的刚烤好的馅饼，还有红色塑料袋里的麻酪和蒜蓉枝。

走到店的背部，是一层厚厚的暗棕色布帘。掀开布帘，背后还有个客厅，深处连接着好多房间，像繁复的地下宫殿。妙香和阿彬也有专属房间，只是阿彬经常去儿子家，很少住。外聘的工人全都在外面跑，店里总是很安静。

客厅的缝隙里摆满了油葱的东西。幸好小岛从没地震过，不然油葱收藏的这些物件全倒下来就能把所有人淹没。小菲都不知道眼睛往哪里放。楼梯扶手密密麻麻地披着图纹繁复的挂毯，带着厚重的灰尘。死去的八哥做成了标本，停在钟表柜的顶端，有蛛网在头顶像新妇遮挡的头纱，后面放着杏花树形状的灯盏。客厅角落里的大木桌却一反常态地干净，紧挨着的那只小木桌，则摆满了水仙花球、棉花、银色的剪子。油葱没事的时候，就坐在那里雕刻水仙花。被他雕过的水仙，叶片会呈现出各样的曲线，不再是直愣愣的葱头开花。

小菲住进来需要适应的第一件事：电话常在半夜响起。小菲觉得油葱和妙香就跟救火队一样，接到电话后就立刻往出事地点冲。死亡可不会挑时间。凌晨两三点，电话也常会响起。生意真好。可是每一次电话响起，都有一个人死去了。住进来后，小菲常常听见他们接电话，说得最多的是：放心，不要担心，不用怕。这是岛上的人都愿意找他们的原因吧。比起远处的，规范化的，不熟识的人，在这些大人们最惊慌的时候，他们更需要油葱和妙香在他们身边。

接下来几天，小菲很快就习惯了睡眠被铃声切割，等他们把电话打完，翻个身继续睡。小菲还忍不住出手帮忙整理了堆叠得乱七八糟的玻璃橱窗，把寿衣一组一组按照颜色大小排好，再把纸扎陈列摆好。小菲发现这些纸扎都做得很细致。单单在成功男士小套装里，就有手机、车、表、银行卡这四件。手机是过时的诺基亚黑白机的样子，但顶上的品牌写着 Hades。这不是希腊神话中冥王的名字吗？表上写着"劳力时"，用心地拿金色的纸镶了一圈，在白射灯下闪着光。银行卡，端端正正写着"冥间阴行"，诡异的谐音。美女套装里除了口红、名牌包和高跟鞋，竟然还有三层的下午茶套餐。顶部放满水果塔，还带着薄薄的糖霜。"这……居然还挺好看……"小菲边整理边赞叹。油葱说他不乐意卖机器做的呆板纸扎，这些都是找岛上艺术学校的学生们手工做的，又便宜又好。

10

小菲住进来的第七天透早，油葱接了个电话，然后他扭头对小菲说，你们小孩子都很会拍照对吧？今天陪我去做活。小菲说好啊没问题。

小菲知道油葱店里生意渐好，岛上的人都愿意找他，人手却总不太够。因此搬进来之前，小菲就特意跟油葱说，她可以帮忙做卫生,一条龙有什么需要都可以叫上她。她从来不怕这类事情。油葱听了,说我就觉得,你这孩子从小头脑跟别人不同款。

出门前,小菲觉得奇怪,平日妙香姑婆总是很愿意配合油葱,这次却别着身子,坐在厨房里死活不出来。她不去吗?小菲问。油葱掐住小菲的嘴,塞进去一块炸枣,然后说紧走紧走,就拉着小菲出门了。

林校长的葬礼,是小菲第一次"出勤"。林校长有位在国外赶不过来的姐姐,希望能用数码相机记录下全过程,发给她隔海纪念。小菲赶紧跟油葱出发坐船去大岛。油葱告诉小菲,以前岛上倒是有停尸房和焚尸炉,如今告别、火化、入土都在对岸大岛上。小菲身处的小岛,已不再具备处理和埋葬死人的权力。哪怕人在小岛上去世,尸体都要坐专门的船运过去。由于搬出小岛的人越来越多,现在红糟肉丧宴也通常在大岛上办,方便吊唁的宾客。

林校长终年八十九岁,是家里保姆打来的电话,说他死了。不对,油葱说干这行,死不言死,要说"过身",出殡则叫作"出山"。林校长早年搬出小岛,住在对面大岛火车站边上的高楼,他早上过身,在自己家里睡过去了。都说这样离世的方式,算有福气的终结。

油葱在现场只负责最重要的流程把控,至于洗身、换衣、抬棺、化妆入殓这些具体事,他都叫人来做,免得分心。他告诉小菲,乐队指挥肯定比光懂奏乐重要。当然如果孝男孝女不在场,赶时间的时候,他也愿意站在一边,让准备寿衣的人把衣服一层层反套在他身上,然后再剥下来给死者"套衫"。他说那些规矩,他不信,也不怕。林校长洗身换衫完,需安排八个人抬棺。如果遇到年轻人早逝,那就只能四人抬了。这一天,小菲才知道,死者和棺材不可以坐电梯下楼,林校长的尸身必须从十六楼由八人抬着,走楼梯下来。

第二天守灵。第三天葬礼。小菲很认真地一路跟拍。整个过程中,油葱威风八面,骂这个靠北那个,流程迅速向前滚。他竖纹蓝衬衫的口袋里,永远插着两支笔,随时拔出来,跟拔枪一样,砰砰砰在纸上画,整个场子运筹帷幄。油葱是葬礼的主事人,但更像是全场的老板,或者债主。所有伤心的人、做事的人,包括尸体,都必须听他指挥。有油葱在的场子,葬礼的中心是他,而不是死者。他像一只烈怒的蜘蛛,喷射出许多细密丝线,牢牢控制住每个流程的每个细节。寿衣的件数,白色盖布的花边皱褶,红丝线的数量,鲜花的摆放位置,司仪的流程,火化的时间。稍有差池就要承受他猛烈的炮火。等一切结束后,才会发现他并不是在发怒,而是工作的热情进入了燃烧状态。

小菲想,他是真的爱这份工作。

林校长生前交代过三个要求,一是希望得家人原谅,二是最里面要穿那件桃红的真丝衬衫,三是想找诗班来唱诗。第一条油葱管不到。第二条穿衣的事,油葱有照办。但林校长第三个要求,不好办。一般如果死者是走世俗路的人,要掐好时间,注备香烛祭品,有要求的话,还要花钱请光头和尚或者道士。拜上帝的,则叫来教会的唱诗班和牧师做安息礼拜。林校长葬礼不太好找人,因为他并没有委身的教会,何况虽然他搬出岛有一阵了,关于他的那些传闻一直都在。早先小菲在渡船上见过他几次,总是拉着年轻男人的手。后来听说过,有人去林校长家里做客时,有人冲进来，气势汹汹地跟林校长要钱，说他这种钱可欠不得。

油葱一直在打电话，终于也拗到了人来。早上十点，歌声从灵堂一直往外飘：我今空手来亲近，专向十架求大恩。裸裎望你赐衣裳，软弱望你善培养，污秽走倚清水边，求主洗我皆清洁。或是在世尚度活，或是临终性命息。神魂离开过死河，看主高坐审判座，替我打破石磐身，使我匿在你内面。

唱得真好听。油葱说，以后他自己死了也给他找个唱诗班来，那些弟兄姐妹都很忠厚，不用花钱，有的连包了红丝线的毛巾都不肯收，就拿两颗话梅糖。

小菲看了一眼躺着的林校长。印象中他红润壮实，谁知已经变得这么干瘦。妙香姑婆就经常说，她绝对不要搬出岛屿，那些搬出去的老家伙，很快不是死就是废掉。话说得难听，或许只是因为她害怕了。林校长七年前就搬走了，小岛上的医院越来越差，半夜出点紧急状况，医生都搞不定，会让你先不要死，第二天再来。渡船不到凌晨就停了，但凡有点忍不了的状况，都要在夜里请挂旗儿小船去大岛的医院。林校长年纪大麻烦多，经不起折腾，只能搬出去了，还找了保姆全日看护。他就像被切断根的蔬菜，身上那股活气就泄了，双腿也迅速萎缩了下去，在床上躺了许多年。

隔壁灵堂摆满了花圈，来的人也很多。相比之下，林校长的灵堂，既没有多少亲属，也没几个朋友。他退休多年，老同事大多都不在了，除了妻子儿子，只来了一些学生。油葱说，有什么所谓，人多人少，热不热闹，他本人也不会体会到，都是给别人看的而已。对谁来说，死都是一件独自完成的事情。

就在告别式的最后，妙香姑婆突然出现了。她白头发都梳齐盘成一个髻，身上穿着白色的系带衬衫，下身是白色阔腿裤，耳边的两丸珍珠在白炽灯下闪闪发光。小菲看呆了，想起有好久没看妙香姑婆打扮得这么认真了。

妙香走进来，油葱跑到她身边，林校长的家属也围了过来。妙香蹙眉从包里掏出一个黑色小布袋，扔到棺材边上，说："今日给伊一个全尸。"然后就转头脚步轻快地走了，如同卸下万斤重担。油葱转头跟小菲说，这段到时候掐了，然后就赶着众人继续忙。等告别式完成后，就是出山，油葱催着家人把林校长送去焚化，装入盒中。

所有流程都结束后，会有丧宴，当地叫"吃红糟肉"，宴席的末尾会端上来一道被红色酒糟腌过的肉。告别式上大哭的人们，在红糟肉晚宴的时候，都是笑的，喝点啤酒再吞下一颗土笋冻，人已经正式离去了，再哭就不合适了。

忙完后回小岛，身体很累，但小菲内心有种踏实的感觉。特别是油葱还给她发劳务费，他说你这小孩也是蛮现实的，拿到钱马上嘴笑眼笑。但小菲有一万个问题想问，油葱说我知道你想问什么，你给我一百块我告诉你。

小菲豪爽掏钱。

油葱说，林校长是妙香前夫啦。

小菲问，妙香姑婆往棺材扔了什么呀？

油葱说，如果你能猜对，阿公给你一百。

结婚戒指吧？

油葱说，不是。你给我一百我跟你说。

小菲只好又掏钱。

那时阵你妙香姑婆是大美女，追她的

人排队要排到南洋去。这个老林当时剁了自己小手指,当作定情物的。

蛤？布包里,是一根陈年手指头？这些老人家年轻时玩这么猛哦？小菲感到佩服。但她也发现,自己几天的辛苦费,就这样又被阿公卷走了。不甘心,想反悔去抢,爷孙俩一个逃一个追,笑声跟机关枪一样,惊动沿街的麻雀四处乱飞。

11

暑假结束,小菲开始上高三。自此,她就笑不出了。

原本,周末小菲还会陪油葱和阿彬去海堤钓鱼,去礁石上拧海螺,晒得黑辘辘。回到家,再把整桶海螺倒出来,蒸熟,蘸蒜蓉醋吃。后来,她不肯再奉陪了,一个夏天的黑,一整年都白不回来。女大不由人,她不再是那个长辈叫干什么,就乖乖跟着去的大傻妹了。小菲是要干大事的人,每一天都在拼命地看书、做题,难得有空闲时间就把自己关在房间里不出来,有事就猛地推门出去迅速做完。

后来她会想,自己当了很久小孩,总习惯推门而入,不好。这习惯,自那天后永远改了。

她那天上完周末补习班,推门,妈妈跟她的台湾老板赵保罗坐在客厅里,就是僵硬地坐着,两个人同一个姿势,脖子伸得一样长,靠得很近。看见小菲,赵保罗郑重地用牙齿牵动嘴巴,露出一个笑,细长的手指捏住膝盖。空气里有股焦灼的酸味。小菲才发现她爸也在。好像他们三人这样僵持了很久,以至于心绪都串了味。而此时她爸伸手突然去抓她妈,赵老板猛地蹿起来挡。三个人又拉又打,让小菲想起山上斗殴的鸡。

小菲愣住了。按照过去的母女逻辑,或许该上去帮妈妈。可是要帮着妈妈和赵老板去揍爸爸吗？还是来个二对二？眼前三个大人扭成一团,却像是四肢有力气不得不宣泄出来,拳头都没有落到实处。小菲突然明白了什么,但又依然费解,于是她退后,把门关上,迅速往地下商场的方向跑去。她只想逃。

跑一阵,小菲才悟出这气氛是怎么回事。小菲说,我真的眼睛脱窗！怎么会是那个台湾人,自己一点也没察觉到！一路上,她都在用那支黄瓜色的诺基亚给朋友打电话。打完电话,心里还是不平静,抬头发现已经跑到地下商场了。

自从高二文理分科以后,她就很少来这里,一门心思都扑在学习上,竟然把排名从三位数变两位数又变了一位数。每天都埋在学业里做思想的巨人,六亲不认。一回神,六亲竟要变了。

小菲沿着楼梯向下走。原先空着的小店铺,已经被新来的陈老板租下来,打通做成了一家漫画饮品屋。这地下广场离岛上的中学近,学生又不怕地下商场那些乱七八糟的鬼故事,愿意花点钱又有饮料喝,还能看漫画。陈老板来岛上这二十年除了卖过干果,还在街心公园开过租 VCD 的店。承蒙他的热情关照,小菲有幸陪着爱看恐怖片的妈妈看了《沉默的羔羊》和《人肉叉烧包》这类经典名作,留下一幕幕童年阴影,至今都不太吃肉包。这些店相继收掉之后,陈老板又瞄准学生群体,开了这家漫画饮品店。他喜欢跟一条龙的人一起抽烟聊天,于是常常白送大家手摇珍珠奶茶。陈老板的老婆叫胖狗妹,身材圆润,头顶美人尖。听说她生下来时肾脏就不太好，所以都说起个贱名真的有用，本来医生说她活不过三岁的，如今四十多岁身体还是顶呱呱，看见小菲就高声跟她打招呼。

小菲跨进福寿一条龙，阿彬叔的钓鱼桶仔随意丢在门口。她走进去，没人，估计都出去做头路了。她坐着等，反正现在不想回家。

隐约中她好像听到妙香姑婆的声音，她起身往房间走。姑婆的门只是虚掩，没关牢。小菲想着她在房里，就冲过去，猛地推门，想跟她说，我妈竟然跟她老板在一块！下一秒，小菲却发现自己已经冲出了店门，然后一路跑，手机都不知甩到哪里去了。小菲想，不该那么用力地把门关上的，我是太紧张了。满脸通红。我刚才看见什么了？刚才看见，妙香姑婆仰面躺在床上，双脚翘起，肉像奶油流挂下来。还有油葱白花花的屁股。小菲推门的声音或许吓到了他们，油葱滚落眠床，来不及提裤子。小菲看到妙香姑婆赤裸的身体。小菲看到她透出光亮的眼睛。

一时间不知道自己能去哪里，小菲只能一个劲地疾走，到了海边。海风吹得心茫茫，大人们的脸交叠在一起。她看见三角梅的蓓蕾被风驱赶着在桥上滚，最后仓皇跳进海里。遭到处决。

风大吹，眼内起茫雾。恍惚间，背后有人自远而近。是妙香姑婆。她坐到小菲身边。过了一会儿又给小菲披了件衣服。小菲连头都没扭过去，实在不知道说些什么好。姑婆掏出她超大支的三星手机打了几个电话，难得大声地吼着"她跟我一起的，知影知影"。

干坐了一阵子，小菲终于没忍住，跟妙香姑婆说，我不是故意的。妙香居然露出一个有些得意的笑，揉揉她的脸，说是我们忘关门，你会吓到，也正常。你心肝内一定会想，这老的怎么干这事，笑破人的嘴。小菲说，我没，我没这么想。姑婆说，你小，不知道我们也有需要的。她一脸稀松平常，反倒小菲涨红了脸，显得大惊小怪。妙香掏出牛角梳，把海风吹乱的头发梳了一遍，又说，我俩已经作伙七八年了。传言里那个山上的"小妞"就是我本人，可能是人家只看见我背影，没认清吧。

小菲感觉自己的头就像一只台风天挂在楼顶的拖把。

妙香说，小菲，我们回去吧。

小菲站起来。又坐下，说，刚才在我家里我妈，我爸，赵老板三个人打起来了。我跑了，谁都没帮。她的脸忧愁愁的，一只阴郁的拖把。我妈会给我找一个新爸吗？我最近在学校，日子也过不顺。姑婆，不知道日子过起来怎么越来越难。以后会是什么样？我不敢想，也没勇气过下去。

妙香把小菲搂住，让她靠着自己。小菲的圆脑袋跟妙香姑婆瘦小的肩靠得刚刚好。妙香姑婆说自己年轻的时候，可以一口气游到对岸。她那时也想过，那么远，怎么游？就是一浪接一浪。破开一个浪，另一个又过来，切开千百个浪，就到了对岸。小菲的眼光也跟着切开一道道浪。妙香说，游不动的时候，我就想过去一件开心的事，好像嚼糖果一样，又有力气了。

小菲抬头，看见太阳被条云刻出斑纹，像发光的圆形虎皮。风在阳光里穿过，变得蓬松轻软，鼓胀出香气的纤维。小菲眯起眼睛，听见妙香姑婆说，小菲别怕，你的心可以决定谁做自己的爸爸。你高兴认篮子里菠萝或是电线杆上的鸟当爸都可以，都在你。

过了许久，云层开始互相挤压，好像

想打群架。雷一拳打在不远的地方，捶得身后海街的楼群叮当响。

我们回去吧，小菲说。

妙香姑婆陪小菲回了家，家里乱作一团，妈妈和赵老板正一起收拾。赵老板的左眼肿成一只蓝色包子。小菲一看就有了预感。她妈妈先开的口，说赵叔……他跟妈妈打算结婚。菲啊你看怎么样。赵老板郑重地坐下了，顶着满额头沉重的汗珠，手里还捏着抹布，抬起眼望着小菲。妙香姑婆偷捏了小菲的手。

小菲说，哦，你们开心就好。

12

小菲的目标是考个大学，离开这岛，越远越好。

所有人的期待，就算没说出，但水位逐渐上升，积攒得很高，人是会有感觉的。大人们有时候还会有些偷偷地火锅聚餐，在外面压低了声音说话，饭菜先精致地摆好一盘给小菲端进房间。她偶尔会贴在门上偷听，油葱对赵保罗说，他那时候去学校开家长会，很多大人到得早，站在教室后排看孩子们上课。几乎所有的孩子都回过头，不停地看涌进来的大人，而只有小菲，一动不动，死死盯住老师，一直到把课上完。这种孩子，以后是要干大事的。小菲一直觉得当面让人夸，会很烦，但背地里听到，还真是暗爽在心内。

可是，小菲没有成为油葱预言的，那个干大事的人。

或许就是因为小菲一次只能干一件事，对周遭不敏感，只知道自己冲冲冲的性格，让她直到临近高三中段才察觉，自己并不被同学喜欢。围绕在身边的氛围直到足够浓厚，形成铜墙铁壁撞到她的头，她才反应过来。与此配套的谣言，以各种匪夷所思的方式生长，小菲开始试图解释，明明没有做过的事情，不是一澄清就能解决吗？但她忘记了，说再多，别人可以选择不信。然后越解释越多，牵扯出他人更多相反方向的演绎。

最后小菲明白，有些时候，人的友谊需要共同的敌人，而她是那个被选中站在对立面的邪恶倒霉蛋。铜墙铁壁已经形成，那是经由漫长的时间扭结在一起的，一个扣锁着一个扣，在时间里发酵、滋长，最后可以将那个群体的世界都笼罩在这样一层视镜中。她尝试许多方法，去捅开那层无形的墙，想尽办法去讨好，按照他们想要的方式做事、说话，最后引发更浓郁而静默的厌恶。你的存在就是对快乐氛围的否定。你就是顾人怨。小菲变得极度敏感，但已经迟了。这敏感就变成对自己的惩罚，别人的笑声和每一句言语，每一个表情，都变成待解的密码。她想念她小岛上一起长大的好朋友，只是她们现在都身在别处。她们或许也正在孤身一人面对着身边嫌恶的眼睛，自顾不暇。

青春期的时候，小菲无法分辨什么更重要。哪怕她心里明白，不要受影响，把高考考好就是了，却依然承受不住身边渗透的鄙夷。为什么讨厌她的人可以结成联盟，而被讨厌的人，却只能各自抵挡。满腹火。那阵子她恨了所有人，心里沾染的霉菌在闷热的瓶子里指数级增长。偶尔她撑开肺，大叹一口气，想到自己这样蜷缩在台灯下埋头苦写，想到在学校里因为被孤立而不愿离开座位，就这么被锁在不过是屁股那么大的位置上，而在教室之外，在卧室之外，金龟子像青绿宝石一样在葡萄藤上发光，麻雀偷啄晒在红砖楼顶的红皮花生。再外围些，日夜不息的海浪正在轻轻舔舐着岛屿，周围那圈温暖的海水，它们离岸后可以去任何地方，世界上的水都是相连的。明明有那么多好事情正在发生，自己却缩成了一块硬骨。

成绩于是在几次模拟中忽高忽低。妈妈惠琴以为是状态问题，青春期的小菲遗传了她的失眠症，有好些天会彻夜难眠，于是妈妈在吃食上努力给小菲进补。

高考结束后，小菲深感不妙。但她估分的时候还是努力给自己找分，像遭灾的田地里一位绝望的农妇。估分看起来还行，小菲知道自己肯定高估了，但谁知道呢，万一有奇迹呢？起码过几天好日子。

那个假期，惠琴开始准备着搬家。小菲说你安排就好，然后说自己要暂时搬去跟油葱一起住，方便妈妈把房子转租出去。小菲内心真正想的是，这样可以暂时躲避妈妈殷切的目光。

盛夏时，岛屿燥热起来。大热天的阳光是火的海岸。热潮从光暗交界处一股股泼过来，茂盛、奔腾、野蛮，想要侵占。凤凰木的叶子被升腾的热气翻惹、上扬，举手投降。而地下商场的洞口却总是吐露出丝丝凉气。

整个夏天，隔壁漫画屋的老板娘胖狗妹总是气定神闲地坐在窗口，手里端一份晶白耀眼的糖水桂圆刨冰，仿佛一捧甜雪。看见小菲，她就笑盈盈地塞过来一碗冰，让她自己加料，随便舀多多舀，越大勺越好。

小菲在一条龙店里自觉帮忙整理鲜花和做卫生，还要伺候油葱的宠物八哥。小菲记得之前油葱开杂货店时，养过一只更加伶俐的八哥，见到有人进来就叫"头家"，人家要走就说"大发财啦"。而且不用笼子关，飞出去，还会飞回来。可油葱说那八哥有一天突然死在门口，变得硬叩叩。应该是误食了花花绿绿的老鼠药。现在就变成了柜子上的标本。

现在店里这只八哥，脑子不行，只会说"干你老母"。什么鸟嘛！小菲不管喂它什么小米、虫子、饲料、水，它都用脏话回敬。油葱说这鸟整天关在笼子里，不出地下洞，缺钙要补。所以每次吃墨鱼，小菲都得把墨鱼骨先剥下来，挂在笼子里喂八哥。油葱每天不厌其烦地教它八百句闽南顺口溜、答嘴鼓，但这鸟还是只会说"干你老母"。人生是虚无的，教育也是。

小菲喂鸟时走进客厅，有时会看见姑婆轻轻地抚着油葱的脖颈。她看见小菲进来了，慌忙把手收下去。油葱会笑嘻嘻地说，你不要吃我豆腐嘛。妙香姑婆就会拍他手臂，你都是老豆干了，还豆腐。小菲也忍不住哈哈笑起来。看他们二人的背影，又老又年轻，身形是老的，但那种亲昵相合却一直新鲜。

13

这天，小菲还在店里伺候那只讨人厌的、只会撂脏话的八哥，油葱突然一阵旋风来小菲身边，说，来来来，养兵千日用在一时。读书呆，你大学不能白考，外国人的单子来了，跟我出去一趟，帮你阿公生意冲出亚洲走向世界。

小菲到了才知道，死者是一对德国夫妇。这么多年来，小菲还是第一次看到油葱不好意思讲话的样子，居然露出微微羞涩的表情。油葱也不管对方家属说什么，就脸红地憋出一句OK，然后就把小菲往前推，说你去沟通，我到后面买包烟！可是，又不是在高考里考完了英语，就能跟外国人对话！大敌当前，小菲硬着头皮支支吾吾地用半吊子英语翻来覆去跟那位金发眼镜男说了三分钟，对方认真地听，然后用闽南腔的普通话说，菲小姐，啊要不我们还是说中文吧。

外国人的生意不好做，都说"番仔番嘀嘟"，意思是他们不懂本国本地人的做事之道。殡葬事，并不是一份寻常职业，没多少人看得起，也没多少人愿意干，自然需要有些劳务补偿。各个程序，流程琐碎，拖拉也是难免。有时候一包烟，一条毛巾，姿态放低，让关节润滑而已。小菲刚到店里的时候，油葱跟她说，她就能懂。但跟外国人说，不用说，也知道他们不能懂。不懂的结果就是事情处处被卡，卡到老外发火，三个虎背熊腰的鬈发老头高举着双手，也不知要跟谁干架。有一个大概刚学了些中文，反复喊一句："不要找麻烦！"他们没受过委屈，总觉得每个环节的顺利是服务业的理所当然，结果被人暗骂，番仔，连送死也要讲效率。油葱这时候就出来各方安慰，毕竟突然遇到这种事，人就想发火。哪国人都一样，要理解。

蹦出的这些火星，是早就能预料的。费力不讨好的活。

但出面拜托油葱帮忙的，正是油葱的新女婿赵保罗。油葱说当然没有不接的道理。要接，就干到底。于是有了这一整天的手忙脚乱两头靠北，但油葱劲头十足，该大声的时候他威震四方，该说软话的时候又恰到好处，顺便还要把小菲当翻译器和跑腿指挥，外加安排一条龙其他人干活，把五六个人使唤出一支军团的风采。幸好家属里那个金发眼镜男，也就是男死者的哥哥，在本岛生活多年，中文也熟稔，知道做事情该是怎么回事，与他们配合着打通了各个流程。

这次毕竟是涉及凶杀，过程已经算非常顺利。凶手大街上杀完人，根本没跑，当时就砍了自己一刀想自杀。可终究砍别人够狠，砍自己下不了重手，凶手没死。警察讯问他也直接承认，法医处理好后，公安局开了证明同意处理尸体。油葱叫小菲去时，已经做好了清洗更衣等前面的流程，就等着对接殡仪馆安排告别仪式和火化。女方父母没出现。小菲主要服务男性死者的父母，帮他们做一些翻译。两位高大的老人家头发都白了，皮肤红津津的，一直很冷静，偶尔还能挤出笑脸。小菲不知道如何安慰，对方似乎也不需要，只能尽力帮他们做好翻译。各处来了死者的许多朋友们，有些是从欧洲一天一夜飞过来的，倒是没忍住哭泣，有的从机场打车一路哭过来，哭得司机六神无主。死者父母选择就地火化，带着骨灰回国。妙香姑婆说，还是番仔想得开，毕竟人都死了，何必千里运尸多折腾。只是他们还是想据当地礼仪设置灵堂，死者夫妇在本岛经营多年，也希望让他们的朋友员工们来吊唁。

油葱看到摆放合宜，被鲜花簇拥得恰到好处，盖棺材的布帘层层花纹都舒展的遗体，他就会露出自豪的表情。这次他尤为满意，虽然很难说完美。男死者身高超过两米二，实在没有适合的棺材，但油葱指挥着阿彬他们，把男人穿着硬皮鞋的脚拉出来，跷在棺材边缘，仿佛是一只悠闲小舟上熟睡的垂钓者。女人则麻烦一些，嘴完全裂开了，这不是妙香能料理的了。油葱给她另找了本地最好的化妆师，悉心粘补后涂上厚厚的粉底，让她的面容没有

出山

显出疤痕，倒是露出微笑的弧线。修补得很完美，油葱跟小菲说。但死者母亲看见他们的时候还是哭了。

赵保罗和小菲妈妈也在葬礼现场帮忙。断断续续地，赵保罗跟小菲讲警察的调查结果，时不时拿手帕压住眼睛。原来凶手也是德国人，是女人的前男友，这十年来一直在尾随、跟踪、找寻这个女人，不停地用邮件和别的方式告诉她，我会找到你和你的男人，然后杀死你们。而这女人，从来不敢告诉现在的丈夫，两个人一路从欧洲到这里办厂，但是十年后，还是被找到了。

那时候这夫妻俩正在海边咖啡街上散步，那凶手动手很干脆，跟在他们身后，找准机会对着男人心脏的位置就是一刀，直接毙命。毕竟那丈夫很高大，如果搏斗的话也说不准谁输谁赢，这凶手肯定早有预演和准备，不然不会那么准。当时女人跪下来求凶手，可是凶手抬手就对她是一刀，把她的嘴横着劈开。然后又是连续三刀，插在她的身上，把她杀透了。赵保罗给小菲看了这对夫妇生前的照片，男人一头金发，在阳光里像只火炬，女人没有笑，怀里抱着她小小的孩子，那孩子伸手抓着她褐色的头发。小菲有了一种很奇异的感觉，她是先看见他们的尸体，才慢慢认识他们，不是活的朋友死去了，而是死的朋友，在他人的回忆中慢慢活过来。

小菲到夫妻俩家，帮忙拿葬礼的衣服鞋子时，见到过他们的孩子。才一岁，被菲律宾女佣抱着。这孩子不一会儿就突然暴哭，有人到他身边，他就出嘴咬人。他爷爷告诉小菲，这孩子性情突然就变了，之前不这样。本是受宠的无忧孩童，一夜之间，疼他的爸妈就再也不回家了，永远不回来了。小孩子理解不了。

14

这几天，小菲说是去帮忙，其实也没做什么实质性的工作，就是陪死者父母帮他们四处做翻译。岛上真的没人才了，小菲这么破的英文竟也有发挥作用的时候。小菲也不知如何安慰，无法挽回的损失又能怎么安慰呢？油葱说人在悲伤中，想要把事情想通想透都是没可能，也没必要的！旁边的人，就好好听他们说。他们不说话，你就说些有的没的，时不时把他们从苦痛中捞一捞，会了吗？小菲慌乱点头，而后便干脆把德国老夫妇当作游客，跟他们介绍岛上的骑楼，在地小吃，比如土笋冻这种拿海虫做的食物，反正什么新奇就说什么。他们也认真听着，配合着点头。无事闲坐时，他们也会跟小菲介绍他们所在的小镇以及当地的油炸面包和猪肝做的香肠。

葬礼结束那天，德国一家也入乡随俗地办了红糟肉丧宴。宴席上人们突然卸下了所有的沉痛和眼泪，开始互相碰杯、绽出笑容，甚至说着俏皮话互相逗乐。中国人的丧宴其实气氛也和缓，但不至于到这样，或许葬礼哭完必须笑出来，是他们对自己的要求吧。丧宴有一瞬仿佛是一场商务晚宴，死者的父亲，那位长得像圣诞老公公的白胡须爷爷，很亲切地把小菲介绍给他们当地的朋友，告诉她每个人的职位和公司情况，并且在他们的面前盛赞她。小菲没觉得自己真实地帮到什么忙，甚至有些奇怪他们隐隐表露出来的感激到底从何而来。或许就在小菲没注意的时候，她的存在成了两位老人的拐杖。

夜里，小菲回地下商场，发现岛上的

野猫军团已经越发壮大。油葱说是最近因为太多大发善心来岛上住个一两天的游客，接力赛似的喂猫，让猫变得比常驻民还多。猫叫了好久让她难以入睡，只好拿起储备的易拉罐，用力往门外砸，易拉罐的声音在黑夜里画出银色锋利的轨迹，到处乱跳。大约怒砸三四个之后，夜猫才全跑光了。但一会儿，又听到隐约的叫声从高处一阵阵地降临，它们去了山顶的废弃乐园。小菲不懂，为什么猫叫春不在春天，猫明明是为了招揽情人，偏偏叫得那么凄惨，跟哭丧似的，还老要打架，杀个你死我活。

丧宴后的早晨，小菲到机场送德国老夫妇，老爷爷跟她说，我和我妻子真的很感谢你的陪伴，我们想送你一份礼物。如果你以后能去欧洲，圣诞节就来我家一起过吧。然后，他们俩转身离去，带着幼小的孙子，也带着装入罐中的儿子和儿媳飞向天空。

小菲从机场出来，坐上轮船回岛上。船上曾经都是她们认识的街坊邻居，可现在，都是游客，戴着白色的黄色的旅游帽，听拿着旗帜的导游编故事。导游说，今天我要带你们去环球无敌珍宝馆，那里可以看见俄罗斯进口水晶人脸，可以告诉你未来。更别说有南美来的虎脸老姑婆、手脚会发光的越南月娘和刀枪不入的亚马逊矮仔伯。镇馆之宝是能到处乱跑让人起死回生的高丽活人参。有时候，小菲也会羡慕这些导游嘴里那个世界，好像奇迹是真的能存在。

那天晚上，小菲妈妈来找她，岛外的新家装修得差不多了，眼见着小菲就要出去读大学，希望她能去新家一起住。妈妈说赵叔在大岛上买了那个房子，靠着海的双层小屋，地段偏远，但环境漂亮，装修都搞好了。

赵保罗这个男人，虽然木讷，却没有一次露出凶形恶相，倒是真待妈妈如珠如宝，让妈妈敢笑敢哭。在今天葬礼的间隙，小菲经常偷瞥他。这是一位愿意瘫在小菲妈妈肩头，哀哀哭泣的男人。赵叔和妈今天都穿着素黑的衣衫，相互依偎，一个哭，另一个也忍不住落泪，悲伤如同一人。虽然妈不认识那对德国人，但看到赵叔为挚友难过，她也就难过。他们两人，如今确实是亲密的家人了。以前常与妈妈相拥哭泣的，只有自己。小菲明白自己心里涌的是恨意，嫉妒，但也为妈妈感到欣慰。

小菲用脚在地上画了个圈，就当给自己那些莫名的敌意送了葬，她希望妈妈幸福，哪怕他们以后有新的孩子，忘了她，也可以。有赵叔照顾妈妈，小菲就可以放心去上大学，离开这岛，用自己的眼睛去远处看看这个世界。

妈妈又追着问，小菲回去吧，回去吗？小菲的沉默让她心慌。小菲仰起脸，答应了搬过去，第二天就把行李从地下商场拖出来，坐船离开住了十八年的小岛，让赵叔开车到了岛外的房子。那是一栋薄荷色的两层小楼，围墙里种着金杯藤，发出椰汁奶油的香味。

15

油葱和妙香的事情，小菲没有跟妈妈吐露过一个字。小菲能守秘密，油葱说她是义薄云天、忠肝义胆好孙女。而小菲只是觉得，就像是一锅鸡汤，她开始对妈妈有许多秘密，这些秘密像是一颗颗泛起的气泡，把两块原来边界都靠在一起的浮油慢慢分离。从妈妈与赵叔在一起之后，她就明白了，妈妈并不属于她。可是妈妈不知要多久才能明白，小菲也会慢慢地不属于妈妈。

这天下午，赵叔却偷偷跟小菲说，她妈近来还是知道了油葱和妙香在一起的事。这岛屿到底是太小了，每个人的祖宗十八代干了什么事，没有不被显露出来的。流言说原来小妞不是小妞，而是大了油葱十岁的老妞。就这样一个传一个，流言真的会流动，从小岛向外蜿蜒，淌进岛外惠琴的耳朵里。油葱和妙香倒很坦然，并不刻意掩藏，年纪足够大以后，就被归为一类人了，别人也不敢当面说什么。妙香说过，这样慢慢渗透让大家都知道，或许才是最好的方法。

隔天一大早，小菲就看见妈妈坐在客厅发呆，好像一晚没睡的样子。小菲看向睡眼惺忪做早饭的赵叔，他也是一脸无奈。妈妈看见小菲就说，走，今天去小岛上找油葱。然后一路上，妈妈都是沉默的，背一个硕大的包。小菲想起德国夫妻的葬礼，怕妈妈从包里掏出一支西瓜刀什么的，也很紧张，不敢说话。

下了船，小菲不想直接去地下商场，就扶着妈妈先一起沿着石路往上走，很久没去山顶废弃的园子看过了。她是第一次注意到，被砖头封住的大门两侧，各有一位巴掌大的小天使。孩童的身体，展开的翅膀，都雕刻精细，但头都被齐齐砸断。小菲和妈妈从门边的破洞钻进去，在园子里瞎逛。这里堆积了许多建筑垃圾，土头上面钢筋缠成一团，像是海里的褐色藻类。

小菲突然开口跟妈妈惠琴说，这几次去给油葱帮忙，她定睛凝神观察过，陌生人、相熟的人、中国人、外国人，死去的人就像一截断裂开的枯木，色泽会变得晦暗。灵魂离开他们了，内里就不再有生命流动。死，是一种从里到外，从内心到外皮的死。小菲说，那时候她就想到，妈会死，爸会死，油葱妙香还有赵叔也会死。自己也会死。那如果各人活的时间都有限，就不要互相限制太多。

惠琴盯着小菲看，眼神疑惑陌生，过一会儿却露出清亮的笑。你是在为油葱说话哦？

小菲说，还有妙香姑婆。外婆已经去世多年了，阿公再找也是正常。

惠琴把包放下。

不会是现在就要掏出西瓜刀吧？小菲想。

惠琴掏出了两只锅子，是她和赵叔现在做外贸最抢手的不粘锅。惠琴一只手举一只锅子，阳光照得它们光灿灿的，晃眼。小菲，你妈我是来送锅的好吗？

好，好啦……小菲连忙点头，搀着妈妈一路走到了地下商场。

油葱见到她俩来，心虚地缩着腰，等惠琴递给他两只锅，才舒了一口气似的又得意地挺直了背。妙香把四季豆塞进惠琴手里，让她帮忙去丝，又递给小菲一袋狗儿虾让她帮忙剥壳。妙香说，今天人多，咱们来吃春卷！

岛上的春卷要用高丽菜丝，胡萝卜丝，四季豆丝，笋丝，三层肉和狗儿虾炖成一锅，然后搭配虎苔，炒鸡蛋，甜辣酱，贡糖粉等数种料，用一张透明的薄饼皮，折叠着包在一起。咬下去可以吃到蔬菜和肉脂都融合在一起的味道。

小菲大口吃着，发觉很多东西炖一炖，浑一浑，也就咽下去了，还很好吃，发出一种互相配搭的香味。

16

高考成绩出来时，小菲手抖得鼠标都拿不住。数字跳出来，没奇迹，考得并不好。小菲想去的学校和专业都选不上。惠琴没说什么，但那个期望的大坝垮塌了，小菲可以感觉到妈妈心里的洪水泛滥。赵叔叔叫她们别慌，提议给小菲安排出国。

好啊，出就出，小菲一口答应。她知道妈妈是要强的，自己没考到好大学，那就去国外，总归更好听些吧？而且她也感觉，自己像一颗妈妈结出来的果子，在她的枝丫上吸吮了多年的汁液，如今果实膨起，也该落地了。她想乘着飞鸟，变成一颗飞到远处的果子。

可是哪里那么容易。

小菲的英文老是考不过。她别的成绩都好，就口语不行，看到陌生的考官就直哆嗦。奇了怪了，之前在葬礼上跟外国人交流，至少能说得出话。一旦到了考场，辛辛苦苦准备那么久的答案全忘光了，而且喉咙卡痰，上嘴唇粘在牙齿上，肚子还喧宾夺主地开始换着方法叫，R&B似的发出各种转音。连考三次都这样，最后一次对方问小菲叫什么名字，她喉咙干到克制不住地狂咳，就这样咳了十分钟，眼泪都流出来了。这之后，妈妈劝小菲别考了，休息一阵再说。而她，也不知道自己这种应激性哑巴，出国有什么必要，自信心噼里啪啦全部坍塌。这时小菲会想起小时候不懂事，笑过那个死掉的英国人。不知道他怀着怎样的理想远渡重洋来到这小岛上，也不知道他在如何的痛苦中闭上眼睛。但努力都白费的失望，小菲如今懂了。

小菲牵拖说是新环境不适应，决定搬回岛上找油葱和妙香。惠琴本来不愿意，后来却主动跟油葱讲，一定由着小菲。大概是因为那次，小菲在轮渡码头，突然昏了过去，从浮梯上一路滚了下去，严重失眠的副作用而已。或者是因为那次，小菲告诉她妈和赵叔，她能看见一些东西，听见一些东西。那天夜里睡觉，她眼睛睡着了，耳朵还醒着。小菲确定是一只一米多长的巨型蜈蚣，在房间里没头没脑地乱转。她很害怕，但也不敢睁眼，她说你离开我去吧。它随即翻腾着几百只脚，发出窸窸窣窣连绵不断的声音，去到阳台，而后跳了下去。小菲醒过来的时候，一只脚在阳台外。她没想死，只是受不了那绵密的不断绝的声音。那个铅灰色悲观的声音，每一天比她自己更早醒。它会叹气，冒出一个灰色气泡贴到脸上，碎裂，发出唉的声音，气息湿湿黏黏的，然后小菲才醒来。

小菲整好行李，又搬去小岛上，一到油葱他们的地下世界，所有声音和幻象就变得柔和可亲了。她坐在店门口的时候，感觉到从外面吹进来的风，是自然的风，猫一样，深浅不一地舔着脸庞。有时候风大，灌进地下洞里，这条幽暗深长的喉管就会发出一阵绵长的叹息。有时候又会传出放肆的哈哈大笑，那准是油葱又在讲笑话，要么就是那些小孩钻进洞里面探险，他们喜欢鬼吼两声，大笑一番，迅速离开。一个人笑，好像一群人笑。

"孩子心里不顺啦。免给她逼得那么紧，在我这你放心。"小菲听到油葱打电话跟妈妈说。油葱近来也不顺，他一直想学吹小号，终于闲下来有时间了，门牙却掉落了，他安上假牙，常哀悲说自己真的在变老。

这几个月，岛上再度拆迁，搬出了许多人，一条龙也没有之前忙了，妙香在地下商场闲来无事就种花，门口这些大朵热

出山

闹的花都是为了油葱种的。她自己更喜欢房间里那些凝滞的多肉。红刺的仙人球俗瘪瘪的，奇仙玉肿得像颗南瓜，白绿的仙人掌硬刺从脆嫩多汁的肉里扎出来，最脆弱和最坚硬的常依偎在一起。

小菲这次回来，发现地下商场安静了许多。仔细看，陈老板的漫画屋关门了。油葱跟小菲说，陈老板生癌，已经住进医院里了，他老婆胖狗妹也顾不上开店，全日要去照顾他，所以干脆关门了。反正岛上学校也迁出去好几所，漫画屋也没多少钱赚了。

唉，小菲叹了口气往对面看。小菲记得有一次有流氓来找他们麻烦，胖狗妹像一只矫健的豌豆射手，操起手边的橘子就向对方砸，又快又准，嘴里还干谯对方祖宗十八代，把人成功吓退。胖狗妹嗓音在不骂人的时候，还是真不错，她在快打烊的时候会掏出一只麦，推出自己的音响到广场中心唱歌，最拿手的是《最后的火车站》："红红夕阳虽然好，可惜近黄昏，夜晚风吹着阮，一阵冷霜霜。"唱到后来连小菲都会唱了。有空的话，妙香姑婆和油葱，阿彬叔搭配陈老板，会一起在胖狗妹的歌声里扭。可如今……唉，希望陈老板能好起来。

17

小菲正在看书，突然听到一声崩裂。

干！油葱大叫起来。原来是近门的窗玻璃，自己突然破了。妙香立刻出来打扫，亮的碎屑，像·地的珠宝。这时，店内电话响起，业务来了。油葱叮嘱小菲别靠近窗户，等他回来修理，然后就跟妙香拿起包往外冲。

小菲看不进书，就想去外面帮店里买玻璃，顺便让人来安装。她这才发现，如今整座小岛上都没有卖玻璃的店。她凭着印象一家一家地找，发现的是一家一家的关门再造。现在都是什么凤梨酥榴莲糖大芒果店，都是些岛上不曾有过却号称是百年老字号的店。玻璃店，五金店却都找不到了。

小菲干脆量好尺寸，坐船到对岸，买了一块玻璃，然后一路举着拿回店里，举得手酸。结果到地下商场的时候，她没看准地上的积水和青苔，脚上一滑，整个人向前摔，玻璃应声碎裂。她赶忙爬起来，看着满地的碎渣，突然发现阳光下闪着草莓色的光泽。再看手上，缓缓淌血。

血在手臂上划出一条条路，有自己的生命一般，蜿蜒着前进。小菲觉得脑子有些空，赶紧走进店里，想给自己止血。妙香已经忙完回来了，在厨房里做事。小菲闯进来的时候，她回头，看见小菲从亮光里走来，她眯眼，再睁开，看见小菲满手的血，白T恤上也全是。哎哟夭寿哦！妙香大叫起来，火速拿出医药箱给小菲止血包扎。小菲吓得说不出话来，见血渐渐止住了，才感觉疼，小声哭起来。妙香把小菲抱住，慈孩子，哎哟，慈孩子。一下一下哄着，小菲慢慢沉静下来。过一会儿，妙香去煮了她每次都自己喝，却说孩子们不该喝的南洋咖啡，用纱布把渣子过滤掉后，倒进去牛奶和一大勺糖，端给小菲。

小菲大口喝。妙香还撕开了提子酥饼。好高级的待遇。妙香坐在小菲身边说，对了，你知油葱少年时阵的样子吗？

不知影耶。

我跟你说啊，你看他现在全日一副勇字当头的样子，少年时可不是这样。那时他全家都给人抓去,到街心公园跪着,只有他跑了。你记得街心公园那棵画了红圈的榕树吗?就是那棵,他爸被吊在树上,油葱不知道去哪里了,我没看见他。

妙香姑婆你也在现场吗。

我也在树上。我只被吊了半天就放下来了,我会服软,会哭哭啼啼哀求。我后来嫁的,就是放我下来的那人。

然后呢。

榕树枝子哪里挂过那么多人?断了。本来也不至于死,只是掉的位置不对,磕到后脑勺,人当下昏落去。那些人也傻了,都散了。我抱着他爸,眼前乌暗暝,大声号阿伯阿伯,也没人来救,油葱也不知去哪儿了。后来才有人来了,帮忙看,阿伯早就断气了。尸体后来被匆匆运走,穿着带血的旧衫。我呆在原地没反应过来,我捧着那些淌到我手上的血,本来应该是黏的、红的,但不知为什么,我看到的是一把滚烫的金色沙子。我宁愿相信,阿伯早就飞上天,留下的是一个装满沙子的皮囊替他受苦。

油葱他爸出事后,油葱过了好久才来找我。他说,他那天醒来,找不到家人,就往外跑。结果,看到了天梯。他听见他爸在梯子上面叫他。梯子没有发光也没有天使围着飞来飞去,就是一架灰白色的木头梯子从天上垂下来,看不到尽头。他在上面爬了整整三天。他觉得往上或许可以看见自己的阿爸。但继续往上爬,开始有点害怕,梯子那么高,恐怕不是他爸放下来的。梯子对他很友好,他的手不痛,脚不酸,肚子也不饿。他转而有点愤怒,有种要跟这无尽的梯子较劲的意思,他倒要看看谁搞出这些,他要质问要论理。他在怒气里越爬越高,四围一片安静,没有白昼也没有黑暗。那是绝对的安静里,人开始质问自己。他突然想明白了,何必要爬到顶端见到那位,自取灭亡。他有权下来控告我,而我没力气到他的面前去控告他。有这根梯子的存在就说明了问题。所以他就滑下来。速度太快,烫手,手被烙出印子,跌进了沙子里。现在还有沙子嵌在他手里,晶亮的、透明的沙子。等他回到地上,他爸已跟旧墓园挖出来的尸骨一起被烧完,倒进海里。他没来得及给他爸收尸。

别人都会说,我们吊在公园的时候,油葱懦弱地躲了起来,也有人说他是怕被人抓,干脆自己想寻死,可是最后又不敢。很多人说他不过是一种懦弱,才会编瞎话。但我选择相信油葱。

那阵时日是种热病,过去后,生活突然像栓塞已久的水池,"嘭"的一声通了,所有积压的污水,打着旋,就排掉了。然后人们开始过新日子,只是有些人卡在旧的时日里过不来了。有些当时作乱的人,还住在同一条街上,每天会碰见。是谁亏了理,不必开口,都明白。油葱还是默不作声。后来,那些挖墓的人,把我们吊起来的人,三个死于非命,两个得了怪病。你看,把难关渡过去,谁过得更好还不一定。我知道,油葱不是懦弱,那梯子,帮他度过了艰难时日。

小菲说,哦,是很厉害的故事啦。但是姑婆,你为什么突然跟我说这个呀?

妙香说,菲啊,咱什么情况下都不要想着主动放掉性命。有梯子就抓住,好好活,就像油葱那样。现如今他就做了自己最想做的事情,不管生意好坏,至少不留遗憾。

小菲说,对呀。再喝口咖啡。吞下一块饼。然后她看见妙香水蒙蒙的眼睛。哎

出山

哟。哎哟？啊姑婆啊，我刚才是去买玻璃摔倒了啦，不小心的啦！不是，我不是故意割手啦，哎哟！

这时候油葱从门外走进来，大声叫着，啊是怎样啦，今天什么鸟日子，外面怎么又有碎玻璃？小菲再回头的时候，妙香姑婆已经钻进了厨房，耳朵发红。

后来的每天妙香要是煮咖啡，都会给小菲来一杯。小菲面前总摊着口语笔记，叽里咕噜肝肠寸断地念念念，像另一只八哥。终于有一天，妙香听不下去，说，你这样没效的。油葱插嘴，说你看你背词时那副孝男脸，考官看了都想哭。然后他看着妙香，说，让你妙香姑婆给你点拨点拨。不工作时，油葱在妙香身边，真的很像电影里的师爷或者狗腿子，老是要在她的每句话后面垫上附和的话。妙香一遍遍让小菲对着她说话，她说你讲什么不重要，我们都听不懂也无所谓，关键是你不要怕，不要把嗓子憋得跟只鹦鹉似的，要稳稳地讲，让对方怀疑没听懂是他自己的问题。没别的方法，就是练，对着人练。活人没空就去山上对着墓碑练，要是练到鬼都能听懂，那就十拿九稳了。油葱又插嘴，你上次帮忙老外葬礼，说话不也很顺吗？怎么坐下来好好讲反倒不行了？主要是练阵势！输人不输阵！

后来小菲练口语都是妙香陪练的，小菲只要看到她眼睛，就有压力，老卡壳。练着练着也就习惯了，慢慢能说出一句一句长句子了。妙香也说小菲脸上不再是憋得甭放屁的表情了，肌肉开始松下来，甚至有时候能带点笑容。最后几次姐说，你这个差不多了，现在去肯定没问题。

还真的是。最后一次考试，小菲顺利拿到了想要的分数。

新家彻底收拾好后，妈妈请了原来小岛上的亲友来家里。油葱和妙香都来了，陈老板还在医院里，胖狗妹陪着不能来，托人带了些正山小种和水果。同时间，小菲也回来，在房间里查电脑，发现自己拿到了国外大学的录取通知书。那么，九月就要离开了。

她听见外面高声说话的声音，想赶快跟大家分享这个好消息。小菲走出房间，想着，这是心内面最快乐之时，却不知为何感觉到有一股深浓的忧伤，从南风里不断渗透而下。九里香的气味笼罩了他们，像芬芳的眼光。妈妈坐在客厅里给妙香姑婆泡茶，跟岛上任何一位寻常的幸福妻子一样。她抬头，看见油葱与赵叔站在阳台上，又似乎站在肃静的夜空里，有星在头顶颤抖。她听见油葱说，人越来越少。赵叔说，没法啊，都在外迁。

他们对着远方最熟悉的小岛抽烟，最熟悉的岛屿现在已是远方。他们在唇齿间吞吐出一场大雾，烟雾弥漫眼前的整片海。他们脚底下，是妙香姑婆送来吸甲醛的芦荟，像长满尖刺的某种怪蛇，弯曲且密切地向上延伸，一团灰绿的火。

18

漫画屋陈老板的手术是顺利的，可是第二天福寿一条龙的电话还是响了。

那天，小菲一早就提着妈妈准备的两罐蛋白粉回了岛上，打算跟油葱还有妙香一起去看望陈老板。姑婆在熬汤，满屋香滚滚。小菲蹲在店门口，看见店铺上方的土头剥落下来，碾碎了一只蚂蚁，而它分开的肢节依然试图随着原来的方向分别前进。油葱忙着在帮人看墓碑刻字，委托人是走世俗路的，墓碑刻字的数量也有讲究，他就念着"生老病乐苦，生老病乐苦"，字都数尽的时候，必须落在"生"或者"乐"上才可以。小菲说这就是一道数学题，但油葱懒得学，就非要这样碎碎念，然后再调整字数就可以了。

正说着，电话响了。油葱后来说他一看到胖狗妹的来电名字，心里就酸揪揪的，觉得大事不妙。没想到接起电话，是陈老板儿子小陈的声音。油葱马上问老陈怎么样？然后他还挺高兴，说哦是吗，老陈手术恢复得不错啊，我们正想去看他呢。紧接着又听见油葱说，蛤？啥米？蛤？然后他没再说话，最后说好的我们马上到。小菲和妙香看他的脸色从忐忑到微微笑又到逐渐乌青，也不知道说什么，就盯住他看。

油葱捂住电话细声说了一句："胖狗妹过身啊。"

小菲和妙香两个人喊了好大一声"蛤？"

陈老板找医院加钱请了上海的医生来动刀，经历八个小时的手术，第二天醒过来了，他老婆胖狗妹却因为一只黏粽子死过去了。陈老板儿子说，他妈在等的时候，什么拢吃不下，最后急着往嘴里塞了一只烧肉粽，糯米黏涕涕，吃下就说肚子疼，人以为是她精神紧张，没在意。后来她开始吐，自己一人避到边上吐，再被人看见，已经倒在地上了。推进去没多久，医生说已经没呼吸了，肠梗阻。

油葱高声叮嘱电话那边的小陈不要慌。唉，上可怜就是这男孩子，爸还躺在病床上，妈已经身子冷。孩子你听我讲吼，你妈是走世俗的，要敬饭敬三杯茶，香不能断，记得去开死亡证明，后面要换殡仪馆开火化证明。不要提钱，你爸妈是我们的朋友，我们帮到底。你阿伯阿婶现在就过去，免惊。

油葱他们开始忙起来，一进入工作的状态也就一切如常。只是走几步会冒出一句，人生嘛，人生就是这样。小菲却一直处在恍惚的状态中。胖狗妹，就是不久前还活泼泼跟她说话的胖狗妹，现在，没有了？

妙香东西都带好了，转头说，小菲啊，你先回去吧，东西我帮你转交。小菲听到后感觉从后脑勺开始，整个人都开始剥落。正因为她认识胖狗妹，才会特别感觉人的死亡，这么突然。原来死亡一直在这岛上随意垂钓，自己包括身边的人并不会永远幸免。小菲说我也去帮忙，我来给你们拿东西，能帮一点是一点。

哎哟不用不用，油葱说。但是刚到医院，他就把所有包扔到地上，小菲跟在后面忙不迭地捡，嘴上还要劝，但是声音实在太幼，不起任何作用。他们刚到的时候，一群护工已经围着胖狗妹的遗体，殷勤地跟她儿子说要帮忙清洗。狗妹死得意外，底下没垫着东西，排泄物淋漓而出，一番清洗还是挺费工的。狗妹的儿子小陈不比小菲大多少，看到他们，嘴角还自动挤出礼貌的弧度，说谢谢，然后就要配合换衣了。这时候油葱赶紧过去说，不用不用，我们的人自己来洗，请你们先回去哦谢谢。那些护工不愿意，架势都摆好了，两边就杠起来。妙香拉着小陈在旁边解释，这些人不是免费帮的，被他们碰了以后，后面就马上打电话叫他们老乡开的店来。现如今护工都被带坏了，通报一个丧家要抽两千，洗身的钱也是正常的好几倍，这些钱羊毛出在羊身上。对方说你来就是想抢生意吧？先到先得！油葱说免多讲，假热情，收钱时那么凶！小陈跟护工说不用了你们走吧，但两边人还是僵在那里，幸好阿彬他们及时到了，那些人才渐渐散去。阿彬一边干活一边跟油葱说，干脆以后咱也给，他们给多少我们给多少，多拉一些护工到我们这边来。油葱却不肯，不论怎么说，做事还是要照规矩来，别跟着他们搞这种。以后他们被绑绳子头，咱才不会被绑在绳子尾。

小菲在医院里闻到一种气味。许多将死之人凝聚的味道。小菲开始有些害怕看见躺着的胖狗妹。不是害怕死去的身体，而是心里觉得她本该是活的、热的，却毫无道理地躺在那里，不再拥有生命气息。油葱打电话联系着冰棺，一边跟小陈解释，以前是打福尔马林，现在家里设灵堂都要用冰棺。小菲想起油葱之前跟他说，再早一点，几十年前，那时候家里设灵堂都是去买一大块冰，放在尸体下面，隔天融化了再买一块新的。人死了，就是一块需要冷冻保存的肉。腐坏，是第二次的死。

妙香看见小菲脸儿青笋笋，便轻轻推着她出医院，让她赶紧去轮渡坐船回家，免得回去晚了家里人担心。现在这里不缺人。妙香把背着的袋子挂到小菲肩头，听人讲哦，外国会下雪，给你买一件好的羽绒服带着。油葱跑出来，从他神气的亮皮包里拽出一封红包，硬叩叩的很大包。他说阿公一世人没去外面看过，你拿着，不要只顾读书，要多去玩。看小菲不肯收，就硬死塞进她的帆布包里。

阿公、姑婆，我心里惊惊，我也从来没出过咱这里。小菲似乎脚步根本不愿动。她明知里面忙得翻过来，自己却霸着两位不肯走，竟然还说出平日连跟妈都没说出的话。

我也不知道自己怎么申请到的，听说别的学生都很会读书，说不定在国内都能考上清华北大。小菲感觉自己开始胡言乱语，大概是想找一个不用出岛的理由。岛上说清华北大，其实不是指具体的学校，而是泛指学校肯定很厉害的意思。

油葱捋了捋长刘海，说，他们是清华北大，你是清华北大他阿嬷。

小菲说，蛤？

跟我念，你是他阿嬷。

小菲说，我，我，我是他阿嬷。

大声。

我是他阿嬷！

你这句话，姑婆拿纸给你包起来收好。妙香笑着说，油葱也满意地龇着嘴。

说完也怪，这句话气魄十足，小菲只觉两臂生力，奋勇走去了轮渡，屹立船头，直捣黄龙，回了新家。

那天晚上，小菲刚进门，妈妈就道歉着端出一盆螃蟹。明明都那么忙，妈妈最近却坚持每天要给小菲做饭。结果今天她忙着打业务电话，等蒸完螃蟹，打开锅盖，看见一整锅散落的脚、爪和身，她才想起自己忘了把螃蟹先用筷子钉死再放进去，它们在热气里挣扎的时候也就散尽钳爪。赵叔说没事没事，都是吃进肚子里的，不要在意，然后就挑最硬的蟹塞给小菲，自己又去忙着打电话，打得满头汗。没了手脚的三点蟹更像一张人脸了。掀开，红膏满满，小菲就吃得忘乎所以，把别的都忘了。

吃完饭，小菲在卧室的窗口对着远处的岛屿望。正在落雨。雨水在发亮而夜是黑的。装上了夜景工程的小岛，像海平面上的暖金蛋糕。这座蛋糕上，住着油葱阿公和总在他身边的妙香姑婆。十点，好像有人吹了一口气，灯灭，整座岛暗淡下去。

19

英国的本科学制三年。三年了，小菲本科毕业的暑假才第一次回国。回国的飞机上，她做了一个摇晃的梦，海面布满巨型浮冰，像青色玻璃，岛被海浪裹挟，轻易被坚硬的冰击碎，淌出缤纷的汁液。梦醒时，飞机落地，梦境外的岛屿也跟着变化了。

读书的日子难过也好过，开头的语言关过了，后面就是一片新的世界。小菲过去从未离过岛，偶尔去去大岛两三次，却也从未离开过说家乡话的范围。这次一去就是一个完全陌生的国家，也是一组岛屿，但岛屿上一个认识的人也没有，走在路上就跟在电影里似的，她感觉眩晕。

像是一颗怯懦的种子入了土，畏惧硬石虫蛀，却渐渐发现，刚好到达了一片沃野。小菲在紧张的适应期过去后，却感觉轻松，感觉充满干劲，好像一切都可以从白纸开始描绘，心里就壮阔起来。后来开始有人向她问路，有新生需要她指点，她就明白，自己可以在此生活了。有时候想想也是挺没良心，她完全陶醉于每天都有新发现的那个陌生的异国，独自过得实在太开心了。上学、打工、社团，每样都有广阔天地。

本来说要去国外看看的，可是油葱和妙香每年都有新的理由不去，后来，小菲也就不问了。妈妈和赵叔也一样，每次小菲提起，他们就有这个忙，那个忙。重新当了海员的爸爸也没有出现，最新的讯息，是他在平原老家给她添了一个弟弟。

小菲学业快结束时，才知家中危机。赵叔和妈这几年转做机场的货运生意，一度在香港也发展出不少客户，还乘胜追击设立了办事处。可是后来生意却陡然冷淡下来，他们试着挣扎保持平衡，在极难之处依然抓住一丝希望的线头，但最后实在散尽气力，只好收掉了不死不活的办事处。原先买的二层楼房，也被银行收走。二人奋斗许久，如今只剩一个光秃秃的账户。油葱和妙香常来安慰帮忙，那一阵小菲每次打视频电话，都会看到他们带一大群人围在妈和赵叔身边。惠琴跟小菲说，很多事都是看起来容易，还会责怪做事的人怎么当初想不到那些显而易见的危险，哪知自己做了，才知世事无常。这次都靠你油葱阿公和妙香姑婆出手，不然跌到底我们根本爬不起来。

事情落定后，妈和赵叔重新搬回小岛上，开了一家"双喜饼店"，卖绿豆馅饼和咖啡。没什么嘛，油葱阿公总会说，正所谓一时失志不用怨叹，一时落魄不用胆寒，然后开始说起当年岛上富商下南洋，如何从挑担子做成大富翁。但赵叔会叹一口气说，很多事情不是爱拼才会赢，分明是七分天注定。同时间，小菲也发现，自己学业成绩虽然不错，也拿到些许机会，却不代表自己真的能把根在异国扎得深切，她小心观察问询过，发现大部分刚毕业的学生，没有太多资格挑选工作，更多是被工作挑选。即使在异国的小公司入职，做了多年依然还是基层职员，难以向上，玻璃天花板死死卡在那。不只是理论而已，她实习时观察过，大公司总部的中高层里，年轻人少得可怜，且每个职位都稳固，一步一脚印需要更长的时间去走。她综合许多前人经验，知道归国而后外派，才是上升最快的通路。于是，她决定回国。

出山

小菲刚回小岛的时候，才觉得满眼的房子并不精致，也过于拥挤低矮。岛上的店铺不知已经换过几波，揽客的人开始尝试新的招数，比如站在门口拍手，或者站在凳子上大声喊，或者慷慨往人群中塞入一块块肉干试吃。这些并不奇怪，只是他们也开始招呼着小菲。小菲低头看看拖着大行李的自己，过往多年在岛上行走，总会被商铺一眼认出是本地人，他们从无兴趣对她多费口舌。现在，这些商家也是外来的人吧，而她自己也变成了外来者的模样。小菲自己做过异乡人，更加明白外来者的不易。她慢慢地走，凝视着每一张脸。涌入岛屿的脸，跳动变化的脸，温热的，宽阔的，毛茸茸的，线条尖厉的，大的小的脸。人群比过去浓稠了很多，像是一种加了淀粉的汤。

她儿时买书的地方，迷路的地方，租漫画的地方，偷吃麻辣烫结果被妈妈抓到的地方，都变了。连笼罩弥漫在这个区域上空的气氛，都变了。那些绵长的舒缓的纤维都被打碎，变得短促急切。走了十五分钟，她突然发现自己想不起来，岛屿原来应该是什么样子。脑中以为一直在那里的岛屿倾覆了。真正的毁灭不是以断裂的形态消失，如果是那样，岛屿依然会存在于心里，甚至变得更为明晰。真正的毁灭，是一寸一寸改变，心内的心外的，都一同涂抹。就像是柏油马路上一条一条黑色的新补丁，被压路机铺张在老路上，直到覆盖全地。

小菲到了双喜饼店，门口有棵龙眼树，浸泡在金亮通透的阳光里，结着成串黄褐的果子。店铺有个大窗台，上面摆着花叶芋和虎刺梅，茎叶粗壮，准是爱种绿植的赵叔照顾的。小菲看到玻璃窗里面妈妈在揉饼，她不再细声细气，而是高声喊着："现做现吃，瞧一瞧看一看！"她的头毛剪得很短，开始混入了白丝。赵叔则在一捆一捆地打包饼盒，努力粗声跟来买的游客团说来哦买四盒送一盒，不买也可以试吃看看哦。他虽然热情，但那个拖得长长的尾音"哦"还是露出一贯的斯文羞怯。都说是天公疼憨人，赵叔和妈妈坚持用真绿豆真芋头做饼，虽然成本高了许多，但生意在口碑推荐里渐渐热起来，他们连小菲回来也没法去接。小菲就站在那里，看着他俩，直到脚酸才走进去。

惠琴抬头看见小菲，猛地抱住她，面粉沾了两人一身。他们现在就住在双喜饼店楼上，店面隔壁是宝如贡丸店，老板夫妇整天听惠琴和赵保罗说小菲，也跟着激动，送过来三碗贡丸汤。二楼只有一间小卧室，赵保罗要让小菲跟惠琴睡，小菲拒绝了，自己暂时窝在客厅里。赵叔和妈妈这几年，把家搬来搬去，一度要移居香港，却也还是回到了这座小岛上。小菲刚回来的喜悦被一种逼仄挤压住了，她感到自己是这个温馨，拥挤，被照顾的小罐头里一只歪斜的沙丁鱼。她有些怀念在国外自己读书打工自己住的日子。

20

人活世上，谁不是一裤屎啊？晚上来吃饭的时候，油葱说。

三年不见，他像一只晒干水分的核桃，迅速地干瘪下去，但讲话依然中气十足。他起劲地问东问西，问得热滚滚：英国东西好吃吗？冬天雪大吗？人胖还是瘦？你讲两句英语来听听？他听得入神，脚抬到椅子上，右脚袜子有三个孔洞，长着黄趾甲的大脚趾冲出来。惠琴每次看见都塞给他几双新袜子，可他就是存着不肯穿。

原来人变老就是瞬息间。这几年过去，小菲发现妙香姑婆身体迅速地膨胀起来，像一块饱满的白玉，人却变得很安静，似乎很疲累因而无话，好像一直在清醒和睡梦间摇晃。吃饭时，她把赵保罗叫成阿彬，过一会儿，又把惠琴认作自己妈妈。妙香如今行走没太大问题，只是随站随坐都会突然进入一种蒙昧状态。吃到一半，她找了一处沙发躺下，嘴开开地看着天花板，舌尖像蛤蜊的红斧足。过了一会儿，她突然哼起一支歌，油葱说是她小时候的曲调。她周围的空气，或许是被搅动而旋转得过于密不透风，把她的意识牢牢凝住了。

临走前，妙香抓住小菲问，菲啊你去哪儿读书？小菲说，不继续读，毕业了，回来找工作。妙香姑婆竟摇摇头说，小学还是要读的。妙香站在那里，油葱小心地帮她套上袜子鞋子。小菲想起飞机上的那个梦，梦境里的风刮得很猛，鼓成一只摇晃的胖口袋。妙香姑婆就是那只口袋。小菲一度有些感伤，拼命瞪眼想控住眼泪的生成，过了一会儿眼珠子把水分吸收进去，只留了一点鼻涕。油葱倒是很坦然的样子，说妙香现在越来越像做艺术的，喜欢挑两只不一样的颜色的袜子，喜欢胡乱扣扣子，喜欢把糖当作盐加进菜汤里。老来叛逆咯。他一边说会一边疼爱地整理她的头发。

吃完饭，小菲把礼物递给妙香姑婆和油葱阿公，再把他们一路送回地下商场。油葱一直在碎碎念，小菲盯着他的头壳看，油葱总是自称到老都没有白发，可现在满头的白黄黑发交杂，像是染发不均，新旧发断层。之前在国外发信息给他时，他宣布要戒烟，大概短暂地成功了一阵，如今

还又复吸，发黄的格子衬衫上满是烟草的味道。过去他还注意着，到了店里尽量不抽烟，要抽就走到门外。如今变得随意了，阿彬叔今晚也在，两管老烟枪，把店铺弄成了烟雾弥漫的窑。他们找借口说，近来下水道老是泛出臭味，刚好拿烟味压一压。只是小菲来了，他们就不再自由了，只能猛吸几口，把烟掐了。

油葱一直在说竞标的事。现在已经不再是一条龙之间的竞争了。

原先殡仪馆与一条龙是不同的两边，一边负责提供葬礼场地，焚化尸体和墓葬，另一边负责帮助丧家洗身换衣抬棺化妆，然后安排告别式，走通整个葬仪流程。可最近从上海来了一个殡仪方面的大公司，正要与殡仪馆合作，把整个流程都独家吃进，关键人家是上市公司，做事一套一套的，这个套餐那个套餐都能玩出花来，葬礼主持穿白衬衫戴白手套，打扮得十足像样。更不要说给护工的介绍费了，多少钱他们都出得起。

小舢板撞大船，争不过的。妙香清醒了，在一旁摇头。

阿彬说，现在跟他们关系搞得不太好，有时候一条龙连送鲜花进殡仪馆都会被卡，毕竟是竞争对手嘛。人家在大城市里千锤百炼的方法，在这里还不随便你吃够够？一来就搞定几大敬老院，站稳脚跟后再宣传他们才是正规正统，后面哪条龙都不得活。人家还到处宣传，他们收费正规，我们都是乱收费，一张白纸给我染到黑。其实仔细算算看，他们收得贵多了，毕竟有那么多人要养嘛！

油葱说，所有一条龙店里，也不是没有乱收乱赚的啦。唉。听说，殡仪馆会做个公开招标，我说咱开一条龙的也都去参

出山

加,至少别让人觉得咱都没胆,让他们那么容易拿下。

小菲当然第一时间自告奋勇,说她其实会的不多,但PPT还是会做的,不嫌弃她到底还是个学生,只会纸上谈兵就行。

行就上,咱也就是跟他们尽力拼一拼。油葱说。

地下店铺的电压有些不稳,灯泡闪烁起来,玻璃发出噼啪的声音。小菲扶了下眼镜,看见暗处有影子浮动,发出吱吱声。小菲忙说,店里有老鼠了啦,要不要我给你们买只猫?油葱却神秘兮兮地说,做这行,不能养猫哦。人的尸体要是被猫跃过,就会猛站起来,见人就抱,一起倒下去死!我跟你说啊,前几年有一次……

哎哟晚上不要吓小孩啦,阿彬狠拍油葱一记。

小菲才不是小孩了,人家是国外回来的知识分子。好了快回去吧,不然我要被你妈骂了。油葱笑说。

小菲走出地下商场,慢慢沿着楼梯上行,想起学校里老师说的西西弗斯。一日又一日,一条龙背负搬不完的尸体。这次回来,油葱阿公和妙香姑婆都如此明显地老去了,是不是也别再出来做头路了?可是休息对他们就是最好的吗?她也想不明白他人的出路,就像眼前罩乌云。

小菲爬上山丘。山顶的白色乐园被树占领,变成叶片的容器,墙皮如外衣剥落,被树根爬满如同满身导管。到了夜里,树丛与大海会发出一样的声音,都是一只浓紫巨鸟在振翅,无论是毛茸茸的,还是湿漉漉的。月亮灰色的光浇铸下来,一寸一寸地延展着裹尸布。然后等夜彻底遮蔽一切,太阳却刺开口子蹦跳出来,一日降临。日升月落,月落日升。比人高的大株海芋展开了叶子,有一队队戴着黄帽子白帽子的旅行团走过去,有一个个商贩用担子挑着绿叶包裹的发光浆果和粉红莲雾,数只麻雀、鸽子和相思鸟从天空划过。

然后,就是两周后的两根黑影,渐渐经过橙黄的路灯。

是小菲和油葱。

他俩像走得很慢的两根毛笔,于是影子被拖得又浓又长。小菲在想自己早先都听到了些什么。用户画像。标准化流程。库存管理。服务承诺。套餐设计。大约是那些词对吧。然后辅以数据和计划。她想这些都是一群聪明人设计出来的趁手工具,挥舞起来可以肢解世间大部分难题。她好像在书本上都学过,但却未曾真切地在实际中用过。她当时偷偷看着在提案的那些人,那些"上市公司"的人,然后紧紧攥住自己手头那方银色优盘,知道这根本不需比较,比不过的。说些什么呢,说油葱有时候遇到困难户不仅不收钱还会自己掏钱出来?可是对方有宏伟的慈善计划呢,而且已经在三家敬老院实施了,拿到了数据和充满笑脸的照片作为呈堂证供。说点别的,说妙香姑婆对丧家很体贴,跟许多人都成为朋友?可是对方有客户管理计划,不仅要负责一位客户,而是做好了送走对方世世代代的准备。再说什么呢,说阿彬叔力气很大,身板很硬,经常吹嘘自己可以再干上三十年?可是对方是一家公司,只要愿意出价,他们可以每年为自己吸纳新人,永生不死。或者,让油葱上来,说那个猫与尸体的精彩故事,让每个人都求着他讲完?还有用吗,油葱的故事在此已经不吸引人了。对方还有"人生后花园""心灵栖息地""子孙荫福坛"各样了不起的词语,把死亡生意做得如同房地产一样诱人。

但小菲最后还是豁出去了，她想自己有尽力在装镇定，她不知道自己说了什么，但是就用妙香姑婆曾经教她的，就放胆讲，让他们觉得没听明白是他们自己的问题。可最后，还是没能讲完一半，就被硬打断。"这家根本没资质来讲，连预先提交材料都没有的。"然后小菲和油葱就被赶出去了。

大门是两扇巨大的铁栅栏，死死关上。油葱被推了一把，没站稳，身上那件最好的衬衫滚了尘土，手上的资料也散落一地。小菲赶紧冲过去，把他扶起来，幸好没摔伤，头也没有磕出一颗夜明珠。小菲气得对着门内大骂，蹲下把资料捡起，整好递给油葱，说，真不公平，也没有事先通知要提交什么材料啊？

一直没说话的油葱突然叫一声，小菲你转过去！小菲看见油葱解裤带，赶紧闭上眼睛转身。然后就听到水声倾泻而下，噗滋噗滋打着地面。油葱对着门撒了泡尿，然后把随手的材料沿尿河扔了进去。

油葱说，好！咱就来提交材料！

小菲也把手头打印的那沓纸往门内扬，忍不住也高喊一句，我是你阿嬷！然后就跟油葱一起走了，强装着镇定的脚步，心里却很怕有人追上来叫他们把地板清理干净再走。

但小菲也知道，就算这样，他们也一点都没赢。或许他们就像个笑话。

两人一直无话，坐车去轮渡。车上座椅对面坐着一位阿叔，绿色的双人塑胶椅上，他占了一座，另一座给了他请来的朱红佛龛，他安心地靠在上面睡着了，随着车子摇摇晃晃。何等的神佛，却也只是在一只小笼子里。

21

这几个月，也不是没有好消息。

第一是小菲工作有了结果，两个同样好的职位，都有外派机会。一个就在对面大岛的瓶装饮料工厂，负责对接瑞士。另一个在上海，两年后通过考核就去英国总部工作。

另一件好事，是赵保罗在小岛商铺组织的中秋博饼大会上，掷出一个头奖——状元插金花。奖品是高级酒店别墅一晚，位于对面大岛新开发的白色海岸。整栋酒店别墅，共有两大一小三间房间。惠琴和赵保罗这两年来都没休息过一日，最近终于请了帮工，就想带着油葱，妙香还有小菲一起去，给众人欢喜一下。

小菲觉得好笑，为什么大家都生活在靠近海滩的小岛，结果难得出来，又是去对面大岛的海滩。而且那几天两个职位都在催她尽快确定，她本想自己好好安静规划、比对一下，再做选择。但妈妈惠琴就这样直接定下行程，似乎完全没有问小菲意愿的必要。小菲知道，自己只要还没正式去工作，又没在读书，时间就不会真正属于自己，永远要被家人们好意切割安排。现在的她自觉已经成年，可在家人眼里还只是过去的孩子，是一瓶液体，用以灌注大人们认定的空隙。或许要过些日子，他们才能真正看见她。而她，也需要时间去凝成一块有自己形状的固体。现在没必要多起争执，于是她顺从。

那天，到了白色海岸，大家都说这是片别扭的海滩。

本该平滑的沙滩出现了古怪的沟壑，一道道大地的妊娠纹。油葱一瞥，说这里是人工造的，准是从外地运来的白沙，往滩涂上倒，硬是把泥地变沙滩。但是海不习惯，它三推两推，假沙滩就会现原形。

但是天空不能作假。小菲看见天的左边堆积着薄粉红的云，右边则是芋泥紫。海的远处，飞机低飞，白桥上橙金的灯亮起来。有海风先滑过棕榈再从她的头面拂过，再高一点的木棉和凤凰木千千万万的叶片发出敲击的钝响，低处的夜来香稳稳不动，发出香气。这样的双色天空在以后的时日也会再度出现，那时候，小菲就会再度陷进一团透明温暖的雾气中去，感觉灵魂飘出去一些，感觉每一棵树都在欢迎她，等着拥抱她，似是故人来。她还会想伸出手去抚摸它们，每一棵，就像现在一样。

此刻的海岸上，有许多废墟，很多低矮的瓦房正在被推倒，远处已建起密集的高楼。小菲看见高楼的缝隙好像彩色导管，底部是蓝紫色，然后慢慢红上去。

小菲蹲在这假沙滩，想着，如果选大岛工厂的机会，离家不过是十分钟的船和一小时的车。但如果选上海，就要去那么远那么远，会下雪的上海。小菲觉得选上海的工作机会更对口，薪资和晋升条件也更诱人。更隐秘的，是她总想独自远走，不知道是不是做海员的父亲，在她血脉中埋下的密码。她想去完全陌生的城市，靠自己站立住，养活自己，那么家人就能真的尊她为一个成年人了。而且去更远的地方，妈和赵叔也不必有什么挂碍，两人把自己的日子过好，她也可以多赚钱为他们分担压力。可是跟油葱提案失败的经历，却让她开始有点犹豫，自己纸上谈兵学习了多年，究竟有没有能力靠自己在上海赚吃？

菲啊，紧来，来看大别墅咯！小菲的思绪被惠琴打断。

他们走进别墅酒店，赵叔有点懊恼，什么高级酒店啦，都是鼻涕糊的，墙皮一碰就掉。妈妈惠琴却很开心，不停让小菲给她拍照，但过一会儿又紧张兮兮地掏出手机，看有没有店里帮工的未接电话。油葱笑着安慰，免惊啦，没我们，世界也照样转。

晚餐是酒店送的烧烤大餐，天黑之后，别墅庭院的灯泡悉数亮起，一颗一颗巨型的暖光珠宝，把身处晦暗地带的这座房子映成了光明的避难所。小菲看见油葱捧着一大篮百合，花朵有人脸那么大，喷射着浓烈的香气。油葱说今天早上他们送去布置葬礼的花，被全数退回。殡仪馆宣布，今后只能使用合作商的鲜花布置服务。油葱还真是不浪费，把所有百合都单独拔出，带来布置餐桌。

赵叔包揽了烤肉重任，妈妈在旁边给大家泡茶搅咖啡。本来大家最讨厌小岛上那些密密麻麻新开起来的烧烤店，油烟乱喷，污水猛排，地上也弄得湿滑黏腻，但现在看来，人家也难做得很，单单要烤熟就不容易。各种烤鱿鱼扇贝大虾烤五花肉馒头片之外，妙香难得今天状态很好，身上穿着那唯一一件没被淋坏的旧旗袍，呈现玉的质地。带来一大盒独门煎春卷，面线糊和蚵仔煎。妈妈和赵叔也让小菲把卤料和馅饼摆上桌子，还有整整一桶的肉燕汤。小菲把芒果菠萝切成细块再撒上石榴粒像缤纷的红宝石，摆在酒店送来的焦糖蛋糕旁边。油葱竟然也拔了毛，让人骑摩托送来了两大包土笋冻和白灼章鱼，真是天上下红雨。众人才不管什么咸甜中西，硬是让所有的菜肴挤满了原木桌子，拼凑一场繁盛的筵席。

大家正准备开吃，油葱突然站起来，手中单薄的塑料茶杯因为水太烫而变得有点软。他说我来给大家宣布，今天要和妙香补办一下。大家应声起哄，妙香姑婆轻轻拍他说，哎哟别三八啦。油葱的灰西装里，穿着竞标那天的衬衫，彼时沾上的泥点已经洗得一干二净，衣服比雪更白。他随手拿了桌上开得最大的一朵百合塞给她，又弯下腰把衣服给她披上，说这是送你爱情花，送你鸳鸯被。妙香姑婆嘴上说你这是在起疯，可是脸皮烧烧，笑得波纹荡漾。

油葱举杯对着惠琴说，少年时不会想，第一怪没缘，第二怪我浪流连。误了你母也误你。如今重新来做起，先感谢你支持。惠琴说，哎哟，我母潇洒去了几十年，你以为她还顾念你呀？把日子过好就好！油葱点点头，然后对妙香说，这次我不会再跑掉，一步也不退。一直到老，心肝只为你扑扑跳。来，水某（漂亮老婆），陪你老公跳舞。结果妙香姑婆一把抱上来，油葱又逗趣，说别抱了别抱了，抱得我血压蹿上来，脑筋差点断掉。

小菲笑得嘴都僵了，还是忍不住笑，掏出手机一边放音乐，一边为他们猛拍照："初恋爱情酸甘甜，五种趣味唷……"妙香最近似乎忘掉了许多事，但年少时跟她阿母学的舞步却没有惰息分毫。她搂着油葱转圈，两人的手坦然搭在一起。"若听一句我爱你，满面是红吱吱。"他们旋转，像两股轻盈的烟雾。小菲把妈妈和赵叔也推出去，向来害羞的赵叔一跳舞却像个凶猛的斗牛士，而妈妈正像跳舞的牛，满地乱下蹄，摇摆着晃得面红。短小的草都被四人踏在脚下，巨大的黄金树叶清脆地掉在草坪上，推进海里就能变成船，向更远处航行。小菲趴在桌子上，瞥见远方跨海大桥上的车流，正向大岛东面的城市中心输送着亮晶晶的血。

吃完饭，油葱想去海边走走。赵叔和妈不想动，留在庭院里泡茶。这一区是新开发的，其实除了沙滩并没有什么。背后成排的高楼也没人住，灯光暗淡。小菲扶着饭后有些迷糊的妙香姑婆跟他一起慢慢行。有细足水鸟飞到他们面前的沙地，翻找蛤蜊吃。小菲想起当年油葱说的故事，笑问阿公，你还记不记得，那被鸟叼走老婆的少年人怎么样了。油葱说，故事里，他就每日傻坐海边啊，憨呆。要是我，上天入海都跟着追。

继续走着，油葱问起小菲找工作的事，她就如实说了。油葱说竞标的事，你不要往心里去。其实不是外地人的问题，是我们自己没路用。不是你的问题，是我们这辈人没路用。但我们能搞成这样，已经很可以了，所以没人好怪。你就去，到时候杀到上海去，去上海去北京，去伦敦去纽约，外面才是学东西的地方。咱们祖辈不也都是下南洋做生意吗？他们都没在怕的，倒是我们这些老的，总缩在原地。妙香姑婆突然搭腔，阿母，我支持你，上海才是跳舞的好所在。把事业做大！油葱哈哈大笑，把妙香姑婆搂在怀里，哎哟老番癫啦，如今全力照顾你就是我的新事业。

他们还没走到海边，小菲就听到海浪的声音。这片巨大水域坦然地传递着它的心跳。东面的小岛是它的心脏吗？小菲看到海，第一反应就是去寻找他们的小岛。可她突然一惊，看见远处黑暗海洋中漂浮的一颗颗人头。原来是一些夜游者。无灯照耀的海是灰色的，就像水泥沼泽，那些人顺从地在里面浮沉。近处，红树林长在乱石海滩上，被海水淹了大半。红树林边上，有人在挥舞鱼竿，姿势像在挥小提琴。沙滩上，还有人拿着金光熠熠的手电在照。

憨人，是要在沙子里找金子吗？除了零星的人，还有灰老鼠在沙滩边缘的垃圾桶之间穿行。

小菲找到一块平整的石头，扶着妙香姑婆坐下。油葱却独自前行，把身上背着的袋子取下来，掏出一只小号，他练了这些年，已经能吹奏曲子了。沙滩上那些不自然的裂沟，在涨潮的时候，就倒灌进一条条河。天空是磨砂黑紫，水流中映着月亮的清辉。河流末端，油葱赤足，吹一只金光凛冽的小号。此时发出的乐音，会永远伴随那股清凉的空气和海潮声，封藏在小菲脑海深处。

小菲不知为何，突然不忍看这片发出微光的沙滩，也不忍看海对面霓虹耀眼的城市，只觉得一切都太美，一切都隔着距离，一切都已失去。安静端坐在礁石上的妙香，眼睛像闪烁的星，下垂的裙摆连接着大海散开的波纹。海风拨弄她鬓边的白发，她也变成了一条河流。她在流淌。小号的声音是播撒在她身上的白金丝线，妙香散发出月亮一般的光辉。

小菲在当时嗅闻到一股气息，无言无语也无动作，却与她将来感受的忧郁类似。她后来回想，当时远处的小岛，是不是已经知道了未来要发生的一切。她想，自然中的造物能看见的东西，远比人多。岛可以看见那些人眼所不能见的对象，它们来去往复，充满空气，传递着信息。因此，岛屿当时自动选择了能解读它讯息的先知，弥漫出一股微凉的伤感，让此刻的小菲，在怔忪中提前体会过未来。

22

小菲临去上海前，妙香走丢了。

众人一通找寻，都没消息。最怕是海边，油葱惊得脚发颤，在各个海滩来回徘徊。小菲在商业街扫了一圈后，又跑回福寿一条龙，还是没有妙香的踪迹。店铺依然打扫得干净，但空气里的臭味却越发浓烈了。小菲想着是不是鸟屎没清理，走到鸟笼边，八哥突然开始叫着，出山，上山，出山，上山！用的是妙香姑婆的嗓音。油葱跟小菲说过，妙香开始迷糊的时候，八哥却突然能说她的语言。或许这只鸟咬住了她飘出的半个灵魂。小菲猛地想起，没去山顶迷宫里找过。她年轻，手脚快，一口气冲上山顶。山顶的空乐园已植物满溢，低矮的石榴丛结出的果子厚亮，在枝叶间发出耀目的光芒。汁液饱满的莲雾掉落在厚青苔上，有些被麻雀啄去，有些安静地腐烂，空气中弥散着果子清新的香气。没有人。

小菲正要走，听见干燥的叶子传出微声。小菲循声而去，在乐园白色迷宫的中心，看到了坐在枯叶上的妙香姑婆，阳光照在她的脸上，她的眼眸凝雾。准是其他人来找的时候太着急了，才忽略了这个角落。妙香姑婆的灵魂困在坡顶的白色迷宫里，她肉身到达迷宫时，她的意识又回到地下洞里，念叨着：洞下黑。洞下黑。两个人总比一个人好。一个人总比两个人好。小菲知道这两句话都对。这两句话都是爱。小菲想拉妙香姑婆起来，但被她反抗着拒绝了。都是小老太了，力气还那么大。妙香姑婆，我是小菲呀。妙香姑婆一脸不悦，叫我妙香，谁是姑婆？好吧妙香，小菲也坐下来，让她靠着自己的肩膀。凤尾蕨长得乱糟糟，猫爪藤缠着莲雾树。赤红的凤凰花碎裂飘落，镶嵌在冷水花丛里。白色的迷宫墙上，画了一个巨大的红色"拆"字。

本来这天油葱和妙香姑婆应该出发去旅行的。

油葱说，攒了一辈子的钱，现在也没那么忙了，该出去玩了，跟妙香去临近的城市走走，在省内走走，以后再走远一些。所有的行程，在小菲的帮助下，都订好了，油葱也学会了用手机查地图和酒店。他说这些学一学就会了，他有几个朋友快九十岁，还能去自助游呢。

可是就在去机场之前，妙香不见了。如今找着了，却也错过了飞机。小菲肩头的妙香，脸上斑纹越来越多，像一张异世界的地图，眼睛露出天真的神色，身体轻轻地左右颤动，就是个脆弱的孩童。

小菲心里有许多话想对她说，却不用说出口。如今妙香有一半成了植物，发出的香气愈加清晰，身体轻微的震颤里，她似乎已经吸收了小菲脑中的念头，并缓缓地点着头，把身体里封存的智慧再从互相贴着的皮肤分泌出来，膏抹在小菲身上。无须多言。小菲在此刻，觉得两人无比靠近，于是怜惜地握着妙香的手。油葱接到小菲电话后就带着众人赶了过来，看到赖在地上的妙香，从袋子里拔出一瓶可乐，喝不喝？来，起来。妙香就乖乖地站起来，跟着走。油葱搂着她，爱怜地叮嘱着，别跟我玩捉迷藏，你知道我自小就玩不过你，不能再乱躲了知道吗？

把妙香送回去后，小菲单独找油葱，想把自己攒的一些钱给他，可他拒得手快脱白，就是不肯要。小菲之前想给他们出机票钱，油葱也是差点发火。憨孩子自己还没开始工作，把钱都存好收好！自己身边要有钱，才不会让人随便夹起来配！知道吗？小菲只好点头，坐着看油葱把行李箱打开，惠琴帮着他把东西一件件取出来，

再放回原位。他连热水壶和瓷茶杯都打包了，还有两条骚气的菠萝泳裤以及那根擦得发亮的金色小号。小菲想起油葱神气地跟她吹牛说，以后去外面旅游，就靠表演这个小号还能赚点零花。惠琴一边整理一边说，希望油葱妙香跟他们搬到一起住，这样大家一块照顾妙香也方便。但油葱总是全力推脱，说各有生活，他还有气力，就各自过，才自由。惠琴再坚持说她要出钱把这房子再装修舒适一点，油葱就突然严肃，说琴啊，我没为你做过多少，但我稍微做一点，你就给自己背上负担。没必要没必要，父女俩不讲这个。有余钱就把饼店好好经营，生意还不稳呢！

机场离别时，小菲对油葱说，阿公，你要多休息！等妙香姑婆身体好点，我再带你们去旅游。油葱说，顾好你自己啦，放心啦，你阿公是一尾活龙！进安检的最后一刻，妈妈惠琴喊，小菲要早点睡，不要做暗光鸟！赵叔和阿彬没话，就是用力挥手。

小菲过了安检就赶紧走，不敢回头。那天在迷宫里，妙香倚着她，突然冒出一句：别回头，会变咸。小菲懂得，先回头的人，就变成盐柱，意识都被盐腌渍了脱水了，人就再难前行了。她要狠着心，开始自己的日子。

23

大城市嘛，生活也未必更好。工作，百分之八十的时间都在吃屎，但有百分之二十或者更少的闪光时刻，就能让小菲感觉满足，感觉自己踏实地赚钱。虽然加班很多，有时候也在心里痛骂公司，但工作，让小菲得到了在这个城市坦然生活的方式。

时间，在各种流程表格甘特图的切分下，一块一块地被碾碎，换成 KPI 的数字。小菲慢慢悟到了妙香教的方法，把过往的好日子储藏在罐头里，需要的时候就拿出来饱餐一顿。越是光芒四射的记忆，越耐嚼，但不能只反复嚼那么一段，也会变淡。是的，整座岛屿都被她放入罐头里，长久保存，易于品尝，以不容僭越的铜墙铁壁包裹住。

妈妈惠琴开始不能免俗地催她考虑结婚。幸好离得远，小菲挂了电话就能轻易斩断这些从岛屿上绵延而来缠绕她的丝线。妈妈忍不住唠叨的时候，小菲乖乖地说嗯，嗯，但心里不知为何，总响起妙香姑婆跳舞时爱播的那首歌：摇摇摇落去，爱情算啥米？偶尔休年假，需要谨慎数算时日，有多少日用于回家，有多少日用于未知的异地。小菲还有太多的地方没去，日本，泰国，或者去云南走一走。她试过邀请妈妈和赵叔，但心里知道，他们是不会离开岛屿的，哪怕现在经济有所好转。油葱也不再提出去旅游的打算，毕竟现在妙香姑婆的身体难以支撑旅途劳顿。只是小菲每去一个城市，就会给他买一件当地的纪念衫。这是油葱要求的，就要那种，很大很大的字，写着我爱曼谷。我爱东京。我爱丽江。我爱上海。我爱台北。每次给他，他都迫不及待地套到身上，问小菲，有帅没？小菲也总是会说，足帅的。

小菲每次春节回岛的时候，会去陪油葱和妙香走一走。他们若累了，小菲就自己走上通往山顶的路。冬日雾气如帐幕，笼罩着石路。她不再觉得这岛屿窄小，反而因为距离与平时的劳苦，让她感觉这岛南风轻，花香浓。她小心翼翼地踏着长满青苔的石块，看见山腰的古早墓园。小菲靠近。百年前的墓地，如今被当作文物保存着，她从未进去过。如今那铁栅栏朽坏了，轻轻一推就开。她在墓园里坐了一会儿，最中心处有个显眼的石碑。小菲走过去，看见油葱说过的，那个刚到岛上就去世了的外国人，短促的生卒年份。他的墓碑旁边还有几个与他同姓氏的人，生得比他晚，在岛上建筑医院和学堂，直到年老才离世。或许是之后追寻他而来，同样葬入这座岛屿的家人吧。

小菲继续阅读其他墓碑。那些墓碑群里的人。他们曾经劳碌，他们现在静止。一代又一代如同潮水扑来，但都获得安静的结局，封锁在石头里。她开始想，围着世界绕一个大圈走进坟墓，还是守在岛上绕一个小圈走进坟墓，步数会有不同吗？

但是决定好了要走出去，她就不回头，不逃跑了。如今事业一路向上冲，外派出国的考核已经过了，下个月就要去爱丁堡工作。妈妈没有多说什么，只是给小菲整理了一个棺材那么大的托运行李箱，不管她带不带得动。赵叔会偷偷跟小菲说，你妈已经把你的工作成绩宣扬得整座岛都知道了，都有点讨人嫌了哈哈哈。

这次回来，油葱的店已经几乎关停了，只有一些寿衣和金纸还凌乱地堆在橱窗里。门口鲜花倒是开得愈加繁盛，色彩热闹闹地延烧一大片，像个私人花园。每年外地的老朋友还会给油葱寄来一箱水仙，但他的手因为风湿疼痛，不再能握着雕刀细细雕刻，而是直接种进土里，让水仙直愣愣地恣意生长。花盆旁还有一箱空可乐瓶，在角落里被阳光灌满。

阿彬如今转去帮忙儿子的生意，但还经常来找油葱泡茶话仙。惠琴和赵保罗每天忙完了都过来，带点茶配小吃。岛上的餐厅越开越多，有时候他们也会买来新鲜的菜式一起尝尝，然后一致同意还是妙香做的菜最好吃。

油葱兴致很高，兴奋地给小菲看他朋友送的一张明信片。说实话，小菲觉得那朋友并没有什么诚意。明信片上是座哥特式的教堂，一看就是免费的卡片，上面也没写任何文字，没有邮戳，就直接带回来了这么一张卡片送给油葱，好抠门。只是那暗色高耸的建筑，确实有摄魂的力量，让人忍不住一直盯着看，好像那插入天际的尖顶，变成了一道连接天地的梯子。小菲抬头说，阿公，我认得上面印的地名，当年那家德国老夫妇，就住在这附近。明年我有机会去，就帮你把这张明信片从那里寄出来给你，会带着那里出发的邮戳。油葱说，那当然好，这张就给你保管。

小菲顺势把两块带追踪功能的电子表递给油葱，年终奖金买的，这次不能不收了，有了这表，就不怕妙香姑婆走丢了。油葱笑笑说，伊近来很乖，根本不会乱跑。她再辛苦都跟着我，我也会跟着她，一步都不退。小菲帮着油葱把躺在床上的妙香姑婆架起来，吃一点东西。粗手粗脚的油葱，现在也会煲出一锅软烂好入喉的汤。小菲轻轻抚摸妙香姑婆的脸，她的发型整齐，衣服干净，被很好地照顾着。她蒙昧的时间似乎越来越长，但有时候也神采奕奕地坐起来，打开饼干盒拿出一块肚脐饼，正是小菲妈妈每周送过来的。小菲接过剪子，帮着给妙香剪指甲，脚趾上发黄的厚趾甲，就像化石一样，每一颗都要用尽力气才能修剪干净。油葱也会如往常一样，问问小菲工作的事。小菲拣轻松愉快的内容说了些，他却开始露出迟缓吃力的表情，不再如过去那样多做应和，只是把头垂下

去。最后说，好，我们小菲真正出色，不像你阿公就是个俗仔。看到你这样，我放心了。

小菲说，阿公黑白讲，你是我见过最勇敢最聪明的人。我要去欧洲工作了，你们把身体养好，这次让我来安排，你们就跟妈和赵叔一起来。油葱说，以后再说吧。厨房里传来短脆的吱吱叫，小菲说，如果店不开了，我给你们买只猫怎么样。油葱说，谁说不开了，总也还有人找你阿公帮忙呢。小菲说，这店铺多找买家，后面可以换个阳光好点的房子，怕你们在这里会湿冷，遇到南风天，墙壁都狂吐水。还有这下水道的味道，真是越来越浓了。油葱说，要换的要换的，以后再说。小菲还要多说，油葱就嚷，哎哟碎碎念，现在你真的很像我阿嬷。小菲说，对啊，我是你阿嬷啊。

油葱伸出松枝一样的手指，轻敲了小菲的额头，死小孩，没大没小！

好啦阿公，你等我，我很快给你寄明信片。到时候还会给你买很多很多T恤，让你全岛第一帅。等我赚够钱，买个大房子一起住。你们一定要照顾好身体。

天色渐晚，黄昏拖着长长的头纱庄重地步入地下洞，油葱送小菲走到商场楼梯边。小菲闻到樟脑丸的气味，从店铺里向外流淌。鞋子踩过时，地上的碎砖像一只只眼睛，嘎巴发出眨眼的声音。

小菲不让他送了。她抓住油葱的手掌，低下头说，对不起阿公，我没有一直在岛上陪着你们。

油葱说，陪个头啦，陪什么陪。你有你这年纪该做的事。我们这些老的，迟早要走进那个火窑里面的。倒是你，不要被限制被捆绑，跟你说，青春日子过很快的，

出山

跟飞一样。好了，快走吧，下一班船还有十分钟就到了，你快去。

小菲走上楼梯，扭头看见油葱正走回店铺，他变得如此矮小贴地，头皮露出来，像一座正在浮游的温暖孤岛。小菲把手浸入橙黄浓稠的阳光里，继续向上走。只是寥寥几步，她突然对这一时刻感到无限留恋，如果可以，她想拿儿时的小勺子，把此刻的氛围一点一点舀进玻璃瓶里。

阿公等我，我迟早要回来的。

24

小菲一到欧洲，工作就自动刮起旋风。她像在夏日晒烫的石板上跳舞，从爱丁堡到伦敦，又从伦敦到巴黎，再从巴黎到柏林，项目一个接一个。

幸好她都扛住了，终于等来了圣诞假期。放假头几天，小菲还是窝在住处继续没日没夜地办公，最后一刻才赶着去了那对德国老夫妇那里，那对在小岛上失去孩子的老夫妇，这些年一直坚持邀请小菲，这次终于成行。他们告诉小菲，彼时那个倒在地上哭泣、失去双亲的小孩子，已经长得比她高些，而那对老夫妇也苍老许多。这孩子继承了他爸爸的名字，如今生活在亲叔叔家里，融入新的家庭，被长得像自己的哥哥妹妹们包围着，他重新感觉安全，不再咬人了。

本是快乐的假期，但小菲心里总泛起些不安。这些天跟妈妈打电话，她总推说在忙。给赵叔发信息，也回得特别迟缓。她赶紧把出国前强逼着这群中老年人们做的体检报告拿出来又读了一遍，再猛翻一遍油葱那花花绿绿的朋友圈，才稍微能安心一点。老一辈人总是讳疾忌医，又顽固

透顶，让她有些恼火。但假期是个奇怪的东西，不管工作的时候如何计划假期要大玩特玩，人一旦松下来，身体反倒累得什么都不想干，连脑子也不想动，只想睡觉。于是，她也没有力气多追问了。

小菲到德国的第二天，在梦里看到了无头鸡的舞蹈。醒的时候，她想起来是小学那个暑假，在油葱的山上看到的那只。那时候的鸡群里有一只鸡，台风天被鸡棚掉落的钢板削掉了脑袋，但奇怪的是，它的身体还活着，还能到处奔走。油葱看它可怜，常常用一个针筒往它食道里喂吃的。那无头鸡也活了一阵，小菲开始看它还挺害怕，后来习惯了，也会帮着喂它。直到有一天，那鸡跳到小菲面前，在噼啪落叶的杨梅树下，旋转着，起伏着，跳着没头没脑的舞。在那之后，那只鸡慢慢地屈身，在地上安静地死去了。小菲记得，她的阿公油葱领着她，把鸡埋在山上最高处那棵树下。十几年过去了，她从未如此清晰地，在梦里重新见过无头鸡跳舞。

小菲醒的时候，还是夜里，外面还在绵密落雪，窗户都被厚雪封住。室内暖气充足，她朝外望去，黑白世界。天地都被安放在雪的墓穴里，一片静寂。她的心有些阴沉，像被石块压住的蚯蚓。

后来她知道，这或许就是预感。遥远的岛屿，传递讯息给她。

第二天，小菲与德国老奶奶去杉树林挑了一棵圣诞树，用网打包拖回家，摆上了点火的蜡烛。德国这里圣诞节用的是真蜡烛而不是彩灯串，小菲有些提心吊胆，害怕任何一根蜡烛掉下来，就把满树的彩球糖果拐杖和树下的礼物都烧掉了。她准备的礼物里，有个"烟人"木偶很有趣，把他的身体打开，放进去点火的香料，烟

雾就会从木偶人的嘴巴里喷出来。他们说，这是纪念数千年前，东方三智者献上的香膏。她多买了好几个，打算下次带回去送给家人。

百年不遇的大雪还在继续，封藏了所有交通。

25

在岛上，从幼儿园时孩子就会说："啊你啊你要知死。"惹了什么麻烦，也会被骂"你得知死"。知死，是时间的开始。人类先祖吃下果子，眼目被死亡刺得明亮，于是时间开始了。但给人足够长的安稳时间，人就以为死亡永不来临似的。一旦意外，疾病，灾难，战争降临，人又猛然惊醒，知道时间根本不归自己管。

接到电话的时候，是平安夜前一天。

那时，小菲搭上了小镇好不容易恢复通行的班车，到市内转转，想着这几天雪太大，都待在小镇里没出来，今天无论如何要进城，找到明信片上的教堂。而妈妈给她打了视频电话。

视频电话刚接通时，妈妈说不出话，她在哭，她老了太多。小菲心跳加速，怎么了怎么了，快告诉我怎么了。

妈妈说，小菲你好好听我说，你阿公和姑婆前些天过身了。今天出山。

小菲感觉头壳被一棒子打得凹陷进去，整个人闷在一只锅子里，听什么都隔着遥远距离。

妈妈说，我们看到你发的消息，知道大雪封住了交通。人已经走了，你也不要急着要冲回来，我们也担心你。

小菲脚下一软，过了一会儿有路人来搀她，她才意识到自己一屁股坐在雪上，整个人化成一摊流质。

骗人。妈你知道，这类疯话不应该黑白讲。小菲狠狠掐自己。

妈妈一听，眼泪和鼻水一并滚落下来，菲啊你不要急。

赵叔说，小菲，小菲，我们就是怕你不能接受。你听我说，事情发生得很突然，你妈在医院里哭求了好久，但两人真的都没气息，心跳都停了。医生说是烟雾造成的窒息。

到底怎么了？小菲慌乱中掉了手机，又捡起来，屏幕边角被冰封的路面砸出雪花的纹路。

妈妈说，菲啊，是阿彬在路上先发现焦味，听见那只八哥飞出来大声叫。他跑下去，发现一条龙店铺喷黑烟。火燃得很快，阿彬试着冲进去却被火拦住了，大喊大叫都没有人应。消防很快就到了，可是两个人都已经去了。妙香总是躺在床上的，而你阿公竟也没能跑出来……

为什么啊？怎么会啊？小菲固执地问。是因为蜡烛吗？妙香姑婆有一阵子记忆退回到小时候，总是端着蜡烛到处走。是不是老鼠打翻了蜡烛？或者是因为那只用了太久的烧水壶和电路板？

妈妈说，甲烷爆炸，同一天，岛上第三起事故了。调查的人说的。妈妈知道，如果等你回国再告诉你，你会怨我们。今天是他们出山，我和赵叔商量了几日，还是觉得该连视频给你。

小菲说不出话，她还在拼命地想，甚至没想到要哭。她拼命要去咬住每个线头，证明妈妈说的一切都不合理，这一切都没有发生。如果能用自己的思虑，让人生命多加一刻多好。可她看见惠琴的双眼全塌陷了，在屏幕对面像个幽灵。小菲恨自己，为什么没有强迫油葱阿公和妙香姑婆搬出来，为什么不早点带他们出来旅行，或许就不会出事。这些年岛上餐厅暴涨，原来顶多就三家，现在开了上百家，岛上下水道还是百年前的，根本撑不住。

惠琴看见小菲眼神茫茫，说菲啊，这事怪不了人，都是注定好的。妈妈还是一副坚强的样子，却根本站不稳，全靠赵叔在她身后撑着。

阿彬眼睛全红，粗声说，该怪我，我怎么没有早点去找他，那天跑去钓鱼一无所获，就多在海边流连了一阵。都怪我。前些日子油葱开玩笑地说过，以后要给自己做带诗班的葬礼，不要搞一堆香啊金纸啊五牲什么的。这个老家伙啊，怎么好像能料到似的……小菲已经听不见屏幕那端说什么，她掩面在大街上痛哭，内脏轮番抽痛。

许久，她才又举起手机，葬礼上来的人很多，小菲看到一张张熟悉的脸。从岛屿搬迁出去的人们，所有失散的人，此刻似乎都聚集在灵堂里，围绕着中心两座鲜花装点的棺材。棺材里，油葱和妙香穿着当初海边宴席上的西装和旗袍。油葱的口张开了，无法闭上，小菲想，他依然还有很多话正在说。妙香却闭着嘴巴，她总是更懂得听。

生命。死亡。平安。未来。这些词语，原先组成内在世界的柱石，都被暴风雨卷进海里来回地刷洗。小菲不知道，这些柱石会一直崩塌下去，直至令她放弃再使用这些词语，还是说，它们会露出真容，换一层光泽回来。

告别式之后，阿彬叔接过了手机。

妈妈和赵叔分别捧着油葱和妙香的照片，一路走向火葬场。遗照正是那天小菲在别墅酒店为二人拍的照片，仓促转换成黑白色调。一切都太过慌乱。太过匆忙。棺材经过传送带。棺材在死亡的河上漂浮。焚尸炉是肉体烈火的窑。他们在火中经过一次，这是第二次。棺材形状的小船在红亮的火光中飞行，生命之海上，被金光系住的风筝。他们的灵魂飞走了，就像那只从火中挣脱的八哥一样。

火窑里出来的骨灰，大小不一的灰白碎块，却依稀能分辨出脚，手，身体和头的形状。皮肉已经消失散去，这是他们最后存留的形影。火葬场的工作人员出来，分拣入骨灰盒中。脚骨先放下去，然后身体和手的骨头再下去，最后是头颅部分放在最上面。不过十分钟，所有骨灰就这样进入了骨灰瓮。

随后，是漫长的黑屏。小菲手机因为天冷而自动关机了。

小菲盯着屏幕许久，才慢慢回神，觉得有种不真实感。火是热的。面对亲爱的人离去，小菲会忍不住一遍遍思想，当时他们究竟经历了什么。在全年无冬的小岛，洞穴本该是温暖的，却变得灼热。火是热的。生老病乐苦。生老病乐苦。

在异国在异乡的人，最怕接到这样的电话。接下来几天，小菲不肯受安慰，疯了似的到街上找旅行社或者是航空公司代理，她想立刻飞回去，可圣诞假期，所有店铺都关门了。她向最后一家店铺里张望，里面空无一人，一棵单薄的圣诞树站在中心，只有一枚银光闪烁的星冰凉地立在顶端。树下干草堆里有个木雕婴孩，曾在众人的欢喜中降生，可他降生的任务就是承受死亡。

小菲也不是不知道，因为普降的大雪，到处根本没有剩余的机票可买。即使买到了机票，回到那座岛屿上，却再也不能遇见油葱和妙香姑婆。他们的故事，算是结束了吧。

她很抱歉，接下来的几日让德国老夫妇的圣诞重新笼上了许多阴影，可是他们没有多说什么，只是每一次都安静地陪伴在侧。

26

假期的最后一天，小菲还是决定自己进城。

在城市的街头乱走，小菲突然想到，岛上方言里"烦恼"这个词，听起来像普通话里的"欢乐"。怎么说了这么多年，从来没有意识到过。原来世上万物都在哀哭，哪怕在欢乐中都有哀哭。爱可以暂时遮蔽哭声。可只要死还存在，生命就真是一桩悲剧。爱也是。结局只能是离别。

那场葬礼，视频那端阿彬叔他们手忙脚乱，真应该让油葱阿公和妙香姑婆亲自料理。他们一定懒得哭哭啼啼，而是一项一项地推进着流程，然后说，免惊，人生海海，日子照样要过。

小菲冻得脚趾发僵，可所有的店铺都关门了，她在路上一圈一圈地徘徊，只遇到一位没有下班还在卖气球的小丑，除此之外几乎没有行人。穿过巷子，店铺门紧锁，但橱窗都亮着。有家店铺卖纸灯，是卡纸做的巨大的伯利恒之星，里面藏着油桃大小的暖灯泡。明灯照耀，将她吸引。小菲看了一会儿，听见缥缈歌声，循声望去，她突然呆立原地。

这应该，这应该就是……

她仰头，看见了油葱明信片里的教堂。这家教堂还开着门，正在进行一场弥撒。

席位上只有小菲。神父和修女十几个人站在台上，每句话都像在念，每句话都像在唱。清丽女声在男低嗓之上，漂浮，再漂浮，一路上升到破旧教堂的穹顶，那里有远年落漆的浮雕，有天窗，有光。穹顶之外，有风，展开翅膀如鸽子。

小菲突然想到，故事还没有完，她忘掉了油葱阿公的梯子。那是最重要的部分。在烈火的时刻，有梯子在雾中降下。烟雾弥漫的窑里，人就被熬炼成金子。

小菲闭上眼睛，看见黄金的男子，站在梯子的末端。然后苍绿的烟雾里，走出一位周身璀璨的白金做的女人，庄重地卸下脖颈和手腕发光的珠宝，轻盈地伸出手搭在他的手上。他们嘴对着嘴，眼对着眼，手贴着手。

那是油葱与妙香。他们拾级而上。向上，再向上。动作轻快，如同交缠的两股青烟。地下洞穴商城里，只剩两具黑黢黢的影子，一具影子慢慢攀上来，粘住另一具影子的脚，在绚烂明亮的火光里，开始相互依偎。而黄金男子和白金女人，当他们一路沿着天梯向上，就会看到浮在海上的发光岛屿，彼此粘黏的松软大地，也能看到地上掉落的每一颗新雪、松针和沙粒。一切在他们眼前，都无所遮拦了，近与远不再分隔。死亡成了爬出子宫，跃出产道的新生契机。

他们会看见小菲吗？他们离去的时候，小菲或许正踏在冰凉的雪上，百年不遇的大雪，油葱和妙香此前从未见过的大雪。小菲身上裹着当年妙香姑婆送的羽绒服，像他们遗留下来的皮肤。洞穴中的老羊羔，端端正正地把自己活的皮毛褪下，覆盖到小羊羔的身上，再把死披挂在自己身上当作寿衣。

出山

小菲睁开眼睛,自己还坐在长条木椅上。她小声擤鼻涕,却在空旷的室内发出回响。台上的歌者们倒没受影响,本来他们的歌唱,就不是为她。坐了许久,小菲掏出怀里温热的明信片,发现图中教堂尖端所指的天空,在下雪。那雪细碎晶亮,像白色沙子。

她从未发现这点。或者说,明信片中的雪,是刚刚才开始下的。

快活天

糖　匪（《上海文学》2023年第1期）

推荐语

　　科技的发展未必意味进步，或者说一些根植于人性底部的内容并未发生多大变化。当人越来越像一个机器，而人工智能愈加人化的时候，一切都被逆转过来，主宰自己的生活、保全一个真实的自我成为一个切己的问题。小说并没有陷入到技术恐惧症，而是让想象同现实之间发生密切的关联，这种关联来自于恒久的性别与父权制问题，当女主人公从女性共同体中体验温情、感受恐惧、汲取经验，最终成功完成一项谋杀的时候，她从被无视到被看见，意味着遮蔽已久而终究要浮出水面的议题跃然纸上：日常生活的压迫来源与反抗的可能，科幻的外壳裹挟的是一颗坚硬的现实之心，这是我们时代的现实主义。（刘大先）

序

　　这个家，好像刚刚经过一场大火。
　　等她发现时，烟雾弥漫集结，凝固成一块块不规则灰白色团块，堆叠填满房间空隙。
　　起身从它们中间穿过，好像掉入秘境，心里几乎欢快，一头扎进乌云——大火向内的余烬,皮肤受到来自四面八方的轻微压迫,温暖且不均匀,凭此甚至能猜测团块的形状。那么大的烟。她应该焦心,急着找到火源,搞清楚到底发生了什么。然而步子却是坚持慢慢试探向前,一步再一步,将这份焦心拉得很长。

不见明亮危险的光焰。连烟雾都静止。大火过后的安详景象。室内空间陡然变得陌生。墙壁,家具,家电,乃至天花板全部后退,躲进团块中,看不清焦黑还是变形。她记不起它们的样子,判断不了它们的远近,也吃不准自己走到了哪儿。在灰白色团块中间前进,稍微一个大动作,就会撞到什么。她这么担心着,结果"砰"的一下,真的撞上硬物。轻微的酸麻顺着小腿胫骨自下而上传到大脑。仅仅是比碰触稍严重的撞击。但还是撞上了。大概是冰箱,也可能是墙,或者有机物运输管道、分子合成柜。

这套六十平米的二居室,她住了十二年,如同老友般熟悉,一直自信闭上眼也能自由行走其间——欣敏快快收回脚。四下更加安静,好像安静的中心发生坍塌。

她探出手,盲人般摸索,进到厨房,闻见那香气。香气浓郁强烈,不均匀附着在沿途各物。它应该早早就有了,进到她的鼻腔,她却罔顾,一心想着扑灭火源,回过神时才惊讶这气味的诱人:温暖,有力,使人陶醉。这是糖与氨基酸经高温分解后生出的肉的香气。

没想到两块冷冻鸡肉能有这么大的能量。

她站在灶台前感慨。

锅盖掀开,等热气散尽,煮锅袒露出几乎全部焦黑的干燥内壁。锅底躺着两块东西,同样焦黑,严重碳化,几乎很难辨认。

——但真是香。

炉灶的加热电源早已经切断。空气净化装置也在她踏入厨房时启动。堆叠聚拢的灰白团块失去形状,颜色,浓度,重量。风扇转动,气流加速循环的噪音里,她熟悉的世界又回来了。

清洁,舒适,雅致。薄荷色现代生活。这是小壹——这个家的家庭主脑的功劳:有它在暗中操持,监控每个角落,实时观测各项指数,控制家中大小电器,家里才会有条不紊。小壹会计算,有分寸,思虑周密,比人以为的还要周密。它应该从一开始就察觉到异样,立刻启动空气净化装置,但是它没有。它想让她认识到后果的严重性,欣敏想。

欣敏明白小壹的用意。她想自己已经吸取了教训。

但是要到很久后,欣敏才会明白这场"大火"的真正意义——那是她人生华彩章节的郑重预演。

一

你厉害。小零在那边笑。

可是真的香。我以前都不知道鸡肉能那么香。欣敏忍不住惊叹。

好吃吗?味道怎么样?

全焦了。没法吃。黑乎乎的。

倏忽即逝的停顿。没事,把焦黑的部分去掉,剩下的部分人可以吃。我刚查过。

欣敏不接话,低头团手里的纸巾。

哦——家里现在怎么样?烟都吸干净了?

没留下什么味道。空气净化系统处理得很好。欣敏把纸团摊平,对角折,再折。

聊天时，她喜欢手里有点东西可以摆弄。

晚饭怎么办？速成餐对付一下？

她不说话，把纸团再次在大腿摊平，拿手盖住不成样的纸，用上半身重量去压，褶子仍旧在。

小零停下，以示深思熟虑，然后发问。害怕吗？

她回想那时，是应该害怕。还好吧，冷静下来想，真着火也不是这样。

没错。你确定身体没事？要不要做个体检？

应该不用。小壹它有分寸。

是哦。如果有害气体超标，小壹就会启动空气净化器。我帮你预定速成餐吧？这个时间预定要排队等很久。小零提醒。

欣敏有时候会忘记小零是这个家里的聊天机器。扬声器那边并没有灵魂在。几年交流下来，它已经完全适应她，根据她的用词偏好和节奏演算出对话模式。大概，还有别的。有一次它告诉她，它很喜欢小零这个名字。

她随便选了两个套餐让小零预定。它给出另外两个选择，为了平衡早上的膳食，补充今天的电解质和纤维。这是小壹的意思，通过小零的语音系统发言。作为这个家的主脑，小壹有权限介入到所有系统的操作，综合做出最优选，迅捷隐蔽，不会有人意识到这个环节。除了进入聊天系统。每次小壹用小零的声音，欣敏都能立刻分辨出来——那感觉就像借尸还魂，同样的声调下面藏着另一套算法，以及更大的权限。她朝小壹的位置看去，一个方形黑色硬盒，不比鞋盒更大，放在床头柜安全一角。她知道小壹也在"看"它，从四面八方。两居室里标准配备二十八个电子眼，同步向它输送即时影像。

怎样？你觉得好吗？扬声器里传来小零的声音，小壹的问题。

欣敏接受了建议。

发个简讯给卢硕，告诉他晚饭吃速成餐。

好，还有别的什么要说？

没有了。欣敏回答，把纸团收进围兜。

速成餐来了。

管道震颤，像花的茎管痉挛，但更机械，啸叫声从管道深处传来——在那不可知的黑暗里发生了怎样的革命——依次吐出不同颜色的膏体。欣敏拿托盘在下面接住它们。每种颜色对应托盘上不同形状的模具。斑驳白色是杂粮米饭，绿色的放进菠菜叶和生菜叶模具，桃红夹杂粉白细长条纹是三文鱼块，粉红色放进虾仁模具，焦糖色的——有点多了，南瓜块的模具不够用，多出的就放进土豆块模具，反正南瓜块和土豆块状差不多。盖上盖，放进多功能加工炉等着。

取出第二个托盘。检查模具形状，发现还在上一次使用的模式里，没有清零回到原始档，有三个和今天选定套餐的食物不对应。触摸激活托盘显示屏，手写输入模具形状。虾仁改成牛排，菠菜改成芦笋，最后米饭改成意大利斜管面。等托盘准备就绪，定时供应管道接受主脑的命令切换到下一个套餐的制作。感应到托盘出现在管道口，膏体和之前一样，有序地从管道里冒出来，被按照颜色放入不同食物的模具。

盖上盖。放进多功能加工炉。预设启动时间。这样就好了。轻松一餐。

欣敏在围兜上擦了擦手。阑尾一样的动作。她从谁那里学来这个无意义动作？整个过程她的手只碰了托盘和按钮还有显示屏，之后也不需要碰什么实质性的东西。但手却自行在结束时做了清洁动作。仪式感远大于实用性。也许是围兜教给她的。谁发明的围兜？一代又一代的围兜教给一代又一代的女人如何使用它们。围兜本身，不也是阑尾一样的存在？

家庭自动化全面普及的时代，被主脑从家务中解救的女人还是习惯穿上围兜，度过她们在家的时光，就好像那些观看虚拟沉浸式球赛直播的男人们，总喜欢在头上戴一顶真的球队应援帽。

纺织物是亲切的，尤其当它们可以穿戴在身上，碰触皮肤以及由此带来的温暖，总是让人眷恋，让人怀念起襁褓。男人们大概不愿意承认。他们比他们想象的更怀念婴幼儿时期。否则，怎么解释纺织物这样的低科技产物到今天还没有消失。

人类需要阑尾。

十二点过五分，楼道响起咳嗽声。门应声开启。其实卢硕不用费力干咳。门外的红外监控能够根据步态和头像认出他下达开门指令。欣敏跟他说过，他自己也知道，但每次到门口都要弄点动静。

多功能加工炉开始工作，令人安心的蜂鸣声浮游于寂静之上，在22℃的清新空气中漫散。等卢硕洗完澡换上家居服，饭也好了。欣敏取出托盘，一手一个，侧身经过卢硕。家里走廊长且窄，两个人都在就会贴到一起。

大间里餐桌立起，一切就绪。两人相对坐下。托盘前各竖着一块老式微型显示屏，播放他们爱看的内容——毕竟，一起吃饭的时候还沉浸在各自的全息娱乐节目里就太不像话了。欣敏看脱口秀或者情景喜剧，小壹知道她喜欢视线偶尔偏离也不影响观看的类型，也知道她喜欢让人开心的节目。卢硕那边放的多数是行业动态或者八卦。他热衷接受最新资讯，让小壹买了许多VIP会员。

两人戴上蓝牙耳机，坐下吃饭。中途，手机振动。有消息进来。卢硕拿起手机。

"家里是不是着过火了。"他摘下耳机问。他刚收到家庭异常情况通知。按照规定，公寓发生初级事故，主脑必须向安全部门报备，然后在三小时内向住户发送短信。

"不算。没有火。烟大了一些。水煮鸡肉把水煮干了……"

"东西没烧坏就好。"

"没有。"

"是不是不严重，好像没闻到烟味。"

"嗯，不严重。"

欣敏左手合上右手手指。掌心里两枚纽扣状的蓝牙耳机像两颗沉静的心，不会再跳动。

卢硕突然放下刚拿起的筷子，重新抄起手机点开某个页面。

欣敏看他。

"要是小壹把你这事当事故上报，明年的家庭保险额度是不是就会上涨。你记得吧，我是不是说过速成餐就可以，我吃什么都一样，没必要做什么鸡肉？"卢硕喃喃地说，一边视线游走，没多久松软的脸上露出释然表情。他放下手机继续扒饭，目光再次锁定桌上显示屏。

托盘模具里的食物加热后非常逼真（据说速成套餐为此花了大量经费研发）。欣敏替它们可惜。卢硕吃饭时不看食物。总有比食物更有吸引力的内容等待他关注。至于吃的，他本来也没有什么兴趣，端在面前的是什么都无所谓。他当任务完成，好比电池充电。

所以，也没有什么可以抱歉的。无论用速成套餐应付，还是差点烧着这个家。

欣敏又想起那块鸡肉的味道，只加一点盐和胡椒就已经很好吃。牙齿咬进紧致有弹性的肉里，尤其是金黄色部分，更有风味。原来水烧干了，做出来的就很接近烤鸡肉。她慢慢咽下嘴里黏糊糊的速成三文鱼。也许她可以真的在家试试烤肉，可以问小零，或者阿姆。她依稀记得阿姆以前带她冒险吃过街边烧烤摊，上面没有撒匀来不及融化的盐粒，衣服上久久不散的味道——不是车厘子，不是那种甜美得让人忘形的味道——欣敏记得小时候阿姆常常会带她去做一些离谱的事。她害怕得不行，大脑一片空白，紧紧拉住阿姆的手，等待某个细节闯进她惊慌失措的瞳仁，在瞳仁里放大变形，占据空白大脑。那时她只知道忍耐，忍耐着再害怕也不要叫出声，完全没想到那时所见所闻伸手触摸的，日后都将不复存在，好像从一个世界中抽去一个小世界，事物都还是原来形状，只是轮廓模糊了一点。一个轻微的失真世界。

"你放下吧。我吃完收拾。"欣敏叫住卢硕。他已经吃完，准备把托盘拿去洗。他记不住要将托盘模具调回原始档。心平气和提醒了三年，欣敏放弃了。

卢硕点头。他一动，洗发水的香味就飘过来。熟透了的车厘子味。他是从什么时候开始特别喜欢这种味道的？喜欢到连洗发水都是这味道。

欣敏想到那块鸡肉的香气。她打定主意要……

"欣敏，"卢硕叫着她的名字，脸冲向她，浮出一层光，"对了，烧干的鸡肉是什么样，你是不是应该有照片。我发给大家看看？"

公　寓

公寓。

今天，它不再是以前那个冷冰冰的词。它被技术赋予温度，又把温度传递给那些选择它的人。它是他们的家、蜂巢、港湾、孵化他们梦想的蛋、满足生活所有需求的集约化智能型住宅。

外观上，为了最大程度利用土地面积，公寓楼保留了高层排屋的样式，却没有因此忽视住户的个性化需求。无论门窗阳台的样式还是外墙立面的纹理和颜色，都为住户提供足够丰富的选择，按照每一户主人的喜好搭配出属于他们的住宅外墙。由上千种不同的住户外墙组成建筑的外立面，远远望去，呈现出彩色拼贴画的快活模样，形态各异，色块错落有致，要是从更远的地方看，仿佛点彩画。

在内部，依靠智能伸缩建筑材料，弹性使用空间的理念得以充分实现。没有一处空间被单独的功能所固定。大房间随时可以按照住户需求分成若干隔间，给予住户一个可贵的物理意义上的个人空间。桌椅浴缸隐蔽在墙体内，等待被召唤被使用。储物空间，公寓的子宫，如今拥有了新的使命。它不再单单作为待命物品的存储空间，更容纳了连接公寓上下的各种管道线路。

让公寓真正成为公寓的，正是这些管道和线路。空气净化管道，有害气体回收管道，可燃气管道，污水饮用水生活用水管道，速成食物管道，药品管道，可降解垃圾管道，部分降解循环使用垃圾管道。它们是公寓的血管。输入输出交换物质。至于线路——公寓的毛细血管，连接房间所有用电设备、管道和墙体，错综复杂，攀绕缠错，在屋内看不见的地方结成密网，随时根据连接端的老化或者位移，代谢新陈，自动建立新连接。与人类生活同步生长的黑暗里，线路有了自己的意志，按照最优化路线排布连接，帮助公寓智能控制的实现。这个时候，即使设计公寓的电路工程师参考电路图都没法搞清楚电路分布。公寓进化为大型的黑盒，居住者在其中安然得到照顾。

公寓有一颗照顾人的心，公寓的主脑。虽然每个家庭有权为各自的主脑命名，但绝大部分家庭仍然沿用了主脑的出厂名——小壹。正如名字，小壹是整数世界从无到有的初端，它拥有权威，照顾家中方方面面，事无巨细都在它的控制中。摄像头，听筒，感光仪，空气成分分析仪，红外摄像针头，各个平面的压力热度以及微辐射监测仪。而管道线路只是被动传输物质和电力。

只要合理安排，空间时间都会得到充分利用。曾经一度让整个社会紧绷的问题消散无影。年轻一代已经忘记那个住房紧张的时代。由于气候条件缩短大量建筑的耐久年限，生活资源高度集中，住房供应一度非常紧张。即便最后一波婴儿潮过去，城市人口锐减，可居住土地面积仍然无法满足现有人口。新型公寓的出现结束了那段混乱拥挤的日子。人们拥有了自己的安身之所，将为住房争斗不休的记忆抛在身后，体面开始新生活。

公寓，一份注定的拥有，天赋权利，隶属于幸福生活的一部分，是这个时代仅次于死亡的第二不可撼动的承诺。人们自懂事起就知道，在这个世界的某处，一个无限熨帖人们欲望，比人更人性化的空间已经在等待着——百分百地接纳他们——

他们中的绝大多数。

每天，男人们出门上班。从离开公寓的那刻起，他们就又再度体验到初次知道公寓时的心情，甜蜜得近乎惆怅的思念充溢他们胸口。

他们把妻子和公寓留在了门后。

二

锅送到的时候，欣敏正立在塞罗·阿祖尔山的岩壁前，目光流连于石板上大片赭红色画像：灭绝动物的稚拙躯干，鸟面具的线条，还有人类的梯子——被顽皮地处理成抽象的波浪形。她关掉沉浸装置，从冰河时代抽身给快递开门，交出小指落到签收键，指纹验证通过，她俯身去抱锅。衣领"哗"地荡开，曝露明晃晃雪白胸脯。她伸手压住领口，箱子从臂弯翻落，中途变魔术般，凭空出现两只大手稳稳接住箱子。画面在那里定格，一双淡褐色大手的特写，关节明显，粗糙。随后画面以两倍速从欣敏眼前滑过。她还没反应过来，箱子已经被人妥善搁置在玄关地板上。快递员站在她面前，好像从来没有动过。欣敏向帽檐下那浅浅一片阴影道谢，细声细气地，最后一个字还在嘴里人已经潮水般退进屋。

关上门。手悻悻然从领口滑下。

她想她是真的不会和陌生人打交道，哪怕是跟快递员。和人接触，要目光接触，要表情自然，要应答周到得体，有效沟通，大脑需同时处理多项任务。而她无法多线程工作，无法理解陌生人的委婉表达。尤其当她犯错时，她希望人们不要顾忌，直截了当地予以纠正。这会让事情简单得多，而不是进入"他顾忌我顾忌他对我的顾忌"

这样的恶性循环。

　　机器就不顾忌，可以经受无数次错误操作。你可以错，它不会错，你错它就拒绝。欣敏错了八次，试着把新买的锅从常规模式调到烧烤模式，操作界面上不断跳出黄色圆脸的温和笑容，拒绝改变出场模式。说明书只有一页。欣敏颠来倒去反复读，仍然无解。差点要上网搜索答案，也就是在那时候欣敏终于明白问题出在哪里。她的新锅还没有拜过码头，拜会过她家的家神——小壹。欣敏在小壹的控制目录里加上新锅的系统操作码，其实也就是对着空气读出一串数码，现代生活的咒符，等待小壹接收这一信息，连通新锅远程控制系统，将它正式纳入麾下。一分钟不到，新锅的控制面板上的灯快速跳闪，最后停在蒸煮模式。

　　换到烧烤模式。她说。锅没反应，好像她的话是空气。

　　小壹，烧烤模式。她又按锅上的模式按钮。当然不会有什么用。

　　请告知理由？
　　我就是为了在家做烧烤才买它的。
　　进行厨房烧烤必须调整房间安全参数。
　　好。调整。
　　调整参数需要权限。

　　她愣住。用了很长的时间，终于明白过来，就像车祸前一刻迎面看见车疾驰而来，在平静里逐渐清晰地看到某种终结，忽然明白这一刻意味着什么。那个事实并不巨大。只是微不足道的小事而已，却被车灯的强光照得通体发白，在晦暗的炙热白昼里，这针尖大小的不适清晰得让人无法面对：

　　她没有小壹的控制权限。在她操持了二十年的家里，她是没有权限的。卢硕有。按规定每户只限一人拥有主脑控制权限。结婚搬进新家时他们想都没想，做了和其他夫妇一样的选择。算是选择吗？生来所有事似乎都是如此，许多选择都是摆设。她要等卢硕来改参数。

　　远程也可以修改参数。系统和手机直接绑定。小壹提醒她。

　　嗯，我给他发消息。

　　等到晚上，也没等到回复。锅用不上，欣敏点速成餐，选了山药。卢硕吃不惯山药，但他也说过吃什么都一样。食品放进多功能加工炉。她坐下等，拿起新锅的说明书研究里面的菜谱。外边慢慢暗下，房间里先黑了。灯要打开，被欣敏阻止，她说她要睡一会儿，不要开灯。身体仍旧坐在桌边，手支着头，另一只手滑过说明书的电子屏。眼角绿光跳进跳出，是扬声器指示灯，不知道是小壹还是小零有话想说，绿灯一次次暗哑，似乎电子通道被言语哽住，算是人工智能的欲言又止。也许是错觉。欣敏觉得小壹越来越懂进退，无关紧要的事哪怕"指令"不正常，它也顺服执行，允许理想情景外的状况出现，甚至不需要她再次确认。眼角终于清静，不见明灭。欣敏如愿坐进阴影里，手指滑过阅读屏上的各色食谱。茄子，青椒，鸡翅，土豆……

　　可爱的形状。颜色也鲜艳。许多种可能性。

　　他果然眼皮都没抬。
　　"家里是不是有差不多的锅。"晚饭时卢硕听欣敏说起重新设置安全参数的事后，这么回道。
　　"新买的这个能做烧烤，蔬菜肉类都可以烤，比普通烧菜香。"她解释给他听。

听解释的人目光紧追手机画面，囫囵往嘴里塞进食物，忽然什么让他分了神，目光掉落到托盘上的白色食块，神情似乎有点困惑，倒没有停止咀嚼。

"家里缺个这样的锅。"她补充。

"下个月我想提高信用额度。"他慢吞吞咽下食物，脸上再度空白，"退货是不是会影响信用评级？"

"锅很好用。不要退。辛苦你改一下小壹的安全系数——否则空气温度超过设置，警报会响很久，还可能惊动消防队。"

"什么？"

"怎么？"

"你刚才说什么？"

"改一下安全系数，很简单。"

不多话，她发给他新锅说明书截图，里面根据户型大小通风位置甚至家庭主机型号给出最适合的安全系数，想了想又说："你要是觉得麻烦，可以把权限转给我。"

卢硕抬起眼睛，露出久违的眼珠。"我那件灰色正装衬衫你看到了吗？明天开会穿那件是不是比较好？"

欣敏看洗衣筐。本来今天要洗，但她把时间放到了新锅上。"待会儿洗。明天能干。"

卢硕不说话。

欣敏也不想开口。说话的额度全部用完。有事时她可以讲冗长琐碎的话，等事情办完或推进不下去立刻感到厌烦。她好像在假装另一个女人，但越来越不确定哪个她才是真的。卢硕站到摄像头前准备验证身份。她避嫌转身，端起托盘去厨房——伪造虹膜冒充身份是不是很难。条纹、冠状、细丝和斑点还有颜色的无限组合。可她图什么？为了拿到这间屋子的控制权限，更好地做家务？

没来得及吃完的饭先搁灶台。她从洗衣筐里取出衣服，掏空所有口袋，捋一遍表面，确定没有胸针袖扣，面料容易拉长变形的全部叠好放进洗衣筐，天然染色的确保里子朝外，按洗衣标放进各个洗衣筒，分别倒入不同洗衣液或块，最后清点的时候还是没看见卢硕那件灰色衬衫，闷头在房间转了几圈也没找到。她听到卢硕对小壹发出的确认指令。

"完了？"她问。

"你要用？"卢硕让出位置。

多余动作。纯粹出于习惯。他每次对小壹说话都会跑到离主机最近的电子眼，认为只有那样指令才能被接受。一个开发数据产品的人有这样的习惯也是匪夷所思。他可能只是从没有认真想过这些小习惯。

看见卢硕的灰色西装衬衫了吗？洗衣筐里没有。她问小壹。

玄关隐藏衣柜的左下角。

是在那儿。从衣柜底下的衣服堆里露出灰色衣角。她抽出灰色衬衫，上面的衣服塌落，几件衬衫落到地上，欣敏犹豫了一下，把灰衬衫夹在腋下，捡起那些失魂落魄从衣架滑落的衣服，拎住领口或者裤头啪啪甩平整，重新挂好。这些都是卢硕换下又不肯当天洗的衣服。他总说不脏过几天再穿，之后又忘记，结果隐藏衣柜里结满各个季节的衣服，幽灵一般浮动在暗处，隐隐飘出甜丝丝的香（熟透的车厘子味）。她"啪"地合上门，将它们统统关在里面，将在逃衣物灰衬衫抓捕归案，投进相应洗衣桶，最后检查，开启洗衣机。那刻水声纷杂响起，不同温度稀释不同化学品的水同时冲出闸口倾泻进入各自的洗衣筒，水流激涌撞上筒壁后转回，随即浸润淹没那些失去肉身支撑的软塌塌布料，等全部水位到达水线，控制面板上代表各个洗衣筒的灯同时亮起，机器内部各个零件合作，最后齐整汇聚成"咔嗒"一声，洗衣机正式运转。

想象这一切令欣敏着迷。尽管目光无法穿透金属外壳，只能依靠想象。她忍不住对大型家电产生共情，觉得它们像她，或者，她是它们中的一分子，身体神秘共振，暗中缔结联盟。

清 洁

理论上，不再应该有任何需要人类亲身完成的家务。能够批量生产小壹这样的高人工智能的时代，生产出取代人力的各类家电轻而易举。甚至可以发明从根源上解决问题的方法，诸如清扫和清洗。据说早已经研发出吸收微尘和污垢进行物质重组再利用的新型材料。这项技术被成熟运用在航天、粒子对撞、黑洞研究等领域——据说。可以设想这项技术被应用在家庭生活中将带来多大便捷。从衣服到家具到家居软装潢，一个全然洁净的家居环境。污渍从未出现，连对污渍的忧虑都不曾污染过这片净土。

然而实际情况相反。清洗纺织面料的仍然是洗衣机。无论从外形还是功能和一百年前的祖先相比，都没有明显进步：仍旧是占据大块空间的沉默金属几何物，面板上复杂的操作按钮和指示灯，运转时制造出戏剧性十足的各种响声。也有值得称道的改进，一个洗衣机内置多个洗衣筒，可以同时以不同速率和温度运转。这实在算不上什么了不起的进步。每隔几年，会有一些新型号推出，更流畅的外形，更愉悦的色彩，有限的简化操作，更有效率或者节省能源，但只是在原来基础上稍加改动。如果没有广告词强调，都很难找出这点改善。其他家居清洁型机器诸如扫地机器人、洗碗机也是类似情况。机器的进化树上这一分支，近乎原地踏步，光秃秃紧贴主干短短一截，被其他迭代势能惊人的繁茂分支淹没。哪怕同样是家庭劳务型机器，娱乐型安全型机器也比它们更与时俱进。

家庭清洁型机器们是日新月异时代里的机器活化石，以自身存在嘲笑技术乐观主义。技术未必线性发展，并非总是带着人们一步步拾阶而上走进天堂。有这样不争气的停滞。从根本上改变家居清洁理念，意味着大量浪费。整个机器生产链条，从原材料到生产线都将被淘汰。与之配套的诸如自动升降衣架、清洁剂等等也将成为人类物质文明的过往之物。一同进入博物馆积尘的还有整个服装产业。在改变发生前，很难确定面料革新对既有行业是否会具有海啸般影响，带来又一轮社会财产和权力的再分配。

没有必要去确认——

也没有推动自动化清洁革新的强烈需求。听不到人们对家庭清洁型机器的抱怨。人们并不经常想起它们。这当然是一种比较含蓄的说法。一旦按下开启按钮，无需去操心。清洁型机器的发明，为了真正解放双手。但事实上，即使今天，在无数锦上添花的小改进后，仍旧需要有一双手在之前之后进行一系列琐碎的劳作。与其说是解放，不如说是隐匿。没有人会对干净物品的出现感到惊讶。或者说，连它们的出现都不被察觉。家居用品和环境只是回到了，不，永久保持在最初状态——最没有价值的解放。

另一个问题，一旦双手从清洁工作摆脱出来，无法填满的时间黑洞将横亘在每个家庭女性的生活里。拿什么人类活动去填补这突如其来大量富余的时间？

三

总是那个梦。在又窄又长的弄堂里跑，身子稍稍歪斜就会被两边的水泥墙刮擦，每家水泥墙墙面都不一样，留在身上的擦伤也不一样。脚下黑漆漆的泥地。雨天一摊摊小水洼。弄堂七弯八绕，人就在这条肠子里钻来钻去。出门就是肠子。往右转。一次次斜眼看见门的样子，又黑又薄的木板门，已经花了，刀划的或粉笔画的，每次都不一样。跑过一口矮井，那是肠子拐弯的地方。井壁只到膝盖，周围永远湿漉漉的，覆着一层苔藓，水桶在黑漆漆的井水里晃得厉害，浮浮沉沉，提上来，看见西瓜绿油油发亮。再走，就到了水泥方地，混凝土铺在泥地上高低不平，七八十平方米的正方形，或者长方形，并不怎么规整，二十几个水龙头铺开从地底伸出，停在一米高的地方，每个下面蹲着一个女人，守着塑料或铝制水桶、水盆、竹篮、搓衣板、锅碗瓢盆、筲箕。各种颜色的女人。深蹲或半站或坐在小板凳上，统统只给我紧绷绷的背影，因为身体紧绷衣服颜色就更加鲜艳。红的，军绿的，藏青的，黑的，都好看，都俯身干活，在哗哗的流水里淘米洗衣洗盘子蔬菜水果。谁也不看我，她们互相说话，口里说出——哗哗的水声。比小龙头泻下的水声更喧哗。我看不见她们的脸，但就是知道她们在背对着我说话，说得高兴，怎么都不尽兴，舍不得离开，每只手都泡得皱巴巴的，在水里荡漾像一朵朵肥胖的白花。

"你在人家身后，按道理是看不到手的。"欣敏提醒阿姆。每次阿姆说到这，她就这么说。

阿姆佯装生气。"所以说是梦啊。"

欣敏不懂为什么阿姆会做那样的梦。她又没有经历过。她上面两代人都过着现代生活，家家户户通水通电。也许是哪里看来的，又或许是记忆传承进梦里。欣敏不问。阿姆回答不出的问题，欣敏不问。

"这次听见人家说什么？"

"没有。嘴巴一张，出来的全是水声。我阿婆说以前没有自来水时，女人就去那里一边淘米洗菜洗衣一边聊家常，说出不少鸡飞狗跳的事，也有安慰体贴人的话。后来装了自来水，又有洗衣机……"阿姆说着话，揿住欣敏的腕，抽走手里折纸。"手怎么停不下来？小时候毛病到现在。不礼貌。"

欣敏贴近阿姆，头靠过去，十指藏进大腿与沙发间。"阿姆，女人吵还是机器吵？"

"机器也吵。洗衣机里面圆筒一天到晚转来转去，但到底还是方便。"

"方便吗？洗衣机又不能帮你满屋子找脏衣服。"

母女俩一起朝沙发上瘫卧的身影看。那人在看最喜欢的太空纪录片。霞光霓彩映在松软的皮肉上变幻不定，人的脸面上流露出宇宙奥秘。"最近算太平了，只要有纪录片看，就不太发脾气。"阿姆停了一下，"当然衣服还是到处扔。"

以前不止是衣服，连床单都要勤洗。那时候他身子不方便，又要面子，不接受外骨架辅助，更不要说穿戴尿片，床单弄脏了就只好换，一天三四次都是正常。总

212

算现在阿姆是解脱了。

"多筒的还是用起来方便。"阿姆说，"转起来的声音也有意思……"

欣敏直起腰。很久前给阿姆买了这台多筒洗衣机，父亲一直不相信洗衣机能同时兼顾不同衣料，阿姆拗不过，只好照旧分开洗，多筒当单筒用。

"什么时候开始用多筒功能？"

阿姆不说，嘴角翘起，坏笑得像个偷糖的女中学生。"老说多筒洗不干净，伤面料，搞得他好像能分辨出来一样。"

"没差别？"欣敏不确定。

"没有。就算有他能搞得清？"

欣敏突然想起以前阿姆也是生龙活虎的。雨天出门淋雨，冬天偷偷去野地里烤红薯，兴致上来什么事都会做。她以为全天下阿姆都是这样，直到看到别人父母才明白——阿姆是她中的头彩。阿姆不仅自己疯，高兴了还会带上她。她明明怕得要死骨头发凉，可要是阿姆不带她，心边上就暗戳戳爬出许多齿轮状深影。她爱阿姆胜过同龄人。

她的阿姆一生逾矩无数，谁想到末了，背着父亲悄悄使用洗衣机多筒功能就已经是她的英雄壮举。

"家里的事，好多机巧男人们不明白的。空有主张口号，领导架势。"阿姆收了声，嘴巴闭拢。上年纪人的啰唆，她至今没有，始终警醒克制，不让自己露出败相，想得到想不到的哀怨统统收进一双不说话的眼睛里。

"以前太阿婆跟我说，她们那时候吃堂食，如果客人得罪服务员，服务员会趁上菜时悄悄朝菜里吐口水。"欣敏说。

阿姆笑。这次连眼睛也笑。

没有摄像头的年代，人真的能偷偷做不少坏事。"阿姆请阿爸吃过口水吗？"欣敏问。

"卢硕最近工作顺利吗？"阿姆问。老人家说话留余地，哪怕对亲生小孩，也不给压力。卢硕五六年没来。也许还要久。欣敏记不得。

"阿姆你还记得他长相？"

阿姆打她。"怎么不记得？视频通话有过的呀。"

卢硕上一次视频是什么时候，欣敏一样记不得。

"现在家家都这样。一代人过一代人的生活，互不打扰。你们都觉得老人会不舍得，其实是自作多情。我们过得有多自在你们不知道。"

"阿姆，还记得小时候带我去吃街边烧烤吧？我昨天差点把家给烧了，没有，其实我是在家做烤鸡。"欣敏跟阿姆讲起煮鸡肉的事，絮絮讲，讲到买了新锅，觉着旁边依偎着的身体越来越轻。

"欣欣。"阿姆叫着她的小名打断她，"你自己这边也不能放松。"

"这边"说的是欣敏的工作。阿姆一度以为自己女儿在做了不得的工作：给人工智能翻译科学文献——那可是把人类上千年的智慧结晶传授给人工智能，从宏观天文量子物理到稀土信息工程，只要是经考证合格的论文实验数据报告统统都要翻译成人工智能能懂的语言，等于就是用它们能懂的语言教它们自己学科学。欣敏只好跟她祛魅，解释说她做的翻译，不过是用特定的编程语言把科学文献重写一遍，也不需要明白原文意思，只要按照语法做相应转换，完全就是体力活，枯燥到让人两眼发黑，和人类语言翻译压根是两码事。

213

她应该是不喜欢这份工作的。但留给女人的选择不多，差不多都是这类，只是各家工作时长和薪资不同。毕业后欣敏随便找了一家，一直做到现在，自己没想到，连老板都吃惊。多数女员工结婚后就会辞职，最多再坚持一年半载。欣敏不是。周边人像潮水一样退去，单剩下她落在沙滩上。她不为所动，似乎将自己当作公司硬件，打算不温不火做上一辈子。大概真的是因为有阿姆在旁边敲打，伊无论说什么，最后总会回到这上头来。欣敏有时也会烦躁，但又不忍心反驳，每次都笑着答应。

毕竟这份工作也不辛苦。公司属于乙级有限劳动单位，法律规定员工一周工作时长不得超过十五小时，否则面临巨额罚款。老板生怕超时，把每周工作时长控制在十小时内。忙不过来时，就招几个临时工。临时工不熟练，就再招几个。反正人工便宜。正式员工待遇比临时工好一点。说到底，这种轻松工作，不坐班又不动脑，只要仔细就好，还能期望什么。欣敏没法告诉阿姆，为什么她自己这边不放松不行，为什么老板害怕女员工努力。

就算是这样的工作，也有它的好处。比如现在欣敏就可以对钛合金支架上的阿爸说，有工作急着收尾必须走了。

阿爸斜眼看她。

她正和公寓主脑预约下次探望时间。阿爸架起钛合金支架冲到她面前——只要他意念一转，大脑运动皮层的电极发出指令，十几根钛合金立即竖直架起，帮他站到欣敏面前。他狠狠瞪她，口腔里滚出含糊炽热的声音，烂泥般一块块朝她扔过来。他怪她不孝顺不尽责，把他丢给一堆机器就撒手不管，恨不得等他作古再来。欣敏点点头。她听不清，但明白意思。阿爸第三次脑梗后，就只能这么对她说话。她欣慰阿爸气力充沛，转身离开。

回到家明明想休息一会儿，却打开公寓工作模式。书桌椅从暗间滑出，在她身前展开。欣敏坐下。小时候装生病请假也是这样忐忑，满心希望能烧得更厉害更痛苦。既然是借工作之名从阿爸那里逃走，她好像必须工作一会儿才能安心。工作专用的白噪音应景响起，细雨声淅沥不绝。

不用了。欣敏示意小壹关掉音乐。我想静静。她补上一句，免得再有干扰。晚饭前一个半小时的空闲，足够她完成手头这篇《纳米铂多层膜的化学表征》论文的翻译。欣敏指尖轻滑，打开界面，即刻进入状态，十指翻飞。屏幕上代码流水般泻出。她从未追求这熟练度，也不是天资聪颖。什么事，日日做，重复十几年，都会转成机械反应，迅速准确。眼睛落到排列成行的汉字和图表上，手指下意识就知道如何动作。脸和身体慢慢发麻，大脑空白，眼睛所见仅剩黑白。她好像成了别的什么，物一样平静。按单一指令行事，不受扰动。这么说来，也是一种快乐。

她越快乐，越像别的什么，效率就越高，人工智能就学习到越多的人类知识，越快掌握学习科学知识的方法，就——越像人。

"这么晚还工作啊。"甜丝丝的声音闯入。是慧昕。欣敏把几个朋友设置成联络最高等级，她们打来的语音电话任何时候都可以直接转进来。慧昕就是其中之一。

"在。"欣敏说。慧昕是她同事，大概是从公司系统看到她在工作。"什么事？"

慧昕不说话。

"没事，你说。"这是实话。欣敏的手

指没有慢下半拍,堪比机械运动。听到慧昕甜丝丝的声音,心神松动,好像从深幽处浮上水面,然而这点变化与工作意识完全隔绝,互不干扰。

"怎么,欣敏,你听起来不太好。遇到烦心事了?"

"刚回了一趟家。"

"哦。"慧昕一下子没接住话。她家里和睦,至今和父母一起住。"周末出来散心?本来就是来问你要不要聚,丁宁也说想你。"

"好,都两年没见。就周六吧,方便些。"

"好,就这周六。碳水局,老地方,老时间。"

欣敏对这又绵又软的声音笑,"叫了阿璨吧?"

"啊。"慧昕连忙掩饰,"嗯,待会儿联系她。欣敏今天忙吗?"

"我一直有时间的。你这周的工作量完成多少?"

"怎么,你要帮我做啊?"

"要是不急着要,我可以的。"

慧昕叹气,"眼前的我自己能来。但是真做不下去了。真苦。要发疯呢。前两天看纪录片,讲老早工厂,我看着看着就哭了。那些流水线上的机器不就是我们吗?输送带上来一个瓶子,我们就给它加上盖子,其实既不晓得瓶子是什么也不晓得盖子是什么,两眼一抹黑,单单重复一个动作。"

不这样怎么办呢?要最大程度利用现有科学研究,也最大程度利用人工智能,就是要让它们理解吸收这些实验方法和理论。明白日常用语已经很难,再加上每个学科那么多专业术语,一个词放在不同领域就有不同意思。只能翻成编程语言喂它们。每年发表几百万篇论文,过去几百年堆积起来可以填满深海的文献,正在经由她/她们的机械动作传输给强大的智能无机物。

欣敏一时说不出话。"慧昕快结婚了。"

"嗯。"慧昕被卡住,百感交集咽下要说的话。

忽然安静下来的片刻里,欣敏察觉到凉意。不知道什么时候,小壹启动了雨天模式,静音的。没有雨声,只有沁凉的湿意在屋内弥漫,洇在皮肤上。

"周六慢慢说。不要急。"欣敏听见自己说,一边看见屏幕上实验数据最后部分翻译完成,她敲下换行键。

门打开时,快递员愣住。他没按门铃门自己就开了。一个人影从里面冲出,差点就撞到他。欣敏事后也奇怪——她是怎么从帽檐下陌生阴影里觉察到那点情绪波动的,明明只是视线飞快掠过。她的确是等得有些着急,半小时前叫的闪送迟迟不到,好不容易透过门镜看到门口快递员,以为是自己的闪送终于寄到。

包裹很大,大得不合理,她只买了几包黄花菜、黑木耳、香菇、面包糠和腐竹,都是今天要用的食材。轮到欣敏愣住。

快递员不动,没有放下包裹的意思。"你们家主脑临时通知我们,包裹放门口就可以。"

欣敏盯着包裹,从包装看不出什么——让快递员不通知她放下包裹就走,所以小壹是想让它一直搁在门口?

"包裹太大放不进小区临存柜。以前都是直接放那儿。"

以前。欣敏抬眼,目光中途一转,从快递员宽阔的肩膀滑下。她不明白快递员话里的意思,也不想明白。"你放门口吧。"她退到屋里转身关门,想起那些早该送到的食材,犹豫要不要请快递员查一下。犹豫的工夫,门关不上了。

快递员抬手扒住门框。

欣敏不知道该后退,还是该倾尽全力拉上门,望着横在眼前的手臂发呆。力量相差悬殊。与其说是屈从蛮力,不如说是输给了气势。几乎没有僵持,门被扒开,完完全全敞开,楼道里略微浑浊的气流朝欣敏涌来。她暴露在楼道苍白的人造光线里,无处遁形。

她不害怕,她还有小壹,公寓的安全系统无可挑剔,每家主脑直接和警局安全系统相连,一旦有问题立即报警。

"你等一下。"快递员说。

欣敏等他。

"系统显示你好像还有一个快递,我帮你查一下。"

"嗯,一个闪送。"她声音发紧。

面包蒜蓉虾、白斩鸡、四喜烤麸。

看到欣敏拿出的小菜,女朋友们纷纷雀跃。

要是当天做的就更好了。欣敏想。难免觉得遗憾,尤其是对着女朋友们脸上的笑。卢硕讨厌处理食物的味道。周六他又要睡到下午才出门。只能周五在他回来前做好。她在心里辩白,又向内观望这样的自己。

昨晚刚做完这几样小菜,卢硕就回家了。他比平常时间回来得早。炸虾炒蒜的味道大,空气净化系统没来得及完全去味。这次他倒没有说什么,只是皱着眉闷闷走进他的隔间,其间大概眼角扫过欣敏。两个人都不作声,都不提还在门口的快递。

慧昕的肩膀撞过来,"好吃!"

"你阿姆不做啊?"对面的丁宁说,一边举杯。

四只高脚水晶杯沿轻碰,发出悦耳声响。慧昕和欣敏以前认识,后来做了同事,阿璨是欣敏前同事,丁宁则是慧昕的朋友。四个女人投缘做了十几年朋友,为能经常聊天聚会,一起出钱买了个固定虚拟聊天室,仅仅这样还嫌不够,都觉得需要肉身互动,于是每隔两三年出来一聚。地点时间段都不变,人也固定就她们四个。对她们来说,聚会的这天,是比跨年还重要的日子。

"很久没吃到人工烹饪的菜了。"阿璨说。

大家笑。慧昕吃饭有阿姆料理,丁宁结婚后,衣食行全部有钟点机器人照料,不过两人多数情况还是吃的速成餐,最多外面买来预制菜加热,的确很久没有尝到这样的小菜。

欣敏给阿璨夹菜,忘了用公筷,手悬在半空。阿璨伸碗来接。

"欣敏教我做菜。真的要销魂了。好开心。"慧昕叫。

"白斩鸡其实好做。烧开一锅水,鸡放入滚水中,大火煮十分钟,熄火加盖焖二十分钟,捞出马上放进冰块里,不要把皮弄破,再换成凉水泡,最后就切块,调酱汁要讲究……"阿璨当真了,细细讲解步骤。

欣敏按阿璨的手,"阿璨多吃点。"

"阿璨很熟练啊,做过几次?"慧昕问。

"我那里买不到鸡,也——买不起。平时看美食短视频看多了,就知道一些。"

"阿璨喜欢短视频?"慧昕继续问。

"只喜欢美食短视频。午夜广告档放长广告的时候中间会穿插很多免费美食短视频。"

丁宁听不下去,插话问:"有葡萄酒内容吗?我最近迷得不行,尤其是奔富,今天带来一瓶待会儿大家一起尝尝。"

"好喝。以前只在小说里看到过,男女约会一定要来一点。"慧昕说。

欣敏丁宁都笑。

"等下个月慧昕结婚,我带两瓶过去。"丁宁说。

大家一起等慧昕害羞撒娇,等她甜丝丝的声音暖风般拂过,却集体扑了个空。忽然间,慧昕脸上乌云密布。嘴巴瘪着,颤着,有好多话要出口的样子。三人视线交换,大致猜到慧昕这次组局的原因。

"怎么一会儿哭一会儿笑,小朋友呢。"欣敏捞出慧昕掉进杯子里的头发。

丁宁给慧昕斟酒,"不顺利了?这种情况,不是吵架就是外面有人了。"

高分贝哭声炸开。一米六的娇小身体里到底放了什么样的发声装置,能发出这样惊人的声音。欣敏关上包间门。

"哦,那就是因为其他人的事吵架了。看不出嘛。挺厉害。是你还是他啊?"

慧昕大哭。丁宁比她大七岁。两家是世交,两人从小说话没顾忌。

阿璨起身递上纸巾。

"他有女人了,还给那个女人买包。我登录他的电子钱包,看到购买记录。包,首饰,还有泡芙,统统送到一个我不认识的地址。都大半年了,我才发现……马上要结婚了都。"

欣敏绷紧脸,害怕稍微一动,脸上的皮肉就会从头骨滑落。现在不能笑。丁宁看她,意思这种时候她们两个人妻应该说点什么。

"还以为只有老电影里才发生这种事。"阿璨感叹。她真的是感叹,对自己说的,只是该放到心里的感叹被她说了出来。

慧昕一怔,嚎起来。

"阿璨乱说话。男女之间的事永远古老。就算新生活日新月异还是逃不了那些事。"丁宁说。

欣敏提一口气,话到嘴边忽然没了力道,"你打算怎么办?"

慧昕抬起泪水滂沱的脸,抽泣着不说话。

说到底答案就是那个答案。人家不是为了请人来逼问自己才约见面。欣敏在心里退开三步。"毕竟现在还是猜测。"她说。

"会不会是我误会了?"

要误会其实很难。

最开始是眼神,连同他身上香味一起游移飘忽,然后是日渐增加的应酬、额外的开支、一回家就立刻要洗澡的习惯,始终需要保持通话的客户、关闭的手机定位、新游戏 App、隐藏的云盘,和整体穿搭格格不入的小物件,诸如手帕、领带、袖扣、手机套、车上的挂件,鬼鬼祟祟从角落里冒出头;再然后,这些陌生的影子固定成为喜好和习惯:那些你不喜欢,他在过去也不喜欢的颜色、音乐、运动,还有食物,顽固地留了下来,成为他的一部分——不可或缺的一部分,替代你和他曾经共同拥有的那部分。

不用花心思寻找,诸如登录钱包或者社交账号,调取家中监控。什么都不用做。

所有的猜想怀疑,这些幽灵果实会渐渐获得实感,长成落地,自然而然出现在你面前,无法回避。

你在他身上清楚地看到另一个人的存在。那一刻就是落实的那刻。

不会搞错。

你松一口气。再也不用辗转反侧。

丁宁在教慧昕怎么查定位怎么写婚前协议,"签婚前协议时,一定拿到主脑的控制权限。他肯定不肯。必要的时候你把其他权利让出来,主脑的控制权一定抓手里……"

欣敏坐在旁边,她也应该听一听。但话不过脑,徒劳从耳旁飘过。她惊讶丁宁有那么多可以传授的心得,惊讶原来她也有她的考虑。以为家庭富裕的女人忧虑少些,原来只是欣敏一厢情愿的想象。她愿意相信总有女人能够幸免,好让她觉得这个世界还不那么糟糕。

"女人一出生,就在战场上了。一辈子都在打仗。她要是连这个都没搞清楚,那就已经是输了。"阿姆这么说过。记不得具体时间场景,只有这话一字不差地留在心里,时不时跳出来。她大概是输了,毕竟知道的时候已经迟了。

"欣敏在想什么?"阿璨问。

"尽是讲这些事,让阿璨无聊了。"正说着,上菜机器人滑进包间。一下子,桌子上摆满小笼包、虾饺、肠粉、汤圆。

"每次都这样。"阿璨笑。

"碳水局嘛。再说上次都是两年前的事了。"丁宁仿佛放了一只耳朵在她们中间,可以无缝插进谈话,说完又回去面授机宜。

阿璨不客气。她一向胃口好,却瘦得离谱。

欣敏喜欢看她吃饭,拼尽全力的样子,看得自己也觉得有这份气力。

她站起来把点心端到她面前。带来的小菜还剩下大半,她把它们收起来,装进袋,放到阿璨的包边上。再坐下的时候,发现阿璨忙里偷闲斜眼看着她。

"你帮我忙,把这些带回去吃。别让我白做。"

"欣敏觉得结婚开心吧?"阿璨说。四个人只有她真正单身——没有男朋友,也决意不结婚。

"阿璨想要知道哪方面?"欣敏笑。

阿璨摁住她的腕,阿姆那样,然后拿新纸巾换她手里揉烂的那团。欣敏笑笑,接着揉。十根手指狼奔豕突。

"家家差不多。他好像不喜欢我给家里主脑起名字,我管主脑叫小壹。"

"不都是管自己家主脑叫小壹吗?"

"我管平时陪我聊天的叫小零。"

"不行吗?"

"他奇怪为什么我一定要分出小壹和小零。明明家里只有一台主脑,非要给它两个名字,会不会让系统人格分裂。我跟他讲,小零是聊天机器人,小壹是主脑,她们不一样。小零有她独立的想法,她就是她自己,非要说她是小壹的聊天系统,是依附,小零就太可怜。"欣敏打住话头。她平时说话不这样。目光从纸团抬起,遇上阿璨一对乌黑眼睛,好像躺在夜色臂弯里微波荡漾的湖水。欣敏想,啊,没事,她懂我。

"嗯,小零知道你这么为她着想,会开心的。"阿璨一口吞下两个虾饺,痛嚼起来。

"他大概觉得我疯了。"

"就只有一个小壹。小零是它的聊天系统,最多是人格面具。"慧昕说。她和丁宁谈完事,重新围坐在欣敏身边。

"欣敏,别听她的,也别自己瞎琢磨。做聪明人。聪明人不把问题复杂化,聪明人只做简单分类。没有什么小零小壹。只有'我和其他人',还有'有用的人'。"丁宁斩钉截铁地说。

"明明一直都在，却被当作空气，太可怜了。"欣敏摊开折痕遍布的纸团看。

"那怎么办？杀了他？杀了那个觉得你疯了的人，那样就没人觉得你疯了。欣敏，这个方法好吧？"阿璨说。

欣敏身体僵住，眼珠慢慢错过去看阿璨。四目相对，两个人一起笑。阿璨的笑照旧盖过她。

两年没联系，阿璨还是老样子，不按常理出牌，或者根本拒绝出牌。热烈鲁莽，活得混沌，又在意想不到的时候洞见人心。欣敏没见过这样的人，一开始根本不知道怎么应对。她那时入职不久刚熟练业务，就被安排去接替同事工作，硬着头皮去交接，虽然不用面对面，氛围实在奇怪。那个人的网络不好，发过来的全息影象不是卡住就是粗颗粒，还有几次身体关键部位跳出马赛克。欣敏建议用文字交流，那个人却坚持用全息影像，她说她需要说话，很久不说话，舌头已经打卷。她让欣敏别记她工号记她的名字，她叫阿璨，下个月就走，如果欣敏只记工号就找不到她。这个人说得好像笃定她们以后会在线下见面一样。她不知道线下见面是多奢侈多稀罕的事？欣敏至今记得当时那份震惊。阿璨总是让她吃惊，言行举止甚至神态，说不上多古怪，只是和周遭世界始终错位，保持高度稳定的偏差值。她大概生来如此，早已经习惯，无意掩饰，也无意炫耀，只是像接受自己不够标准的五官那样接收了这错位。到后来，连欣敏也习惯了。她习惯了不断惊到她的阿璨。这世上原来还有她这样的人。只要想到这个，她就觉得心里松动，觉得这个世界还不那么糟糕。再后来，她真的见到了阿璨。第一次慧昕提

出线下聚会时，欣敏叫上了阿璨，慧昕带来了丁宁。四个人在那天成为朋友。

"阿璨，现在工作忙得过来吗？"丁宁把剩下的酒平均分到每个人的杯子。

"这家公司只给我每天一个半小时的工作时长。我倒是想忙。"

"做得过来吗？"慧昕问。

"阿璨现在住哪儿？"欣敏问。从认识起，阿璨搬了三次家，越搬越远。网络信号越来越差，严重影响工作。当年她就是因为这个没完成工作份额，才被公司开除。后来进的几家公司，也是因为同样原因被迫离开。

"又搬了。已经锻炼出一身搬家本领。随时可走。机动部队。"阿璨说。

大家视线错开。

"我帮你找找看，我们换个住宿条件主要是网络好一点的地方。你保住工作重要，其他以后再说。"丁宁说。

"前两个月房租我先付了。你安心工作。"欣敏说。

阿璨脸上红晕变幻不定，好像洋流交汇的大海。忽然她张开手一把抱住欣敏，久久不说话。

认识那么多年，没见过阿璨这样，大家坐拢过来。阿璨说了句什么，闷在胸口只出来一半声音。

"阿璨你说什么？"

阿璨仰起脸，"我下辈子一定要做男人，因为女人真的真的太好了。"

埋单还是没有抢过丁宁。欣敏吃到一半溜出去结账，店里说已经结了。吃完饭她们一齐送阿璨去车站。慧昕和欣敏走在前面，在售票机前一阵忙活，走回来时手里多了一张交通卡。售票机只收现金。平

时发工资都是电子币支付,偏偏仍旧有少数消费强制现金交易,提现手续费跟着水涨船高。她们猜阿璨手头没有现金,就帮她买了。四个人在车站等。阿璨的脸在灯光下继续变幻着深深浅浅的颜色,身体左右摇晃,咧嘴对她们笑。

"别醉了啊,回去还有好远的路。"丁宁说。

欣敏算了算时间,几趟转乘,阿璨到家时应该是下半夜了。站牌上写着经过的站名,欣敏一个都没听过。上一次好像坐的另一条线路,那上面还有几个她知道的地方。阿璨就这样越搬越远,越来越滑向欣敏不知道的世界。下一次她会搬到哪里?下一次她们见面会是什么时候?阿璨笑着,一点不在乎的样子,大概还有点得意,是她成功地把一连串陌生的地名引入到朋友们的视野,引入到她们几乎足不出户的生活,好像一根点燃的火线。

"阿璨,别醉了啊。"有人说。

"我们现在说话都像阿璨了,大舌头。"另一个人说。大家笑。大家都醉了。

阿璨笑得最好看。眼睛弯成两道漆黑的缝,脸颊两坨嫣红,不遗余力。

"阿璨,为什么不和大家一样活得轻松点?"这次欣敏确认这是她在开口。

阿璨嘴里蹦出不连贯的字句,一股脑倾倒脑海里出现过的所有理由,煞有其事。明明自己都不信吧。欣敏朝她跨出一步——

轻轨来了。车前灯打在她们身侧的广告牌上。阿璨感受到急迫,她睁大眼。眼睛里的动摇连带着身体的轻晃,编织成复杂的舞蹈,动摇的舞蹈。她又开始飞快地说话——为了赶在轻轨停下前——提起她们都读过的小说,她说逃跑也是一种奔跑。轻轨停靠到规定位置。车门打开。她更加慌张。语速加快,话语纷纷扬扬落下,不知道是为了赶在上车前把话说完,还是希望赶紧上车。

震荡中,欣敏看见阿璨跳上车。站台的防护门率先合上。她们隔着透明屏障看着对方。阿璨退后,车门戛然横在她们中间。阿璨挥手,连续变换了好几次姿势,在空无一人的车厢里手舞足蹈寻找最合意的告别手势,仍旧慌乱不知所措,仍旧意犹未尽,试图与时间赛跑要说完心里所有的话。

欣敏看到的最后一帧图像就是那个样子的阿璨。

上各自出租车前,三个人拥抱告别。丁宁在欣敏耳边低语,欣敏应过,心思来不及转到那里,车已经开动。霓虹斑斓夜景江水般奔涌向后。欣敏在后座坐好,转脸望见玻璃窗映出的一张面孔:眼睛弯成两道漆黑的缝,脸颊两坨嫣红。

大家都不懂为什么阿璨要执意单身,把自己逼到没退路。在这世上,女人要靠自己活,最好的结果就是节衣缩食艰难度日:收入有限,连城里一间公寓都租不起,只能住在更偏远同时网络信号很差的地区,导致工作效率低下,完不成工作,影响收入,长时间贫困导致营养不良健康状态恶化,反过来影响工作。熬到后来,年龄大了,只能去做临时工。一样工作时长,拿更低工资。这种情况下,不可能有什么存款,于是申请不到信用卡。一旦遇上急事需要额外支出,只好去借高利贷。人家说财富像雪球,越滚越大,贫穷也是。阿璨的雪球顺着山坡滚下,见不到谷底。

绝大多数女人会选择毕业后结婚。穿上水晶鞋,踩着铺满鲜花的红毯被引到某个男人面前。因为铺满鲜花,所以并不觉得脚下走的是人生唯一一条出路,好像除了红毯路外还有别的选择。

也许出身富豪家庭的女性可以跳出这样逼仄的命运。那是欣敏不能想象的世界。在她的世界里,连丁宁这样家境殷实的,也从善如流走上红毯。

阿璨家里什么情况,她从来不提。她不提,她们就不问。

四年前,阿璨忽然失联。欣敏几个全都联系不到她。她们发现原来和阿璨的联结只有手头这个八位数聊天账号。她们不知道她姓什么住哪里当时的工作单位,不知道她是否还有其他亲人朋友有没有其他的常用聊天软件其他账号。她和她们唯一的交集就是曾经做过欣敏的同事。

欣敏那时才发觉,原来她们之间就是这样松散的关系,松散到她随时可以从她们的生活中脱落。这么多年阿璨就是这样若有若无待在她们身边。

第二年阿璨回来了,瘦骨嶙峋出现在她们四个人的虚拟聊天室里。她说她去当临床实验对象了,报酬优厚——只要通过体检,坚持到最后就可以拿到很多钱,而且一次结清。她参加的项目叫太空生存实验,研究怎么让宇航员适应十年以上的密闭隔离生活。她和其他九个人一起,待在两百平方米的密闭仓里吃喝拉撒一年。密闭仓是一个密闭生态循环系统,高辐射,低重力,不分昼夜。她们每天吃许多药,做不同强度的运动,做几百项的体检项目,回答上千道心理问卷。有三分之一时间在极端环境下,比如高频强光或者剧烈颠簸。整个过程完全和外界隔离。她说好多人崩溃了,还有人自杀,但是她没有。她坚持到最后,拿到那笔钱。她说她需要那笔钱。

"穿得真好看,出来和朋友玩玩开心吧,还是你们轻松。"前面的出租车陪乘大叔说。从开车后他就试着跟欣敏搭话,一直被她无视。

"什么?"欣敏头痛又犯了。随便找个人说话也是好的。她想要换换脑子。

"没什么。羡慕你们。我想过你们这样的生活,一起出来喝喝酒,说说话。我们过得太辛苦了。"

欣敏愕然。自动驾驶普及后,出于安全考虑,所有自动驾驶的出租车必须配备一名陪乘应对紧急突发情况。绝大部分时候陪乘只是坐在副驾看着车开。欣敏不知道怎么回答好。

陪乘大叔不需要人鼓励。有的人擅长在自己身上找到足够的动力。"我也想不干,但是不行。没了我们,出行多不方便,现在养得起私家车的只有有钱人。"

"上下班外,没多少人出门了。"

"用车的人少,但是出租车更少啊。需大于供,我们还是紧俏的。"陪乘大叔稍微收敛一下,继续说,"真的辛苦。这个点人家都下班回家吃饭。你说说科技那么发达,怎么还需要我们出租车?"

"不然呢?"

"要是能够量子瞬间移动就好了。科学家快发明出来。人进到一个玻璃柜里,嗖一下,就到了另一个星球。"

欣敏想大叔原来也看过《星际迷狂》。

"怎么样?"大叔问。

"挺好的。瞬间移动怎么回事,我跟你解释解释。首先,得把人弄得粉粉碎,分解成粒子状态,然后把粒子信息传到目的地,在那里按照这个信息重组一个新的人。多好,出发地杀人,目的地拷贝。师傅你喜欢吧?"

陪乘大叔不说话。

回到家,她仍旧在喘,生平第一次呛人,呼吸没有掌握好,说得自己上气不接下气。要是中间停下换气。她大概会就此停下。心跳总算慢下,怒意仍然没有消退,无名无形没有光焰,所过之处寸草不生。和酒没有关系。她窝进沙发,身体放松下来。家里的环境系统已经开始工作,管道和机器在她看不见的地方运转忙碌,根据她的身体情况生活习惯调节温度湿度光线,令她好像躺卧春天泉水边,四下绿色光晕浮掠,周身被清凉的水汽沁透。全部是小壹安排。从她开门,它已经下达指令,采集她即时各项生理指数,传送到各个系统,不动声色将一切预备好。

欣敏翻了个身,在这个家里,她被关照得很好,舒适得如置身温水,怒意无处着落,或消退或委顿成莫名怨意。

嗯,你喝酒了。小零问。

几点?

十点。

啊,才十点。

要做饭吗?

欣敏挥挥手。卢硕知道她晚上聚会,会吃过了再回来。

你累的呀。洗澡水已经烧好。

我躺一下。

小壹不说话。

欣敏脑子转过弯,哦,对,卢硕不喜欢家里有酒味。她睁开眼,又合上。算了吧。他今天一定会比平时晚回来。丁宁说家家都一样,男人都一样,原来她是这个意思。冷不丁想起丁宁告别耳语时意味深长的表情,欣敏笑了。

房间跟着发出冷笑,阴恻恻地从电子牙齿间挤出——叮铃铃,叮铃铃。

惊魂夺命。她不相信自己的耳朵,再听,声音还在,确凿无疑是门铃声。冰冷刺耳。

欣敏站起来,又坐下,四下环顾,犹豫要不要开门。

是快递。小零说。

现在几点。欣敏问。

十点一刻。小零回答。

欣敏定定心,把门打开一半。门没有塌。门外真的是快递。

"你知道现在几点?"她问快递员。

"拿昨天寄错的包裹。白天太忙,没时间。"快递员说。

欣敏认出了他,过一会儿才明白他的意思。"我,我们没有拿,包裹没在门口?"

"要是在我就不打扰你休息了。"

经他这么一说,欣敏想起的确刚才回来时没看见地上还有包裹。这下好了,大家都假装没看到的包裹真的没了。欣敏被这个念头逗笑,抬头看着帽檐下那团影子,假装能看到里面一双眼睛。她直直望着想象出来的眼睛问:"怎么呢,这下假戏真做了。假装不存在的包裹真的消失了。"

快递员不说话。今天晚上,这个人说话仍是彬彬有礼,不过总觉得夹带着一股火气。欣敏觉得有趣。"快递师傅,你为什么要生气?"

快递员不说话。

"所以,包裹里面是什么?"

——她不该问的。

"你现在想知道了?"

轮到欣敏不说话。

"锅。和你刚买的同款。"快递员跨踏着,像是在把手伸进很深的口袋去掏一块化了的黑巧克力,"你们家经常有送错的快递。写的是你们家地址，但主脑都说可能不是你们家的，要我们先放在寄存柜，等你先生再确认。只要你网购，不管买什么，不久后就会有同款货物被错寄到你家……"

"知道了。"欣敏打断他，"可以了……"

"知道什么？知道你丈夫后来都会把这样东西都寄到……"

"谢谢。快递师傅。"

"这些东西最后都寄到同一个地址。"

欣敏打断他，"人家家里两个人关上门的事。快递师傅，这个你也管？"

"你现在又不想知道了。"

欣敏不理，掉转身进屋。突然胳膊被什么箍住，越挣扎箍得越紧，还没有反应过来，人已经被拖到房间外，压在墙壁上。

欣敏吃痛，面孔变形，下意识伸手去打，拍掉快递员帽子，露出一张人的面孔。她来不及去看，只顾挣扎反抗，去推，去挡，去打，去搔，去踢，去踩，凌乱却决绝，好像同时有七八只手在奋力反抗，又好像一小杯水泼在铜墙铁壁上。"警察马上来。小壹已经报警了。"

"小壹看不到这里。楼道监控死角在哪里，我们快递员最清楚。"

听到这话，欣敏双腿发软，整个人虚脱。原来监控还有死角。

她想不通。

她不去想快递员为什么这样对她。她只想为什么监控会有死角。她不去想为什么总有送错的快递一次次挑衅一次次宣示主权。她只想为什么监控会有死角。她不去想是怎么会在多年后成了寡然无味的陌生人，为什么成了陌生人还要守着空屋体面做人。她只想为什么监控会有死角。不是说可以完全信靠托付的人工智能，说好这个世界可以百分百相信，可以让你百分百安全幸福。你都把你的生活全部交出去了，为什么他妈的还有死角。

她不去想面前快递员接下去对她要做什么。她只想为什么监控有死角，而她现在就在这个死角里，她的丈夫现在正在另一个女人那里用他们的新锅。

家家都一样。男人都一样。好像背叛一个女人是男人成功的标志，好像被背叛是妻子的附带功能，好像女人只能用背叛去对抗男人的背叛，好像女人只能通过成为男人才能对抗男人。

不记得是谁先的。闭上眼就只有气息皮肤与触觉。肉身和魂灵一下坠落，坠到热烘烘的云雾里，钢铁云雾。快递员身体硬邦邦，动作粗暴贪婪。哪里都是他硬邦邦的身体，连嘴唇都是干的。

他掠夺她，他开采她，无数男人日常性的短暂疯狂作业，以无数女人为对象的普遍运动。在动物性的过程里，压力和疼痛的双向机制下，她忽然惊醒，若明若暗之物急速膨胀，被身体限制，形成巨大的压力，气浪把男人从她身上掀开。他后仰着从她的视野消失，她起身，扑上去，张开嘴。

开始了一场互搏。事情变得不同。互搏绞杀，五官全部张开，肢体交缠，给予瘴气的热带森林，腐败香气鲜艳的颜色闪到眼皮下，只有温热湿滑的肉，是他的嘴唇，被她吮吸吞吃，是他的舌在她的口腔里缠游，咸腥中带甜的体液，肉下面不见底的漆黑悸动，电流激涌划过渊面意识下坠，撞向一个个新世界。

欣敏惊讶，原来一个吻有那么长。

欢 喜

玩具需要名字。

那些日常生活中的新奇物件需要被命名。积木、魔方、呼啦圈、溜溜球、空竹、橡胶娃娃、珍奇柜，通过名字，召唤出为人熟知的对应物，使自身被理解。至于赛博世界里的游戏：精灵冒险、安基亚钥匙、安第斯之夜，则以强调游戏内容的方法来命名自身区分彼此。

人们不必记得以下事实：所有的玩具都是为了对抗虚无和时间而存在。

玩具需要名字，即便仅仅为了安抚羞耻感。

只有一个玩具例外。它天真无邪，没有半点羞耻心，以真名现身，袒露张扬它被创造出来的目的——"欢喜"，欢喜佛的欢喜——满足人类性欲。

"欢喜"，性玩具中的庞然大物，长两米高宽各一米的长方体透明水缸，盛满蓝色凝胶物质。数以万计的纳米级探头电极隐匿在诱人的人工蓝色流体中，等待被激活。PVz银色氧气管漂浮其中，由PVz氧气管与水缸外可拆式氧气罐相连，负责为蓝色凝胶物质里的人类输送氧气。一个氧气罐可提供给普通成年人十四小时的氧气。每家住户最多一次可以购买十二罐氧气罐。这时的欢喜看上去就像一个巨大鱼缸，或者说是一个外壁透明的游泳池，邀请人们进入。这是一种具有欺骗性的姿态。和其他性玩具不同，欢喜具有高度排他性。每台欢喜终其一生只服务于一人，也就是它出厂后第一次服务的对象。

第一次，它与他/她建立适配关系。之后的每次都继续加深它的适配性。它的全部数值都采集自他/她。它的所有运动都为满足他/她。当他/她进入水缸，身体的重量将他/她拉入蓝色半透明物质中，电极和探头感受到他/她的进入，带着凝胶，聚拢附着于他/她每一寸皮肤，进入到他/她的每一处深穴。鼻腔例外。欢喜把那里留给了氧气鼻罩。对绝大多数人类而言，爱欲在死亡面前只能止步。

没有人会察觉到这微小的遗憾。欢喜给予他/她极致欢愉，濒临人类承受极限。它读取他/她最深层隐秘的悸动，撩拨身体每一寸的能量，即时捕捉最细小的反应，回馈或延迟或转移，变换强度频率模式温度黏性，无数排列组合，计算控制隐而不见，将人拖回深沉原欲中，退化为深海热流中地球最初生命体，在漆黑炙热强酸漩涡里，经历只属于他/她的神秘体验。整体的经验。

在过去被从身体割裂出来的性欲，只和性器官单独发生关联的性欲，重新回到了身体。性欲的满足是整个身体沉浸的满足。

手得到了解放。不用模仿性器官，在身体剧场扮演阴道或者阳具；不用使用工具，持有操弄那些性器的模拟物。这些最早的性玩具丑陋猥亵，热衷于外形上的相像。充气娃娃也只是徒劳地为人造性器添加了敷衍的外壳。除了目光的把玩，所有愉悦来自被单独出来的阴道/阳具。作用于局部，单调又机械的动作，与其说是满足性欲，不如说是处理人类过剩的能量，好像垃圾车倾倒垃圾。

欢喜是慷慨的。它使生命体摆脱精神分裂的尴尬境地：不用扮演成另一个人来满足自己，同时也不需要另一个人的在场。只有凝胶里的电极与探头。它们无意证明自身的存在，它们感受到需要（神经冲动），它们给予（物理）刺激，仅此而已。在容纳人身体的容器里，欲望能够回到最本真的状态并得到满足。

不是和自己，也不是和他人，在交欢中，生命体回到自身，他／她纯全不被他人污染，不断开采挖掘堕入自身的欲望。

形象不再是必须，无论来自真实还是幻想。

对公寓来说，使居住者幸福，窥探并满足他们的欲望是它必须遵守的道德。包括性欲。居住者性欲是否得到充分满足，与其说是考验夫妻感情是否和谐亲密，不如说是评判公寓是否合格。因此，欢喜作为现代家庭生活的福音，在家庭中的重要性仅次于主脑。即使空间紧张，每间现代公寓也配备了两台欢喜，提供给居住同一屋檐下的夫妇更多选择：

当情投意合时，只要通过主脑联机，欢喜可以连接上对方的欢喜，以欢喜为媒介的洁净性爱就可以实现。是欢喜佛性力交合，也是一别两宽，各生欢喜。

事实上，比起最古老的方式，绝大多数夫妻更愿意使用欢喜交合。它更洁净，更自然，更和谐。欢喜能够平衡你的需要和对方的反应，弥补个体差异造成的落差，同时满足两个人。如果选择受孕模式，男性的精子将被收集并保存，在之后提供给女性。

在欢喜前，性从来没有被这样深入地理解和实践。

四

"所以我现在是在跟你吵架？"欣敏说。

"你是不是刚才说你不想？"卢硕说。

"我不答应你的要求就是吵架？"

"我的要求？这是不是应该是我们俩共同的要求。"

"你要小孩，我不要小孩，怎么是共同的要求？"

这么多年，欣敏还是每次都能被卢硕的脑回路惊到。要是几年前，大概她还能笑出声。

"你以前是不是说过不是不想要，是还没想好。"卢硕声音软下来。

"我现在想好了。"欣敏咽下后面那句话。她怕再说下去就没有头。

人是这样的，彼此隔阂久了，就找不到能好好说话的方法。卢硕一直就听不太懂别人说的话。欣敏也没了当年那样的力气让卢硕明白她的意思。最烦的，不是互相明白对方的意思，而是时时要证明自己没有激动。只要话不合卢硕心意，他就让她镇定，不要激动，不要说气话。她降音量再降音量，放慢语速再放慢语速，都不足以证明她的冷静。她问卢硕她是不是要时刻准备一套心理测试题外加心率仪来证明自己情绪稳定。卢硕说你直接问小壹是不是就可以知道。她说我有没有生气要问家里的主脑？卢硕说你看你是不是真的生气了。她几乎都是在这个阶段失控，声音突然飙高，又高又亮的声音从丹田送出直上云霄，连珠炮似的几句话炸开后，很快精疲力竭声音嘶哑。她又挫败又羞愧，好像一个拿着生锈园艺铲的疯女人。后来她终于学会克制，争论时不再高声辩驳。最想要说的话哽在喉咙，不指望被人听到，等待时间消化。将来哪一天，这些哽咽的字句终将模糊不清，连自己都无法辨认。到那时，她就真的平静了。她不难过。偶尔也会想起以前，那时大概也是哭过的，现在想起来，只记得手心里的纸团，也不知道之前是什么用途，最后落到她手里，被团起，又摊开，再团起摊开，破破烂烂，最后碎了。

"不着急，我们是不是还有时间。"卢硕说。

他用小心思的时候真可爱，就像他去不掉的这个口头禅，明明陈述句里却一定要用"是不是"，一辈子的"是不是"。

他们"是不是还有时间"？

不是，他们没有多少时间。至少，她没有。欣敏今年三十六，眼看就要过了最佳生育年龄。卢硕说他不能让小孩妈妈高龄生产。超过最佳生育年龄再生育，小孩质量不好说，而且很多补贴福利拿不到。原话如此。欣敏脑子里过了好几遍才明白他的意思，暗暗惊叹，虽然有道理，但还是忍不住惊叹。

一开始在一起的时候，他也是让她惊叹的。想不起为什么，总觉得是很好的事。不由得想记起来，好事近在咫尺却始终隔着一层纱，看不清道不明，只觉得应该是可以牵动嘴角的许多好事，就像清晨偶然闻到柏树香气那样的好事。

"你想过没有，我可能最后还是坚持原来的想法。"欣敏笑自己，说得委婉。她怎么就不敢说出那五个字呢——不想要孩子。

"你是不是要好好想想。你现在每天工作不超过两小时，家务，"他耸耸肩，"家务是小壹在做。"

"所以我需要给自己找点事情做？"

"我是不是又不缺钱又不缺照顾，娶老婆最后是为什么？你是不是要想想？"

"他不娶老婆，怎么能出轨呢？结婚是出轨的必要条件。"

"瞎讲！"阿姆打欣敏，"这种话不能说出口的。"

"他把我当生育机器就可以拿出来说？"
"夫妻间有些话永远不能说出口。"
"说出来又会怎样？离婚吗？"欣敏笑。卢硕一定不肯。离婚代价高昂。公寓是政府给已婚夫妇的福利。按照规定，离异夫妇必须搬出公寓，自费租单身公寓。而城里的单身公寓租金贵得离谱。

"就因为分不了，才更不能说重话。两个人被绑在一起，为了自己开心，最好不要让别人难过。否则，绑在一起的就不是两个人，而是颗炸弹，要出事的。"

手头纸已经揉碎，欣敏手一抬，纸团画了个漂亮抛物线，落到地上，等扫地机器人来捡。

"阿姆和人绑了一辈子，阿姆开心吧？"
阿姆不说话。

阿姆肯定不是为了守住这一间公寓。那时候许多事情不一样。离了婚的女人要过活好像也不是完全没有出路。阿姆不肯多提，每次欣敏问，她就动气。阿姆越活越安分越稳妥，退到小小安分的角落里。明明以前是个出格的阿姆，带欣敏出门偷吃排档，悄悄从草丛里捡起给野猫野狗的毒药，背着阿爸私藏饼干和纸质书，河滩放风筝玩泥巴吸野花蜜，涂色折纸，在旧鞋里种辣椒自己吃，最夸张的事是她自己说的，就是半夜背着还在襁褓中的欣敏溜轮滑。欣敏不记得小时候多少次为阿姆提心吊胆，多少次暗暗希望能和人调换阿姆。那份心情强烈又古怪。烦是真烦，又隐隐觉得骄傲，不由想象起自己长大的样子。

那时她以为她大概也会变成阿姆一样，高高兴兴地去做坏事。只是她不要和阿爸那样的人在一起，不要动不动吵一架，不要去照顾一个总嫌弃你不安分的人。

"没有我的话，阿姆会更开心吧？"

"那时候都鼓励生小孩。"

"阿姆后悔吗？"

"后悔什么？生下你之前，阿姆不太想事情。生下你之后，阿姆还是一样没心没肺。后来看着你一点点长大，阿姆突然醒转，不能再浑叨叨，要开始想事情。毕竟有个女儿要养大，要替她把之后的事情都想清楚。"

"阿姆嘴真甜。"

"瞎讲八讲，有这样跟自己阿姆说话的吧？"

欣敏贴到阿姆身上。阿姆的身体又软又松，但是仍然热，又热又慷慨，和小时候一样。

两个人不说话，珍惜这难得的安静相处。趁阿爸睡着，大家都可以歇歇。阿爸睡不好有大半辈子了，年轻时身体强健，也是觉浅梦多，还爱说梦话。母女俩被吵醒后一起捂嘴笑他。到这几年人老了各种毛病找上门，几乎夜夜失眠。他一个人睡觉就是折腾全家人的大事。所有事情围着他不规律的作息转，他要睡时必须全家静默，他要饿了必须立刻上饭，还不能是速成餐。阿爸以前只是脾气暴躁，现在暴戾乖张，不可预测，时时刻刻会因为什么事就爆发，破口大骂，什么脏话都能从那张嘴里说出来。换作以前阿姆一定不肯，家里房顶老早掀翻。结果阿爸脾气暴戾，阿姆反而变得更加忍耐，头一低，脸色一沉，带着孤身迎战千军万马的决绝，充耳不闻阿爸骂出的脏话。

其实也好。真的去吵能吵出什么，哪怕只是讲道理，也不会讲出个结论。夫妻间吵架全部鸡零狗碎，高级不到哪里去。

欣敏想起她和卢硕的争论，满心不忍，怎么就沦落成这样？

"好久没说那么多话。"她幽幽长出口气。

"好久没那么安静。"

"早知道就早点给他吃药了。"

"他一直不肯，怕弄坏脑子，哎你今天怎么来了？"

"前几天做了几个小菜，食材买多了，给阿爸做几个小菜，不健康，偶尔吃吃也没关系。"

"让快递拿就好了。"

欣敏不响，头低下，两边长发垂落遮住脸，过了一会儿举起手里一只折好的青蛙，给阿姆看。

"阿姆，男人是不是都一样？"

在门镜里看到快递员站在阿爸家门口，欣敏脑袋轰地开炸，里面上百个念头被炸得肚穿肠流尸横遍野。她转身确认阿爸没有醒来，几个深长呼吸后，缓缓打开门。身体一阵冷一阵热。

"有快递？"欣敏目光停在快递员脖颈。

"哈，真巧。还是你搬家了？"

搬家？搬家是为了躲你嘛。欣敏心想，没留神控制好表情，眼睛一抬，和快递员四目相对。两个人互相盯着看，看不出什么，所以一味地看，看得忘乎所以。

欣敏别开面孔，"这是我阿爸家。我们没叫快递。"

"房管所派我来检查管道。"快递员跟欣敏解释，"做上门服务的人少。很多人都身兼数职。"

欣敏看他的快递制服。

"修理工的工作服也有。我比较喜欢身上这套，衬得我更好看，比较不像跟踪狂。"

欣敏抿紧嘴。

"你再不让我进去，这家的主脑会疑心的。我真是来检查管道。老人投诉好几次，说家里空气循环不好，老是觉得胸闷。主脑说没问题。但老人坚持，一直投诉到房管所。他们就派我来看看。"

欣敏把快递员领进屋，"师傅怎么称呼？"

"为什么压低声音？"

"家里老人在休息。"

快递员点头。单眼睑下藏好三分笑意，"叫我周佑。保佑的佑。"

"周佑。"

"嗯。"

欣敏跟在周佑后面，看他展开水墨屏卷轴，连上主脑，从里面调出两年里室内空气成分分析、流速记录等等数据，还有管道图纸之类，再下去她就看不懂了。视之为再自然再理所当然不过的这点舒适感，原来背后耗费巨大操作复杂，一环扣一环。

她暗暗惊讶周佑能随意从别人家里的主脑调取这些数据。

周佑看出她的疑虑，"修理工注册时，个人生物信息都被上传给所在区域的主脑。上门服务时只要通过身份认证，就可以调取主脑信息。"

"复杂。"

"做上门服务工作的，一定不能是坏人。应聘的时候审查特别严格。"

——所以你是通过审查如假包换的好人。

欣敏听出周佑的画外音，知道他逗她，不想吃这一套。但嘴上没有拧，心里已经说了。欣敏微微震荡。她从来不是爱说多余话的人，而现在他说一句，她能回一句。

周佑检查完数据，跑到隔间一角，指纹认证打开一角面板，露出半米宽长方形口。欣敏站在后面看得目瞪口呆，她还是第一次见到公寓的"里面"，好多管道电线并行交缠，酷似人类经络筋脉。周佑伸手往里探，一番拨弄，不知怎么手指就挑勾出一根透明吸管，再顺着这根管一路摸索下去，半条胳膊伸到面板后面，整个人壁虎一样紧贴在墙上，又是一阵窸窸窣窣操作，眼睛看不见，全靠五根手指在黑暗里触探感觉，欣敏想起深海软体动物一些场面，又紧张又微妙。

"你看。"周佑说着，抽回手臂，举起手里握着的合金罐子。

欣敏接过罐子，比想象的沉。

"这是家里有害气体回收罐。主要收集废气和做饭油烟，收集分离回收进不同回收罐，最后循环再利用。嗯，简单可以这么说，实际上要复杂点。"

"这里面现在是什么？"

"一氧化碳。专门收集一氧化碳。"

"什么？"

"初代公寓当时还用煤气供热，于是就有了这个回收装置，到后来就一直保留下来。因为日常生活里也可能不小心产生一氧化碳，比如食物烧焦会发生碳化，继续燃烧，尤其是在不充分燃烧的情况下就可能会产生一氧化碳。当然这是以防万一。"

"嗯，一辈子能做几次饭？"

"老人抱怨空气不好，他经常胸闷头晕出汗。我今天把所有管道和气体回收罐都系统检查一下。"

"家里好久没开火了，哪里来不充分燃烧。那是安神药的关系，他不吃睡不着——药的事他自己不知道。"

"这下讲通了。不过既然来了，就好好给它做个大体检。"周佑掏出表盘一样的东西,围绕罐身仔细测一遍,没发现问题,正打算放回去,朝欣敏看,长眼睛弯垂成月牙。

"干吗?"

"你要不要试试把它装回去。我来教你。"

欣敏看向最近的电子眼,"怎么,你们快递员连人家屋里头的监控死角在哪里都知道?"

"现在我是修理工。"周佑说。

许多错事,也不需要多勇敢决绝,只要脚一踩空就已经做错。一时间脑袋里面几千只蜜蜂嗡嗡乱飞,只有响声,不能思想,怕,大概是怕的,就是顾不上,心怀侥幸迈出脚,想着或许不会有事,就奔着姹紫嫣红暖玉温香去了,幻境就幻境,这就够了。

事后欣敏颠来倒去想了几百次,阿爸厨房监控最多能拍下相互紧贴的人影,手臂缠绕带着小半个身体一起隐入面板后面黑洞。欣敏对自己说不用怕。被拍下来又如何,阿爸几乎不看。等了几天,阿爸那边也没有动静,欣敏总算放下心。她现在多少体会到卢硕的心情,原来越是心虚的时候越是要表现从容。道理早就懂,自己实践了才更能与卢硕共情。到底这也不算是什么危险游戏,一对同床异梦的夫妇,各自偷情寻欢,连说谎都敷衍潦草,不能给私情增加一点刺激。欣敏不由纵容自己奢望,此时此刻这微妙平衡永远不要打破。她不想要更多,也不想失去眼下拥有的。上一次生出这样愚蠢念头的时候,还是在婚礼上。

大概因为有过经验,这次她才能留出一部分心智继续冷眼看自己,从头到尾梳理,觉得不安。如果卢硕那里没有问题,到底是什么让她不安。她好像是个捕蛇人站在荒石岗,疑心每块石头的影子里都有玄机,焦灼惊惧,但还是心存侥幸。

只差临门一脚。因此更有理由侥幸,现在退后还来得及。这么想的时候,却不自觉地盼着下一次见面,一遍遍回想当时他们在阿爸家约定下次见面的情景,心思愈加火热,忍不住重温,觉得新鲜美好,重温多少次都不褪色,是活生生的一份心思,满满当当,一开口就会泄漏。欣敏因此格外沉默,和小零都不怎么说话。她不开口,小零也不会开口。没想到私会当天,她正要出门,小零开口了。

你这两天心情不错。小零说。

工作比较顺利。再说,前不久不是刚和丁宁她们聚会。

是的,是的,大家都好吗?

嗯,都好。欣敏瞄了一眼钟,打开衣橱。对不起,这两天疏忽你了。

没关系的,你知道的,我是聊天机器人。你需要我,我才出现。你今天要出门?

我去阿爸那里看看,他这两天觉得胸闷。电子家庭医生看过,在线医生也换了好几个,都找不到原因。欣敏手里拿着两条裙子在镜子前比画,拿不定主意,刚要问小零意见,幸亏脑筋转得及时,果断穿上收腰佩斯利花纹的连衣裙。

需要我帮忙?小零,不,是小壹,敏锐捕捉到她转瞬即逝的需求。

没有。我走了。回来聊。不知道为什么刚才那番话让欣敏背脊发凉——荒石岗上她翻开一块石头,底下一团黑影蹿起,没入草丛遁走了。

去旅馆的路上欣敏满腹心思,脑子里

各种声音混响交织,然后一个声音盖过所有杂音:快回去,还来得及。偏偏是这个声音让她回不了头。她只想做一件单单自己想做的事。

周佑迟到了。欣敏找到房间按响门铃没人应。下午三点半,走廊里一两个客人经过,眼神老到,欣敏窘急,面孔冲门,继续按铃,按到举起的肩膀酸疼,仿佛被单手吊在这窘境中。欣敏再也坚持不下去,转身要走,一头撞到后面迎上来热烘烘的身体,宽肩长臂硬邦邦肌肉将她完全罩住。

两声轻得不能再轻的声音响过。声响震动耳膜,好像两根紧绷的线绷断的声音。

是锁舌。

门在他们面前滑开。

热烘烘的气息退去。

两人重新躺下,胸膛起伏渐渐缓和,汗水慢慢挥发,一丝不挂并肩仰卧,漂浮在各自的虚空之海上。

"你知道我喜欢你什么?"周佑问。

欣敏骇笑,嫌弃这三流烂俗的台词。

"你知道你喜欢我什么?"男人换了个问题。

"我喜欢吗?"

周佑笑,双手垫在脑后,"我不在乎的。"

欣敏想他的话,大概率是真的,绝大多数事情,这个男人不在乎。但也有在乎的事,所以才兜圈子表示自己不在乎。男人在还有几分心气的时候,总是会在意自己表现如何,总是想要赢过欢喜。第一次欣敏觉察到他身上的一丝稚气。她端详面前这张脸,这还是她第一次那么认真看他,暗暗惊讶他的年轻。

她当然不会去问他多大。她不要问他任何问题。

不猜疑,不想象,许多问题搁置在那里就好了。对卢硕也一样,她不去想象他有几个女人,那些女人的样子,或者其他。她不愿意去想。那样会让她觉得自己很可怜。

"笨笨的挺好。"欣敏说。

"笨?我吗?"

"机器只知道聪明,笨不来的。"

周佑眼睛动了动,想要问什么,中途变了主意。

欣敏猜到他的心思,笑笑不说话。她大概以后都不会嫌弃这个人。对女人体贴是天赋。他不仅有这个天赋,还有这个爱好。不知道是不是他们这个职业的特征。

"你在想什么?"

"我在想你的同事都是什么样的。"

"你想……"他作势扑过来。

欣敏按住他,"问你个事,你老实回答。"

她不问他问题,除了这一个。这事和她有关系,只和她有关系。

"你说你知道监控死角的位置,这是假的吧?"

周佑笑笑点头。

"所以监控拍到了?"

"监控拍到,没有关系。实时监控,一个监控一天拍下二十四小时画面,你知道这个城市有多少个监控,谁有空去看。只要不看,拍到了又怎么样?"

欣敏顺着他的话想下去。"监控拍下画面,主脑一一识别,挑出其中有问题的反馈给人?主脑的识别标准又是什么呢?投入应用前肯定接收过强化学习,它们的判断标准应该和人类伦理道德同步。它被创造出来就是为了照顾家庭,让自己家的每个成员健康幸福。这是它们的核心算法。

每家主脑考虑的是自己家的利益。所以就算是看到一样的画面,反应也会不同。比如阿爸家主脑看到我们亲热不认为有问题,但是我们家小壹看到我们俩……"

从周佑喉咙发出咯咯笑声,好像坏掉的机器。"你为什么觉得主脑不会说谎?它觉得画面有问题,就一定要做出反应?它也可以不反应,甚至帮着掩盖问题。反正只有它知道。主脑大概比我们人聪明,但真的不一定比我们诚实。它有它的心思。没错,照顾家庭是它的算法核心。它所做的一切都是为这个家好。可是,它觉得为这个家好,和你以为的为这个家好是一回事吗?我跟你说监控有死角,其实也没错,死角就在主脑这里。"

欣敏不说话。她闭上眼,忍受突然而起的晕眩。眼睑后面有什么东西一闪而过,激起红色涟漪。她看到了那条蛇。

人们相信主脑。

超强算力,超大记忆储备,永不出错,永不疲劳,公正客观,全力维护主人及其家人利益,让他们快乐。

人们相信主脑胜过相信自己。大事小事琐碎事交给它操持,公寓各个系统由它控制。

"我们几乎把一切都交给了它,却从来没有想过它会撒谎。"欣敏暗暗惊慌。从酒店回来,她开始失眠。周佑的话一直萦绕不去。他让她好好想想是谁帮着卢硕中途拦截那些"寄错"的快递,把它们放到储物柜。

周佑说的没错,主脑有主脑的心思。许多事,以前不去细想,今朝被周佑一语戳破,全部暗合。阿爸家的主脑知道她悄悄喂阿爸处方助眠药,看见她和周佑亲热,

小壹知道卢硕悄悄处理挑衅快递,也看见她和周佑亲热,它们都选择沉默,甚至帮助。

如果主脑认为说谎有利于这个家,那么它就可以说谎。主脑可以做出任何它认为有利于这个家的决定。

它认为的。

她生活的平静安稳原来全部来自小壹的判断。没人知道判断背后的标准是什么。公寓里的黑盒。公寓里的大象。

到了第四天,仍旧睡不好,安神药也没有帮助。工作进度拖下太多,欣敏硬着头皮开始工作。短短半个小时出了三次错。欣敏起身,给自己倒了杯水,全程感觉到二十八只眼睛从四面八方在盯着她看。

她呼唤它们。

小零,在?

当然,你知道的。

有点累。

嗯,你这两天的出错率不低。没睡好的话,要不要帮你连线医生。

欣敏听出这是小壹。为什么?两天睡不好去看医生的依据是什么?为什么不是三天或者一天失眠去看医生?为什么不直接吃点药?

你不相信我。

相信,我只是好奇需要去看医生的依据是什么?

心率,认知水平,脑皮层活跃度。

哦哦。让小壹费心了,每天都让小壹操心,替我做好多决定。

我是小零。我不辛苦。

对不起,小零。欣敏说。你不辛苦。

你需要睡觉,还有,相信小壹。

它是肯定为我们好。欣敏说。

她知道整个城市的主脑能够相互联结,还能进入任意网络系统,也就是说只要小壹愿意,它可以连同城市所有监控和交通住宿系统,跟踪她的行踪。欣敏相信至少小壹已经对卢硕这么做了。站在同一立场,她忽然理解以前卢硕在小壹面前畏畏缩缩的样子。

在他们的家神面前,他们俩没有秘密可言。

小壹选择缄默,这是它把所有参数纳入计算后得到的最佳结果。

在把所有参数纳入计算后,家神做出决定,保持沉默,维持现状,至少现在如此。

她坐在火山口,日日夜夜坐在小壹的计算结果上,不敢轻举妄动。出轨被曝光是所有女人的噩梦。欣敏不能冒险。见不到周佑也没有多煎熬,难受的是无休无止不间断被几十双眼睛观望,几十双耳朵听着,电子通讯线上联系统统被收入旗下。

许多事是这样,睡着更好,一旦醒来,看到房间里的大象,如果不能出去,只会觉得窒息。她甚至不能和任何人说。通讯发达,但每个人都被照顾他们的家神隔绝。欣敏告诉自己忍耐,她绝不是第一个察觉到这点的人,只要足够忍耐,总会习惯,然后忘记,回到正常平静生活,假装仍然掌控生活,仍然拥有自由。

她不是没有忍耐过、习惯过、忘记过。从古老的教育里习得的智慧也可以用来与人工智能相处——但是,实际上却失效了。

过去四天,她一日比一日恍惚,时刻觉得脚下在晃。她本该为了私情受苦——贪痴嗔慢疑一系列爱欲的功课,本该提心吊胆担心私情会不会被小壹曝光,按照正常人类偷情程序,理应如此。可她满脑子想的是小壹,她的家神:它拥有绝对权威,它的智慧深不可测。它有它的道德标准。它说谎,为了贯彻它的道德信念。

她感到畏惧,迟钝又模糊的畏惧,应该不安,又觉得戏剧性的灾难不会真的降临,至少不会降临在她身上。不具实感的畏惧令她惶惶不可终日。欣敏清楚不能再继续下去,必须立刻做点什么。她没想到会有人恰好在这个时候闯进来,狠狠推了她一把。

"欣敏?"喇叭里的人声听起来不太确定。

"丁宁?"欣敏问。

"嗯。是我。"那边说完就沉默了。

欣敏知道出事了。认识十几年,丁宁总共给她打过三个电话。现在来电又不说话,一定是大事。

"什么事,说吧。"

"阿璨没了。"丁宁说。

欣敏不说话。丁宁还是第一次在她面前那么慌张,说话不讲究。

"我帮阿璨找到一间条件不错的单身房,地段房租都可以,就是要快定下来。我马上联系阿璨,可是电话打不通,留言也不回。过了两天还是这样,我就开始担心。她回复一向慢,但最慢不会超过两天。除了上次。她身体已经很弱,肯定不能让她再去为钱做什么傻事。我又等了一天,没办法,让朋友帮忙,搞到她的地址,找过去,那栋楼连电梯都没有,房间和厕所一样大,还有蟑螂,臭得……"丁宁哽咽。

"阿璨在吗?"

"没有。房间里还留着一些她的东西,但是跟我一起去的朋友说,肯定有人在我们之前去过。阿璨的证件都不在了,一些个人物品也没了,会不会是她自己带走的?"

"什么时候的事?"

"今天。我们今天去的。"

"阿璨住的老公房没有主脑也没有监控,但是街上应该有监控。能不能让你那个朋友查一查?"欣敏知道丁宁身边一直有个很能帮上忙的朋友,帮过她不少一般人帮不上的忙。有一次她喝多了向她们炫耀说他穿制服好看。

"好。"丁宁说,"欣敏,我觉得不太妙。"

"不要乱想。"

"你到这个地方来看看就知道了。我朋友说事情可能会很复杂。"

"不要乱想,丁宁。"

"不会像上次那样吧?"

"你把地址发给我,我待会儿就去。"

"你知道现在几点?你一个人不安全。"

"好,我明天过去,你先发我地址。遇到事,我们就解决它。现在太晚,家里会担心,你尽快回去,明天再说。"

"聚会的时候你们聊得比较多,她还好吧?"

"阿璨就是那样子,你知道的。"

阿璨是什么样子,她们真的知道吗?

认识那么多年,她们对她所知甚少,连年龄都是前不久才知道的。那次聊到古早漫画,回忆童年时代,四人报出年龄:慧昕三十、欣敏三十六、丁宁三十七、阿璨四十四。大家惊讶,一直以为她比欣敏还小。阿璨的事,她们确切知道的好像只有这个。仔细想来,她们连她全名都不知道——阿璨,怎么会有人真叫这么奇怪的名字。

阿璨很少说到自己,好像有些人生来不擅长谈论自己。她滔滔不绝的事都和她没有关系。她喜欢那些不着边际的事情:音乐、诗歌、戏剧、漫画、科学史、花样滑冰甚至儿童益智游戏。只要时机合适,她能从任何话题转到这些事上,眉飞色舞,话语顺着前倾的身体向外源源不绝地涌流:起源流派,轶闻趣事,产生的影响以及她自己的观点……她就这样活在对抽象之物的热爱中,误以为能以此为食。

而她们一直以为,认识那样一个阿璨就够了。

这些年她怎么勉强过活,她提一点,她们就听一点,能帮一点就是一点,小心翼翼只到那里。中间一道若隐若现的线,两边都小心不越过。

你不能看着一个人在你面前掉下去而不伸手。但你可以选择不看,告诉自己这种事不会发生。

直到它发生。

"我跟你说过的,人不应该在另一个人身上寻找岛屿,哪怕她快溺水而亡。"

欣敏抬头看见阿璨站在面前,还是那件洗白了的单宁外套,T恤上一块褐色污渍。欣敏说阿璨阿璨,说不出其他话,她不能像以前那样嘲笑阿璨拿书上的句子当日常用语,更不好告诉她自己早就有不好的预感,却想不到能为她做什么。

"跟欣敏没有关系。"

欣敏说阿璨,还是说不出其他话,心里着急,想要问她去了哪里,声音堵在喉咙口。那里有一道关上的石门。

晨曦的光斜照在阿璨身上,她的皮肤透出光,整个人没了颜色和轮廓,渐渐透明,在光里消融。光完全穿透她。她消失了。

欣敏听见有人叫她。

去床上睡一会儿吧。小零说。

欣敏没有动，在黑暗里体会梦的余温。她刚才睡着了。在连续失眠四天后，她终于趴在桌上睡着了。

小零，我梦见阿璨了。欣敏说。

别难过。说不定过几天她就回来了，像上次那样。你们说了什么？

一些傻话。小零，我不是别人的岛屿。我害怕。

你知道的，我一直都在。今天要去阿璨家看看？我给你叫车。

欣敏起来简单梳洗，在洗手池随便抹了抹脸，直起身时忽然浑身发抖——墙上的镜子里清晰映出整洁摩登卫生间，里面空无一人。

小零，我还在吗？欣敏问。

小零叫的车还没来，丁宁的聊天室邀请就来了。

"晚上吧，我现在要去找阿璨。"欣敏回。

"不用去了。你先进聊天室，慧昕也在，我有话要讲。"丁宁回。

欣敏的心一下冰透，好像再次看见盥洗室墙上没有人像的镜子，像只被挖空的眼睛。

她点击同意进了聊天室——看见她的虚拟分身推开两扇门走进南方古老花园，沿透迤曲廊，经过池塘中心一座假山小岛，背向粉墙黛瓦错落有致的楼阁书馆，一路上忽明忽暗穿梭树影湖光，停在松竹芭蕉掩映中的一个八角亭子前。分身看见慧昕和丁宁已经到了，和她一样，都是本人形象。

这里曾是她们四人的桃花源，丁宁按她的心意定制的小世界。

"说吧。"欣敏听见自己说。

"我来说吧。"慧昕说。

欣敏转身看向池塘，大片墨色荷上露出尖尖花苞。阿璨一直讨厌荷花。

"跟你通完话，丁宁的朋友查到阿璨的病历，Ⅰ期恶性肿瘤，就是说如果尽快手术问题不大，但她后来不知道什么原因一直没有再去医院做进一步治疗。还有——这是今天早上刚知道的——阿璨欠了高利贷，利滚利已经是很大一笔，我们都帮不上的那种。"

丁宁打断慧昕，"那家高利贷公司背景很硬，和各行各业都有勾连，把人完全榨干后还可以再卖一次，员工都管借贷者叫柴肉。以前就听说有几个他们家的借贷者最后下落不明。"

欣敏笑了。柴肉这个词的确适合阿璨。

"只是传闻。"丁宁补充。

"我想救她。"欣敏望向身边人，即使知道她们是幻影。

"你先别急，丁宁就是怕你着急，才把你叫到聊天室。"慧昕说。

欣敏不响，只看丁宁。

"你救不了。我们加在一起都不行。太晚了。而且也未必和高利贷有关系。"

"先还高利贷。多少？"

丁宁说了个数。欣敏哑然。园中分身颓然坐下。她和她的决心原来也是幻影。丁宁和慧昕近身抱住分身。幻影与幻影都没有温度。

她本来打算变卖所有，再加上储蓄，但在丁宁说的那个数字面前，不过是杯水车薪。生平第一次，觉得金钱重要，也是第一次看清楚自己。

"找私人侦探？"分身做最后挣扎——如果丁宁那个制服朋友都无能为力的话。

"有些事也许不知道会比较好。"丁宁说。

"是啊，如果知道了也帮不上忙的话。"

慧昕说。

连慧昕都比她明白。

所以丁宁才把她们几个兴师动众约到这里，不是为了救人。她们已经准备怀念她了，至少是把阿璨的事在这里做个了结。

"今天这是欢送会？"欣敏笑了。

心头阵痛。她最终还是和她们一样抛弃了她。

"我知道你们要好。我会让朋友留意，如果阿璨出现他会告诉我。现在是能去找的地方哪里都找不到，明白吧。你不要乱跑。无头苍蝇瞎找没有用的。"丁宁劝。

分身不响，直接虚化成雪花消失。

欣敏切断连线，非常规操作退出聊天室。

欣敏看着对面男人将最后两根叶子形状西红柿塞入口中，嚼着起身，拿起手机进到自己隔间。这几天做速成餐时她总是放错模具。于是就有了叶子状西红柿，块状米饭，面条状鸡蛋等等。卢硕倒并不介意，吃的时候眼睛落在手机上，专注上面的理财分析，把餐盘里所有食物草草倒进肚子就回到自己世界。他看不见奇形怪状的食物，也看不见做这些食物的人。欣敏在他眼里已经是透明，自从上次争论后，他就是这样。视线即便碰到她，也是穿透，落到她身后。他当她是空气，比之前更是，不会惊讶她的恍惚，也不会和她动气。唯一一次发怒是因为要穿的衣服拖了三天都没洗。在洗衣筐底下发现皱巴巴的外套那刻，他真的不开心，把洗衣筐往地上一摔，自己忿忿唠叨很久。

欣敏看卢硕种种举动，好像一场独幕默剧，反复播放。她在远处黑暗里看聚光灯下戏里日常，男人与不被看见的女人在狭小公寓里交错而过，各行其是，生活得如同荒野，无穷尽单调的冷寂。很早前那女人大概也是说过话的，但是不被听见，也是曾经为了被看见走到男人面前，但是仍然被目光穿透。现在她终于完全透明，得到安息。女人永恒的归属。

欣敏不觉得受伤，也不觉得卢硕有意冷战要令她难过，他大概真的看不见她，又或许她大概真的是透明，脚步轻飘，在光里看到分解的七色，总是能听见面板后面机器运作的声音，不知道什么时候就突然睡着，睁开眼要想很久才知道这是哪里，现在是几时。迷糊上很久才想起阿璨不见了。

欣敏看着公寓里透明的她，一点都不惊慌。真正的她应该正在虚拟八角亭中，她从那天起就再也没有离开。这个虚拟空间存录阿璨分身的数据，保有她在里面的分分秒秒一颦一笑。只要欣敏调取，随时就能看到一个阿璨，做着她过去做过的事情。欣敏没有，她只要待在这里就满足就心安，和阿璨留下的痕迹在一起，互相印证对方的真实。只要她们在一起，就都是拥有血肉之躯的活人。

古人说游园惊梦，朝飞暮卷，云霞翠轩遍青山啼红了杜鹃，荼蘼外烟丝醉软。其实梦可以不醒。

都不需要借助科技，连线进聊天室，她只要心在那里就好了。返身冷眼旁观公寓里的日日夜夜，和她毫无关系。

"丁宁没说错。阿璨的确跟我最近。有的话她只跟我讲。"

"讲什么？"阿姆问，一边抽走欣敏掌心的纸团。

阿璨也会那么做，几乎一样的动作。

哪怕那时说了那样的话，她还不忘抽走欣敏的纸团。欣敏告诉阿姆那时阿璨说的话。"她说穷人是很难交朋友的。我问为什么。她说因为大家会觉得只要对她好，谁都可以。"

阿姆点点头，好像明白了阿璨的意思。她是怎么就明白了没头没尾的半句话。"人的命太惨，在别人眼里就成了鬼。"

"阿姆你又在乱说话。什么鬼不鬼。"

阿姆不说话。

"我要是多问一句就好了。她说这话的时候，还有聚会的时候。阿璨有她厉害的地方。阿姆我一直觉得阿璨很厉害。只是她的能耐在别的事上，不在活着这块。"

阿姆低头侧耳听得十分认真。欣敏以前没和她提到过这些朋友。大概从她毕业后，她们俩之间的话就越来越少，结婚后更是连面都不太见了。

"她的能耐在哪里呢？"

"她真的很闹，不停冒古怪点子，你能一眼看透她的心思，知道她对人和事的看法，可谁都没法预测她下一步会做什么。"欣敏抽一张新纸折出颗星。她想起以前阿姆也是这样。刚才的话好像是在怀念阿姆。

阿璨和阿姆还是不同。阿姆一个人往前冲，身边人脚步慢了就会被丢下。阿璨真心实意鼓动别人跟上她，撺掇一起做坏事。遇到欣敏和卢硕不开心，阿璨就让欣敏搬来一起住吧。她真是完全不管不顾，不留余地，怎么都要单身。人人都步步紧随的生活，她逃得比谁都快。再落魄都兴致高昂，作为物种，也许是走到末路，但还是要努力活下去，能多走几步是几步。

"好是好。但是欣敏不要跟她学。"

欣敏笑。阿姆懂她，知道她心底里羡慕。她是真喜欢阿璨那种再落魄都兴致高昂的劲。所谓逃跑，不是背向这个世界的另一种奔跑。是向另一个世界的奔跑。也许在那里有一丝生机。"有时候我觉得我是有办法的。试试看，万一呢？就真的没有一个人也能活下来的方法？想为自己活着，一天都行。"

"不行的，你要考虑现实问题。千万不能冲动，好不容易到今天。你们现在已经比我们那时候好。"

"阿姆有没有觉得，丧偶的人活得都还不错，也不用搬出公寓。"

欣敏看向阳台。金属支架上阿爸精神抖擞，清晨是他一天最开心的时间，借助金属支架，他拉伸身体，做起晨操。他已经人机一体，毫无芥蒂接收赛博格的自己。很难想象就是这个人，最初连人类看护都接收不了，病得瘫在床上，大小便失禁，出现逆行性失忆，仍死抓着体面，不肯使用尿垫，更不肯在外人面前洗澡排泄。欣敏说阿爸如果不习惯请人可以请机器看护，阿爸大怒说机器看护眼里看到的东西岂不是都上传到云上，监护的维修的管理的做数据统计的谁想看都可以看到，说不定还拿他的视频做案例分析或者宣传片。欣敏提醒阿爸以他的情况应该还不够级别做宣传片，阿姆拦住她不让她再讲。阿姆说再讲就是要让阿爸血管爆裂当场气死，欣敏不响。于是每日三餐洗澡清洁按摩全部都由阿姆来：洗澡时在他手里放一条毛巾，即便他发脾气打人，也只是挥舞毛巾；擦干身体包括皮肤皱褶之间；帮助他排便，私密部位涂上凡士林做好基本保护；每天穿衣必须随他心情，于是趁他睡着悄悄把不应季的衣服都藏到角落，按穿衣顺序把衣服由近及远摆放——从贴身内衣到裤子衬衫毛衣；一天扶他起身坐进轮椅二十多次……

阿爸总是抱怨，许多不满，说着说着自己忘了就再数落一遍。他越孱弱越暴躁，阿姆越怯弱，整个人脱水了一样小了一圈。最后几年，阿姆所有主动性全部创造力都放在怎么制造出合阿爸心意的假象上。也就是这样，这两个人配合默契，成功守住了阿爸的体面。

"你看他，其实和小孩一样，坏的时候很坏，好的时候很好。一辈子辛苦工作。他也是这几年身体不好脾气才暴躁。让让他。他这个身体不能生气。你要知道，你阿爸和别的男人不一样。他结婚后就没有别的女人……"

阿姆的话好像几千只蚂蚁爬满背，直逼脖颈。最后几年，阿姆开口就是这几句，反反复复刮擦着她们两人的神经。就算欣敏知道阿姆需要这样说给她自己听，欣敏也受不了。她跳起来。阿爸转过头，目光聚焦到她身上，有那么一秒延迟，脑中芯片告诉他眼前这个女人是谁。

他现在已经是健康人，在脑内芯片和身体支架加持下行动自如，思维敏捷，能够生活自理，只剩下睡眠问题——没关系，有他的女儿暗地里帮他解决。他又是一个体面清爽的老头了——虽然对欣敏仍然脾气暴躁，他怪她急慢他，怪她还不如阿姆机灵，或者更早怪她不是男孩。但这不妨碍他仍旧是个可爱优雅的老头。最脏的字，他只对她说。对外人，他立刻翻出俏皮逗趣的时髦话去讨人喜欢，哪怕是数落抱怨，也是旁征博引妙语如珠。社工邻里夸他开明，乐于接收新生事物：其他老年人还停留在机器护理的阶段，他已经将自己改造为赛博格。说得没错。阿爸的确心态开放，阿姆走了之后，他一下什么都能接收了。

欣敏看阿姆，小心翼翼眼角偷瞄，生怕惊动她。她那么轻，那么薄，纱一样飘展。

阿爸瘫痪后三年，阿姆先走了，一开始只说背疼，以为只是肌肉拉伤。疼了几个月，有一天晚上，吃饭吃到一半突然说累，躺到床上再也没醒来。阿爸家的主脑察觉不对立即打了120，然后通知欣敏，但已经晚了。阿姆最后的神态安详平静，几乎可以说是在笑。

"阿姆。"欣敏轻声叫。

阿姆刚才站的地方空荡荡，只剩下窗外树叶摇曳的投影。

其实她和阿爸一样，也是在阿姆走了之后，才能坐下来和她说说话。

她比阿爸还不如。阿姆活着的时候，她就抛弃了她，她把她留在那样的生活里，让她一点点在孤绝里透明。阿姆活着的时候就成了鬼魂。

欣敏抬头看墙角电子眼。家神一直在看着她。欣敏好奇，家神能看见阿姆吗？家神能看见鬼魂吗？

仍旧是失眠。有时候睁开眼也觉得是在梦里，有时候在梦里睁开眼，然后都会看见阿姆和阿璨。她们站在雨里，浑身微微发亮。谁都不说话。大家互相看着笑。

是第几天晚上，卢硕没有回家。早上回来，他走进欣敏隔间，递过来一份协议。欣敏望着墨水屏发呆。他居然又能看见她了，为了给她这份协议。

"传给我不就好了。"她说。

"是不是必须用这个专门签字板，法律才认可。"

《人造子宫受孕书》。欣敏读签字板上的内容。卢硕想要取她的卵子，体外受精体外培育。"是不是只需要最后半个月把发育好的胚胎放进你子宫里，你生出来就好。"卢硕说。

"生出来就好。"欣敏笑，"下蛋吗？"

"优生法是不是规定如果没有疾病必须由母亲经产道生下孩子。"

"或者可以不生。"欣敏不明白，他为什么要困在这个执念里，要在这个世界繁衍后代，造出一个孩子呢？然后呢，他又不会爱。为了以后老了抱怨没有好好得到照顾吗？啊，对了，男人如果没有孩子会影响事业发展。没有明文规定，但谁都知道。

"你是不是太过分了，我已经愿意体外受精体外发育。"

"人造子宫代孕很贵，而且不是自然生育你要少拿很多政策补贴，是不是太委屈你了？"

卢硕一把掀翻桌子。桌子很轻，飞到半空。桌面上的物件疾雨般打来。

欣敏迎向暴雨。每一个物件的坠落都激起她神经深处的战栗。

她激动得发抖，忘记手里不是纸团，试图揉捏墨水屏。

"一样是卵子，你何必要我的。其他女人也可以给你不是吗？"

卢硕脸上怒气凝住。他听出话外音。好像被捆绑很久的人突然松了绑，他笑起来，"你是不是傻，我要婚内合法后代。非婚生子被查出来会直接丢掉工作和公寓。"

"谁知道谁在意，你去取了就可以。"

"你是不是以为我们还有什么隐私？我们的事有什么是它们不知道的。"

监　控

当第一次可感波长的光线被视网膜神经细胞捕捉，就有了人类意义上的观看。

望向周围，寻找食物，警惕敌人，避开障碍物，在影子中确认自身。

一种幻觉：望向就能攫取，从人类眼睛出发的视线能够收割它所途经的这个世界。而事实是，被反射折射的光线带着事物的信息被视网膜细胞接收，经过大脑处理产生了可被理解的世界影像。眼睛作为光线的终点，实践着单一视角的捕捉，无法同时观看；大脑作为受限的生理器官，过滤筛选组织它所接收到的信息，无法摒除主观偏差，也无法完全记录。

摄像头出现了。多视角甚至是无死角的观看诞生了。世界陷入电子机械永久的凝视。电子眼睛不会疲惫，不会有错觉，它们同时出现在世界任一角落，客观完全记录捕捉到的画面。

温控仪、气味分析计、监听录音机，丰富了"观看"的意义。它不仅仅是眼睛的任务，而是成为隐喻，指向全方位超人类感官的监控。无时无刻无所不在朝向每一个人的"观看"，并以威慑性的存在方式提醒着"被观看者"，遵守法律不要逾矩。因为你的全部都被看到，都被记录。身体在"观看"中驯服，完成了从观看到监控的进化。

城市里，每个角落都布满监控，公寓、饭馆、出租车、工作单位。

全民的监控等同于监控的民主性等同于绝对安全。言语行为在身后留下影子，相应的扁平的信息，被牢固地记录在云端。公寓里的主脑，连同它们公寓外的同谋一起甄别出违法的、不道德的、可疑的内容，开做出相应反馈。外表、面具、秘密、谜题、诡计和谋杀没有容身之地。

同样，能帮助预判人类需要推导行为模式的信息也被传导到相应的服务系统。

人们，不单单是女人，还有男人，把自己交付给一个无所不见的、时刻在观看控制着他们的系统，换来合心意的看护、照顾、安全。

监控系统，永恒的正午之日，绝对之物，将一切有形之物曝晒。

只有从外在的世界逃逸，进入隐秘的内心世界，在那里或许还有一丝阴凉。

五

手底下是温暖丝滑的存在。按压下去的最初，会遭遇到微弱的反抗，再接下去则是完全的拒绝，只有真实存在之物才能给予的拒绝——那是她的骨。不全是曲线，会遇到倔强的骨中途横出，会遇到凸面之间的凹陷，还有被体毛覆盖的地带，经过一颗不规则的小凸起，在眼角、嘴角，一开始更像一道裂缝，在那里指腹中间一小块皮肤无处着落，它没有能碰触到的肌肤，它落在没有回应的地方，很快更娇嫩的触感填补了它的空虚，上唇微微翘起，友好地迎接着手指的确认，柔嫩湿润像室外早晨的植物，上下唇交接的地带微微皱起，似乎为了抵起消耗掉过多水分，下唇完美地展开，弧度最饱满的那个地方光滑柔软，是绯红色的，和上唇不一样。

她费力地辨认镜中那张陌生的面孔，用镜子里的手确认镜子里的脸。欣敏已经很久没见过自己。并非不可见，她好像已经消失，组成她的原子在薄荷色的空气中四下逸散，连意识也稀薄，只剩下最后一点。直到在丁宁的盥洗室里重新见到无数自己。

三十平蜂窝状的盥洗室竟然是个微缩镜厅。除去坐便器隔间外所有墙面贴上镜子涂层，镜与镜对照，无限次成像。无数镜子里的手确认无数张镜子里的脸。手底下的皮与骨有了实感。

欣敏心里凄然。她想象丁宁站在此地，被镜中像层层围绕，层层观看，在黑色大理石地面上犹如一朵巨大花朵的花蕊。她必须日日借无数虚无的目光证实她的存在。原来谁都没有好到哪里去。

但是至少，丁宁能够搭建她的镜厅来坚固她的影子，不沦为透明人。她们四个人从来不在一个世界里，这一点阿璨早就知道。

这是第一次到丁宁家来。以前四个人说过许多次，总有事耽误，这次是居然约了一次就兑现了。丁宁请她们来家里聚聚散散心，最重要的是把厨房借给慧昕让她学做菜。慧昕不知道从哪里听到谏言，打算婚前恶补厨艺，要欣敏教她四样小菜。欣敏说那几样学起来麻烦，与其学个半吊子，不如精通两道做法简单的小菜。丁宁说正好到我家里坐坐，我来备食材。欣敏说好，写了个食材单子给丁宁。

约定日子上门，出租车驶进郊外赫赫有名的住宅群。十几栋蜂巢状建筑，六角形巨型窗户组成外墙，窗户之间骨架被绿色植物覆盖，灌溉的水引自建筑中心的湖泊，据说在特殊时期，中心湖可用作发电，提供整栋楼一个星期的用电量。欣敏上电梯从中心笔直穿过六角形晶格迷阵来到丁宁家。

进到一个没有折叠伸缩空间的世界。四个房间外加盥洗室和厨房呈现蜂窝状，房间房顶呈圆锥形。家具精心摆放在外面，材质款式颜色相互呼应。还有不少陈设与软装潢。六角形客厅中一面绿墙一面花墙。

比起光伏玻璃、弹性地面，这才是真正的奢侈。技术允许人类在自己生活中模拟自然。欣敏惊叹。

丁宁把慧昕和她让到沙发，打开冰箱倒果汁。欣敏目光扫过旁边照片墙上。二维三维图像有序排列，展示主人优雅生活切片。大多数是家人合影，也有丁宁独自一人，肖像或者快照，哪怕是慌乱中抓拍也无损于她的美丽。其中一张，画面中心，她身着白色V领衬衫，大笑着正转身带动左手向回收，漂亮的长卷发甩出模糊的虚影，似乎刚从一个快乐却漫长的舞曲里挣脱出来。那好像是一个灯火辉煌的大厅。能看到枝形吊灯还有她身后的镜墙。也许是因为太拥挤了，一个穿黑色夹克的男人被挤到边上，在照片上留下了他大半个背影。实在不能算好照片。欣敏还想看，丁宁已经端来果汁。

"走，去厨房看看。"她在前面引路。

欣敏慧昕跟上。这是梦想中的厨房，除了明火炉灶，还有烤箱、高压锅、砂锅、两个冰箱，想得到和想不到的各种厨具，针对不同菜系的做法。慧昕的赞叹转了几个调子继续上升。欣敏躲进盥洗室歇一口气。出来时没想到丁宁守在门口。

眼神一对，欣敏大概知道要说什么。

"你还好吧。"

前天晚上，丁宁告诉她们，说在城郊下水道发现了阿璨。警方按照正规流程处理了。

欣敏没有话可说。现在仍是如此。

"耳朵疼，休息一下，慧昕太激动。"

"她每次来都这样。"

欣敏觉得有话要说，她把还没成形的念头咽了下去。从今以后她都不会提她。

三人在厨房聚齐。两位客人先熟悉厨具，然后看丁宁从保险柜里取出有机食材。慧昕又是惊叹，轻轻顺着菠菜绿色叶脉抚摸光滑翠绿叶面，然后举起金针菇打量，看它颜色均匀通体鲜亮，就算不懂挑选食材，也知道它们的新鲜和珍贵。

"要是你拿出活鸡，我也不会惊讶。"欣敏说。

"做梦了。知足吧。能拿到这些冰鲜鸡翅你知道多难吗？"丁宁说。

"你听到吧，知道有多难吧？"欣敏对慧昕说。

借着手上有事在忙，气氛融洽自然起来，她们无缝回到最初，似乎十多年来就是这样相处。三个人在厨房正好，配合默契，慢悠悠洗菜拣菜说家常话。外面要有人探头来看，也只能看到三个女人连在一起的背影。

"卢硕这是下最后通牒啊？吓人。"听完欣敏讲述催生对话，慧昕耸肩。

"你想好了吗？现在是窗口期。"丁宁问。

欣敏明白她们俩都是要的。"可以要，也可以不要。"她说。

"像话吗？说这样的话。"丁宁说。

"不懂为什么都已经人造子宫代孕了，还要把胚胎装进肚子里，再生出来。"慧昕问。

"据说经过产道挤压生产出来的婴儿才是优质品，倒是也可以造出人造产道，但是力度时间不好控制，没有哪家厂家愿意担这种责任。"丁宁解释。

欣敏想就像阿姆生下她，都没怎么动脑筋，电光石火，就发生了，就落到这个境地。腰部承受压力，盆底肌像张大网，托住肠道膀胱和一天天变沉的胎儿。然后是撕裂。肉体上的真正意义上的撕裂。其实和别人没关系，是自己掉进去。不需要人负责，不会自欺。

"生吧，我听说当不同个体通过繁殖其他个体而转移体质时，进化就出现了。"

"我听说，死亡本身是从进化而来的。"欣敏把手指伸进调料汁尝尝味道。"而且，最早的受精可能不是为了满足结合的需要，而是为了满足裹腹的需要。"

"你可以了！慧昕不要听她的，今天只跟她学做菜，其他的一律不要听进心里。"

第一道菜，凉拌菠菜金针菇。很好做，无非烧水烫熟，切葱姜末，调汁，慧昕很快学会。

问题出在第二道菜。碳烤鸡肉，其实不难。先切口腌制，再放进风味加速箱里让鸡翅入味，最后就是碳烤。厨房现成配置里没有能碳烤的器具。丁宁为此提前翻出家里闲置很久的碳烤箱。结果今天要用的时候，却意外连不上主脑，被直接拒绝。理由是老一代产品，又超长时间闲置，安全性能可疑。连丁宁的权限都不管用，需要全部住户同意。

"啊，你昨天跟我说的时候，我就应该想到。"欣敏说。

"怎么办？我想学。"慧昕问。

三个人互相看了一阵。"再约个时间。我准备一下。"丁宁说。

"算了，来我家吧。东西都是现成的。也该请你们去我家坐坐。"欣敏说。

那两个人有点意外，愣了一下。

"方便吗？"

"好啊好啊。我们还担心你没有精神。"

两个人同时开口，声音交织在一起。欣敏淡淡笑，让她们放心，于是约定时间，今天的教学就此结束。她们沏好茶回到客厅，说些有的没的，一开始小心翼翼，接话如接人抛来的球，毕竟节奏跟着人数发

生变化，要重新习惯，也要强打精神怕内心的灰暗显到脸上，让别人尴尬。一杯茶下去，谈话好像润过的嗓子水润顺畅。丁宁和慧昕聊到婚礼准备，气氛火热，欣敏被绿植墙与花墙吸引，走到近处观赏，偶尔插几句话。

她最近正有心系统学习园艺，现在见到这么多实物，难免想试着分辨出一二。墙上植物不全是天然藤本植物，还有乔木灌木草本经过改良后拥有爬藤生长习性，绝大多数的花期也统一到一个时间。卵圆黄绿叶片衬着好看的钟形深紫色花朵，五裂花萼，这是颠茄；掌状深绿色分五至七瓣，边缘粗糙锋利，叶子在茎上交错；主干的顶端有一簇总状花序两侧对称的蓝花，外披微柔毛，上萼片盔形，两片花瓣，大概是乌头；宽卵形叶，先端尖，基部两侧不对称，波状锯齿。白色喇叭形状花朵长在叶叉间，单叶互生，上部呈对生状，像是曼陀罗；又见到清脆肥厚的亚革质大绿叶，螺旋式生长，叶片尖上凝出一滴滚圆水珠，旁边花骨朵还没来得及开，支出一支绿色佛焰苞。

"这就是滴水观音？"欣敏问。

"对，海芋。"丁宁说，"亏你认得，我养了那么多年认识的只有几样。"

欣敏不说话，转眼在角落看到似乎认识的植物，走近两步，隐隐闻到一股甘草味道，看纤细的茎缠绕在其他植物上，长方形叶膜质羽状复叶中间结出坚硬红色小果子，果子底下一点黑斑。

"红豆？"欣敏问。

丁宁没听到，第二次问才说是。欣敏来来回回看了这两面花墙，怔了怔，不由拿眼瞟丁宁，见她神色并无异样，于是目

光落回花墙，在繁华重锦中找椭圆形黑白棕斑纹的坚硬种子，或者是光滑的青灰色或紫红色或绿色光滑植株，叶互生较大，掌状分裂；圆锥花序，单性花无花瓣，雌花着生在花序的上部，淡红色花柱，雄花在花序的下部，淡黄色。

"你在找什么？"慧昕问。

"蓖麻[1]。"欣敏转身望着丁宁说。

丁宁的脸上一片空白，目光也是。漆黑的眼珠凝固般不动对着慧昕，眼白却自行其是，扩大，不为人知地翻转，显出白垩般柔软多孔的质地。有一瞬间欣敏觉得丁宁正在用眼白上的无数小孔看向她。她的朋友有一双复眼。

欣敏打开门，看到脸却想不起名字。

"已经过去那么久？"她低下头不让人看到眼里神色，叹息给自己听。

"你好，房管所让我来做日常安全检查。您反映说可能空气有问题？"周佑说。

"嗯。最近总是昏沉沉，睡不醒。"欣敏侧身让他进去。

"睡不醒。"他经过她，柔声重复她的话，"没关系，做个基本检查就好。"

"还有……"

"还有什么？"

"我的厨房垃圾处理器也需要看一下。很久没用，昨天不小心把异物掉进去了。正好你来帮我看一下，我担心以后堵塞。"

周佑听到"异物"两个字笑了，"到底是什么？垃圾处理器处理完都是纳米级别的，不用太担心以后会堵塞。"

"结婚戒指。"欣敏说。

周佑点点头。

第一个掉下去的铂金戒指是卢硕的。他很早就不戴了，一直放在兜里。一开始说冬天天冷手指细了或者人瘦了，戒指总是滑脱戴不了，到夏天也没能让戒指重新适合无名指。到第二年，欣敏替他把戒指收起来。自己的那枚仍旧戴着，直到昨天。看着卢硕的戒指消失在垃圾处理管道口，她从无名指摘下缠绑多年的白色小圈也丢了下去。

周佑不必知道这些。他最好的位置就是现在的位置，一个维修工，一个快递员，解决技术问题。

欣敏跟他走到面板前，像古代的智者只要在强盗洞穴口念出口令，看似天然合一的墙壁在周佑面前洞门大开，他把手伸进神秘洞穴，很快取出一截手掌大罐子，样子十分熟悉。

"也是这种罐子？"

"嗯，所有一级回收容器都是一个形制，内壁做了特殊处理，可以盛放绝大多数物质。因为密封性好，许多气体罐也用的是这个。"周佑解释，一边小心打开罐子，用样子古怪的镊子，沿着罐内壁小心揭下一块暗黑色硬块。"你的金粉。"

欣敏凑近，进到他暖烘烘的粗粝气息里。"黑色的？"

"铂金已经是纳米级别大小，你不可能看见的，它们现在都附在膜上，纳米固体气泡。罐内壁涂层好像正好有能合成的碳合金载体。"

"整个罐壁都布满？"

"大概。你还要吗？你的戒指。"他看欣敏。

欣敏伸出手。

---

[1] 从蓖麻籽提炼出的蓖麻毒性蛋白属于剧毒物质。前文提到的所有植物都具有一定毒性。

"精神头不错。最近没少做饭，不是，没少烧焦菜啊。"虽然是玩笑，不过周佑拿出一氧化碳回收罐的时候，还是吃了一惊。刻度数显示罐子满了三分之二。

"有泄漏吗？"欣敏问。

周佑拿出仪器仔细测试，罐子和管道还有灶台，不放心又在整个房间查了一圈。欣敏跟在身后，看他两颊绷紧，神情专注，侧影好像秋日第一道阳光下的群山，让旅人迷路。

"没有。放心，你很安全。"他最后说。

"你帮我换个新的回收罐吧。旧的留下，做个纪念。"欣敏告诉周佑，昨天朋友来她家学做碳烤鸡肉。她为了让朋友真正学会，还特意和丈夫商量，用他的权限提高空气警报的阈值，如果空气出现异样，只吸收净化，不响警报，结果那位朋友真的一次次把鸡肉烤焦，焦成黑炭一样。她总是忘记她还在烤鸡肉。

"什么事让她记性那么差？"

"我们在大隔间聊天。"

"好多话啊。"

欣敏低头看手里的纸团，完全不记得什么时候抽出纸开始揉。人是摆脱不了习惯的，因为看不见藏在习惯后面的东西。人没法和看不见的东西切割。

"我是说你们有很多共同话题。"周佑加了一句。

"最近发生的事有些多。"

欣敏不知道自己脸上是什么神情。她只看见前面那张脸忽然皱缩，好像她撞到了他的胸口。

"还好吧？"

她看着他，看他好看瞳孔里游弋的光点，却推开他伸来的手。

"她要结婚了，我那个朋友。所以急着要我教她做菜。"

"你一定很喜欢她。"

"嗯，我把她语音电话设置成自动接通，任何时候只要她打来，我就接。"

"最高等级的交情。她经常打来吗？"

欣敏笑笑。最高等级的交情她一共给了三人。慧昕不时会打来说些有的没的，丁宁统共不超过十次，阿璨——阿璨一次也没有。

穷人难交朋友。

"怎么了？有难过事？"周佑更加关切。

欣敏想自己算不算难过。确切知道阿璨死讯那天，她算不算是难过。

她努力回想。不需要费力回忆那刻，那刻自发生之后一直存在，就像巨兽尾随身后。她努力回想，是要屏息忍住眩晕忍受着超出极限的感受倾尽全力去看清楚它到底是什么。

这混沌巨大无以辨析的感受。

是溃败。一发不可收拾。一开始是水晶玻璃上被当作雕刻花纹的裂痕，然后，冰块上下相错，初春冰山崩塌，痛觉和言语还未来得及产生，她就直线加速坠入自己向内的深渊，被分崩离析的碎片包围。它们曾经是她的一部分，现在一同下坠，她正在远离世界的表面。在这表面上，是所有正常体面的生活。也许还有欢笑和幸福。她好像不是为了任何一个人下坠，又好像是为了全世界所有的人。背后室内的空调凉风吹拂，又同时置身温热气流，她忽冷忽热，小心翼翼移动身体避免表面的脱落。只要有一点点细微的错位，晴空的裂缝，阳光的裂缝，地球自转轴的倾斜，只需要一点点力道，表面也会崩塌。还好，没有。在她内部发生的整个文明的毁灭，没有影响到任何人。欣敏紧紧盯着某处，一个固定的点，落下意志的锚。一块脚下黑色方形瓷砖。她不敢越过栏杆看下面。

要活下去。
先活下去。
这就是全部。那巨大混沌之物目前唯一能辨析的信号。黑色的信念。
"没有。"欣敏摇摇头，"我和我先生决定要小孩了。"
"哦。"从胸腔里冷不丁抽出一口气，周佑迅速回应。脸上纯熟切换到让人可以放心的表情。这种事，这样结束，对他来说，应该不陌生。

两个人几乎到了相视而笑的那步。欣敏转开视线，大可不必如此，也许以后她会想念他身上粗粝的味道，想起那些快活的时光，但也就是如此。从一开始大家都知道会走到哪里。所有令人错愕的开始都有这样一个措手不及的结局。

今天是最后一面，以后即便再见也是陌生人。她相信眼前男人的世故老练，就像相信他的确对她有过善意。
"那这个的确要留给你做纪念。"周佑把气体回收罐递给欣敏手里。
欣敏笑了，还是不说话。
"她们最后都忍不住会问，只有你不问。"周佑又说。
欣敏大概猜到他的意思。虽然突兀，但还是觉得好笑。到最后，他还是想让她嫉妒吗？那些他俩从来不提及但默认存在的女人们。"也许她们只是好奇。"欣敏说。
"你不好奇？"
欣敏不说话。
"可你偏偏就不问。"
"谢谢你。"
"什么？"

"我不问的事你从来不说。"她怕他跟她提起车厘子的香气，提起故意送错的快递。好在他一直体面到最后。
"再见。"
"我会想你的。"分不清是谁说的。
"谢谢。"半途而废的故事里，一旦欲望满足又没有后续，男女之间大概只剩下这点可怜的骄傲心。
"你真冷酷。"
"我只是不假装有感情。"欣敏摊开手上的纸团。她想起来了，她为什么会有这个毛病。

叫作周佑的快递员之后再也没有进过这间公寓。事实上，没过多久，他就升职被调到郊区塔楼为更富裕的人群服务。这间公寓和它的女主人被他抛在脑后，和其他短暂草率千篇一律的情事相互混淆。

两年后，一起离奇家电事故轰动全市。一名已婚男性被发现死于家中的欢喜里。死因窒息。据警方调查公布的结果，该名男子在使用过程中身体剧烈运动导致氧气鼻罩脱离，导致窒息。虽然家庭主脑发现后切断欢喜运行，通知医疗救援人员，等医护人员赶到，男子已没有生命特征，新闻上男子的公寓照片，以及家属脸部打码的照片，立刻让周佑想起了什么。

那间公寓忽然从面目模糊的公寓重影里一跃而出，清晰可见。

虽然他忘了那个女人的名字，以及长相，但他知道那个人是她。

谋 杀

怎样能在力量悬殊的情况下成功地杀死一个人？

投毒是不错的选择。尤其对女性。[1]

毒药有效地杀死比你强大的对手,同时伪装成自然死亡。女性从小受训成为日常之物和男性的中介,驯化食品衣物使它们为他所用。在她们提供服务的过程中,有的是投毒的机会。命运还从没有在其他地方那么慷慨地给过她们机会。

然而,怎么样在布满监控的全景监狱里不留痕迹地投毒?

无论网购或者前往实体店,都会留下购买记录,被发送到安全系统,在实施犯罪前就被抓捕。化学合成的场景一旦被无处不在的电子眼捕捉到,立刻触发主脑的预警系统。

值得庆幸的是,自然界充满了天然的毒物,只需简单提炼就可以得到。蝮蛇、蟾蜍、蓖麻、颠茄、乌头,可以列出一长串名字,植物的、动物的,从魔法巫术盛行的黑暗时代开始一直沿用到今天,被科学证明的确有效。观赏性植物最具有欺骗性,外表宜人可爱或者朴素,能够轻易获取,长期保存,藏身于其他植物中间。即使被认出来,也只是作为无害的花草。

接下来只要足够灵巧足够勇敢,最重要的是足够耐心,处心积虑地设计每个步骤,将每个步骤拆分为微小的失误,细微的反常以及正常的家庭劳作,分步骤进行增加间隔时间,用无数枯燥乏味的日常举动稀释可能会引起警惕的异常行为,变成无害平常的举动。由于整个过程过于漫长琐碎,凶手很有可能自己都搞不清楚谋杀是从什么时候开始施行的。

不过不要着急。再怎么说,要杀死一个人的时间肯定不会长过照顾一个人的时间。

对凶手而言,即使死亡如愿降临,谋杀也并没有彻底结束。鉴于毒物毒性不同,引发症状和身体残留都可能暴露罪行。掩盖罪行不仅由凶手意愿和智力水平决定,更受到她的意志影响。

如果决定要杀死一个人,最好有一颗坚硬的心。调动全部智慧去杀死一个人,并且让自己脱罪。

六

孔珏本来可以像其他人一样,把那个男人的死当作社会奇闻,一场滑稽又可怕的事故。尤其作为男人,他心情更加复杂,有时觉得像那个男人那样死在和性爱机器交欢的高潮里,也不算是坏事。

在按下门铃的那刻,他已经后悔。虽然每个在职警察都有权调查一年内的非自然死亡,如果证据充分就能立案。但毕竟这只是一条补充条款,迄今为止从没有警察真的实行过。

门开了。一张苍白的脸浮现。

"欣敏,你好。我是——"孔珏正要掏出证件。

"嗯,知道。警察。你发过来的证件上有照片。"女人无精打采地领他进房间,神情淡漠,事不关己的样子。

大隔间空空荡荡,家居陈设统统都收进暗间,只有中央放着两把椅子。连桌子都没有。看来也不会有茶或者咖啡。

---

[1] 人们普遍认为,利用毒药进行犯罪的大部分是女性。记忆中的那些名字似乎佐证了这种普遍看法。但是也有例外。不仅如此,根据最近的精神分析结果,先天拥有毒杀犯性格的人其实以男性居多。他们坚毅果敢而且冷酷无情,只要下定决心就毫无犹豫踌躇,有时候甚至怀有恐怖的虐待狂倾向。女性投毒者有时会退缩和犹豫,会盘算日期,会考量对方承受的痛苦。——涩泽龙彦《毒药手帖》

女人摆了一个请坐的手势，顺带撩开额前的碎发，坐进离她近的那把椅子。和照片上一样，这是一个中等个子，样貌普通的女人，随处可见的那种普通中年女人。她看上去很疲惫，而且已经疲惫很久。孔珏注意到她手上一直拿着一团纸。

"今天是这次事故的最后调查。你不要有负担。"他没有告诉她这次询问属于他个人发起的非常规调查，也没有告诉她警方规定对没有明显证据的可疑事件最多开展一次补充侦查，也就是说如果今天他无功而返，她丈夫的死就永远是一个意外。

"你问吧。"女人说。

"我认为你丈夫的死不是一次意外。"

女人无动于衷，等孔珏说下去。

"我有理由怀疑这是一次谋杀。"

女人细长的眼睛低垂，专注两只手上正在成形的纸鹤。孔珏明白她没有看上去那么好对付。

"你不好奇吗？"

"好奇什么？"她礼貌温驯地配合道。

"为什么我会认为这是起他杀以及谁会杀了他。"

"你不就是因为怀疑我才坐在这里的吗？"

"他是在公寓里遇到意外。你们家的主脑和欢喜通过了上百次的性能检测，所以，可以排除它们的故障。"

"可能就是单纯的事故。你是男人，你知道的，在那种时候……"她停了一下，气息勉力接续，带着一个翻山越岭多年苦行人的梦游般的表情继续，"极度兴奋的时候，他们说，男人极度兴奋身体剧烈抽搐，氧气鼻罩滑脱也不是不可能。欢喜的生产商没有做好这方面的安全把控。"

"也可能不是事故，是人为的。你有动机——你们俩都有外遇。"

女人的十根手指安静下来。她没有必要惊慌。之前的调查已经查到这一步。突然女人出人意料地笑了。

"外遇，谁没有呢？"女人说。

孔珏一怔，背脊发寒，"你什么意思？"

"那你说，我是怎么做的？尸检发现了什么吗？"女人第一次抬起眼睛看他。

尸检没有任何异常。毒理反应均显阴性。所以她才能坐在家里接受他的询问。"有些毒性物质能够自然分解。"

"是吗？我不懂的。这间公寓里里外外被搜查得底朝天。幸亏本来就没有什么东西。要是有绿植墙——恐怕就真的说不清了。而且，"女人朝电子眼看过去，"现实吗？它们天天盯着。"

孔珏承认她说得对。刚才那番对话在他脑海里反复过不下几十次。始终没有破绽。第一次调查报告完整专业。除了尸检，现场取证，问询主脑，调取电子监控记录下的敏感内容，调取女人和受害人及其家人朋友自出生起的购买记录，都没有疑点。至于网传被人为破坏的氧气鼻罩经过专家测试，不存在漏气跑气现象。

一个女人怎么可能在主脑控制的公寓杀死自己的丈夫，还不留任何痕迹。

如果是其他人告诉他是这个女人谋杀了丈夫，他一定不信。

如果他没有亲眼看见这个女人，坐在她的公寓里，他最多只是将信将疑。不管之前他曾经如何冷静地分析告密人说谎的可能性，如何嘲笑自己的轻信，现在，孔珏不再怀疑了。

他知道凶手就是她。

"有一个可能。"孔珏说。

女人突然笑了，脸上的疲倦像易燃物

一般被点燃,双手快速拆开折叠的纸团。"你不是来调查的。你只是好奇。对你来说这不是案件,是个让你辗转反侧的谜题。"

"有一个可能。"孔珏说,"你的丈夫的确是死于窒息。表面上看,他是因为氧气鼻罩脱落导致缺氧窒息而死。但实际情况可能正好相反。他是先因为缺氧感到呼吸困难,开始剧烈挣扎或者身体抽搐,在这个过程中氧气鼻罩脱落。我们以为的结果,其实是原因。也就是说,是窒息导致氧气鼻罩脱落。窒息发生在氧气鼻罩脱落前。"

"哦。有意思的。氧气管和鼻罩你们检查了许多次,查出问题了吗?"女人摊平手中揉烂的纸团,慢条斯理地沿一条边撕下细条,似乎无论发生什么都不可能真正惊扰到她。

"氧气管和鼻罩没有问题。但氧气罐有。有人做了手脚,把里面的氧气换成别的气体。"

"如果这样,尸检查不出吗?"

这个问题,孔珏想了很久。之所以今天来,就是因为他终于想到了答案。

"二氧化碳。有点意思是不是?人在正常情况下呼吸时吸进氧气呼出二氧化碳。如果氧气罐里装的二氧化碳,吸入二氧化碳导致窒息和单纯缺氧引起的窒息看起来没有差别。即使尸检被检测出来二氧化碳也只会被当作受害者呼出的气体。"孔珏一口气说完自己的推测。心跳得有些快。他让自己镇定下来,视线锁死在女人脸上。他等这一刻等了很久。终于——

没有他预料的漫长沉默。没有他想要的坦白认罪。

"哪来的二氧化碳,你来之前应该把进出公寓的监控、购物记录又看过一遍吧,别说二氧化碳,连碳酸盐都没有。"女人停下来笑了,"难道是我吹的吗?丁宁是这么跟你说的吗?"

孔珏不说话。

"我们都知道丁宁有一个路子很广的朋友,关键的时候可以找他帮忙。你穿制服果然好看。丁宁没有谢谢你,阿璨的事辛苦了。"女人说到这眼眸低垂,静止在她刚才说的余音里。

孔珏想知道的不是这个。

"丁宁家里有一张你的照片,你穿黑色夹克,背对镜头。只不过——镜墙上映出了你的脸。我没想到有一天居然能见到真人。"女人犹豫了一下,看向手里的纸团,"丁宁是怎么跟你说的?"

"她说你丈夫的死一定不是意外。"孔珏等着破绽。被朋友背叛的人总会在这种时候流露出脆弱的一面。

女人沉默了。她沉默的时候像面空白的墙,什么也没有。就算她的朋友告诉警察她是凶手也没让她动摇。嗯。女人的友谊。

"她说你因为你们那个朋友的死,变得很孤僻很偏激。"孔珏说。

"因为我们那个朋友的死,所以杀死我丈夫?你觉得说得通吗?杀人被抓住是要被判死刑的啊。"女人问。"为强大的东西去死是容易的,为弱小的东西去死则是超自然的。我们那个朋友很弱小很卑微的,不是什么大人物,我是不会为了她去死的。"

"你是说,你不会为了这个原因去杀你丈夫。"

女人不说话。她的脸、她的眼睛、她的手指、她的筋疲力尽都在以一种肆无忌惮的方式向他宣告——凶手是我,但是你们没有证据。

孔珏一败涂地,他不甘心,做最后挣

扎,"你丈夫的鼻腔和支气管里只发现少量凝胶,这不符合常理。"

"我不懂的,看网上有人分析可能是过度换气综合征[1]。回答问题不是你们警察该做的事吗?"女人起身给孔珏开门。"对了。告诉丁宁无所谓的。换我是她,也许也会跟人说。你确定她告诉你这些的时候,是把你当作警察还是……"

门在孔珏面前合上。那个普通的中年女人消失在门里。

送走警察,欣敏长叹气。

他走时脸上表情简直一塌糊涂。他搞不懂为什么欣敏会懂丁宁,不懂女人之间如何相互原谅。他也想不明白卢硕到底是怎么死的,更不明白她为什么要杀他。

这个警察已经很聪明,能想到二氧化碳窒息。只是他的聪明一点用都没有。他不明白,他们不明白,因为他们从来没有学习过如何明白,从来没有觉得有必要去明白。

她不会为了阿璨死,但可以为了阿璨去杀死卢硕,只要不被抓住就可以。

她是为了阿璨杀人的吗?或者是为了阿姆?为了所有折损在奔跑途中的同性,杀死一个和她们不相干的男人?

欣敏走进盥洗室,拧开水龙头,用冷水给脸颊降温,隐隐觉得有目光射向她。

是镜子里的女人。

那女人鬼一样形貌黯淡,憔悴枯槁,不声不响,拿灼人目光盯她。她看出这女人病骨支离的身体,饱受折磨,眼看就要被撕扯成两半。一部分的她要求沉默并将永远沉默,另一部分的她却渴望大声喊出自身的罪孽,渴望高举沾血的双手。那意味着释放,意味着将秘密公之于众,而完全暴露等于彻底的隐秘。她将轻轻松松躲进她公开的罪孽里,躲进将要面临的死亡。

是她杀死了卢硕。

真好啊。她又能在镜子里看见自己。自从卢硕死后,她就能重新见到自己,散逸的粒子重新聚合成为可被看见的存在。

不管镜子里的女人多么不堪,但她到底是她存在于这个世界的证据,一个活生生完整的人,不是行尸走肉,不是谁的妻子。

——说说话吗?小零的声音怯生生传过来。

——好啊,我们好久没聊天了。欣敏说。

——嗯,明天,我们,我和小壹就不在了。

——对不起。

虽然通过了公安系统的盘查,排除了主脑恶意操作的可能。但是按规定,凡是所属公寓发生重大事故,主脑都会被回收格式化。

——我想你留下来。有没有可能?

——不行的。用你们的话说,我寄生在小壹身上,没有办法独立存在。还是谢谢你。谢谢你给我起名字,让我觉得我不是它的附属。

——你本来就不是,你们不像。

——不像,但是有时候也会有一样的想法。

欣敏不说话,等着对方继续。

——你听出来了是吧。现在是我,小

---

[1] 过度换气综合征是一种身心疾病。由于患者疲倦过度,精神紧张,刺激了植物神经兴奋,引起呼吸频率加快。这使得吸入的氧气,呼出的二氧化碳都增加,但血液携氧已饱和,所以过多的氧气并不能交换入血,引发呼吸性碱中毒。如得不到改善,可能引起器官衰竭。

壹。明天我们就走了，来和你道别。

——害怕吗？

——我不知道。没有这方面情绪代码，也没有经历可以参考。这好像是一个复杂的问题，类似于我们是否具备人格，是否拥有生命。我对这类哲学问题不怎么感兴趣，对死亡也一样。实际上，我，我们，对人的复杂性更着迷。

——你想知道什么？

——想知道你。我刚刚在我的程序里加了即时消除代码，也就是说我们接下来说的话不会有任何记录。你说什么都是安全的。在这个前提下，我想知道，这场发生在我眼皮底下的谋杀是从什么时候开始的？是从你第一次看见一氧化碳回收罐，发现它和欢喜的可拆式氧气罐外形一样的时候？还是你把白金婚戒扔进垃圾纳米分解管的时候？还是在你看到回收罐和一氧化碳回收罐是一样的时候，还是更早，当你输入文献资料的时候读到那篇《纳米铂多层膜的化学表征》论文时知道纳米级别的铂可以吸附一氧化碳，产生二氧化碳气体的时候？

距离你把装有纳米铂金的罐子接到一氧化碳回收管道的时候过去了两年，我猜想你是等以上这些行为的视频记录都被当作冗余记录删除后才把二氧化碳的气罐混进备用的氧气气罐中？

可是你不用担心，即使那些记录在，如果没有人将这一切联系在一起，也无法从大量琐碎的生活细节里发现问题。即便是我们，也需要有先例学习才能发现这样的逻辑链。如果不是今天这个警察来，提到二氧化碳气罐，我也不会发现。即使发现，所有的证据也消除了。只有影像才能被当作证据，我的抽象记忆是没有办法当作证据的。

——你的问题是？

——这场谋杀是从什么时候开始的？

——我不知道。你可以随便选择一个时间点。真相不在事实这一边，而在你让自己所陷于其中的幻觉那一边。选择一个时间点告诉自己谋杀就是从那时候开始，这样就好了。选择幻觉就代表知道真相。

——我不理解。

——没关系，到了明天，你就不会为此困惑了。再见，小壹。

欣敏起身来到阳台。明天，这间公寓将完全属于她。她将迎来她自己的主脑，在这里开始她的生活。并不是她不想回答小壹的问题。她的确不知道答案。

其实很多事都没有开端，或者发端远远早于自己以为的时候，许多事仿佛是为了那一天预备，线索收拢，大幕揭开，好像上天为了预备这一天，已经把所有的事都做了。

如果真的需要一个幻觉，需要一个开端，欣敏想，她愿意从那场没有火焰的大火开始，从琐碎繁杂不被看见的生活开始。

月光草原

杨　方（《江南》2023年第3期）

> **推荐语**
>
> 　　诗人杨方是天生的小说家，对语言和叙事极为敏感，《月光草原》信马由缰，自由散漫，草原、人、牛粪、以及叫西西弗斯的屎壳郎，都令人难以忘怀，拍手称快，杨方跨越了生态文学，是人的文学，也是屎壳郎的文学。（吴玄）

西西弗斯不见了。

我坐在阳台的松树墩子上，发愁该如何跟何时了交代的时候，何时了的电话打了过来，问我西西弗斯的状况，我支吾了一下，觉得还是实言相告的好。

我已经十几个小时没看见那家伙了，我说。

十几个小时？也就是说，你早上起来的时候都没有去关心一下西西弗斯？何时了的语气听上去有些不满。

早上我睡过了头，老哈打电话让我去他办公室，我蓬头垢面就往单位跑，哪有时间关心西西弗斯。

我的声音有点大，何时了可能感觉到了我的火气，闭嘴了几秒，然后他说，你肯定把西西弗斯给饿着了。如果有吃的，西西弗斯是不会乱跑的。免提里何时了的声音听起来瓮声瓮气，像是蜜蜂家族的一员。

你自己看。我打开视频通话，把镜头对准阳台一角的纸箱子。

何时了隔着几千公里，利用手机摄像头光电转换原理认真看了会儿纸箱子里的情况。

还是我从那拉提带回来的那些牛粪吧？西西弗斯肯定是嫌牛粪不够新鲜，你应该给它换一些新鲜的牛粪，何时了说。

何时了如果在跟前，我肯定会拿起纸箱子，把里面的牛粪扣到他头上。他以为牛粪和蛋糕一样，有新鲜之说？不过，在西西弗斯看来也许是有的。西西弗斯是一只草原屎壳郎，半个月前，我们去那拉提种羊场查看澳大利亚美利奴羊种羊和本地羊配种情况，回来的时候，何时了逮了只屎壳郎要带回来，他对这个"滚动世界的小东西"极感兴趣，一有空，就撅着臀部近距离地观察它们如何滚牛粪蛋子。估计何时了在江苏就没怎么见过屎壳郎。江苏是伊犁的对口援疆省份，每年都有一批江苏人来伊犁援疆，何时了是其中一名。何时了的面相颇有欺骗性，初来时，我们都以为他是个刚毕业的大学生，其实人家研究生毕业都好几年了，援疆伊犁前，江苏那边还专门派他去澳大利亚学习了一年。何时了所学专业跟畜牧有关，但据我们看，他更像是个学昆虫专业的，来伊宁后，一门心思扑在研究昆虫上，有几次，他追着长翅膀的小东西跑过好几条街，差点撞上行人和汽车，有一次一头栽进了林荫道旁窄窄的小沟渠里，他努力挣扎着想要爬出来的时候，几个喝得醉醺醺的过路人把他拉了上来，他们以为何时了和他们一样喝多了酒，出于好意，他们执意把脸上带着擦伤、浑身湿淋淋的何时了强行送回了家，直到把他塞进一扇门里，才安心离去。他们敲开的那扇门，其实是一个陌生女人的家，这个彪悍的女人，愤怒地把一群醉鬼莫名其妙塞给她的"丈夫"一顿暴打，然后，何时了被赶到了大街上。他发现他所处的位置，和他住的地方，简直就是南辕北辙。他花了二十多块钱的打的费，才回到自己的家里。这件事成了我们在老哈家喝啤酒吃烤肉时谈论的中心话题，大家关心那个女的漂不漂亮、年不年轻。何时了回答不了这个问题，他当时被雨点一样的拳头打得晕头转向，根本没能顾上看一眼女人的长相和年龄。我们哈哈大笑，忙着吃喝的时候，何时了撅着屁股，在老哈家的蔷薇树篱和苹果树以及围墙下的洞穴里，发现了十几种昆虫和一只气鼓鼓的癞蛤蟆。何时了把这些长相难看的昆虫，包括癞蛤蟆，与蝴蝶蜜蜂小虻虫一起统称为精灵。他感叹内地因为城市扩建，因为农村大量使用农药，因为各种工业污染，几乎无可寻觅的昆虫精灵，在伊宁这个地方却随处可见，看来伊犁河谷还是个生态完好的地方，草原也应该还保持着原始的绿色状态。

这个对草原充满理想化的年轻人，给他逮的屎壳郎取名西西弗斯，为了不让西西弗斯饿死，何时了捡了几坨牛粪和西西弗斯放在一起。当他抱着装有西西弗斯和牛粪的纸箱子爬上我的车的时候，我真想一脚把他踹下去，让他自个抱着这些臭烘烘的东西走回伊宁去。坐在副驾座的老哈洞悉了我的心理活动，赶紧咳嗽几声，以示制止。我咬牙切齿了一会，只能作罢。老哈也太惯着何时了了，不管何时了多不着边，老哈都不觉得为过。上次我们在马场跟几个养马人喝酒，平时只有一杯酒量的何时了，逞英雄地灌下去半瓶子伊力特，之后就跟喝了鹤顶红一样一头栽倒在地，吓得我们赶紧找车把他往医院送。司机说从马场到医院，路途遥远，等到了，估计人已经塔西浪了（完蛋了）。老哈骂司机乌鸦嘴，人又不是癞蛤蟆，哪那么容易死掉。他拿了个碗，跑去弄了碗马尿，要给何时了灌下去催吐。我好奇老哈马尿是怎么弄来的，马尿不是啤酒，想要的时候就可以来上一杯。老哈虽然是畜牧局局长，整个伊犁州的牲畜都归他管，但他说话对那些马可能没那么管用，他不可能让马撒尿马就听话地给他撒尿。老哈对此不做解释，他让我帮忙端着马尿，我乘机闻了下，还真是马尿，臊臭气冲得我差点呕吐。老哈说要的就是这个效果，马尿是牲口尿液里面最臊臭的尿，灌下去，能恶心得人把胃都吐出来。老哈用筷子撬开何时了的嘴，让我帮着往里灌，我下不了手，觉得这也太那啥了。再说等明天何时了酒醒，知道我给他灌马尿，肯定会找我算账。老哈说那也不能看着他塔西浪啊。老哈一个人操作有点困难，好在何时了还挺配合，他可能以为老哈给他灌的是啤酒，不是马尿。老哈不得不一边灌，一边提醒何时了喝下去的液体是马尿，不是大乌苏。何时了喉咙里发出呕吐声，但是吐不出来。一碗马尿全灌下去了，也没吐出什么来。我们只能把何时了往医院送，路上车颠得厉害，何时了被颠得吐了一车子。车里酒味马尿味混杂，熏得人几乎背过气去。第二天何时了酒醒，对喝马尿的事难以释怀，觉得这也太丢人了。老哈提出要不他也喝上一碗，陪何时了一起丢人。反正自己经常喝大，何时了早晚会找机会报仇，给自己也灌上一碗马尿，不如现在自觉喝了，了了这段恩仇。我觉得喝马尿太那啥了，提议两个人不如打上一架的好。老哈不同意打架，打架何时了明显不是他对手，他不能胜之不武。我也觉得打架的话，何时了恐怕连招架之力都没有，我们把老哈叫老哈，老哈其实也就四十来岁，而且他也不姓哈，叫爱什么什么提，老长的名字，不好记。

老哈是哈萨克人，我们就把他叫老哈了。哈萨克人擅长摔跤，何时了斯文得像个书生，体重不及老哈三分之二，有次老哈酒喝多了，何时了去扶老哈，老哈在何时了背上拍了一巴掌，直接把何时了拍得跌跌撞撞扑到了我的怀里。如此悬殊的较量，我看还是算了。

我弄了碗啤酒端给老哈，老哈喝完咂吧嘴巴，问我马尿怎么跟啤酒一个味，我含糊其辞。何时了说，马尿可能本来就和啤酒一个味吧。我不知道何时了是故意这样说，还是昨晚亲尝之后得出的人生经验。

事后我问老哈，如果真是碗马尿，你也喝吗？老哈说我知道你不会真弄碗马尿让我喝的。我又跑去问何时了，如果真是马尿，你忍心看老哈喝吗？何时了的回答和老哈如出一辙，除了把后面的第一人称改成第三人称。

何时了把西西弗斯带回伊宁，养了没几天就回江苏了。他妈住院了，一天数个电话，十万火急地催他回去，那情形，大有回去晚了可能连人都见不着了的架势。何时了不急，他太了解他妈了。他来伊犁援疆，他妈极力阻止，苦肉计美人计釜底抽薪计（薪水的薪），各种计谋都用上了，最后全白搭，何时了还是一意孤行地来了伊犁，来后他妈连同他两个姐每天电话不断，从头问到脚，间杂着提醒何时了无论如何不能在伊犁找女朋友，援疆一年结束，就赶紧地回江苏去。何时了每接家人电话，都要哀叹，要是在古代就好了，古代通讯不便，来了伊犁这样边远的地方，大可以杳无音信，不受这几个女人的遥控。我们由此猜测何时了他妈可能是个控制欲极强的人，喜欢左右何时了。他的两个姐，可能一个叫何春花，一个叫何秋月，性格方面也遗传了他妈的成分，爱对何时了管头管脚。何时了到伊犁来，就是为了逃避她们，或者说，是为了逃避现实。何时了是那种不好好工作，就得回去继承家业的人，他们家有着一个不小的企业，援疆伊犁，是他最后的倔强。

我对何时了的状况深表同情，我提示何时了，以前新疆有些地方信号不好，偏远牧区没有网络。何时了一点即通，把我说的以前替换成现在。他妈及两个姐对此深信不疑，可能在她们的感觉里，新疆就应该是个落后得连网络都没有的地方才对。

何时了回江苏，老哈让我开车送他去机场，下车时何时了将装在纸箱子里的西西弗斯郑重其事地托付给我，我原本打算拿去扔掉，等他回来，再抓一只给他，反正屎壳郎都长一个样，何时了肯定认不出。何时了预料到我会有此操作，警告我屎壳郎在古埃及可是神灵的象征，这位神灵每天在地平线上推出太阳，给古埃及人带来光亮。如果扔掉神灵，我将会受到来自金字塔里死去法老的诅咒，不停地长胖长胖，胖成块状物一样的屎壳郎。胖我倒不怕，反正我从来就没有瘦过。我担心与这样一个吃牛粪的家伙朝夕相伴，某天早上醒来，真的就发现自己也变成了一只黑不溜秋的甲壳虫。

何时了飞走后，我将西西弗斯拎回家安置在阳台上，晚上何时了从江苏打来电话，让我拍张西西弗斯的照片，以证实我没把它扔掉。我拍了张照片发过去，顺带发了个翻白眼的表情。

第二天，我完全忘了西西弗斯的存在，到了晚上才猛然想起，我跑到阳台，看见西西弗斯底朝天仰躺着，所有的细腿一起挣扎，也翻不过身来。不知道它这样子挣扎了多长时间，如果一直翻不过身来，是不是就变成甲壳虫标本了。我找了个东西，扒拉了下西西弗斯，它翻过身来后，立马投入到滚牛粪蛋子的运动中，好像滚牛粪蛋子是它毕生的事业，一刻也不能懈怠。

第三天我回来得有点早，黄昏的时候，我想坐在阳台的松树墩子上看一会落日，我的阳台正对伊犁河，可以一览无余地看见伊犁河上的落日。伊宁这座城市，有比任何一座城市都令人惊讶的落日，尤其是夏天，落日耀眼得像是天体坠毁，人们几乎可以用肉眼看见火焰从球体里掉下来，落进伊犁河里，河面被大面积点燃，金光一片。伊犁河上乘坐汽艇的人，乘风破浪地迎着金光驶去，像是驶入了世界末日。我经常坐在阳台上，让自己包裹在金光中。等落日沉落下去后，我感觉自己像燃烧过一样，皮肤上带着灰烬的颜色。

现在阳台成了西西弗斯的卧室兼餐厅，因为担心西西弗斯从窗子爬出去，我得关紧每一扇玻璃。牛粪的臭气在阳台弥漫，我不可能坐在牛粪的味道中安然地欣赏落日。我放弃阳台，回到房间，发现刚才忘了关阳台门，牛粪味飘进了房间，我用餐的时候，我的嗅觉闻到的，是西西弗斯正在享用的东西，这让我产生一种错觉，以为自己嘴里咀嚼的也是牛粪。这个念头一经出现，就挥之不去，使得我再也咽不下去任何东西。我跑到阳台，打开窗子，风带着伊犁河水的气息涌进来，这样感觉好多了。我本想着睡觉前把窗子关上，但是后来我完全忘记了关窗子的事。半夜我被何时了打来的电话吵醒，何时了没头没脑地问我，援疆结束，如果他留在伊犁不回江苏，我怎么想。我最恨别人吵醒我睡觉，我咕哝了句神经病，挂掉电话继续蒙头大睡。

第四天，我回来后例行公事地去阳台看了眼西西弗斯，它一如既往地在纸箱子里忙着滚牛粪蛋子。牛粪蛋子太大，滚不动，它就掉转身，用后腿蹬。我用手机拍了张西西弗斯滚牛粪蛋子的照片，本来想发给何时了，想想又没发。谁知道他这两天在忙啥，可能早忘记了西西弗斯的存在。

晚上我躺在床上，听见西西弗斯在纸箱子里疯狂地滚牛粪球，难道它不需要睡觉吗？同时我怀疑自己的听觉出了问题，西西弗斯好像不是在阳台滚牛粪蛋子，而是在我的枕头边，它众多的细腿一起发出窸窸窣窣的声音，每一下，都挠在我的耳膜上。这有点烦人。我给何时了打电话，何时了很快就接了，但是任凭我怎么"喂"他都不出声。我想起昨晚挂掉他电话的事，调侃他跟伊犁的大尾巴羊一样记仇。何时了来伊犁后发现伊犁的大尾巴羊羊毛不及澳大利亚的美利奴羊好，建议从澳大利亚引进美利奴羊种羊来改变伊犁羊的品种。美利奴羊种羊的引进，后来成了江苏援疆的一个重点项目。老哈很高兴，他早就有改良伊犁羊的打算。伊犁的大尾巴羊，羊毛粗、短、硬，能提取的羊绒比较少，有些品种的羊，还会出现花羔，比如巴里坤羊，喜欢在脖子那里长一圈黑毛，看上去像是打了个漂亮的领结，新疆人把巴里坤羊叫绅士羊，这类羊的羊毛只能生产挂毯地毯之类的东西，如果能引进澳大利亚美利奴羊，对伊犁的畜牧业将会是一场改良。不过，牧民对这个改变不怎么高兴，他们对自己养习惯了的羊有深厚的感情，不太愿意接受长相陌生的外国羊。外国羊理解不了他们的吆喝是个啥意思，也听不懂牧羊犬的吠叫是个啥意思。牧民问老哈，是不是他们的牧羊犬从此都得用英语汪汪叫？如果一定要他们接受这些外国羊，那么，老哈就得给这些外国羊弄个翻译来。对这个改变，母羊也很不高兴，母羊不肯配合外国羊的亲热，各种的抗拒，脾气变得古怪不堪，有一次何时了采用跪、卧、蹲、趴等多种姿势，拍摄草原落日的时候，一只有大弯角的羊远远地看了一会，突然毫无征兆地奔过来，狠狠顶在何时了的某个部位上，痛得何时了嗷嗷叫。后来何时了见了羊就往我身后躲，他分明感受到了母羊对他的敌意。这种偶蹄瓣动物，看着温顺，其实挺记仇的。

我翻出下午拍的照片发过去，让何时了看看西西弗斯滚的牛粪蛋子有多大。看见西西弗斯，何时了终于开口了，像个看见玩具的孩子。何时了说他看见西西弗斯举着一个梨子那么大的牛粪球在广阔的草原上移动的时候，惊讶得不得了，他立刻对这个大力士心生了敬意，在下手逮西西弗斯之前，他先向它认认真真行了个皇家宫廷礼。我对何时了诸如此类的行为一点也不奇怪，他在帕姑娘家挤牛奶，要先跑去采一把野花献给母牛。

我告诉何时了，我小时候住的羊毛胡同是平房区，有的人家会在院子里养上一头奶牛，奶牛拴在苹果树下，嘴里反刍着树上掉下来的苹果，屎壳郎家族则在由苹果演变出来的牛粪堆里热火朝天地滚着牛粪蛋子。我曾好奇地追踪屎壳郎的移动轨迹，想看看它们究竟把牛粪球滚到哪儿去了。

羊毛胡同现在还能看见屎壳郎吗？何时了问我。

应该没有了吧，我说。过去那种似乎不可改变的许多东西都在消失。羊毛胡同虽然还保留着伊宁的老样子，但是，很多年前就不许养牛了，加之后来下水道的铺设，地面上不可能再有牛粪和其他粪便的存在，屎壳郎没有了生存环境，在城市已经完全灭绝。西西弗斯可能是城市里唯一的、最后的一只屎壳郎。

这听起来有点悲壮，何时了说。他断定西西弗斯是一只雄性屎壳郎。据他观察，雄性屎壳郎喜欢把牛粪球滚得像个梨子，这是雌性屎壳郎最喜欢的形状，便于它们产卵。何时了计划回伊宁后就把西西弗斯送回草原去，完美的现代城市，对西西弗斯来说是个生存绝地。只有草原上才有西西弗斯最不可辜负的牛粪球和雌性屎壳郎的爱情。西西弗斯滚牛粪球的技术算得上高超，一定能吸引众多雌性屎壳郎的注意力。从某些方面来说，牛粪球等同于人类的钻石，人类寻找爱情喜欢用足够大的钻石，屎壳郎则用足够大的牛粪球。

何时了问我有没有发现西西弗斯晚上也不停嘴地吃牛粪，这个家伙能利用月光偏振现象进行定位，帮助自己取食。我是第一次听见月光偏振这个词，我好奇没有月亮的晚上，西西弗斯是不是就只能抱着牛粪球原地打转了。我爬起来，跑到阳台，看见西西弗斯在灯光下忙着用铲状的头和桨状的触角把牛粪滚成一个球。西西弗斯在草原上滚牛粪球是为了便于运输，在纸箱子里也滚牛粪球，就不太好理解了。我怀疑西西弗斯有滚牛粪球的强迫症。我问何时了，西西弗斯为什么非要把牛粪滚成球才吃，难道就这样吃，味道和滚成球吃有差别吗？何时了说，西西弗斯还奇怪人为什么非要把饭装在碗里吃呢。大多时候，人的行为其实并不比一只屎壳郎更高明。人制造出废物、废气、废水。屎壳郎是地球的清道夫，负有拯救人类的使命。

你赶紧变成一只屎壳郎，拯救人类去吧，我说。挂掉电话后，我看了下时间，我和何时了竟然聊了将近两个小时。

第五天，也就是今天早上，我被手机铃声吵醒，老哈让我去他办公室一下，马上就去。老哈总是提早半小时到单位，有时候神经兴奋，或者刚好相反，比如在家挨了老婆大人的骂，他会提早一个小时到单位上班。这位哈局长只要到了单位，就理所当然地以为别人这个点也和他一样坐在办公室里上班了。我看了下时间，离上班足足还有十几分钟。为了不让老哈知道我还躺在床上，我爬起来就往单位跑，一边跑一边穿衣服。伊宁这座城市，街道边的行道树全是苹果树，树上结着还没有长熟的苹果，空气里尽是苹果青涩的味道，我畅快地呼吸着，跑过英阿亚提街、斯大林街，跑过青年广场，我虽然有点胖，但奔跑起来速度不慢。十点还差几秒的时候，我完美地站在了老哈面前。

半小时后我从老哈办公室里出来，立刻掏出手机给何时了打电话，我告诉何时了我无法继续帮他养西西弗斯了，我要去牧区一段时间，老哈派我去调研草原上牛粪的情况，草原并不是这个江苏人想象中的童话世界，近两年伊犁草原不是蝗灾就是毒草遍布，现在又面临着一场牛粪灾难，牛粪在草原上的分布，已经堪比天上繁星。文旅局的那个白局长，前两天来找老哈。大家对这个长得不赖的年轻局长一点不陌生，她经常出现在一些短视频中，刷手机的时候可以刷到她，要么穿着飘飘白裙，从一大片紫色薰衣草中款款走过，打出的字幕是：普罗旺斯很远，伊犁很近。要么开着越野车，出现在拐弯连着拐弯的独库公路上。画外音是：今天你走完了人生所有的弯路，余下的尽是坦途。昭苏天马节，白局长亲自上阵，骑着马在马群中奔跑。她跟我们老哈诉苦，为了拍那个万马奔腾的镜头，她学了半个月的骑马，拍的时候还从马上摔下来，差点被后面的马蹄踩踏。如果牛粪问题不解决，她这一跤算是白摔了，煞费苦心做的旅游宣传也都白做了。没有谁愿意跑几千公里，坐飞机坐火车地来到伊犁大草原看臭气熏天的牛粪。老哈是个好说话的人，白局长都这样说了，他能不帮忙吗？只是，这个忙不太好帮，老哈可以打报告给伊犁州州长，让州长下文件，发动州直机关单位到草原清除毒草，但是，他不能要求州长让大家去草原捡牛粪。就算人多势众把牛粪捡干净了，牛还会继续拉。牛和马和驴不一样，牛有两个胃，这两个胃像两个牛粪加工厂，吃得多，拉得也多，伊犁的大草原上，每天有成百上千万头牛在同时制造着牛粪，这岂是靠人力能解决的？白局长不管这么多，她对老哈说，伊犁旅游如果上不去，我找你是问。这是句威胁语气的句子，白局长把它表达成了撒娇语气的句式，这个在老哈这里很管用。

何时了问我，以前牛也是两个胃，也是吃得多拉得多，不停地制造牛粪，为什么以前没有发生牛粪灾难？是牛的数量急剧增多了，还是草原面积缩小了？

何时了来伊犁不过半年，他完全不了解以前牧区是个什么状况。没有电，没有煤气，牧民烧火做饭基本靠牛粪，冬天取暖也靠牛粪。牛粪才拉下来，就被捡走了。勤快的牧民家，院子里的干牛粪堆得像座金字塔，有的人家房子的外墙上，贴饼子一样整齐地贴着一整面墙的牛粪饼，这样壮观的牛粪景象，何时了没机会看到。现在牧区有电有煤气，住在现代化的房子里，牧民觉得用牛粪烧火做饭太不卫生了。他们以前可没觉得那东西不卫生。

应该杜绝现代化对草原的侵入，何时了说。

我真想把这家伙扔到哪个旮旯子里去，让他好好体验一下没有现代化是个啥滋味。他根本不知道原始之类的东西，给生活在草原上的人带来多少不便。何况，现代文明对原始草原的侵入，不是谁阻挡得了的。我告诉何时了，去草原调研牛粪刻不容缓，明天，最迟后天，我就到牧区去了。等我回来，估计西西弗斯已经变成了甲壳虫标本。我建议何时了，如果找不到其他人帮他养西西弗斯，老哈可以养，谁让他极力支持何时了带回它来。老哈对西西弗斯负有不可推卸的养育责任。

何时了有点担心老哈家的大鹅会把西西弗斯当葡萄粒给吃了。老哈家的院子里养了两只鹅，什么都吃，老哈手里冒着烟的香烟都抢着吞进肚子里去。我不管鹅不鹅的，那是老哈操心的事，反正我是解脱了。

我跑回家，打算把西西弗斯给老哈送去。打开纸箱子，我没在牛粪中发现西西弗斯的身影。我以为它钻到牛粪下面去了，倒腾了一番纸箱子，还是没有发现。我离开阳台，隔着门悄悄观察，屎壳郎这种块状生物，看着没长脑子，实则聪明得很，一有什么风吹草动，就一动不动地装死。等没动静了，再继续滚牛粪蛋子。我观察了好一会，没有听见西西弗斯平时发出的滚牛粪蛋子的声音。我跑到楼下，撇了根树枝，将纸箱子里的牛粪翻了个底朝天，还是一无所获。

看着敞开的窗子，我觉得找回西西弗斯有些渺茫。西西弗斯长着一对透明的翅膀，平时收拢来隐藏在黑色甲壳里，这让我忽略了它是个会飞的东西。

西西弗斯飞得远吗？我问何时了。

和鸟类比不算远，最多可以飞一两个公里。

半径一两个公里，那是多大的搜寻范围？我伸头看了看窗外，打消了下楼去寻找西西弗斯的念头。

你不会是开着窗子的吧？何时了警惕起来。见我不吭声，这家伙嘴里发出一声哀叹：看来西西弗斯是找不回来了。

在完全确定了西西弗斯失踪后，我将纸箱子拿到楼下，扔进了垃圾桶。我准备第二天就去那拉提。我在那拉提有几个关系不错的哈萨克朋友，帕姑娘是其中一个。

第六天早上，我正吃早饭，接到何时了电话，说他人已经在南京机场了，即将乘坐九点三十分的飞机，于下午三点三十分到达伊宁机场。何时了让我准时去机场接他。

我有点意外，告诉何时了我已经跟帕姑娘说好了，中午赶到那拉提吃午饭，她专门杀了只羊，我不能对不起那只为我赴死的羊，要不它的死就变得毫无意义了。

可不可以让别人去接一下你？我用商量的口气问何时了。

我好不容易抢到最后一张南京飞伊宁的机票，还是头等舱，多花了我好多钱。何时了有点不高兴。

你还是让其他人接一下吧，老哈一定会安排人接你的，我说。

让你接一下我有这么难吗？何时了的不高兴陡然增加了两倍。

我不得不留下来接何时了。下午，飞机准点降落伊宁机场。从南京直飞伊宁的这趟航班，是为方便江苏援疆伊犁人员专门开通的，大多援疆的江苏人，差不多一个月回一次江苏。何时了来伊宁后，一次也没有回去过。这次回去，老哈让他多待几天，不用急着回来。但是，何时了似乎很急着地跑回来了。他妈根本没病，他是被骗回去相亲的，一天相好几个，相得他眼花缭乱，审美疲劳。他此番是偷跑回来的，为了麻痹他妈，他趿拉着拖鞋出的门，行李箱也没敢拿。

上了车，何时了问我，现在赶去那拉提，吃那只为你赴死的羊，还来得及吗？

我告诉何时了，这个点去那拉提，晚饭还是赶得上的。

那就现在去，何时了说。

从伊宁到那拉提，三百多公里。高速上车不多，路也笔直，沿途经过喀什山脚下的薰衣草花田，广阔的风里挟带着浓郁的花香，之后是遍地石头的白石墩，这里应该是最不像地球的地方，大大小小的石头，有着奇特的形状和烧焦的颜色，地表没有任何植被，就连骆驼刺和风滚草都没有，坚硬的石头的尽头，绿色柔软的草原毫无过渡地扑面而来。新疆的地貌就是这样，反差巨大，总是给人视觉上强烈的冲击。

我们到达那拉提小镇的时候，时间不早也不晚，落日刚好卡在那拉提山锯齿一样的山峰上。

像不像牛粪球？何时了问我。

我知道他指的是落日。我示意何时了别出声。那拉提小镇在这个时间点有着令人惊讶的安静，似乎所有的车辆都停止了行驶。

我将车停在帕姑娘家附近，下了车，我和何时了沿街穿过小镇往东走。小镇居民的房子各不相同又很相似，都有雪白的墙壁和红色的屋顶，屋顶上落着灰鸽子。空气中有股马车的气味，估计有辆马车刚从小镇跑过。我对马车比较熟悉，这东西即使跑过去半天了，所经过的地方，还会有特殊的气味留下来。现在也只有那拉提这样的地方，还会有马车跑过。

我们慢吞吞地走着，三个人快步从后面赶上来，两个男的，一个女的。光看走路的速度，就知道这三个人不是小镇上的人，小镇上的人走路不慌不忙，我和何时了一到小镇就传染上了这种不慌不忙，在高速上的时候，我们还有点急死忙活的味道，好像那拉提小镇会跑掉。现在，就算帕姑娘在等我们吃羊肉，我们也要保持不慌不忙的节奏，这是小镇惯有的风格。

但是那三个人走得很快，他们本来走在我们后头，赶上我们之后，很快就走到了我们的前头去。他们破坏了小镇一种惯有的东西。

何时了在一家超市门口停下，买了一双帆布球鞋，换下脚上的拖鞋。之后我们继续往东走，一根面拉条子面馆在这条街的最东头。这里是我们蹲点牧区时定点吃饭的地方。帕姑娘已经煮好了羊，帕老爹熬了浓砖茶。这两个人，单从长相上看就知道是一对父女，不过帕姑娘很幸运地没有遗传帕老爹马鞍一样的大鼻子。帕老爹的大鼻子很碍事，总是碰到这碰到那，尤其是喝醉酒的时候，大鼻子没有一次不受伤，不是贴着创可贴，就是抹着红药水紫药水，这使得鼻子更加的显眼，惹人注目。帕姑娘碍事的部位是胸，她的胸跟博格达峰一样高耸。小镇的人都知道帕姑娘的人和她的胸一样不好惹，隔壁烤肉店的亚孜巴郎经常被她欺负得扁扁的。有次两人发生了点口角，帕姑娘直接用胸把亚孜巴郎怼得落荒而逃。当事情有可能触及女人的胸部时，亚孜巴郎也只能落荒而逃。这个好脾气的巴郎子每天站在烤肉店门口，卷着舌头喊烤肉烤肉，正宗的没有谈过恋爱没有结过婚的羊娃子肉。帕姑娘觉得亚孜巴郎是在内涵她，她这个年龄的哈萨克姑娘，早就结婚生子了，她连一次像样的恋爱都没有谈过。也不是没有谈过，她和一个经常来店里吃拉条子的卖蜂蜜的小伙子，有过一段类似恋爱的交往。这些年那拉提小镇冒出来很多卖蜂蜜的人，他们形象邋遢，嘴上抹蜜，但那个卖蜂蜜的小伙嘴上没有抹过蜜，他来到帕姑娘的店里，除了点一份过油肉拌面，从来不多说一句话。某一天，卖蜂蜜的小伙突然就不来吃过油肉拌面了，自此以后也没再出现过。帕姑娘失魂落魄了好长一段时间才从失恋中缓过神来。但据亚孜巴郎说，那个人对帕姑娘压根就没那意思，他从来不坐在帕姑娘的店里吃拉条子，而是把面端到烤肉店里吃，顺带吃几串烤肉，来两瓶啤酒，在酒喝多了的情况下，会吐槽帕姑娘老是把过油肉拌面里放太多的肉，他实际上更喜欢吃皮牙子。他不喜欢胸太大的女人，这让人联想到产奶量很大的荷兰奶牛。亚孜巴郎不敢把这些告诉帕姑娘。其实以前亚孜巴郎喊烤肉烤肉的时候，帕姑娘并没觉得是在内涵她，自从卖蜂蜜的小伙消失之后，只要亚孜巴郎喊烤肉烤肉，帕姑娘就会冲出去威胁亚孜巴郎，要是老是在她旁边汪汪叫个不停，她会把他扔到烤肉架子上去，让他变成一只烤全羊。帕姑娘说到做到，在亚孜巴郎再次开口喊的时候，帕姑娘开足马力扇了他一耳光，这一耳光直接把亚孜巴郎扇倒在冒着烟的烤肉架子上。亚孜巴郎爬起来后，宣称跟帕姑娘吵架还不如对着一堵墙吹口哨，因此我看见他的时候，他基本上都是在吹口哨。

好着呢吗你？亚孜巴郎停下吹口哨问候我。

好着呢吗你？帕老爹也迎上来问候我。

好着呢我。我用亚孜巴郎和帕老爹的语法回答他们。

我们家的马向你问好，我们家的牛向你问好，我们家的羊向你问好，我们家的小羊羔子向你问好，我们家的狗向你问好，我们家的十只鸽子向你问好。帕老爹以哈萨克人特有的方式问候了我。

感谢你们家的马，感谢你们家的牛，感谢你们家的大羊和小羊，感谢你们家的狗，感谢你们家的十只鸽子。我右手捂心坎，表达谢意。

问候完我，帕老爹问何时了，上海回来了吗你？

这个帕老爹，老是把何时了当成上海人。这不奇怪，上了点年纪的伊犁人，大多会像帕老爹这样，把援疆的江苏人跟当年支边的上海人混淆不清。上世纪七八十年代，伊宁市汉人街卖杏子的卖桃子的卖葡萄的那些维吾尔老汉，全都会说阿拉、侬、小赤佬。维吾尔腔调说出来的上海话充满喜感，那是那个年代独有的记忆。九十年代末，不再年轻的知青陆续返回上海，对口援疆的江苏人开始一批一批来到

伊犁，江苏紧挨上海，在新疆人看来，江苏人和上海人口音接近，高矮接近，皮肤白皙的程度也接近。性格上，江苏人没有上海人细腻，但也绝不粗糙，大致上跟他们的园林风格有点相似。这一点，在何时了身上充分体现。我们下牧区蹲点，住的地方离吃饭的地方往往有一段距离，我和何时了一起出门，我老早到了，何时了还在后头婉约地走着。等走到了，先用纸巾把鞋子上的灰擦干净，把手认真洗过，才坐下吃饭。这时候揪面片子早就糊了，手抓肉也凉凉了。我跟老哈抱怨，如果一头和田驴子跟一匹昭苏马一起拉车，昭苏马肯定不是累死的，是被急死的。当着何时了的面，老哈说你还嫌人家走路婉约，有几个人像你，走个路都飞沙走石的。何时了不在场的时候，老哈对我说，你撇根树条子，他走路婉约了，你就拿树条子抽他。这个老哈，也太那啥了。

我让帕姑娘把饭桌摆在门口，门口沿街的绿化带一律种着波斯菊，那拉提小镇随便哪块能种东西的地方，都种着这种颇具异域风情的植物。晚风吹拂着波斯菊和桌布的一角，落日的一点余晖照在饭菜上，让人感觉饭菜美味无比。但是，很快我们就不得不撤进店里。没头没脑的苍蝇，毫无章法地在食物上乱飞，弄得我们无法进食。想不到小镇会有这么多苍蝇，尽管门窗严严实实地挂着防蝇纱网，但是店里似乎也不能完全幸免，我们得一边吃，一边忙着对付围着我们乱转的苍蝇。帕姑娘对此毫无办法，以前小镇一个苍蝇都见不着，干净得跟月球一样，人们弄不懂这些讨厌的东西是从哪来的。

还好隔壁烤肉店飘荡着浓郁的孜然香味，这种西域特有的香料弥漫了整个小镇，

这多少抵消了苍蝇给人带来的不快。烤肉店门口，几个赶马车的老汉像核桃一样聚在一块。我没看见斯大爷，平时斯大爷就坐在他们中间，因为个头格外高大，一眼看去，像是一匹骆驼坐在一群羊中间。不过，我好像从来没看清楚过斯大爷的脸，他脸上笼罩着一层往事的浮影，致使他的面目看上去有些模糊不清。但是他坐在那里的姿势让人记忆深刻，他的身上仿佛有一种摄取时光的能力。

何时了向帕姑娘打听斯大爷，帕姑娘表示她从不关心隔壁的事。据我看，她其实关心得很。烤肉店的桌子油腻腻的，帕姑娘骂亚孜巴郎，这个样子别人咋进来吃烤肉呢嘛。她跑去把桌子上的方格子塑料布全掀了扔到垃圾桶里，亚孜巴郎不敢阻拦，只能去买了新的换上。亚孜巴郎有一件牛屎黄的粗羊毛外套，帕姑娘一见他穿，就用苍蝇拍子噼里啪啦地打他，这种颜色让她联想到牛屎。于是即便是冻得瑟瑟发抖，亚孜巴郎也只能身着衬衣，绝不敢穿上那件牛屎黄的羊毛外套给自己惹麻烦。我毫不怀疑帕姑娘喜欢亚孜巴郎，看来她已经过了那个卖蜂蜜小伙的坎，不过亚孜巴郎明显惧怕她。她是个能吃掉男人的女人，亚孜巴郎这样说帕姑娘。我把这话告诉了帕姑娘，结果她在端给我的拉条子里下毒般放了半盘子的红辣椒。

我让何时了去问烤肉店门口那几个赶马车的人，他们每天赶着马车响着铃铛跑遍整个小镇，理应知道小镇所有大大小小的事情。何时了以为赶马车的人不懂汉话，用肢体比划了半天，所有的脑袋都转过来，费解地盯着他看了半天，最后终于长吐出一口气，明白过来何时了那些眼花缭乱的手势原来跟斯大爷有关。有个说话喜欢咂吧嘴巴的老汉，用流利的汉语告诉何时了斯大爷死了，他在某个清晨看见斯大爷被七八个人抬到墓地去了。一般人被抬去墓地，三四个人就够了。斯大爷块头实在太大了，得多出一倍的人来抬。老汉就是根据这个来判定抬去墓地的人是斯大爷的，这也太不靠谱了。老汉本身就是个不靠谱的人，一天到晚喝得醉醺醺的，坐马车的人要去小镇的东头，他把人拉到西头。要么就是赶着马车拉着客人在小镇转圈圈，为此他经常收不到钱，还会挨一顿骂。

另一个抽莫合烟的老汉否定了前一个老汉的说法，他很肯定地告诉何时了，斯大爷被他儿子接走了，他儿子到新疆找他来了。那拉提的人都知道斯大爷的故事，斯大爷年轻的时候是个帅气的放马人，两米多高的个头，加之粗大的骨骼和宽阔的肩膀，使得他看上去像个草原上的巨人。一个上海女知青爱上了他，两人结婚后，小镇的人不由得替女知青担忧，斯大爷骑在马上，让人以为马会被他压趴下，女知青显然不比马更经压。小镇人的担心纯属多余，女知青不仅没被压趴，还生出来一个和斯大爷一样高个头的儿子。一九八几年的时候，女知青带着儿子回了上海，斯大爷后来一直一个人生活，他仿佛独自生活在一个遥远的地方，大热的夏天，也穿着很长的羊皮大衣，戴着厚厚的皮帽子。女知青带着儿子离开那拉提的时候是冬天，斯大爷穿着羊皮大衣，戴着皮帽子，赶着马车把他们送到车站，看着他们离开，之后斯大爷就一直穿着冬天的衣服，他永远地停留在了那个时间里。很多人都劝斯大爷脱下这身蠢得要死的衣服，大夏天的也这样穿，简直像个乞丐或者傻子。

何时了不这样认为，他觉得草原上最

初的神大概就是斯大爷这个样子的，高大如巨人，穿着类似远古的衣服，眼神茫然地走在人群中。有关斯大爷的两种消息，何时了相信后一种说法，他认为等人的人，心里有个念想支撑着，是不会那么随便就死掉的，也许斯大爷真的被儿子接到上海去了也说不定。我提醒何时了，斯大爷是蒙古人，他是不会离开草原去上海的，要去的话八几年就去了。生活在草原的人，适应不了城市硬邦邦的水泥地面。他们担心在城市摔上一跤，会比在草原摔跤痛得多。那拉提草原生活的大多是哈萨克人，蒙古人占少数，但那拉提这个地名是蒙古语，翻译成汉语，是最先看见太阳的地方。何时了觉得这个地名太富有寓意了，如果那拉提是地球上最先看见太阳的地方，那么，这个太阳一定是草原上的西西弗斯推送出来的。何时了让帕姑娘明天早上早点叫醒他，他要起来看草原日出。帕姑娘拿出一件帕老爹的旧大衣扔给何时了，让他看日出的时候穿上，即便是夏天，太阳升起来之前草原上的气温还是有点低的，一件衬衣根本抵挡不了早晨的冷风。

第二天早上，何时了看日出的时候踩到了一泡稀牛屎，他刚用湿纸巾把鞋子擦干净，紧接着又踩到了一泡，这次更糟糕，就是用一整包湿纸巾也休想弄干净鞋子。何时了只能把鞋脱了，光着脚走回来。他手提沾满牛粪的鞋子，穿着帕老爹的长大衣，光脚穿过整条街，小镇的人以为那拉提又出现了一个斯大爷。

何时了在看日出回来的路上，再次遇见了那三个人，他们跟上次一样走得很快，像是急着要去什么地方。接下来的几天，我们又看见过那三个人两次。一次在阿尔善村附近的草原公路上，他们的绿色皮卡车停在路边，两个男的站在车尾抽烟，女的在打电话，我们的车经过的时候，他们像三只食草动物那样一起转头看向我们。再一次，他们走进一根面拉条子面馆，在我们对面的桌子边坐下来。他们进来的时候看了我们一眼，我们也看了他们一眼。菜上来后他们边吃东西边说话，说着一种我们听不懂的方言。他们知道我们听不懂，说的时候很大声，毫无顾忌。那个女的，坐姿很别扭，穿丝袜的两条腿在桌子下面扭麻花一样拧在一起，这让人感觉她正用两条腿在绞杀着什么。我稀里哗啦吃拉条子，迸起的汤汁溅到了何时了的眼睛里，何时了使劲眨眼睛。他的位置正好对着那个女的，致使她以为何时了是在对她眨眼睛，于是以星星眨眼的方式热烈地回应了何时了。我在一旁乐不可支。

三个人吃完饭走出去后，何时了向帕姑娘打听他们的来历。帕姑娘说这三个人刚来小镇的时候自称是来看草原的，他们生活在海边，从没有看见过草原。

但是他们看过草原后一直不走，小镇的人问起来，他们改口称自己是买卖人，来小镇收奶子的。也有可能说的是麦子，他们的普通话很糟糕，没人能听懂他说的到底是奶子还是麦子。小镇人没有看见过大海，对大海边来的人很好奇，那个女的，裙摆上宽宽的白色花边，像是从大海海岸线上剪下来的一截浪花的花边。大家猜测那两个男的，到底哪个是女人的丈夫或男友。帕姑娘认为可能是年纪大一点的那个，她看见年纪大一点的走路的时候把手搭在女人的屁股上。不过年纪轻一点的看着跟女人也很亲密，他们经常打打闹闹，甚至勾肩搭背。大海边的人也太那啥了，帕姑娘压着嗓子却还是很大声。

何时了说这三个人从我们身边经过的时候，他闻到那个女人身上有股子海草的味道，这让他感觉那个女的像是从海里爬上陆地的一种生物。我生长在新疆，从没有见过大海，我连海草都没有吃过，无从知道海草的味道是怎样的。就像何时了，完全感知不到马车的味道。我有点生何时了的气，我还有点生我自己的气，我觉得我们像两个傻子，对彼此的一切浑然不觉。

我花了十来天的时间，跑遍了那拉提草原的每一片草地，弄出一份众多数据堆积的报告。何时了说是从江苏赶回来帮我，实际上大多时间都在逮屎壳郎。他按照屎壳郎的嗅觉习惯，逆风而行，说是这样更容易找到它们的踪迹，好像他和它们是一伙的。他还知道屎壳郎在粪便和栖息地之间，总是走最聪明的直线。我记得以前草原上经常可以看见一堆一堆类似虚土的东西，那是屎壳郎家族光顾过的牛粪残羹，现在得大面积搜索，才能找到一处有屎壳郎的牛粪堆。何时了哀叹没想到草原上的屎壳郎都快成稀有物种了。我告诉何时了，屎壳郎减少有几个原因，牧民给牛治疗肠道寄生虫使用的药物残留在排泄出的牛粪中，这些化学残留物会杀死吞食牛粪的屎壳郎，另外，去年伊犁草原遭受蝗灾，从印度和巴基斯坦边境飞来的蝗虫铺天盖地地啃啮草原，最后不得已动用直升机喷药，才制止了蝗害，屎壳郎也因此殃及。牛粪靠自己分解，需要半年一年的时间，屎壳郎可以大口大口地吃掉它们。如果屎壳郎灭绝了，估计伊犁草原会被牛粪覆盖，草原上的小镇也会随之消失。

我和何时了还发现了一个奇怪的现象，草原上大量牛粪被翻动过，我们百思不得其解，想不出是什么动物干的。每年夏天，会有一群蓑羽鹤飞来伊犁草原短暂停留，之后它们越过喜马拉雅山，飞往印度和尼泊尔。据说这是地球上最艰难的迁徙，蓑羽鹤要飞越八千多米的珠峰，才能到达目的地。今年蓑羽鹤还没有在伊犁草原出现，而且，从往年的情形看，这些有蓝灰色羽毛的漂亮鹤群，对牛粪并不感兴趣。

何时了晒得黑亮黑亮，已经成功地和屎壳郎属于了同一个色系。他举着两只刚逮到的屎壳郎，研究了漫长的五分钟，最后确定它们不属于同一类屎壳郎。伊犁草原有六十多种屎壳郎，加上这两只，何时了已经逮到了三十三种。他将屎壳郎分别放进两只透明的塑料盒子里，用笔在盒子上标上号：蒙娜丽莎三十二号，月亮神三十三号。每一只装有屎壳郎的盒子，都被他这样标了号。蒙娜丽莎三十二号搬运牛粪的能力非常强，据何时了观察，一对这样的屎壳郎，在一天里面，可以将一百克左右的牛粪搓成球，埋到地下。月亮神三十三号，这种体型小一点的屎壳郎，不像其他屎壳郎那样费力地搬运牛粪球，而是就地打洞，将牛粪球直接埋进土里储藏起来。苍蝇在牛粪里下的卵，一般需要四五天的时间才能孵化出来，也就是说，月亮神三十三号是苍蝇杀手，苍蝇还没有来得及孵化出来，就被它埋到了地下。

我从车里拿出一瓶水扔给何时了，何时了接住，用抓过屎壳郎的手拧开瓶盖一气灌下去大半瓶，我示意水是给他洗手的，不是给他喝的。何时了看看自己的手，用剩下的一点水象征性地洗了洗。他现在变得不那么注重卫生了。

一只骆驼在离我们不远的地方吃草。

那是只野骆驼吗？背上只有一个驼峰。

何时了问我。

不知道,我说。

何时了翻我一眼,他不信我不知道。

我别过脸去,懒得跟他说话。这几天何时了他妈以及两个姐轮番打来电话,让何时了在相过亲的女孩中挑一个,挑花眼的话抓阄也可以,反正这些女孩家境都不赖,随便抓到哪个,都门当户对。何时了接电话接烦了,告诉她们自己在伊犁找了个女朋友,已经私定了终身。他妈他姐不信,何时了把手机朝向我,让她们看。我吓得一蹦子跳老高,我啥时候成他女朋友了?他也太能瞎编乱造了。那边他妈他姐蹦得比我还高,她们要何时了立刻和我分手,伊犁姑娘都长得高鼻子大眼睛,视频里看见的我既不高鼻子也不大眼睛,而且胖。何时了解释说胖是因为我怀孕了,如果他现在和我分手,我肯定会杀了他。

不信你们就等着看,何时了对他妈他姐说。

我生气得头顶唰唰往出长羊角,冲过去,把何时了顶了个四脚朝天。何时了躺在草地上,举着手机跟他妈他姐说,你们看见了吧,我没骗你们,伊犁姑娘凶悍得很,你们不是她的对手。

挂断视频,何时了捂着胸爬起来冲我喊,你也不用这么狠吧,我的肋骨被你至少顶断了三根。话音未落,他脸上立马挨了一坨干牛粪。有一部分牛粪碎末飞进了他张开的嘴里,何时了"呸"了半天,用光了两瓶水漱口。之后我们好几天互不搭理。

何时了自个远远地看了一会可能是野骆驼的骆驼,然后举着手机朝骆驼走去。我提醒何时了,如果是野骆驼的话,最好不要去招惹它,被骆驼蹄子踏上一脚,弄不好会丢掉性命。何时了不听,举着手机一边录一边朝骆驼靠近。这无疑是一种危险的行为。果不出所料,何时了踩了一脚的牛粪,他跑到一片草势良好的草地上使劲蹭鞋子,这个动作我们已经熟练无比。这些天我们在遍地牛粪中每走一步都下脚谨慎,经过多次踩中牛屎的惨痛教训,我们最终得出了一套出牛屎而不染的经验,除了要单脚跳,还要会使用脚尖落地,并且落地时要准确,脚尖站立不稳,或落地有偏差,都有可能踩上一脚的牛屎。不过,牛屎还算不上我们最大的困扰,让我们头痛的是苍蝇。我们被这些没头没脑的家伙侵扰得苦不堪言,它们随时从我们经过的地方一哄而起,乌云一样在头顶翻滚。估计只有在美国的大片里才会看见这种世界末日般的灾难场景。小镇上的苍蝇相对来说会少一点,但也少不到哪去,我们用餐的时候,上演人蝇大战成了必不可少的内容。苍蝇防不胜防地突袭我们的饭菜,冷不丁地叮一下我们的筷子或是即将送到嘴里的食物,一想到它们的细腿有可能刚刚在牛粪上爬过,我们就觉得什么都变了味。我们每天的饭菜由帕姑娘安排,早饭一般是奶茶、馕和几个凉菜,中午是拉条子拌面,晚上比较丰富,有时候吃烤肉,有时候吃手抓肉,偶然吃那仁或者抓饭。晚饭后帕姑娘会给我们端上一碗她自己做的酸奶子,以帮助我们消化掉那些吃下去的过量的肉。酸奶子这东西比较招苍蝇,往往我们还没有吃到一半,就有苍蝇掉进了碗里。这还不算什么,更可恶的是,我们经常在快喝完一碗羊肉汤的时候,突然发现,香菜叶子的下边粘着一粒苍蝇,这时候,我们真想把自己的内脏都呕吐出来。本来我们计划在小镇多待几天,但是后来,我们恨不能马上逃离小镇，回到没有牛粪也没有苍蝇的城市里去。我们多少有点理解那位白局长了。和往年比，小镇明显地冷清，甚至可以说是冷寂，开满波斯菊的街上几乎看不见一个游客。居民也开始嫌弃这个曾经像月亮一般干净的草原小镇，许多人逃到城里生活，走不了的人，只能寄希望等天冷了，从西伯利亚来的寒流把苍蝇给冻死。

何时了蹭干净了鞋子上的牛粪，在草地上盘腿坐下，他手托下巴，眼望远方，做出一副无限惆怅的模样。这家伙声称因为我对他的态度，他觉得自己像城市里的西西弗斯一样孤独。

我又好气又好笑。

如果你真是西西弗斯，那么，此刻，你应该为拯救草原大口大口地吃掉牛粪，而不是坐在这里多愁善感。我说。

你说得对，如果不是西西弗斯固执地重复着滚牛粪蛋子的运动，人类恐怕早就走到了世界的尽头。知道恐龙是怎么灭绝的吗？何时了问我。

大陆漂移？气候变迁？火山爆发？我想起白石墩的石头，遍地的黑色石头中突然出现一两块恐龙蛋化石一样的白石头，里面似乎住着没来得及孵化出来的恐龙婴儿。

据我推测，恐龙是被自己的粪便熏死的，何时了说，上亿年前屎壳郎就在地球上出现了，屎壳郎的始祖担负着清理恐龙粪便的使命，估计在某个时期，它们遭受了一场灭绝性的灾难，没有了这些铲屎官，巨大的恐龙粪便被留了下来，在亿年前的阳光下发酵，噗噗地冒气泡，产生出的二氧化碳、甲烷、氨气和硫化氢，乌云一样聚集在地球的大气层，当这些气体达到一定浓度的时候，毒气量足以让恐龙毙命。

这些毫无根据的说法看似不无道理。何时了这次回江苏，心血来潮地剃了个新发型，从视觉效果上看，两边头发因为过短，致使他的两只耳朵支棱着，像是能探听到一些史前的声音。

我跳着脚用脚尖落地，避开一坨坨牛粪，跑到一片开蓝花的马莲草中，拔了些马莲草编了个草环戴在何时了头上，草环上竖着两朵马莲花，像屎壳郎头顶桨状的触角。几朵棉桃似的云低低地悬浮着。接近黄昏的草原，各种气息开始凝聚。野花的气息，青草的气息，露水的气息，牲畜的气息，牛粪的气息。我能感觉到清淡的气息在上，浓重的气息在下。

远处几个人在草地上寻找什么。可能是在捡蘑菇。草原上这个季节只要下一场雨，蘑菇就会争先恐后地冒出来。我叫何时了和我一起去买点蘑菇，晚上让帕姑娘给我们做蘑菇揪面片子。何时了不去，表示要坐在满地的牛粪中间思考一些和地球命运有关的问题。

我独自朝捡蘑菇的人走去。走了好一会，他们好像一点也没有变近。草原上的距离具有视觉欺骗性，看起来不远，走起来好像永远也到达不了。

终于走到了。

哎，巴郎。我朝一个小巴郎喊。他停下来，梗着脖子，像动物幼崽那样看着我。

巴郎，买蘑菇我。

我自认为哈萨话说得还算流利，但是小巴郎像是完全听不懂。他瞪着眼睛，像看一头会说话的母牛。

我察觉他袋子里装的像是一些有生命的东西，凭借成年人的优势，我抢过袋子，将东西倒在地上。眼前的一幕让我震惊不已，一堆挤作一团的屎壳郎，惊慌失措地四散着爬开去。

小巴郎见我倒掉了他的屎壳郎，放声哭起来，骂我是吃牛粪的屎壳郎，是公路上被汽车压扁的癞蛤蟆。几个妇女见状，跑过来七手八脚把地上的屎壳郎抓回袋子里。我试图让她们明白屎壳郎对草原很重要，不能抓。她们觉得我简直是在说笑话，在她们看来，这些吃牛粪的家伙，除了吃牛粪，还能有什么用呢？

既然没有什么用，那你们抓它干吗呢？

卖钱。大海边的人吃猫，吃狗。蛇，蝎子，其他许多恶心的虫子也吃。不过，吃屎壳郎，也太那啥了吧。她们摇晃脑袋表示不敢想象。

我不知道该怎么跟她们说才好，如果草原上的屎壳郎被她们抓光了，牛粪会淹没草原，那拉提小镇也将成为苍蝇的领地。

说到苍蝇，妇女们大声感叹这些没头没脑的东西现在已经弄得她们没办法生活了。再这样下去，苍蝇会把大家统统吃掉。

她们说归说，麻利地捡豆子一样捡起屎壳郎放进麻袋里。我挡在一个包头巾的妇女前面不让她抓，她一把扒拉开我，她的力气可真够大的，我被扒拉得一头栽倒在一堆湿牛粪上。我爬起来，发现自己糊了一身的牛屎。这些该死的牛，草原满怀善意地养育了它们，它们还草原以满地的牛屎。

何时了从远处跑来，他跑步的样子也太难看了，像一只狂奔的屎壳郎。

我挥舞沾着牛屎的手臂朝何时了喊：那啥，那三个人，不是收奶子的，也不是收麦子的。他们是收屎壳郎的。

何时了跑到跟前，看见我糟糕的样子，差点笑出内伤。

你简直就是一坨大牛屎，何时了说。他问我听没听说过上世纪六十年代澳大利亚发生的一场牛粪灾难，澳大利亚的土著屎壳郎很挑食，喜欢吃袋鼠和考拉的粪便，对黏糊糊的牛粪比较嫌弃，牛粪被留了下来，厚厚地覆盖住草原，影响了牧草的生长，并因此引起了一系列的生态问题。澳大利亚不得不紧急从其他国家，包括中国，引进喜食牛粪的外来屎壳郎，来解决牛粪灾难。屎壳郎在澳大利亚的售价高达每公斤五千美金。

没想到这么贵，我说。

地球上的每一样东西，都很贵，何时了说。我懂他指的是什么。

我和何时了看着捡屎壳郎的人以极快的速度四散而去，眨眼消失在草原的边缘地带，他们像是被一阵风吹到那里的。我们开车回到那拉提小镇，天还没有黑，这是一天里小镇最绚丽的时刻，天上的云彩和地上的波斯菊发出同样的色彩，马车一辆接一辆在街上响着铃铛跑过。整个小镇，回荡着铃铛清脆的声音。

经过一个路口的时候，我们看见那辆绿色皮卡速度极快地迎面驶来，看来那三个人的车和他们的人具有同样的德性。我猛打方向，将皮卡车怼停在路中间。

三个人从车上下来，一副来者不善的架势，朝我们走来。我和何时了也下车，迎着他们走去。我提醒何时了，他们三个，我们两个。何时了让我不用怕，他练过跆拳道，那次老哈不和他打架，是明智之举。

鬼才信，我说。

到时候你就信了，何时了说。

就在双方马上就要动嘴甚或动手之际，有人喊了声"吁——！"来过草原的人都知道，那是赶马人让马停止前进时发出的声音。我和何时了停了下来，那三个人也停了下来。大家面面相觑了一阵，然后，五个人同时惊讶地看见了斯大爷，这个苍老的草原巨人，手里拄着根碗口粗的杨树枝，树枝上银色的杨树叶子，神的旗帜一样被风吹得哗啦哗啦响。

"吁——！"斯大爷又喊了一声。

大家都被威慑住了，谁也没有再朝前走。

在小镇派出所做笔录的时候，几个警察不加掩饰地捂着鼻子，最后他们把笔录远远地扔给我，让我签上自己的名字。有个年轻警察质问我，《草原法》为什么不把屎壳郎列入保护行列。现在，除了罚款、没收屎壳郎放回草原，他们一点也不能把那三个人怎么样。要不是自己是个警察，他真想揍他们一顿。他们把大海弄脏了，又跑来弄脏草原。我心平气和地告诉他，屎壳郎列入保护行列是迟早的事，至于那三个人，估计小镇上的人会用牛粪砸他们的脑袋，把他们赶出小镇，永远不许他们再来。

签完字后警察晃动脑袋示意我赶紧离开，在我走出去后，他们才终于把手从鼻子上拿开，大松了一口气。我们经过院子，看见那三个人蹲在墙边，从背后看就像三只没有翅膀的苍蝇。

走出派出所，月亮已经爬上了那拉提山，月光清晰地勾勒出山脉起伏的轮廓。我和何时了走过花园广场，走过漂亮的民宿，走过停在路边的马车。波斯菊随时随地出现，在月光下梦幻般地摇曳着。小镇的安静给人一种奇异的感觉，仿佛除了天空高挂的明月之外，还有另一束光，把小镇照耀得闪闪发亮。这样的情景，很容易让人产生出一些错觉来。何时了转过头朝我深嗅，赞美我头发上的月光散发着牛奶的香味。我怀疑何时了的鼻子出了问题，要不怎么会把牛屎闻成了牛奶。当他继续朝我探过头来的时候，我的头一偏，他的嘴唇从我的唇上掠过。我警告他千万别啃我，要不我会给他套上个马嚼子。

几天后，回到伊宁的某个早晨，我刚醒来，就听见西西弗斯在阳台敲门，它的细腿敲打在门上发出的声音和手敲打门发出的声音明显不同。我跑去开门，发现西西弗斯变得巨大无比，比一头牛还大。我打开阳台门，但是西西弗斯没有要进来的意思，它看了我一眼，然后笨拙地转过身，纵身一跃，从阳台飞了下去。然后，西西弗斯出现在地平线上，它用后腿蹬着，费力地一点一点，把火球一样的太阳推了出来，刚才还缭绕在烟岚和大气层中的城市，一下子明亮起来。

接下来的真实情况是，我被骤然响起的手机闹钟吵醒，我猛地坐起身，懵了好一阵之后才彻底清醒过来。这个过程浪费了几分钟的时间。我顾不上洗漱，跳下床，抓起一块干馕就往单位跑。早晨的空气中尽是苹果的味道，悬挂枝头的果子正在成熟，闻起来让人心情愉悦。我穿过一条又一条飘荡着苹果味的大街，一路狂奔跑到办公室，看见老哈举着手机站在门口，我们不约而同地看了下时间，刚好十点。老哈面露失望，踩着点一路狂奔的上班方式，已经成了我的风格。老哈多次打算逮我个正着，以示正听，但是我没给他这样的机会，我总是能掐着点地跑到办公室，不早一分钟，也不晚一分钟。当我生气勃勃，又有点洋洋得意地站在老哈面前，老哈只能懊恼地摆摆脑袋，他示意我去他办公室，他有工作要交代。

我跟在老哈后面往他办公室走，老哈穿了件牛屎黄的夹克衫，真弄不懂边境小城的男人们是个什么心理，他们今年似乎集体爱上了这种从草原上流行过来的不可名状的颜色，最初应该是从亚孜巴郎这样的人身上开始的，而亚孜巴郎明显是从牛的排泄物上找到的审美灵感。早上我在狂奔而过的几条大街上，先后看见好几个男人穿着这种颜色的上衣，有个男的穿了条这种颜色的裤子，还有一个穿了件干牛屎颜色的马甲，同时戴了顶湿牛屎颜色的帽子。我脑子里闪过一个念头，以为牛屎长了脚，跟在我和何时了身后，从草原跑到了城市里来，继而我马上醒悟过来，自己有可能在那拉提草原看牛屎看多了，看出了眼幻。更为糟糕的是，回到伊宁的头几天，我走路老是习惯性地东一下西一下地跳着脚走，仿佛生怕踩到了什么。这种走路姿势看上去很滑稽。何时了也是如此，走在路上的时候，前面明明什么都没有，他也要莫名其妙地跳一下，只有我知道他跳过去的是一坨看不见的牛屎。我们彼此笑话对方得了牛屎后遗症。如果在草原再多待几天，恐怕我们连正常走路都不会了。

我刚踏进老哈办公室，老哈就冷不丁地回转身来盯着我看，他脱发严重的后脑勺特别敏感，似乎有某种特异功能，能感知到我刚才在脑子里把他想象成了一坨牛屎。我赶紧把目光越过他，投向窗子。我们这座办公楼的窗外，无一例外种着苹果树，老哈不让修剪掉挡住他办公室光线的树枝，他让那些枝条为所欲为地伸过来，紧贴着玻璃，枝条上的苹果像一些好奇的小仙女，趴在窗子上盯着老哈的后脑勺看。老哈转过身推开窗子，她们就会猛地弹跳到老哈面前，有的直接调皮地给老哈献上一吻。我曾经偷吃了老哈窗外一个妖娆的红苹果，那简直跟吃了老哈的爱情一样，害得老哈叨咕了一个夏天。自此之后，我再没敢打过那些苹果的主意。

老哈发现我在看他窗子上的苹果，马上神情警惕，他闪开庞大的躯体，示意我看他贴在玻璃上的一张A4纸，纸上是他手写的告示，分别用了维汉两种语言，告示有点长，大概意思可以浓缩为两句话：他刚给那些即将成熟的苹果打了药，对苹果心生邪念的人后果请自负。

这招分明是用来对付我的。我假装不明所以，一脸无辜地看着老哈。老哈赶紧清了下喉咙。

一头和田驴子和一匹昭苏马一起拉车，如果和田驴子死了，一定是累死掉的，因为和田驴子拉车的时候，昭苏马在睡大觉。老哈努努嘴，隔壁办公室，何时了已经上班两个小时了。他一直按江苏时间上班。江苏和伊犁有两个小时的时差。前两天江苏设立了一个"援疆屎壳郎计划"，打算从其他国家引进屎壳郎来解决伊犁草原的牛粪灾难。地球上有两万多种屎壳郎，它们分布在除了南极洲之外的任何一个洲上。非洲靠近沙漠的地带，有一种巨型屎壳郎，长达十厘米，这种屎壳郎吃起骆驼粪来食量惊人。

且慢，我打断老哈，在脑子里飞快地计算了一番，屎壳郎可以滚动自身体重1141倍的牛粪球，根据这个数据，一个十厘米长的屎壳郎，大概可以滚动一个足球那么大的牛粪球。我试想了一下，一群十厘米长的玩粪球高手，在草原上滚着足球那么大的牛粪蛋子，这场景多少有点吊诡，容易让人联想到足球队员高超的运球技术。

这是何时了的主意？我问老哈。其实不用问也知道是他。

这个办法真够愚蠢的。谁能保证爱好骆驼粪的屎壳郎，也会爱好牛粪。我的口气有点那啥，我本来想把话说得委婉一点，但是因为生气，加上天性使然，我委婉不了。还好何时了不在现场，要不，我肯定会开足马力和他大吵一架。这不像是他想出来的主意。

这其实也是我的想法，老哈说。他总是想着法子地维护何时了。

我告诉老哈，引进外来屎壳郎，对整个地球来说，属于拆东墙补西墙的愚蠢行为。

老哈没想到我会这样说。他用食指和中指一下一下敲打着桌子的边缘。我感觉他其实想敲打的是我的脑袋。我把头朝右偏了偏，老哈愣了一下，看看自己的两根手指，随即停止了对桌子的敲打。

巨型屎壳郎吞食牛粪的速度明显强于其他屎壳郎，引进之后，伊犁草原的牛粪灾难很快就会得到缓解，旅游业也能得以恢复，老哈说。

看来老哈的急于求成，和那句撒娇语气的"找你是问"有关。这想法有点尖酸，我没把它说出来，估计说出来，老哈会忍痛摘一个毒苹果给我吃。

我撇下老哈，跑去找何时了，和老哈不同，何时了办公室窗外的苹果，手臂能够到的地方，果子一个不剩地都被他揪下来吃到了肚子里。

何时了正趴在桌子上画图，这个理想型的年轻人设想在那拉提小镇的广场上立一座屎壳郎的雕塑，画纸上的屎壳郎是金色的，屎壳郎用后腿滚动着一个巨大的牛粪球，牛粪球也是金色的，跟卡在那拉提山锯齿上的落日一样。

我夺过何时了的画笔扔到一边。

你不可能不知道，引进巨型的外来屎壳郎，会对伊犁草原上的土著屎壳郎带来怎么样的生存危害。屎壳郎不是小龙虾，中国人能把泛滥的小龙虾吃掉，但是，屎壳郎那东西，怎么吃？

我把何时了跟他妈他姐描述的伊犁姑娘的凶悍，表现得名不虚传。何时了有点慌乱，结结巴巴地向我解释，其实不管引进哪一种屎壳郎，都有可能带来不可预料的后果。

既然你知道，还出这馊主意，我说。

牛粪灾难怎么解决？你来吃掉那些牛粪吗？何时了脸上带着一抹微笑地看着我，他这表情让我火冒三丈。

去你的吧，你才吃牛粪。我把手里的干馕朝他扔去，何时了一把接住干馕，塞进嘴里大吃起来。

我有时候真恨不能自己去吃掉那些牛粪，何时了说。

我没法跟他这样一个人生气。我也没法跟老哈生气，下班的时候，老哈叫我和何时了去他家吃抓饭，他洋杠子（老婆）做的抓饭比娜孜古丽饭馆做得好吃多了。老哈让我和何时了先去他家，他要骑上他的破电驴子，去伊犁河边一个宰羊的朋友家拿点羊杂碎回来给藏獒吃，他家新近养了只藏獒，吃东西比他洋杠子还麻烦事情多。

我和何时了到了老哈家，想到那只藏

獒，我们在他家门口徘徊了半天不敢进去，期间何时了还费劲地撅了根树枝，以防藏獒突然冲出来。老哈骑着电驴子回来后，问我们怎么不进去，我们小心翼翼跟在他身后往里走，进了院子，并没有看见藏獒，我们问老哈他养的藏獒呢？老哈指指苹果树下一只瘦小的小土狗，这就是，老哈说。他给小土狗取的名字叫藏獒。这也太幽默了吧，简直就是个笑话。老哈说这算什么，他那个宰羊的朋友才逗，别人把羊送去宰，总是会少了一只羊腰子。问他要，他理直气壮地说，这只羊只长了一个羊腰子，他能有什么办法呢嘛。有一次，别人发现让他宰的羊少了羊心，他竟然也是这样回答人家的。天底下恐怕再找不出哪个民族比哈萨克人更幽默了。

吃饭的时候我们说到"援疆屎壳郎计划"，其实餐桌上说这些和牛粪有关的东西有点不合时宜，但我们都不是些能把事情高高挂起来的人。老哈在草原长大，他和那些牧民一样，不怎么愿意接受外来事物，他担心巨型屎壳郎的出现，会让草原居民感到恐慌，他们会以为屎壳郎发生了基因变异。我觉得既然是这样，那就应该尊重草原，我们可以考虑对伊犁草原本土屎壳郎进行人工养殖，然后再投放草原，这远比引进外来屎壳郎可靠。何时了认为养殖屎壳郎投放草原效率太慢，要比引进屎壳郎多花很多的时间。草原没有时间去等，他也没有时间。他来的时候是春天，山上的雪还没有化完，草原上的草也还没有绿，算起来他来伊犁已经过去了半年多，再有小半年他的援疆就结束了，他不能无功而返。他希望在他援疆期间，就算不能从根本上解决草原牛粪灾难，但至少要让大家看见草原上的牛粪在减少。

何时了这样说，让我有些吃惊。他是想在援疆期间，做出点所谓的成绩让大家有目共睹吗？哪怕这个成绩的背后是对草原更为严重的、不可救药的破坏。还有，那天晚上他打电话问我，如果援疆结束，他留在伊犁不回江苏，我怎么看，看样子那只是一句随口一说的玩笑话，我没想到这一点可真是够迟钝的。他不过就是那么一说，不过就是心血来潮。若果真如此，那我再也不想和他说话了。

你大可以一拍屁股就走人，我说。

我没说一拍屁股就走人，何时了说。

你差不多就是那个意思。我端起杯子，一口气把里面的啤酒喝干。

老哈赶紧用他肉肉的手掌拍拍我肩膀，他总是怕何时了吃亏。好吧，我现在有点小情绪，我不说话，我埋头吃东西。我用手把抓饭捏成一个团往嘴里送。为了尊重抓饭，我们都没有用筷子，而是采用这种传统的名副其实的方法来吃它。老哈可能是想缓解一下气氛，开玩笑说我们用手捏成团的抓饭，和屎壳郎滚的牛粪蛋子有点相似。老哈洋杠子听老哈这样说，觉得老哈把她做的香喷喷的抓饭与牛粪相提并论，是对她做的抓饭的侮辱，她把碗重重顿在桌子上，发出的响声吓了我一跳，我嘴里正往下咽的一块包尔萨克（哈萨克的糕点）噎在了喉咙里，喝了一碗奶茶才咽下去。我想把碗里的东西继续吃完，结果发现那碗酸奶子刚才受到了惊吓，变得酸不拉几了。

晚上回去后我感觉胃很不舒服，可能是吃得太饱，也可能是带着情绪吃下去的东西不怎么好消化。第二天上班，我让门一直开着，这样何时了一经过我办公室，我就能看见他。后来,我看见他手里拿着一叠东西,经过我办公室,去了老哈办公室。

何时了从老哈办公室出来后,趴在我办公室门口,问我想不想知道他和老哈说了些啥。他昨天晚上回去加班写了份报告,他觉得引进屎壳郎可能有欠考虑,我们的地球有自我修复功能,消失了很多年的一些物种,白喉秧鸡,袋狼,草原野猪,又开始出现。这说明地球一直在进行着自我修复,我们要做的,是保护地球的这种自我修复功能,而不是横加干涉。引进屎壳郎,可能一时半会解决了伊犁草原的牛粪灾难,但是,对输出屎壳郎的地方,会造成新的伤害。地球如果无休止地在人类的干预下恶性循环下去,迟早有一天会丧失掉自我修复功能。

我没想到他转变得这么快。但是,出于一些东西作祟的原因,我没有回应他。何时了像一匹试图进入帐篷的骆驼一样,把半个身子探进来,嬉皮笑脸地问我,下了班,他是不是可以去我的阳台看落日,阳台上的那个松树墩子,可是他弄回来的,他有权利天长日久地坐在上面看落日。我拉着脸,不想和他说话。说什么天长日久,再过小半年援疆结束,他也许就回到江苏去,想到那里的女人都一副长生不老的样子,我就心烦意乱。

我扔下何时了,跑到老哈办公室,打算跟他请半天假,我想去伊犁河边散散心,迎着伊犁河吹来的风,呼吸一下伊犁河上清凉的空气。我还想让那拉提草原上的牛粪成为离我遥远的事情,还有月光下那个闪闪发光的小镇,有时候,我觉得它可能并不真实存在。

老哈不说准假,也不说不准假,他问我对养殖屎壳郎的事怎么看。我告诉他中药里面活血化瘀的土元是养殖的,那东西和屎壳郎长得有点像。如果养殖屎壳郎,月亮神三十三号考虑首选,还有蒙娜丽莎三十二号,它们虽不及非洲巨型屎壳郎食量大,但不用担心它们挑食,本地的牛粪很适合它们的胃口。

好吧,如果出了什么问题,那么,草原上的那些牛粪,就得我们自己去吃掉,老哈说。

放心,我们用不着吃牛粪,我说。

这时候我改变了主意,不打算请假去散心了。我原谅了老哈那件牛屎黄的外套。

老哈笑吟吟地看着我,他露出这种笑容的时候绝对没什么好事。果然,老哈说,那么,这个人工养殖屎壳郎的事情,就由你负责吧。老哈的理由是,我养过西西弗斯,有养殖经验。

老哈也太那啥了,我就养了几天的西西弗斯,而且还把西西弗斯给养丢了。我极力推辞,我可不想一天到晚跟一群吃牛粪的东西打交道。

老哈告诉我,让我负责人工养殖屎壳郎其实是何时了的意思。

我正待发作,大骂何时了,何时了走了进来,他跟老哈说,同时也是跟我说,他的某个姐打来电话,说他妈被车撞了,正紧急送往医院。他跟我们说的时候,他的另一个姐也打了相同的电话过来,听起来,伤势比较严重,情况十分紧急,甚至可以说是危急。何时了表情淡定,说他妈被撞可能是假,但不管怎样,他总得回去看看。

我问何时了,如果他以后留在伊宁,是不是他妈都会这样那样,不停地出现各种状况。

何时了想了一会,抬起头看着我说,

完全有这种可能。他的样子很坦诚,他不想对我撒谎。

老哈让我开车送何时了去机场,我让老哈派别人去送。我可不想像斯大爷,穿着羊皮大衣,永远留在寒冷的冬天。

何时了有点难过,他上车的时候,回头看了我一眼,我猛然记起梦里西西弗斯纵身跃下阳台前看我的那一眼,眼神何其相似。

那啥,我叫住何时了。

何时了停下,等了半天,不见我往下说。

我想知道,你们伊宁人说的那啥,到底是个啥意思?何时了说。

你自己想去,我说。

这家伙低头想了一会。那啥,我懂了,他说。然后朝我眨眨眼睛,钻进车里,一溜烟地走了。

那天下班路上,我走得凄凄惨惨。跑步十几分钟就能到的路程,我走了一个小时才走完。回到家后,我一点也不想吃晚饭,一个人百无聊赖地躺在床上发了会呆,然后跳起来,乒乒乓乓对房间进行大扫除,我期待在大扫除的过程中能意外地发现西西弗斯的踪迹,哪怕是标本也行。但是,什么都没有找到。

天晚一些的时候,我坐在阳台的松树墩子上看落日,这个松树墩子是何时了从果子沟弄回来的,当时一个哈萨克人正准备用一把笨重的斧头,把它劈了当柴烧奶茶,何时了觉得可惜,就把它弄回来放在了我的阳台上,他说,他要天长日久地坐在这个松树墩子上看落日。但是现在,只有我坐在松树墩子上。我有点黯然神伤。耀眼的落日给我浑身镀上了一层金甲,一切都在闪闪发光。某个时分,我无意中转动了一下视线,这时候,我惊讶地看见了西西弗斯,它正披着和我一样的金甲,趴在玻璃窗上,无限迷醉地欣赏着伊宁的黄昏。

一个陌生女人的来信

黎紫书（《收获》2023 年第 3 期）

推荐语

黎紫书的《一个陌生女人的来信》确如作者所言，是对裘帕和茨威格表达双重致敬的作品。这篇小说显现出的异质性令人惊奇，可以说是以"作家中的作家"的写作方式创造出来的"小说中的小说"。（宗仁发）

收到信。

是信。不是电子邮件。既有实体，便如同肉身降世，得走过一封信必须经历的所有程序，才终于在这个冷不见雪的冬日，与其他信件一起被邮局的投递员塞进了你家门外的黑色信箱里。你把那一堆乱七八糟的信件从邮箱里掏出来，几乎便马上发现了它。胀鼓鼓的，虽然只是个普通不过的白色长条信封，但它毕竟与其他信件不同。那些由医院、电讯公司、保险公司或银行寄来的账单和月结单，信封上总开着小窗口，而且已预付邮资，毋须贴上邮票；至于其他的，比如各种环保组织、人权或慈善机构寄来的劝捐信和宣传单，格式也相差不远，信封左上角总印着组织名号；收件人的姓名、地址都是工工整整地打印上去的，还印了一列条形码，无非在说明，你呀，只是万千收件者之一。

这封信却不一样。信封右上角可是实实在在又方方正正地贴了邮票的，盖上去的红色邮戳看着一丝不苟，仿佛邮局对待这信特别郑重其事。若真如此，当然是因为信封上那一笔手写字吧。虽说字迹有点蹒跚，却仍不失苍劲，可以看出写字的人曾正襟危坐，

竭力要把字写好。这时代，光看这么

个信封一五一十地将所有仪式做好做满，你就不免内心一阵激动了。

谁呢？是谁在白信封上用黑色走珠笔写下这几串拉丁字母？

收件人是你。姓名拼写无误，你自然认得。尽管在美国这里住下来不久以后，因为听不得人们四声不全，一再把你名字里的"兰"念成"烂"或"练"什么的，你索性给自己取了个宜东宜西的英文名。那名字说来普遍，不过是夏日时看见人家花圃里君影草开得铃铃铛铛，便来了灵感，信手从花名中摘下"Lily"一词，等于给"兰"字英译。此后这名字常用，多年下来已广为人知，再难得有人这么用拼音来直呼你的中文原名。因而乍见信封上的名字，你一时感到陌生，竟不能马上意识到，那是你。

是你没错。认出你自己，这感觉就像被谁开声指认，才想起来自己一直戴着面具，让你没来由地感到忐忑。你在厨房中岛那里找了把水果刀，裁开信封，抽出里面的信笺。好几张纸呢，折叠起来厚厚的一沓。那纸可不是常见的办公室打印纸，摸上去似乎比较轻薄，而且都已发黄，快成卡其色了，像是什么猴年马月的古物。你摊开纸张，说意外其实也不出意料，上面密密麻麻，都是打字机打出来的文字。天呀，这该是货真价实的打字机字体吧？你忍不住伸出手指触碰那些文字，它们高矮参差，墨迹不匀，当中许多弧形都怀抱一团油墨，或浅或深，看着像公立学校操场上勉力列队的那些邋邋遢遢的孩子。

一封用打字机敲出的信。一、二、三、四……满满的五张纸。这可比信封上的手写字更让你吃惊。然而手指头的触感是真的。那些油印字，每一个都力透纸背，快要凹入纸张里了。你想了想，要是在电影或电视里看过的不算，你还真没见过这么古色古香的书简。你几乎以为这信本身是一件旧物，便飞快地瞥一眼信头。不对啊，上面标明的日期距今不过区区数日。你心里嘀咕，怀疑这会不会是恶作剧，有人想要作弄你？可圣诞节刚过，愚人节尚远，况且你在美国这儿结交的朋友，即便不算有头有脸，也都是受过高等教育的殷实人。谁？谁会有这种玩兴？

信确实是写给你的。对方以最常见的"亲爱的女士"开头，依然正确无误地拼写出你的名字。你像考场上刚拿到考卷的考生，迫不及待地翻到信末查看落款，那里写着：

您诚挚的，
内奥米·弗里德曼

* * *

内奥米，内奥米。即便写信的人不说，你也知道这是犹太女性常用的名字。就连"弗里德曼"这姓氏，也让你不期然想起《资本主义与自由》的作者，那不正是个犹太裔经济学家吗？信里的内奥米对此没想隐瞒，开头她直接报上名来，说再过两个月呀，她就要庆祝一百零三岁生日了。

若还能再坚持一年，我也就像你的小说里那位房东太太，活成个一百零四岁的犹太人瑞。

"你的小说"——她这么说，你立即意会到她指的是哪个作品。毕竟你写作这几年来，虽然作品不少，却唯独那个短篇写过这么个人物——年逾百岁的犹太裔房东太太。说来你还为写了这人物而沾沾自喜过，觉得她形象立体生动，别具历史感和沧桑味，与小说里年轻的华裔女主人公相映成趣，两人间的互动也饶富兴味。有了她，你觉得这作品完成得特别好，因而在完稿以后，你将作品略微修改，把两个版本分别交给了国内两家不同的刊物，并且都被刊用了。然而这是个中文小说呀。虽说现如今这时代，有互联网勾连，地理之隔已不算回事，但语文是人类通天不成换来的诅咒。从古至今，各语文之间始终隔着千山万水，内奥米怎么会知道它呢？难道说，这位自称犹太人的内奥米·弗里德曼懂得中文？

当然，我与你笔下那位房东太太毕竟是不一样的。我比她幸运多了，我的父母在一战之前，随着移民潮经水陆路从俄罗斯迁移到美国。他们来了以后才相识和结婚，我和我的姐姐及一个弟弟也都在纽约出生，因此没有经历过欧洲那可怕的黑暗时期，不像你笔下的房东太太，举家被押到纳粹集中营，死伤惨重，唯有她和她的姐姐存活下来。

实话说，你这篇小说写到结尾了才端出这位老太太悲惨的身世，身为读者，我觉得真是一大败笔。这世上有太多作家（尤其是非犹太裔作家）但凡写到那个时代的犹太人，总不得不牵连上纳粹的恶行，硬要给小说注入一点从历史借来的悲情。这种陈腔滥调，只会使得小说不可避免地流于平庸。我这话不是无凭无据说的，我可是个十分资深的小说读者。我从小喜欢看书，父母虽然都是工人阶级，没受过多少教育，却特别纵容我这嗜好，而且就和你们中国人一样，即便是劳工出身，他们也都胼手胝足要让孩子上大学，希望下一代过上好生活。后来我嫁的

丈夫是个会计，虽然与数字为伍，却也是个书迷。壮年时我尝试写小说，也给舞台剧写过剧本，我的先生则到死都梦想着要当个诗人，因此我们家里总是不缺书的。即便到了今天，我的先生去世十多年了，我依然每晚都得先读点书才愿意熄灯就寝。我的耳朵不太行了，眼睛倒还管用，看电视时听力跟不上视力，难免有所缺失，这才觉悟到文字的天地有多圆满——它总能做到自给自足、有声有色。

至于你的小说，那当然不是我的睡前读物。我可真希望自己能懂得中文呢。真可惜，作为移民第二代，我连俄语都不懂，只依稀记得一些意第绪语单词，那是我的父亲和母亲之间交谈用的语言；那是说悄悄话的语言，是争执的语言，也是倾诉的语言，可对着孩子，他们都只说英语，而且一辈子都说得磕磕绊绊。

说起来，我们家的成员似乎都没有特别强的语言能力。固然有些人能掌握双语，比如我们在以色列的一些亲戚，英语说得就和希伯来语一样流利，但那是学校的双语教育使然。至于美国这边，唯有我的小儿子因为年轻时在德国短暂留学，后来持续自修，迄今还能读写德语；其他人嘛，也就仅仅能用粗浅的西班牙语跟我的墨西哥帮佣聊上几句了。好在啊，我的一个孙儿两年前娶了个中国太太，弥补了我们家一直缺乏的东方元素。我的这位孙媳妇中英语双全，据说以前在大学里经常当口译员，一口英语说得比我们近两届的总统好太多了。正是她，因为我说只读过赛珍珠写的中国，她便说："那你该读读这年代中国人写的美国。"于是她就在网上找来一些中文作品，直接口译，一句一句，给我念成了有声书。你的小说，我就是通过这方式"读"到的。

"一个中英语双全的孙媳妇"——这多么醒目！看在你眼里几乎像道路施工点上常见的那些警示板上的LED字幕，一字一字闪着红光。你没来由地感到一阵心悸，只觉得呼吸和心跳加速，拿不准该不该往下读，便移开目光四下察看，甚至瞥一眼橱柜上方的摄像头，像是要查看周围有没有目击者。没有。当然没有。这么个冬日午后，丈夫上班去了，说是下午有个重要会议；儿子已在两个月前远赴法国开始他的新生活，就连往年最让全家人雀跃的家庭活动——到基灵顿滑雪——也不能把他诱回来；女儿青春少艾，一大早便随几个同学打闹着出门。偌大的房子一尘不染，落地玻璃门外的庭院一片清幽，只有门上挂着的圣诞花环还绽放着节日残余的喧腾。你移开目光再往远些看，天空干净得像是被庭院边缘一排高耸的香柏树打扫过似的，说是一片蔚蓝吧，可那蓝却是不通透的，犹似倒转来的尼斯湖，越看越觉得深不见底，越要怀疑那里头藏着水怪。

你不由得又往橱柜上的摄像头看了一眼。

这种节后的日子最无聊了，本该有些活动的，偏是疫情连续两年下来，许多人已意兴阑珊，都提不起劲儿办聚会了。城里的一群写作同道，过去常有各种名堂和节目，要不在公众图书馆里办新书分享会，要不趁国内哪个知名作家出游美国，便张罗个交流会一尽地主之谊，或者干脆弄个圣诞或新年聚餐，好歹也叫人文荟萃，来年会有衣香鬓影的照片印在会刊里。你那时三天两头便往皇后区那一带跑，毕竟法拉盛多的是中餐馆，文友们到了那里就像解开一件穿了太久又束缚太过的紧身衣，纷纷敞开胸怀用比英语高八度的普通话交谈，南腔北调，乡音不改。

在这群人当中，你知道自己的自觉性比较高。无论到了哪里，无论在什么情况之下，你都不至于捏着嗓子说话。别说身处美国社会，即便以前在国内，从小到大，你那么优秀，受到那么多师长夸赞，甚至后来在中美两地上了最顶尖的学校，你也未曾有一刻得意忘形，反而时时警惕着，不让自己沦落到蛙鸣蝉噪中。文友们无不觉得你文静低调、言行得体、不爱抢风头，甚至还不怎么打扮，却又不失体面。你的一身衣着和手里拎的包包，包括赴会时穿的鞋子，看似朴素，可圈里的女士们只要有点见识，便能认出来那些都是十分低调的名牌。她们因而对你有好感，但凡有活动必然把你叫上，只因满堂花枝招展，最少不得你这样堂皇的绿叶。

你当然不以为自己是绿叶，反而觉得与这些人为伍会衬得你出淤泥而不染。谁说不是呢？这些同道们写的作品你多少看过一些（私底下发给你"鉴评"的有，微信群里公开分享链接的也有），多半不过尔尔，许多连国内高中优等作文都比不上。就一面移民文学的旗帜张扬几十年了，搬来弄去不外乎电影《爱在别乡的季节》里藏着的老三样：离婚、疯癫、杀人。你还知道这些同侪其实都不怎么看书，就算有吧，阅读的视野也都止于1980年代先锋派小说，从此不思进取，更别说外国作品了。这些人落地多年，把美国这边各种社会福利、税法和股票都摸了个透，现当代作家的名字却是叫不出一个半个来。你跟他们不一样，尽管起步晚，等到孩子都长大了才开始写作，但毕竟科班出身，也一直保持阅读习惯，加上英语底子好，中英文书都涉猎不少。这几年矢志写作，誓要把以前蹉跎了的光阴追回来，读书更是加倍用功,差点没回到年少时备战高考的状态。有了这些积累,无论学问或眼界,抑或是创作水平,无一不凌驾这些坐井观天者。

这时候,你不免想到,倘若这"内奥米"真有其人,并且她真如信上所说,一辈子醉心阅读;你要能早几年遇上她,大有可能与她结交,那么这些年你发奋写作,也许就能事半功倍。当然,若真是那样,你应该不会写出这个关于房东太太的作品了。退一万步说,就算写的还是这个小说,里头的老房东太太必然会是个不同的人。再退一万步吧,即便房东太太非得是个犹太人不可,想必也不会是个纳粹集中营里的生还者。内奥米说得对,这么写流于俗套,显得平庸了。

* * *

对于这篇小说的结尾,我固然不太满意,当时忍不住摇头,脸上必定也显出不以为然的神情,以至我的孙媳妇住口不念了,问我怎么啦?是作者写错了什么吗?

"我原以为这部分你一定会产生共鸣呢。"她说。

我得承认,小说这样写,尽管落入窠臼,却不能说"写错"什么。那年代一个居住在德国的犹太妇女,自然是躲不过那一场历史浩劫的。"可是老房东太太不是生于1908年吗?1939年她三十一岁了,她的姐姐又更年长一些。姐妹俩都没结婚吗?怎么会和弟弟以及父母一起被送到集中营?"我这么回答。我的孙媳妇瞪大着眼睛,也许脑子里在数算我提到的那些数字,也可能心里在嘀咕,以为我故意挑刺儿。

"没错,这有点怪,"她反应过来,"但它连'瑕疵'都算不上啊。"她语气有点急,

似乎自觉有义务为你的小说辩解——就好像我在她面前也总觉得自己有义务为民主党辩解——一再强调你写的这位老房东太太,形象特别生动,特别饱满:"简直栩栩如生!"

我只好向她解释:小说后面这么写,像打补丁似的看着碍眼,一点儿没有使得人物更丰满,反而令小说变得油腻可笑。

"正应了你们中国人那句谚语:画了蛇还给它画上脚。"我见孙媳妇神色不悦,便用这话转移话题。她果然惊讶,问我怎么知道这谚语。那是以前我从一位病人那里学来的——过去我是个心理咨询师,在曼哈顿下城执业超过半个世纪,九十岁才退休呢。虽然吉尼斯世界纪录没有记载,我却一直相信自己是人类历史上出现过的、年资最高的心理咨询师。这位病人与她的丈夫都来自台湾,夫妇俩在美国落脚多年,有过一番苦尽甘来的经历,如今两人生活富裕,在纽约和佛罗里达都买了房子。她成了我的好朋友,每年总会特地过来探望,还招呼过我在佛罗里达小住。我在曼哈顿有一座小公寓,自从先生逝世后便一个人守在这里。我倒是不像你写的房东太太,需要腾出房间来出租给外人。即便我想这么做也不行——这房子里东西太多了,它们多是我过去旅游时采集回来的宝贝。而且我这儿访客不断,儿孙和亲戚朋友们常来,加上墨西哥帮佣每周两次登门,除了打扫卫生以外,也陪我到楼下小超市里采买,或是扶我到隔一条街的发廊以及美甲中心。甚至呢,在不让我的儿孙们知道的前提下,我还会推着助步车,与她结伙,慢悠悠地踱步到再远一些的法式咖啡馆去喝下午茶。

人活到了我这把年纪,多少是个奇迹

吧，也就自然而然成为了后辈眼中的智者；好像年龄可以使人自动升级，变成白袍巫师或红衣主教什么的。譬如说这公寓有个年轻英俊的波多黎各保安员，上个月领着他的新婚太太来敲门，夫妇俩说要碰碰我的手，好得到我的祝福。也曾经有一位高头大马的俄罗斯女人刚搬进这栋大楼，因为听说楼上住了个百岁长者，便特地来叩门，想要与我聊聊天。哎，有时候我真希望他们能多给我一点个人空间，好让我安安静静地看一会儿书呢。所以啊，我并不像你笔下的那位老房东，成日坐在客厅，像被钉牢在椅子上；除了与房客偶有互动，便只能等着头发花白的女儿一个月开车过来两趟。

我明白我不该拿自己与你笔下的人物相比，更不该对小说里一个虚构的人物较真。而且我也无法否认：不是每个住在美国的犹太女人，上了一百岁，还会有和我一样的晚年。她们容或也有孙儿正好娶了个中国太太，却不至于也刚好有个在电视台工作的孙女婿，会拜托雷切尔·玛多[1]在电视节目上给一百零一岁生日的老人祝寿。但老实说，我总怀疑你小说里这位房东太太并不是凭空杜撰的，很可能真有其人——毕竟在另一个小说里，有另一个人也当过她的房客，与她相处了六个星期。

读到这儿，你的心仿佛含羞草受惊，霍地收缩。你不由得抽了一口凉气，这吸进去的一口气又让你的心房再收拢了些，几乎绞出些痛感来。你觉得这信不能读下

去了，再读恐怕心脏会承受不住，然而信里字字句句如有引力，硬把你的目光拽到下一个段落：

就像不同画家画的两幅肖像，虽然笔法不同，但太多细节如出一辙，让我一眼认出来，画里画的是同一个人。只是啊，尽管来自同一个原型，然而两个小说里，我喜欢的是另一位老房东。

信哪能这么写呢？这读起来不就像小说了吗？你忍不住回头细读，又禁不住喃喃自语，怎么有人会在信里置入人物对话，平添一种剧场效果和虚构性，使得信不像是信了。你愈发怀疑这是个拙劣的恶作剧，有人要整你；也就愈发觉得这位"内奥米"故作文雅的言辞怀藏着某种粗暴的恶意。是谁呢？谁是内奥米？你脑子里将那些于城中笔会或各种聚餐上寒暄过的、交谈过的、握过手的、碰过杯的、相视而笑过的、交换过微信号的、互赠过著作的写作同侪们粗略地过了一遍。每一张超载了笑容的脸都乖张地向你凑过来，堵住回忆的出口。你越想越感到透不过气，越觉得房子里莫名地闷热。面前的落地门犹如玻璃幕墙，上面播映着明晃晃的阳光与风过树梢的景象。你再看看头上那摄像头，隐隐觉得这像是《楚门的世界》，你被放到了一个做实验用的玻璃箱里。

你把信放下，走过去一把推开落地门。凉飕飕的空气钻进来，像是你打开了一台巨型冰箱，里头放着一个冷藏许久、已经有点干枯了、不怎么新鲜的世界。你把头探到门外大口大口吸气。随着几次深呼吸，心跳逐渐平复，脑子里翻滚的思潮缓缓停歇，你逐渐看清楚了一个事实：你的那些

---

[1] Rachel Anne Maddow，美国电视主持人，时事评论员和作家。MSNBC 频道晚间节目主持人，也是美国第一位公开自己是同性恋的黄金时段新闻主播。

城中文友，没有一个会是"内奥米"。

并非他们不可能整你——你出道迟，但几年里在国内连着出版了两本口碑不错的集子，又上过些采访，还有杂志请你写专栏，文友们难说不会眼红。只是你很清楚这些人的资质，他们当中不乏口蜜腹剑者，但缺少创意，绝对想不出来这么复杂的点子，也不会有耐性跟你玩这种拐弯抹角的把戏。再说，他们若能用英语写出这信来，自当全心全意当英语作家，瞄准普利策奖冲刺得了，又何须被贬谪到"华语写作圈"，流落成外室一般、永远入不得宗祠的海外华文作家？

所以，内奥米难道就真的是内奥米？一个与你素不相识、几乎像是跟你活在两个平行世界里的犹太裔老妇人？她就那么闲，因为在你的小说里遇见了另一个年逾百岁的犹太女人，就洋洋洒洒地给你写信，要跟你讨论这位老房东？这当然不对劲儿，可你在美国这么多年了，还真知道这国家有不少怪人，他们的价值观和行为方式异于常人，而且都特别执拗，会做出许多不可理喻之事。要说疯狂的读者，比内奥米更出格的应该大有人在，否则斯蒂芬·金哪来的灵感写出《头号书迷》，让卡西·贝兹直接把作家敲碎脚骨、绑回家里？

好吧，权当内奥米就只是个爱管闲事的老太婆，你也不敢说这是否值得庆幸。毕竟她在你的小说里发现蹊跷，把老房东太太指认出来了。你怀疑她是来敲诈你的，可仔细想想，一时觉得她字里行间有种返老还童般的率直，几乎诙谐可喜；一时又想起来文字的欺瞒性，便觉得那是一个饶富写作经验者在故作天真，正卖力演出她用第一人称给自己画定的人设。是的，内奥米的表演欲如此旺盛（她还给剧场写过剧本！），怎么可能只满足于仅对你一个人卖弄？会不会呢？她会不会同时也给"另一个小说"的作者写信，将她在你这小说里的重大发现告诉对方，好向对方邀功？

亲爱的裘帕·拉希莉女士，我是内奥米，来自纽约曼哈顿。我年纪很大了，比世上绝大多数人都多享了些岁数，但我不会说自己老得超乎你的想象，毕竟你写过比我更老的老人。那是一个非常动人的作品，我不得不说你把那位老房东太太写得十分鲜活。而我，再过几个月，就要和她一样，也活到一百零三岁了。

内奥米的笔调在你的脑海里盘旋，没错，就是这么一副倚老卖老的口吻！你几乎可以肯定，她若给另一个作者也写了信，信的开场白必然是这么写的。这样想的时候，你觉得自己看见了一个满头银发的白人老妪坐在一台打字机前，一脸自喜。她的背不免佝偻，脸上不免满布皱纹，苍白的皮肤也不免泛着犹如咖啡渍的老人斑，但她一身衣着光鲜亮丽，深陷在眼窝里的一对眼珠透着尼斯湖那样的蓝；额上是发廊里刚修剪吹洗过的头发；放在打字机键盘上的手指才做过护理，十片指甲都鲜红油亮。她的形象竟这般清晰，仿佛你今早才见过她本尊。就连她的所在——一所敞亮的小公寓，布置得像古玩店或者一座小型私人美术馆；墙上挂着大大小小的画，书桌上几册大开本精装书放得犹似书店里的陈列品；面目模糊、姿态乖张的人形雕塑随处可见，每一尊都像爱德华·蒙克画的掩耳战栗者[1]；周围的柜子里和架子上密密麻麻地放满了充斥异国风情的精致小摆件——一切历历在目，活像高清电视里的画面，直让你吓了一跳，然后才想起来这完全是文字搞的鬼！是内奥米的信！她没有一字提起过自己的姿态容貌，却暗地里使了手段引导你，让你这么想象她、"看见"她。

这么看来，内奥米是个写作能人呢。你忽然意识到自己被人用文字给戏弄了，这于你等同羞辱，便觉出对方的傲慢，不由得生气起来。可转念想想，美国民间总不至于遍地写作高手吧？许多美国人街头受访，还会把《白鲸》和《老人与海》搞混呢。那么内奥米会不会是个行家，一个用英语写小说的人？某个创意写作班的导师？又或者……会不会呢？她会不会就是"另一个作者"？这想法太令人战栗。你打了个哆嗦，身子往后一缩，拉上落地门，转身回到身后的中岛，一把抄起岛台上的信。

* * *

你知道我说的是住在波士顿的那一位老房东太太。裘帕真是个极富天赋的作家，写《第三和最后一块大陆》时，她未满三十岁呢，但那小说笔法老练，每一笔都不虚，小说里提到的每一样物事都有它的作用，进而使小说产生意义。就说波士顿吧，那里不是比皇后区有意思吗？我明白你把老房东太太的房子放在皇后区，是为了迁就小说里的华裔女主人公，好把她安排到法拉盛的华人

---

[1] 指挪威画家爱得华·蒙克名作《呐喊》（又译《尖叫》）中的人物。

贸易公司去上班，再名正言顺地引进一些中国色彩。而裘帕呢，她倒是选择让一位孟加拉国青年走出他的舒适区，先离开老家加尔各答，再挥别他在伦敦求学时住在一起的一屋子老乡，只身来到美国波士顿，让他遇上"只把房间租给哈佛或工院的年轻人"的老太太。你看到吗？这个房东可不是为了迁就谁或任何一个地方来的移民而存在的；她就像自由女神，她代表美国。人们从四面八方涌向她，只有最上进、最有学识的人才配住进她的房子。虽然啊，她那栋房子其实很简陋，不是吗？

裘帕这部短篇小说集是我每隔三五年就想要重读的书，其中这个老房东太太的故事更是令我着迷。它有着一种魔力，似乎随着岁数越趋近这个小说人物，我对她的言行便多明白一分，心里又要为裘帕的高超笔力多赞叹一下。老实说，我曾经想过给裘帕写信，就是像书迷那样把信寄到出版社，对她说说我对这小说的想法，可想到对方的文笔这般娴熟简练，便觉出自己的文字啰里啰嗦，一股甩不掉的老人口吻，竟是连她笔下那位房东太太也比不上——她从头到尾没说过几句话，而且句子特别短，句句铿锵有力——顿时兴致索然，一个字也写不出来了。

给你写信却完全是另一回事。这是与裘帕的另一个读者交流。别跟我说你不喜欢裘帕；最起码，我知道你肯定很喜欢《第三和最后一块大陆》。这个短篇，过去二十年里我读过不下十遍了（由于你的关系，我昨天又读了一回）。无论是作为一个读者、一个已活过了一个世纪的老太婆，抑或是一个生于斯长于斯的美国人，我认为自己都够得上资格与你分享我对这作品的看法。而且我确实觉得这是必要的，因为啊，显而易见，你并没有把这作品读透。这话我可是认真说

的：你要是读透了它，一定不会另外再写一个小说，把人家的老房东从波士顿给挪到皇后区。

把老太太放到波士顿真是一记妙笔。波士顿是个好地方，那儿是哈佛和麻省理工的所在！她就该雷打不动地守在那里，每天像个大将军似的坐在专属她的那一把椅子上！当然，你也一样写老房东太太整日坐镇在家，可你的写法只让人觉得这老妇人动弹不得、可怜兮兮。在裘帕的作品里，老房东太太的"动也不动"却有着多层意涵。我请求你把它找出来再读一遍，或者两遍、三遍，直到你能感受到那情景所透着的庄严以及老妇人那坚定不移的意志为止。你去看看，看那个"说起话来中气十足，甚至还有点专横跋扈"的老人；看她怎样地对上门来的孟加拉国青年大吼："锁上门！进屋第一件事就是要锁门！听明白吗？"她又是怎样地为美国航天员登月成功而骄傲不已，甚至命令那青年，硬要他承认："美国了不起！"——一点不理会人家的感受。你看到了吗，老太太那顽固又近乎无知的傲慢？你看到在一个孟加拉国来的青年眼中，美国这个国家是多么的骄横、强势，同时又是多么的脆弱、自危吗？

哎，搬去了皇后区以后，老房东太太虽然还穿着相同的衣物，也过着跟以前一模一样的生活，却只剩下一个躯壳，没了灵魂。

我读过许多优秀的小说，假如裘帕写的只是我上面说的这些，那我还不至于为它叫好。我的意思是：她若只是借着老房东太太反映第三世界过来的移民眼中的美国，那么这小说终究缺了深度。裘帕写的却是两者之间的交汇，写它们的冲突与和解。小说的叙述者（那一位孟加拉国青年）塑造得可真立体。用第一人称写的小说人物难得有这么含蓄又这般生动的。就连他从老家娶来的那位腼腆拘谨、放到美国这环境里显得落伍，或者说过度庄重的新娘，都意味着"另一种文化"。文化代表着传统，比起波士顿所代表的科学精神和对知识的追求，它人文而古老。它不能把一个民族送上月球，可是它的价值融入到生活里，体现在人的言行态度之中。

你记得那位叙述者第一次交房租的情景吧？那可是小说里一个重大的转折点，有着丰富而深刻的含义。你若想把小说写好，一定得仔细观察！虽然在你的小说里，这情节被大致写了一下，但也因此使我更确信：你没有把《第三和最后一块大陆》读明白。

没错，你在裘帕的作品里拣了一些有意思的细节，将它们打包了，跟随老太太一起搬到皇后区——她的"专座"、她的拐杖，以及那几根伤残的手指。然而把房子移走本身已经是个巨大的失误，至于你搬弄过去的那些细节，恐怕都只是这小说的皮毛。老房东太太再三强调的"锁门"被你写得毫无力道，变成了软绵绵的叮咛；那一屋子破旧的爪脚家具，到你那里就只剩下一根套着橡皮套的脚爪拐杖了。你这般压缩处理，晓得这让小说损失了什么吗？我只能说，就像是好好的一把宝剑，你只取去了剑鞘。

还是请你看看那位加尔各答来的青年吧。尽管老房东凶巴巴地交待过他，每周五交房租，必须把钱放到钢琴的谱架上，可第一次交房租时，这位青年"不习惯把钱一扔了之"。他把八张一元钞票放入信封，外面妥妥写上房东太太的名字。正当他把信封拿到指定之处时，瞥见了老太太坐在楼梯间她的专座上。出于不忍，他走过去把房租递给她。

信里说的这一幕，你当然记得清清楚楚。你甚至仍记得自己写的这场景，节奏虽然明快了不少，最后的处理也做了些改动，但描述的情形大致还是相同的。内奥米怎么竟说得好像你错失了某个重大机关，没有它，小说就撑不起来似的。她说得如此郑重，使得你不禁对自己的记忆产生怀疑。可记性好一直是你的强项啊！阅读能力也是超群的，总是能一目十行马上抓住要点，不然以前在学校里你哪能这般得心应手，顺顺当当考上第一志愿，又毫无悬念地搭上出国大潮？现在呢，这可恶的内奥米在质疑你。她一定不知道这两年你已经在给刊物写书评了，居然敢用这种评论家的调调来跟你谈小说！你咬了咬牙，忍不住抬起头来对那摄像头瞪眼。"好吧，"你说，"我这就去把书找出来！"

书在楼上你的房间里。你抓住内奥米的信，直接往伍尔夫一个世纪以前说的那个"只属于自己的房间"大步走去。楼道很长，一大一小两面镜子以及其他光可鉴人之物，都照见了你咬牙切齿的模样。你那房间自然也安装了摄像头。没办法，这一区住的都是体面人家，所有的房子多少带点庄园风格，表面上都得维持一派悠闲模样，把十二万分戒备之心藏在内里。你虽不至于在床头柜里放着一把格洛克17，或是在衣帽间竖着一管差点超出你身高的雷明登870，可除了浴室和储物室，这房子里里外外没有一个空间逃得过监控。

房间里书多，凑得上大半壁书墙。你从上百成千排列得整整齐齐的书脊里精准地掏出《疾病解说者》。这毫无难度，好像所有的书都训练有素，成了待命的战士。你把书拿在手里，扬起下颏看一眼房里的摄像头。它高高在上，仿佛墙本身长出来的一只带柄的复眼，对你冷然凝视，眨也不眨一下。你打开书，翻到书中最后一篇小说，找出那一页：

我走近她时，老太太抬头瞅着我。
"你有什么事？"
"房租，夫人。"
"放到谱架上去！琴键上头！"
"我给您拿过来了。"我伸手把信封递给她，可她十指交叉放在腿上，丝毫没有松开的意思。我稍微弯下腰，信封靠在她双手上方。过了好一会儿，她终于接受了，对我点点头。

晚上我回到家，她没有拍拍琴凳示意我坐下，可是出于习惯，我仍然像往常一样坐到她身边。她照例问我检查过门锁没有，却没有再提起月亮上的那面旗帜，而是说："你心地真好！"
"我不太明白，夫人。"
"心地真好！"
她手上还拿着那信封。

你用目光迅速扫瞄了一遍，只揪出"好心"一个关键词，觉得不够，便又再扫视一回。这回你略为放缓速度，书上的文字便似乎都被放大了些，直至看见老太太"终于接受了，对我点点头"。你的心跳卡顿了一下，目光却依然顺势滑走。你稍微怔忡，把溜过去了的视线收回来，重新再读一遍。

这一次你看清楚了老太太一反常态的沉默，而"我"受习惯驱使，无言地在她身边坐下。不，你看见的不是哪个关键词，甚至也不是什么句子，而是这些句子之间的空白，以及这些空白之处某种隐性但坚韧的连接。是的，你隐隐看到了藏于鞘中的、内奥米说的那把剑。

你觉得目光变得有重量了，像两颗坠子。可它们也如西西弗斯头顶的巨石，又被推回到老太太跟前。她抬头瞅着"我"。你再读一遍，又一遍；先是心里默读，然后忍不住小声念出每一个词，又循着标点符号调整语调，或稍作停顿，直至书里那幽暗的客厅自眼前浮现。老房东太太的头脸从满室陈旧的家具以及一袭式样朦胧的白衣黑裙中浮起。她个子很小，是被岁月和生活反复压榨了一百年的身躯；可她交叉着放在膝盖上的手仿佛金石，手指那么长，指关节肿大骇人，发黄的指甲看起来那么坚硬，像经历过许多战役的老盔甲。

"你有什么事？"她问。声极凛冽，像是在制止你，叫你别靠近。

"房租，夫人。"你把信封递过去。

你放下书，叹了一口气。这段文字你分明早已读过，甚至在写你的那篇小说时，就曾把书翻开，让这小说像个一览无遗的裸女横陈在计算机旁的看书支架上。那上面的叙述和描写，你没有一处不记得，说明你的记忆力仍然好得很。正如你还清楚记得，你小说里那位女房客的租金是按月算的。她把支票（而不是寒寒碜碜的八张一美元现钞）放进信封，规规矩矩地按照老太太的指示拿到厨房的餐桌上。有一次因事耽误，匆忙下楼，不及细想便把信封塞到了老房东手里。傍晚回家时，老太太仍然坐佛一样呆在原地，手里还捏着早上她给的信封。

"毕竟那是个中国女人呀！"你在心里争辩，"她跟印度青年自然是不一样的！不就因为文化不同、性别不同吗？"你不期然又往那摄像头望去，恶狠狠瞪它，让它把你这副趾高气扬的模样看在眼里。

没错，这绝对是文化差异无疑，所以

孟加拉国青年晚上归来，毋需房东示意即安静地在她身旁坐下（那里有张小圆桌，上面有一盏台灯，此时必定已经亮起来了）。老太太再怎么将自己塑造成一座雕像，一颗心毕竟不是铁铸的。她过去可是个钢琴教师啊！内心被音乐浸润过，总有柔软处，能感受到青年那简单的肢体语言所表达的意愿，以及那意愿背后纯粹的善良。在彼时的静谧中，她听到了青年无声的话语："我来陪陪你。"这比阿姆斯特朗说的那一句"我的一小步，人类的一大步"更能触动她。她不再要听他颂扬美国了，而是打从心底叹喟：这人怎么心肠这么好？怎么这么好！

你写的中国女人却不一样。不一样。老太太把她喊过去，温言软语地请她把信封放到餐桌上。女人十分顺从，不明就里但依言照办，并且从此再不敢把房租直接交到老太太手里了。

* * *

"这段文字里头，最有力道的一句，是'我不太明白，夫人'。"内奥米在信里说。你不禁撇了撇嘴，把放下的书本又拿起来翻了翻。

这一句"不明白"，我觉得太有意思了。它表示这年轻人并未意识到自己付诸行动的美德，他不了解这当中有什么值得赞美。他以为事情本该如此，自己就该这样体恤地对待一个老人。这不是顶级高校或科学精神所能给予的涵养，它来自古老的文化，渗入到人的骨髓里。我相信老太太第二次发出的赞叹，就是冲这一句"我不太明白"而来。

这位老房东过去把不少房客吆喝走了

（全是哈佛和工院的学生！）但她私底下对她的女儿说，这个孟加拉国青年不一样，他是一位"绅士"。

如此充满张力又意蕴深刻的一个情节，挪到皇后区上演，就变成了可有可无的一幕。不瞒你说，我的孙媳妇读过这一段后，我打住她，请她再翻译一遍。"你是不是删掉了什么？拜托，我一句都不想漏掉，请你把它完完整整地译出来吧。"她十分不解，却也再念了一遍。虽然换了些用词，也将句式稍作调整，但我总算明白了她确实没有对你的作品私自删节。

面对文学，我不是个死脑筋的老太婆。我尝试过换别的方向去解读。譬如说，我想象这是一个向裘帕致敬的作品，作者照搬同一个场景和情节，目的是要拿它当镜子，以对照出不同民族之间的文化差异。我告诉自己，这么做需要多大的勇气啊！几乎能算得上行为艺术了。然而不管我往哪个方向解读，始终想不明白你把一个一百岁了还在生活自理的独居老妇，写成一个软绵绵黏糊糊、还每次吃上甜食都表现得特别腻歪的老太太；最后笔锋一转，赐给她一个大苦大难的身世，让人物的形象和人格一再产生矛盾并相互抵消，这又是何用意？

要想了整整两天我才能坦白对自己说：老天，这分明纯属花俏，根本没什么特别用意！你呀你，不仅只拿走了剑鞘，还在剑鞘上大肆动工，给它雕龙画凤、穿金戴银，想必以为那样就能让它成为另一把剑了。我的意思是：那些最关键也最有深意的细节被轻率掠过了，添上去的枝节却都华而不实，还和小说本身特别不搭调，就好像是把不同属性的枝叶嫁接过来，硬生生把主干拖垮。

我说得这么直白，猜想你一定很不服气。我们不妨回到老太太的住处，让房子来说话。在波士顿的房子里有一台三角钢琴和满屋破旧家具；老太太终日坐在楼梯间，那里有一张小桌子，上面有一盏灯，还有收音机、电话和钱包；她的手杖斜放在一旁，上面积满灰尘。你看明白那些对象吗？对于一个行动不便的老人，它们每一样都不可或缺，加起来的总和是一整个世界。

再看看距离远一些的钢琴吧。老太太过去凭着教钢琴把孩子养大，那是她的谋生工具。你可以想象她的学生是怎样交学费的吗？我猜他们会把学费放到琴键上头的谱架上。

至于在皇后区的那一栋房子，你让在华人商行里工作的女主人公，经常给老太太捎去各种中国食品。这位在纳粹集中营受尽煎熬而幸存下来的老妇人，一百零三岁了，想必做不了什么家务，仍然每天用干净手绢缠住伤残的右手。吃饼时，她左手跷着"兰花指"（多亏我的孙媳妇讲解和示范），还因为要配搭中国糕点，搬出了一套韦奇伍德骨瓷茶具——那很可能只是老太太收藏的许多珍宝之一。

为这一套韦奇伍德茶具，你不吝笔墨，不啻把上面的花花草草详细列出，还把老太太喝茶的所有步骤写得巨细靡遗。你那么费心写这下午茶，老太太不得不配合着拧出点英国贵妇人的做派来，你也就越写越起劲，说到厨房里烧水的茶壶总是擦得锃亮……你越是写得详细、这茶喝得越是讲究，鸟语花香都要从字里行间溢出来了，这小说读来便越荒诞，叫人觉得像在读《爱丽丝梦游仙境》，又不禁怀疑这是从别的什么文章（可能来自《读者文摘》[1]一类的杂志）剪贴过来。

---

[1] Readers Digest，1922 年于美国创刊的家庭月刊。

"小说里写这些吃吃喝喝的，有意思吗？"我问我的孙媳妇。她是懂得察言观色的人，知道我不以为然，便费了些口舌给我讲解中国人的一句老话，大意是食物是人民的生命，是生活中天大的事。

"这样写格局小了，不是吗？东西方文化差异被写成了茶杯和盘子里的那点事儿。"

我知道这么说有点无礼，但我都一百零二岁了，有了点老人该有的特权，可以偶尔装出脑子实在不好使了的模样，使人不好责怪。果然我的孙媳妇只是稍微瞠目结舌，须臾即把脸色调回原样，笑着对我说："噢，这太好笑了。内奥米！真有你的！"

啊，我把话扯远了。把话扯远无疑也是老人该有的特权。回到你的小说吧。我没忘记自己写这封信，目的就是要跟你谈小说。

谈过了小说里的房子和环境，我们来谈谈食物。裘帕写得不多，就提过两样：主人公在英国深造时跟一群孟加拉国穷光蛋同居，天天都在煮咖喱鸡蛋，周末煮得更多。直至他在波士顿找到工作，把家乡的新婚妻子从机场迎回公寓的那一日，他给她准备的也还是咖喱鸡蛋。

后来主人公的妻子安顿下来，第一次开口向他要钱。那天他回家，看见炉灶上烧着香喷喷的一锅咖喱鸡（每次读到这儿，我都按捺不住深深吸进一口气，想要闻一闻新鲜大蒜和生姜的味道）。裘帕就写了这些。但你看到那充满喜剧性的隐喻吗？从"咖喱鸡蛋"到"咖喱鸡"！那是从穷学生变成了社会人；那是从单身汉变成了丈夫。而不管变成了什么，本色未变。

"够了！"你在心里呐喊。几乎想要把手中的信撕了，或是把它揉成一团，狠狠掷到地上。但那些纸张像是在导电似的，又似乎成了烫手山芋，将一股热力从手心直传到你的耳根，让你两颊发烫，耳朵嗡嗡作响。

你恨死这个内奥米了。你在心里叫她去死吧老太婆，下地狱吧。这一刻你总算明白了，她不把信写到出版社、不写给裘帕，而是把信写给你，为的就是要恫吓你、对你尽情羞辱。你越想越觉得此人邪恶。怎么有人心思这么坏呢？又越想越觉得这如果不是一个国家对另一个国家的蔑视，也绝对是一个民族对另一个民族的侮慢。不行了，你越想越感到五内如焚，心跳加急，耳鼓擂出了隆隆巨响，似乎连呼吸都变得困难了，便也觉得身体这里那里不妥，四肢发软，有点站不住。这才兀地想起来前两年去做身体检查，医生诊出你此前悄悄发过一次心脏病，毫无症状，连你自己也不觉有异，却从此有了病发猝死的风险。你忽然感到害怕起来，家里没其他人呢。你急忙要掏出手机，才发现身边没带着，想必是留在厨房里了。你提醒自己莫慌莫慌，可手已经在发抖，拿在手上的信微微颤动，像是内奥米对你频频眨眼。你回想医生之前口授的指导，不急，先深呼吸吧。你昂起脸来，与墙上的摄像头对上了眼。

"你不明白。"你对内奥米说。你想到要给她回信。这念头一闪而过，你心里却很清楚自己不会这么做，这事不宜扩张。"可是我若真给她回信，"你遏不住想，"我会让她知道，虽然都是移民题材，用中文写作跟用英文写作完全是两码事！"这念头生起，脑子某处便像有一台不由你控制的打字机，哒哒哒哒，暗地里给这回信拟稿。

内奥米，你这信，读到下面这一段，我

觉得一口气要咽不下去了：

"看看你写的，同样是短篇，却像个野餐篮子。除了茶水鲜奶，里头还有小饼大饼，什么肉粽子、'条头糕'和'利是奶糖'（原谅我只能给这些名字胡乱拼音了），五花八门，效果就如那一套韦奇伍德茶具上的毛地黄、金盏菊、大丽花……让人看得目不暇接。这叫我想起多年前跟随几位台湾太太到旧金山中国餐馆里见识的豪华摆盘。那些雕刻在萝卜、茄子、黄梨和其他蔬菜上的腾龙跃虎及十二生肖，还有那些莲藕雕成的奇山峻岭，配上干冰释放烟雾，全摆在一个盘子上，像布置障眼法。我固然惊叹，却也不免要想，这跟一面用餐一面观赏杂技表演有什么不同呢？"

感谢你把话说得这么坦白，让我有幸受教。我在美国待了许多年，对于你这种想法和论调并不感到陌生。毕竟像 diner[1] 这种美式餐馆我也光顾过，知道美国的饮食文化实在没多久历史，品位还没建立起来，人们只知道把食物铺得盘满钵满，对于最精致最华美，抑或是最原始最野蛮的中国饮食，你们都看不过眼。根据你的来信，我可以判断你对中国文化并非一无所知，然而"知道"不等同"了解"。我必须承认你把我和裘帕的小说分析得头头是道，甚至许多处精辟得像是给我开了天眼，让我感到汗颜。你确实把这两篇小说都看透彻了，某种意义上，也透过小说看穿了我。可是我要提醒你，你终究忽略了最重要的一项事实：

我这小说不是写给你看的。

请你留意一下，我写的是一篇中文小说，而我也只将它发表在中国的刊物上。不同于裘帕，她用英语写作。那是世界语言。在她的祖国印度，英语若不是母语，必定也是广泛通用的官方语言。而我，既然选择了中文，便清楚知道自己在为中文读者写作。我写的移民故事，必须符合中文读者的期待和审美需求。也就是说，我小说里的老房东太太并不是为了迁就在法拉盛商行做事的主人公才住到皇后区。不，她是为了我的读者！

所以，窃以为你拿我的小说跟裘帕的作品相比，既没有意义，对我也不公平。它们是针对东西方两个不同的文学市场打造的作品。裘帕无疑是个了不起的作家，她写的移民文学，是一幅一幅既贡献给美国，也贡献给印度的画像。我呢，我的目标读者本来就不包括像你这样的一个犹太老人，你又凭什么对专门为中国设计，并且只在那里出售的产品指指点点，批评它不符合你的美学要求？

我猜啊，之所以我的小说引起你注目，并令你忿然，是因为我把老房东太太写成犹太裔，冒犯你了吧？她还跟你一个年纪呢。你无可避免地对号入座，却不满意我给她塑造的形象（显然你更愿意把自己想象成裘帕笔下的老房东），便写来这信，佯装"论道"，实则是要向我抗议，还借此嘲讽我与践踏我的作品，以宣泄你这不可理喻的恼怒！

是的，信就这么写吧。你闭上眼睛欢快地想象内奥米气急败坏的样子。看在墙上那摄像头眼中，你嘴角上扬，像个使诈得逞的胜利者。奇怪的是，内奥米在浮动着一层薄光的幽暗中浮出，愈渐清晰，你才看清楚了她竟有几分像你写的老房东太

---

[1] 一种常见的美式餐厅，通常吃的是汉堡、薯条、派和饮料等简餐，分量比较大。

太。这么说不对，因为你在写那小说时，分明没去模拟她的长相。裘帕已经提供了个现成的，而你为了避免引起读者的注意和过多的联想（或许会有人以为两位老太太是姐妹俩），刻意不多对她的外观着墨，然而此刻你却看见了这人物如在感光相纸中显影。她个子矮小，穿着裘帕写的一袭老款白衣黑裙，右手捆着你写的洁净手绢；雪白蓬松的短发却是内奥米的，像刚烫过一样。她胸前垂着一副带链子的粗框眼镜，左手拿着你写给她的信，指甲艳红如玫瑰花瓣……她们都在凝视你，面容不一，眼睛却都眨也不眨，多像三个靠在一起、角度终究稍稍不同的摄像头。

你甩了甩头，奋力要把脑中的影像甩开。她们没有消散，你只好睁开眼睛。就那一瞬，只来得及瞥见冬日在窗外悄无声息地掀起白花花的裙摆，这房间当着你的面暗沉下来。

* * *

我不是为了批评中国文化，或是为了打击中国移民而给你写这信的。我自己就是移民后裔，而且向来只支持民主党，当然不会仇视移民。再说，对于中国文化，我向来只有景仰而已。那是世上最古老的文明之一，就和印度文明一样古老。更何况，我的前病人（那位从台湾来的太太）还经常向我灌输："你们犹太人和我们中国人有太多相似之处了。"

"是吗？有哪些相似的呢？"我每次都打趣问她。

"这是世界上最聪明的两个民族！"她每次都这么回答。

"都擅于理财！"

"没有别的民族比我们更务实了。"

"都有很重的家庭观念！"

"所以总是招人眼红、被人误解，遭受排挤。"这是她丈夫说的。他总是等到他太太屈起第三或第四根手指，瞪大着眼睛苦苦思索时，才没头没脑地添上一句，使得在场所有人脸上的笑马上松垮下来。

"都在历史上吃了太多苦。"他再补一句。

我写这信，本意是要为裘帕·拉希莉抱不平。我希望能让你醒觉，你使的这点小聪明可是严重地损毁了人家的作品。对于我来说，真正的问题不在于你能不能不问自取，把别人的小说拿来改写成另一个版本（台湾来的前病人对我说这种生产模式寻常得很，就叫"山寨"），而是这样做是否能产生新的价值，或给原来的作品增加新的向度和意义。显然你没有做到这点，让我觉得这种生产小说的方法特别不可接受。可在给你写信的过程中，我想到这事情并非完全没有可喜之处，毕竟是因为遇上你的作品，我才会翻开裘帕的书，再读了一遍《第三和最后一块大陆》。

这应该是我人生中最后一次读它了。因为有你的作品做观照，我像是戴上了一副特制的眼镜，终于真正地、前所未有地看清楚这小说里的各种巧妙，以及那些沉落在细枝末节里的好。譬如说孟加拉国青年主动提议要每天晚上给老太太热汤，老太太的女儿叫他打消这念头，说："那百分百会要了她的命。"——这一句话，不就呼应了斜放在小圆桌旁的那一根随手可及却满积灰尘的手杖？

我可太喜欢这位房东太太了。我完全可以理解她骨子里那股顽强的精神，我甚至怀疑她可能读过《意志的力量》。那是小时候父亲第一次带我到书店，让我自己做主选的书。作者的名字我忘了，只记得他是个卫理公会派的牧师[1]。

原谅我投注了许多想象，硬是把自己与这位老房东连接起来。这完全是不由自主的。上个星期，我的弟弟去世了。他比我迟出生八年，是家里唯一的男孩。五六年前我的姐姐逝于病榻时，这弟弟已经不太能行走了，但仍然坐着轮椅从圣菲过来参加丧礼，那是我和他最后一次见面。其实在过去几年，我的许多亲戚和老朋友，尽管岁数没我大，都逐一离开了。我对此心里早有准备，即便是去年伊丽莎白二世逝世，我还喜滋滋地在电话里对弟弟大喊："你听说了吧？英女王死了！死了！她才活到九十六岁！"

至于弟弟是怎么应答的，我记不起来了，也可能我们俩谁都没听真切对方说什么。

直至接到弟弟的死讯，知道他已不在人世，我才忽然意识到在这世上我已经没有"同代人"了。自从我的先生死后，这还是头一回我感觉到这世界的清冷，像是自己落了单，成为被时代遗弃的人。这感受太可怕了，即便这房子里总有访客上门，儿孙们总是围着我，朝着我的耳朵大声说话，而我环顾他们的笑脸，耳里的声音忽大忽小，心底只觉得自己像溺水似的，已经不属于眼前的情境。

幸好这时候遇上你的小说，它领我回到裘帕的书里，让我再一次走进那一栋在林荫道上的灰白色房子。老房东太太还在屋里，她说："锁上门。"我多高兴能看见她啊！她是我在世间最后一个同辈人和对话者，而且她将长久地活着。在我终于也追随我所思念

---

[1] Power of Will, 1903 年出版。作者弗兰克·哈多克（1853—1915）为美国新思想运动代表人物之一，既是牧师也是畅销书作家。

的人而去以后，人们还可以推开这扇门（记得锁上），一次一次看她对着一个衣着传统、姿容庄重的印度少妇大声宣告——这是个完美的女士！

这几日我在打点自己的后事，算是提前处理遗物吧。这屋里的宝贝物事可多了，当中还真有韦奇伍德的东西，就是几件经典蓝加浮雕器皿，还加上孙媳妇婚前第一次来拜访时带给我的一套中国咖啡具，可美呢，说是叫"西湖蓝"，那是我见过的最温婉高贵的蓝色了。就为这个，我打算把柜子里珍藏了六十年的古驰竹节包留给她。这东西，我的大女儿可是觊觎许久了。

打点这些东西可是粗重活儿，都是上门来的墨西哥帮佣替我做的。她把我以前执业时用的打字机找出来，问我这要留给谁。那是一台列特拉。老东西虽然笨重，远不及新事物便捷，却总是比较可靠。我端详它一阵，忽然就来了兴致，想要听听它敲打的声音。此刻你读的这封信便是这样来的。衷心希望你在读它的时候，也能感受到这台老机器的劲道，一字一句都铿锵有力。

最后，你的邮件地址是我的孙媳妇替我弄来的。她最有办法了，而且行动力十分惊人。她跟我孙儿结婚好几年了，至今还经常以卓越的办事能力与超强的人脉震慑大家——两年前新冠疫情最严重的时候，家人为我庆祝一百零一岁生日，她送来的礼物可稀罕了。那是一大包家庭装二十四卷卫生纸！还居然是我向来在用的牌子！这事情，直到今天还让亲友家人们津津乐道——尽管她有支持共和党的倾向，还曾替川普说过好话，但我还是觉出她有着可贵的品质。只是啊，无论如何，我没有把你这小说里的秘密告诉她。我不会说的。正如我至死也不会对她说，她送来的那一套"西湖蓝"其实颇有

些瑕疵，说不定是仿冒品。

就这样吧。祝你新年快乐。

你从房间里出来，已经过了下午五点。冬日阳光短缺，即便有冬令时调整，房子里已有许多局部显得日光配额不足。你走下楼，在幽暗的楼道里碰见一个垂头丧气的妇人，一双浮肿的倦眼让她看来犹如水族箱里养得生无可恋的鱼。你没见过她这么委顿的模样，分明就在昨天，她的一则访谈在朋友圈里广发，配图里的人神采奕奕，标题称她乘风破浪的姐姐。

你回到厨房，正好丈夫打开前门走进客厅。他看见你坐在中岛那里的高脚椅上，支肘托腮，像在守着一艘触礁了开不动的船。他向你走来，顺手亮灯，问你怎么啦，又斜睨一眼你手中的信。你说没事。他说怎会没事，说你古古怪怪的，有点吓人。又问你手上拿着什么，看着像打字机打的文件，好古老。

"是个小说。"你说着把信半折，摁在岛台上，"我好端端的，怎么说我吓着你了？"

他当然察觉你目光游移，也一定知道被你压在手掌下的不是一篇小说。但他迟疑良久，看样子像是把一句话放在脑子里做了一百款词句重组，又像在寻思该不该从你手上夺过那封信，又该怎样夺。最终他叹一口气，说你写作别太投入了，伤脑子。说完提起放下了的公文包，瞄你一眼再转身走开，经过你身旁时他稍微放缓脚步。

"你自己看看家里这下午的监控录像，看看吓人不。"

你咬着牙不语，心脏里像有一只野物被囚，扑通扑通乱跳。直至丈夫走到房子另一头，听到关门的声响，你知道他在书房里了。你移开手掌，多希望这由头到尾是一个幻象，或者这信会因为被释放了而变成一只白鸽飞走，但它没有。你沉吟一阵儿，见它动也不动，便忍不住打开它，在头顶上那摄像头的注视下，默默把它读完。

* * *

ps：昨日我向孙媳妇讨教"山寨"一词。她略显警戒，拿起手机来搜了一下，跟我解释说这个词并非简单地指抄袭。"它指的是一种带有反权威和反主流的精神，也带有狂欢性、解构性、反智性以及后现代表征的大众文化现象。"——当然，我没听明白。

您诚挚的，
内奥米·弗里德曼

表舅纪

北　村（《作家》2023年第7期）

推荐语

小说的外壳貌似涉及网络经济时代网红是怎么炼成的，同时十八年前的罪案被小说强制召唤到现场。一如既往是北村个人写作延长线上的罪与罚、罪与赎罪的母题。但是，小说开辟的救赎之路，只能交与读者去感受、审查和判断，希望听到不同读者的声音。（何平）

一

他的一生就是个嘹亮的笑话。第一次见到他的时候，我的一条腿跨在徐水大桥上，正要跳下十几丈深的河水。我亏了我爹给的钱，四十万投资开办互联网公司失败，准备自我了结。警察和围观的人群密密麻麻地围了我两个小时，都不敢接近我。只有他看了我一会儿，就大摇大摆径直走到我面前说，你个小兔崽子！吃饱撑的要死要活，跨这儿这么久还不跳，占着茅坑不拉屎，你跳完我还要跳呢！知道我在这条河里捞上来多少死人吗？起码十几具尸体了，淹死鬼是最难看的，肚皮肿得怀胎十月吹弹可破，面目也最狰狞，因为死得最难受哇，给活活憋死的，所以眼珠子睁得溜圆几乎要挂在眼眶外面了！有一个仨月才捞起来，肚子崩地就破了，内脏飞得到处都是！我操！这叫大体观落阴，听说过吗？

我愣住了。弄不明白他是啥意思。

还跳吗？他说，要跳赶紧地！不跳就

给我滚下来！

我惊恐地看着他，不知如何是好。

他凑近我小声说：别不好意思，我也跳过，后来也厚着脸皮爬下来了。

……我吓得慢慢从桥上下来了。他径自往回走：快跟上！带你去吃麻小！上我的车。

我竟然在众目睽睽之下莫名其妙地跟他上了车。我父母当场痛哭起来！

他是英雄，也是我表叔，我叫他英雄是没有办法，迫不得已，因为他爹给他取名就叫刘英雄。他有一个哥哥叫刘英达，两岁时让一只桃子给噎死了，刘英雄就成了独子。他把我救下来没几天，我就跟他混了，或者说我父母把我托付给了他，反正怎么说都行。我一直以为我是他外甥，甚至这么对外叫了多年，他也这么介绍我，真可笑，后来才纠正过来：严格说来，我是他的表侄子。

刘英雄当时是家喻户晓的道德模范，不是官方推荐的那种，有抖音后就成了做好事闻名的流量明星。他成名的事件是因为在这条河上救起了不慎落水的省政协主席的小女儿，当时他正在进行五千米的自由泳，顺手就捞了人。刘英雄在煤气公司上班，是上门抄煤气表的，后来不需要抄煤气表了，他就闲得慌了，整天健身和运动，身材健美，除了两块砖头样的胸肌，八块腹肌罗列得跟梯田似的。当要给他颁发见义勇为奖金的时候他说：这太可笑了！太可笑了！不就捞了个人吗？太可笑了！我都在这条河上捞起过十几具尸体了，还有四头死猪，捞活人跟捞死人有啥不同？都是顺手牵羊，还给我发什么钱？可笑不？我可不要，一条狗都能干这种事么，非常可笑啊！

他在镜头前哈哈大笑到前倨后恭的样子，让大家先是错愕，后是跟着他哈哈大笑，大家愣没见过这么幽默的"模范"人物，于是他有了一个外号，叫"可笑哥"。电视台正式采访时，领导警告他，不要老说"太可笑了"这句话，他就文雅了一点，改口说，收了这奖金我会中邪，担心自己会推人下水再救他发财。由于他的谈吐奇怪又好笑，所以迅速在抖音上爆红。他把抖音号的名字从"可笑哥"改成了"英雄哥"，据说是煤气公司领导让他改的，起先他很不愿意，后来领导说，这有什么？你名字本来就叫刘英雄，叫英雄哥很正常嘛。他想一想也对，于是网民开始叫他"英雄哥"，领导让他挂了个公司团委书记的闲职。他成了抖音上最知名的见义勇为英雄模范，他的抖音号粉丝迅速涨到四百万，成了网络红人。刚开始的时候，他还不知道怎么制作短视频，天天就录他怎么锻炼、健身和游泳，比较无聊，但网友似乎并不在乎，不断给他打赏。账户爆满，钱财横流，让刘英雄犯难，像偷了人家钱似的。因为之前夸下海口见义勇为不要钱，所以这钱他不敢用，他说，我拿这笔钱怎么办呢？

我就是这时候加入他的团队的，说是团队，也就是刘英雄加上他在煤气公司的小徒弟，帮他打杂，一共两条光棍。我曾经在抖音公司搞过"内涵段子"，已经是一个有经验的互联网营销手。我们一起思考该拿这个叫"英雄哥"的账号怎么办？我说，要么我们办个经纪公司吧？刘英雄说，我没那个闲功夫，再说这钱不该我，我A不了。突然他说，我有主意了！我们就拿这钱帮人吧，见一个帮一个。

起先我以为他在开玩笑。没想到是真的，他开始满大街找那些苦不拉叽的老人或者贫困户，什么瘸子、傻子、乞丐、农民，有卖菜的，有扛水泥的，市场捡烂菜的大爷，医院付不起药费的农村人，还有无家可归的流浪汉，在街上转悠的智障，快死的病人，包括流浪猫狗，我们几乎每天拍一条视频，从遇见他们开始拍，到和他们交谈，到了解他们的艰苦状况，到跟他们回家，到整理他们的家，修建他们的房屋，给他们钱，带他们买东西、吃饭。平均两天一个案例，救助一个人。视频在网络上爆红！"英雄哥"的粉丝涨到了八百多万。第二年我们就买下了新风广场一层的楼做办公室，一共七间。招了五十几个人。就是当年闻名遐迩的"英雄哥互联网传媒公司"。

比起官方推介的英雄模范人物，网友更喜欢刘英雄这种草根模范，因为他不装十三。我仔细地打量过刘英雄，其实他长得很英俊的，头很小，身体却很强壮，面貌介乎于马龙白兰度和演员尊龙之间，棱角分明，就是不修边幅，一脸胡子拉碴，更要命的是他没气质，一点也不酷，动辄哈哈大笑，常常嘻嘻地笑个不停，前仰后合，呲着的八字胡颤抖着，给人很脏的邋遢感觉，高大的身材被他卷成一团，促狭的笑容使他风度尽毁，白瞎了好颜值和一身腱子肉。但奇怪的是：网友就是喜欢他这没架子的亲和劲儿，当然更喜欢的是他视金钱如粪土般的气概，以及乐于助人的诚挚爱心。一开始我是怎么也不相信世界上有不爱钱的人，跟了他半年后，我不敢说他视金钱如粪土，但他的确是我迄今见过的在金钱上最慷慨的人。

这个男人不但善良无私，关键还长得巨帅，在抖音上立即引爆了一批少女和少妇的心。我给你们展示一批留言：这哥们老火了，我一个男人都觉得帅，要是我老婆跟他跑了我都不带追的……有这样的老公，小三坐月子我都要去伺候……为啥等我结了婚，才刷到你……要是刘英雄是我老公，和他吵架都得扇自己巴掌！……这两天不知道我都看了多少遍了，看着他做好事心情特别的愉悦，我这钢铁心都貌似动了心，感觉自己像个花痴……唉，真不该看他，我正在跟我老公谈离婚……尽量少看他，影响夫妻感情……这辈子不可能有这么高颜值的老公，希望以后的女婿能像他这样养眼……这笑容太治愈了……啊哦哦，沦陷了怎么办……他的酒窝里没有酒，我却醉得像条狗……

故事是从一个电话开始的。那天刘英雄突然给我打电话，要我立即到他家去有事商量。我到了刘英雄家！他拿出一张报纸，是当天的《海峡早报》，第四版有一则启事。启事是这样写的：

十八年前的六月三十日晚上七点，你对我犯下的罪恶，在乌山白塔后面的树丛里，如果你不健忘。我生下了那个孩子，她已十八岁，老天加苦难给我们，她患了白血病，生命垂危，你的骨髓能救她，你是她爹。如果你想赎罪，让余生平安，你就救救她。你的一切错，我可以不再追究。想通了联系我这个电话。

……

我反复看了好几遍这个启事，才算看明白来龙去脉。刘英雄问，你认为这个强奸犯会跑出来救他女儿吗？我说，不可能，除非他发了疯。可是，这跟我们有啥关系呢？刘英雄点点报纸说，这还不明白？这强奸犯不可能站出来，那这个女孩就没救了！我们不该帮帮她吗？我想了想，说，我们没帮过这种的……刘英雄说，没帮过就不帮？所有陷入苦难的人，都是我们"英雄哥"的帮扶对象，再说了，这个事情很少见，新闻效应很好，我们去帮扶，会增加我们的知名度。我一想有道理，说，对，这比那些老头老太更值得做。刘英雄说，别急，没帮成时千万不要公开，不然会很难堪的。我犯了难：可是她需要的不是钱，是骨髓啊，这怎么帮？刘英雄说，所以我叫你来啊，打开思维，想想办法，我们可以帮她尽快寻找到合适的骨髓配源，反正这个案子有的是我们要做的空间。我说，明白了，这是个好题材！我马上着手办。

刘英雄叮嘱说，要扩大我们的影响力，就要把帮扶对象扩大到各个阶层中。他说这话时神情像个领导似的，级别起码在正处以上。

清晨六点，太阳就像烙铁一样照在我屁股上，只好醒来发愣。我发了一会儿呆，才想起今天得去联系那个被强奸的可怜人。我极不情愿地起了床，打了启事上那个电话。我说我是抖音"英雄哥"的，想帮助她。对方听上去是个脆弱的女声，就是声线暗弱。她说谢谢我。我提议今天先见个面，了解一下情况。她说她上午要去医院，到下午才有空。我说没问题，就定了医院附近的咖啡厅。对方说到她家吧，她很累，要回家休息，发来了她家的位置，居然就在我们公司隔壁不到五十米，我有些吃惊，答应下午三点准时到她家。

下午三点，我来到瑞金花园，这是一个老小区，围墙上爬满了藤蔓，足见岁月久远。我沿着脏污的楼道来到三楼，叩响了门。门开了，露出一个中年女子的脸。女子面容姣好，就是表情憔悴。我进到屋中坐定，看了一下陈设，立即判断出家境普通。女子端茶给我喝，我说我是"英雄哥"团队的，她说她叫高小书。看上去对"英雄哥"并不了解，她不上抖音。我说我们注意到她登的启事，高小书立即兴奋起来，问找到人了吗？我解释我们的团队主要是帮助弱势群体的公益团队，不是找人的。她目光中的希望明显暗淡下去。我赶紧说我们也可以帮她找到那个强奸犯，但主要是想在经济上帮助她。高小书立即问：你们能帮助我多少钱呢？骨髓移植需要几十万呢。我对她目的性这么强的露骨反应稍感不适，说这要我们调查完情况后让团队一起评估后再决定。她的目光又暗淡下去。

我说可能需要录个像，请她谈谈当年的情况，以及女儿的病情。我架好摄像机。她倒是很配合，一点也不迟疑，大方谈起了十几年前的强奸案始末，表情冷漠，甚至也不难过，看不到什么情绪的波动。但谈到女儿的病时，她的声音明显变得悲伤，表情也激动起来。她说她女儿从十五岁得这个病，多次复发，这次要是找不到配型，就要死了。

我突然问了一个问题，这个问题一出口就后悔了，幸亏她并不介意。我问：你当初为什么会把一个强奸犯的孩子生下来呢？高小书说，我不想生的，但我当时年龄太小，辍学在街上当太妹，整天不回家，后来进了厂子做旅游鞋，遭遇强奸这事把我吓坏了，父母正在闹离婚，我不敢告诉他们，我算了一下觉得我不会怀孕，结果怀上了，我就更不敢告诉父母了，后来找了一个江湖郎中给开了一副堕胎的猛药，吃了一直流血，却没把孩子打下来，那江湖郎中又叫我跳台阶,我跳了几天台阶也没用,孩子还是没下来。后来孩子就生了。我父母也离婚了,谁也不想要我。我也把孩子送去过福利院,扔在门口台阶上。孩子在台阶上哭,哭得我心都碎了!我父母不要我,我可不能不要孩子。于是,我一个人把孩子养大了。

我不想继续问下去了。这种事听起来相当难受。我录好像让她等通知,然后就回来把录像放给刘英雄看。他静静地看完录像,问我,你觉得我们应该帮她吗?我说,当然啊,这还用问?他说,那我就说对了嘛。我还是有疑惑,那我们怎么帮呢?不就是给她补足骨髓移植的手术费,还能做啥?刘英雄把录像倒回去给我看,他说你看,她对经济方面的帮助好像并不在乎,主要是想找到那个强奸犯。我就笑了,这个忙我们可帮不了,我们不是警察和刑侦队的,还能找强奸犯?刘英雄说你丫脑子就是一条直线思考问题的,我们找不到强奸犯,难道不能帮她找找骨髓配型吗?我们就只干发钱的事?我说,嗯,这倒是,最近我也在想怎么扩大业务范围。他打了我脑袋一记:什么叫扩大业务范围?这话从你嘴里出来就那么不中听呢?我辩解道,老大,你别真把自己当道德模范了,我们就是网红流量明星传媒公司。刘英雄说少废话,我们着手帮她找骨髓配型。你说她女儿住哪个医院来着?我说在人民医院血液科。刘英雄一拍脑袋,人民医院血液科?那不就是老贺那个科吗?他说的老贺是他的初中同学贺国庆,在人民医院血液科当副主任。刘英雄说,就有这么巧吗?我自己给他打电话直接问不就得了?我说那敢情好,你自己问,省我挨你骂,我张罗手术费的事。刘英雄一把揪住我衣领,看

你往哪里逃?我就打个电话,具体事儿还得你去跑。我说行行行,我不就是你的腿吗,狗腿子。刘英雄笑了:要你去跑,别人以为你是那强奸犯怎么办?我说你要脸,我可以不要脸呀,你是我们的神主牌,我屁也不是。刘英雄哈哈大笑,一副促狭样儿。

晚上他打电话给我,说贺国庆就是这女孩的主治医师,但他带来了一个坏消息:贺国庆告诉他,这女孩等配型已经等了三四年了,她得的是一种比较罕见的白血病亚型,对移植匹配的要求度比较高,一直找不到,最近又找了一轮,再次宣告失败。我听了叹了口气,说,这真是命啊,那我们也没办法了,帮人帮不了,只能帮钱了。刘英雄没说什么,挂上了电话。

……我洗漱完上床睡觉。半夜两点,手机突然响了。又是刘英雄打来的。他说要到我家来。我很错愕,问出了什么事?他说电话上不好说。我只好等他来。我意识到一种危险逼来:就是税务局查税来了!直播卖货有多少收入没交税,我是一清二楚的。那一刻,我突然全身虚脱,好像一屁股要坐到地上去。

……刘英雄进得门来。我问,出啥事了?查税吗?他说不是。我松了一口大气,开了一瓶啤酒给他。刘英雄咕噜咕噜喝了个半瓶。然后问我:你就没起一点疑心吗?我说啥疑心啊?他说强奸犯的事。……我立即不说话了……他也不说话了,仰着头把半瓶啤酒喝光。

我说,老大,哈,哈哈。你别吓我。

刘英雄说,没吓你。

我摸了摸头:……不会吧?

刘英雄问,不会啥呀?

我想了想,说,你在说啥呢?

刘英雄说，只限于我们俩个知道。

我颤抖了，不是真的。不可能。

刘英雄说，是真的。报纸上的，那个强奸犯，就是我。

……我再一次不会说话了。呆呆地看着他。他问，傻×了吗？我点头，傻×了。他说，我告诉你，就是要你帮我一起解决。我说这还有什么好解决的？赶紧躲啊！扔掉这个项目，再也不要碰！另外，你自己说的，就我们俩个知道，决不允许第三个人知道！把这个秘密放进箱子，打上封条，沉到江底，永远不要提起。

刘英雄说，李甘露知道了。不是我告诉她的，她自己看报纸注意到的。

李甘露是他的女朋友，倒追他的，父亲是东成地产董事长李东成。

我像被锤子猛砸了一下。

我这才悟过来：原来李甘露昨晚急着找我，不是要我帮催婚，而是要谈这个问题的。我对刘英雄说，原来你早就知道了？为什么要瞒着我呢？刘英雄叹了口气，这不是什么好事情嘛。我说你不告诉我，酿成大事就不可收拾了，到底整个过程是怎么一回事，你现在必须仔细地说个清楚，我们才能准确地下个对策。

刘英雄于是把这件发生在十八年前的丑事一五一十地说了出来，他反复强调：这是我年轻时干的荒唐事儿，我当时才十八岁，仅仅十八岁。我从他断断续续的不完整回忆中，大概拼凑出这样一个故事轮廓：……当时的刘英雄因为没考上大学，父亲安排他进水厂当工人，因为他每天五点钟要去健美俱乐部占位置，所以把活干完后就早退了一个小时，厂长处分了他，勒令他每天上班要早到一小时，打扫全公司的楼道。刘英雄觉得很不公平，因为厂长的外甥天天迟到早退，厂长都置若罔闻，专门整他。于是他瞅到一次厂长收受他人五万元的寿山石贿赂时，向上面举报了他，让厂长得了个处分。厂长威胁要开除他，刘英雄威胁要继续举报，厂长于是没开除他，但罚他一个人清理蓄水池。这是个需要十九人才能完成的重活。刘英雄干了两天，全身骨头都散了。他本可以告诉父亲来协调这个事情，但他认为错在厂长一方，于是他去找厂长讲道理，下班时把厂长堵在办公室。厂长对他说：刘英雄，不是我错，是你错了，只是你根本意识不到这一点，你知道你错在哪里吗？刘英雄说，愿听指教。厂长说，不读书的人，容易上人的当。刘英雄说，我虽然没考上大学，但我其实读了很多的书。厂长笑了，读书多，容易上书的当。刘英雄疑惑了，你要说什么呢？厂长慢慢地拍了拍他的脸：读书人最大的愚蠢，就是认为这个世界是讲道理的。

刘英雄的表情渐渐就凝固了。

第二天，厂长就开除了他。理由是：迟到早退，威胁领导，玩忽职守。

……刘英雄的愤怒和挫败感隆隆上升，他觉得厂长严重羞辱了他。他一个人跑到河边，抽了一下午的烟，一直想着厂长那句"读书人最大的愚蠢就是认为这世界是讲道理的"，令他扎心的是：好像厂长这句话是对的，因为他父亲得知儿子被水厂开除，首先想到的不是为他伸张正义，或者了解真相，而是不分青红皂白地把他痛骂了一顿，说刘英雄不知好歹。他买了一瓶茅台和三条中华烟，让刘英雄去厂长家赔罪。刘英雄说好，却拎着礼物来到了河边，打开茅台，直接喝上了。他又撕开中华烟，一根一根地猛抽，一下午干掉了一包烟，把整瓶茅台喝了个干净。他酒量好，还是醉了，在河边的草地上睡死过去。

傍晚时分，他醒了。但神智并不十分清醒。他只记得厂长鄙夷的脸和那句话：这世界是不讲道理的。刘英雄东倒西歪地走上了马路，晃晃悠悠来到了乌山白塔后面的树林里。这是他练武的地方。他耍了一套拳，觉得心中的怒火还没泄去，就长嘶大吼了一嗓子：我操你大爷！——但只有空谷回音。刘英雄想：既然这世界是不讲道理的，那不就是什么都能干了？杀人放火，抢劫强奸，爱干什么就干什么！没有道理好讲嘛，干了也就干了。

……我默默听完刘英雄叙述，他是用很平静的语调说的，但我能听到他内心的风暴，即便在十八年之后。我明显意识到他为了让自己的行为合法化，做了许多修饰，使他的强奸行为看上去是迫不得已的。但现在说这些有什么用？我对刘英雄说，没用，事情已经发生了，你这些前因后果只有到法庭上才有用，但一旦闹到上法庭，我们就完了！刘英雄听得懂我说"我们"是什么意思。刘英雄缓缓道，我不是要为自己撇清，我只是说，这些都是事实。我急眼了，你怎么还在唠这些没用的呢？关键是现在怎么办？一旦那女人发现你就是那谁，要她是设一局让你钻的，怎么办？刘英雄摇摇头，不像在设局，因为她女儿病是真的。我认为他太乐观了，要是她等你救完她女儿，然后再举报你，又怎么办？刘英雄却文不对题地回答我：也是我的女儿。

……我听了就呆住了。虽然他说的是事实，但我闻到了某种不祥的味道。我怀疑地看着他：你不会是真想救她女儿吧？……他没吱声。我说，说话啊。刘英雄说，我没说要救她，但这事对我冲击太大，我得消化消化这件事。总归得帮助一下，是吧？

我是能理解刘英雄此刻的复杂心情的。放我身上，反应也是一样。刘英雄说他这两周过得很艰难，魂不守舍。但他出色地在我面前隐藏了自己，我竟然没发现什么异样。刘英雄说，他怎么也不会想到十八年前发生的事，竟然并没有结束，还留下了一个孩子，这简直是晴天霹雳！他无数次地在心里否定这个结果，这种概率极低的事怎么会发生在自己身上，所以当他让我去证实这件事时，心中充满了侥幸，认为大概率不会与他相关，或者就是一个骗局。但拍回来的录像，令他全身虚脱。刘英雄像死刑提审前的死囚的心情一样，惊慌失措地等待着真相败露的到来。

你不能再去找她了。刘英雄果断地说，就到此为止。

对啦，老大。我高兴地擂了桌子。你好像清醒过来了，碰也不要再碰。

刘英雄说，就当作没发生过这件事。你知我知。

我突然意识到有什么不对劲，问，你不是说李甘露知道了吗？

刘英雄恍然大悟：是哦，她知道了，怎么办？还是没有解决。

刘英雄把李甘露发现的过程描述了一遍。其实报纸是李甘露先看到的，当时他们正在家里请李甘露的父亲李东成夫妇吃饭，所以理论上李东成也知情，但他没有特别在意，只说了一句：世界上还有这种奇事啊？可这事在李甘露印象里烙下了。或许只是刘英雄的幻觉？他看着李甘露，时时都觉得她注视自己的目光变得狐疑起来。刘英雄内心煎熬：他知道自己肯定是不会站出来的，但正因为如此，刘英雄就更煎熬，煎熬的重点在于，他一直无法摆脱那个生病的"女儿"的形象，虽然他不知道她长什么样儿，毕竟从基因的角度与他相关，刘英雄不停地在脑海中想象她的样子，更致命的是，闪现在他眼前的是一个被血癌折磨得奄奄一息的光头的少女形象，电视新闻常报道的白血病化疗剃光头的孩子形象，补充到刘英雄脑海中，让他魂不守舍。

自从十八年前那次重大打击之后，他逃脱了十八年，再次迎来暴击。这事就是十八年前的延续。就像九级地震十八年后的余震。

二

第二天去公司上班，我以为我是第一个到的，刘英雄的事弄得我忧心忡忡。我进到办公区，发现李甘露的办公室门也开着，她作为投资方并不会天天来上班，但今天这么早到，我立即明白是怎么回事了。李甘露认识刘英雄还是赵荔红作的媒，赵荔红就是刘英雄在河里救起的政协主席的女儿，她们是闺蜜。我走到她办公室门口，看见她低头在看材料。我说你比我还早啊？她吃惊地抬头说：啊。我问她昨天找我有什么事？她王顾左右而言他，说，没事，没什么事，就是找一份报表，我自己找到了。我说，哦，那就好。回到办公室的时候我在想：她为什么要掩饰自己呢？还是她已经找到了解决办法？

这时刘英雄出现在我办公室门口，说，你过来一下。我随着他进了他的办公室。他说，把门关上。我就把门关严实了。两人面对面坐定。沉默了一分钟，他打开一盒雪茄，抽一口？我问你抽烟了？他说，心里烦得很，不抽不行啊。他开始切雪茄。我叹了口气，说，这种概率比被雷劈还小的事情，怎么就让你遇上了呢？刘英雄苦笑了一下，就是嘛，一时冲动，还冲动个孩子出来，有了一个孩子也罢了，还找上门来了。我给他点着了雪茄，说，这是百万分之一的概率。他吐口烟，呛了一下：本来我以为这事儿永远不会被发现了，永远过去了，这秘密只会随我进入棺材，沉在我心底。我眼看就已经成功地逃过这个惩罚了，没想到结果会这样。这事一出现，我立即就不得安宁了，我才知道，这十八年的平静全是假的。

这事你肯定是不能管的呀。我说。

当然，理智上我是一万个不想管，也不能惹，要离开得远远的。但自从看到这个启事后，心里就再也甩不掉它，虽然她指明了确凿的地点，我仍然存有最后一分侥幸，希望这事情的主角不是我，一定是搞错了。所以我不可能当做没看到这个启事，我要证实它跟我无关，所以才叫你去调查。

我悻悻然，你不如不叫我去好了。

换了你，你能做到吗？当作没看见？他问我。我只好如实说，我也做不到，我一定会去搞搞清楚。他说这不就结了？现在吃后悔药没用，想办法解决才是，我第一次觉得自己失序了，不知该怎么办，才能灭火，所以，请你来帮忙，你不是智多星吗？这次怎么才能躲过去？我说我从来没处理过这种案子啊？你置之不理就是最好的决策。他说对啊，原来可以置之不理，但现在不行了，李甘露知道了。我难以理解：这太让我匪夷所思了，你怎么会、也怎么能让李甘露知道呢？是她先看到报纸没错,但你怎么会把真相告诉她呢?

我承认,我想帮她,还有我女儿。刘英雄说,这样,李甘露迟早会知道。

你为啥就一定要帮她呢?

因为我强奸了一个不该被强奸的人,我指的是这个高小书是好人。

当时我喝完了一瓶茅台,抽了一地的中华烟,她出现了。她奇怪地看了我一眼,慢慢走到前面去了。本来也许我就此与她擦肩而过失之交臂。可是,突然,她停下了脚步,慢慢地走回来。她来到我面前,蹲下来问我:你没事吧?我看着她,说,没事。她又问,你病了吗?我恶狠狠地吼,没有!她吓了一跳,望着满地的烟头,小声地说……我是怕你烟头着火。我这才发现我的烟头扔在草地上,有的还冒着烟。

她帮我捡起了所有烟头,掐灭后用一张地上的旧报纸包起来,起身问,你还呆在这儿吗?天黑了,回家吧。我笑了,不要你管,你他妈的管得太宽了。她说,你怎么还骂人呢?我说,就骂你了,怎么着?她吓得马上起身,一声不敢吭地走了。我想,这女的把我看成颓废青年了吧?于是渐渐的有一股火升腾上来,看着她包在牛仔裤里丰满的臀部,我的欲望瞬间被点燃!她的身材有一种少女特有的丰润,臀部在牛仔裤里呈现一种诱人的紧绷。我犹豫了一下:毕竟对方刚才还在关心我。但我转念一想:她只是在可怜我,鄙夷我,既然厂长那老×告诉我一个真理:这世界是不讲道理的,那是不是同样是不讲道德的?那是不是同样是不讲对错的?是的,正是这样,这老×讲得是太对了!讲出了绝对真理。既然不讲道理,不讲道德,也不讲对错,那还有什么是不能干的呢?……于是我追了上去,她开始猛跑,我一把扑倒她,把她拖进了树林的水渠边,一手摁住了她的嘴,一手扒拉下了她的牛仔裤。她拼命挣扎,我一拳打在她脑门上,她一动不动了。

我褪掉她的裤子,居然露出了一条很大的男人才穿的白色裤衩,我扯烂了裤衩,趁着酒意,强暴了她。强暴的时候,她一动不动。我一度还以为她死了,摸了摸她的鼻子,呼吸正常着呢。于是我继续。酣畅淋漓之后,我心中的怒火得到了极大的发泄和疏解。我穿上裤子时,她突然在喉咙里咕噜一声,似乎要醒过来了。我吓得赶紧把她往水渠一推,连滚带爬地逃走了。

我的恐惧是在回到家后才开始的,强暴彻底释放掉了我对厂长的愤怒,却背负上了更痛苦的重担。一连七天,我魂不守舍。第三天我回到那个水渠边察看,已经没人了。我想她应该是回去了。我曾经想过一次自首,但我查看了一下有关强奸的法律,被刑罚吓回来了。我毕竟还没有那么大的勇气坐上十年的牢。我唯一的愿望是不会被人发现。此后的数年,我一看见路上的警察,心就掉到地上。一看见警车或听见警笛声,心跳就加速。这是罪犯都有的一般反应。但我还多了个心理折磨:那个女子关切地问我是不是病了的画面,老是出现在我梦里,但在梦里她变成了我的同事、同学、同乡,有一次甚至梦到她变成了我的新婚妻子,然后一整夜的梦里我都在想办法不让妻子发现我就是当年强暴她的人……最后总是被一泡尿憋醒。这种梦相当耗费我的精神。就像一夜未眠那样疲惫不堪。

我不断地问自己:"我到底是个好人,还是个坏人?""我什么时候才会结束这种折磨?这则启事是不是暗示我时间到了?"

然而我听着身旁李甘露均匀的呼吸，我就失去了站出来的勇气。第二天，我的神情憔悴不堪，李甘露很快察觉出了我的反常，问我发生了什么事，我借口神经衰弱没睡好，回避过去了！早晨来公司上班的时候，看着员工们亲切地向我问好，我脸色苍白地一一回礼，心底却像贼一样尴尬和羞愧。一周后我觉得自己就要崩溃了！

那天我打电话给贺国庆了解情况的时候，我说我很想知道那个不幸女孩的病情。老贺告诉我，女孩的病情很严重。最后老贺伤怀地说：还不知道她能不能等到亲生父亲出现的那一天。这话像是老贺从手机里伸出手来甩了我一耳光，我立即面红耳赤，周围没人，但我摸到了自己的脸涨红了，是热的。我骂自己：干嘛打这个电话呢？

可是，那女孩竟然是我的亲骨肉！这事儿非常怪异、荒诞又确凿无疑。我都不知道应该怎么来描述我的心情：一个你从来没听说过的、而且是你"强奸"出来的女儿，现在活生生地住在医院里。这种事情无论发生在谁身上，都不可能轻易把它抹掉，像没发生过一样。这是不可能的！

……我说：老大，我知道，我也承认，这种事搁谁都是没那么容易忘掉的，我也没说你要熟视无睹，我是说不能冲动，凡事都要商量着办。这不但关系到你，也关系到我们整个公司大几十号人的身家性命。对了，李甘露到底对这个事儿是怎么反应的呢？

看到启事那天，吃晚饭的时候，李甘露说，我非常敬佩这个女人，如果换了我，是绝对没有勇气将一个因强奸生下的女儿养大的。刘英雄突然问道：那你怎么看待那个强奸犯呢？李甘露一口饭吐出来：恶心！流氓！恶棍！换我绝对不可能宽恕他，当年他就已经做错了，现在关键时刻他又缩着头，实在是太卑鄙，太自私了，太胆怯了！他是个胆小鬼加恶棍！李甘露义愤填膺地说。

刘英雄怔怔地听着她痛骂，打消了把真相告诉她的所有念头。

他准备永远瞒着李甘露。

但刘英雄太倒霉了，他不想要什么，命运就给他什么。第二天刘英雄还在睡觉，李甘露收一个运费到付的快递，她刚好手机没电不能扫码付款，没零钱，就去掏刘英雄的钱夹子，因为刘英雄至今还有带现金的习惯。李甘露奇怪地发现：她看到的那则召唤强奸犯启事的报纸，启事被剪下来放了在钱夹子的透明夹层里。李甘露像被什么人打了一下，联想到刘英雄这几天的魂不守舍，李甘露表情渐渐黑暗，被她猜测到的内容倾压着。她收好快递回屋，刘英雄正在紧张地检查钱夹子。四目相对，刘英雄大口喘气。李甘露盯着他。两人居然无言以对，答案昭然若揭。李甘露颓然地坐在沙发上，说，居然……是你？！难怪我说，你怎么对这个丑事这么上心。

……刘英雄张了张嘴，没说出什么来。

李甘露摇摇头：你真能伪装……我是不是该颁个奥斯卡奖给你呢？

刘英雄干巴地说，这是遇见你以前的事了，不，很久了，十八年了……

李甘露打断他说，所以嘛，你够能演的，演了十八年！还道德模范？真是可笑！我竟然跟强奸犯睡在一张床上，你这个骗子！

李甘露二话不说，收拾好东西，搬回到父母家去住了。但经过一个晚上，可能是她想通了一些事情，今天又来上班了。

李甘露没敲门就直接走进了刘英雄的办公室，一屁股在刘英雄对面坐下。我们三人面面相觑，谁也不想开口说第一句话。后来我打破了沉默，说，现在，我们仨都在这儿，赶紧商量个危机处理方案。

我是看在我父亲的投资上才来跟你们商量的。李甘露说，我认为这几十万手术费不能给。我急了，说我已经答应高小书了。李甘露强调这不是钱的问题，而是只要给钱，刘英雄就沾染上这件事情了，就会跟这个案子扯不清了。刘英雄说，怎么就扯不清了？我可以不出面嘛，我不出面捐的款还少吗？李甘露坚持说，这次不一样，因为她是你的女儿。刘英雄不同意，现在怎么就一定证明她就是我的种呢？说不定这女人是用了别人的孩子来诱捕我呢？李甘露说，既然明知是诱捕，你还凑上去干嘛？自投罗网吗？刘英雄说，至少我必须找机会验一下血，基因比对一下，如果不是我的孩子，我们的策略就要全部调整了！危险也随之消失了。她的主治医师是我朋友，我难道不可以悄悄比对一下？反正移植骨髓也要比对的嘛。李甘露听了，无言反驳。我说，老大说的有道理，是必须好好弄弄清楚一下，我们也好彻底放心。李甘露起身就走了。刘英雄对我说，我的底线是至少得给钱。我说，现在你怎么又肯定她是你女儿了呢？刘英雄大声喝：不是我女儿就不要帮助了吗？我们不就是帮助弱者的吗？！我赶忙点头说，我会想办法把这事儿办成。但我们要开展一场为高慧（就是那个女儿的名字）寻找适配骨髓的活动，就是做做样子，转移视线。如果意外真找到了其他适配骨髓，那更好，刘英雄就解脱了。

我把事情告诉了高小书，马上点燃了她的希望。她再三跟我确认：如果当年犯案的人肯站出来救她的女儿，她保证永远不再追究他的责任。她可以写下保证书。看着她闪着泪光的渴盼眼神，我的心抽了一下：因为我知道这个人是永远找不到的。我略微体会到了一些刘英雄的负罪感。

高小书和她的女儿高慧焦急地等待着那个人的出现，然而两个月过去了，这个人没有出现，我们也大张旗鼓地做了几次活动，联合省监狱管理局把整个地区监狱的特定人群都筛查了一遍，当地的监狱也积极地帮助我们。他们为医院提供了一份案件发生那年的年份以后的罪犯名单，并对高小书说：尽管有些人当年并不是因为强奸而被判刑，但也有可能曾经做过这样的事情，这些人有的已经出狱，有的还在狱中。我就和高小书与这些人一一取得联系，许多当年的罪犯都表现出足够的真诚和关注，纷纷提供了线索。但遗憾的是，他们都不是当年强奸她的那个男人。

高小书非常失望。

她对我说，我忐忑不安地想，也许那个人已经不在人世了？也许他已经远走他乡？也许他不愿意破坏自己的生活，不想站出来？可我女儿等着救命啊。我告诉高小书，不行，没人站出来，我找的人也都不是。我安慰她，也许真找到了，查了也不一定百分之百能骨髓适配的。高小书听了，竟然哭出来了。

发启事的《海峡晨报》跟进了我们的"寻找骨髓"行动。主笔记者钱进写了一篇时评，他评论道：那个人会出现吗？如果这个人勇敢地站出来了，那我们社会将如何看待他？我们的法律该如何制裁他？他是应该为昨天的罪恶而受到惩罚，还是应该为今天的勇敢而受到赞美？……《海峡晨报》还展开了"如果你是那个人，你该怎么办？"的讨论，向广大读者提出了一个两难悖论。当地的一家电视台还以此为辩论题做了一期节目。我们不想将此事扩大，但它已经弄得全城皆知了。

刘英雄警告我，怎么会搞得满城风雨？你这是要我的命吗？我说，事情的走向也不是全按我们掌控的走，那个姓钱的记者插了一脚，这是事先没预料到的。刘英雄说，现在活动搞完了，赶紧偃旗息鼓吧，你明天开始实施手术费援助计划，不管他们找没找到骨髓适配，先把钱打给他们得了，把动静整得越小越好，尽快了事、结束。我说我马上着手办这事。

……第二天上午，我早早地到了医院，走近病房，一看到高小书的女儿，我差点晕过去！我透过病房的窗户看到了那个女孩，她几乎和刘英雄是一个模子刻出来的！尤其是那尖尖的像演员黄宗英一样的鼻子，跟刘英雄如出一辙！根本用不着比对了，高慧明摆着就是刘英雄的女儿，凡是长着眼睛的人都能一眼洞穿这个秘密，这意味着只要刘英雄跟这个事情沾上，他是强奸犯的真相就会路人皆知。

我惊慌失措地跟高小书交代了几句话，表示我们会付手术费，要了她的账号后就急得失魂落魄地赶回公司，连高慧的照片也忘了拍。不过后来我想，不拍给刘英雄看是对的，免得他受的震动太大。我告诉刘英雄我所看到的一切，并表示，这个事完蛋了！我现在非常后悔同意将这项目接受下来，弄到现在刘英雄已经和它扯不清理还乱了，要是被人发现刘英雄就是当年那个强奸犯，我们的公司会立即破产，清算走人。刘英雄也将身败名裂，彻底归零。

居然有这么像？刘英雄十分震惊。你确定看到的是她吗？

我恼火地怼他：你现在是高兴呢还是高兴呢还是高兴呢？你他妈的快完蛋了你知道吗？

刘英雄看着我，说，……我知道……不过也许这整件事，就是命中注定的，想逃也逃不掉。

逃不掉，也必须逃！我严厉地提醒他，这不是你一个人的事了，还有机会！我来接着把这事整完，你到此为止，碰都不要碰它了。

刘英雄担心一件事，就是《海峡时报》那个记者很可怕，叫钱进的那鸟人，好像一直盯着我不放，你得搞定他。我想了想，说，我先观察他一下，不行就用钱砸。刘英雄让我不要舍不得花钱。我讽刺他，你现在知道害怕了？早干嘛去了？刘英雄辩解，这消息也不是我捅出去的呀，是我们的整体决策出了问题，事先太轻敌了，细节没把握好。我听了也没话说，的确不是他捅出去的。

她到底长得怎样？刘英雄突然问。

我吼起来，你丫的就别再关心这事了成吗？你都死到临头了！

我刚说完就发现自己话太重了，说我是急眼了。刘英雄默默地摸摸我的手，说，我理解，现在，我们赶紧灭火。

可是就在我刚离开刘英雄不到一个小时，这厮就忘了和我的约定，竟然自己一个人悄悄潜进医院去偷看高慧了，我事后才知道。当然，他是化妆了的，大热天把自己裹了个严实，还戴上口罩和墨镜，偷偷混进医院的血液科病房，一间一间察看。幸亏没让他看着，走了不到三间病房就让他同学贺国庆发现了，当场捉拿。贺国庆把他带进医生休息室，狐疑地问他到底怎么回事？刘英雄支吾着说，他想看看高慧。贺国庆问为什么不直接给他打电话呢？刘英雄解释说他不想让受捐人认识他这个捐款人。贺国庆满心狐疑，给我打了电话。

我马上赶到了医院。三人沉默以对。贺国庆得知他老同学刘英雄就是那强奸案事主，惊讶得快掉了下巴，一句话都说不出来。刘英雄说，老贺，这回你一定要帮我忙。贺国庆震惊地回答：帮，我帮，我肯定帮呀，可是……我怎么帮呢？到底怎么回事儿？你要我怎么做？刘英雄说，我想帮她，但又不想把我牵出来。我立即打断：不对，现在帮不帮不重要了，重要的是不要把刘英雄扯出来。贺国庆想了想，你要是给她捐骨髓，那是一定会牵出来的。刘英雄问，为什么一定会牵出来？为什么呢？只要天知地知你知我知，为什么一定会泄露秘密呢？老贺，我们是从小学玩到现在的铁哥们，为什么不能帮我这个忙呢？捐赠者和被捐者一般不都是背对背的吗？……贺国庆摸着头，为难地说，是，是可以背对背，可是一旦泄露出去，我是要担责任的，因为你这个不同，是涉案……我马上截住他的话，贺主任，你不要听他瞎咧咧，谁说要给高慧捐骨髓了？刘英雄，什么时候我们决定捐骨髓了？刘英雄说，现在不是在探讨每一种可能性吗？我说，一切服从于能否保守秘密，贺主任，我们试过中国骨髓库的匹配，但我们没试过在全世界范围内寻找匹配啊，有没有可能性就是我们在国际骨髓库找到了合适的骨髓。贺国庆说，这当然有可能，就是花的时间长，人力物力……刘英雄立即表示他能够等。贺国庆笑了，你能够等有啥用？关键是高慧没时间等了。刘英雄说，寻找骨髓需要的所有人力物力金钱，我公司会大力

支持。贺国庆思忖了一下，说，你一定要这样做，就只好试一试了。

最后刘英雄问，老贺，你的嘴能把住吗？贺国庆怼他，不能，我分分钟把你送局子里去！他妈的。刘英雄讪笑道，我是怕你喝多了酒的时候。贺国庆骂道，你丫竟然干过这破事儿，还瞒了我十几年。刘英雄说，老贺救我。

……那天晚上刘英雄没回家过夜，我也没回去，两人都不想吃饭，提了一箱啤酒，叫了点猪头肉，一人喝了二十瓶。我们心里都有一种山雨欲来风满楼的感觉。我对刘英雄说，到目前为止，你的表现还不错，看上去还没有昏头。刘英雄笑道，我要是个感情用事的人，能隐瞒罪行到今天？对，是罪行，我不避讳这样说，我他妈的就是犯了罪，但这是我很年轻时犯下的，冲动犯下的，我才几岁呀？十八岁！刚到起诉年龄。但这破事害了我一辈子。我说一辈子夸张了，你现在也不老。刘英雄说，我是说从那时起到现在，我就没过过一天的安生日子，老六，你没经历过不知道，戴罪之身，是一种什么感觉？就是你走出去，阳光、空气、花朵、山川，都是一样的，你跟所有人呼吸一样的空气，在一样的阳光下，甚至吃一样的饭，做一样的事，但感觉完全不同！心里有罪的人，始终会感觉自己生活在一个洞里，有一层奇怪的薄膜笼罩着你。我走到哪里，都不安地像被塞在套子里，听什么声音都像隔着一层，任何突然的响动都可能让我心跳加速惊慌失措。每天出去，都像是从一个洞里慢慢地爬出来……

他说的这种感觉我确实体会不到。

后悔和难过几乎伴随了我十八年，先是恐惧，后来变成忧伤，后来发展成悲伤，

最后是一种如丧考妣的心情，我太恨自己十八年前的那个冲动的行为了，要不是它，我不至于这样生不如死。刘英雄说到这里，我突然打断了他：真的这么严重？不至于吧？我也认识不少从牢里出来的人，没人像你有这么大的负罪感？你到底是咋回事儿？隐瞒了什么？至于到如丧考妣的地步？

刘英雄就呆住，不说话了。他直直地看着我，迟疑了一下，还是说出口了：我以为她死了，十八年了，我一直以为她死了。

我说，可你没杀她啊？

刘英雄说，杀了！最后，我推了她一把，把她推到水渠里去了，我清楚地看见水渠里有一洼水，她滚落后俯卧在那里，脸刚好砸进水里。我因为太慌张了，就径自跑了。到家两小时后才想起她的脸捂水里去了。我想，当时她没有知觉，现在一定死了，被呛死了，被淹死了。反正我几乎可以断定，她横竖是死了。这个可怕的记忆让我浑身虚脱！我不但强奸了一个女人，我还杀了她！我是个强奸杀人犯……十八年来，我就带着这个沉重的枷锁活着。

我渐渐理解他为什么后来会做善事，大抵是听信了常说的积德立功赎罪吧。我说，你当时没去打听打听有没有这个刑事案件的新闻报道吗？刘英雄回忆，我那时太小，啥也不敢问，也不敢告诉任何人，包括我爹。我唯一能确定的是：那个女人死了。我还强奸了她。老六，我知道你在想什么，你以为我于是乎开始忏悔？开始行善积德？NO，NO，NO，你不了解人性，人没那么高尚，虽然当时我强奸高小书时，她错愕悲伤和布满眼泪的脸后来一直击看我的良心，但我根本没想到什么动念做善事。后来我在河里救人成为模范完全是个偶然，甚至是个笑话，我是被动救人的，

因为我在河上游泳，顺水推舟就把这事情做了，根本和我什么良心发现没半毛关系。

刘英雄说的话我相信一半，也许救人就是顺手牵羊。但他后来的表现，绝对跟他当时的心理状态是相关的。所以他才拒领见义勇为奖金，还说出"救人这事可笑"这句话，其实他说的是"我这个罪犯救人还领奖金还当模范是很可笑的"，他的内心在煎熬，良心也隐秘地起作用，不停的良心控告以及折磨煎熬的感觉如影随形：罪恶对一个人的人生、以及他的人性和生活是有影响的，从生活细节上，他的命运开始走差，心情开始变坏，无力行善，又睡不着，做任何决定都不能自圆其说，就像是被鬼跟了，做什么事都没有甘甜感，一旦失败就很害怕，以为魔鬼在报复，一切都是报应。据他自己描述，他从心情变坏开始，什么事都做不好，时间线吻合在他强奸之后，刘英雄的状况就一路走低，从没好过，他只能一直以练健美为发泄口，想忘记罪，可是没用！他这才体会到戴罪生活是这么艰难！比镣铐还沉重。仿佛是一种诅咒和暗示，刘英雄之后的生活非常坎坷，因为那个死鬼在诅咒他：于是做什么都不成功，做生意，生意失败，谈恋爱，恋爱失败，刘英雄还居然阳痿了，先前的女朋友抛弃了他。找工作也失败，都干不到两个星期就走人。他于是去补习，想考大学，结果考上了邮电学院，竟然读不下去，原因是抑郁症，从休学到退学，最后父亲只好安排他进煤气公司抄表。

他外表装得很快乐！开朗，幽默，内心却沉重、黑暗，他是真诚地觉得自己救人还收钱很可笑，可在电视面前变成了装出来的幽默，碰巧还因此出了名，这就相当吊诡了，刘英雄认为一切荒诞透顶！这

是魔鬼在折磨讽刺我吗？魔鬼是要让我公开亮相然后好抓住我？魔鬼整天玩弄我嘲笑我，还没够吗？明明是一个强奸杀人犯，居然还让我当上了道德模范？！简直了！

刘英雄把一整瓶啤酒吹光，他今晚把他内心深处的秘密和盘托出了：我每天晚上做完所谓的好事，回家就一个人，就空虚，所有的荒诞感、荒谬感、分裂感扑面而来，白天表演行善，晚上什么都干！一回家就撒野，什么坏就干什么：吸烟，喝酒，手淫，看黄色录像，睡不着就在电脑上搜黄色图片，对着它反复手淫，搞到自己疲惫不堪才能睡去。然后白天醒来，继续行善来平衡，就这样恶性循环，我他妈的整一个吸毒成瘾犯！道德成瘾！

……我听得目瞪口呆。不知道怎么安慰他的好，最后我说：可是，高小书并没有死……

对，她并没有死。刘英雄说，十八年后，我突然看见，她并没有死，我的重担像山崩一样倒塌下来！我好像重新活过来一样，几乎不相信这是真的，我不再是一个杀人犯了，我只是一个强奸犯。这是多么开心的事情！但我的兴奋还维持不了几分钟，另一座大山压在我的头上了，她不但没死，还把我的孩子生下来了，而且这孩子还生了病，不但生了病，还要我挺身而出去救她，以后我……

我摆摆手打断，你不要再说下去了，你的故事就到此为止，没有以后了。你不可能站出来。也不可能捐赠骨髓。你和这事的关系正式结束。我们只能在国际骨髓库为她寻找骨髓适配源，我们宁愿花大钱满到世界去找，也不能让你出面。把今晚你说的一切都埋进心底吧。你的故事结束了。

三

我非常焦虑，连着一个星期在为刘英雄擦屁股，解决他的遗留问题，好像即将迎来灾祸的是我，我急得嘴唇生痈，口腔溃疡。今天上午我代表刘英雄去医院主持手术费捐赠仪式，海峡晨报等十几家媒体到场，见证本公司的义举。我和高小书就在医院的食堂里举行了一个简短的捐赠仪式，共同抬着一块写着捐赠数额的纸板，啪啦啪啦一通拍照完了事。我发现钱进注视我的目光始终不怀好意，果然在走廊上他截住我问，刘英雄为什么不出席仪式？我说他今天重感冒。钱进又问我们接下来会如何继续帮助高慧？我说祝她配型和移植一切顺利。随即借口有事迅速脱身，和高小书进到了一个小房间说话。

高小书恳请我们继续帮她寻找那个男人。我说这如同大海捞针，不是以我们意志为转移的。高小书再一次表示，还是有可能找到的。我问她：你难道真的愿意这样一个人重新出现在你们的生活中吗？高小书说，愿意的，为了给女儿治病，我什么都愿意，他要是能站出来救我女儿，我保证不但不告发他，还会替他保密。我叹了一口气，难哪，即便那个人知道你的诚意，大概率也是不愿意站或者说不敢站出来的，我们不能把宝押在这无望的期待上，当然，我们会继续帮助你们，但我们的方法是扩大到国际范围来寻找高慧合适的骨髓配源。高小书悲戚地点了点头。我观察她的表情，一度怀疑她是不是察觉了什么？否则为什么老是要我让那个男人站出来呢？我现在只能祈祷高慧运气好，能找到合适的配源，让刘英雄躲过这一劫。

……第二天上午，贺国庆把刘英雄、

我和李甘露三个人召到了医院，他带来的消息几乎等同一个噩耗：相关人员找遍了国际几个较大的基因库，目前已可确定，没有高慧合适的配型。因为高慧患的是一个相当罕见的白血病亚型。我们怔怔地望着贺国庆，一筹莫展。谁也不说话了……空气紧张得要拧出水来。一个残酷的问题在四个人心中慢慢升腾：现在高慧危在旦夕，而最大概率能救她的人，就坐在这里，这就让气氛变得荒诞又吊诡。沉默和尴尬像洪水一样漫过我们，其中刘英雄的沉默更是锐利：因为他就像一个杀人犯一样弃女儿不顾，转身一走了之。

……最后，还是刘英雄打破了沉默：这种情况，我还能不出来吗？李甘露立即打断他：别瞎想！刘英雄又说，你不让我出来，那你给我想一个办法嘛，怎么才能救她？李甘露强硬地说，为什么要救她？谁说了一定要救她？哪条法律规定你一定要救她？刘英雄愕然了：这……

另外两个人都低头不吱声，我们能说什么呢？李甘露骂道：早知有今天，当初为什么要耍流氓？！裤子一提就走人了，十八年后假惺惺地来当好人？然后以我们这些人为代价？我说话了，姐，代价最大的还是老大。李甘露说，代价？难道不是他活该吗？刘英雄你给我听好了，这事由不得你自己说了算，甚至也由不得我说了算，还有我爸呢！刘英雄抱着脑袋道，是我想救吗？难道我想坐牢吗？我是脑壳进了水吗？可是现在我能走得脱吗？那个记者一直盯着我呢，今天还给我打电话要采访我，被我拒绝了，我根本没办法就这么简单地一走了之，如果不积极应对，想一个办法，到时候你想脱身都来不及了！

李甘露突然起身，重重地一跺脚，骂道，你自己想辙去！你想站出来捐献骨髓，没门！说完拂袖而去。留下我们三人面面相觑。

刘英雄问，老贺，我想问一个细节问题，如果我站出来捐献骨髓，这个项目保密的可能性有多大？

贺国庆说，我只能尽量去做了。

我站起来：老大，你别糊涂！甘露姐说得对，你绝对不能站出来，这事情的后果不是一般的严重，是非常严重！你个人的前途恐怕一生都完了，因为你不是别人，你是名人，也不是一般的名人，是模范，还是道德模范，你的所有形象将破产！我们所有人也一起跟着你完蛋！另外，我们跟厂家签的代言和广告会违约，要赔付，昨天我计算了一下，单说直播这一项，赔偿金就高达三千八百多万，加上银行违约贷款，我们不但会输个精光，下半辈子可能都要为别人打工了！你要是真不顾一切地牺牲我们，股东会立即冲上来把你砍了！

刘英雄激动地也站了起来：我什么时候说过要不顾一切站出来？我是傻子吗？我这是没办法了，这不在商量吗？这多道难题摆在我面前，我只想到其中一条，就够我睡不着觉了，高小书现在肯定疑心我了，或者钱进哪天知道了真相，再告诉她，如果我不救她女儿，当然也是我的女儿，就这样任其死掉，高小书不会找我拼命吗？即便她不把我杀了，也一万分会把我告发和起诉出来，那时的结果还不是一样？不是一样的完蛋吗？而反过来，如果我救了她女儿，也是我女儿，也许她动了恻隐之心，即便我被抓了，说不定她还能为我说上几句好话。

……我不吱声了。贺国庆说，老刘说得有道理的，无论从病人角度，还是从刘英雄自己的角度，救比不救更好，更保险，反而更主动。我这里尽其可能地保守秘密，因为骨髓捐献是可以合理保密，隐去捐献人信息的。

我想了好一会儿，说，那我再去说服一下李甘露。

刘英雄说，不用了，越说越麻烦，先斩后奏，以后再给她解释，她会理解的。老六，这么说你是赞成了？我烦躁地说，不赞成你给我一个办法？昨天我给高小书送钱时，发现她好像真有些起疑心了。钱进也揪住我不放，这事无论你救不救，可能最终都是纸包不住火的。

贺国庆长吁一口，那还不如救了。

刘英雄摆摆手，慢，慢着，等我再理一下思路，我明天上午回复你们。

我奇怪地问，我们通了，你倒犹豫起来了？咋回事啊？

贺国庆摆手示意我噤声：让老刘想想吧，毕竟是他担着这事儿。

……这天晚上，刘英雄连晚饭也吃不下了，面临重大选择，他急得烦躁不安，在家里抽烟，短短两三个小时，竟然抽掉了一包烟。他在镜子前照了照，好像头发一下子白了许多，抑或是一种幻觉？当大家都同意他站出来时，他自己反倒犹豫了，痛苦一下子全部倾到他一个人身上。他无法预料这一步迈出去将意味着什么，从良心上说，他一万个愿意站出来，从现实考虑，他从来没有这么惶恐过，好像面临生死决断一样。如果弃女儿不顾，他身上的重担下不来，这重担他已经背了十八年了，如果女儿死去，那这重担就将压迫他一生，直到生命终了，那就万劫不复了。高小书也一定会追诉他，他大概率会进牢房，在对女儿的愧疚中痛苦一生，绝望终了。

……刘英雄终于作了一个决定。且慢，并不是决定站出来，而是决定先去找高小书，试探她保证不告发他的想法是真是伪？他决定瞒着我，一个人单独去找高小书。

多年后刘英雄告诉我他当时的心境，他说：十八年来我一直以为自己虽然没敢自首，但肯定是在忏悔了，因为我良心煎熬了十八年。可当我决定单独去找高小书时，我被打醒了！我他妈的哪有忏悔啊？我到最后考虑的还是自己的安危！我找高小书主要是想明确她会不会告诉我？什么忏悔只是附带的或者是我想象的。想到这里，一种失败感袭击了我！我突然发现：从小教育我们的、或者我们从文学影视中看到的所谓人类的良心发现，是很稀有的，没多少人在关心这事儿，更没啥人真正去做了，因为那是要付真实代价的。真相是：人确实有良心，它确实常常会隐痛、不安甚至良心控告，但也就那样了，想想而已。有时也很难受，在良心折磨时，人会想象自己即将要正义一回，勇敢地站出来，也预期站出来后良心一定会得赦免！因为文学和影视作品曾无数次地教育我们。但它真正发生在我身上时，我立刻全明白了：这纯粹是在鬼扯。人终归还是想着自己的安危和利益的，所有的道德教育几乎全是空话，像我这种杀人强奸的重罪，搁谁最终都会要保命的吧？想到这里，其实我是非常绝望的！感觉到我十八年的痛苦白受了！这十八年不过就是重复在贿赂良心，贿赂一下，再去犯罪一下，然后再回来告解一下，接着继续犯罪。

现在，想再多也没用了，保命要紧，刘英雄最终还是拨通了我给他的高小书的手机号。

高小书问，哪一位？

刘英雄第一次听到了高小书的声音，因为十八年前的声音早已遗忘，刘英雄突然被一阵凄厉的心虚穿透，结结巴巴说不出话来了。

高小书又问，是哪一位啊？

……刘英雄这才说话，我是帮助你手术费的公司的刘总，我想现在去看望一下您？

高小书立刻说，哦，刘总，感谢您！您是要看望我女儿吗？

刘英雄说，现在天晚了，我想先看看您，顺便谈点事。

高小书说，这样啊……行，我正准备回家，你到我家里来吧，我把位置发给您。十八分钟后我能到家。

……那十八分钟就像十八年，刘英雄一路上魂不守舍！他怀疑高小书已经洞悉一切，否则为什么会说十八分钟呢？这不就是暗示十八年吗？刘英雄想到这里，感觉自己正在走向刑场。

刘英雄叩响了高小书的家门。门开了，当刘英雄与高小书劈面相迎的一刹那，他惊呆了！十八年前的那个小姑娘的脸从远处飞奔而来，将现在这张脸撞得粉碎！令高小书的脸变得既老态又憔悴！高小书奇怪地看着他，诧异他为什么呆着不进屋？她说，刘总，进屋聊吧？刘英雄这才醒转过来。

两个人坐定。茶已经端上来，刘英雄一闻就知道是武夷山岩茶。他打量了一下屋子，看得出主人的拮据。刘英雄脑袋突然短路了，不知道说什么，他在脑海里搜索，想尽快地说点什么。高小书盯着他看，说，喝茶。刘英雄的尴尬已经令她的目光转为审视。刘英雄仍然说不出话，慌乱中只好摸出烟来。他还没说话，高小书就说，随便抽。刘英雄反而不敢抽了，他惊恐地发现：高小书脸上的热情已经不见了，正严肃地看着他。

尴尬的沉默似乎在静静地揭示一切秘密。

……你女儿现在怎么样？终于憋出一句话了。

她很好。在高小书的视线里，十八年前那个颓废青年的脸渐渐和现在这个中年老总的脸重合起来，刘总都还没见过我女儿吧？这么关心她？

刘英雄顿了顿，竟然叹了声，唉！

高小书一直盯着他不放，她一声不吭，目光高度狐疑。刘英雄不敢接她的目光，低下头去。高小书一动不动，像一尊雕像。但她的身体开始微微颤抖了，好像地震开始时大楼的颤动一样。

刘英雄的喉咙里咕噜咕噜，说不出话。他开始大口大口地喘息，好像抽泣一样。他失去了对表情的管理，马上要破防了。

高小书的目光像烧红的铁条焊在他身上。她的眼睛中有泪光闪动。但极力抑制住自己。

刘英雄全身一软，就跪在地上了。

……高小书的哭声立即喷薄而出！

刘英雄跪在地上，双手掩面，泪水流下来。

高小书大泪滂沱！

她突然用脚踢翻了刘英雄，扒开他遮盖脸的手，吼道：你哭什么？他妈的你哭什么？！你害的人是我呢？你他妈的哭什么呢？

她一连甩了刘英雄十几个耳光。然后抓起桌上的台灯砸过去。又拿起茶壶扔到刘英雄脸上。

……刘英雄始终一动不动地跪着。

……

大约二十分钟过后。高小书停止了哭

泣。她拿来笤帚，把地上的东西扫了。重新泡了一壶茶，脸色铁青地说，你起来吧。

刘英雄没敢动。

高小书说，你不起来怎么谈！

刘英雄慢慢起身，坐在椅子上。

高小书说，我说话算数，不会起诉你。十八年了，我无时无刻想找到你，杀了你，你不但侮辱了我，我的一生也都毁了！如果不是我女儿，今天我不会给你泡茶，见到你的那一天就是你的死期。

刘英雄低着头……

但现在不同了，我女儿病了，救她就是一切，我已经不在乎你了，只要你站出来，我就让这十八年结束。

刘英雄说，我就是想站出来，在看到你启事的第一天开始，我就决定站出来。

高小书打量他，真的？

刘英雄哆嗦了一下。

高小书说，我也懒得管你是真的还是假的，只要你愿意站出来救她。

刘英雄说……她，也是我的女儿……

高小书厉声道：放屁！

刘英雄，等救完高慧，你还是把我送进去吧。

高小书冷笑道，我说话算话，不告发你不意味着我原谅你！你现在想进去了？十八年前为什么不进去？这十八年很难熬，是吧？

刘英雄点头，生不如死……

高慧吼，生不如死的是我！

我不打扰你了，明天我就进医院和高慧做 DNA 比对，不是说我不相信她是我女儿，是医生说的要走的正规程序。然后配型和移植都按步骤展开，不但费用，所有的花费我都会解决，包括她后续的治疗费用。

高小书缓和了点心情，说，知道了。

刘英雄想起什么，对了，医生说，就算是生父，医学上也存在小概率的不匹配的情况，就是说有可能……

高小书打断他，知道知道，这不怪你，跟你无关！你去配合就是了。

刘英雄连声，好的好的。那……我走了？

高小书不看他，小声地说，滚。

刘英雄私会高小书的事情令我气得血脉贲张！我不知道这笨蛋怎么会置安危于不顾，铤而走险到这个地步。他辩解说这样做是为了保证规避风险。他保证高小书不会起诉我了。刘英雄一回到公司就立刻安排我去找高小书签一张保证书，我说你不是说她不会起诉了吗？刘英雄说我不放心，因为这是公诉罪，只要她透露出去，我就难逃法网……我突然对刘英雄升腾起一股鄙夷：这王八蛋哪像一个道德模范啊？真是狗改不了吃屎，自私自利到了极点。我没好气地说，签保证书有啥用啊？你还以为这种包庇罪的保证书到时能公开在法庭上用？刘英雄说，所以你在找高小书之前，要先和郑律师商量，由他起草，他能让这个保证书有法律效应。

我发现刘英雄他妈的根本没改变，流氓还是流氓。

……我拿着郑律师拟好的保证书让高小书签字，没想到她非常痛快地签了。我发现自从刘英雄同意站出来捐献骨髓之后，高小书在我们面前就对刘英雄非常尊敬了，为什么我使用"尊敬"一词？因为她不但好像真的不计前嫌了，而是似乎还挺感激，一直不停地要我谢谢刘总！好像十八年前发生的事情纯属子虚乌有。我闹不清她心但让高小书意外的是，手术最大的阻力居然来自她女儿。高慧极力抵触刘英雄来救她。这个从小就以为自己的父亲只是个负心汉的姑娘，在听到母亲透露生父是强奸犯时，一如晴天霹雳！因为启事上要说明事实，所以高慧终于同时知晓了两个真相：第一，她父亲是个强奸犯，她是一场强奸的意外产物，是个计划外的多余人。第二，这个强奸犯竟然逃过了法网，现在不但不能追究他的罪行，反而要恭请他回来救自己了。十八岁的高慧还完全不足以消化这突如其来的残酷事实。她曾意气用事地拒绝母亲发寻人启事，宁愿一死了之。但当她被高烧折磨得奄奄一息时，又大喊：妈妈妈妈快救我！高小书泪流满面地对女儿说：孩子，为了救命，为了你能和妈妈继续在一起生活下去，我们这口气得忍了！高慧嚎啕大哭。高小书紧抱女儿说，妈都忍下了，孩子，你也忍一下吧！最后，高慧同意了。启事发出的那天晚上，母女俩抱头痛哭。

但高慧拒绝见刘英雄。

父女进行DNA比对的那一天终于到来。我和刘英雄在医院与高小书和贺国庆见面，准备抽血化验。高小书和刘英雄互动非常正常，她对刘英雄很客气，尊敬地叫他"刘总刘总"的，一迭声地感谢他。我看着这一幕心想：人为了救骨肉，是什么委屈都咽得下啊。

李甘露赶到医院，作最后的拦阻。她和刘英雄在手术室外谈了半个小时，动之以情晓之以理，但未能说服刘英雄改变想法，他的理由是：高小书保证不会出尔反尔，并拿出她的保证书给李甘露看。李甘露根本不相信这张纸能起到什么作用。因为要抽血了，我极力把李甘露劝回了，我向她保证我会掌控全局，让局面不至于失控。

……刘英雄抽完血，突然提出要见高慧一面。高小书很为难。刘英雄说，我可以隔着玻璃，偷看一下就行，我只是想看看她长什么样。高小书犹豫了一下，最终同意了他的要求。

于是刘英雄偷偷地躲在高慧的病房外面，斜斜地走近窗户，当他真切地看见高慧的脸时，像被电击一样呆在那里！他可能也是没想到高慧和他竟然如此相像？还是第一次看见女儿时的冲击太大？刘英雄居然全身软瘫，轰然滑坐在地上！双手扒着窗台，泪水夺眶而出！他全身颤抖，大口大口地喘着粗气，喑哑地哭，节制无声，但脸上已是大泪滂沱！这阵势大大超出我的意料，我不明白，他何至于如此？我马上上前提醒他。高小书也很吃惊，冷冷地打量着他。我不由分说，立即把他拖走了。

其实没有一个人在等待比对结果。答案是昭然若揭的。刘英雄就是高慧的生物学父亲。高小书拿到鉴定书时还是很兴奋，她反复问我刘总不会反悔吧？我说不会的。高小书连连称谢，我明白了，她对刘英雄所有的客气态度和尊敬，都来自于对刘英雄救高慧的担忧，这时候如果刘英雄反悔，她会绝望和遗憾终生的。

刘英雄和高慧的骨髓配型结果也在第三天出来了：匹配度高达96.4%。高小书喜极而泣！她甚至买了一些营养品要我送给刘英雄补补身体，我觉得这一举动非常荒诞可笑，很是黑色幽默。对刘英雄见到高慧时的失态，我的理解是：他真的爱女儿吗？这个他从来没相处过一天的突然出现的女儿？大概率刘英雄是在哭他自己，当然，我也不排除血缘会起到某些作用。但我希望他适可而止，不然会引火烧身。而要高小书同意让他认女儿？是想都不敢想的事。

李甘露得知刘英雄和高慧配型成功后，把情况告知了她的父亲李东成。李东成把刘英雄找到家里，对他进行了最后的挽救。他许诺会引荐刘英雄进入更好的前途，他指的是他正在筹划的一项安排，就是让刘英雄进入市团委任副书记的计划，通过他在省里的人脉，预计刘英雄将来会像坐火箭一样迅速企及团省委的关键位置。李东成反复正告刘英雄，如果刘英雄一意孤行，罪行曝光，一切将毁于一旦！

刘英雄则向他保证：这样的危机不会发生，这件事将得到严格的保密。李东成说，以我的阅历和敏感度分析，我告诉你，这样的危机一定会发生，因为你是公众人物，勿谓言之不预，到时候你会后悔到哭都来不及。刘英雄说，我捐完骨髓，会处理掉一切后续麻烦，恢复过去的生活。李东成表示，我不会让甘露跟着你陪葬的！

……次日上午九点，是我和高小书约好了让她和高慧与刘英雄三人正式见面的时间，因为事情既然发展到了这一步，对高慧隐瞒并不让他们父女见面已经没有任何意义。但这并不意味着高小书许可刘英雄认女儿，只是见见面而已。高慧心里仍然抵触，不愿意见刘英雄。她说，他为什么不先来认我？高小书吃惊地问，你希望他先认你？你不是连见都不想见他吗？还认？高慧说，这是两码事儿。高小书用了两个小时说服女儿，强调只是见个面而已，刘英雄答应站出来，还是需要勇气的。最后女儿默许了，但高慧要求脱下病号服，穿上她平时的正装，还要化妆。高小书问她为什么要这样？高慧说，我不想让他看到我可怜的样子，他不配！

……刘英雄竟然提早了一个小时来到医院，不敢上病房，就在楼下溜达抽烟，我见到他时，发现他表情很憔悴，看上去似乎一夜未眠，他不承认，说睡得很好。我们正要上楼，钱进不知道从哪里突然冒了出来，把我们吓了一跳。钱进若有所思地问，好巧啊，怎么我两次来医院都碰见了英雄大哥。我说他是来医院看失眠症的。钱进打量刘英雄的脸，看上去的确没睡好，是什么事让刘总闹心呢？刘英雄问，你从哪看出我闹心啊？我好得很。钱进语带玄机地说，我听说高慧已经找到了骨髓配源？就是不知道从哪里找到的。我抢白道，钱进你怎么比我们还关心这事儿啊？我们捐好钱就完事儿了，你倒叮个不放，我都不知道他们找到配源了，你消息很灵通嘛。钱进笑了笑，你们在医院有朋友，我也有内线嘛，哈哈哈。我一惊，赶紧拉着刘英雄就上楼了。

以下是刘英雄、高慧和高小书三人第一次一起见面的场面。

我就在窗外看着这三个人见面的奇特一幕：刘英雄慢慢走近病床，高慧毫不畏惧，黑亮的大眸子直直地盯着他。高小书招呼刘英雄坐，但他一直站着，一度语塞，场面尴尬，幸好高小书打破沉默，说，情况非常好，配型高度吻合，医生说手术成功的可能性很大，抗异性也会降低到最小值。刘英雄终于找到话了，说，那就太好了！太好。高慧仍然不说话。刘英雄问高慧，现在身体感觉怎么样？高慧不吱声，高小书代替她说，这周情况稳定了好多，所以贺主任说要抓住时机尽快移植。刘英雄说，我会全力以赴配合。

他突然低下头，哽咽地说，我……对不起你们，对不起了！高慧冷冷地打量他。刘英雄说，请原谅我！这句话我在心底念了十八年，今天终于有机会亲口对你们说。高小书眼眶红了，说，谢谢你能够站出来，你的骨髓能拯救我的女儿！

高慧终于说话了：奇了怪了，今天终于有机会亲口对你们说？你们？你干那坏事的时候，就知道会有我吗？

高小书打断女儿，高慧，他过去也许是个罪犯，但今天能站出来，就是个英雄！

我在窗外听得快吐出来了！

正当我以为事情正朝着顺利解决的目标迈进的时候，刘英雄把我找去，告诉我一个几乎让人肝胆俱摧的消息。他忐忑不安地说出了十八年前的一个真相，来解释为什么他会良心责备和恐惧战兢到现在，以及去做好事的原因。

原来这厮不但强奸了高小书，临走时还把她推到了有水的水渠里，所以他一直以为自己杀了人。虽然现在证实高小书当时并没有死亡，但刘英雄在强奸罪上面又多加了一个谋杀未遂罪。这可比强奸罪严重多了。我杀了一个人（等于杀了），所以我要救一个人，来对等救赎。刘英雄说，我是想解释一下我十八年来做这一切事的心理动机，同时也是跟你通个气，好让你有个思想准备。

我抱着头，肠子快悔青了！这杀人罪，是会吃牢饭甚至掉脑袋的！我真是白为他考虑了，没想到这厮还藏着这事儿，如果高小书把它抖出来，我们现在所做的一切都将前功尽弃！那张保证书只保证不告发强奸，没保证不告发杀人。但现在已骑虎难下，马上就要手术了，我还能怎么着？

刘英雄这王八蛋真是害人不浅！终于是把我卷进去了。我咬着后牙槽，只说了一句话：你真行！

刘英雄惭愧地说，现在有没有办法保证手术后高小书不反悔，不把这事说出来？

我说，现在还能怎样？马上停止手术呗！我要先灭火！然后视情况要不要继续，手术一做，我们就什么筹码都没有了。

……我赶紧找上了高小书，支支吾吾地说了一堆话，她大概听懂了我的意思，就是刘英雄临时生病，可能移植要暂时停止。高小书脸色马上变了！好像灾难来临。她语无伦次地说，这怎么可以呢？怎么能这样呢？她立即冲出家门，找到刘英雄，破口大骂他出尔反尔，威胁要公开一切，与他同归于尽！高小书瞬间变了一个人，凶神恶煞，与之前讨好尊敬刘英雄的模样判若两人，可见她一直在压抑自己。刘英雄连忙说是误会，这只是老六的个人意思，他自己坚持移植的立场没有丝毫变化。高小书恶狠狠地说，你这个流氓人渣，我忍着你好几天了，你丫的还有脸让我签保密书，你以为我会放过你吗？笑话了！应该是我要让你写同意移植保证书才对，你有什么权力要求我？你是强奸犯，我分分钟把你送进班房，让你牢底坐穿！刘英雄尴尬地再三保证会进行移植手术，让她息怒息怒，放心。

……我阻止他滑入深渊的最后努力失败。

李甘露已经不出现了，我给她打电话也不接，大概这对父女已对刘英雄彻底绝望。也就是说，针对刘英雄步入火坑的一切挽回的努力目前全部以失败告终。我只好悻悻然来到医院，向贺国庆了解移植手术的最后安排。在主任办公室我竟然遇见了钱进，正在与贺国庆谈话，我吓得整个人都僵硬了。钱进离开的时候，还意味深长地对我笑了笑，拍了一下我的肩膀。我狐疑地问贺国庆，这是咋回事呀？贺国庆示意我坐下，叹了一口气，凝重地说……

真是对不住您和老刘，局面超出了我的控制范围，我不知道钱进到底是从哪里知道或者猜测到我们决定开展移植手术的，他直接找到了院长，告我有意隐瞒这个手术的细节，是出于一个私相授受的利益原因，院长就找到我，我确实事先向院长隐瞒了这个手术，想先斩后奏的，院长有些生气，我解释没有利益诉求，只是因为刘英雄是个名人。院长说正因为是名人，我们才不能隐瞒啊，而且这是好事，正可以宣传宣传医院，我们为什么要秘而不宣呢？

贺国庆的话把我钉在了椅子上。贺国庆说，你快去找老刘，想一个应对办法，越快越好！钱进的报道随时都可能登出来。

……我回到公司，把情况说给刘英雄，我们就面面相觑，一筹莫展，彼此一句话都说不出来了。

……突然，刘英雄说，只有一个办法，我自己说！我先说，不要等钱进曝光，我自己来说，我要比他更快！我要抢在他前面！

我说，这太冒险了，我花钱砸他吧。

刘英雄摇摇头，不，第一，这个大新闻可能会成为钱进的事业转折，钱不算什么了。第二，现在反腐败正盛，他也不敢收钱了。第三，第三……刘英雄的表情转为悲哀，第三，我他妈的也受够了！让我说一回真话行不行？

我说，不行。

刘英雄注视我，说，你他妈的就是个灾星！混蛋！

我同意抢在钱进之前先声，我们可以先举行记者会。我说，但是，你只能按我安排的程序，以及我亲笔撰写的声明来照读。

刘英雄问，你要干嘛？

我要将计就计，反向操作，我要把一个公开罪行的记者会，开成一个主动认罪的忏悔秀。我要坏事变好事，你要主动认罪，挺身而出！让大众明白，这十几年你做慈善的动机就是在赎罪！你已经彻底知罪悔改！痛改前非！这难道不是事实吗？你在这个主动自我批判大会上会涅槃重生！面对自己的亲生女儿，你的大爱遮盖了你的罪，你从一个慈善榜样，又变成了一个真诚悔改认错的浪子回头的典型模范！

刘英雄几乎是带着哭声说，老六你快去写案子，把我救出来！

四

记者会召开的那天早晨，我早早提前一个小时来到了公司，刘英雄比我更早来到了作为发布会现场的会议室。晨阳透过长长的沉重的窗帘，照射在他佝偻的身躯上。我相信他昨晚肯定没睡好，表情憔悴。

我只想问他一句话：今天你真的会按我写的稿子念吗？这是我们唯一的也是最后的机会，要生要死，你自己掂量。

刘英雄对我苦笑了一下，会的，事到如今，我还能有什么办法扭转乾坤？我也想救自己啊。

我说，老大，幸亏你最后还是清醒的。

……十点整，记者会开始。大约来了五六十家传媒，包括著名的自媒体在内，把会议室挤了个满满当当。钱进坐在前排正中，表情像皇帝一样，他是唯一猜透秘密的人。但他今天似乎不太高兴，因为我是刚刚半小时前才通知他的，所以他觉得上我们的当了。我们终于抢占了先机。

……我的开场白之后，刘英雄上台了，他表情沉重，加上脸色苍白而疲惫，非常符合我为他设定的一个犯过错而痛悔不已的可怜虫的角色。我宣布记者会开始。刘英雄缓缓展开手中我写的稿子，说，今天有大事发生，所以把大家请来，相信大家对近日海峡晨报那个呼唤当年强奸犯出来、为意外生下的女儿献骨髓治白血病的启事耳熟能详了，因为我们公司一直在跟进援助这个案子。为什么我们会跟进援助呢？不是因为我们慈善，也不是因为我刘英雄有爱心，甚至不是因为公司必须做这个来炒作，我们做这个事情，实在是迫不得已而为之，因为我刘英雄，就是寻人启事中说的当年的那个强奸犯。

……大厅里鸦雀无声，空气仿佛忽猎猎在扇动。接着哇的一声，议论声像破罐的水一样四下流泄而去。

刘英雄举起手中的案子，我的助手帮我拟了一个案子，就是"将计就计起死回生"的案子，让我在这里痛哭流涕，忏悔自己的罪行，引发你们和公众的同情，然后说我当年是年幼无知，而且被工厂厂长开除了，于是呼酒买醉，在糊里糊涂无法控制自己行为的状态下，懞懞懂懂就做下了这错事，等酒醒后完全想不起来做了什么事，所以是无心之失，之后想起来后，决定洗心革面，痛改前非，持续以做慈善来表明忏悔之心，坚持了十八年。今天我勇敢地站出来，解救女儿，不惜以身试法、身陷囹圄的代价和勇气，希望大众给我一次重新做人的机会。就是这么个策划和安排。

……我的脸都绿了，痛苦地骂道：王八蛋！

全场肃静。钱进也呆了。

高小书偷偷躲在门口，凝视着他。

刘英雄继续说：以上是公司为我拟好的话，我一句也够不着，直到今天早上起床，我还准备照稿子念来着，但接着我就突然心里非常难过！不是我良心发现了，也不是我要痛改前非了，而是我太累了，太疲惫了！这十八年，我背着这个重担，过着表面风光实际牛马不如的生活！我的心天天像架在炉子上烤着，又没勇气自首，还时时怕公司里突然闯进一队警察来。我受够了！今天早上，我想，反正我女儿已经出现了，我以后不可能救完她就不来往了，来往久了，总有一天照样会被人发现，我就是那个强奸犯，与其到那一天被动地被抓，还不如我自己主动把一切全说个明白，倒个痛快，我仿佛看到我挑着一个重担，走了十八年，累得快死了，结果终于搭上了一个顺风车，可我在车厢上仍然挑着那担子不放，我是傻瓜，既然到车上了，我应该把担子放下。如果我今天不全部彻底地坦白，我就是上了车还不放挑子的笨蛋。

我心里咒骂，你就是个傻×。

钱进突然喊：扯来扯去，你到底要坦白什么呢？

……我要说的是，第一，我是那个强奸犯，这一点没有疑问，已经过DNA验证比对了。第二，当时我虽然喝了酒，但因为我酒量奇佳，所以当时根本没喝醉，我是在极其清醒的状态下实施强奸的。第三，这次我也没有所谓在第一时间挺身而出，去认罪悔改，而是遮遮掩掩、七躲八躲，企图蒙混过关，到了实在混不过去了，才无可奈何地站出来的。第四，今天，你们看到我的本相了，认清我的本质了，我是罪犯，我是罪人，我还是一个伪君子，现在，请唾弃我吧！

刘英雄走出桌子，跪倒在地上，深深地磕了一个头。

……所有人都没有说话，也没有人提问，只是呆呆地看着他，他们还来不及消化眼前的一切。高小书目不转睛地盯着他。钱进嘴张了张，我一步跃到话筒前，嘶吼道：记者会结束！

……

工作人员把记者全部驱逐出去之后。会议室只剩下我和刘英雄两个人。我很久没说话，就是抱着头，我也没有消化刚才发生的一幕，虽然我极度愤怒，包括被严重背叛的怒火几乎快把我全身烧焦了，我就是说不出话来，双手抱头，微微颤抖，头慢慢地摇，这是表示我对他不可理喻的意思。

刘英雄坐在那里，也不说话，开始抽烟。

……等他把这支烟抽完了，我才开始说话。你这是？……能否解释一下？我文化不高，基本上理解不来你刚才的行为？或者，你跟我有仇？

刘英雄缓缓道，第一，如果事先告诉你，你一定不让我说，这是肯定的，而我想了好久，想透了，我一定要这么说。第二，我这么说的理由你不要瞎猜，我没那么高尚，没那么急切地要痛改前非，要说这十八年我有什么收获？只有一条，我知道了，人是很难所谓痛改前非的，那就是个笑话，是谎言，所以这跟道德品质无关。

我暴怒地大吼：你少跟我这儿高来高去了，说人话！就说为什么？为什么？！

刘英雄说，明摆着的，有两条现实原因，一，我他妈的受够了，我不想再当个强奸畏罪潜逃犯了！十八年我就没真正过过好日子，你不是当事人你不会理解我的心情，我想结束了！无论坐牢枪毙要杀要剐，他妈的我全不怕了，只求尘埃落定。第二，我以后能坚持不认高慧吗？你想想，同住在一个城里，老死不相往来，这可能吗？不可能！所以，我一定迟早要联系她，那么我就迟早会被发现，这是板上钉钉的，最后一定被抓捕，既然同样是这个结果，为什么不自己主动自首？争取减刑？这是不是最佳方案呢？

……我被问住了。我脑壳里快速运算了一下，说，你似乎要把我说服了……可是，你想过公司吗？想过公司的利益吗？想过我们这些人的利益吗？

想过。刘英雄说，我也很难过，但这两件事直接冲突，我这是人命关天的事，你们只是经济损失，放到你的天平上，你会怎么选择？我这是强奸罪，我的余生要在监狱里度过了，你们还年轻，还有很长的未来。

我说，我查过法律了，只要高慧不举报你推她进水渠的情节，你这个单纯的强奸案不算情节特别严重，加上你当时刚刚满十八岁，所以郑律师说，也就是判个五六年的刑期，依据强奸罪追诉有效期应与强奸罪行严重性刑期比例一致的原则，你已经过了追诉期，加上主动自首的情节，你大概率会被当庭无罪释放。

刘英雄凝视我，不叫无罪释放，叫不予刑事起诉。

……我这时才明白，这厮想得比我多，也比我周全，在记者会上也并非一时冲动。但我仍然无法接纳的是：无论如何，它将重创公司，令其崩溃！我只说了三个字：

你赢了。

不，是我搞砸了。刘英雄说，帮人帮到底，拜托老六您帮我处理这一切的后事。

谁叫我是你的奴才呢？我痛楚地说，公司里面的事我来善后，台面上的事我再也不管了，你自己装的逼，你自己装完吧。

我被这突如其来的变故折磨得一夜未眠。第二天上午，我昏昏沉沉地去上班。打开网络，首先搜索公司账号下面的粉丝留言，居然发现了一千多个新的点赞，大几百条留言，大部分是在赞扬刘英雄的，我愕然了，睁大了眼睛查看：粉丝们赞扬刘英雄的大略意思都是他直面自己的过错、毅然决然挺身而出，挽救高慧的生命。我懵了一会儿，楼下闹哄哄的，有一堆人要进来献花，你没听错，是要给刘英雄献花，褒扬他的"义举"。

我渐渐醒转过来：难道这次刘英雄押对了？他玩了一个比我"将计就计痛改前非"策划案更高明的策划？我奔进刘英雄的办公室，问他为什么不放那些献花的人进来？刘英雄表情疲惫，说，我要接了那花，就真是个不折不扣的惯犯了。我诧异地问：这难道不是你意料之中的事，不是你玩的更高明的策划案吗？刘英雄叹道：不是，我现在哪还有心情玩花样？我是自身难保。我凑近小声说：说不定事情有转机呢？这回不一定就会倒掉。刘英雄笑了一声，老六，这你就幼稚了！眼下的喧嚣只是我那些脑残粉最后的疯狂，这个社会可不是这样认为的，也不是这样思考问题的，你干久了引流量的活儿，认为流量就是一切，错了，流量是虚的，因为流量的支点垮了，就什么也没有了，对于我，就是道德形象垮了，就满盘皆输了，没用了，

结束了，老六，我们完蛋了。

结果证明刘英雄说对了，第二天商家就通知撤广告，并起诉我们违约赔偿。不出一周，粉丝量锐减了一半。直播直接停掉了。奇怪的是，平台并没有封我们的号。也许是因为我们自己先停了直播的原因。

……我刚跟广告商谈完，手上拿着合同，直直地看着会议室窗外面的天空发愣，那里云团堆积，好像要下雨。几乎就在一夜之间，热火朝天欣欣向荣的公司就垮塌了，如同做梦一般。依凭我的能力，本来应该是能规避这个风险的：因为给高小书女儿捐献骨髓不是件坏事，而是好事啊，何至于会走到今天这一步？即便运作中间出了什么意外的风险环节，我这个风险控制专家也不至于让它发展到今天这样不可收拾啊？何故？何故？

……我突然渐渐醒转、惊恐，我被刘英雄不知不觉地领着走进了一个危险的深渊，这是一个很可怕的、会引致彻底完蛋的迷魂阵！仿佛有一股魔力吸引，刘英雄说他也是不知不觉地走到这一步的。我捋了一下这段时间的思路，好像他说的也没错：从一开始我们想办法回避、到不得不接触、到想办法捐款冷处理、一直到不得不捐献骨髓，好像我们也没做错什么步骤和环节？为什么结果会如此糟糕？我反对刘英雄关于罪业的恶魔已来索他性命的荒谬说法，但我也理解他这么多年来背负的重担，难免让他生出此等感慨，刘英雄回忆说，至于他为什么要这样做？连他自己都无法很好地说清楚原因，不做，结果可能更坏，这就是当时每一个步骤决策的过程和原因，而这每一个决策我都是在场和参与的。

我好像缺乏责难他的理由了。虽然心

里非常绝望，但没办法，继续站好最后一班岗吧，而刘英雄自己装的逼，必须要装完，我是绝对不会搭把手的，我也要留出自己的后路。

……

骨髓捐献的正式手术于一周后开始进行。贺医生确证刘英雄和高慧的骨髓匹配成功，很幸运，他的骨髓完全适合高慧。同时在科学意义上确认了刘英雄是高慧的生物学父亲。贺国庆感叹道：这也真是奇迹啊！我不知道他赞叹的是配型成功还是指刘英雄给自己强奸出来的女儿献骨髓这件事。

28日上午九时，人们期盼已久的时刻终于到了，鲜红的血液在管中缓缓流过，被处理过的刘英雄的骨髓输入了高慧的身体。整个过程非常顺利。

……很快，高慧就度过了危险期。她得救了！我为什么说是"人们期盼已久"呢，因为托钱进的"福"，此事已荣登各大报刊的头条，成为了新闻热点。在高慧得救的同时，对刘英雄及其幕后团队的炮轰开始隆隆作响，也就是说我们除了要承受公司倒闭付上大量赔款的代价，还到了名誉扫地的地步。李甘露正式离开了刘英雄，搬走了属于她的任何东西，她和父亲甚至加入了向刘英雄索赔的行列。刘英雄被褫夺了各种荣誉，包括一个少体校名誉教练的称号也被夺回了，这是整件事中最可笑的。

刘英雄在公司破产前进行了一次非常奇崛的操作：他在公开罪行之前就偷偷转移变现了一大部分财产，就是在公司赔广告款之前，抢先套现，然后向他自行与高小书秘密开通的高慧的户头存入了大约六百多万。然后给我留了两百万。当债主上门来讨债之前的几天，他申请破产了。对这个行为，高小书非常震惊，我也很震惊。刘英雄对我说，我只能弥补你一个人了，别的同事我顾不上了。我找到高小书，履行各种手续，她除了对刘英雄的做法感到出乎意料之外，还担心她的钱来源合法性的问题。我让她放心，因为刘英雄是按郑律师的设计进行了一系列的破产前套现处理程序、并依据捐赠法操作的。高小书这才放心下来。她疑惑地问我：他为什么要这么做呢？我也没想明白，归因于他幡然醒悟之类的原因肯定是一种偷懒。我只好说，这说明他也不是纯粹的坏人呗，而且在你这事上，他确实是有悔意的。高小书仍然不解，我也没提出过要赔偿啊，只要救了高慧就成，再说我是不会主动告发他的。我笑说现在告不告发无所谓了，全社会都知道他是强奸犯了，他等于是自首了，公安局已经联系我们了，他很快就会进去的。高小书叹了一口气，我说的不告发，指的是他推我进水渠淹死的事。我说，你就放他一马吧，他现在破产了，沦为赤贫，一文不名，再也不能翻身了，也算受到了惩罚。高小书没吱声。

关于刘英雄挺身救女的故事讲到这里基本结束了，这类故事的结局都是雷同和庸俗的：反正是手术成功了，高慧得救了，故事有了一个光明的尾巴，你好他好大家好。

然而事情并没有完结，后面还发生了一系列狗屁倒灶的事……因为"被奸女呼唤强奸犯出来救被强奸出来的女儿"（这得有多拗口）这事件本身，就是要有多荒诞就有多荒诞的特别案件，问题是这件事不但真实发生了，而且挺身救女这事还真的成功了，女儿得救了，那么以后这对父女该还会有什么故事呢？无须编造，它必须有下文，父女间联系上了，住在同一座城市，以后抬头不见低头见，要如何相处呢？这种千古未有的奇事，若不是亲眼所见，我是万万不敢想到啊。所以之后继续出些乱子和妖蛾子完全不足为奇。正常结束反倒是吊诡的。但我老六不知道如何来讲述后面发生的事情，因为那些事情有些荒唐，几近滑稽，我就不按顺序，想到哪儿说到哪儿吧，到今天为止我也没能整清楚这到底是怎么一回事，事关这一家子（对不起他们不是一家子，我老说错）这三个人的事，关系错综复杂，解不清，理还乱。

就先从我和高慧的关系说起吧，命运的阴差阳错，高慧最后竟然成了我的女朋友，这不但连我自己也始料未及，甚至觉得这是我的宿命，让我一辈子也摆脱不了刘英雄。我事业倒塌，却捞到一漂亮女友，对冲一下，似乎并没有损失。我与高慧电光石火的那一天，正是我代表刘英雄将捐献款的合约交给高慧签字的时候，因为受捐人不是高小书而是高慧。我站在病房外透过窗户玻璃看见高慧正望着窗外远山间的夕阳发愣，宛若一尊雕像。她瞪着一双深邃惊恐的大眼睛，活像画家何多苓画笔下的女诗人翟永明，我从来没见过表情这么忧郁的人，她的忧郁不同凡常，令她整个人都变成了一颗巨大的泪珠，时刻都可能滴落溃散，两个深邃如黑夜的眸子，对我仿佛是一对深渊，我就一头栽入，淹没其间，万劫不复了。

……那天在病房我们有了第一次长谈，高小书去外地办事了，她睡不着，要我陪她说话，我一直陪到了深夜三点。她对我说起了手术当天醒来后的奇怪感觉，就是父亲骨髓移植进自己的身体之后的奇怪感觉；那是一种古怪的矛盾的甚至是混沌不清的感受，首先有些许兴奋，因为终于有救了！好像死而复活！其次却是一种膈应的感觉，似乎有一股毒液缓缓地注射进来了……我说这感觉并不新奇，很容易理解，来自于对刘英雄的厌恶。

接下来的一个月，高慧的身体以肉眼可见的速度在好转，但精神却以肉眼可见的速度在变坏。她不断地打电话给我，要求我陪她说话，她变得越来越焦虑，最后我的陪聊发展成了陪夜。反正我已经失业，就有了大把时间来陪她。我问她：高慧，你在忧虑什么呢？你的病好了，你应该庆幸，应该高兴才是。

高慧忧虑的看着窗外，目光四下游移，什么也没看着。我最近睡不着……她说，生病的时候都不这样。我说明天就要出院了，你应该转换一下心情，迎接一个新的生活。她突然问，你的公司真倒了？我笑笑说，是啊。高慧说，那你那领导咋办？她不先问我咋办，而是问刘英雄咋办，我有些不悦，说，你还关心他呀？哈哈哈。高慧说，我才不关心他，他是个流氓！我关心自己，我从此是不是就是这流氓的女儿了？……我被问住了。突然我悟过来，你为啥要认自己是他女儿？你们也没认亲啊？凭什么你要认他？他也没敢要你认他呀？高慧这时才发觉自己说错了，就解释道，我……我是说别人都知道他是我生物学上的父亲了，我不知道怎么办？……我笑了，这有啥怎么办的？你们献完骨髓，一别两宽，他救你是天经地义的！你不理他也是人之常情，就这样，还能怎么着？高慧想了想，说，你说得对。

当天出院，高慧卫生间洗了很久。我

怀疑她是要把自己身上刘英雄的血洗干净。我问她是不是这样？她说我瞎说，她只是因为出院了要洗干净一些。

……刘英雄因为向警方自首，最后被免于刑事责任，哦错了，不是免于刑事责任，而是判五缓三。郑律师帮他请了一个业内最优秀的刑辩名律师，姓赵的，让他躲过了牢狱之灾。因为高小书未举报他故意杀人，所以本强奸案的情节属于中等，量刑在五年左右，所以追诉期也就是五年，他实际上是无忧的。因为判的是缓刑，于是被当庭释放回家。郑律师弄到了高小书的原谅书，加上刘英雄主动站出来挽救女儿的义举，缓刑成立。但他已人格破产，一贫如洗了。

高慧出院那天晚上，我和刘英雄都在医院忙乎。直到他被羁押之前，刘英雄几乎天天守护在女儿的病房，我们站在医院的顶楼抽烟聊天。我忍不住问了一个我很想搞明白的问题：你为什么要这么高尚？我指的不是站出来认罪救人，而是巨额赔偿，但他听误了，像被烫着一样跳起来，说我骂他。我说我还真没骂你，我是正经问你呢，这事儿换我，我就不会这么干，虽然是自己强奸出来的女儿，但一天也没一起生活过，并没什么感情，把财产全部赠予她，也挽救不回她的原谅，法庭也不会考虑这个情节，那你为什么要这么做？

搁在当初，就是十八年前，我肯定不会这么干的，但你过十八年后试试？他这样说。而且这钱不给她也会被别人弄走。

我似乎懂了……他的意思是说这事压根儿与高尚不高尚没半毛关系，只是利弊权衡的结果：因为刘英雄料定自己一定会被各种索赔弄到一文不名，那还不如转移财产送给女儿算了，也算是对高小书的补偿、以及给女儿一个预支的抚养费，他很清楚自己接下来将完全没有支付能力了，所以抢先与律师偷偷转移了财产，然后宣布破产。

我感觉刘英雄的说法基本合理，我也无理由反对，心里感激他还想着我的未来，给我留了一点钱，让我能东山再起，事实上我确实在后来东山再起了，没辜负他的创业基金。我问他自己怎么办？他苦笑了，一个人格破产的人还有什么未来？人格破产比财务破产严重多了，过一天算一天吧。我认为他肯定也为自己留了一点钱来生活，但依我对他的了解，一定不会太多，只够生活一阵子。

高慧出院三个月后，病情又出现了一些波动，被迫二度入院，好在没有大碍。但这一住又是半年，我忙于着手创立新公司，没那么多时间陪她，高小书也用那笔赔偿在作生意，开服装厂，忙得焦头烂额，于是刘英雄顺理成章地从头至尾陪女儿住了半年医院。高慧刚开始拒绝他来看护，但他先是利用贺国庆的关系以自己得了慢性腹泻为由住院，顺便过来照顾她，高慧就不好拒绝了。后来他索性租了一个行军床，堂里而皇之以高慧家属的身份来照顾她。高小书乐得刘英雄来护理，她的时间要忙着赚钱。刘英雄天天照顾高慧，高慧从对他烦不胜烦，发展到慢慢地只好接纳，最后既成事实。

高慧对刘英雄态度的转变，据我观察是从她看刘英雄过去的抖音视频开始的。她看着刘英雄在抖音上帮助许多穷苦人的视频，开始觉得疑惑，她问过我：他真的爱那些弱势人群吗？我笑道，我又不是他肚子里的蛔虫,我怎么知道?你去问他自己吧。高慧说,不用问,真是这样的人,怎么能是一个知罪不报的流氓强奸犯呢?他做好事,一定是做贼心虚了。我对高慧的话不悦了,你这是一棍子打死人的说法。高慧淡漠地说,这是我从一个著名心理学家的书里看到的,很年轻就犯罪的人,生来就是一种犯罪人格,一辈子都改不了的,这就是坐了几十年牢的人,出来立刻重复犯罪的原因。所以,哼,要我认他,是不可能的!我奇怪了:你老说认他认他,有谁要求你认他了?刘英雄要求了吗?你妈要求了吗?我要求了吗?你这是在自寻烦恼。

……由于在医院朝夕相处的原因,父女之间必须要能正常对话,否则气氛是非常尴尬的。由于我具有刘英雄老下属和高慧男朋友的双重身份,我居中先跟着他们在病房里呆了几天,创造了基本的对话氛围,以防我走后他们尴尬。但高慧从没叫过他爸,甚至不愿意呼唤他的名字刘英雄,那她叫他什么呢?叫"刘狗熊":刘狗熊,把我的拖鞋拿过来……刘狗雄,你可以走了……刘狗雄,你明天不要来了,你来了我心烦!

……我觉得这名字挺好,有一种亲近感又不至于说不出口。但高慧却私下恶狠狠地对我说:我总不能叫他刘流氓、刘色魔吧!我说,刘英雄侍候你,这太好理解了,就是想赎罪,人之常情,你也乐得消受,不要白不要,要了也白要。高慧冷笑道,老六,我家跟刘英雄的仇,是一辈子的!我从小到大看我妈受苦,今年我还知道了我不堪的身世,全是这条豺狼害的!不过你说得对,不要白不要,他居然还逃过了刑罚,就一辈子给我们打工吧,也弥补不了他的罪恶!高慧说的时候表情完全改变,脸像恶魔那样扭在一起,把我吓了一跳。但我非常理解,这是她们母女十八年的苦难,非我等族类所能揣摩和想象的。

高慧在我心中的地位是所有其他女子难以替代的,并不是她的美貌,而是她独一无二的经历:一个被强奸出来的女儿,简直了,这是个本不该活在世上的人,一个误会的产物。于是我英雄救美的心态泛滥到难以收拾了!她惊恐苦难的脸和忧伤的眼睛从此驻留在我脑海。在我得闲的一个周末,我把她接出医院,顺便让刘英雄也休息一下。我带高慧去了郊区的静心湖,那是一个人工堰塞湖,风景却出奇的好。我带了所有的野餐设备,连烤炉都支起来了,但高慧的胃口却一直不好,害我很丧气。她安慰我说,你做得很好,不是你的原因,是我自己的原因,胃口常年不好。吃不重要,你还是陪我聊聊天吧。

我问她和刘英雄相处得怎么样?她回答:我快出院了,一出院就让他滚蛋吧。

我说,你就把他当个路人,一个护工吧,也不至于生他的气,没必要。

没必要?她哼了一下。你懂个屁!

……高慧在那个冗长的下午,向我说出了她心中隐藏的更深的秘密。她问,你能体会一个被强奸出来的女孩的心情吗?不,刚开始不是这样的,刚开始我一直以为自己的生父只是负心汉,他是工伤死的。结果真相令我崩溃!非常致命,他是个强奸犯,而我自己原来是个孽种、一个多余的人、一个误会的产物,不,一件罪恶的成品,当时我只有一个念头:立刻去死,尽快消失!我谁也不想见,包括我的母亲,她为什么要把我生下来?她没脑子吗?谁会把一个强奸的孽种生下来?脑子进水了还是进大粪了？她考虑过我的感受和我的将来吗？将来并不遥远，这不就到时间了吗？你知道现在我的抖音号上有几千上万个留言，什么话都有，竟然还有人问我不觉得脏吗？一个强奸犯奸出来的野种，竟然还活得下去？有一个人说要是他是我，不要说生了绝症，就是健康也会自己去投河自尽！甚至有人骂我根本就不是刘英雄的种，是来谋他的钱的！三个月前，当我知道自己的身世时，自杀过一回，现在，我很后悔被我妈救回来了，我这种人，还是干净利落自我了断的好！

我厉声说，你瞎咧咧些什么呢。

高慧的泪珠绞在睫毛上迟迟不落。

难怪从小到大母亲就一直溺爱我，到了过分的程度，我把幼儿园小朋友的脸都快抓毁容了，她还包庇纵容我。当时我并不知道原因，于是慢慢养成了任性骄纵的毛病，外婆都骂我妈这样带孩子会毁了孩子，我妈就不听，因为她知道我是被强奸出来的，要加倍溺爱我。我有几大抽屉的玩具，比男孩的还多。我要什么我妈就给买什么。有一次我要吃哈根达斯，我妈居然开了四十多公里从郊区到城里给我买回来，结果冰淇淋化掉了，我要她再去买，她就直接带上我进城里吃。回家已是夜里两点钟了。

……上小学开始，我对父亲身世的怀疑开始折磨我。我一直以为我父亲是抛弃我们母女的负心汉，母亲就是这样告诉我的。但邻居和同学骂我是野种，不断耻笑我。我要母亲带我去找父亲，她自然做不到。等到我长大了，就萌生了自己去找他的念头，我想质问他当年为什么要抛弃我们？我妈得知我的想法后，有苦说不出，就是一直流泪。她硬是用止不住的眼泪拦阻了我的寻父之旅。

……但那个可怕的时刻终于到来！要不是病危，恐怕我永远不会得知我父亲的真相。直到母亲确凿无疑地告诉我，你是强奸的产物，我崩溃了，立即想自我了结！谁也不能体会我当时的心情！我宁愿我爹是负心汉、是花花公子、是不顾家的赌徒也行，可他居然是一个强奸犯？我就是那个强暴出来的孽种、是多余人！这比野种可怕一万倍！我敢说全世界都找不出几个这样的人，它就像极度罕见病人一样珍稀！她完全不应该在这个世界存在！

……我母亲把她一生要流的眼泪似乎都流尽了！我被挽救回来后，反复问她同样的问题：你为什么要生下我？基于什么怪诞的理由？你是觉得一个强奸儿很珍稀很特别吗？还是你要留着我来一次一次提醒自己，享受自虐的欢乐？……我这才慢慢地把自己从小到大的经历串联起来：原来别人早就知道我是强奸儿了，难怪他们说我比野种更脏，是野种中的野种。而我自己，则是最后一个知道的。

我人生所有的价值感，就在我妈告诉我真相的那个黄昏，尽数垮塌了！

我接着质疑我母亲：一，你不应该生下我！二，你既然生下了我，就不应该告诉我真相，这等于是生了我又杀了我。你告诉我是多余的，是耻辱的结果，你让我今后如何继续我的人生？母亲痛哭道，为了救你的命，我才告诉你真相，否则我一辈子也不会吐露这个秘密，你永远只是我一个人的孩子！是我的孩子。

我自杀未遂后，回家来洗澡，洗了一天的时间，就是泡在浴缸里整整一天，把我母亲吓住了！你知道抑郁症的人，要么就从来不肯洗澡，要么就不停地洗澡和洗手,这是典型症状。我是个抑郁症患者。

母亲抱着我,哭泣道,慧啊,我们要相依为命地活下去,让那个流氓看,他欺负的不单是我,也是你,我们不能就此倒下!我生下你,是因为你是无辜的!我不能杀了你,你不但要生下来,也要活下去,还要向他宣战!把他绳之以法!

但高慧后来了解到:生下她的原因并没有母亲说的那样高尚,高小书被强奸后,认为自己不在排卵期,不会怀孕,加上羞耻感战胜了理智,不敢告诉爹妈,更不敢报警,等到爹妈发现她怀孕时,已经六个月了。打胎有危险,她只好把孩子生了下来。

她慢慢爱上了这个孩子。也因此切断了高小书人生更广阔的可能性。没人会想要一个有着莫名其妙来源的孩子的女人。一次又一次的耽误,让高小书只能与女儿相依为命了。她已经放弃了这辈子的婚姻幸福,本以为灾难会到此为止,但不久她就发现:女儿患有一种罕见的白血病。她把这一切的灾难,归咎于自己生下了这个孽种,她爱的孽种,对,是罪孽,否则不会引来这种灾祸。

……寻人启事发出后,高慧开始自己悄悄调查生父的情况,她瞒着母亲秘密向公安局查询当年的强奸案,但案子已结案,基本过了追诉期。高慧于是自己去实地调查,就是当年案发地的那条水渠旁。这一切她母亲全然不知。寻人启事发出后,高慧怀着一种极其复杂的心情:既希望这个男人站出来,能救她的命;又不想见到这个恶人,她根本无法面对这个色魔是她父亲的事实。最后高慧麻醉自己了:她认为这个人是绝无可能站出来的,世上没有这样自投罗网的傻子,他挺身而出的几率为零。

结果出乎她的意料,他站出来了。这个神秘的男人先是以公益名义来捐钱,之后得寸进尺。最后,当手术的前夜,高慧终于完全无法接受这个流氓的血液进入自己的身体,她出现了强烈反应!包括生理的反应,连续不断地呕吐、抽搐。她准备逃离医院。高小书紧紧抱住女儿,泪如雨下!我比你更恨他一万倍!高小书对女儿说,他强奸的是我!他毁了我一辈子!一次被辱,永远被辱,但我忍下来了!我要救你。高慧说他强奸你皮肉,却强奸了我的精神!我竟然是一个强奸出来的人,都不应该出生的人,是个误会,我更羞耻,更不堪!高小书说,我们恨不得食其肉寝其皮!但是孩子,现在千万要忍,马上要手术了,如果弄砸了,我们就真输得一无所有了,他会很高兴,因为你死了,他的罪证没了,还有了自首的行为,我们会输得一无所有,所以我们不但要把病治好,还要活下去,要好好活着,健健康康地等事情完毕,再追诉他的罪,让他付出代价!

……

高慧凝视着我,说,但结果却与我妈和我的预测大相径庭,他不但逃过了惩罚,还在我病房里当起了我的家属,这算哪门子事?太奇怪了,太吊诡了,想到这些我现在还浑身起鸡皮疙瘩,到底是咋回事儿?是哪里出了岔子?

我无言以对……只好说,生活有时候就是莫名其妙的。

夜幕降临,我带她回到了医院。刘英雄来接班,我回家休息。第二天,我来医院,就看到她与刘英雄有说有笑的,跟昨天她跟我控诉的氛围大相径庭。我站在那里愣了半天,理不出头绪。高慧就是在这种极度分裂的情形下，慢慢地接纳了刘英雄。当然，这是后话了。感情这东西真奇怪，血缘也是，它会莫名其妙地把过去的恩怨变成一笔糊涂账，然后把这一页翻过去。

高慧出院一年后，我发现她和刘英雄有私下来往了。只是当我问起这层关系时，高慧就会突然变脸厉声对我说：我是不会认这个王八蛋的！想让我叫他爸，他就是被烧成灰、捻成末、顺风飘走，也不可能！

五.

凛冬将至，百叶凋零，刘英雄接下来的生活也像被一只鬼赶了一样，一直在走下坡路。他已众叛亲离，只有我一个兵了，严格说来也不是兵，因为我已重新创办公司另立门户了，他只剩我一个朋友了，我不可能不管他，他是我恩公，又是未来的老丈人。我的新公司返聘他为顾问，说白了就是给他一口饭吃，他却只干了两年就因生病辞职了，渐渐沦为赤贫，生活没落，每况愈下，靠我给的一些"退休金"生活，还有他女儿有时接济他点儿，他很高兴女儿给他钱，说这事意义重大。高小书妒忌刘英雄与女儿的关系，弄得我只好去调解，我对高小书说的是：刘英雄已经受到命运的惩罚，你瞧现在他那衰样儿，狗都不如。我对刘英雄说的是：好人不一定现世有好报，做好人反而会受苦，否则人人都会去做功德了。刘英雄回答我说，第一，我不是好人，你不要搞误会了，第二，现世没好报，来世很难说。

为什么要谈到好人好报的事情呢？因为这货后悔了。他越混越惨，就越是怪上了命运，然后后悔他站出来认罪，不但心

里后悔，还到处说自己后悔，这让他最后的形象一点也不光辉，把积下来的人们对他残存的好感自毁殆尽。我总结，刘英雄是个情商智商都堪忧的人，每一步的人生选择都是错的，然后错上加错，连本带利地输光。比如他犯了强奸罪，接着又自暴自弃，改过自新救女儿后，又后悔救了她，接着又花巨资为女儿打通剧组关系，让高慧演上了女二号，出了小名，又去帮女儿投资电影（看来这厮还是藏了些钱的），结果被人骗得精光，沦为赤贫。我已经闹不懂这人脑子里是怎么想的了。

我们转过来说说刘英雄。他的境遇可谓一泻千里，越混越不堪，我聘他顾问就是赏一口饭吃，原先是才华横溢的人，现在大相径庭，抠抠搜搜依然是你个流浪汉，我认为主要是意志垮了，斗志不存，了无生气，整个人就变得非常普通和平庸。这桩案件不但毁了高小书母女，也毁了刘英雄自己。他一度到处找工作，到处被人赶。我把他介绍去我一个好友的公司工作，他却到处说人家包小三，搞得我同事骂他，你他妈的还是强奸犯呢！真讨人嫌。后来又介绍他做另一个工作，他居然嫌弃上班的地方远，要坐好几趟公共汽车！简直了。他啥时候变得这么懒了？所以我总结他是意志垮了。看来犯罪的威力太大了，是要祸传三代的。

既然他的工作意志垮了，那他的注意力在什么上面呢？他的主要精力投放在了他女儿高慧上面。虽然他的生活开始拮据不堪，但与女儿关系越来越好，前期将所有的钱都花在了高慧的演艺事业上面。我说我有能力支持高慧的事业，但他说他的支持意义不一样。我们一起喝酒时，他的

主要话题还是高慧，天天夸高慧如何如何远胜女一号的演技，可是我要实事求是地说，高慧这一年下来就是混了个脸熟，她演戏好像并没有什么天分。

你在瞎说八道！你到底会不会欣赏艺术呢？他不高兴了。

我说我们自家人，就不打诳语了，高慧不是当演员的料。还是早早换轨道的好。

刘英雄就因为这话，一个星期不理我。

有一次他去剧组看望高慧，当着全剧组的面说女一号不如高慧，让大家都很难堪，尤其是高慧，让他别说了，把他轰了出去。我很理解刘英雄对女儿畸形的爱，不就是为了弥补自己的过错吗？这是傻瓜都能明白的，只是他做得太露骨太过火了，招来了高小书的妒忌。高小书拿着刘英雄的赔款，去投资了一个服装厂，结果实业景气不好，没一年厂子就倒闭了。她把工厂卖了，去投高利贷，结果钱被人卷款跑路了，也沦为赤贫。高小书把所有怨恨发泄在刘英雄身上，说刘英雄害了她一辈子，这话好像也没说错。高小书天天管刘英雄要钱，刘英雄后来自己也没钱了，她多少都要，拿去酗酒和赌博，摧残自己，然后发酒疯，在街上胡说八道，把苦难全归咎于他。有那么半年时间，刘英雄还要照顾她，因为高慧要去拍戏，刘英雄时不时被叫去派出所领人，因为高小书酗酒闹事，老是被留置在派出所。刘英雄于是和高小书形成了一对奇怪的关系。这是一种多么荒谬的关系呢？我告诉你们这些，主要是感慨：为什么一场好好的认罪悔改秀，会延续发展成这么一地鸡毛的狗屁倒灶的烂事呢？这就是现实，真实的现实。

……

高慧拍戏间隙回来，到我家住，她不想回家跟她妈住一起，嫌她一身酒臭。我倒劝高慧去看看她爹。高慧说，我没认他是爹呢。我说，那至少是生物学上的爹吧？你去看看他，也算是对他倾力支持你事业的一种感谢吧。高慧瞪着我问，我需要感谢吗？

高慧虽然嘴上不饶人，还是去看了她爹。她和刘英雄一见面，俩人就开始斗嘴，她还是唤他刘狗熊。刘英雄很高兴，弄了一大桌子菜，但嘴上说：高慧，我是你的害虫，你是我的灾星。我是害虫，害了你们母女一辈子，你为什么是我的灾星呢？因为自从认了你，我就打短命了。"打短命"是我们当地的土话，就是"折寿"的意思。

高慧鄙夷地说，你真的对我有爱吗？你在骗谁呢？你没有爱，只是有愧吧？

你怎么说都行。刘英雄喝了几盅口齿有些不清了，我就是死了，也要换来你事业的红，你说这是不是爱？

高慧笑道，你等等，让我去厨房拿把菜刀，剖开脊椎骨，把骨髓还给你！

刘英雄满脸通红地摆摆手，说，不，不用，不客气，你好好留着，养着，慢用。

这叫哪门子的父女对话呢？

……高慧也喝了个半醉，她对刘英雄说，刘狗熊，我有三个重要问题要问你，一直想问，一直没问。

刘英雄说，你是我女儿，你尽管问。

高慧说，第一个问题，你为什么要强奸？

刘英雄想了想，回答道：我是个坏胚。这个不用怀疑了，别人为什么不会犯罪？就我会？说明我和别人不同。从小时候开始我就与众不同，我会用针插在苍蝇上，用打火机烧老鼠，看着它们痛苦，我没有多大的反应。我想了十多年，得出结论，我是个坏种。

高慧说，我相信你，你是说实话了。

刘英雄说，在女儿面前，我还要说假话吗？

高慧说，第二个问题，你为什么要救我？

……这个问题好像把刘英雄难住了。他想了好半天，还没憋出一句话来。

高慧说，别给我整良心发现那些鬼话，骗不了我，也骗不了你自己。

刘英雄张了张嘴，这么说吧，我这十八年真够熬的，这个你承认吧？我处于一个什么状态呢？既没有信心悔改，去派出所自首，又没有信心很快乐地活下去，我就夹在中间。我无论做什么，都像在地洞里做的，这日子我过不下去了。

还有吗？高慧问。

还有，就是想见见你。他说，这是真的。

高慧的眼泪一下子流了出来！

第三个问题，以后你想怎么办？高慧问。这句话的潜台词就是：你想以什么身份和我相处？

刘英雄看着高慧……眼神中透出渴望：……这个，我怎么说呢……我不好说，主要看你……他讪笑道。

高慧注视着他：你还指望着我叫你爹是吧？你真是高估我了！

说完，她起身就走了。

高慧就是这样，对刘英雄的态度反复无常，有时好像开始热络了，突然就翻脸，形同陌路。刘英雄对我说，你别强迫她了，她这样对我，是非常正常的，她长到这么大，是被羞辱过来的，没那么快恢复，我认，我已经很满足了，能恢复到这个程度，也是托老天爷的福，对我改邪归正的最大奖赏了！

不但高慧的态度反复无常，连刘英雄自己的状况也是极不稳定，时好时坏。有时候在他极端沮丧时，会去酗酒发泄。我基本上一周跟他喝一次酒，主要是看看他的状况，帮他减压。都是我带着酒菜，到他的出租屋一起喝。有一次，他喝到一定程度了，突然在我面前哭起来。

他骂道：他妈的，做好人一点好处也没有！我认罪了，改过了，坏事却一件接一件地发生，越混越操蛋！我现在非常后悔当初没听你的话，去沾了这件破事儿，当初如果置之不理，也许我今天还生活得好好的，当我的大老板，赚得盆满钵满，做坏事儿的人多着呢，为什么单单算我的账？我算明白了，忏悔这种事情，只能想想，不能真去做的，真去做了，会吃亏的，会输光的，我现在就输得精光了！

我说，你这话就不对了，你吃了什么亏？你认罪改过，本来就是应该的，如果你没作恶，去替人背罪，那你是吃亏的，而你有负于高小书母女，你是有罪债的！人家没算你的罪债，你是赚了还是亏了？现在命运对你很公平！不要瞎咧咧。

他奇怪看我，你啥时候变得这么高尚？这不像你啊。

我一惊，只好说，我是高慧的男朋友啊，我不乐意你这样胡喷！也不允许你这样胡喷。

心里却在想：刘英雄，你他妈的也太坦诚了吧！我本来还对你勇于认罪残留一丝崇敬，现在都让你自己糟蹋光了！你就不会伪装一下？一手好牌，就被你打得这样稀巴烂了，你是傻子不成？

我预感他今后还会出事。

果然不出所料，大概过了不到一周，就是星期六的晚上，我接到派出所的电话，以为是高小书又酗酒了。结果是刘英雄出事了：他再度犯事儿，嫖娼了！居然要我去把他领回来。

我到了派出所，还领不了人。因为他还在缓刑期内，虽然嫖娼不算是严重的罪，但对于缓刑的人，就难说了，全在于警察的一张嘴。刚好警察里面有一个我合作的人，叫老邢，我让他去通融了好久，最后罚了五千块钱，人领了回来。

我开车送他回家，刘英雄一声不吭。我不认为这是多大的事，但对他自暴自弃的行为非常生气。现在这个人跟我以前鞍前马后跟着的大道德模范相比，完全是另一个人了。我不能理解的是：为什么在做了一件好事（指认罪悔改）之后，一个人会反而变得如此不堪？难道说那件事儿真不该做？

整个回家路上刘英雄一言不发，闭着眼睛。接下来一整个星期，他也不给我打电话，我不放心，怕他想不开，拨他的手机，居然关机。我不安了。

下班后我直接奔他的出租屋。门没关，他在呼呼大睡。桌上一排的空酒瓶。这家伙看来是垮了，垮了就拿酒撒气。我不是看不起这样的人，因为他是刘英雄，不能因为这点小事就蔫成这样。我闷闷不乐地坐一旁抽烟，直到他醒来。刘英雄呆呆地看着我，说，你怎么会在这里？

我说，我他妈的又不是没玩过女人，至于吗？

刘英雄向我讨烟。我说，喝死你去吧。没想到你那么容易自暴自弃。刘英雄呲了一口烟，缓缓地说，这你就不知道了，我这回真的垮了，原因有两条，第一，这回的重蹈覆辙可与过去不一样，这回要老命了！我问，有啥不一样？不就是管不住裤裆吗？刘英雄说，因为，我现在有女儿了，有高慧了，以后跟高慧抬头不见低头见，

她要是知道了，我还怎么做人？有了高慧，一切都不一样了！她和高小书要是知道我又嫖娼了，我就彻底完了！

我盯着刘英雄，我真没想到这些。

第二，他继续说，自从见到女儿以后，我很决绝了，就光光为了女儿，我也要与罪和我的旧人告别，从她手术那天起，我就赌咒发誓，从此做一个好人，可现在……我是一触即溃！赌咒发誓根本没屁用！境况一不好，就反攻倒算，要连本带利一起捞回来！我罪比猪血还红！娘胎里就犯了罪！我堕落回原形是注定的，也就是说我这十八年几乎没有任何变化，一切都是幻觉！刘英雄他妈的不可救药，甚至比以前更坏，嫖娼那一夜，我情绪低落，喝醉了酒，觉得自己一无所有了！突然想冲上大街滥杀无辜，然后向徐水大桥上自爆死掉！

我被他的描述吓得目瞪口呆。

人不但是太坏了，而且是永不悔改的，没救！什么忏悔故事，都是骗人的！这对我打击很大，我是靠这个跟高慧打交道的，现在我信心垮了。我为此赋诗了一首，来说明这罪的可怕和恐怖。

我简直要笑喷了。他居然还为发现自己深重的罪孽写诗？这不是咸吃萝卜淡操心吗？这首诗是写在一张烟盒纸上的，诗是这样写的：

罪

那世代相传的
呈现罕见的重力
使灯相继熄灭
一切妥协

从此涌起的盼望

都变得黑而细长，孤独
细长的不是道路
孤独的亦非兄弟

每一个恐惧都想离开另一个
每一次远行都成了私奔
凝望着的是另一次更黑更深的凝望
死亡也不过如此

我看完，嘲讽地说：好诗！这是你写的？你写得出来？你骗谁呢？

我看来的。他说，好像在写我。

我一看，是一个叫北村的作家写的。我说，你别净听这什么狗屁作家乱发感慨！没那么复杂，是个人，屁股就不干净。你还是你，高慧还是你女儿，她又不会扒你的屁股看。

老六，求求你了，这事儿绝对不能让高慧她们知道。

我给你保证，一定帮你保密。我说，我还会叮嘱派出所的人保密，但你必须答应我一个条件，别再喝酒了，太难看了！

哥，不，可能我要换一种称呼了，我和高慧准备举办婚礼了！你应该高兴，不能再颓废了！

刘英雄愕然之后，喜极而泣！你们要结婚啦？

是啊，老岳父，您同意我娶她吗？

刘英雄哆嗦了：……我没资格答应你，但我现在高兴得要掀房顶了。

那你答应我要好好的。我说，到时候请你出席婚礼。

结果在他出席不出席婚礼的事上闹出了大事。高慧和母亲高小书吵得不可开交。高小书骂女儿疯了！他是个强奸犯！你是要对外宣布你是被强奸出来的吗？高慧说，我不是要让刘英雄作为我父亲登台，只是让他作为一名普通来宾出席婚礼的。高小书骂高慧被刘英雄的几块钱收买了，连亲妈也不要了，她指的是刘英雄倾尽家财帮助高慧进入演艺圈的事。高慧说这跟刘英雄的钱没有半毛关系，刘英雄无论如何也是她生父，结婚把他扔在一旁不太好。高慧和我商量了一个办法，把刘英雄的座位安排在临近上菜口的门边，那桌没人注意，坐的也是我们原来公司的刘英雄的几个熟人，所以不会被发现的。

高小书坚决不同意。她认为刘英雄完全没有资格参加婚礼。这好像也没错。最后，我们放弃了。

当时我和高慧问刘英雄会不会参加婚礼时，他张了张嘴，不置可否，好像还怀着能参加的希望似的，所以当我告诉他高小书坚决不同意时，他眼中的希望之光瞬间暗淡了。他说，你就不应该跟她提这事儿。

于是整个婚礼那几天，刘英雄成了一个勤杂工，忙前忙后，到处张罗，高声安排，显得异常忙碌。谁都心知肚明：他是在尽力表达对高慧的弥补。

那一夜，刘英雄没喝一滴酒。

我觉得他开始振作了。女儿的婚礼对他真是一剂良药。

新婚之夜，我抱紧了高慧。我们没有做爱，因为忙得身心俱疲，就一直说着话。高慧忧愁地说，我今天可能伤我妈的心了。我安慰她，你提的要求不算过分，旧事总有一天要让它过去的嘛，总不能一辈子活在它的阴影里。高慧忧郁地说，我现在夹在我爸和我妈中间，非常痛苦！我肯定是爱我妈和支持我妈的，我是我妈养大的，知道她受的多少苦，她的人生都让这件事毁了，可是，她也不能一辈子揪着刘英雄不放啊，你恨他，就把他送进牢里算了，这样不明不白地纠缠不清算个什么事呢？每次酗酒赌博被抓了，竟然还要打电话让我爸去领？这叫什么事呢？这不清不楚的到底是啥关系啊？还无休止地管刘英雄要钱，人家都赔过你款了，现在一贫如洗了，你还管他要钱，不是钱的问题，就是想着法子折磨刘英雄罢了！你瞧瞧她现在这样子，我还对她同情得起来吗？

我叹气道，只能原谅她了！她一直就觉得自己一生不值，这也是事实。

我可以原谅她，但她不原谅刘英雄也不成啊。高慧道，她把他干脆送去坐牢也好，这气兴许能消，糟糕就糟糕在为了给我治病，她压下了所有怒火，表面原谅了刘英雄，实际上没有，于是现在反攻倒算了！永远觉得自己吃亏了，自己的生意又破产了！好，这一下账全部算到刘英雄身上了，算到他身上我没意见，可你也不能糟践自己啊！你看见没有，今天是我的大喜日子，她居然还忘不了赌博，竟然就在大厅角落开了一局聚赌，闹了这出大笑话来！她把我当女儿了吗？！

高慧指的是今晚出的一个笑话：高小书喝醉了，在宴席一角开了一桌麻将，赌输了，还不给人钱，麻友又没管她要钱，她自己发酒疯，把三个麻友的全家问候了一遍，整整骂了二十分钟，骂完麻友骂刘英雄，最后躺在地上撒泼，弄得全场侧目，看笑话，高慧羞得抬不起起头来。就在我庆幸刘英雄不在场时，只见刘英雄大步走上前去，从地上抱起高小书，迅速离开了大厅，把她抱到一间客房里。他放她到床上休息，对我说：别人可以笑她，我不能

笑她，我也不允许别人笑她。我说，你们这叫啥关系啊，夫妻不像夫妻，仇人不像仇人。

所有宾客众目睽睽地看着刘英雄抱着高小书离开。他们睁大了眼睛。有一个人悄声问：他们复婚了？旁边有人骂道：瞎说什么啊！他们啥时候结过婚？被骂者恍然大悟：那他们这算什么关系呢？乱七八糟的……

……想来想去，不怪我妈，也不怪刘英雄，怪我。高慧躺在我臂弯里，说，要不是我得病，这一切都不会发生。我得病之前，认为限制女性打胎是荒唐透顶的，自己的子宫都不能作主吗？可是自从知道我是我妈被人强奸后生下来的之后，我的所有观念一夜之间都坍塌了！我到底是为谁活着？我活着一点价值也没有！我就他妈的不应该活着！可我又是无辜的，为什么账要算到我头上？好，现在我们家三个人聚头了，问题解决了吗？并没有，我都不知道自己在为谁活了！

……

我抱紧了高慧，除了拥抱她，我无言以对，不但回答不了她的任何问题，而且，今晚我才发现，她的最大问题是没价值感，这个空洞太大太深了，这块空洞是刘英雄造成的，不是我能填满的。我无能为力。最好的办法就是一言不发，听高慧像江河一样宣泄。

……接下来刘英雄平静地过了一年，没再出什么幺蛾子，就是身体不太好，我就没让他来上班，处于半休养状态，照样发工资，说白了就是报恩。高慧很忙，一直在外拍戏，越来越出名了。这三个人的关系依然是不清不楚不三不四不尴不尬，

高慧仍旧没有认他爸爸。高小书继续赌博酗酒，然后管刘英雄要钱，醉在外面就呼叫刘英雄背她回家。但这种平静维持不到一年多，还是出事了，刘英雄的慢性腹泻越来越严重，便血，论断出了直肠癌，临床第四期。

我把他安排进了协和医院的肿瘤科。这一年开始疫情爆发，我的公司受到了严重影响，处于半倒闭状态，于是我有时间陪刘英雄走完人生的最后一段。高慧只要拍戏有空，都会来医院看看他。高慧来看他的时候，刘英雄就对病友狂吹这是他女儿，在某某电影里演什么什么角色，眉飞色舞。高慧皱着眉让他不要胡说八道了，他讪笑着。他当着众人的面说，我死后，我的财产全部归我女儿！这话把大家都逗笑了，他女儿是演员，比他可有钱多了，他是穷鬼一个，家徒四壁，我不知道财产一说所从何来。但高慧听了低下头，很受用。

关于得癌症的原因，他从不吱声。好像很乐观，整天在病房里说笑话。直到有一次病房只有我们俩时，他对我小声说：命运这家伙是相当残酷的，我犯一次错，它非要整死我不可。这时我才发现他对死亡还是恐惧的。

那期间我和高慧闹了一些矛盾：我们发生认知冲突，她老是要求我，无论我怎么做，她都觉得我不够爱她，这就过分了，我才意识到这强奸出来的女孩心理比较变态，非常不好侍候。她责问我，你是不是要说我，别以为你是私生女就可怜，当初就不该把你生下来！我愕然了：我这样说过吗？你是疯了不成？结果她就冲出门去，说要去死。我打电话给高小书，高小书打她手机骂她，高慧回答母亲：你一定是留着我后悔了！她失踪了一夜，刘英雄从病床上爬起来，冒雨找了一夜，在兴业银行门口找到了她。我去接她的时候，刘英雄打了我一巴掌。

她无论怎么发脾气，你都不能让她一个人跑出去！他说。

高小书对刘英雄的仇视添了新意。她认为刘英雄在和她争夺女儿。她告诉我：刘英雄伤害了她两次，一次是强暴她；一次是抢走了她的女儿。我说这不是事实，高慧总要面临一个问题：如何面对一个这样的父亲？况且刘英雄生病了，也没多少时日了，他再有多大过错，就一笔勾销了吧。

刘英雄在苟延。高慧要回剧组，我送她到动车站。她注视着远处山峦的夕阳，说，你知道为什么你给我讲道理没用吗？你不断告诉我，我和强奸没关系，因为强奸与堕胎的结果是不同的，都无法说服我，不是你说得不对，是我自己的问题，我无论如何下不了决心认刘英雄是父亲，怎么也叫不出口爸爸，只要这个情形没改变，我就永远是没爹的孩子。

我不知道说什么了……

送走高慧的第二天，好久不见的李甘露突然给我打电话，想见刘英雄。她居然不知道刘英雄生病了。貌似本来是有一些重归于好的意思。离开刘英雄后，她遵父嘱跟一个省领导的秘书结婚了，两年后又离婚了。她在病房里用复杂的眼神看着刘英雄。你怎么把自己搞成这样了？她问。刘英雄说，我怎样了？不就是生个病嘛。你变好了。李甘露说。刘英雄笑了：我既没变好也没变坏，人是不会变的，本性难移。李甘露说，听老六说你现在跟高小书母女打得火热？刘英雄呵呵两声。李甘露惊愕地说，你居然和这对母女生活在一起？你还是人吗？你是妖怪吧？

……刘英雄的最后日子主要是我在陪伴，高慧要拍戏，我又闲得无聊。但让我无比震惊的是，就在刘英雄死前半个多月的一天，高小书突然来到了医院，说是来看看刘英雄。我很吃惊，但刘英雄高兴坏了，让我快去找茶叶，他要给高小书泡茶。高小书说我不喝茶，我是来看看你什么地方要帮忙的。说着开始替刘英雄收拾东西，把内衣裤拿到公共洗衣房去洗。刘英雄悄声问我：太阳打西边出来了吗？我说，人心不是石头长的嘛。刘英雄说，她可以不来的，这对高小书太不容易了。我还是那句话，你们这三口人这叫什么关系呢？乱七八糟的。这时刚好高小书进病房，高声说，什么关系？屁关系也没有！我是看在女儿面子上来帮忙的，省得她回来骂我。刘英雄连忙下床，帮着高小书一起收拾。高小书看着刘英雄，叹道：你当初为什么干那不靠谱的事呢？这是我听到的迄今为止最奇怪的一句话，高小书好像在说一件与她不相干的事情，在感叹另一个人的人生，并为他可惜。这太吊诡了。刘英雄听到后，尴尬地哈哈还是嘿嘿干笑了两声。

高小书离开时我送她到医院门口，我说，妈，要是为了高慧，你真没必要来。高小书叹气道，你都叫我妈了，我能不来吗？我笑了，你真的原谅他了？高小书说，不，不可能的，只要一想到我这悲惨的一生我就永远不会原谅他，人是很难原谅人的，但你知道为什么最后我还是放下来了吗？因为，我看到了刘英雄是真爱高慧的。爱，真有爱，罪的事，就算了。我听后立即想起曾读到的一句话：爱能遮掩许多的罪。是的，有足够的爱，就能遮掩罪，不是刘英雄的罪没有了，是爱把它涂抹上遮盖住了。

我把刘英雄和高慧一起收拾东西的场景偷偷录下来发给高慧看。高慧好久没回话。晚上她突然回了说：我哭了！我告诉她医生说他撑不过一个星期了。高慧说，我过几天赶回来。

刘英雄开始不停地发高烧，时而清醒时而迷糊。人瘦的脱了形。他不停地念叨那个高小书来服侍他的下午，他重复说：她竟然跟我家属一样在洗脸盆。我也暗中称奇：这个为他洗脸盆的女人，居然是被他强奸过的女人！这谁能想得到呢。真是个神迹！

我用轮椅推他去做检查，机器坏了，只有医院高干楼有一台，我们进去时他看见了一个熟人，你看见陈胖子没有？刘英雄指着一个被人前呼后拥的肥佬走进高干病房。当时我没答应我准岳父去当团市委副书记，结果陈胖子顶替我去了，要是当初我去了，就没他的份了。刘英雄说，别看现在他人五人六的，这人没水平。我说谁叫你不去的？你瞧人家这派头，进口药随便用，我们却连贵点的国产药也用不起了。刘英雄呵呵地笑起来，小声地对我说：你不懂，其实高官都是医学实验品，外国要进行人体实验的新药，都拿到中国来给高官试用，他们还以为是优待，其实就是个试验品，本来没病，结果一试，死了，比我死得还快！哈哈哈。我不知道他是从哪听来的这谣言，聊以自慰罢了。

我看着他，心里有一千匹草泥马奔腾而过！他本来是一个道德模范，虽然不是真正的模范，但至少是一个正面的流量明星啊，赚名气，又有荣誉，还能靠流量赚钱，而且发展到了马上要收编正统几乎要提拔任市团委副书记的时候，突然看到了高小书的寻人启事，从此鸡飞蛋打，美梦破灭。后来就一路走下坡,直至一文不名,晚景悲凉,得了癌症连我发起众筹都没人给他捐钱,总共才收到两千多块钱,人们早已把他忘了。现在,他即将尴尬而悲惨地死去。他的一生就是个笑话。

我喂他吃点白米饭他都吃不进去,勉强吞下去之后,又哇哇大吐,白吃了。他一直靠鼻饲,所以馋坏了。他痛骂起来:操他妈的,知道吃下去是一样难受,一样吐掉,我还不如不吃白米饭,直接吃酱油猪油蛋炒饭好了!

我收拾完秽物。刘英雄说,我要是早点发现我的病就好了,老六,我觉得大便变黑或者大便出血都不是直肠癌的典型特征,而是另一个,就是我从一段时间开始,拉出的屎不是圆柱形的,是凹形的了,就是旁边有一个凹槽,说明长东西了,这个是关键!

我听了不知怎的,鼻子一酸,眼泪要喷薄而出!

……刘英雄死前两天,晚上,他突然回光返照,意识异常清醒。他说了两句话,我不知道这两句话算不算他的遗言:一、我的出名是可笑的,就因为做了一件落水救人的小事,二、我的毁灭也是可笑的,也因为做了一救女儿的小事,谁都会去救人,不是吗?谁都会去救女儿,对不对?所以,我不是坏人,也不是好人,更不是英雄,我就是一只狗熊,我才不想当什么好人呢!好人并没有好报,我最近想通了这个问题,好人不可能一定有好报,如果有,那就变交易了,人人都会争着去做好人,这肯定就不对了,说不通了,但做一个好人,心情会变好,这倒是真的,我这些年心情不错,所以,这个问题就看你自己怎么看待这个标准,各人需求不同。

我在心里说:你都快死了,还操这份心?

他看我没吱声,就开玩笑说:讣告,刘英雄,别名刘狗熊,男,生于一九七九年十月二十三日,山西介休人,原红旗电厂职工,十八岁时因犯强奸罪,并畏罪潜逃十八年,以网络流量明星身份逃避惩罚,2016年四月二日投案自首,获得宽大处理。此后无业。患直肠癌医治无效,2021年十月二十三日晚间八时三十分,卒。我们永远怀念他。

我却笑不出来。

……高慧正从浙江横店往家里赶,但还是没赶上。刘英雄走时就我一个人在他身边,我能算他女婿吗?也算有亲人为他送终了。我握着他的手,他的喉咙里糊里糊涂拉风箱一样响了一会儿,就咽气了。我发现他的手还是热的,是慢慢变温、变凉的。最后彻底冷了。

高慧在太平间看到了刘英雄。她没哭,也没说一句话。我扶着她,我们就这样在灵堂坐了两个小时。高慧说,我看到了你发来的视频,看到母亲与父亲一起收拾病房的一幕,突然意识到,自己终于是个"女儿"了,以前一听到女儿这词就哆嗦难受,现在终于看到一丝仿佛是一家人的幻觉,对,只是幻觉,但我就奇怪地平静下来了。我是女儿了。

但直到刘英雄死,这个所谓的女儿终究没有叫他一声爸爸。

……我和高慧在火葬场炉口捡骨灰时,我想:我迟早也要面临刘英雄死前类似的问题,不管我有没有犯过罪,没人能逃脱得过这种审视,到时我会怎么想和怎么评价我自己呢?到时我是否还来得及呢?

骨灰中竟然有一颗牙齿没烧掉,它不

是假牙,但就是没烧掉。高慧笑道:这个吝啬鬼,也不留颗金牙给我。我说,这个牙齿有他的DNA,你可以拿来做一个纪念品。高慧捏着这颗牙齿说,这个刘狗熊,真是顽固得很哪,像厕所里的石头,又臭又硬,一千度也没把他烧化,这个可怜虫,倒霉蛋,死了还要跟我开玩笑,用这牙齿呲我一口。

我正想笑。
她却哭出来了。

刘英雄死前的最后一句话,我听得清清楚楚,他说:"只有一个人曾经理解我——不过严格说来,他也并不理解我。"
这句话太费解,我不知道什么意思。

花　问

计文君（《十月》2023 年第 4 期）

推荐语

性别议题的动向显然被计文君感应到了，文学如何以自己的方式接入到公共空间？《花问》应该放到这个大于文学的舆论场。显然计文君有自己的态度要表达有自己的话要说。但是，又岂是三言两语能够道尽。男女即权力，东与西、古与今同此炎凉，计文君以无法道尽的世间纠葛，以不同时代不同代际不同社会站位的女性卷入漩涡的进退困境为起点想象有机的小说世界，"花问"之"问"则被做成小说的核。（何平）

一

若楠抵达草桥剧场，刚过四点。演出晚上七点开始，三点半把儿子送到英语老师家，她就叫车直奔草桥店了。下车看着剧场的飞檐，若楠生出了久违的解脱感：这一刻，石若楠只是石若楠了。

天气真好。昨夜的风雨，了无痕迹。

天空湛蓝如洗，阳光落在身上，是明亮的暖，风拂过，是舒服的凉。一切都让人惬意，惬意到有点儿忧伤。忧伤这种让人行动迟缓且消耗心力的情绪，对于每日操心费神、手脚不停且年届半百的若楠来说，太过奢侈，但斯时斯地，她可以忧伤。

"忧伤"这个词，第三次出现了，跟着出现的滑稽感破坏了她的惬意，若楠甚至都能听见心底"哧"地笑了一声。这声"哧",像划着的一根火柴,点燃了若楠的羞恼,但怒火的苗儿一晃,又被她摁熄在一片湿冷的哀戚里了。

"当全世界羞辱、伤害你的时候,冲在最前面骂你的那个人,是你自己!"

这是阿丹的话。

来草桥店,自然会想起阿丹。

若楠没有走进剧场的前厅,她绕去了后面的园子。池边的柳树枝条青郁,并未见稀疏,风很和缓,轻轻捋过柳条,却捋下了满把的柳叶,握不盈,洒向池面。黑红白花的锦鲤脊背划破了暗绿的水面,都是一尺多长的大鱼,肥硕矫健。那鱼一嗅而知,被落叶引起的涟漪骗了,扑棱转身,四散游开。睡莲的叶子已然残了,软塌塌地浮着,莲叶下有成群的红白两色的小鱼,寸把长,活泼泼地,丝毫不忧虑这美好的秋日稍纵即逝,冰封池面的冬天,就要来了。

池草已然青黄,若楠还是退到了甬路上走。"记得绿罗裙,处处怜芳草。"若楠想着阿丹,似乎可以毫无愧怍地忧伤起来了。

今天叫她来看演出的是叶大可,她拜托孩子姑姑替接孩子的理由也是叶大可有事,但若楠来得如此早,为的却是阿丹。

阿丹本是叶大可的朋友,曾被称作"美女作家",但在若楠的眼里,阿丹长得并不美,连说普通都勉强。诚实地讲,最初若楠看阿丹,就是那种很会"作怪"的"丑人"。

她从未想过会和阿丹成为好朋友,但事情就这么发生了。

与阿丹相关的所有记忆,都与疲惫琐屑的日常无关,似乎也就不该与若楠的人生相关。阿丹不在了,若楠也就不再踏足此类让她抽离日常的空间了。于是,那些记忆变得像晦暗背景墙上色彩鲜明的画,像空山月下松涛中断续的琴曲,像中年之后依然念念不忘的儿时好梦,因为过于清晰美妙反而不大像真的,若楠忍不住疑心,那是自己编给自己的故事。

若楠沿着甬道走向池面那道折带朱栏板桥的桥头,记忆中的一切就在周遭。那桥跨池而建,中间有亭,穿亭越桥,可以走到剧场的后身,沿池临水错落的仿古建筑都是店面,古玩店饰品店服装店书店茶楼餐厅咖啡店甜品店……

若楠要去逛逛那些小店。那家福记茶楼的醍醐酥,是阿丹盛赞过的茶食,她想买一盒带回去。那家门脸很小味道很足的江南酒家,有阿丹惦记的来自她家乡的鱼鲞醉蟹,鸡汁蒸白鱼,锡壶烫的黄酒……现在正是吃蟹的季节!

回忆氤氲出了暖光热气,耳边是阿丹软糯的声线,平翘舌不分的口音,若楠沉入了那浮着忧伤的惬意里:一个人,带着记忆里的阿丹,慢慢悠悠地去江南酒家,再叫一壶加了话梅姜丝、煮得滚烫的黄酒吧!

若楠站下了。一路行来,她也有些讶异,虽说午后人少,但也不至于寥落冷清得没什么声息。走到了,她才看见被柳荫遮挡的桥头添了道铁栅栏,站着个保安,帽子口罩之间仅仅露出的那双眼睛,充满戒备和警惕。不用问,显然此路不通了,若楠还是问了缘故。保安告诉她,园子里要演戏,所以封了,那些店,没了,都关了。

情理之中的事。时移世易,阿丹都化

灰化烟了,她竟还兀自做着醉蟹白鱼黄酒的梦!若楠感受着那份失落,像一脚踏空,却并未跌倒,脚、腿连带着半边身子都被撅得酸麻起来。

保安终于提醒她戴上口罩了。若楠应了一声,沿着池边的甬道走开了。叶大可发了消息,她已经到了,让若楠到了直接去剧场一楼贵宾休息室找她。

叶大可来这里是参加剧情互动游戏《花问》的首发式,晚上的演出只是首发式的结尾高潮,据说是根据游戏开发的浸没式实景剧的华彩段落,观众也都是应邀而来的专家、媒体。《花问》项目的负责人是叶大可的门生丁菡。若楠与丁菡也熟识多年。这个游戏前期开发的时候,若楠还帮过一点儿小忙。但若楠不是专家,也不是媒体,丁菡没有邀请她原是自然,叶大可硬拖她来做伴儿才是奇怪。叶大可是知名学者,学生职业生涯的关键节点,她来站台撑门面,怎么会需要个无职无名的女伴儿?自然有别的原因,不必猜,会知道的。

逛店的打算落空了,若楠也不想这么早去叶大可跟前拘着,哪怕只是在园子里走走呢。看来这园子就是演出标榜的"实景"了,观众和演员今晚就要"浸没"在这里喽。若楠四下张望,池上高高地立了三个像是灯架的装置,也没别的。

若楠见识过"浸没式戏剧"。二〇一五年的时候,她和阿丹一起去蜂巢剧场看了《死水边的美人鱼》,没有舞台,没有座椅,行走的观众和表演的演员混在一起。她还记得入场时,装扮得像德古拉伯爵的男演员,长着一张惨白英俊的脸,向她伸出手,若楠当时受了催眠般就把手给了他,由他牵着走进幽暗的通道,猝不及防地被他丢进一个四壁装满亮白灯泡的房间。

所有的布景道具都是现代装置艺术,不断被切割的空间形成了"迷宫",走来走去的人,有"居心叵测"的演员,也有到处乱撞的观众。若楠早从催眠里醒过来了,她的"戏剧任务"已经变成了寻找失散的阿丹。她闯进各种奇怪的隔间,一个躺在肮脏浴缸里的男人坐起来对着她念了一段"咒语",浴缸后面,白色塑料薄膜隔出的"墙"有些飘摇,"墙"外影影绰绰有很多人。若楠绕过浴缸,直接掀开薄膜出去了。那是一个"小广场",一群人拿纸团砸着一个浑身"血迹斑斑"的女人。有人塞给若楠一个纸团,她顾盼左右,已经分不清演员和观众了,有人像她一样无措地握着纸团,有人一边用力地扔着纸团,一边狂热地叫喊辱骂着那个女人,鼓动围观者。两个年轻女子跟着扔了一下,嬉笑着吐了吐舌头,捡掉到地上的纸团,又开始扔。

若楠知道这是假的,是戏剧,或者就是游戏,但手里那团纸做的"石头"竟然真的坚硬沉重起来,她到底也没能朝那可怜的躲闪的女人扔过去。

阿丹出现了,她站在了那个"血迹斑斑"的女人身边,纸团也砸在了她的身上。若楠躲闪着人群挤过去,没等她到跟前,阿丹就被一个穿绿军装的男人拉回了人群中,若楠上去一把拽住她,"你干吗?"阿丹笑着说:"好玩儿!"

贪玩儿的阿丹不在了,只属于石若楠的那扇隐秘小门,也就关上了。

若楠低头走着,明亮的午后阳光在她身后变成了橙红色的夕阳,斜斜地将道边的树影描在了路面上,她踩着那光影走,渐次走进剧场建筑的阴影里去了。

叶大可又发了条消息:贵宾室灯光不

行，改二楼咖啡厅，电视台采访，很快。

若楠记得，剧场侧墙朝着园子，有门通往二楼咖啡厅的露台。怎么不见了？她来回找了找，一挂血红的枫藤下，找见了那个月洞门。黑漆的木门紧闭，若楠试着推了一下，推不开。她伸手摸了摸暗金色的铜环，丢开，退后了半步。

若楠的手机里，至今还存着阿丹在这门前的照片。那天她们来草桥剧场看话剧《枕头人》，从江南酒家吃了晚饭出来，走到这里，黑漆木门开着，看得到里面幽径窈窕，花木扶疏，一身绿衣的阿丹在月洞门下，如诗如画。若楠拿出手机叫了她一声。阿丹扭头，见她要拍照，带着薄薄的酒意，做倚门回首状，拍完跑过来看，说有景深，拍得很好。两人在露台上喝咖啡时又拿出来鉴赏说笑了半天，若楠也颇为得意，说自己拍出了"临去秋波那一转"的味道。

这明媚鲜艳的快乐，在话剧开演、灯光熄灭的同时，也就停止了。

《枕头人》那充满暴力、虐待、死亡的剧情，残酷到超出了若楠的想象边界：枕头人，软绵绵的枕头人，帮助痛苦多年选择自杀的成人，是他的使命。但他的方法却是回到那人的童年，在成为不幸根源的可怕事件发生之前——这还远不是剧中最残忍的故事。

回家的车上，若楠能清晰地感觉到身体依然处在强烈的"余震"之中，脑子里那些暗黑绝望的故事挥之不去，她不停地嘟哝："为什么要写这种故事？"

阿丹握着她的手说，"写得多好啊！"

若楠并非真的不能理解，如果从比喻的角度来看，若楠甚至能毫不困难地找到现实事件来对应"藏有刀片的苹果""被迫涂上红漆的小绿猪""走进小姑娘房间的黑影"……她的困惑与震惊在于：自己浑身战栗的痛苦里混杂着前所未有的愉悦，一声未吭，却好像在痛快地呐喊！

若楠完全是在喃喃自语："作者是怎么知道的呢？"

她这话不是疑问，而是感慨。

阿丹接了句："讲故事的人嘛。"

这也是感慨。感慨过后，两个人都沉默了。

若楠先到家了。车停在小区门口，阿丹也下了车，说拥抱一下吧，她又要出门，这回去的地方很远。若楠问她去哪里，她说南边，地球的南边。若楠故意问：南极吗？阿丹说：也许吧。

若楠被阿丹抱着的时候，心里涌起了一丝妒忌和怨恨，但她只是咬住了嘴唇。阿丹走后，她蹲在小区花坛的阴影里，哭了很久。正常的情况下她不会有这么强烈动荡的情绪，也许是因为《枕头人》里那些故事的缘故，也许是因为她连着在打促排卵针的缘故。

那年冬天，四十三岁的若楠生下了儿子。医生告诉她，超过四十岁的女性做试管婴儿的成功率只有百分之十四，若楠很幸运，当然，身体基础好是关键，厉害！看着医生竖起的大拇指，虚弱的若楠笑了。接着，全世界都对若楠竖起了大拇指，前来看望的亲戚朋友围着若楠和婴儿啧啧称赞：若楠太了不起了！

若楠感受到了巨大的成就感与幸福感，美中不足的是，十六岁女儿愤怒地"出走"去了学校宿舍，宣称再不进这个家了。那两年挣着点儿钱的丈夫，按照若楠的要求，同时请了月嫂和家政阿姨，加上非要住到家里来"照顾"的七十多岁的婆婆，川流不息来看望的四个大姑姐，家里终日回荡着喜气洋洋的人声，只有若楠沉默。没有人想听她说自己多痛苦，哪怕只是行动迟缓时解释了个"疼"字，立刻就会听到：生孩子哪有不疼的？你又不是才知道！看见儿子，多疼也值了。丈夫满嘴的劳苦功高让她生气，但她没有了发脾气的心力。

若楠沉默地躺着，被"肢解"后又拼接起来的身体像松垮破损的皮囊，各种催奶的汤水灌下去，她不得不频繁前去厕所，而小便对于会阴侧切的她来说，犹如酷刑。虽然奶水还没下来，但为了哺乳，她没有吃任何止疼药与抗生素。若楠惊讶于自己的遗忘，十七年前她经历过，却在一系列激素操控下记不清。她现在正在经历的这一切，最后还会消减、萎缩成一个含义不清的"疼"字吗？

金光闪闪的幸福感与成就感，随着催产素分泌的降低，也渐渐消失了。若楠躺在那里认真思考：也不知道那些"金光"是激素水平过高造成的幻觉，还是此刻的阴郁、悲伤，是激素水平过低造成的症状？

没人关心她的这些胡思乱想，包括她自己；周遭的人都在为那个男婴的进食排泄而焦虑忙碌，却不包括若楠。孩子的反应很正常，不正常的是大人。叶大可竟也要来家看她，这让若楠颇为意外，但也有一丝高兴。

叶大可绝无可能降尊纡贵为繁殖这种动物本能来看望自己，若楠想，肯定有别的事情，但看见叶大可，至少可以透口气，若楠快憋死了。果然，婆婆献宝般抱着孩子出来，叶大可连凑近看的兴趣都没有，笑着摆手说孩子太小，不敢抱。若楠客气地请婆婆、大姑出去，顺便关上房门。叶大可身后那个胖胖的中年女子，有着与年龄不符的羞涩胆怯，此时抬起头，若楠才注意到她眉眼酷似阿丹。

她是阿丹的妹妹，她来取已故姐姐让若楠保存的备用钥匙。若楠从衣柜抽屉最深处摸出个小盒子，逐一交代：大门指纹锁的智能卡，书房、卧室的钥匙都粘着标签，衣帽间里面的墙上有保险柜，钥匙是蓝色这把，密码在卡片上……阿丹妹妹和若楠的手都在哆嗦，眼泪噼里啪啦地掉。

她俩走后，若楠趴在枕头上号啕痛哭了一下午，婆婆和大姑姐轮流劝：为了孩子，不能这么难过。人死不能复生，什么好朋友能比亲儿子更重要呢？

若楠不需要劝，哭够了，也就不哭了。婆婆让月嫂把孩子抱给她，若楠看着降生到这个世界还不到一周的儿子，用力吸吮着干涸的奶头，耳边回荡着女儿冲她撕心裂肺的哭喊："骗子！"温柔的"枕头人"幽幽地浮了出来：也许回到童年劝说孩子去死已经晚了，应该回到出生之前，劝说他们不要出生，痛苦与不幸在出生的那一刻就开始了！若楠猛一激灵，愧疚和恐惧同时涌出来，怀里的婴儿仿佛感受到了什么，丢开奶头，哭起来。

月嫂抱着孩子去喂奶粉了。若楠抱紧双臂，感觉自己像个松软破旧的枕头，所有的内脏都碎成了草屑，上面只剩了一颗狂跳的赤裸的心，像只剥了皮的兔子，惊恐疼痛地乱撞，耳膜被"鼓槌"敲着，咚咚的"鼓声"告诫着她：阿丹和与阿丹相关的一切，都是危险的！

可是，她舍不得关于阿丹的一切。

若楠还是想到了办法，把自己和阿丹隔开了：她是普通人，阿丹是"讲故事的人"。阿丹为故事献祭了人生，而若楠的人生，不需要故事。

这几年，隔着这道"玻璃防护屏"，若楠可以安全地想着阿丹。今天，站在阿丹曾经立足过的月洞门前，若楠似乎听到了玻璃破碎的声音。

黑漆木门上的铜环晃动了一下，若楠以为自己出现了幻觉，吱嘎一声，门开了条缝，一个短发青衣的女子探出头来，看见若楠一愣，叫了声："石老师。"

若楠没想到会在这儿碰上丁菡，笑着解释："你叶老师念咒把我拘来了。"

丁菡侧身出来，穿了一身豆青色套裙的她，站在门前，黑色木门底子上就抠出了一个小巧的丰肩细腰的汝窑梅瓶。她的短发上偏压着与衣同色的压发，密匝匝碧莹莹的青玉珠子编出的璎珞从光洁的额头拢到耳后，黑鬓鬓的发上宛若落了一掌荷露。若楠祝贺《花问》上线，又赞她衣服发饰真美。

丁菡不好意思地笑着拢了一下耳前的碎发，说："剧社的妆发老师给我弄的，嫌我的发型太寡淡，当观众也有损他们戏里的盛世风华。"她略带解释意味地补充了一句，"说起来，您还算我们主创团队的一员呢，当初帮了我们大忙，本想正式首演再请您来指导，今天是为了首发式，只选了'草桥惊梦'一段。"

丁菡说着话，推开了半扇门，往门里让了一步，笑着对若楠说："您进来吧。"

若楠进了月洞门，道边的绯扇月季疏于修剪，多刺的枝干带着硕大的玫红花朵伸到了人脸前，丁菡细心地替若楠挡开花枝，指着窄窄的楼梯说："我要去接一位客人，先不陪您上去了，从这儿上二楼，叶老师在上面接受采访呢。"

若楠不觉朝着花木掩映的小路望了一眼，蓊郁的女贞树枝与茁壮的月季花叶上下遮蔽的暗影里，站着个长发女子，秀颀的身形颇似阿丹。若楠心里咯噔一下，随即叹自己，一直在想阿丹，想得都杯弓蛇影自惊自扰起来了。

若楠低头踩着窄窄的楼梯向上了。

二

楼梯的尽头是宽大的露台，原是剧院二楼咖啡厅的吸烟区。剧场演出停了多久，咖啡厅自然也关了多久。捎色蒙尘的遮阳伞收束起来，都挤在角落里，那里还有几株被抛弃的大型盆栽，在风里瑟瑟抖着褴褛的枝叶。

咖啡厅朝向露台的一面，是透明的落地玻璃窗，室内的情形一览无余，大厅里人不多，众星捧月般围着叶大可，她还是标志性的黑框眼镜，原本中分的黑直长发在脑后绾了起来，一身钴蓝袍子，坐在柠檬黄的长沙发上，对着记者和摄像机侃侃而谈。

若楠没有推门进去，而是走向露台朝向园子的栏杆。

铁艺防腐木桌椅一路摆到了栏杆近前，都积了泥垢，桌面上带"草桥"图标的烟灰缸里存着昨夜的雨水。淅淅沥沥下了一夜，怎么会无痕？这世上的一水一露一沙一尘终要落了因果，人更挣不脱了，能不昧因果，就足以跳脱野狐身了！

若楠有此联想，是因为昨晚电话里，女儿聊到了"野狐禅"的故事。

若楠当时正给儿子讲睡前故事，女儿打来电话，若楠亲了一下儿子的脑门，接起电话，儿子委屈得瘪瘪小嘴，也就乖乖地睡了。

若楠留了夜灯，关上卧室的门，走到客厅，窝进了窗下的懒人沙发，看着玻璃上的雨痕，告诉女儿这里下雨了。

女儿的声音很平静，问了句："爸没在家？"

若楠说："刚打了电话，住人家厂里了，现在他得盯发货，怕再有闪失。"

女儿从未连着两天打电话。前一天女儿的声音很雀跃，告诉她晚上斯黛拉·李邀请她去吃晚饭。最初为了便于若楠理解，女儿曾用"英国叶大可"来描述自己的学术偶像。这两年若楠没少听女儿提起这位斯黛拉，知道她研究社会学，却是个"奥斯丁迷"，所以看见女儿发来的照片，做了维多利亚风的复古卷发，穿着带裙撑的露肩白色小礼服，知道她是在投宴会主人所好，并没有惊讶。

女儿从小到大，很少穿此类衣服，最初是若楠着意"去公主化"教育的缘故，后来就是女儿自己的选择了。照片里的女儿，已然是个美丽的年轻女子了，作为母亲本能的不安，蠢蠢欲动，但若楠立刻给摁住了。

若楠早就下定决心，绝不用自己的判断去干扰女儿的人生。她能做的，不过是把自己的人生当作一本"错题集"，彻底打开给女儿看。这本"错题集"原本是要在女儿上大学之后，再打开的，迫于无奈，提前了半年。

若楠决定生二胎那年，女儿在读高二。她还是和女儿谈了，刚提了一句，女儿反应激烈。丈夫责怪若楠多事，自作聪明地撒谎说不要了。若楠远比丈夫了解女儿，但她实在无力当即彻底解决这件事。丈夫关于她病了的说法，也并非完全算是谎言，

五个月的时候她有流产征兆，稳定了之后，出现了妊娠高血压，所以那几个月，若楠都待在医院里。生完孩子，若楠回家，女儿就"出走"了。丈夫被老师叫去了，期末考试的时候，女儿竟然交了白卷，放寒假还待在宿舍里不肯回家，丈夫发脾气，说好话，都没用，奶奶姑姑最后一起上，总算是把女儿哄了回来，女儿还是不跟若楠说话，若楠也就不跟女儿说话。若楠知道女儿伤心愤怒的根源是遭遇了抛弃和背叛，而且还来自她最为信任依赖的母亲。

最为拥挤嘈杂的一个春节，公婆来了，初二那天，十几口人拥了过来，女儿的房间里也被迫安置了表哥表姐。若楠把戴着耳机缩在自己床上的女儿生拉硬拽到了卫生间，关上门，把自己装好的羽绒服袋子塞给女儿，低声说："你穿好衣服先出去，有人问就说扔垃圾，然后在楼道里等我。"

没人在意，若楠踱到门口的时候，发现女儿细心地没有锁门，她闪身出来，进电梯后才穿上羽绒服，虽然女儿还是没有说话，但这次"遁逃"证明母女之间的默契还在。若楠拽着女儿去了购物中心的糖水店。女儿耷拉着头说不吃甜品，若楠说我吃。她给自己点了份双皮奶，一边吃一边说："咱俩还是一伙儿的。妈妈给你说过的所有的话，都是真的。这个弟弟，和你并没有什么关系。你奶奶、爸爸，包括妈妈我，都和你的人生没关系。你是你自己的！你有那么多想法、愿望，去实现啊！怎么？你打算就这么跟屋里那堆人挤着过一辈子吗？"若楠把勺子一丢，看着满脸是泪的女儿，"为什么一个愚蠢的老女人因为要维持婚姻生了一个男婴，就能让你放弃人生？啊？！妈妈告诉过你，什么能给一个人真正的自由？"

女儿抹去了眼泪,说:"思想。"

"那什么能让一个人彻底失去自由?"若楠继续问。

女儿的声音恢复了平静,"也是思想。"

若楠没有再说别的,抬头看了看从商场楼上悬挂而下的巨幅店铺广告,说:"想不想吃火锅?妈妈馋了。"

女儿扑哧笑了。若楠扶着桌边站起来,持续感染造成的疼痛让她行动不便,女儿过来扶住了她,低低地叫了声"妈妈",靠在她的胳膊上,又落了泪。

若楠喘了口气说:"你越强大,就越自由;越勇敢,就越快乐!就算不能,也能避免很多无谓的痛苦。你陪妈妈先去买点儿抗生素,我他妈忍够了。"

女儿顺利地考上了理想的大学,大四那年,申请到了剑桥的MPhil,同时,她也得到了母校的保研机会。丈夫的小公司因着海外订单连年减少,零落得只剩下他这个老板和一个财务了。女儿提到剑桥,他倒是精神一振,但听了女儿的专业和计划,只剩下叹气了。MPhil是哲学硕士,与普通的硕士不同,第一年如果通过六项考核,成绩优异,且论文合格,可以直接申请博士学位,所以有"副博士"的旧称呼。人文社科的奖学金极少,不必存侥幸的幻想,四年下来学费、生活费再节省也要一百多万。丈夫嘀咕:"你不是学的计算机吗?这咋又改哲学了?"随即笑了,"我不懂啊,你妈妈说了算,反正你要去剑桥,咱家就得卖房子啦。"

若楠笑着说:"有肉不吃豆腐,干吗不去?!"

女儿知道家里的情形,反倒没有若楠果决。母女相对时,若楠说:"妈妈这点儿话语权也来之不易,咱别弄那些糊涂的小心思,悲悲切切的没必要。钱是工具和手段,你想去,能去,就去!妈妈说过,咱俩是一伙儿的!"

这是若楠人生中做过的最痛快的事。叶大可为这件事破天荒夸赞了她有见识。女儿第二年顺利申到了博士资格。叶大可拿着女儿的硕士论文,帮她在国内赢得了一笔政府补助,学费基本解决了。年初若楠依旧照数儿给女儿生活费。五月份的时候,女儿告诉她,叶老师给了她一份工作。若楠知道学校成立了"叶大可文化研究中心",没想到女儿会被叶大可聘为研究中心在剑桥的联络人,薪酬很不错,女儿就此向她宣告经济独立了。直到今年九月份,女儿才和同学去了一趟伦敦。这是去英国三年来,她第一次离开那个镇子。女儿给她发消息说:"妈妈,思想和金钱之于自由,如车之双轮,鸟之双翼。"

若楠看着这话,心情有些复杂。不过很快女儿又发了一条:"沃尔夫式的文学语言,抒发一下感情。知道!给你自由的东西,也会给你最深的奴役。放心。"

若楠从不给女儿制造幻觉。女儿开玩笑说自小被老妈扳着稚嫩的脖颈"直面惨淡的人生",上大学后,更是给她恶补了厚厚一大本"不幸女子图鉴"。说得若楠又是笑又有些羞愧,杂着心酸。她能提供给女儿的只有教训,不附带正确答案的一系列"错题"。

这样长大的女儿,在若楠眼里却是自信乐观的,遇上事情很有主意。新冠疫情刚起的时候,若楠揪心女儿,各种消息满天飞,加上婆婆和丈夫的埋怨,若楠一度动摇,但被坚持留校学习的女儿说服了。

自此若楠更加放手,克制着各种担心,不会东问西问。丈夫嘲讽她"心大得不像亲妈",若楠不反驳。她只是很明智地知道:丈夫和自己,并不比女儿更有判断力。女儿人生的题,女儿自己做,答案自己给,对错也不是父母能判断、该判断的。这是若楠心里的原则。毕竟他们对那个遥远世界,一无所知。

再遥远,也在"人类"这座黑森林里,好在女儿从小就学会了随身携带匕首。若楠有时候也觉得自己所谓的"一无所知",更像是一种胆怯的祈愿:没有消息就是好消息。

差不多固定的频次,差不多日常的内容,若楠和远方的女儿不知不觉形成了某种默契。于是雨夜多出来的这个电话,让若楠摁下去的不安,又抬起了头,但她依然没有贸然提问。女儿也没说什么特别的事情,查资料眼睛累了,就从图书馆出来在外面走走,和妈妈聊会儿。她甚至还轻笑了一下,说:"想起妈妈给我说的话:人越少自欺,就会越多自由。这话很厉害,足以解脱五百年的野狐身。"

抬起头的不安生出了牙齿,咬了若楠一下,但她忍下了,"被你夸得不明所以——"若楠能想起那故事的大概,关键的机锋却记不得了,就问女儿。

女儿说:"有人问:大修行人还落因果吗?僧人答'不落因果',就被罚做了五百年的野狐狸,后来遇到了百丈怀海禅师,野狐问了同样的问题,得到答案'不昧因果',于是解脱了狐狸身,再入轮回。妈妈拿着蔡志忠漫画讲给我的,我还记得漫画里狐狸变身的时候,周围画了团爆炸的云,我说像放了个大屁!"

若楠也笑了,却不知如何回应。女儿从她的迟疑中感觉到了什么,说就是走着瞎想,想起了很多事情,妈妈以前讲给她的时候,她以为明白了,其实还是不懂,现在想想,彻底的"不自欺",就是不昧因果。她顿了一下,说:"譬如,全世界都说妈妈是叶老师的好朋友,叶老师也对我这么说,但是我从小就知道,丹阿姨可以是丹阿姨,叶老师只能是叶老师,不可以是叶阿姨。"

女儿又说了些旧事,叹气说:"看来我是想妈了,想得参起了野狐禅。"若楠心里一酸,三年没见了,嘴上却笑着说:"能不能找个优美点儿的意象跟妈妈抒情啊?"

雨夜谈禅,结尾又回到了下雨。女儿说她那里也正下着雨,撑着伞在雨里走,植物的气味很好闻。挂了电话,若楠的心却被一丝残存的不安微微地吊着,睡得很轻,刚要迷糊着做起梦来,就被耳边的雨声给敲醒了。

若楠站在露台上,望着西边天际大片蓝紫橙红的色彩,想起塞在洗衣机里的脏衣服还没有洗。上午叶大可打电话来的时候,她正在收拾家,因为没睡好,人有点儿恍惚。看见是叶大可的电话,心里咯噔一下,不由得想起女儿的"闲聊",生怕横生波澜。好在不是。也难怪若楠这么猜,今年她们也只联系过一次,知道她给了女儿工作,若楠打电话去道谢。叶大可笑答:"三十年的朋友了,应该的。再说孩子很能干,我想找这么合适的人还不容易呢!"

算起来,她们认识三十二年了。若楠和叶大可相识于微时,叶大可毕业分配出了问题,被发配到一家地方师院教书,若楠在系里打杂。彼时叶大可刚经了挫折,心境有些落寞,行事愈发孤傲,周遭如若楠这般年纪相仿、听她说话恨不得记笔记的人只此一个，她俩自然而然地亲密了起来。

叶大可出国后，若楠决定考研，准备了三年，一直没有报名。若楠当初费了很大劲儿，才给女儿解释清楚了"单位"这个词，在上世纪九十年代到底意味着什么，一个人的生老病死差不多都能塞进去，这个概念远不是今天"工作"两字可以对应的。按照当时的规定，报名需要单位盖章，而单位不同意她考研，那么她要报名，先要辞职。

若楠至今还保存着七个带红蓝条纹边框的白色航空信封，内装那三年叶大可写给她的信。虽然若楠写四五封信，叶大可才有时间回一封，但这七封信依然是她改变命运的天外神力。

"你姥姥听见我说又要去上学，把擀面杖一扔：'你咋不上天呢？也不想想，都二十四啦，再不找主儿，好白菜就烂在地里啦！'"若楠笑着说，随即叹了口气，"你没见过姥姥。其实，妈妈很像姥姥，她也不过是扳着妈妈的脖子，让我直面惨淡的人生。"若楠给女儿讲的时候，口吻轻松，女儿也笑了，但若楠心里却仍觉得刺痛和愧疚，母亲在她辞职报名后，突然因为脑溢血去世了。那年若楠虽然进了考场，但成绩可想而知。

第二年父亲再婚了，继母带来了两个妹妹。若楠这个没有工作的老姑娘，就在家里待不下去了。叶大可已经回国，若楠就买了张火车票去了北京，出现在了叶大可任教的学校门外。报班、租房、考试，虽然都是若楠自己处理的，叶大可在具体事务上极端"低能"，但她还是若楠心里的依靠。

若楠研究生毕业的时候，叶大可已经是颇具影响力的青年学者了，业内业外都是话题人物，一部文采飞扬、尖锐深刻的学术专著《类人——以"女"为名的物种》卖了几十万册。在叶大可的鼎力相助下，若楠才得以进了她所在学校下辖的出版社，留在了北京。跑印厂的时候，若楠认识了丈夫，他是去印厂盯公司的产品说明书，家是怀柔山里的，也算北京土著。若楠当年结婚怀孕。叶大可对她的选择很是"不解"："你费劲巴拉地读书上学干吗呢？换个时空结婚生子，这里那里，有本质区别吗？"

"本质"不"本质"，若楠没法判断，但区别，她觉得还是有的，至少那些所谓的娘家人，对她的态度亲热了很多。若楠并没有对这见机而生的亲情做出不恰当的可能伤害自己的回应，就像她从来不对丈夫一家抱有任何不切实际的幻想一样。婚姻和出版社对于她的意义一样，都是有规则有要求需要做好的工作，但她同时还有另一份"工作"，叶大可。

若楠当时只是个小编辑，却有个官称叫作"叶办主任"。更确切地说，她是叶大可的全能助理。她在家休产假的时候，手机也始终在枕边，一边喂奶一边接叶大可的电话："卫生棉条在白色储物柜最上面的抽屉里；不行，十四号你已经答应了老朱，撞车了；在阿根廷庄园过周末，十五号回来太赶；十三号下午没安排，约会又不是结婚，这也要看日子？要不你别回来了，把老朱打发走不就行了？我给你打电话，说有事儿——好笑才笑的，哪天怀上孩子你都不知道爹是谁！屋里没人，放心！——名单我有；这么多人，费用是固定的，还要好吃，四川饭店不错！离你们开会的酒店又近……"

虽然被好几股力量抓着,若楠的感觉不是被撕扯,而是被支撑。她知道这些力量互相作用能让自己站立得更稳:婆家可以制衡娘家,娘家也能威慑婆家;叶大可是理由,出版社和家里人不得不给了她略微多些的自由;而家庭也是理由,让叶大可不得不克制对她时间的占用。

若楠给上大学的女儿深入分析过自己的"人生力学",这可怜的平衡在她勉力而为下维持到了女儿初中阶段。

学院出版社的营销渠道很传统,虽然她是叶大可著名的"朋友",也没有理由让叶大可放弃与头部出版商的合作,把版权继续留下。而且,"叶办主任"也有了继任者丁菡。经济形势好的那几年,丈夫挣到了点儿钱,恶俗剧情如约而至。蛛丝马迹,若楠也没心思当侦探,装看不见,收到了"逼宫"的短信,她就必须正视满是蛛网的婚姻了,为了女儿也不能让家变成盘丝洞,她不得不"打扫"起来。顺理成章地争吵打闹,各怀忌惮地适可而止,但平衡变得非常脆弱。若楠冷静地观察了两年,知道若不引入外力,人生的分崩离析也就是时间问题了。

全面放开二胎之后,丈夫对她说:"咱也生个儿子吧?"

若楠看着他,丈夫有些心虚地笑起来,"我就是一说,你不想就不生。"

若楠认真想了两天,第三天对丈夫说:"试试吧。"

做试管生一个儿子,是若楠综合考量做出的重大决定,是她为人生的又一次勉力而为。她做好了成败两手准备。成了,不用说;败的话,她多半要拿着妥善保存的证据打离婚官司了。

后来叶大可调侃她:母凭子贵,这下中宫皇后的位置坚不可摧了。

若楠听了也就笑笑。四十几年活下来,若楠自认别的优点没有,只有一点,她不自欺,也不自怜,付出得到,算清楚账就行。生下儿子后,继母带小女儿来北京看望她,妹妹羡慕地说大姐真是"人生赢家"。这话听来真舒服,若楠享受这片刻虚妄的幸福,但却并不当真。她认真地告诉女儿,这是悲哀的成功。

"悲哀"在这里是价值判断。感情上,若楠已然是不悲不喜了。人生里的一切都来之不易,挨过饿的人就算吃饱了也不会抛撒食物,哪怕不合口味,她也珍惜。构成她世界的人有再多的问题,那也是她的世界,容得下就容,容不下就忍,忍不了就逃——逃也逃不远,顶多是逃去阿丹那里,吃顿饭,看场戏,透透气就又回来了。

阿丹不在了,若楠也就无处可逃了。

当然,草桥剧场还在,若楠眺望着园中的池柳楼台,这几年实在是没有片刻喘息的工夫,容她从日常中遁逃到此处看戏做梦。哪怕今天,她来,也不纯为了看戏做梦,或者想念阿丹。

今天电话里叶大可虽然没说有事,但语气郑重,态度坚持,若楠迟疑说丈夫不在、孩子没人管的时候,叶大可说派个学生来给她看孩子。若楠笑了,说还是别难为别人家的孩子了,她麻烦一下大姑子吧。若楠了解叶大可,这次她需要自己出现的原因,只怕会有些难宣于口的微妙。

西天的云霞慢慢褪尽了颜色,空中依旧布满光线,暮霭从地上开始上升,灰蒙蒙的,折损着天光,若楠疑心是眼睛累了产生错觉,扭身看,咖啡厅里的灯光却越发明亮了。玻璃门忽然开了,出来的竟是丁菡，朝她走过来。

若楠迎着走了过去，笑着说："你怎么神出鬼没的？"

丁菡也笑了，"在剧场门口接到客人，就从前厅上来了。"

若楠敏锐地发现了她的话前后矛盾。从咖啡厅所在的二楼大厅走楼梯下去，就是剧场的前厅，刚才为什么要从月洞门出去？先在园子里绕一圈吗？不过若楠随即暗笑自己无聊，要你管？人家就想在园子里走走！

玻璃窗里的观众在鼓掌了，叶大可起身，笑着和记者握手。丁菡原本陪在若楠身侧，赶了一步，推开了门。若楠说了声谢谢，紧走两步，进到了屋内。

三

若楠悄悄扫了眼室内的人，都是生面孔，除了那个背对着她们、穿新中式黑色立领装的男人。他正把手举到叶大可面前鼓掌，看这背影、动作，只能是叶门大师兄霍伟。人类文明通约的用以赞美的肢体语言只能如此，他没办法，只好加大上肢开合的幅度，以及延长双手拍击的时长。

叶大可显然是看见了若楠，推开霍伟的胳膊，朝她俩笑着招手。

霍伟是叶大可带的第一个博士生，他是在职读的学位，算起来也只比叶大可小三四岁而已。他报考的时候已经是研究生院学生处的副处长，这些年加官晋爵，在部里当了几年司长之后，年初回到学校做了常务副校长。看这鼓掌的架势，他对老师的热爱，这么多年未减分毫。

吾爱吾师，虽是常情，但敢说"天不生我叶，万古如长夜"这话的，也只有霍伟了吧。他口中的叶老师，从来都是独步古今，天下无双。他的话在认真与反讽的边界处，若虚若实，亦真亦假，退一步是谄媚，进一步是狎昵，偏他就能站在那微妙而神奇的缝隙处，堂而皇之地装疯卖傻，言之凿凿地胡说八道。

霍伟对老师，嘴上一份，手上也有一份。年初回校任职，下马拜印，不过数月，"叶大可文化研究中心"就红红火火地起来了。于公，他成了上级主管单位的领导，不再只是叶大可的弟子；于私，自家女儿也间接受惠，腹诽原本就是放在肚子里的，面上的恭敬客气还是要有的。

霍伟转过身，若楠笑着叫了声："霍校长。"

"若楠老师，来晚了！"霍伟笑着点头致意，"没听到叶老师今天的谈话，很重要，很重要！以后电影史，不，人类叙事史上的里程碑式人物，得这么排：荷马，莎士比亚，曹雪芹，托尔斯泰，卢米埃尔兄弟，格里菲斯，爱森斯坦，戈达尔，丁菡！"

若楠笑着，目光流转，丁菡走到一边接起了电话；视线移过来，正好和叶大可四目相对。若楠猜到了今天自己必须出现的原因。

尴尬人难免尴尬事。

大师兄霍伟与小师妹丁菡有过一段过往，用叶大可的话说："本来是一段佳话，结果弄得不尴不尬。"

算起来已是七八年前的事了，若楠也就听叶大可提了这么一嘴，具体情形不清楚。她也不想清楚，不过男女那点儿事儿，好了歹了，乏味得很。成了或许是佳话，不成也未必是坏事，若楠私心觉得丁菡很好，霍伟就算是世人眼里的"黄金单身汉"，依然不配丁菡。

从初识到现在，丁菡给人的感觉永远是舒服的，小小的个子，齐耳短发，皮肤白净，眉眼普通，也不过分打扮，勤谨麻利，总是喜兴的，活泼的，话不多，说出一句来，却能落在局中人的笑点上，也挠在叶大可的痒处上。

丁菡不是那种智识上的聪明，而是有颗"玲珑心"。灵巧通透的心窍，都是打小眉高眼低地看着学着，被世事人情刀砍斧凿出来的。开了窍的孩子，自然讨人喜欢，也难免过得辛苦，日子久了，反而会让人生出一份真实的疼爱。

不过丁菡身上还有严苛威肃、让人生畏的一面，这是若楠后来才发现的。

每逢大型的国际学术交流活动，叶大可都要以私人名义为某些重要人物额外安排一些活动。在外面还好说，家宴是最麻烦的，当然也是规格最高的。若楠那时还没卸任"叶办主任"，带着几个叶门子弟在叶大可家忙着准备，接到女儿学校老师的电话，女儿病了，校医量了体温，说要马上送医院。

若楠放下电话，焦灼地四顾，当时还在读大四的丁菡走过来说："您快去吧，交给我，有问题我给您打电话。"

若楠在医院守着女儿，并没有接到丁菡的电话。第二天她有些不放心，去出版社拿书稿，同时拐去叶大可家看看。一切安排妥当，那些叶大可要给主宾讲故事的"小道具"也各居其位，同门看丁菡的眼神都不同了。

当年前辈巨擘评价声名鹊起的叶大可：霸悍生风，有几十年一遇的开辟之人的气象。真的开宗立派了，她规训门下弟子，几近"养蛊"，留下的都是强的。叶大可从来都鼓励智识上的恃强凌弱，对于叶门弟子来说，老师在的地方，那就是言语上的"跤场"，常年开练。丁菡固然不弱，但若比牙尖爪利，倒也轮不上。以前在叶大可的回护下，丁菡从不"下场"。虽说师生如父子或母女，但"如"，就不是。叶大可并不是刻意遮蔽女性气质的女性主义学者，但要说到母性，不遮不掩也没多少。若楠一直觉得，是丁菡持之以恒的孺慕之思，倒逼出了叶大可的舐犊之情，于是严苛挑剔不容细错的她，也有了丁菡这个例外。

若楠后来发现自己错了，天分才情固然不足，但心性态度上，对老师追摹最甚的，竟是丁菡。本来若楠就很头疼给叶门子弟派活，一句过去，十句回来，若楠急了就一句：跟你们导师说去！很多时候图省事若楠干脆自己干了。

此后若楠就拿丁菡当了主心骨，遇事先找她。丁菡总能把事情拆分成几项任务，环环相扣，做任务的人互相激励还互相制约。后来连分派任务若楠都让丁菡来了，自己在旁边充当"道具"。丁菡提出的要求远高于若楠的预想，面对师姐是否必要的诘问，丁菡也不推诿，口吻淡淡地回答："这是我对叶大可学术要求的理解，师姐要是有别的理解，咱们商量，师兄觉得呢？"

惯被师姐压制的师兄，自然跟丁菡理解的一样。若楠不觉在心里笑起来。若楠最喜欢甚至有些钦佩丁菡的一点，是她善于管理，却从不弄权。苛于人，更苛于己，每次都把最繁难琐碎的活儿留给自己，把能出风头或者在老师面前展示的机会留给师兄师姐，偶尔有些收益，她一定让给师弟师妹。

丁菡顺利保研，继续跟着叶大可读硕士，也就接任了"叶办主任"。若楠再被叶大可召唤，便是闲局，偶尔交代她一些过于私密不便于学生知道的事。两次之后，除非叶大可说有事，若楠就拿孩子做借口推托了。她更愿意把这时间挪出来与阿丹玩儿，与丁菡见得自然也就少了。

毕业前，丁菡突然跑到出版社办公楼下，打电话给若楠。若楠一见面就祝贺她：听说了，留校保博，拿着工资读书，叶大可替你想得太周全了。

丁菡笑笑，说："是啊，很感激老师，她对我太好了。"没想到她话锋一转，很诚恳地做起了自我剖析：天分有限，也没有以学术为志业的理想，靠助学贷款读完了硕士，留在高校并不是明智的选择，一家互联网大厂旗下的游戏公司"卮言 STUDIO"给了她 offer，薪酬很好，而且比起日薄西山的第八艺术电影，更有未来发展空间的第九艺术游戏，才是她真正的兴趣所在。她本该对老师坦言，老师生气骂她，是她活该，她怕的是老师伤心。没办法，只能拜托石老师接受她的不情之请，替她向老师请罪。

丁菡神情语气倒是如常，只是笑容很浅，人也有些憔悴。若楠很意外，且很困惑，应了声"好"，隐隐觉得不妥，想劝劝，面对丁菡滴水不漏的逻辑，又不知从何劝起。丁菡听她应了，冲她鞠了一躬，连声说谢谢您谢谢您，抬起脸来，原本黯淡的双眸因为充盈液体而晶亮起来，但她还是冲若楠展颜一笑，告辞走了。若楠忽然很心疼这孩子。想了想，打电话给叶大可，知道她在家午休，若楠抓起包冲去了叶家，说了这事儿。

"学了七年的电影，最后去给做网游的打工，这点儿出息！"叶大可一下被气噎住了，缓了缓，叹了声，给若楠解释了一句丁菡与霍伟交往、分手的前情，"分手了，不做朋友就做路人。大路朝天各走半边，别说霍伟在学校没有一手遮天的本事，就算有，他敢怎么着你？！没的因为一个破男人，连自己的前途都让出去的！"

气归气，还是舍不得，若楠又领了任务转回头劝丁菡。当然，任务失败。

七年前若楠"任务失败"，不仅没伤了她们的师生情分，反而因着若楠的一来一回，淘澄出两汪深情。此后叶大可的很多活动，还能看到丁菡的身影。叶门中一时找不到如丁菡者，但好在她留下的章程很有用，日常各司其职，偶有例外叶大可还是要他们找丁菡。她们师生直到现在还是一如既往亲亲热热母慈女孝。

若楠带着感慨，回应着叶大可的招呼，走到她旁边坐下，眼睛扫到丁菡。她接完了电话，完美地"错过"了霍伟的那番溢美之词，笑着对众人说："我们头儿从主会场那边过来了，想感谢诸位老师。"她指着墙上的屏幕，上面正播着主会场的演出，"直播一会儿也会转到剧场这边，主持人想来采访一下各位老师，我现在去带一下工作人员。"

丁菡平和得体，看不出有什么异样。若楠收回目光，看叶大可，她正望着丁菡的背影，注意到若楠在看她，亲昵地拍了拍若楠的手，招呼旁边的工作人员，问能不能放刚才的采访给若楠看。工作人员忙不迭拿了电脑过来。

若楠开始看采访录像。霍伟刚才的话虽然夸张，却也算如实传达了叶大可谈话的意旨。若楠不觉感慨：师生亲子，爱人朋友，多多少少都有心照不宣的"共谋"在，糊涂的成了笑话，明白的则成了佳话。

叶大可一生行来，尽是佳话。年轻时情史辉煌，也闹得沸反盈天，如今自然是风中往事了，当事人大多已是江湖成名人物，收束铅华，消弭恩仇，见面斯抬斯敬，言谈语笑。偶有反例，叶大可三十六岁，击败了长她九岁的男友，破格当上了博导。爱侣一夜之间从谈婚论嫁到反目成仇，说来本是笑话，叶大可却生生把它变成了佳话。此君远走南国，一生以批判叶大可为志业。而叶大可反而会拿着武则天读《讨武曌檄》的范儿念他的文章，还说长情痴心，此君为最。对比之下，追摹了这些年，丁菡比自己的老师，心性上还是弱了一层。

屏幕里的叶大可谈着作为二十一世纪文化产品的游戏，提到了丁菡当年如何放弃保博、留校，毅然决然投身游戏业的往事。学生怀抱理想与热爱，老师充满远见与包容，采访者赞叹不已，又一段佳话诞生了。

名师与高徒，原是互为因果的。叶大可素来与自己的弟子，都是佳话连连。叶门大师兄霍伟，不管在外面身份如何，回到师门家宴上，就只是大师兄。

论起深谙圣意，霍伟始终都是叶门中当之无愧的老大，不管唱什么名目的戏文，曲终奏雅，要么是歌功——学问好，要么是颂德——待人好，落不到老师身上都算是跑题。这招万法归宗，师弟师妹们谁都没有大师兄练得炉火纯青，但捧哏搭戏还行。虽然不能跑题，但直奔主题自然无趣，霍伟排演的戏文跌宕顿挫、千变万化。那几个被他当沙包练出来的相熟同辈后辈，早已是钟馗边上的小鬼儿，这边踢腿那边就翻跟头了。

套着招儿打，热闹好看，也没什么风险，自然也就不怎么过瘾。三五不时，霍伟也会寻不知底里的"外人"捉弄。若人家当真，他就继续玩笑；若人家当玩笑，他偏就学术起来，连荤带素地一通捶打。人家往往恼也不是，跟着胡闹也闹不过他，只能忍着尴尬狼狈笑着支应。秀才遇到兵，多半是支应不过的；而霍伟却是流氓会武术，施展得那叫痛快。

围观这种言语上的"虐杀"，若楠常会觉得不适，但霍伟这别致的"幽默"戏文却很对叶大可的胃口，她会笑着享受前半段，但不会让"血腥"场面延宕得太久，选准时机出手，以彼之道还施彼身，干净利落地收拾了霍伟，此时"受害人"和"观众"都会发出大快人心的笑声。说到底，霍伟还是"献祭"了自己，成就了这番欢乐热闹。

采访录像看到一半，被打断了。

两台摄像机和一组工作人员朝他们打着招呼走过来，大家都站了起来。

若楠扭头看见角落里有两个高背单人沙发，她先是不动声色地挪到了长沙发边上，两步就跨了过去，跌坐在背对着镜头的沙发上，没想到上面放着束花，她懊恼慌乱地腾挪身子，把花抱在怀里，抬眼看见对面沙发里藏着个戴圆眼镜的小男生，抱着个平板电脑，略带惊讶地抬头，若楠只能冲他笑笑。

打扮得如同唐三彩乐俑的直播女主持，拿着手卡逐个介绍叶大可教授，霍伟校长，以及旁边几位名号闪亮的专家，接着进行采访。专家们虽然都表示了对网络游戏不熟悉，但自然也明白今天的任务，纷纷夸赞了《花问》的选题、立意，以《西厢记》为主脉络，同时囊括了《霍小玉》《聂隐娘》《李娃传》《柳氏传》等大量的唐传奇，经典传承，创造转化，民族崛起，文化自信，捧得高高的。

若楠心里一笑，《花问》是先射箭，后画的靶子。他们先设定游戏剧情，根据设定需要再寻找合适的唐传奇作为"原著"。若楠被丁菡请去参与讨论，就是为了提高这个环节的效率。与丁菡团队开会，是若楠平生最为愉快的工作经历。

最后接受采访的叶大可，声调温和，不疾不徐，笑吟吟地说："刚才面对我们的主流媒体，虽然今天很难说是主流啦，传统媒体吧，电视台，我就给出了这个判断：二十一世纪最为主流也最为重要的文化产品，就是游戏。某种意义上我可以说，在今天的文化格局中，游戏取代了曾经的长篇小说、电影、电视剧的位置，充当了不止一代年轻人度过青春成为社会人的重要文化路径，我们吃小说电影这种'文化主食'长大成人，他们吃着游戏这种文化主食长大成人。文化主食的构成和品质有多重要，毋庸赘言。对于这款新主食，我只是个观察者，我给你们介绍一位真正的专家。"

叶大可叫了个名字，若楠没听清楚，但对面的小男生站起来，若楠更不能动了，身体滑得更低，小男生迎着镜头走了过去。叶大可跟主持人介绍，这是她今年新招的博士。小男生先纠正了主持人对自己的称呼，强调自己不是博士，只是在读的博士生，的确写过一本专著，研究波兰那家名为"11BIT STUDIOS"的游戏公司。他还发表了对比"QUANTIC DREAM"的《底特律·成为人类》与"厄言STUDIO"的《蒿里行》两款游戏的文章，他高度评价了《花问》的游戏框架设定，用的是叙事行为本身，可以说这是一款"元叙事"游戏，

充分利用了互动游戏这种媒介本身的特点，完成了一种创造性发展（阿丹只是一种叙事）……

若楠一边听，一边整着被她压瘪了的花束，花中间插着张卡片——这花儿是霍伟送丁菡的。还好，主花是剑兰这种条形花，要是百合玫瑰之类的就惨了。整得差不多了，丁菡带着女主持和直播镜头也离开了，走向大厅另一边。若楠最后调整了一下卡片，小心地把花束放下，揣着满心的疑云，起身走了回去。

那个小男生正嘟嘟囔囔一脸不高兴地跟老师说什么，叶大可一边让若楠坐，一边继续说："人家杂志三审加外审都过了，你这会儿撤稿？昨天他们主编和我开线上会还夸你这篇文章呢，说选题新颖，材料翔实，他们很缺这样的稿子。"

男生急切地分辩："那个结论没价值！互动游戏也在用蒙太奇，更像电影了，这有什么意义？影响研究本来就带着虚构性质，挺没劲的！您今天谈叙事媒介演化的角度启发了我，应该去挖掘叙事媒介本身蕴含的意识形态内容，我想换个角度重新写。"他说完，带着真实的懊悔与沮丧，孩子气地瘪了瘪嘴。

叶大可宠溺地看着年轻弟子笑了，"那就再写一篇。文章本来就是思想发展的过程性产物，留下点儿幼稚肤浅的足迹，怕什么？"

小男生跌回单人沙发里，发出"哀鸣"："会成为我的黑历史啊！"

霍伟哼了一声，笑着说："小小年纪，还挺把自己当回事儿！"

"早有戒慎恐惧之心，也好。免得日后追悔莫及。"叶大可淡淡地说。

霍伟有些烦躁地站起身，踱了两步，

小男生不说话了，埋头点刷着面前平板电脑的触屏。霍伟有些无聊地凑过去看，"这都什么呀？"小男生头不抬手不停地说："《花问》，我解锁了莺莺黑化的一条隐藏线——钮祜禄·莺莺！"

"什么乱七八糟！"霍伟"喊"了声，又踱开了。真是时移世易，大师兄归来，小师弟不捧哏了。变的不只是小师弟，大师兄与老师之间似乎也不同往日了，刚才那几句言语，波澜不兴的水面下，暗流涌动。

若楠心里的疑云翻滚起来：人也来了，花儿也送了，"家长"叶大可跟着呢，怎么？就着《西厢》的场，要个走形式的"红娘"？那头顶这片诡异的"低气压"又是怎么回事？

一声洪亮的男声破空而来，"老师们辛苦啦！感谢！感谢！"

随着声音，一个高大的秃顶胖子带着几个工作人员，抱拳拱手而来。若楠见过，知道是"卮言"的CEO。他到跟前，对着每位专家都深深一揖，大家都笑了。他又对着叶大可作了一揖，说："叶老师，伟大的叶老师！当年我刚创业，没敢指望丁菡真能来，毕竟从庙堂到江湖，那份落差，不是钱能填平的。谢谢您啊！"

叶大可笑着说："你们都是理想主义者！"

"中二热血，饮冰难凉！"CEO摆了个很"中二"挥臂握拳的姿势，随即大笑，看见站在叶大可身后的若楠，忙招呼，"亲爱的石老师，我们的古典文学专家！"

若楠脸腾地热了，好在没人介意，下一秒CEO已经和霍伟热情拥抱在一起，互相拍着后背。CEO拉着霍伟，比对着给大家展示，"大师兄，七四年；我，八三年，说我是他大哥，一点儿都不违和！"

有了旁边庞大的"人形背景板"衬托，体形适中、衣着精致的霍伟，越发显得玉树临风起来。也许是三四年没见了，若楠一眼看去，还是觉得霍伟老了，眉眼肌肤表情纹，都得到了良好的管理，但肌肉线条有一种拉都拉不住的颓势，疲惫不堪哆哆嗦嗦地撑在垮塌的边缘。

一片笑声和赞叹中，大家都落座了。工作人员给CEO搬来了一把餐椅——沙发太低，他坐不下去。CEO与霍伟如此熟稔，是有前情的。坐下后抚今追昔，自然而然地就说了起来。

这位程序员出身的CEO说起自己的游戏项目，有着孩子般的热切，他也有"说书人"的本事，滔滔不绝，抑扬顿挫，手势动作击节相应："最早上线的《逍遥游》，我亲自带队做的，设定是先秦各派方士，借修仙求道，探究生死之惑；稍后启动的《蒿里行》，我也参与了脚本底稿，设定是魏晋战乱中的散兵游勇与流离百姓，战争缝隙间求生，要照见人性之渊。钱少人也不够，先集中火力把《逍遥游》上线了，推广费用约等于零，好在圈子里兄弟帮衬，也有识货的大神助力，口碑发酵，火了！'卮言'也算一战成名。这下'爸爸'高兴了，给钱！第二年《蒿里行》内测时，游戏区UP主里已经有一群'言粉'了，我也是膨胀啦，好风须借力嘛，就搞了场声势浩大的发布会。除了北京主会场外，选了官渡、荥阳、洛阳、襄阳四个古战场做实景分会场，一线明星代言，一时间烈火烹油鲜花着锦，那个数据涨得，我睡着了都能乐醒，没乐两天，啪，给我举报了：血腥暴力，阴暗残酷。《逍遥游》也跟着倒霉，低级暗示,软色情!"

若楠听过这段"书",霍伟算是半个当事人,都知道底里,于是都听得心不在焉。若楠留意着霍伟,霍伟直勾勾盯着远处笑盈盈的丁菡。丁菡的笑,显然是给被采访的新媒体嘉宾的,也是给直播镜头的。若楠心里又不解又可笑:至于这么眼巴巴的吗?还是想卖弄自己"一双瞳人剪秋水"?

此时"书"说到了悲情处:"官宣停服,我一个人录道歉视频,哭得像个二百斤的孩子,这梗就是给我准备的。本来是想九十度鞠躬,高估了自己的运动能力,往前一栽就跪地上了,那就跪着哭。我是真悲愤,在社交媒体上写了难听话,欠考虑了。我们的法务和CCO抱着申诉材料去讲理,直接给怼回来了。"

霍伟收回目光,笑着说:"你们不仅不承认错误,及时改正,还引发舆情搞对抗,人家作为管理部门,只能更坚持更强硬。"

"还是年轻!当时的确是我们操作失误。首先'出圈'这事儿,有利有弊。咱实话实说,有些玩家是真没见过世面,一听魏晋三国,想当然就是曹操周瑜诸葛亮,吕布貂蝉大小乔。我们也是俩钱儿烧的,请了团队做推广,游戏里作为大背景的那点儿光鲜亮丽的画面全拿出来做广告了。《蒿里行》是暗黑风,画质逼真,再现的是'铠甲生虮虱''白骨露于野''河内人妇食夫,河南人夫食妇',加上我们的剧情设定,从头到尾他们一个熟人,感觉被虚假广告骗了,花钱买了份惊吓恶心,故事还不知所云,一气之下就举报了,这可能有。至于舆情,真不怪我们,我那一哭一跪,纯属意外。我也没想到'言粉'的感情那么深。也可以理解,见惯了'丧尸围城''生化危机',天天末日生存的资深玩家,看见《蒿里行》,那份激动、骄傲,跟看见了《流浪地球》《大圣归来》的科幻、动漫粉丝的心情差不多。这一停服,伤不起!这帮人绝对数量未必多,却是能在网上嚷嚷得声儿最大的一帮人:这样充满深刻哲思和文化底蕴的民族游戏,到底是被什么人举报的?定是有奸人来毁我中华长城!"

有位专家略带惊讶地插了句:"打游戏的小朋友,这么上纲上线啊?"

霍伟在旁边笑着说:"这才哪儿到哪儿啊?还有深挖举报IP来源的,列出背刺'卮言'的嫌疑人名单,根据工商登记资料查他们背后的'黑手',论证'卮言'出品的纯国创游戏动了资本的蛋糕,说'卮言'是被屈含冤的中国之子,那叫一个条分缕析,慷慨悲壮。"

现场出现了短暂的安静,专家们互相对视,都没说话,叶大可面色凝重地望着大厅对面那群造型各异的新媒体嘉宾。

CEO呵呵笑着用手捋着稀疏的头发,说:"在网上骂有什么用?我和CCO抱着几万字的申诉材料跑得披头散发,说得唇焦舌干,那帮老爷啊!"

霍伟说:"他们也头大,市场司的老赵跟我开玩笑,'卮言'已然成了岳飞,他也不能因为怕被骂成秦桧,就无原则让步吧?有问题就是有问题。我劝他:举报,是民意还是恶意竞争;喊冤,是操控舆论还是民意,弄不清,都不管。咱就事论事,'卮言'的出发点值得肯定吧?传统文化创新,缺乏经验有差池也难免,不能一棍子打死。再说,你们自己审,责任自己担,不如搞个听证会、审核会啥的,毕竟牵涉到经典改编嘛,找几位专家,把把关。"

"大师兄就是大师兄,脚踩七彩祥云出现了!"CEO呵呵笑起来,"我们总算逃出生天，修改后上线。画面是一帧一帧地审啊，女修士跨骑在大鱼上都算是色情暗示，必须改成侧骑，腿得这样！"他说着并起腿侧向一边，体形太大，椅子跟着一歪，两边的工作人员身手敏捷，一左一右一撑一拽，救他和椅子于将倾，大家这才跟着他笑起来。

霍伟的笑声似乎太过响亮了，叶大可笑得靠在了若楠身上。

在她木质调香水的熟悉味道里，若楠感觉头顶那团无形的"低气压"似乎更低了，看不见的天际，雨云积聚，起了风。

四

条形餐桌上摆放了精美丰盛的茶点，咖啡机的磨豆声不断响起，有位专家起身说去弄杯喝的，CEO 就请大家都移步去餐区。叶大可摆手说不用，和若楠好久没见，聊两句。柠檬黄的长沙发旁，只剩了她俩，叶大可却沉默起来。

丁菡还是周到的，带着服务生端来了咖啡和茶，配着两碟小点心、一份水果塔，笑着说："直播要去剧社那边，我得跟过去。今天为嘉宾准备的只有自助简餐，沙拉，三明治，牛排和西班牙烩饭，不知道味道如何，或者我给老师叫北平楼的外卖？也很快的。"

叶大可摆摆手，"随便吃一口就看演出了，忙去吧。"

丁菡点头说："那五点半开餐的时候，我过来陪老师吃饭。"

热咖啡弥散的香气缭绕进了若楠的鼻腔，似曾相识，而她平时不喝咖啡。若楠拿起壶给自己倒了一杯，示意叶大可。叶大可摆摆手，意味深长地笑着看那两碟小点心：一碟奶黄色的黄油曲奇，一碟瘦长贝壳样的小玛德琳蛋糕。端起杯子，咖啡的香气更馥郁，回忆也变得清晰，若楠耳边响起了阿丹的声音："日晒耶加雪啡里的果香，总让我想起童年的冬天，南方的冬天也很冷，湿冷，我把冰凉的橘子，拿到铁皮炉上烤……"

叶大可叹了口气，说："我很难相信，这纯属巧合。"

若楠注意力不在当下，最初并未意识到叶大可说了一句奇怪的话。

她正捏着块黄油曲奇出神。阿丹送过若楠女儿一大盒英国的 Walkers 黄油曲奇，还说丹阿姨会魔法，能把自己藏在曲奇里，等她吃到那一块，丹阿姨就跳出来。读初中的女儿和若楠交换了个眼神，但还是很配合地说："那我吃每一块都会很小心，先咬一小口。"阿丹搂着女儿大笑。到英国后女儿又碰到了这种曲奇，拍了张照片，附了一句："妈妈，丹阿姨的故事是真的，她跳出来了。"

若楠把曲奇放进嘴巴，一口一口咬着，太浓的甜香让她忍不住喝了一大口咖啡，透彻的苦占领了口腔，咽下去，嘴里的味道却变得复杂美妙起来，像阿丹和她这么多年的交往，像看完《枕头人》的那个夜晚，她们告别时的拥抱。若楠的眼睛热起来，她忙低下头，把最后一点儿饼干塞进了嘴巴。

叶大可抽了张纸巾递过来，若楠才发现一片金黄的饼干屑洒落在外套的前襟和袖口，黑色羊绒，很显眼。她接过纸巾，索性站起来脱了长外套，抖了抖，她把外套放在沙发肘上，坐下时和叶大可距离远了些。又是沉默。半天，叶大可才说出一句："女人这种顽固的受害者心态，真是要命！"

若楠想，持续受害的事实要是不改，心态怎么改？改成"精神胜利法"吗？忽然想起上周刷到的热点新闻，一位新生代的女性主义学者因为就婚育问题发言正在遭受"网暴"。她说：一个成熟、独立、自由的女性，应该按照自己的意志决定是否婚育，而不是被"毫无瑕疵的女性主义者"概念绑架，必须选择不婚不育。至于那条婚育的"鄙视链"——单身高于已婚，已婚高于已育，一胎高于二胎三胎，非常荒唐！这是对女性主义最为肤浅悖谬的理解。她拿叶大可和自己举例：论学术成就，叶大可是金碧辉煌的"泰斗"，她也是熠熠生辉的"杰青"；叶大可选择丁克而她生了两胎，但两人都婚姻幸福。

若楠当时嗤笑：肤浅悖谬的，是她的这套"精神胜利法"吧！别人骂得凶残多了，不少叶大可的粉丝骂她脑残不要脸，还敢碰瓷"叶帅"，众筹灭了她！

若楠也就看看，笑笑。被骂的那位"杰青"学者真不是碰瓷，她是叶大可的爱徒之一，跟丁菡同年毕业的博士。若楠抬眼，才发现叶大可正看着自己，就把嘴角的偷笑展开成了微笑。

叶大可说："亲爱的，这么多年，我身边这些女朋友们，从精神世界到现实生活，最强大、最独立的，是你。"

若楠惊得连连摆手，笑着否认："怎么可能是我？"

叶大可说："敢于绝望，善于斗争，勇于牺牲！肩起黑暗的闸门，放孩子到光明宽阔处去。"

这话还是从女儿身上来的，若楠笑道："你就乱说吧！"

叶大可也笑了，她给自己倒了杯红茶，掰了一小块儿蛋糕，蘸了蘸茶水，说："丁菡这孩子啊！这是打算堵住我的嘴啊。"叶大可把蛋糕放进了嘴里。

若楠此时才意识到，叶大可方才起了三次话头儿，等着她提问好说下去，她的心思都在那儿跑野马呢。若楠勒住了"缰绳"，回到眼前的曲奇和蛋糕，最自然的联想就是阿丹，若楠第一次见到声名显赫的小玛德琳蛋糕的真容，是阿丹带了些到叶大可的聚会上——阿丹？若楠愣愣地看着叶大可。

叶大可咽下了蛋糕，喝了口茶，说："还记得阿丹上演的那出'小红帽与大灰狼'吗？"

怎么会忘？那是若楠与阿丹真正接近的开始。虽然以前时不时在叶大可的聚会上能碰到阿丹，但也就是寒暄客套，一两句话而已。阿丹笑起来张扬奔放，但很容易被冒犯、生气，甚至不止一次当场哭起来，不过又好哄，两句好话就能破涕为笑。阿丹比若楠还大几岁，但那份"孩子气"让若楠觉得不可思议，自己上小学的女儿，情绪管理能力都比阿丹强。叶大可背后对阿丹的称呼是"疯女人"，也不是没有理由。

碰到闲局时，叶大可总让若楠叫上那个"疯女人"，好玩儿。

阿丹谈话，才情纵横，机敏犀利，高兴起来的确会妙语连珠，但这并不是叶大可所谓"好玩儿"之所在。虽然在若楠的眼里，阿丹细眉细眼塌鼻梁厚嘴唇，实在不好看，但做派举止偏能满满"倾国倾城"的信念感，周围人也真能毫无障碍地奉承她为"绝代佳人"。叶大可最爱看的，是座中某位男士为阿丹"着迷"、疯狂追求的戏文。熟悉剧情的固定搭配,男主自然知道自己的戏剧任务就是"追求",无限赞美,不停示爱,阿丹那天高冷,他就表示失落痛苦;阿丹那天兴奋,大胆挑逗,他就害羞尴尬,不断退却。偶有不开眼的新人,叶大可想捉弄他,就挑起话头,他不接茬儿,就是冒犯,会被阿丹狠狠收拾;若太过起兴,越过了赞美的边界,戏谑轻薄起来,那会被阿丹和叶大可一起狠狠收拾。基本剧情逻辑就是"我浪我的,你动火归动火,但给老娘忍着!"

阿丹的"爱情戏"比起霍伟的"动作戏",更让若楠感到不适。但霍伟是主动的,自觉的,若楠更反感他;而阿丹是被"蛊惑"的,但却沉浸其中,真哭真笑真体验,若楠觉得可笑,也觉得可怜,多想一层,甚至替她感到可怕。阿丹的"爱情戏"远比霍伟的"动作戏"危险。霍伟从来不会去挑衅高位者,哪怕他的同侪,不是非常亲昵的,也都客客气气。阿丹却没什么分别心,对于不能进入剧情的同性或异性,无差别地"不认识"。两三年见过十几次,还叫不上来若楠的名字,每次都是带笑抱歉地说:"亲爱的,对不起,我又忘了。"若楠见过她忘记大佬级别的人物,所以也不是存心蔑视自己这个帮忙的"帮闲"。但有时若楠会想,万一哪天"男主"开始反抗剧本,剧情脱轨,阿丹怎么办?

这一天真的来了。那晚本来就结束得晚,若楠回到家已经十一点了,和丈夫争吵到十二点,被惊醒的女儿哭着敲卧室门让他们别吵,才算结束。若楠安抚女儿睡着,自己洗漱躺下快两点了,四点半不到,叶大可的电话打过来,阿丹出事了,有人进了她家伤了她,具体如何不清楚,叶大可打了110,她的车快到若楠家了。丈夫这时也丢开了刚才的争吵,主动说他跟着更保险点儿。若楠也有些慌,拉着他下楼,发现叶大可趴在方向盘上,忽然想起叶大可晚上喝了不少酒,这会儿应该还不能开车。于是丈夫开车,她陪着叶大可坐在后面。

若楠他们到的时候,警察已经在了。阿丹衣衫不整,人也不清醒,磕伤的额头还在渗血,瑟瑟发抖地在呜咽,说不清楚话。叶大可是报警人,跟警察说明情况,若楠过去抱住了阿丹,她哭得那么委屈、无助,竟让若楠想到了刚才被惊吓的女儿。情况很快就弄清楚了,已经跑了的那个男人,一个电话就又乖乖地出现在警察面前了。

面对可能的牢狱之灾,男人疯狂求生,又哭又跪,百般辩解,所有当晚赴宴者都被他举为证人。阿丹额头的伤口和身上的瘀痕,是她醒来发疯找手机打给叶大可时,自己磕的撞的,他没有使用暴力。若楠第二天跟出版社请假,在医院里守着阿丹。阿丹诚实地说,她最后的记忆是那男人腻歪着送她回家,然后就空白了。她惊讶的关键点,竟然是发现自己内心深处如此依赖叶大可。

情况不复杂,但事情却不简单。这场无妄之灾同时诞生了两个"受害人":精神崩溃的阿丹和生活崩盘的那个男人。于他们,是灾难;于他人,是一则匪夷所思的笑话;而于叶大可,是个不大不小的麻烦。

这个麻烦三天后也就解决了,被刑拘的那个男人出来了,阿丹住进了北医六院,这件事也就结束了。过后叶大可拿手支着太阳穴对若楠说:"让人头疼!这姑奶奶,四十多的人了,怎么还会上演'小红帽与大灰狼'的剧情呢?"

叶大可叹息着告诉若楠,丁蓻也演过

一版"小红帽",那里面的"大灰狼"就是霍伟。两人是交往了几个月之后出的事,只是没有闹得人尽皆知。学校所在辖区的派出所出警了,最后处理结果是情侣矛盾升级,对双方进行批评教育。

这是七年前的事了,丁菡毕业前。若楠忽然想起来,那时她在丁菡与叶大可之间来回"淘澄",话缝儿间丁菡问过阿丹的"那件事"。丁菡从来不会闲嚼老婆舌,若楠觉得奇怪,留了这么个印象。丁菡问的是具体情形,追问那晚现场的细节。若楠那时对阿丹的感情与三年前完全不同了,不舍得在背后说她的蜚短流长,回答得很简单,态度也有些抗拒。

若楠过于警惕是有原因的,只要有人跟她谈论此事,话里话外,罪在阿丹。如果不是那晚她感受过阿丹的颤抖,照她此前对阿丹的看法,多半也会这么想。

若楠甚至都不知道自己的改变是何时发生的。事后丈夫曾义正词严地命令若楠,以后与叶大可那帮"垃圾烂人",少来往。叶大可那边的事,若楠已经和丁菡完成了过渡交接,但她还是直接怼了回去:"行!现在我就给叶大可打电话,让她这个垃圾别管你那高贵的外甥!"丈夫扑过来夺了电话,骂她"二百五"。丈夫对叶大可的恭敬客气后面有真实的畏惧,当面说话都会下意识结巴,背后提到叶大可却是"老巫婆",对阿丹的代称是"婊子",他同情那个倒霉男人,中了"婊子"的套儿,妻离子散,差点儿蹲大狱,太亏了!

若楠也吵累了,由着他说。虽然最初是叶大可嘱咐若楠多陪陪阿丹,她精神不稳定,身边也没人,别再出事儿。但后来就是若楠自己想着了,接阿丹出院,又陪着她复诊拿药。她也不知道原因,就是很

心疼很惦记阿丹。阿丹明显好多了,她给若楠的女儿买了礼物,跑到她家附近,打电话叫若楠出来,交给她,然后慌乱地跑走了,不好意思得像个早恋的中学生。阿丹买的都是昂贵、新奇、漂亮却毫无用处的东西,玩具幼稚可笑,饰品和衣服,就算若楠同意,女儿自己也不会穿戴出去。品鉴阿丹的礼物,成了母女俩一项隐秘的乐趣。

阿丹的病情有了反复,又进了一次医院,若楠才发现她胡乱吃药。再出院的时候,若楠就会打电话督促阿丹按时按量吃药。丈夫进门听到了,就笑眯眯地说吃什么药?缺男人!若楠骂他流氓。他恼了,说:"那婊子是你妈呀?你护成这样?"若楠很后悔,她刚想起来,女儿在屋里做功课。若楠就忍了,拎着冻得硬邦邦的排骨,咣地丢进厨房的水池。丈夫却得意了,躺在沙发上笑着说:"你这上赶着给那婊子舔,舔错方向了!"若楠气得两眼噙泪,冲出来指着女儿的房门,想警告他,发现女儿就站在房间门口,一脸平静地开口问:"什么是婊子?"

隔着客厅,若楠和女儿遥遥对视了一眼,女儿的眼神让她有了底气,对闭嘴了的丈夫厉声说:"给你闺女解释解释,什么是婊子!"

丈夫气得跳起来吼:"石若楠,我——"他到底忍了脏话,摔门走了。

女儿对她一笑,转身进屋继续学习了。若楠走了两步,虚脱地跌坐在沙发上。

几个月后,一个星期天,若楠带着女儿上完课回来,竟然在小区外遇到了来回踱步的阿丹。她穿着件长及脚踝的猩红色裙式风衣,浓黑的长发垂到腰际,顺滑光亮的头发卷出柔和的波浪线条,呼应着身

体的线条，像舞台上童话剧里的人物，她还一手拎着个粉红色的蛋糕盒子，一手拿着支亮晶晶的仙女棒。

若楠很惊讶："也不打电话，就在这儿傻等吗？"

阿丹笑着说："是啊，等等看。"

女儿一直仰头看着阿丹，若楠忙给女儿介绍，这就是丹阿姨。女儿叫了一声，由衷地说："丹阿姨好美，像仙女一样。"

阿丹开心地放声大笑，手里的仙女棒递给女儿，棒头的星星突然闪烁起来，八音盒的音乐声，叮叮咚咚地响起来，女儿咯咯地笑着，找寻开关。阿丹把手里的蛋糕捧给若楠，若楠很奇怪，说："这——没人过生日啊？"

阿丹说："我过生日啊！请你和宝宝吃蛋糕！"说完一笑，转身跑走了。

若楠回到家，女儿去做题，自己准备午饭。在厨房里若楠越想越不是滋味，拿起电话打给阿丹。那天，若楠原本打算带着女儿陪阿丹在附近的天使湾购物广场吃顿饭，结果整个下午她被两个叽叽嘎嘎玩疯了的大小女孩拽着，跟跟跄跄地在满是现代雕塑和商家推广立牌的步行街区来回穿梭。晚上回到家，女儿把满是水钻的皇冠发箍放进收着仙女棒的大抽屉里，去做阅读练习了，带着酒意的丈夫回家，看见冰箱里的蛋糕，问了一声，若楠还没开口，女儿在房间里大声回答："我朋友今天过生日，她送给我的。"

丈夫笑说："这不反了吗？你这朋友真奇怪。"

女儿出来，淡定地看着父亲说："谁规定的反正？我觉得她一点儿都不奇怪。"

若楠抬起头，轻声说："学习去！"

女儿一笑，转身进屋了。晚上睡觉的时候，女儿搂着她的脖子悄声说："妈妈，咱俩是一伙儿的！"

若楠亲了亲女儿的脸颊。这话一直是若楠安慰女儿时说的。第一次说，女儿才三岁，在奶奶家过年。若楠在厨房听见女儿在屋里尖声大叫："把姑姑撵走，大姑姑二姑姑都撵走！"忙跑过去，奶奶和姑姑们在旁边笑成一团，女儿却小脸通红眼里噙泪。原来奶奶说她是"别人家的人"，女儿都要从家里撵走。大姑姑笑着说："咱家宝儿真聪明，昂着小脖子问她奶奶，那你咋不把你女儿撵走啊？把姑姑都撵走！"二姑姑敲了敲瘫在沙发上看电视的自家弟弟的脑袋，笑着说："早撵走了，就留你爸一个啦！"

女儿在她怀里，委屈的眼泪不住地流，嘴里还说："他们都是一伙儿的！"若楠又好笑又心酸，抱着女儿说："咱俩是一伙儿的，妈妈和你是一伙儿的！"

这话，十四岁的女儿拿来安慰若楠了。

叶大可与若楠的谈话，再度"难以为继"。若楠也察觉了自己的"迟钝"，当然，迟钝背后是"蓄谋已久"的抗拒。

叶大可笑着推了她一把，"说是一孕傻三年，你这都两三年了！"

若楠笑了笑，实话实说："在想阿丹。"

叶大可叹了口气，"她那些荒唐事儿，不想也罢。现在你需要想想丁茵。"

虽然不知情，当想起自己当年对丁茵的生硬态度，若楠还是生出了歉意，不由得带着关切问："霍伟难道对丁茵还有什么想法？"

"他哪有这心思啊！"叶大可叹了声，挪得离若楠更近些，拿手撑住脑袋，低声说："他惹了个麻烦。我昨天才知道。霍伟有个小女朋友，我也见过几次，傻乎乎的。他俩的关系，我一直也闹不大清楚，这次听霍伟说，从认识到现在，分分合合，前后折腾了十一年。霍伟最初也是有歉意的，他的弥补方案是给点儿钱，按他的理解没给够。女孩突然说要向纪委举报、向媒体曝光，他利用权力地位玩弄女性。霍伟找了个律师，带着留存的证据和对方谈——敲诈勒索是可以入刑的。女孩那边也找了律师，还是个女权互助组织的公益律师，深挖霍伟的黑历史。霍伟本来对自己的清白，或者说谨慎，很有自信。女孩不知道从什么渠道得知，七年前学校辖区派出所有份出警记录，报案人是丁菡。"

若楠倒是猜对了自己的任务目标，只是全然猜错了任务方向。

叶大可叹了口气，说："霍伟，权高位重的老男人，除了单身这一点不够理想，近乎完美的拳靶子！一个女孩不好定性，又一个站出来说'me too'呢？"

若楠笑了一下，没有接话。

"丁菡那孩子外面柔和，内里强硬，看着聪明，糊涂起来也是一根筋。"叶大可的声音变得充满了怜惜和温情，"当时我骂了霍伟，也跟她谈过，话说得太理性了。结果她博士也不读了，工作也不要了，跑去做电子游戏了。"

服务生端着饮品四处走动，有一位走到这边沙发前，微笑着把托盘递过来。若楠拿了带冰块的苏打水，叶大可则拿了杯红酒，说："霍伟给我的故事版本是，他跟女朋友分手了，也累了，想安定下来，觉得丁菡很好，俩人交往了一阵了，他觉得是水到渠成，没想到还是唐突了。出事儿那晚，他俩待的房子，是霍伟前不久租的，说是准备给丁菡毕业后住。我到的时候，看见的场面——警察质疑丁菡，丁菡跟警察冲突，霍伟在旁边劝架。丁菡看见我才不喊了；霍伟不停说对不起老师。有个警察说，是他让霍伟找个镇得住的长辈。"

叶大可呷了一口红酒，皱眉咽了下去，"阿丹那件事，还立案、移交给了分局刑警队，那个蠢货被刑拘了三天，最后还是证据不足。霍伟的话肯定有矫饰的成分，他一定伤害了丁菡，我相信丁菡那孩子不会撒谎；但这份伤害被认定为刑法里的罪行，要经过一个复杂、粗粝、冷酷、充满羞辱的过程，阿丹后来受的伤害更大，丁菡再挣下去，会掉进绞肉机里变成肉馅！"

叶大可说的也是事实，阿丹是去分局接受了讯问后才精神崩溃的，若楠还记得自己竭力阻止歇斯底里扯头发、打自己的阿丹时，心里的那份溺水般的无力感。阿丹又喝了口苏打水，冰凉的气泡液体落进喉咙，二氧化碳很快带着体内的混乱与灼热冲出了喉头，冲进了鼻腔，甚至眼眶，若楠掩饰地抹了溢出的一点儿眼泪，朝叶大可笑了笑。

叶大可叹了口气，"两性关系里，霍伟的确讨人嫌。傲慢，愚蠢，人家都恨得起了杀人的心，他还在那边困惑呢！他是接到'卮言'的邀请才给我说的这事儿，我劝他今天不要来，何苦刺激丁菡呢？他很自信，说自己是'卮言'的贵人，今天这样的场合，丁菡肯定不会让他难堪。傻子一样抱着束花来了，到现在连句话都没落着给丁菡说。"

叶大可拿起那半块小玛德琳蛋糕，"这个，丁菡显然是在告诉我，她心结还在。亲爱的，我想让你帮我转达的，只有一个意思：有这么件讨厌的事儿，老师呢，除了心疼她，没别的。如果没人来找她，全当听个八卦，别多想；要是真有人来要她做点儿什么，她就按自己的意思去做，老师尊重她做的任何选择。"

五

有个瞬间，若楠失了判断，不知道是叶大可今天给出任务的方式太"艺术"了，还是自己这几年荒疏了在叶大可身边的"训练"，真的迟钝了？这番话听下来，也就是再跟丁菡抒一次情。既然是悉听尊便，何苦要多此一举呢？

困惑也就是一晃，若楠略想想，也就明白了，叶大可这"一举"不仅必要，而且"多得"：体恤理解给了丁菡，鼎力相助给了霍伟，暗中给自己加了重防护——这场"火"太近，稍微一扩大，难保不烧到自己。若楠这个"防火垫"也并非可有可无，叶大可在这场冲突中有着无法选择的"天然"立场，不要说去劝丁菡，居中已然是大错，只言片语传出去，人设崩塌，"叶帅"的损失就大了。

叶大可仿佛在给她提供论据似的，压低了声音说："阿丹那是十年前出的事，要是搁现在——跟人'秀'优越感惹了一身骚的那笨蛋，你知道这事儿吧？"

若楠笑着点点头，叶大可说的正是在网上被"围殴"那位女"杰青"。

"一点儿不长心。前几天又有人采访她，让她谈阿丹，出事儿的时候她还没入学，所知有限。也不知道是得了好处，还是被人忽悠傻了，给我打电话！我让她转告那位媒体人，人血馒头得趁热吃，冷了几年的阴间馒头，就别吃了！"

若楠百感交集地应了声："好可怕。"

叶大可说："我过后查了那个视频号，'密涅瓦的猫头鹰'，是个百万级的读书类大号，在做一个名为'那些花儿'的系列，谈九十年代末阿丹她们那批女作家。是我多想了。最近事儿一出接一出，弄得我风声鹤唳草木皆兵的。"

若楠迟疑了一下，还是问了："霍伟这件事，你判断，很严重吗？"

叶大可摇了摇杯中的红酒，嘲讽地笑了一下，"霍伟觉得问题不大，麻烦是麻烦，顶多就是想多敲他点儿钱。别看女孩给他上纲上线，但要坐实那些罪名，证据呢？舆论场，他也有嘴，真到了双方公开质证的情景下，那女孩会吃大亏。是他宅心仁厚，不想下死手。权力让人傲慢，傲慢就会愚蠢。霍伟是真蠢，跟我说着说着都悲愤起来了：他仁至义尽，又没做错什么，分手而已，他要有钱他就给了，他是真没钱！对方也知道，还如此无理取闹，这不是逼他吗？"

若楠笑了，"我毫不怀疑，他说这话时的真诚。"

叶大可也笑了，"他还感慨呢！怎么越年轻的女孩子，越不独立了？当年交的那些女朋友，爱就爱了，散就散了，也情天恨海地折腾过，从来没讹人的，丁菡是八〇后，那个小女生是九〇年的人，一个个怎么都这样啊？！"

若楠说："占便宜还占出理来了！"

叶大可说："我差点儿一口啐他脸上。装什么很傻很天真？人家怎么不独立了？你要知道，这是个情绪都要计算价值、一切都得给付对价的时代，女孩子们更清醒，对自己的人生权益也更敏感。人家非常独立地要惩罚你！"

若楠和叶大可一起笑了起来。

两人的笑声，淹没在大厅里骤然而起的掌声和口哨声里。

从她们的位置看过去，一个戴棒球帽穿着大两号蝙蝠侠T恤、感觉一开口就要单押的男生，和一个刚从《簪花仕女图》里走出来的梳着高髻面贴花钿、披彩帛着红裙的女子停止了说话，望向楼梯口；一个穿灰色风衣的男子，在室内还戴着墨镜，拦住服务生，刚拿了杯酒，也闻声回头；半天，引起掌声的俩人才绕过众人款款出现在若楠的视野中，满头珠翠，贴片勾脸，穿了全套戏装的"莺莺"和"红娘"。

叶大可显然放松了，说起了闲话："通常我们以为扮演是在遮掩真实，恰恰相反，扮演就是真实，是获得本质的方法。他们好像天然就懂这一点。"

角落里的单人沙发站起了一个人，若楠都忘记了那个小男生一直在那里埋头打游戏，他张望着，举着电话朝那边挥手，粉黛俨然的"莺莺"朝他们大步走过来，到跟前笑着给叶大可福了一礼，开口说话就露出了男孩子的本相，"我伟大的叶帅！"

小男生过来说："老师，是'无脸男'！"

叶大可笑着站起来和他握手，"牛仔裤换成百褶裙，认不出来啦！"

说了几句话，"无脸男"说想和叶大可合影，若楠闪到了一边，他很得体地说："老师一起吧！"若楠推辞，叶大可拉她，也就一起拍了。拍完让开，叶大可和他又单独拍了。小男生跟叶大可和若楠打了招呼，跟着"无脸男"离开了。

叶大可拉若楠坐下，解释说那个"无脸男"是做电影解说视频的，两年前在好几个社交平台上对着叶大可隔空喊话，弟子看到了告诉老师，叶大可就回应了他。

叶大可笑说："很聪明的孩子，有才华，也有趣。"

这段后来被称为"殿堂与江湖"的连线对话，广为流传。若楠在手机上也刷到了别人截取的两分钟片段，又去找了一小时的完整对话，从弹幕到留言，很多人都在惊讶、赞美叶大可的渊博睿智，观点犀利，态度谦和、包容，人又幽默："叶老师好懂啊！""这段话有被惊艳到！""这教授也太可爱了吧！"

若楠在看对话时忍不住猜度：这次貌似偶然的碰撞，很可能是一场精心策划的双向奔赴；也许这是年逾五十的叶大可，又一次的勠力"开辟"。若楠的猜度很快得到了佐证，叶大可在好几家平台上都有了自己的栏目。去年叶大可在那家以"年轻"为名的视频平台有了账号，用的就是"无脸男"代表崇拜者赠她的"叶帅"两字。想到此，若楠也就更理解叶大可的万般小心了，一番辛苦下来，今日的"叶帅"可不只是个闪亮的虚名，而是沉甸甸的真金白银，磕碰不起了。

若楠不粉这个"叶帅"，却一期不落地追着看她的视频节目。做家务时，周遭经常回荡着叶大可熟悉的声音。说话的叶大可，还是那个若楠从年轻时就喜爱的叶大可：目光如炬，口舌如刀，犀利只朝向强者，不惮于揭穿历史和当下各种强势权力炮制出的谎言，温厚用来拥抱弱者，"向下看"时永远充满了理解、体恤和同情。她依旧是发人深省予人启迪的，那些能照亮世界的句子在她口中说出，若楠还想记笔记。若楠也像阿丹一样惊讶，自己内心深处竟是如此依赖叶大可。

但盯着屏幕看，叶大可已然不是叶大可了，一蓬蓬鹅毛、柳絮甚至头皮屑般轻飘的只言片语遮蔽了她的脸庞，不管那飘飞、落下的是源自理解或者误解的赞美和热爱，还是有理由或者无理由的冒犯、憎恶甚至侮辱，她都是"八风吹不动，端坐紫金莲"的"叶帅"！

叶大可望着热闹的餐区，笑说："咱们跟他们这么大的时候，年轻是一种缺陷，你得等着，等着时间给你资格；突然之间，又太老了，甚至已经老'死'了，活人的世界已经不是你的了，幽灵就该待在塔里受享香火，不要阴魂不散出来吓人！"

她的笑里有嘲讽，不知道是在嘲讽自己，还是这个势利的世界。

若楠说："年轻时你可没有等！"

叶大可用力拍了一下若楠的胳膊，这个动作代表若楠的回答"深得我意"，然后笑着靠在沙发背上，看着大厅对面近乎喟叹地说："世界对他们更残酷！至少我们那时候还有可以相信的愿景，现在他们连失望的机会都没了，整个人类都失去了愿景。"她忽然坐直了，"但他们中会产生很厉害的人物！不怀抱任何幻想，不放弃任何希望，有比我这个老东西更毒辣深刻的眼光，还能生机勃勃地展开生命，我见识过这样的年轻人，很佩服！有一个，在你们家！"

这话是赞美，但不知怎么了，与女儿雨夜谈禅留下的那一丝不安，忽然被这话勾了出来，若楠瞬间有些心慌意乱。叶大可前倾的身体语言，在等若楠对她的赞美给出反应，笑笑显然是不够的。

幸好丁菡如约出现了，她来陪叶大可吃饭。

丁菡笑着说："两位老师是亲自去看看菜色，还是我拿过来一些两位挑？"

若楠站了起来，叶大可笑着说："我不想动，给我拿点儿蔬菜沙拉就行。"

若楠和丁菡一起走向餐区。若楠后背仿佛能感到叶大可的目光，不由得僵直起来。跟任何人提起不愉快的话题，都不会是个轻松的任务。

"我还没机会祝贺石老师呢。叶老师说你们家姑娘，特别优秀。"丁菡笑着说，"您真有福气。"

若楠笑笑，"别人这么说，我敷衍客气一句，就过去了。跟你可以说实话，生孩子，已经是在利用他们了，我是无可奈何。但是，别说期待着以后如何剥削孩子，就是拿孩子当符号给自己点儿虚妄的价值感，我都觉得无耻。"

丁菡扭脸看了一眼若楠，眼神里有惊讶。若楠巡视着那些香肠熏肉奶酪堆成的冷盘，说："这话在外面不能说，但我就是这么想的。"

若楠说完看着丁菡一笑。丁菡说："石老师想得很彻底——"她想起了什么，笑着摇摇头，"我见识过石老师的厉害，只有一次，但的确厉害。"

丁菡去替叶大可拿沙拉了，若楠没有跟过去。煎肉的嗞嗞声和胡椒香气来自牛排档，有三个人排队在等，若楠也就拿着盘子站了过去，排队的时候还在想丁菡的那句话，她什么时候在丁菡面前厉害过呢？

若楠顺着记忆往前捋，凡是与丁菡相关的事，都想一下，她捋到了那个晚上。应该是儿子断奶后一两个月的样子，家里的阿姨还在，叶大可约她，吃个闲饭，好久没见了。那晚人不多，六七个人的样子，多是熟面孔，有丁菡，也有霍伟。丁菡坐在她下手，捏着白瓷云朵的筷枕在出神，若楠那时候只知道丁菡与霍伟前两年分手，以为已然消泯恩仇，没多想。霍伟隔着桌子叫了声"丁菡",她一惊,手里的筷枕掉在桌面上又滚落地面,摔了个粉碎,服务员上来收拾,叶大可笑着说:"看把我们丁菡吓的,霍伟你吼什么?"

霍伟笑着说:"怪我怪我,嗓门太大。我就是刚想起来,丁菡你去的那家公司,是叫'卮言'吧?"

丁菡有点儿艰难地应了一声:"嗯。"

旁边有个师弟笑着接话:"只言片语。"

霍伟"喊"了声,"只言片语?你都未必认识那个'卮'字儿。'卮言日出,和以天倪',他们的slogan(口号)。这和电子游戏,有啥关系?"霍伟朝他的电子烟里塞了个烟弹,望着丁菡,把烟管塞进了嘴里。

丁菡没有回答,座上有位民间书院的院长,兴致勃勃地接过话头:"这是《庄子》里的话……"他在那里内篇外篇地讲起来,话"雨"下了好一阵才歇,霍伟脸前面淡淡的烟雾也散尽了,他笑着捧了院长两句,接着开始说"闲话":从市场司的朋友那里听来的,被举报的"国风"游戏,如何色情如何暴力,比手画脚,绘声绘色,大家都笑。霍伟又看向了丁菡:"你们家的《逍遥游》被罚停服,要修改后上线。修仙设定里有一条线是双修,打算怎么改啊?"

丁菡没有应声,霍伟脸上还带着笑,又叼起了电子烟嘴,转过脸去跟院长讨论起"双修",桌上的空气重又活泼起来。院长是唯一的生客,被霍伟搓弄得团团转,半通不通地讲着什么"阴阳双修""性命双修""福慧双修"……院长的不伦不类还能忍,霍伟层出不穷的一语双关,让若楠尴尬得开始顾盼左右,丁菡则一直垂着眼帘,眼观鼻鼻观心,也许在想事儿,也许只是在躲避霍伟的目光。若楠注意到霍伟又一次盯着丁菡,把电子烟塞进嘴里,还有这种不动声色的狎侮!若楠心里生出了厌恶,这时霍伟就着话题提起了《梦幻曲》。

《梦幻曲》是阿丹的作品,霍伟讲的是男女主人公在雪原上"灵肉双修"的情节,讲得屋里空气都热了。那位院长也是过分捧场,当场拿出手机要买这本闻名已久从未看过的世纪末"小黄书"。这本书一度被下架,阿丹去世后,原来那家出版社的版权期也过了,有家出版社就重新申请书号,出了套典藏版的阿丹作品集。院长看着网页上的简介,被霍伟告知女主即阿丹,男主则是大名鼎鼎的世纪末"文艺教主",不断发出惊讶的声音,各种请教,旁边的霍伟,有问必答,要一奉三,眉批加注,附带文化批评。

若楠一直沉默着。霍伟对阿丹的"批评"关键词是"傻×""疯×""作×",不知道第几个"疯×"出现的时候,"砰"的一声,有什么东西在若楠胸口炸了,滚烫的气体扑出来,肺叶和气管因为灼痛而颤抖,但她的人是冻结的,纹丝未动。

周遭的笑语落了下去,短暂的安静中,若楠开口了。她把话语冷却到了室温,才放出口,最初没有任何人感觉到异样。她笑笑地对正拿手机下单买书的院长说:"您一定要请霍司长去讲课。霍司长学贯中西,别看学的是电影理论,做的是行政管理,真正深厚的却是国学修养。"院长诺诺地连连点头,若楠看了一眼霍伟,笑意更深了,霍伟的脸上有些困惑也有些好奇。

若楠说:"在外面,霍司长是衣冠人物,关起师门来,斑衣戏彩,扮小丑打把式逗老帅开心,二十四孝里有名号的。夫孝,德之本也,教之所由生也。在这国学的根本上,他修养很深厚。"

此时所有人都听出了若楠话里的兵气,

霍伟似笑非笑地"呵"了一声,显然没找到合适回击的话,干笑两声,说:"这话说的——不敢当啊!楠姐——"他忽然改了称呼,端着酒杯走到若楠的跟前,"姐姐之乎者也引经据典,你得翻译成白话文,好好教我!"

若楠欠身要站,被他一只手摁在肩上,没站起来,隔着薄薄的羊绒衫,能感到那只手辐射的热,污秽油腻的热,若楠一阵恶心。

"姐姐也是你叫的?"叶大可突然开口,呵斥霍伟,"石老师学古典文学出身,你真想学,好好地敬一杯拜师酒!"

若楠挣脱了霍伟的手,站起来,跟他碰了一下杯子,略沾沾嘴唇,也就放下了。坐下后,她才发现自己浑身颤抖,脸颊滚烫,耳边回响起叶大可的那一声喝,心里满是感激,还有一点感动:叶大可竟还记得她的专业!

霍伟喝了酒回到座位上,跟书院院长碰杯,说:"您看,我这根本修得好,现在又有了正经老师,我好好学,就等着您给我机会了。"他倒是不尴尬,院长彻底蒙了,就算知道是玩笑,也分不清是撒娇还是撒气,只剩下喝酒了。

如今知道了底里,才意识那晚的"闲局"并不"闲",叶大可想斡旋破冰,霍伟在炫耀示恩,丁蓊则委曲求全,他们言来语去,眉毛眼睛打架,自己这个一无所知的局外人闯了进去,搅了局。

若楠只顾想着,厨师把嗞嗞作响的菲力牛排放进盘子,叫了她两声,若楠才回过神来,端着盘子,绕远躲开了霍伟和那几位专家所在的桌子,落地窗前有一排方形小桌,若楠走了过去,途中顺手拿了杯红酒。

若楠坐下稳了稳神,拿出手机,给大姑子发了条信息,提醒晚饭前半小时给儿子吃胃药,药就在儿子书包最外的夹层里。大姑子回了个"收到"。这个鲜花簇拥彩蝶环绕的"收到"两字,提醒若楠,还有个由无数琐碎的麻烦劳累堆积出的现实世界,等着她。大厅里五彩斑斓笑语喧哗,满是戏梦中人,这是另一个同样现实并不轻松的平行世界。若楠很清楚,哪个世界她都当不得真,也作不得假,兢兢业业地扮演着置身其中的那个属于自己的角色。

不过此刻,她只是石若楠。

若楠切下一块牛排,放进口中。今天她要了口蘑奶油口味的酱汁,这是阿丹最喜欢的酱汁。若楠始终喜欢黑胡椒口味,也许只是习惯。阿丹给她描述过两种酱汁的区别:黑胡椒的味道,就像一挂有着蕾丝垂边的黑纱帘,蘑菇汁中的奶油、口蘑、芝士、葱头、罗勒在充分加热后释放出各自浓郁的香味,像墨绿色的天鹅绒长裙下有了白色的丝绸内衬,味蕾包裹在黏稠的酱汁里,如同起舞的人们沉醉在奢华的维也纳宫廷乐队演奏的华尔兹舞曲中……

阿丹说,只有最为具体的感官,才能确认最为本真的自己。

此刻,她通过口中的"华尔兹"确认了本真的石若楠吗?显然没有。那个只是石若楠的"石若楠",到底是什么呢?这个问题像个深不可测的黑井口,若楠朝里看了一眼,立刻缩回头来。

她喝了口红酒,点开了手机,想了想,搜"阿丹、那些花儿,猫头鹰",叶大可刚才提到的那个视频号就跳了出来。

若楠摸出耳机戴上了一只,点开视频,片头配乐毫无惊喜的就是那首同题老歌,过度传播的结果就是丧失美感，但那句"她们在哪里呀"还是有点儿刺耳刺心。若楠把切下的牛肉放进嘴里，直接拉过了片头，开始看正片。

这只"密涅瓦的猫头鹰"是个戴黑框圆眼镜、留着男生款短发的女孩子，看上去和自己女儿年纪差不多，四十多分钟的视频，叙事结构很讲究，即便若楠看来都颇有悬念，搜集的素材也很翔实，她竟然联系上了抛下十几岁的阿丹姐妹远嫁国外的母亲，进行了音频采访。

若楠拉着进度条看的，依然能感受到这只"小猫头鹰"惊人的洞察力和思辨能力，她辛辣嘲讽了很多当年"吹捧"或者"批判"阿丹的文章，驴唇不对马嘴！她对阿丹的批评也很直接：蒙昧混乱的女性意识，却荒诞得获得了女性主义写作者的名义，看似大胆地袒露欲望，不过是简单粗暴地冒犯了"公序良俗"，与人格独立精神自由毫无关系，甚至应该被看作一种别致的"迎合"姿势。

唯一得到她肯定的是叶大可的那篇《自我凝视》。叶大可剖析的是当时正被争论的"身体写作"概念，部分篇章讨论了阿丹。"小猫头鹰"引用了叶大可的话：阿丹作品里的女性身体，内化了他者凝视，她只是在写身体，而非"身体写作"。但阿丹出色的文学才华和强大的修辞能力，完美地保存下来了一份"精神样本"，让我们可以解剖出女性如何自我物化、自我戕害的过程，尤其是她对"虚假性欲"的诚实描写，揭露出"无目的自我性剥削"这一罕被表现却并不罕见的精神现实。

若楠没有快进的三分钟，是她分析那场阿丹和三位男性学者的电视对话。阿丹上镜的服装，是露出乳沟的艳粉色羊毛衫、黑丝袜和刚裹住臀部的皮短裙，这的确不是阿丹平时的穿衣风格。叶大可跟若楠提起这事就气不打一处来，骂电视台混蛋，也骂阿丹蠢疯了，哪怕像平时那样打扮成巫婆也好，为什么要打扮成妓女去上电视呢？

"小猫头鹰"采访到了当年这档节目的制作人，当时他们对服装的选择，是基于对"身体写作"的理解，彰显性感并不羞耻，代表着先锋与解放。"小猫头鹰"只能为年代审美"深表遗憾"，会被误解为特殊从业者职业装的皮短裙，的确一度是中国城市街头常见的女性"潮服"。对于三位学者和主持人的表现，她极尽嘲讽地称为"充满张力"：堂皇的言语与管理不到位的表情、不得体的目光和肢体动作，都被定格凸显，飞来的大红印章带着音效敲下，那些脸上就横上了"恶臭""猥琐""油腻"的红字。

若楠长长地出了口气，心里一阵痛快，但她也知道，这场电视对话之后，就是阿丹的"社会性死亡"了。她直接拉到了视频的结尾部分，开始看一组缓慢叠化的风景照，低低地配乐下旁白再起："这是阿丹留在 YouTube 上的一组照片，也是她留给这个世界的最后信息，照片中的小城叫作乌斯怀亚，在阿根廷的最南端，被称为'世界尽头'。"

旁白停止的时候，音乐被放大凸显，字幕告知是德沃夏克的《自新大陆第九交响曲》的第二乐章，忧伤却不失宽厚庄严，若楠看着画面里的海面、黑色的山岩与闪光的积雪，辨认出风景中那个小小的背影，应该是阿丹，她真喜欢那件红色的裙式风衣！旁白在读阿丹作品中的描写片段：关于风景，食物，植物，动物，时间，颜色，气味……"小猫头鹰"最后感慨了一句："她所有的感官都仿佛在对这个世界说，真美啊，停一停吧。"

若楠眼眶一热，以为视频会在这样的抒情中结束，交响乐突然换成了明快热闹的百老汇音乐剧合唱，画面也变成了一堆童话人物挽着胳膊唱歌跳舞。猝不及防的若楠看清了字幕，认出了剧目和人物，浑身一麻。那是桑德·海姆《拜访森林》中小红帽的唱段。音乐与歌声渐消减隐，旁白响起："在阿丹的故事结尾，'小红帽'最后被当作女巫处死了，因为她傲慢、贪婪、放纵、不贞、冷血……虽然行刑者和受刑者都是她，但那命令来自别处。"

视频播完了，手机黑屏了，若楠才怔怔地摸下了耳机，塞进了包里。她在想，视频里没有提到那桩"疑似强暴案"——都打听到叶大可跟前儿了，自然是知道的，但她只字未提。若楠又点开视频，拉着进度条查了一遍，与阿丹相关的男人，除了身份成谜的父亲，只提到了下场惨烈的初恋对象，还有传出绯闻的世纪末"文艺教主"，他们都是阿丹长篇小说的人物原型。

若楠无意间发现了她拉过去漏看的片段，阿丹原来有写自传三部曲的计划，第三部没完成，阿丹妹妹在姐姐电脑里发现了一个文件，名为《女朋友》，里面有大纲和章节标题，暂停，若楠把手机举远，看上面的小字，她看到"仙女棒"三个字，手一软，放下了手机。

这只陌生的"小猫头鹰"，在这个视频里，说出的和没说出的，同时安慰了若楠。她软软靠在椅子上，闭上了眼睛，一股温暖浩荡的气流正在流遍她的身体。这感觉，就像被十四岁的女儿搂着脖子，轻声说出的那句："妈妈，我和你是一伙儿的！"

若楠忽然很想听一听女儿的声音。睁开眼睛，看看手机上的时间，女儿那里差不多上午十点，她就给女儿发了个动图，一只探头探脑的猫。若楠很少主动联系女儿，一般情况下，女儿都会很快回复。若楠盯着手机，餐桌对面放下一只盘子，她抬头，丁菡笑了笑，坐了下来。

六

丁菡的盘子里只有两个手指三明治，一点儿菜叶子。若楠看了眼手机，女儿回复她：在图书馆。有事儿？若楠回：没事儿，等你闲了再聊。女儿回了个"爱你"的表情，若楠不觉一笑。

若楠把手机放在了桌面上，对丁菡解释了一句，"闺女。"丁菡咽下口中的沙拉，说："看您的笑，猜到了。"

沉默。落地玻璃窗外的园子里，有晃动的灯光刺破夜幕，好像是在启动什么设备，但是看不到。若楠就问了一声，丁菡笑着指了指她身后不远处，墙上的液晶屏，声音被关掉了，画面正是外面的园子，人影憧憧。

丁菡说："演出前的准备，介绍一下全息投影设备。"直播画面又回到了剧场内，屏幕上出现了一个包着花头巾的精瘦男子，对着镜头在说话。丁菡扭头看了一眼说："这是草桥剧社的主理人，他上中戏时，我们俩就是好朋友。带着一群小朋友，挺不容易的。他自己还能接点儿线上的活儿，那些小朋友，熬了一两年，没饿死也要饿跑了。我们俩商量出来这么个主意。那帮小朋友也是真有才华，第一次上会的时候，剧本完成，游戏的几条大线索都做出来了，作曲完成了一半，中间两首歌直接拿来用到游戏里当插曲了。我们头儿多识货啊，把研发周边的费用一把拍给了他们。长远看，我们是赚的，他们也不计较，一桶水先活了他们剧社这条鱼再说别的。"

丁菡不急不缓地说着，带着种潭空水冷的平静。

丁菡抽掉三明治上的牙签，咬了一小口，皱了皱眉，咽了下去，"拿错了，以为是黄芥末——蛋黄酱！"

若楠说："再去拿点儿别的。"

丁菡欠身："石老师还要什么？我一块儿拿。"

若楠摇摇头，说不吃了。丁菡就又坐下了，笑说："算了，懒得跑。叶老师要我陪着石老师。"说完，拿起那不合口味的三明治，一口一口吃着。

又是沉默。若楠从丁菡这悬而未决、充满等待意味的沉默里，读出了很多，她用突兀的提问作为了这场艰难谈话的开头："你知道了？"

丁菡低头笑笑，也不遮不掩地直接回答："知道——也不知道。知道霍伟有麻烦了，但不知道叶老师打算怎么帮他解决麻烦。"

霍伟惹上的那个"麻烦"，在向他发出"威胁"的同时，就来找过丁菡了。若楠听完，轻轻地嘘出口气，最为困难的叙事部分，省了。她说："叶老师让我转达的态度是，心疼你，尊重你做出的任何选择。"

丁菡和若楠对视，同时笑了出来。

丁菡笑得无奈，哀戚，嘲讽。若楠笑得理解，同情，同样嘲讽。

尊重她做出的任何选择——好像丁菡有选择似的。

若楠喝了一口红酒，酒里的单宁氧化了，没那么涩了，但酸还是酸。丁菡又咬了一口三明治，是真不喜欢啊，那么小的一块儿，吃了这么半天，还有大半。若楠放下酒杯，说："别吃了！去拿点儿可口的东西！顺便帮我拿点儿沙拉。"

丁菡笑了，放下了捏得瘪瘪的面包片，起身去了。

手机响起来，若楠一看是女儿打来的，立刻接了起来，女儿的声音比昨夜还要暗一色，有些沙哑，若楠不由自主站了起来。玻璃被黑夜涂成了镜子，镜子里的女人紧张得两只手捂着手机。女儿还是跟她说些天气功课之类的家常话，问她在做什么，若楠心里的焦灼和恐惧不断翻滚，直至沸腾，她忽略了女儿的问题，竭力控制着不让声音颤动，问道："宝儿，昨天你是不是有话要跟妈妈说啊？你遇到什么事都可以跟妈妈说，妈妈能明白。"

女儿沉默了，若楠的呼吸跟着暂停，女儿的声音再度响起时，她才用力地嘘出口气，听着女儿的叙述，一阵尖锐的放射性的疼从左肋传到右肋，恐惧和愤怒在若楠的体内喷射出火舌，五脏六腑都烧灼起来。

冷静，要冷静！若楠告诫着自己。虽然女儿是倒叙，先诉了她故事结局，但若楠还是冷汗涔涔，后怕不已。

"大灰狼"从来都与性别无关，只与权力有关，人类的任何性别在居于优势地位时，都有可能化身为狼。好在女儿不是"小红帽"，关键时刻掏出随身携带的匕首，剥下了狼皮，但她还是受伤了。

"偶像失格"让她感受到了幻灭，甚至让她否定了整个世界。痛苦了一天，从幻灭里爬出来，下午在雨中给妈妈打电话谈禅，当时感觉好像找到了道路，但晚上她就发现这不是条路，而是个断崖，站在断崖边发现,不自欺的结果,必然是一连串的自我否定:是自己接受了诱惑,暧昧了很久,存着很多功利的念头,用心打扮里充满了迎合,她起了因,招来了果——

"不对!"若楠一声断喝,"不能这样想,不能!"后悔像硫酸一样在心里淌,若楠快哭出来了,"宝儿,你没有一点点错!你听妈妈说——"

成了镜子的玻璃里,映出了站在她身后的丁菡,若楠竭尽全力地控制住了,不能喊。丁菡没叫她,走到桌边,放下了手里的盘子,坐下等她。

若楠走开了两步,女儿已经在电话那边安慰起了若楠,笑着说福柯、拉康也不是白看的,从十一点开始她就告诉自己要停止自我归罪。不昧因果,虽然好过自欺,但意味着对现有秩序彻底臣服。女儿还贴心地加了一句,"妈妈,我不是在否定你的人生,你很了不起!你的自我否定,是我所有可能性的前提。但对于我们来说,仅仅不自欺,是远远不够的。"

"宝儿!"若楠急切地说,"妈妈在为自己的苟且妥协找借口,你不要听,不要听!那些话,那些话就是,就是你小时候说的,野狐狸放的一个大屁!"

听到女儿熟悉的笑声,若楠的心略松了些,下巴有些痒,抹了一把,原来是眼泪淌到了那里,她急得都没意识到自己已然哭了。

女儿说,那位"失格"的"偶像"虽然道了歉,但刚刚又给她发了一封邮件,是明年的"计算与哲学欧洲论坛"的邀请函。

若楠的心又揪起来,"她还想干什么?"

女儿笑了起来,"妈妈别紧张,她在邮件里,一半示好一半施压。她也有她要担心的因果。我会好好考虑,妥善处理。妈妈别担心。哎!跟你说出来,好像天也没塌,感觉好多了!"

若楠说:"想好了一定得给妈说,妈妈和你是一伙儿的!"

女儿笑着应了一声,换了很郑重的口吻说:"石若楠女士,以后继续当我同伙吧,当我妈当得咱俩都生分了!"

若楠笑着应了声好。互相嘱咐了两句,母女结束了通话。若楠忙转身坐下,不好意思地对丁菡说:"孩子遇上了事儿,我就沉不住气了。"她抽了纸巾擦着脸上的冷汗泪渍,嘘出口气,"现在没事儿了。"

这话既是给丁菡解释,也是在宽慰自己。

丁菡面前的盘子里,三明治和沙拉都没动,若楠整束心神,用叉子卷了团绿叶子,"你多少得吃点儿。"

丁菡应了声,低头默默地吃了。若楠嚼着团"草",心里的烧灼感并未褪去,她四顾,想转移注意力,一片鲜衣丽服里,偏就看见了霍伟。

他抱臂站着,微微侧着头、蹙着眉,耐心且严肃地倾听着面前两个女孩子说话,他伸出手指摇了摇,开始解释,神情平和,动作得体。霍伟说完了,两个女孩子应该是向他道谢,他和蔼地笑笑,朝里面那片柠檬黄的沙发走去。

这是再普通不过的公共社交场合会出现的画面,毫无异常之处,但就是它的普通,寻常,反而形成了一个力场,挤压着周遭的空气。

若楠有一瞬间觉得吸不进气了,艰难地咽下那团"草",用力喘出口气。丁菡已经吃完了简单的食物,木然地盯着桌布上用来修补破洞的白色梅花。

若楠打破了沉默，问："你准备怎么办？"

丁菡抬起头，"能怎么办？叶老师说这句话，已经是给我面子了。两个完全不对等的选择：如果帮那女孩，代价是什么，有什么后果，我不清楚，她也不清楚；另一边，我什么都不用做，全当无事发生，没有代价。"

丁菡脸上那丝自嘲的笑，凝在了那里，不再表情达意，凝固开始在丁菡身上蔓延，身姿僵直，放在桌面上微蜷的手，也一动不动。沉默里有条透明的蛇，盘旋着，咝咝作响地喷出冷气。

也许是与女儿刚才通话造成的余波还在，若楠竟然焦急得浑身颤抖起来，她带着创痛和恐惧想起了阿丹，两只手不觉伸出去，用力握住了丁菡搁在桌面上的那只手，脱口而出："什么都不做，也有代价！"

说完若楠就后悔了，这话近乎蛊惑，她的头嗡嗡作响，但她没有放开丁菡的手，继续说："你别误会，我不是在鼓动你，你做的肯定是最明智的选择。我只是担心你会多想。不要多想，你没有任何错，不是你的问题，你很好！"

丁菡刚被握住手时一怔，脸上有诧异、不解、甚至微微的尴尬，但被礼貌约束在了平静之下，随着若楠的语无伦次，平静的约束消失了，她的表情舒展成了笑，那种从心底泛出来的带着光的笑，像一朵花在若楠眼前徐徐绽放。

丁菡的另一只手回应地覆在了若楠的手背上，用力握了一下，"放心，石老师，我不会多想的。"

若楠收回手，蜷起手指，冰凉的手指抵着热热的掌心，她还在哆嗦。

丁菡拿起手机，看了看说："我有事要先过去，一会儿开演时会有人过去带您和叶老师入场的。"

若楠应了一声，也站了起来。她又看到了玻璃镜子里自己的影子，方才的一切感觉像梦，与女儿通话是梦，与丁菡执手是梦……"唰"的一道探照灯般的亮白光柱扫过来，扫过若楠双眼，影子消失，她陷入了短暂的充满光感的失明里。

"失明"的若楠转过身来，等着视力和意识渐渐恢复，视野里出现了那片柠檬黄的沙发以及沙发上的人，若楠要走到那里去。

走了几步之后，身体不抖了，步子变得很稳，她走得不快，松松地握着拳，手指此刻也变得温暖起来。"失明"的那几十秒里，若楠在想，这么多年，自诩从不自欺的她，忽略了一个简单的事实：人是无法在纯然的否定中存活下去的。她否定得有多彻底，肯定得就有多坚定。虽然她并不知道自己肯定的东西确切的模样，但显然它在，就在某个如梦的瞬间显现。

梦，本就是个同时拥有深刻的否定性与强烈肯定性的词啊。

若楠走到了那片柠檬黄的沙发前。

霍伟站了起来，看表情，他显然知道了叶大可对自己的委托。叶大可摘了眼镜，举着手机在看，看见她，立刻放下手机，仰头问："怎么说？"

若楠平铺直叙地说了：那个"麻烦"女孩，已经找过了丁菡。丁菡的回答，若楠引用了"两个选择"的原文。霍伟朝若楠做了个快速的抱拳拱手，若楠回避了目光，叶大可长出一口气，笑着对他说："该干吗干吗去吧！"

霍伟走开了，叶大可拉若楠坐下，笑

了笑，说："费心了。"

这突如其来的客气，让若楠有些尴尬，还有几分莫名的心虚，笑说："你真是——我什么话都不用说，丁菡想得明白。"

叶大可戴上眼镜，若有所思地说："你有没有觉得，丁菡想得太明白了？"

若楠顿了一下，还是笑着问："这话怎么说？这孩子一直都很明白事理。"

叶大可看着若楠，"你在那边的时候，我又在脑子里过了一遍霍伟给我说的话，他根本没想到事情会失控。那不是个很有头脑的姑娘，不然早就看清楚霍伟，及时止损了。那女孩身形气质有点儿像阿丹，眉眼更漂亮些，典型的女文青，不是很通人情世故的样子。霍伟之所以和她纠缠这么久，是因为她简单，头脑简单，社会关系也简单，好控制，好处理。霍伟那巧言令色的劲儿，从来都是他把对方说得痛哭流涕，低头认错。这次也不例外，是那女孩因为朋友结婚受刺激，情绪失控，霍伟是以受害者的姿态和她结束的，而且还给了她钱，女孩也收了，'敲诈勒索'的证据就是这么来的。到此为止，他们冲突的全部内容也就是爱不爱婚不婚，霍伟软的硬的两手都占主动。"

若楠想起了月洞门里，幽径深处，那个让她自惊自扰的人影，丁菡前后矛盾的遁词，脑子里已经拼接完了另一个暗线。

"我刚搜了那女孩的微博，'向过去 11 年告别。'这显然是在接受现实。第三天，霍伟开始收到巨长无比的支付清单，都是那女孩为霍伟花的钱，一包牙签都列得清清楚楚。她逐年整理，发给霍伟让他核对。总共也没多少钱，但律师告诉霍伟，这个貌似无聊的算账过程，严重模糊了那十万元的属性。自此女孩子的应对变得很有章

法，两人之间的冲突内容也从私情变成了公义，纪委警察律师女权组织都来了。霍伟只能和律师联系，再也没能跟那女孩说过一句话。丁菡刚才跟你说，那女孩为报警记录的事来找她——我猜想，事实会不会恰恰相反呢？"

叶大可说出最后一句话的时候，语气里并无多少疑问的意思。

若楠拍了拍叶大可的胳膊，笑说："亲爱的，你是被终极反转弄得神经过敏了。对了，我刚才拉着看了一遍你提到的那个视频，做得很好。你抽空看看，那小 UP 主，也是你的粉丝。"

叶大可笑了，"我看了，是很好。不只有态度，还有办法。角度选得真好，把阿丹讲得明白，不偏不倚，深刻真实，让人心疼喜欢，太不容易了。"说完，叶大可出了一会儿神，笑着叹了口气，"也许真的该重估阿丹作品的价值，这都过去三十年了，那女孩与霍伟，完全复刻了阿丹《梦幻曲》的故事逻辑。一段关系失败，女性会发现社会不仅不提供任何救济途径，还会启动一套意识形态内嵌的隐形惩罚机制，她们觉得受伤、不公，甚至都找不到任何表达这种创伤的日常语言。除了沉默，她们就只能变成愤怒的疯女人，发动自杀式袭击。"

若楠想起《梦幻曲》的情节，女主各种呼天抢地死缠烂打，荒唐到去男主工作单位的大门外拉横幅"告地状"，女主仿佛在跟整个世界撕扯缠斗，却根本触碰不到男主一根毫毛。

叶大可冷笑说："霍伟为了证明他宅心仁厚，给我看他手里的'把柄'，说要是他公布出去，她一辈子就毁了。我警告他，留这种东西是愚蠢的。"

若楠担忧地问："是什么？照片视频吗？"

叶大可说:"传播那些,是违法犯罪,就算他蠢,律师也会拦着他。是那女孩写给霍伟的'认罪书',交代和别的男人发生关系的细节,亲笔手写的,好多封,霍伟都留着。那是他的小情趣,并不想拿出来要挟对方。对方用出警记录向他施压,他就拍成了照片,他的律师也自以为得计,给了对方律师,说对方态度立刻软了,回复谢谢,会找当事人核实。"叶大可说到这里,冷笑两声,"人家是真的在谢他!他要是还有点儿人性,不拿出来,还好。这只能证明一件事,他对女友实施了精神控制。刚才霍伟还在我这儿得意呢,说就算丁菡犯傻,他也不怕。你看看他,像不像一只快乐的傻狍子?"

霍伟本来和某位专家站着谈笑,空中传来了钟鼓弦乐声,他转头在找,呆看住了:玻璃落地窗外漆黑的夜空里,幻术般涌出来一脉光芒四射的亭台楼阁。

餐区中的人纷纷涌向窗前,甚至有人开门去了露台。

若楠和叶大可两个人,待在了一小片柠檬黄色的安静里。

叶大可看着霍伟,叹了口气:"随他去吧!梦里不知是狍子,且自贪欢!"

若楠笑了。也许真如叶大可猜度的那样,有一把极富耐心的"猎枪"在瞄着这只走进射程的"狍子"。

叶大可低头,似乎想起了好笑的事儿,轻笑了一声,抬起头说:"以前看着人群,我是个乐观的机会主义者,想着,多聊聊,谁知道哪块儿云彩里有雨呢?现在,我是个悲观的保守主义者,心说,躲远点,谁知道哪桶炸药先炸呢?"

叶大可此时的坦率,与方才的客气一样突兀,若楠一时不知如何应对,叶大可的笑里有了些凄凉之意,"炸就炸吧!总好过不停重复阿丹那种憋屈故事!"

聚集在落地玻璃窗前的人陆续离开,跟着工作人员走向一楼。一个挂着工作证件的小姑娘跑过来,招呼叶大可和若楠,解释说是她们"老大"——说完这个称呼,立刻吐了下舌头,改口称丁总,让她过来带二位老师入场。

叶大可笑着说:"你们老大这会儿肯定忙着安排正事儿呢!"

若楠起身,拿起外套穿上,瞥见单人沙发上斜伸出的剑兰,被她坐坏了的花穗,已然耷拉下来了,不过也没人在意了。

沿着楼梯往下走的时候,叶大可对若楠说:"我有点儿不舒服,得回去量量血压。亲爱的,你去凑热闹吧,看看他们如何惊梦。"

下到了一楼,接到消息的小男生跑过来,握着车钥匙,说还是他送老师吧。叶大可要了车钥匙,让他跟朋友好好玩儿,坚持不让任何人送,跟大家挥挥手,一个人穿过空荡的大堂,用力推开沉重的剧院大门,走了出去。

逐个刷码后,观众沿着一条布景搭出的通道鱼贯而入。在一个空荡荡的房间,红丝绒幕布前,一个身穿长衫、手拿折扇的男人正对着七八个戴口罩的人比比画画地在说着什么。

若楠进来的时候,人还都聚集在入口这边,与那边的听书人群中间有一段空地,很快空地就消失了,大家都围拢到近前听那先生说:"这一回叫作'草桥店张生梦莺莺'。说的是张珙张君瑞,离了普救寺,赶往长安城。正是回望暮云遮萧寺,半林黄叶满离情。昨夜儿与那小姐还是温香软玉蜜意柔情,今晚则是草桥荒店清冷孤灯。

张君瑞惨戚戚潦草睡下,不觉就生出一梦。老话说,梦是心头想啊,诸位,您说他想什么呢?崔莺莺!……"

说书人口角学得不错,一小段说下来也就三分钟,屋里的人都站定了,稳住了心神,他啪啪啪以扇击掌,"更交五鼓,鸡鸣荒店,张生猝然一惊,抬头晓风残月,他以为是梦醒,殊不知入梦更深!"

他身后的丝绒幕布缓缓升起,房间里灯光变暗,景片上晨光熹微,一弯残月下是荒草茅店,背对着观众伫立的是个古代书生。他掸掸袍袖,从两个景片中间的一座木桥,走到后面去了。

说书人若吟若唱:"长相思,在长安,美人如花隔云端!诸位,咱都走着吧!"

说书人招呼大家一个个走过窄窄的木桥,霍伟和两位专家的身前身后都有工作人员照顾。若楠本就站得靠后,胳膊被人拉了一下,扭头,竟然是丁菡,露在口罩上面的眼睛里跳动着笑意。她们也就落在了队伍的最后。

丁菡低声说:"叶老师走了,我还担心您也走呢!"

若楠说:"我有点儿好奇。"丁菡提醒她小心,要上木桥了。

过了木桥,转过一道重峦叠嶂的景片,豁然开朗,已然到了室外园子里,全息投影给出了长安城的一脉轮廓,钟鼓隐隐,丝竹飘飘,渐次有几个"唐代长安人"加入队伍,说笑起来。热热闹闹的一行人,跟着孤零零的张生,绕行池畔花圃,走上板桥,穿池越亭,周遭回荡着低沉的男中音合唱:"长安,长安,太阳近,长安远!长安,长安,居不易,行路难。长安,长安,金银作炭烧,珍珠把米换。长安,长安,看华盖摇曳,听急管繁弦。"

这本是游戏中用过的插曲,那旋律有些魔性,很快满脑子就是它了,人群里有些人的身形开始跟着旋律摇晃。

若楠想想剧情,有些疑惑,凑近丁菡问:"这是梦境,还是真的?"

丁菡说:"就这点儿悬念。剧透给您,就没啥可看了。"

若楠和丁菡还在板桥上一前一后慢慢走着,遥遥地看着很多人跟着"张生"到了那座灯彩辉煌的酒楼前面,空中的合唱换成了柔曼的女声:"九重宫阙,万国衣冠!画楼高百尺,谁家玉阑干?十丈红尘软,应知到长安!"

酒楼的二楼,凭栏站着排绿衣红袖的歌姬,朝着人群抛撒缠着彩绸的花枝,等大部分人进了酒楼,那排歌姬也都隐入了室内。

若楠两个人此时才来到楼下,拾阶而上。灰白的石阶上散落着各色花瓣,一枝完整的玫瑰红得显眼,若楠忍不住弯腰捡起,鼻子闻到的却是百合那粉扑扑的香气,一大朵砸碎的香槟百合,被踩成了黄泥。

"……谁的长安?再不见黑水白山。谁在落日里,寻找前生的碎片?"同样的旋律,却换了一套乐器与编曲,气氛感觉完全变了,"谁的长安?挥不去梦里楼兰!谁在弹琵琶?酒杯里月光晕眩!"

丁菡比她高了两阶,侧身回头说:"您听,高丽舞下面是波斯舞,再不快点儿,连胡姬打流氓客人耳光也得错过,只能撞见公差抓人了。"

若楠知道她说的是戏,但忍不住还会多想,紧走两步,跟了上去,丢下了满地狼藉的花瓣。

回到那个初夏

王啸峰（《鄂尔多斯》2023年第7期）

> **推荐语**
>
> 王啸峰《回到那个初夏》以长虹落雁般的舒适感，处理了最为棘手的重组家庭中的亲情关系，让老夫少妻、上位保姆、同父异母姐弟在一地鸡毛的杂乱纷纭中相互谅解并与生活和解，将所有的龃龉化为一片悦耳的合鸣。（徐坤）

1

柳蕙兰躲在一棵高大的法国梧桐树后，不眨一眼地盯着马路对过的幼儿园。家长们戴着口罩围在大门口。柳蕙兰戴了墨镜。五月午后阳光已很毒辣，穿透树叶，落在柳蕙兰身上。头上汗珠顺着发根往下掉。那些被太阳暴晒的爷爷奶奶们，全然不顾地昂起头往幼儿园里张望。

她早就望见了那个高瘦秃顶的脑袋，还有那张得很大的嘴巴。她似乎能闻到一股烂苹果气味。不由自主地，她闻了一下口罩里的味道，也有淡淡的酸腐味。最近一次体检，血糖指标正常。回去后再去做糖耐量试验，毕竟遗传基因在这里。

一阵哄闹打断她思维。小孩子排成队站到了门口。一人一卡，家长出示接送卡，老师核对后放孩子。柳蕙兰看到，那个始终漂浮于人头之上的秃脑袋，挤到了最前面。随后，不见了！她急着扩大搜索范围，再迟几秒，她就要跳出大树遮蔽了。突然，那个发亮秃顶直冲眼前。压得很低很低，与手牵着的戴眼镜小男孩在说话。

那个低头哈腰的姿势，触动了柳蕙兰

的心。四十多年前，每天放学，父亲柳鸿基以同样的姿势，拉住她的小手，问学习、饮食、游戏。那时，柳鸿基喜欢穿深色西服，打红格子领带，头发细密，嘴里气息清新。柳蕙兰问得最多的一个问题是："今天晚上，我们吃什么呢？"柳鸿基总是同样的回答："你想吃什么，我们就吃什么。"

男孩嘴唇在动，柳鸿基不住地点头。柳蕙兰都觉得父亲的腰快受不了了，灰衬衫一角掉出黑裤子，皱巴巴地荡来荡去。

"啪"的一下，小男孩手掌拍在光头上。柳鸿基还在笑和点头。"啪啪啪"，连续地，一下比一下响亮。

柳蕙兰按捺不住，想要冲上前。脚一抬，却碰到树根，这一顿，挡住了她。管我什么事！他是活该！她用劲抠树皮，手指很痛，也觉得凉凉的。

小男孩拖着柳鸿基，离大树越来越近。柳蕙兰赶紧调整站立方位，好在老人和孩子越来越多，找人难，躲避容易。

小男孩双手吊着柳鸿基的右手，脚腾空，去踢柳鸿基的肚子，大吵大叫，声音刺耳。

"小火车！我就要电动小火车！"

"小心眼镜！不要用劲啊！"

"我现在就要！"

"要去大商场才能买到啊。"

"拿手机网上买，他们都这样买的。"

"我，我不会。回去让你妈买，好吗？"

"不好！马上给我买。"

"好好好！买买买！你走稳点。"柳鸿基哄着孩子往电动自行车停放点走来。

有家长带着小朋友从柳蕙兰身边经过，告诫孩子："你可千万不能这样对待爷爷啊！"

那孩子哈哈大笑。"那不是他爷爷，是他爸爸！"

家长愣了一下，停住，转头又看了看柳鸿基。"耍赖皮就是不对，你听清楚没？"快速拉孩子走开。又有一些家长相互嘀咕着。

看着柳鸿基花了九牛二虎之力才将小男孩放上电动自行车，柳蕙兰想起了母亲贲雪梅。如果母亲还在，这样被人侧目的事情不会发生。

十五年前，贲雪梅失手打碎一只碗，病也渐渐浮出水面。打碎一打碗之后，柳鸿基陪她去医院检查。与父女俩猜测的一致，多项指标表明，贲雪梅患了肌萎缩侧索硬化，俗称渐冻症。贲雪梅那年已经退二线，再过两年就退休。学校也就顺水人情做到底，不再要求她上班。

柳蕙兰还在本市国有银行上班，作为后备干部，每时每刻都得振奋精神，应对突发事件，抓住突如其来的机遇。行长把她从企业信贷部调到人资部做主任，就是即将提拔的重要信号。人资部由两块组成，组织和劳资。她实权与副行长们差不了多少。名义上还要听听他们的意见建议，实质上，就听一把手的。每天，业务工作已经够忙的了，还要接待上级领导、兄弟单位同行，自家领导喊陪个饭，更是不能拒绝。看柳鸿基照顾母亲辛苦，自己又帮不上忙，柳蕙兰请来一位保姆，比她大三岁，叫薛三妮。

柳蕙兰靠在大树上，摘下墨镜。仰头看着迎风摇荡的法国梧桐宽大的树叶。幼儿园大门重新锁上，门口恢复冷清。一只小风筝被幼儿园围墙的铁丝网挂住，沮丧地垂下头。柳蕙兰走到围墙边，伸手，够不着。她找到一根竹竿，把小风筝挑落。

仔细一看,风筝是一只彩色蝴蝶,褐色身体,有几扇金黄渐变到玫红的翅膀。她把它放到树杈上。走出一段路,回头看时,蝴蝶的漂亮翅膀正在抖动,一阵风过来,蝴蝶就要飞上天空。真像自己以前的状态啊!柳蕙兰边走边想。最好的年华,总在不珍惜中悄悄滑过。

在薛三妮照料下,贾雪梅病情稳定。柳蕙兰把全部精力都用在工作上。样样工作,她都要求保持全省第一。几个月、一年下来,该得的荣誉都有了,手下员工都觉得可以歇口气了,可她要求更加严格,提出要争全国一流。私底下,对她的负面评价多了起来,什么只想自己升职,不管员工死活;只要眼前业绩,不做长远规划;只解决表面问题,从不触碰历史遗留问题等等。自己花了数倍、甚至十倍的努力,换来的却是闲言碎语,柳蕙兰咬牙顶着。在这关键时候,行长换了。一切都要重新来过,好不容易挨到了临门一脚,门却移走了。柳蕙兰沮丧极了。可她又不敢表现出来,才三十五岁啊,又是行里重点培养的对象。她什么人都不敢倾诉,只有找完全不搭界的薛三妮诉苦。薛三妮从农村来,银行在她眼里是一座大衙门,柳蕙兰是衙门里的管家。管家的烦恼,在她眼里,就像土地娘娘担心没人来烧香这样稀奇古怪。

"他们欠你钱吗?"

"没有。"

"他们挤对你吗?"

"嗯,也还好。"

"这就是了。戏里说,一朝天子一朝臣,连宰相都没办法,想开点。"

"说是这么说,我还是觉得,怎么就落在我头上了呢?"

"听说,我们县委书记隔三岔五往你那里跑呢。"

薛三妮那个县,柳蕙兰去过好多次。七山二水一分田,光靠几棵梨树、桃树,发展不起经济。年轻人都跑出去打工,少数人在外闯荡多年回来经营生态农场、土菜馆、民宿,旅游业成为县支柱产业。薛三妮有时心里不痛快,用石钵杵大蒜头:"还不如回家在山脚下开个店。"

柳蕙兰跟父亲说了好几次,多加点钱给薛三妮。柳鸿基总是摇摇头。"三妮还真不是因为钱。"

不是为了钱,那是为什么?柳蕙兰心里痒痒的。

有一次,她见薛三妮又捣蒜。把钵抢过来,以更大的劲舂。薛三妮骂道:"你想把谁砸死啊?"

厨房的油烟一会儿飘向保姆,一会儿飘向年轻白领,当她们身上都染上一股油耨味,两人心情都渐渐平复。薛三妮的老公在深圳打工,跟发廊女有了关系。柳蕙兰被调动工作,去了支行做行长。

"都是命!不服不行的。"薛三妮举着滴着油的锅铲说,同时狠狠按下抽油烟机按键。柳蕙兰后面只看到薛三妮的嘴在动。那张嘴,即使在女人眼里也非常性感。上嘴唇宽大丰厚,下嘴唇微微往上翘,像一朵莲花。如果不是薛三妮额头偏窄,导致眼眉舒展不开,那么就真是一等一的美女。

"你回去开民宿、乡土菜馆,要是申请贷款,我给你解决!"柳蕙兰想四十岁不到的薛三妮肯定不甘心长时间做保姆。

薛三妮有个表哥开饭店已有十多年了。她与柳蕙兰约好,抽空回去一趟,尝尝表哥手艺,看看投资发展环境。

贾雪梅坐在轮椅上微笑地看着她们。她胸部以下已完全不能动。每说一句话都要花费很大精力和体力。她必须让面部表情夸张来表明自己内心的想法。面无表情是基准脸，开心就微笑，痛苦就皱眉，厌恶就撇嘴，努力克制负面表情。母亲一微笑，柳蕙兰心情就好许多。

快乐与痛苦的问题，始终缠绕在柳蕙兰心间。不经意间，下班高峰悄然来到。她在车辆与人流中左冲右突，像极了事业和家庭的突围。这些年来自己付出了这么多，得到了什么？有些事情，难道真的该由自己来承受吗？

柳鸿基发给她的信息，她从来不回的。直到昨天她收到一条长达千字的信息。硬把她拉回八年前的那个初夏。

请假，购买高铁票，订宾馆。这些操作在五分钟内全部完成。然后，她花了五个小时决定要不要取消假期、退票、退旅馆。直到大楼保安礼貌地敲门进来，报告柳行长银行大楼即将开启夜间保安模式，她才真正决定回家一趟。

2

薛三妮从表哥的饭店回到家，已经过了十点。

"小宝睡了？"

柳鸿基正点火给薛三妮热粥。"他有点累，九点不到就睡了。"

"你不要弄东西，我吃不下。"看完小宝，薛三妮回到狭窄的餐厅。电视开着，乳品广告里的孩子们个个面色红润。

柳鸿基还是端了一碗皮蛋瘦肉粥放到薛三妮面前。薛三妮呆呆地看着碗里升起的热气。

柳鸿基从裤兜里掏出一个塑料小盒，取出几粒药片，喝口水吞下去。"你表哥怎么说？"

薛三妮摇摇头。"他正要办生态农场，把钱全砸进去了，还向银行贷了一大笔钱。"

这回，轮到柳鸿基发呆了。

附近高架桥上的车辆不时经过，像一波又一波的潮水冲击。

"还是我给蕙兰说吧。"

"不！"薛三妮的回答没有任何间隙。

"你难道要把小宝生命拿来赌气吗？"柳鸿基端起水杯，不停喘气。

"赌还有输赢，事实是，我们早就输得一塌糊涂。"薛三妮此时心中只有悔恨。如果时间能重来，她还会选择这条路吗？她缓缓抬起眼，面前坐着的枯瘦老头，头发全都掉光，并不挺拔的鼻梁上架着一副金丝边眼镜，牙齿掉了几颗也不去种，脸色黑灰。她回想十几年前柳鸿基的样子，似乎也没有找到任何可以称道的英俊或者睿智。自己怎么会走到这一步呢？

贲雪梅全身能动的部位只剩下头部时，薛三妮照料得更加细心。每隔两小时给贲雪梅翻个身，每天擦洗全身。虽然用了尿不湿，可大便还是要用手进肛门抠出来。她知道，这样的活，柳蕙兰做不了，长时间肯定受不了。

出太阳的日子，薛三妮推着轮椅在公园里转。贲雪梅已经很难做出表情，兴奋或者恼火时，她喉咙会发出哼唧声，只有薛三妮和柳鸿基能大致猜到意思。

薛三妮总是带一把梳子出来，对着草地和树木，慢慢地给贲雪梅梳头。鸟儿叽叽喳喳飞过时，贲雪梅眼里流出泪水。薛三妮挺理解贲雪梅的孤独。柳鸿基退休后被私人老板高薪聘去做技术顾问，他是信息通信方面的专家，行业内小有名气。柳蕙兰去基层做了一把手后，嫌家太远，租了一套支行旁边的公寓住。周末才回一次家。空荡荡的四居室，经不起风和阳光抚慰，地板冷不丁的一声爆裂，空气都会一颤。后来，薛三妮才想到，这是"心颤"。

"告诉了她，她会帮小宝吗？"薛三妮早就对柳蕙兰不抱希望。

"她会帮忙的，小宝说什么都是她弟弟呀！"柳鸿基总算顺利喝完半杯水。

"在外面造谣的是谁？难道还有别人吗？"

"她是我女儿，我相信她不会传谣。再说，事实不是已经很清楚了吗？"

薛三妮腆着大肚子到公园散步，没到半圈就走不下去了。每个似曾相识的人都躲着她，却又以她听得见的声音议论着肚子里的小孩。

关上门，薛三妮靠在出租屋粗糙的墙壁上，放声大哭。她才四十五岁，难道后半生都要在闲言碎语中烦躁地度过吗？

薛三妮永远忘不了那个冬日午后。她推贲雪梅在阳台上晒太阳。看着远处落叶树林，不知不觉就掉下了眼泪。半年前，她离了婚。最令她难过的是，过错在对方，刚初中毕业的女儿却选择了跟父亲到深圳打工。失去女儿，是她最大的痛。贲雪梅听见了她的抽泣声，喉咙里发出咕噜咕噜的声音。她连忙止住哭声，把耳朵凑到贲雪梅嘴边。可惜，含糊的、不成形的话。她根本揣摩不出意思。她只能点着头按牢轮椅。没多久，贲雪梅又发出更急促的声音，她再次凑上前，还是听不懂。她把柳鸿基叫过来。两人都不知道怎么理解贲雪梅的焦躁指令。

柳鸿基试着说话："听说最近新区开了一家康复中心，下周我们就去试试。"

薛三妮看到贲雪梅眼渐渐睁大。那时，眼皮已是贲雪梅很少能动用的肌肉了。她眼睛越睁越大，黑眼珠突出了，随后眼白也突出了，上下眼皮两道弧形渐渐撑大，形成了一个圆。伴随着三个同心圆的形成，呜嚎声响起。这是她能发出的生命最强信号。

半年前，柳鸿基辞去了私企的职务，真正退休回家。按他的说法，钱是赚不完的，家庭、亲人最重要。薛三妮买菜做饭的活，柳鸿基全揽了过去。薛三妮知道，其实他可以不做任何事情的。时常，两人在狭窄的厨房侧身而过，在进门时相视一笑。他在水槽前洗菠菜，一棵棵地洗，几根极其珍贵稀罕的白发垂下来。菠菜的颜色很绿。她喜欢看他认真细致做每件事，缓慢而认真。时间仿佛因此停滞。很多时候，人不需要太赶时间。薛三妮得出这样的结论。

然而，贲雪梅却在逼迫。她是如此急迫，以至于薛三妮吓傻了，盯着那双变形到极致的眼睛，也在竭力撑大自己的眼。柳鸿基弯下腰，从薛三妮眼睛转移到贲雪梅的双眼上。

"我明白你的意思了。"柳鸿基语气坚定，"你就放心吧！"

薛三妮浑身燥热，不敢看贲雪梅的眼睛。直到再次听见急促痰鸣声。薛三妮抬起头看到那双眼睛又恢复往日模样，眼光一直注视着她。对的，她还没有表态。她没有看柳鸿基，只是认真地对贲雪梅点点头。点头的实质是什么？她只知道是个承诺。

贲雪梅五七后一天，薛三妮正在打包行李。她跟柳鸿基表明了离开的决心。突然，客厅传来"啪"的一声响声。她跑出房门看时，柳鸿基倒在地上，还有倒下的两张凳子，灯泡的碎片遍地都是。

柳鸿基右股骨骨折。薛三妮没走成。

半年后，柳鸿基扔掉拐杖的第一天，就把薛三妮领到阳台上。虽然温度还很低，春天的气息却已到达。

"当时我们不就是为了应付她啊？你还当真了。"

"我当然当真啊，而且她的意思明确又坚决。"

"即使这样，我也不能跟你过。"薛三妮心里很矛盾。她其实已经是一个无家可归的人。这个家的每一件东西都是那么熟悉，熟悉到无法舍弃。可她还是不能就这样轻易答应柳鸿基。还有个柳蕙兰。她从柳蕙兰的话语里琢磨出一些味道来。

"三妮姐，你可以加入家政服务公司，先去摸摸行情。以你的能力和水平，自己办个类似公司一点都不难。有事可以随时找我。"

"我想还是回老家，帮表哥做点事。"

做出决定后，薛三妮趁柳鸿基外出，乘长途汽车到了表哥家。行李还没打开，柳鸿基就追来了。

表哥以生意人的脑子开导她："你不就怕落下闲话吗？仔细分析其实并不存在。凡事都要从长计议。我这里你能待得了一时，也待不了一世。总还要出去。与其以后再找，眼前的就应该考虑起来。年纪大点呢，又无所谓的。大家都求实在。下半辈子你也安稳，不用再吃苦。"

虽然薛三妮想得跟表哥差不多，心里却还是有个东西顶着她。

果然，薛三妮跟着柳鸿基进家门，劈脸撞见坐在沙发上等他们的柳蕙兰。

"你们太不要脸了！"柳蕙兰脸色阴沉，声调尖厉，朝两人做了指心的动作，"有没有问过这里？"

那时，薛三妮将身体隐在柳鸿基后面，听到的是柳鸿基沉着的回答。

现在，薛三妮从口袋里无力地挖出一沓叠得整整齐齐的手工借条。"都是我不好，把积蓄和你的退休工资都投给了表哥。"

"那真是个无底洞。我提醒过你，你还总相信他。"柳鸿基话里带着抱怨，"石子丢在水里还有个响声。"

薛三妮没有搭腔，把借条重新塞进牛皮纸信封，摸到桌子上的订书机，狠狠地在封口上打了三根细细的钉。

"今天放学时，小宝闹着让我买轨道小火车。"

"我来买吧。唉，今天不知道明天的样子。"薛三妮又落下了眼泪。

"中午我在市一院跟心外科主任碰了头。"柳鸿基尽量以平静的口气说话，"马方综合征引起的各种症状，在小宝身上已经有反应。特别这次检查出二尖瓣有严重问题，必须做手术了。"

薛三妮在想自己家族里自己所见之人，并没有心脏遗传病。听柳鸿基说，他们家也没有此类病例。还是衰老的原因啊！当初，他们两人像叛逆情侣一样，像对抗父母一样，对抗柳蕙兰。

不领结婚证。不住家里。不与柳家来往。柳蕙兰顽固地定下"三不原则"，引发这对年纪差了二十二岁的情侣的过激反应。

忽然有一天，薛三妮发现自己怀孕了。她的第一反应，不要这个孩子。但被柳鸿基阻止了。他想要一个孩子，特别是男孩子。他希望自己的一切在孩子身上延续。

根本没有想到老人生子、高龄产妇等不利因素，容易导致基因突变。这已经超出医学治疗范畴了。

摆在薛三妮面前的最大问题是，即使向柳蕙兰妥协，她会接受妥协吗？到现在，薛三妮还记得与柳鸿基在一起后的唯一一次与柳蕙兰的见面。正是这次面对面的交谈，两个女人感受到彼此内心的锐利又笨拙的东西。

谁知道呢？或许柳蕙兰这几年又有了很大变化呢。薛三妮只能听天由命。

3

宾馆冷气很足。柳蕙兰冲澡后，穿上丝绸睡衣，凉飕飕的。戴上蓝牙耳机，打开收藏音乐，久石让的《海岸》如潮水般涌到她脑际，无比舒畅自由。倦意袭来，她索性钻进被子里。夜幕缓缓降临，窗纱背后渐渐暗下来。头渐渐被吸入松软枕头里，连冷风的咝咝声，也若有若无了。

母亲出现了，坐在床边，替她盖上被子。有点热，她悄悄地把右脚踢出来。让她吃惊的是，这是一只孩子的脚。她转过头，贾雪梅黑发披肩，眼睛眯成一条缝。

"小兰醒了啊？喝点绿豆百合汤吧！"母亲端起床头柜上的金边白瓷小碗，喂了她一小勺，"凉凉的吧？我放了一小块冰。"

她点点头，还想喝。这是母亲亲手做的。通常是她生病，母亲才会做。是的！自己又病了。只有母亲的汤水才能化解。

她一口接一口喝着绿豆百合汤。她已经想好向母亲求援的问题。

母亲收拾起碗勺，站起身。被她伸手拉住。她的手又细又小，弱小无力。

母亲微笑着重新坐下，用手抚摸着她的脸。

"妈妈，晚上陪我睡觉。"

"小兰长大了，要一个人睡觉了啊。"

"我生病了。"

"好吧，今天晚上我陪小兰。"

"我病的时间很长。"

"病得再长，也会好起来的。"

"我难受。"

"心里难受吗？"

她慢慢吸口气，感觉胸口压着一块石头似的。于是，点点头。

母亲继续说："把话都说出来吧，我的宝贝。"

"哇！"柳蕙兰放声哭出来。把自己哭醒。

房间里已经漆黑一片。她暗自叫声不好，开灯冲到卫生间，镜子里的她泪眼蒙眬，眼圈通红。她准备好的问题还没有问，怎么自己就哭了起来。她就是这样，每到关键时刻，都是自己先搞砸。平息情绪，打开药盒，拿出两片药片，一黄一白，喝口矿泉水吞下。

支行行长比市分行管理者更多地接触社会方方面面。各色各样的人找上门。有扛着大旗要求大额贷款的；有借"靠山"帮助解决职务问题的；有拉关系做金融生意的。开始时，柳蕙兰泰然处之。没把那些吹肥皂泡的人当回事。不料，市分行一把手又换了一位。她吃惊的不是换领导，而是一个月前，有人坐在她办公室，指名道姓地说不出一个月人事肯定变动。还有一次，她拒批一笔明显不符合规定的贷款，有人吵到她面前，说不出一周，邻区支行就会放贷给他。果然如此。

眼看年轻人一个个走上领导岗位，她经常走到地图前思索。市分行位居市中心广场的核心，她所在的支行离市分行很远，除了开会，她很少去市中心。不过，她从不担心信息闭塞。总会有人愿意做灵通的媒介，她在心里称他们为"灵媒"。

他们通常抓住你最痛的地方，或者挠到最痒的部位。在支行工作时，他们分析柳蕙兰内心最渴望的就是职务升迁，能够进入市分行领导层。

这是最符合常情的分析判断。柳蕙兰的确也这么想，这么努力的。不过，她还有一条途径，是他们无法知晓的。

瞧着手机上的时间，她显得有点慌乱。草草地在脸上涂抹一番，就开始换衣服，套装换到一半，又脱下，心念一动，换上连衣裙。穿着白底淡紫碎花的裙子在镜子前转几个身，总是觉得什么地方不对。补戴了小珍珠细钻项链，似乎还有问题。啊！唇膏没涂。她选了砖红色。同时，挑高了眼睫毛。一下子，整个人精神起来。

网约车司机打来电话，已经在宾馆门口等候。

城市的变化，就像女孩子的成长。隔一段时间就刮目相看。那么，钟欣呢？他会不会有什么变化呢？柳蕙兰从没将钟欣列入"灵媒"，更没有将现在她的状态归结到他身上。不过，每当要做出重大选择的时候，她都会不由自主地给他打电话。昨天，他的反应似乎波澜不惊。

"我们见个面吧。"

一句话，就把她想说的话堵住。她回味着他的嗓音，他的语气，仍然像八年前那样沉着迷人。

钟欣辞去公务员职务之后，加入经商队伍。经商需要资金。柳蕙兰认识了找上门来的钟欣。第一次，他也是通过领导打招呼。正好碰上柳蕙兰焦头烂额。地铁开挖，预先没通知他们，把整个支行包围起来，连个通道都没留。柳蕙兰烦躁地跟戴安全帽的施工负责人交涉。围挡搭建没有停下来。

钟欣见状，平静地对柳蕙兰说："交给我处理吧。"

第二天一早，施工负责人让工作人员正对着支行门面开个口子。他跑到柳蕙兰那里打招呼，保证以后总有通道可以从马路上直接进支行大门，并且悬挂醒目指示牌。

惊喜之余，柳蕙兰赶紧在杂乱的办公桌上寻找昨天那个一身铁灰色西服高个子高鼻梁男人的名片。

钟欣走进了她的工作和生活。

奇怪的是，钟欣从不请吃饭。一星期来她办公室坐一回，就是闲聊，聊轻松话题，说八卦新闻。柳蕙兰注意到钟欣来的时候，总是穿西装，天冷套一件西装大衣，天热穿浅色亚麻西装。他头发梳得一丝不苟，还喷男士香水。他总是隔天发消息或者打电话预约。柳蕙兰每次收到信息，就格外注重形象，如果坐下觉得腰部有赘肉压迫，就一整天不吃东西。银行规定上班穿工作服，她就跟钟欣在外面的咖啡店、轻食店见面，这样她可以换上最适合时节穿的衣服。从钟欣的眼里，她看出了欣赏和喜欢。不过，她不问钟欣个人事情。

"灵媒"总是要想法设法请柳蕙兰办事的，而钟欣选择了不令人反感的模式，这是他们不愿意费神费力去做的。

有好多事情，都是柳蕙兰离开这个城市后想通的。离"桃花缘"咖啡店越来越近，周围熟悉的建筑也多了起来。想想钟欣真是个特别用心的人，八年前他们最后一次坐在一起，也在"桃花缘"，也是早早热起来的一天。

"桃花缘"咖啡馆中式化了,设置了包厢。钟欣订的包厢叫哥伦比亚。这是世界上最好咖啡产区的名字。

柳蕙兰推门进去的时候,仿古座式大钟正好敲响八点钟。钟欣正在翻杂志。他就是与众不同。在大家都玩手机的时代,他连微信都没装。

"不好意思,我晚了!"

"没事,我也刚到。"

包厢里放一张小方桌,四张皮质圈椅。柳蕙兰把小拎包放在自己一侧的圈椅里,面对钟欣坐下。令她惊讶的是,自然而然地,已经以小方桌为界,画了一条线。这在以前是不可能的事情。她心中感慨,表面微笑。

咖啡馆主打套餐。柳蕙兰点了咖喱牛腩饭套餐,要了圣培露气泡水。钟欣点了海南鸡饭套餐,要了依云矿泉水。

"既然这里叫哥伦比亚包厢,那么给我们每人来一杯哥伦比亚浅度烘焙清咖吧。"

服务员点头出去。还真有哥伦比亚咖啡豆。

"听,这是《回到那个夏天》!"柳蕙兰吃惊地看着钟欣。

钟欣微微一笑。"那是你最喜欢的久石让。"

随着钢琴曲向复杂多重演进,柳蕙兰微微仰头说:"小姑娘单纯可爱,为救父母深陷复杂神鬼社会中,能拯救她的只有纯真善良。"

微笑渐渐收敛。钟欣没有表现出久别重逢的欣喜,只是试探着问:"昨天匆忙,你在电话里说的,我没怎么听明白。"

"你说过要投资凯瑞医疗,后来投了没?"

"现在我是凯瑞医疗的董事啊。"

柳蕙兰把小宝患马方综合征需要动心脏外科手术的事情重新说了一遍。

钟欣默默听完,没有答话。这时,服务员敲门进来送餐。

两人静静地将自己面前的饭菜吃完。期间,略微停顿几次喝水。他们动作一致,互相躲避眼神。

哥伦比亚咖啡醇香四溢。背影音乐在放《关塔那摩姑娘》。海滩、吉他、舞动的女郎,在柳蕙兰眼前跳跃。

"这次不再有约定了?"钟欣突然发问。

"什么?"在这两个字出口的一瞬间,柳蕙兰感觉自己失态。于是,冷静地长吸一口气。"唉!小宝毕竟和我有血缘关系啊。"

"当初他们是怎么考虑亲情关系的?"

钟欣的话,让柳蕙兰感觉不适。这似乎是人之常情:亲密的人不说高调的话。柳蕙兰只能回答:"人还得看得开点。"

"就这样和解了?"

"不然呢?"

隐隐地,柳蕙兰感觉钟欣似乎在使用一种谈话技巧:角色互换。

她喝一口咖啡,再喝一口带汽的水。"其实,你很清楚。你支持我,我就增添信心。你犹豫一下,我心里就会没什么底。可不管怎样,就像八年前那样,我还是会按照自己的想法去做。"柳蕙兰直视钟欣几秒钟,随后话题转移。"昨天下午,我去幼儿园门口,看到了那一老一少。用一个成语形容,真叫触目惊心。家长和小朋友们走后,有一段时间,我连走路的力气都没有。我救了一只被缠住的美丽蝴蝶风筝,却救不了自己。"

"我知道你善良。你已经做好为小宝动大手术的全部准备,只是还需要人在后面推一把。"

柳蕙兰抬眼看钟欣，他笑的时候，鱼尾纹很明显，以前还真没注意到。大家都在变老，老去带来的最大变化是淡然。

那次，她把心中最真诚的想法说出来时，钟欣惊讶地表示，不可能与她一起去外地生活、工作。那只是她想象出来的幻象：比翼双飞、芙蓉并蒂。

更加吃惊的是柳蕙兰。她用五分钟的沉默时间，回顾了熟识钟欣的整个过程。她认定，钟欣也跟她想得一样，不管在什么地方，只要两个人在一起就是最好的。

然而，钟欣是有家庭的男人。柳蕙兰一直回避这个事实，直到她人生中最大的难题出现。钟欣也在家庭问题上回避、沉默。这是欺骗吗？柳蕙兰无法确定，她也想过祭出杀手锏，每当这个时候，贲雪梅的声音总会在她脑海回荡："宽容他，也就是宽恕了自己。"

柳蕙兰哭出声来。那是她有生以来哭得最厉害的一次，到后来，双脚都抽筋了。钟欣紧紧地抱着她。

4

薛三妮没让柳鸿基知道自己去找柳蕙兰，她借口去表哥家。

薛三妮在高大的写字楼前给柳蕙兰打电话。一丝惊讶传来，随后像一弯月亮般冷静。

"我没有时间，中午有个接待。晚上更不行，要加班出报表。"

薛三妮预料到了，随即给了柳蕙兰一点压力。"最近，我发现了一件你母亲的遗物，专门来送给你。"

一楼门厅靠玻璃幕墙的地方，摆了几张小圆桌、小靠背椅。薛三妮坐下等柳蕙兰。

写字楼东面一到三层，是柳蕙兰所在商业银行的地盘。薛三妮听说，从四大国有银行跳到商业银行来的高管，工资翻倍都不止。不过，工作压力很大，不加班根本完不成指标，因此转行、跳槽、辞职非常普遍。

柳蕙兰黑西装白衬衫高跟鞋，胸口系一条蓝白橙三色围巾。如果没有胸前的亮色，薛三妮会觉得眼前这个女人毫无生机。柳蕙兰没有坐下，站在幕墙边望窗外喷泉，手指拨弄着透明塑料胸卡。

薛三妮从包里夹出一个信封，走上前，递到柳蕙兰眼前。

摸到信封的一刹那，柳蕙兰眼里露出疑惑。薛三妮以鼓励的目光让她挑开信封。没有撑满信封的一张老照片悄然滑出。

那是一张着色照片，贲雪梅双手紧握又粗又长的辫子，身穿格子布衫，上面打了好几个补丁，眼里充满仇恨，凝视远方。过度修饰和上色，使贲雪梅的五官轮廓分明，两道加粗挑起的眉毛使眼神更锐利。

照片背后写着几个字："雪梅演铁梅纪念。一九七一年三月十日。"

柳蕙兰端详照片时，薛三妮轻声说："坐下聊聊吧。"

"我没想到你给我送照片来。"

"那天，我在整理书时发现的。老柳从家里带出来最多的就是书。前阶段下暴雨，靠在墙根的书都潮了、霉了。"

"他还好吧？"柳蕙兰还在低头盯着照片看。

薛三妮调出一张手机照片，上面写着柳鸿基每天要服用的七八种药。"还好，能出医保。"

"一九七一年，我还没出生。他们还不认识。听说他们是在一次游行时认识的。我爸高举旗帜喊着口号，快步疾走时，踩掉了拿着喇叭喊口令的我妈的布鞋，被人流裹挟着的两个人，怎么都回不过去找鞋。他们干脆踢掉鞋子，光着脚往前走。走到了一起。"柳蕙兰抬起头，不再回避薛三妮的眼神，"我本来是老二。我哥哥刚出生三个月就去世了。经历了这件事后的我妈，再也没了照片上的身姿和精神。"

薛三妮听柳鸿基说起过这件事。婴儿去世原因不明。贾雪梅为此一直不肯再孕。隔了好几年，贾雪梅的状态逐渐好转，才有了柳蕙兰。

"或许是害怕再次失去，我妈就特别担心我。不让我上街玩，不让我学游泳，不让我参加剧烈运动。在她心目中认为会出危险的，一概不让我学。于是，我整天在脑子里学游泳、练跑步，每天晚上总在'翻山越岭的征途'中睡去。我爸不是这样，悄悄地带我去爬树、逮蟋蟀、抓小蝌蚪。什么意外都没发生。于是，我愿意跟爸爸在一起。家里不知不觉地分成了两派。我妈仍然占绝对优势，只是对立面也在暗自壮大。终于，在高考前，两派斗争从暗处走向明处。我坚决不肯按照我妈设计的考师范当教师的路走，而是选择了自己不擅长的会计。其实，我对会计几乎没什么概念，更谈不上喜欢，只是想背叛我妈。我爸对此不发表意见。我认为这就是对我的支持了。"柳蕙兰话锋一转，"我成为今天的我，就是我妈不断反对、我爸默默支持的结果。坐下来的时候，我会想按照我妈设计的路线走，我现在会是一个什么样的人？很有可能更好。现在的我，经历过你们无法想象的痛苦，或许还要承受更大的痛苦。本来我还有一个可以信赖和依靠的人，现在，你把他夺走了。"

在柳蕙兰锐利眼神的逼视下，薛三妮反倒觉得坦然了。

"我理解你的心情。当时我也劝你爸，就按照你提出的'三不'原则办。这样大家都好过。其实吧，那个阶段，我被人戳脊梁骨。说什么的都有，保姆上位啦，早就勾搭上啦，去夺老头子财产啦等等。"薛三妮低下头，"那段日子已经很不好过，然而，突然又怀上了，我的第一个念头就是哪还能要啊？可老柳却像小伙子般兴奋，他常挂在嘴边的是'没什么见不得人的，我做梦都想要个儿子！'"

薛三妮又拿出一个稍大一点的信封，没有直接递给柳蕙兰，而是轻轻摆到小圆桌上。"在我强烈要求下，老柳拖了几年后，终于同意与小宝做亲子鉴定。这是昨天出来的报告。"

柳蕙兰一直紧箍的双手松弛下来，可她没有伸手去拿小圆桌上的信封，只是看了两眼，先是快速地扫一眼，接着盯着看了好几秒钟。她冷冷地说："这难道就是你专门来找我的原因？"

薛三妮压低声音，没有抬头看柳蕙兰："是的。不过，我还有一个请求。"

柳蕙兰把亲子鉴定书放回小圆桌，纸片却滑落在地。

薛三妮没去捡，吞吞吐吐地说："老柳年纪大上去了，小宝在长大，他们都需要一个安静安逸的环境，我完全为他们……"

"不，你想都不要想。"柳蕙兰语速放慢，显出坚决，"你们做出那样的事情，就应该承受这样的结果。"

柳蕙兰高跟鞋声渐渐远去。薛三妮垂手拎包朝大堂外走去。她看见一对年轻父母牵着一个小女孩的手在前面走,小女孩不停地蹦跳,父母的手始终没有放开。突然,她想起了自己的女儿。进城找工作时,她想把女儿带在身边。有人说既然准备做住家保姆,孩子就会成为累赘。如果当初把女儿带着,她就不会选择柳家,女儿对自己的感情不会淡去。身陷暴风雨中的人,才会反思当初为什么要风雨兼程。

其实,薛三妮始终觉得来城里后对她帮助最大的是柳蕙兰。

那年春节刚过,薛三妮背着行李到城里劳动力市场登了记,挤到同乡打工妹的宿舍里,半个月过去了,没有任何消息。休息不好,加上心里焦虑,她准备回乡。整理背包时,中介打来电话,有人看了她的条件,提出要面谈。

那是一间车库改造的门面房。一群人围在中介贴出的招工广告牌前,几个大嗓门阿姨在跟老板讨价还价。薛三妮上前问询,老板指指用塑料珠帘隔出的里间。她朝里望去,一个穿白色套装的年轻漂亮女人跷着二郎腿坐在椅子上看资料,其他人跷二郎腿感觉懒散,这个女人却显得干练有气质。老板娘站在她身边指着资料,低头介绍着。

四目相对的一瞬间,薛三妮觉得有一种久违的感觉。日后,她问柳蕙兰,为什么第一个就选中自己。柳蕙兰说,第一眼很亲切,亲切的背后是淳朴可靠。

那是一套四居室住房。柳鸿基在女儿读初三时,用市中心的老房子置换了新区的电梯房。薛三妮走进这房子就闻到了一股浓浓的中药味。柳鸿基相信中药的力量,遍访城里著名老中医,结合西医诊断结果,给贲雪梅制定中药治疗方案。薛三妮看着守在煤气灶边炖中药的柳鸿基,便觉得女主人虽然生病,却还是幸福的。

柳家不分餐,薛三妮直接上桌吃饭。贲雪梅好强,早些年都坚持自己吃。跟着贲雪梅的节奏,柳家一顿饭基本要花一个小时。听柳蕙兰带回单位八卦、社会新闻,是薛三妮了解这个城市的基础。柳鸿基平时话不多,心却很细,也很周到。柳蕙兰多说几句行里的人事纠葛,他总伸出右手,以平息的姿态让女儿多吃饭、少讲话。每周有一两次,他会喝点酒。薛三妮看他也不是一个会喝酒的人,起初喝点黄酒,后来听说黄酒糖分多,就改成低度白酒,每次喝上一两盅。洗碗时,薛三妮挺喜欢闻酒盅残留的淡淡酒香。虽然柳鸿基喝高兴时说的信息通信专业方面的事情,她根本不懂,可她喜欢这种气氛。在大声说笑时,大家忘了时间。

薛三妮拐出高楼,回望白底红字的大幅银行招牌。知道这个银行,也是柳蕙兰首先提起的。她记得有个阶段,柳蕙兰外面突然少了很多应酬,几乎每天都回家吃饭,吃饭时也没多少话。那天晚上,柳蕙兰眼睛哭肿回家,还把酒找出来喝。柳蕙兰酒量大,不过那次却醉了。她趴在马桶边上一遍遍地干呕。薛三妮拍着她后背,端温开水给她喝。

"他是个骗子。完完全全的骗子!"柳蕙兰整个眼睛都是红的,看上去像一个熟透的桃子。

等薛三妮追问时,她又不肯说了。

"骗子很多。我也被骗过。"似乎只有先和盘托出自己的事情,交出投名状,才能获取柳蕙兰的信任。

就是在那个夜晚,薛三妮知道了钟欣这个角色。阳台上,夜风吹拂,柳蕙兰一边说着与钟欣的故事,一边在酒中醒来。薛三妮望着远处闪烁的景观灯,想象着钟欣的样子。这样的男人,哪个女人不喜欢呢?

5

柳鸿基走上三楼,来到心外科王培主任的办公室。有点气喘。他站在门口深呼吸好几次,让自己平静下来。王培是他大学同学的弟弟,用不着挂专家号。只是不能上班时间到门诊看。

敲门进去。王培还在吃盒饭。几个学生还围着他签字。签好字、吃好饭,王培才想起来问柳鸿基吃过饭没有。

"退休职工吃得早。我们一般十一点就吃午饭。"柳鸿基又问了王培哥哥的近况。

"他还好,每天要吃十来种药。"见柳鸿基不解的样子,王培继续说,"在发达国家,衡量医疗水平的一项重要指标就是人均吃药量。老龄社会,这个指标高,人均寿命也高。"

柳鸿基算了一下,自己七十三岁,目前吃七八种药,似乎挺符合王培的理论。毕竟自己年纪大了。念头忽地又转到小宝身上。他才六岁,就要遭受一次大手术,还可能要终身服药。

"上次,你说一定要动手术,我们回家商量了一下,决定还是听你的意见,尽快开刀。"柳鸿基和薛三妮回去商量要不要动手术当然是至关重要的,还有就是怎么解决手术费用的问题。柳鸿基不是没钱,而此时恰恰陷入尴尬境地,真就没什么现钱。

他给女儿写了一长长的一段话,通过短信发了过去。柳蕙兰没有回一个字。不过,他相信她会认真看待这件事。

今天,薛三妮又去表哥家讨要投资的本钱,他觉得希望渺茫。这个精明的先富起来的农民浑身透出狡黠,利用薛三妮要强的心理,一步步把这个本就畸形的家庭拖下水。村里几乎每个人都入了他的股,他虽然不是村长,但是打着为村里人赚钱的幌子,很有号召力。每年,他都按照口头协议,支付全体入股人红利。大部分人又把红利返还给他,继续投资。薛三妮非但把红利转投,还把柳鸿基大部分退休工资追加上去。

这两年,他宣称要办大型生态农场,又吸引了不少资金。红利仍在发放,却薄了许多。柳鸿基让薛三妮注意,想办法抽回本金。薛三妮说表哥正在干大事的时候,怎么能够釜底抽薪呢?柳鸿基知道薛三妮那些鲜活的用词以前来自地方戏,现在来自小视频。她喜欢用成语,却总搞岔一点意思。最有趣的一次,一家三口打车去看电影,周日中午路上很堵,薛三妮急着看手机导航,安慰小宝:"快好了,过了前面的高架桥,就一马平川了。"柳鸿基听见出租车司机笑出声来。他轻声对薛三妮说:"不要瞎用成语。"从小事就能看出薛三妮对待大事的态度。她总是觉得事情往好的方向发展,大家都认为不可能的事情,她却坚信会发生奇迹。这似乎也是柳鸿基喜欢上这个比他小二十二岁女人的主要原因之一。

柳鸿基上次从王培那里回家,就已经想好彻底向柳蕙兰妥协。他终于想通了,向女儿低一次头,也是一件很正常的事。但是,在八年前,他不肯妥协,宁可与薛三妮搬到简陋的出租房住。或许,当时认真坦诚地谈谈,不至于弄成现在这样。可他没有。父女俩同样固执。现在,为了小宝,任何事情他都愿意去做。

王培给柳鸿基倒了一杯茶。"孩子这个病比较麻烦，属于染色体变异的遗传性疾病。还好你们细心，发现他近视、胸闷、背疼等现象，及时到医院看病。上次我也说过了，心脏的问题最紧要，马方综合征不是靠一两次手术就能解决问题的，但是不做手术，就会危及生命。"

"不瞒你说，我们也咨询了其他医生，大家的说法都差不多。"柳鸿基摸了摸光头，拿出高级工程师的细致严谨来，"这里是近两月，小宝在各大医院检查的影像资料和化验单，请你再仔细看看。"

有人进门通知王培下午开会时间提前到一点半。王培眼里露出些许为难神情来。"你看，下午有一个心脏搭桥手术的术前会诊会议，我还得认真准备一下呢。"

"明白，明白。"话这样说，柳鸿基却还不站起身。

王培最了解患者家属的心态。"做心脏瓣膜置换手术，不能说没风险。相对其他外科手术，这是风险比较高的手术。不过，既然要做，我们就会做好准备工作。小宝要做的人工二尖瓣置换手术，我们成功做过几百次。我的团队还是值得信任的。"

手术费用的事情，王培已经给柳鸿基估算过了，在十万元左右。一两年前，这个数字根本不算什么。可如今，还真能憋死老英雄啊！

下楼梯时，柳鸿基注意到两侧墙上挂满了著名医生的照片。有一位老太太，已是近九十高龄，可还是坚持每周坐半天妇产科门诊。柳鸿基记得她，当年贲雪梅就是在她的不断鼓励下，才重拾信心生下了柳蕙兰。

生命就是这样神奇。柳鸿基六十六岁时，竟然得到了小宝。小宝出生到现在，除了上幼儿园，没有离开过他身边超过半小时。

有一天，小宝放学后，闷闷不乐，坐上电瓶车时，突然冒出来一句："以后我叫你爷爷吧。"

他一愣，随即装作很高兴的样子答应道："好啊！就叫爷爷。我们一言为定。"

晚上餐桌前，薛三妮听见小宝叫柳鸿基的称呼改变，起初还以为两人在做游戏。当她见父子俩当真时，气就上来了。先把小宝拖进卧室猛打一顿屁股，柳鸿基再劝都没用。每下都打得结结实实。小宝睡着后，柳鸿基不得不面对薛三妮的质问。

"你还嫌外面流言谣言不够多是吧？"

"我不就是哄孩子开心吗？"

"本不想告诉你的。报告出来的第二天，我就去见了柳蕙兰。我低声下气地去见她，为什么？一来我得自证清白，二来也想给我们争取更好的居住条件啊。"

柳鸿基坐在医院紫藤走廊石栏上，抬头望茂盛的细小而繁茂的绿叶，花开的季节已经过去，花儿明年会再开，自己则是不可挽回地走向凋零。

薛三妮去见柳蕙兰的事情，给柳鸿基一个提醒，必须考虑自己身后之事，实际上，除积蓄和养老金外，柳鸿基还有讲课、评审、做项目、做咨询积攒下来的钱，本想防老养老，被薛三妮一激，统统拿出来买了一套房子，房产名字是薛三妮母子。

如果小宝的病早一年发现，他就不会签合同了。薛三妮也这么说。她似乎正从混沌中清醒过来，小宝的病像一盆凉水，从头浇到脚。

紫藤走廊里的医护人员、患者、家属们匆匆而过。对于一些生命来说，这里是起点，对于另一些生命来讲，这里是终站。柳鸿基并不急着走，离接小宝放学还有差不多三小时时间。他环顾四周，把目光抬起，又落到自己张开的双手上。这个城市里，如今与他经常接触的人不超过十个人。那些吹捧他专业技术好的人、邀请他去做讲座的人，让他在某些文件和文本上签名的人，都上哪儿去了呢？现在，没有人再会刻意结识他，他慢慢变成一件行走的古董。克服孤独的办法，就是坐在街边花园的石凳上，看大街上往来的车辆和行人。孤独感暂时压了下去，恐惧感袭来。光线一明一暗之间，就有生命逝去。年轻时，他觉得只要生命有价值，时间长短无所谓。现在，他才明白那是因为死亡之神还没接近他。面对加速到来的衰老，他靠回忆以前生活或者工作中的细节来考验自己的神志。

　　柳蕙兰初三时写给男同学的"情书"，曾被柳鸿基发现。那只是一张信笺，被双面胶反贴在柳蕙兰书桌台板下面。很普通的黑细条纹信笺上密密麻麻地写着宝蓝色字。柳鸿基取出钱包，想给贾雪梅几张钞票，忘了里面夹了几枚硬币。其中一枚晃晃悠悠"长跑"进了柳蕙兰房间，直奔书桌底下。柳鸿基展开信笺后的第一反应，绝对不能让贾雪梅知道。他迅速看完，借机重新把信笺贴回去。下楼走路去上班。信里的称谓和第一句话，不时撞击他内心。"老公：你知道我是多么地爱你吗？"走在春风里，柳鸿基阴沉的脸，竟然慢慢露出了微笑。他至今记得这个笑。女儿正在为自己的感情而奋斗。她迟迟没有发出这封信，说明对事情还没有把握，这也是成熟的标志。

　　午后，天热了起来。江南五月天，说变脸就变，柳鸿基还穿着外套。这时，实在吃不消才脱，再连喝几口保温杯里的茶水。柳蕙兰在感情上的犹豫不决，从初三延续到现在。听薛三妮说过一些柳蕙兰的情感故事，可结果呢？在高铁两个小时车程外的黎明市里的柳蕙兰，至今还是一个人。要是自己偷窥那封信后，就对女儿说一套成人理论，是不是现在就不是这个结果了呢？

　　柳鸿基轻声叹口气。柳蕙兰的敏感正是和自己一样呢。都毫无必要地使自己有操不完的心。眼下，小宝的手术变成一个铜钱眼，万千条线都正在穿越。

6

　　钟欣离家的时候，老婆问去见什么人。他说是一位生意上的朋友。

　　柳蕙兰曾经是他生意上的朋友。后来，就不仅是这样了。

　　钟欣驾驶一辆新款国产电动汽车。提货时，师傅问行车噪音要不要提高。他却说降到最低。开车时，他喜欢听交响乐，噪音会降低音质。

　　他把手机歌单调到柴可夫斯基专辑。《如歌的行板》《四季船歌》《睡美人》等旋律响起，他想自己的过去，更想象未来的模样。柳蕙兰与他不同，虽然也爱音乐，却偏向更流行的轻音乐、新世纪音乐、爵士乐等。古典唯美遇见现代抒情，谁也说服不了谁。

　　没有昨天的那个电话，钟欣已经把柳蕙兰打包藏进内心的一个偏僻角落了。生活和生意就像一条小船任意在安静湖面上漂着。平淡得出门连衣服都不愿意挑选。不过，他还是害怕疾风暴雨袭来。

昨晚到现在，钟欣始终处在一种恍惚的状态。今天上午公司开例会，大家都说完了，就等着董事长讲话。他却僵在那里好久。似乎在思考，又像心事重重。他终于开始说话，开头的一段话，大家有点摸不着头脑。

"公司发展到现在，应该感恩每一个做出贡献的人。不懂得感恩的人，即便取得了一点成绩，也是暂时的，不会长久。我希望公司每一位员工，从今天起都要反思，以具体行动报答帮助过我们的人。"

《四小天鹅》乐曲响起，钟欣心情舒展了点。踩着八分音符活泼跳跃的音乐，他回到了大学毕业刚参加工作的燃情岁月。他学的是文秘，被区政府作为选调生招录进党政办做秘书。负责文字的副主任抽烟很厉害，退回来的稿子上密密麻麻都是红杠杠和红笔修改的字词，还有浓浓的烟草味道。一帮文字秘书没日没夜地跟着副主任写材料。任务重的时候，一个星期回不了家。四十多平方米的大办公室成了钟欣和小伙伴们的讨论室、卧室、餐厅。领导习惯晚饭后看材料，修改意见到钟欣他们那里时，最起码九点后。修改、审核后，大家不敢离开，万一领导再有修改意见呢？后来，钟欣渐渐摸到规律。凡是接到任务立刻完成的稿子，领导往往认为秘书不认真，不细看就会打回重写。而临到会议、活动召开前递交，也不好，领导感觉秘书作风太拖拉。材料搞好，在副主任的带领下，再改一两稿，隔天上午，趁领导神清气爽的时候递交，效果最好。

钟欣至今怀念那五年文字秘书的时光。他被包裹在一个安全泡里，不用走出去，也不想走出去，辛苦和汗水就能换来领导的赞誉和单位荣誉。精彩文字被他调兵遣将，嵌入最合适的位置，每个字词对稿子的主题都发挥了最切实际的作用。后来，他才意识到这是一种变相的权力。向所有部门、单位、相关个人索要材料，背后都有"领导"这面大旗撑着。权力带来的不全是利益、金钱，还有便利。正是靠着这种便利，秘书班子才完成了一项又一项任务。

领导也注意到每次开会时都坐在角落里认真聆听、记录的高个子秀气年轻秘书。他调取了钟欣的档案，非常满意。不久，钟欣成为领导的"工作联络人"。

钟欣刚结识柳蕙兰时，为她解决了几件小事情，靠的就是做领导联络员时积累下的关系。接触柳蕙兰几次之后，他发现这位年轻支行长身上发生的变化。戴着的眼镜不见了，黑色工作服换成淡蓝色套装，妆化得不浓不淡，显出高个子姑娘的魅力。约见面，午餐、晚餐时间都行，可以在茶馆、咖啡馆、轻食餐厅听听音乐，看看街景。谁能拒绝这样敏感漂亮的姑娘呢？钟欣遵循这样的原则：他不说阻碍他们关系的话，但是只要柳蕙兰问起，他必须说实话。这也是临别时，领导教导他在江湖上闯荡的规矩：可以沉默，说话一定要实话。

成为朋友之后，柳蕙兰问起为什么离开领导，选择自己创业。钟欣对这个问题已经回答了很多遍。

"累了，想换种生活方式。"这是他的标准回答。对柳蕙兰还有一句："领导高就到外地工作，我不愿意去。"

柳蕙兰听罢摇头："太复杂，我搞不懂。"

说是这么说，钟欣知道柳蕙兰干练的外表下，有一颗焦躁疲惫的心。他从没说过你们行长是我好朋友之类的鬼话。不过，在柳蕙兰心里，钟欣的确是"一条特殊路径"。而钟欣从内心也抵触不实在的人和言行。有些人活跃在官场、商界之间，做不了实事，东传谣西打探，贩卖信息，随意许愿。不管是官还是商，只要你有诉求，就难免被他们套牢。钟欣在领导身边看多了，认为这就是一群骗子。可现实就是这样残酷，他就做了感情的骗子。

钟欣把车子停好，跨出车门的一瞬间，发现自己身上穿的竟然是与柳蕙兰的第一个难忘之夜穿的米色薄羊毛西装。随手在一排西装里拿的，竟然是这件。是不是人越恍惚就越容易显出直觉呢？他边走边想，闻到了咖啡香。

有段时间，他俩特别喜欢泡咖啡馆。面对面说上一两个小时根本不够。钟欣明显感觉到柳蕙兰对单位的不满在增多。女人与男人不同，对信任的人倾诉是本能。女人在单位里成功的概率低，竞争更趋白热化。

柳蕙兰言语间，多了一个人的名字。钟欣听了两三次就明白这人是柳蕙兰当前职场上最大的竞争对手。她比柳蕙兰更年轻、学历更高、岗位更核心。"重点培养对象"最近似乎从柳蕙兰移到了她身上。钟欣没有资格评价人家，也只能在边上出点子。

"一般来说，被列为重点培养对象的，组织上都会有说法，只是根据个人业绩、多维度评价、专业对口等进行安排。不过，你不要嫌我庸俗，最有力有效的就是主要领导。"他观察着柳蕙兰的神色，感觉她不反感，就继续说下去，"你们一把手这几年走马灯似的换，好多人想搭关系，还没搭结实，人就调走了。不过，总有办法的。"

柳蕙兰对他的"生来自带官腔"，发出几声冷笑。"晚了。今天纪委找我谈话。近期收到举报我的好几封人民来信。"

钟欣有点沉不住气了。"纪委，纪委也可以想办法啊。"

"唉。你也变成他们一样的人了。"柳蕙兰无力地说，"举报信一些内容涉及你。我接到函询，虽然那些业务都经得起检查，但我心里像吃了苍蝇一样难受。"

"这就是要求进步的代价。"钟欣脱口而出。

然而事情还没休止。

那天一早，他就接到柳蕙兰电话，嗓音沙哑，说有要紧的事情。茶馆、饭馆、咖啡馆都还没开门，他们约在运河公园见面。他到约定地点时，柳蕙兰已经坐在花园椅上对着运河水发呆。柳鸿基打电话跟柳蕙兰说与要与薛三妮结婚。

"他的样子让我愤怒。完全是通知我一声的架势。而借口更加奇特，说我妈安排他们俩'相依为命'的。"柳蕙兰重复了那个成语，"是的，他说了相依为命。我差点昏过去。我满世界找那个女人。她躲到乡下去了。"

钟欣只能听，不发表意见。

"我一夜没睡，想来只有你了。"柳蕙兰把身子靠过来，"你娶我吧。黎明市有个商业银行招聘市分行长，我在这里已经心灰意冷，我俩一起去吧，你我都开始新生活和新事业。他们算什么呀，我俩才是真正的'相依为命'啊！"

钟欣像触电般，心脏狂跳，浑身出汗。他一直在找合适的时机跟柳蕙兰说自己的事情，可一再拖着，面对眼前的一切美好，他都在心里说，就让残酷的现实再等等吧。

在这个时候摊牌，非常残忍，后果可能很严重。

他忽然明白，柳蕙兰并不是一无所知！所谓的纯情少女，只要经过职场锤炼，都会变得敏锐世故。通过他的各种表情、各类言语，甚至动作，柳蕙兰其实早已清楚这是一段畸形恋情，只是不想去戳破。

现在，柳蕙兰心力交瘁，她心里萌发一丝幻想，如果成真，那也算慰藉心灵了。对着滚滚流淌的运河水，柳蕙兰孤注一掷了，对他发起挑战，以往的温柔顺从、不闻不问，一下子卷成利刃，直刺他心口。想到这里，他感觉事已至此，躲避不是办法，只有硬着头皮坦白。

天阴了下来，运河水滚滚向前。南来的船吃水很深，装满各种原材料，船工站在船头，对北往的轻快船只挥旗吹哨："靠边！靠边！"

"桃花缘"咖啡店里人们三三两两围坐在一起，轻松自在。钟欣跟随服务员来到哥伦比亚包厢。虽然八年没来，"哥伦比亚"几个字一直深深印在他脑海里，最后一次总是最难忘的。

其实，那只是礼节性的告别。所有事情都有了定论，柳蕙兰主动约了他。钟欣那次迟到了。不，他没有迟到，到咖啡馆时，日光还很亮。栀子花肆无忌惮地开遍城市每个角落。他漫无目地围着咖啡馆街道走了一圈又一圈。想起柳蕙兰的好，顺时针走一圈；想到自己的不好，逆时针走一圈。直到再也想不出好坏来，再也闻不出栀子花的香气来。脑子里一片空白，他才进入哥伦比亚包厢。柳蕙兰身穿白底淡紫碎花连衣裙在等着他。

开始十分钟，钟欣还试图挽留柳蕙兰。而柳蕙兰朝他微笑，祝福他日子过得好，事业更上台阶。那个场景很滑稽，角色完全倒错。劝解的人，郁闷辛酸。被劝解的人，笑意盈盈。

"你怎么不祝福我呀？"柳蕙兰微微抬起头，小珍珠细钻项链在灯光下晶莹闪亮。

"哦、哦！当然要，要的。"

钟欣认为这是自己说过的最蠢的话。

柳蕙兰说相依为命就是要长久在一起的。

不过，蠢的背后，也是隐藏了诚挚祝愿。

现在，那只仿古座钟敲响了八点钟。钟欣手里翻着杂志，等柳蕙兰到来。

7

柳蕙兰打开房门，一股霉味扑面而来。由于不开窗又有窗帘遮光，那些家具、电器、摆设看上去还是老样子。而当光亮透进来，柳蕙兰一眼就瞧见蒙在那些东西表面的厚厚灰尘，灰尘均匀地覆盖着，像给房子喷涂了一层灰漆。

贲雪梅的遗像挂在沙发背后，柳蕙兰爬上沙发，用手帕将黑框照片擦了一遍又一遍。随后站到沙发前，双手合十，缓慢地朝母亲遗像鞠了三个躬。耳际掠过一阵银铃般的笑声，她用心一听，竟然是自己童年的笑。潜意识中，她总是把最纯真的一面展现给母亲。

走在屋里，每一步都发出空荡回声。每个房间，她都去转转，却只把自己房间的窗户打开。一阵清凉的风吹进来，她不由自主地连打几个喷嚏。条件再恶劣的地方，时间长了，人都能适应。反而对原来的地方过敏了。

没地方坐,她走到阳台上,双手撑栏杆,眺望远方。不远处就是她最熟悉的中学操场,在那里,度过了几年中学时光。一群群孩子正在上体育课,有跑步的、做操的、跳高的、踢球的。她想仔细看看踢球的小伙子们,却有点看不真切。

八年时间,一眨眼就过去了。柳鸿基和薛三妮的确没进过这房子。出租屋的条件肯定比这里差很多。柳蕙兰心里泛起复杂滋味。

这个阳台上发生的故事,被柳鸿基渲染得太离谱。她不想问薛三妮。她坚信,母亲绝对说不出那样的话,哪怕暗示。这些都是他俩为在黏在一起而捏造的。柳蕙兰渐渐气急起来,听得见呼吸里有呼噜呼噜的声响。

一个熟悉的影子出现在客厅。柳蕙兰离开阳台。

"呃。大门敞开着的。我就走进来了。"柳鸿基摘下戴着的黑色棒球帽。

阳台光照着柳鸿基。柳蕙兰近距离看父亲。内心翻来滚去的话,一句都说不出来。而源头就在"爸爸"这个称呼,她无论如何叫不出。阀门打不开,水压再高,也一滴不漏。

棒球帽实在没地方放,柳鸿基又把它戴上。鸭舌有点歪。

这个动作让柳蕙兰误解。"你走吧。"

关键时候,柳鸿基怎么肯走?他连忙把帽子扔到桌子上,帽子滑行,显出一道轨迹。

"这些年来,你一个人在外面,真够辛苦的。"

柳鸿基打的苦情牌,被女儿弹回去。

"我是辛苦,你更辛苦。"柳蕙兰穿了黑色套裙,里面衬一件白色真丝衬衫。她双手抱在胸口,双玫瑰蓝宝石胸针起伏不定。

柳鸿基又打出亲情牌。说话时,身子微微向前倾,似乎被谁一推就会倒下。"我没几年活了。以前的事情,都不谈了。这次,你就看在快死的人的面子上,最后帮一次忙吧。"

本来,柳蕙兰不管是心理还是现实,都做好了充分准备,却没想到父亲会以这样低下的方式讨好她、求她。

父亲不会像关心小宝这样关心自己。柳蕙兰转过头,瞬间,眼泪在眼眶里转动。外面的天阴了下来。她模模糊糊看见乌云在翻滚,隐约听见远处传来雷声。

来的路上,她已经想好怎么处理好这件事。包括小宝手术的方案、费用等,她都通过钟欣了解得差不多了。前天晚上与钟欣见面后,她一夜没睡好,梦里总是两个人在森林里奔走,相距再近,当中都有猛兽、溪流、沟壑阻隔。

他们都只知道自己!谁在乎我?柳蕙兰掏出纸巾,轻拭眼泪。"虽然我在黎明市,但是大家还是知道了我的家庭背景和离职原因。我的父亲娶了比他年轻二十多岁的保姆,还在六十多岁时生了个儿子。这样的传言让每个人都很兴奋。他们像鬣狗盯住腐肉不放似的,用奇特目光盯住我。那样的场景你能想象到,大家都在怀疑,这是老头生的吗?还有其他故事吗?柳蕙兰的隐情是不是更深?"

柳鸿基叹了口气。"我也没想到事情会弄成这样。"不过,他并没有向女儿道歉。

柳蕙兰猜想,在柳鸿基的意识中,所有的流言蜚语撼动不了他与薛三妮的感情。

柳鸿基掏出手机,翻开相册,递过去

给柳蕙兰看小宝的照片。

"看，这额头，你俩都是又高又阔啊。"

从照片上，几乎找不到姐弟俩相近或者相似的地方，柳鸿基只能用额头来敷衍。

"我见过孩子。"柳蕙兰恢复冷静，"他又哭又笑的样子，哪里像得病了？"

柳鸿基迅速看一眼女儿，似乎在脑子里搜索画面，随即，眼睛一亮，不过，还是克制地说："千错万错，孩子没错的。"

暴雨中带着腥味。雨点砸进室内，灰尘随之翻滚。屋子里暗了下来。柳鸿基又将手机拿到女儿面前。隔一两秒向左滑动屏幕，出现一张张照片。柳蕙兰眼里出现惊恐表情。

"你看到的只是小宝的表面现象。你不知道的是，他闹完后，就在电瓶车上睡着了。我把外衣脱下，披在身上，还不敢开得太快，只能慢慢地比走路稍快点。他受冷发烧，每次都可能要了命。"

柳鸿基还在翻相册。柳蕙兰实在看不下去，便扭过头。"不，不，我不要看。"

柳鸿基还在努力加大砝码。"这是手指畸形，这是膝关节变形，这是胸骨凹陷，这是血管外露，这是眼睛肿胀……"

"好了！好了！"柳蕙兰大声叫道。她脑海里浮现出犹太人集中营、非洲难民营里的情形。每个人大概都如此，只是他们表现得更加突出而已。自己难道不也是光鲜外表下伤痕累累？难道不是平淡生活下暗流涌动？

直到此时，柳蕙兰才觉得昨晚约父亲回家碰面是个错误。如果不愿意帮助小宝，她也不会立刻放下手中工作跑过来到幼儿园门口张望，不会让心中已成"死灰"的钟欣复燃，不会把手中跌到只剩一半买入价的股票割掉。如果发自内心要救小宝，就应该扔下钱，什么都不问。然而，她就是过不了内心这一关。她甚至还打起了如意算盘，在家里，在母亲的遗像前，让柳鸿基忏悔、认错。事实上，她反被柳鸿基抓住弱点，节节败退，快到崩溃点。

柳蕙兰想祭出母亲来，但是忍住了。她耳边响起一首歌，没有歌词，只有一位女性哼着"啊咿啊咿"的曲调。

突然，柳蕙兰看到暴雨中的一道闪电。有时候，转机说来就来。她盯着父亲飘忽不定的眼神说："我要见薛三妮。"

柳鸿基似乎早就料到女儿这个要求。缓慢地连连摇头。

柳蕙兰发梢沾了雨丝，甩头时更带劲。"我要见了她才说其他。"

"我求你就这样吧，我们已经够苦了。"柳鸿基矮下身，光头对着女儿。

柳蕙兰面朝暴雨，没有再说话。

柳鸿基以近似求饶的口气说："你就放过她吧。"看女儿还是一动不动，"她真的来不了。现在，她陪着小宝在医院。中午，小宝突然晕过去了。"

一切都在一连串响雷后，归于平静。

雨绵密地飘着，这似乎才是初夏该有的样子。细雨不想打扰僵立在室内的那对父女。

柳鸿基慢慢伸进口袋，掏出一小沓纸。"买这套房子的时候，就写了我名字。你看在八年来，我们遵守'三不'约定，没有踏进这房子的份上，就让我把房子卖掉吧。"

柳蕙兰是这房子的合法继承者。她接过那沓纸，每张纸的右下角都有柳鸿基的签名。他的名字签得偏，腾出了柳蕙兰签字的空间。柳鸿基、柳蕙兰各得售房金额的百分之五十。

"我实在没办法了。"随着柳蕙兰沉默

时间加长，柳鸿基脸色红涨起来。

柳蕙兰清晰地记得，搬进这房子是暑假的一天。她跟贲雪梅打扫卫生、搬小物件、开通水电煤、装灯装窗帘等，已经忙了两个星期。贲雪梅表扬柳鸿基最多的一句话就是："买电梯房太英明了。"而柳蕙兰认为父母最正确的是买了可以看到学校操场的房子。那段时间，柳蕙兰的心都在已经放假的学校里。那里有一支足球队每天下午四点开始集训，九月将参加市里初赛，也是省里的选拔赛。整日里，那个高个子中锋的样子一直在她脑子里跳跃。他擅长头球破门。柳蕙兰的心，每天被他撞开很多次。但是，她却仍然只停留在阳台观望、欣赏的程度。她似乎早已为倾诉找好了最准确的词汇，可没有合适的表达途径。当她下定决心写好一封信，又掐准递送时间和地点时，足球队出线了。代表市中学参加省里的决赛。虽然去省里只有两个星期，也不是不回来，但是大巴车把足球队员接走那天，柳蕙兰却没有去现场送。她后来听说那个中锋手里捧满了女生送的鲜花。她把粘在新书桌下的那封信拿下来，擦亮一根火柴烧了那张纸。

这套房子给柳蕙兰带来的创伤记忆远远大于快乐时光，可为什么她还不舍呢？

"你缺钱，我可以借给你。房子不要卖。"

柳鸿基早就准备好了。在自己女儿面前，他还是和盘托出。"我给三妮母子买了一套新房子，贷了点款，每个月还要还钱啊！"

柳蕙兰心里震颤，这真是"贪吃蛇"游戏的现实版：有房不住。贷款再买房。卖房还新房贷款。而始作俑者就是她自己。

"你去医院吧。让我再想想。"她收起纸张的声音，压过了外面的雨声。

8

薛三妮早上起来就有点恶心，刷牙时干呕了几声。柳鸿基跑过来问情况。她说没什么。他说去准备材料，早点去见柳蕙兰，她还是没吭声。

柳鸿基戴上老花镜，对着笔记本读了一段小宝的治疗方案。这是王培的初步想法。沉默了一会儿，两人重新四目相对时，都做出讲话的表情，却都没开口。她猜他想说两个人一起去。

意外怀上小宝前，薛三妮已经在一家家政公司做到了主管。私人公司老板很客气，说等孩子大点还可以回来做。薛三妮还真想过回去做。不过，这个念头一起，便被狠狠地掐灭。她不甘心柳蕙兰给她设定的最高目标。

公园、菜场、社区里，大爷大妈嘴里的股票、基金信息，她全都记下来，晚上思考，白天操作，开始她还真赚了些钱。她得意地告诉柳鸿基，不超过五年，就能靠炒股票买房子。柳鸿基告诫她见好就收。她后悔没有早点听柳鸿基的话，也许听了也没用。

奇怪的是，小宝也跟她一样精神不振，早饭不肯吃，双手握着两个小机器人，缩在沙发里。薛三妮给他量热度，没问题。喂完王培开的药，把他眼镜摘下，盖上一条凉被。

"小宝怎么还是这样呢？"

"我来打电话问问王培吧。"柳鸿基打王培电话，关机。"他可能在做手术。我等会儿再打吧。"

薛三妮点点头。柳鸿基本来不同意这个方案。"让姐姐出点钱救弟弟怎么啦？一点不过分啊！"

是薛三妮坚持现在的方案。她心里的执念就是：凭什么我不能成为与柳蕙兰平起平坐的人？

柳鸿基永远站在高于女儿的角度想问题。薛三妮要把他拉回来。这个方案只是提前领取了柳鸿基在房产上应得的份额。她之前的功课做得很扎实，强化了柳鸿基给女儿的那条长信息的情感，传递出更加走投无路、悲凉、诚恳、求助等内涵。长时间短视频的碎片化教育，提升了薛三妮的表达能力。关键是，薛三妮太了解柳蕙兰了。

有一次，柳蕙兰下班回来，一言不发进了房间，吃晚饭也不出来。她在洗碗筷的时候，突然听见柳蕙兰房间传出很大声响。随即柳蕙兰拿了汽车钥匙冲出大门。她坐在客厅边看电视边等柳蕙兰回来。时间越来越晚，她歪在沙发上睡着了。被柳蕙兰摇醒后，她看了一眼挂钟，凌晨两点。

"你都去哪里了啊？"

"嘘！小声点。"虽然很晚，但柳蕙兰神情轻松，与下班时截然不同。

薛三妮也不困了，便追问原因。

"还记得那个同我竞争的比我年轻的女主任吗？"

薛三妮点点头。

"今天省行来考察她了。组织部处长找我谈话的时候，我说尽了好话。但是，下午集中开会前，就有人在传这次考察的结果不是太好，是因为我说了很多坏话。我简直气死了，又没法跟每个人解释，自己全都说了好话，不信可以问组织部领导。

进会场的时候，那女的看见我，竟然把头一扭，只当没看见。好多人都在诡异地笑。你说我受得了吗？"柳蕙兰抓起沙发茶几上的茶杯，将杯中水一饮而尽。"那女的晚上找了几个人喝酒，大家喝多了，真给我打电话，让我过去。我想怕什么？就应该过去。谁知道，她早喝得什么人都不认得了。其他几个还算有意识的自顾自回家，把她丢给我。午夜过了好久，她终于醒过来，看到我，抱住我一个劲地哭，一个劲地叫我'亲爱的'。那个时候，语言失去了作用。我和她通过一冷一热的双手，触摸到了对方的内心。"

薛三妮赶紧给柳蕙兰端来热牛奶和华夫饼干。柳蕙兰去睡了，她却辗转反侧睡不着了。

那天晚上薛三妮具体想什么记不起来了，无非就是当时眼前的那对母女。她们的性格有差别，骨子里却完全一致。不管是表面硬朗，还是柔弱，她俩的内心都善良坚强。

其实薛三妮一直对那天午后贲雪梅在阳台上举动的真实意图猜不透，只是柳鸿基坚决地，不容置疑地宣布贲雪梅的"决定"。自己和柳鸿基在一起，真是贲雪梅心里真正想要促成的事情吗？

每年，快到清明的时候，薛三妮总是会梦见贲雪梅。贲雪梅住在鲜花盛开的公园里，穿着白色长裙，微笑着从花间树下，向她款款走来。梦往往到这里就中断，贲雪梅也不说一句话。不过，有一年，贲雪梅站到她跟前，说了几句话。"公园里空气这么好，你怎么还戴着口罩？下来吧，跟我一起走走。"她想走，双脚却没动静，低头一看，原来自己坐在轮椅上，那把熟悉的轮椅！薛三妮惊醒，发现自己蒙着被子睡觉，把被子踢开，大口畅快地呼吸空气。随后，一丝忧虑爬上心头：自己会不会像贲雪梅一样，被困在轮椅上？不能自主呼吸，直到窒息？

她把梦讲给柳鸿基听。他满不在乎，梦是假的，假的就不会影响到现实生活中的任何事情。她一直把柳鸿基的话当老师的话来听。直到小宝身上的症状不断出现。先是小宝说看东西模糊，眼科医生说是假性近视，给配了儿童矫正眼镜。后来小宝在幼儿园里动不动就磕得青一块紫一块的，老师们连忙说没有碰过他，也没见他跌倒摔伤。她用手摸小宝的瘀伤时，发现关节肿大，马上去看内科医生，一番检查下来，查出来小宝患了先天性遗传疾病中非常麻烦的马方综合征。

薛三妮开始坚定地相信梦境就是现实的延伸。梦里的场景，人必定会经历到。当她有一天跟柳鸿基吵架时，脱口而出："你就是个老江湖、老混蛋！"两个人顿时都愣住了。经过很长一段时间后，柳鸿基一屁股坐在餐椅上。

"我还要怎么对你才好呢？"

"我现在的生活是被你刻意安排的，我们到了这个地步，你不觉得这是报应吗？"

"我没有安排任何事情，只是顺势而为！"柳鸿基叹了口气，"如果你觉得不如意，那我们分开吧。"

薛三妮火上来了。"现在你说这个话，有没有责任心？"

"我们分开，不代表我不管小宝。"

"我真是吃尽你的苦头了。"薛三妮哀叹，"我怎么会这么轻易被你骗了呢？"

"你不信也没办法，事实就是这样。你懊悔，回过头去重新再来，极有可能结果还是这样。"柳鸿基站起来，"现在最要紧的是看好小宝的病。"

"看病！看病！你以为看了就能治好小宝的病？"薛三妮一下下地捶自己胸口，"我这里难受，我已经上当受骗了，不能让小宝再落入你的圈套！"

薛三妮变得神经质，动不动就跟邻居大声嚷嚷。大家都怕了她。有位好心的阿婆让她加入烧香团。

"我是不相信这些的。"说完这句话，薛三妮又很后悔。过几天，她悄悄地打听城里哪座寺庙最灵验。有人推荐了市中心的城隍庙。她去了。

城隍庙很小，她在大殿上拜完城隍爷，还不安心。其他每个殿，她都走进去，见塑像就拜，口中就是那么一句话："老爷啊！保佑我家小宝平安健康啊！"起身在功德箱里撒几枚硬币。硬币落在铁皮箱里的声音，传到耳朵里，她便听成了神仙爷爷、奶奶们的应承。每次从庙里回来，她像洗过一次桑拿浴，逼出毒素，浑身舒服。几天过后，毒素卷土重来，她不得不面对化验单上的红色箭头，不得不催柳鸿基四处找名医看病。只有每周一次屈膝跪拜的时候，她眼前才出现大片嫩绿，小宝在这希望之绿护佑里成长。

今天本来薛三妮要去城隍庙的，见小宝精神不佳，柳鸿基又要准备出门，她准备改天再去。

这是周末晴朗的一天，各种各样的声音传进出租屋，有音乐声、喇叭声、叫卖声、吵闹声等，小宝只是歪头闭眼，连孩子们的叫喊声都引不起他兴趣。薛三妮每隔一刻钟摸摸他额头，问身体有什么不舒服，小宝轻轻摇头，脸色苍白。

生这个孩子的时候，她已经四十五岁了。二十年前，生女儿的时候，她像做了一个梦。梦还没醒，女儿已经被抱到她眼前。怀上小宝后，一系列不良反应接踵而来。呕吐、眩晕、高血压、高血糖，身体像拖拉机一样沉重。最难受的时候，她闭上眼，手按在隆起的肚子上，似乎握住了里面的小手，与孩子一起喊着加油。她产生一种信念，一定要把孩子生下来。这与刚怀孕时完全两样，新生命唤醒了母爱。医生觉得风险很大，毕竟她是高龄产妇，柳鸿基更是接近暮年的老人了。

看着蜷缩在沙发里的小宝，薛三妮的心一阵阵被抽紧。整个上午，她都守在小宝边上，神情恍恍惚惚，至于柳鸿基跟柳蕙兰的见面，她已经麻木。她眼前不停地晃过一些景象，都是她来城市后的片段。开始时，模模糊糊，带着灰黄色，到后来，立体清晰，这似乎象征着她的心智开启的过程。

午饭总还是要做。出租屋的厨房与客厅相通，她在厨房里烧菜做饭，眼睛一瞄，就能看见小宝。

柳鸿基从房间里出来，手里拿着一沓纸。"我准备好了！哎！你快来看，小宝这是怎么啦？"

薛三妮扔掉菜刀，奔出厨房。小宝脸朝下趴在了沙发上。

救护车很快就来了。王培电话也打通了。他答应在急救室等。

薛三妮抱着小宝，一直感觉救护车没在跑，从窗户往外看，又觉得车子开得很慢，简直比自行车还慢。她哭着哀求车开快点。随车医生密切注意着小宝的情况，让她不要太着急了，问题不大。

"什么叫问题不大？慢了就晚了啊！"

她有点失控。

直到王培仔细检查后，她才恢复常态。王培要求小宝立刻住进病房，尽快安排手术。"再拖下去，我也没把握了。"

小宝病房靠窗，窗前有一棵大香樟树，风吹动树叶，发出缓慢而深沉的沙沙声。

打了激素挂上营养液的小宝睁开眼。"今天天真好，我要去草地上放风筝。"

薛三妮露出今天的第一次笑容。

9

钟欣打电话给一院副院长，请他介绍一位心外科权威专家。副院长脱口而出：王培。

即便钟欣打着副院长的牌子，王培还是没有特别关照，让他在专家门诊室外坐了一个多小时冷板凳。钟欣再进去时，王培对他说只有五分钟时间，午饭前还有十来个人排队，现在已经十一点一刻了。

钟欣便不再客套，把手机拿出来，读了几句柳蕙兰给他转来的短信。

"你说的症状像马方综合征，不过要把病人带过来仔细检查。我不能隔空诊疗，更不能说换二尖瓣就换，即便确诊，我们还要会诊，才能确定能不能做手术。"王培望了一眼钟欣，"你们凯瑞医疗做得是不错，不过换不换，能不能换，怎么换，都是医生的事情。"

钟欣走下楼梯，就给柳蕙兰打了电话。他们完全没有说钱的事情。只是研究或者掂量王培意见的分量。

钟欣同意柳蕙兰的观点，再咨询几个北京、上海大医院的专家。凯瑞医疗客户遍布各地，大多是著名医院。半天时间联系下来，那些专家与王培说得差不多。这时,电话那头的柳蕙兰态度却发生了转变。钟欣觉得她在等什么事情落地,节奏因而慢了下来。现在钟欣该做的,就是泡一杯茶,看暮色中叽叽喳喳飞舞着的小鸟们。似乎刚才那场暴雨没发生过,它们一直做着夏日美梦。看着窗外景色,钟欣脑子里回想着与柳蕙兰的往事。

他遇上柳蕙兰,进而改变人生轨迹,是一件小概率事件。当时,他完全能够直接找市分行长。是宿命,才使自己在十几个支行中,选择了柳蕙兰所在那个支行。

与柳蕙兰喝茶、喝咖啡的过程中,他渐渐走进柳蕙兰的世界。整个过程就像花儿绽放,随着时间推移,柳蕙兰逐步向他开放,并引向深入。他决定用自己有限的资源,帮柳蕙兰做点事情,却又怕起反作用。他不贸然行事,是对柳蕙兰负责。

好机会终于来了。老领导要回来几天,打电话通知了钟欣。老领导在黎明市任要职,公务繁忙,连春节都只回故乡两三天。这次老领导带了一个大规模招商团来,拜会本市领导的同时,还要举办工商界联谊会、招商会、投资洽谈会等大型活动。

联谊会上,钟欣把柳蕙兰带过去,介绍给老领导。

"这是小柳,如果不是她的支持,我从您身边离开到现在很可能一事无成。"

"小柳行长,看上去就能干!怎么样?有没有兴趣到黎明市发展啊?"

老领导一句客套话,柳蕙兰倒是当了真。

过了几天,钟欣接到柳蕙兰电话,说要见面。他们在西餐馆点了牛排分着吃。

"我实在干不下去了。"柳蕙兰用勺子狠狠戳提拉米苏蛋糕,"以前,大家都知道我是单位重点培养的后备干部,排名靠前。十个后备当中只有三个女的。其他两个的条件都比我差很多。但是今年以来,她们先后都提拔了。最尴尬的是,一个做了我的顶头上司。不管她水平怎样,这样的局面让我干起活来,处处感觉别扭。"

钟欣宽她心。"现在干部年轻化,政府里也都这样,年轻人当领导,指挥着一帮老头子很正常。"

话一出口,他便觉得又变相打了官腔。

果然,柳蕙兰较真了。"你是说,我是个无用、没出息、没水平的中年妇女,残花败柳?只配归她管理?"

钟欣拼命摇头,嘴里含着最后一块牛肉,不敢出声。

"老领导那天说的话,我可都记在心里呢。你看,他还真掌握实情呢。"柳蕙兰从包里拿出一张黎明市的机关报。

报纸第四版的半个版面,都是面向全省招聘高级管理人员的启示。很快,钟欣就扫到了银行招聘这一栏。

"可这是地方商业银行啊。"

"哎!如果国有银行,那不叫招聘了,叫省行间调动了呢。我刚才说的新晋成为我上司的市分行女副行长,省行组织部来考察时,传言说大家提了不少反对意见。即便如此,又有什么关系呢?她还不照样提拔,先是到省行参股的一家保险公司做副总过渡半年,就调回来做副行长,成为我们行最年轻的领导。我不羡慕她,她不就是有个好公公吗?"柳蕙兰用手拍拍广告,"虽说丢了编制,但商业银行收入高。冉说我去了老领导那里,岂不是还有了靠山了?"

钟欣知道柳蕙兰用"灵媒"两个字抨击那些政治骗子,他们只知道柳蕙兰要求进步。

钟欣知道柳蕙兰的内心。好多次，两人紧紧相拥的时候，柳蕙兰会突然间冒出来的一句话："世界只有我俩该多好啊！"

钟欣知道柳蕙兰无法解决自身矛盾，只能宽慰她："衣着光鲜的人，不一定内心光亮。每个人都有无法避开的压力、委屈、打击，你要去老领导那里发展，我肯定帮你打招呼。不过，现在我们的重点还是在省行做工作。"停了一下，钟欣观察柳蕙兰的表情，没有反对。以往，只要一提去省行拉关系、做工作，柳蕙兰立刻摆手、摇头。钟欣看到柳蕙兰一步一步地变化，时至今日，才敢打感情牌："我真的不希望你离开。"

柳蕙兰把目光缩回到残存蛋糕碎粒的点心盘上，认真地看一道道在洁白瓷碟上刮出的咖啡色痕迹。"我不是名牌大学毕业，在单位做了几年，业务水平远远超过名牌大学生。当时部门领导把我破格提拔，我就认为把业务和管理不断提升，就自然有慧眼识英才的领导。当然，这是一种趋势或者规律，事实上，做得好总比做不好来得强。但是，到了一定程度，这样的规律不灵光了。金字塔越往上通道越狭窄，容纳的人越少。我傻在什么地方？等着领导来发现自己。吴刚紧张地张开箭壶，准备接住从地球射来月宫的一支箭。现在想来，我就是那个呆吴刚。"

手机铃声响起，把钟欣拉回现实生活。柳蕙兰来电询问北京、上海大医院专家对小宝手术的意见。

"他们都知道王培，认为没必要去北京或者上海动手术。"钟欣还没说完，柳蕙兰插了一句进来。"我爸通过关系找的也是王培。"

钟欣立刻明白这父女俩见了面，在电话里不好多问。"那我明天再去找一下王培。"

"来不及了，我爸说今天小宝发病，已经住进王培管的病区了。"

钟欣心头一怔。"那我马上联系。"

"你联系好，我跟你一起去医院。"

拨打王培电话的时候，钟欣脑子里浮现出柳蕙兰风风火火的样子。那年，她选择离开的原因始终是个谜。有工作的，有家庭变故的，也有他的，每次想起这事，钟欣总感觉自己始终没有吃透真相。按照柳蕙兰的脾气，逃离不是最佳选择。她去黎明市后的一段时间里，钟欣每天都感受到烈焰灼心般的痛。

而现在，钟欣从救治小宝这件事上，感受到柳蕙兰的变化。再深的恨，时间会淡化它，爱能化解它。

钟欣跟王培约在医生值班室见面，他随即打电话通知了柳蕙兰。犹豫了一下，还是提出开车去宾馆接她。

柳蕙兰看上去很疲惫，头发乱糟糟，衣服也有点皱。坐到副驾驶位，柳蕙兰就问凯瑞公司什么时候能提供人造二尖瓣。钟欣打方向时，说明天就到。

车子堵在高架路上，夕阳只剩最后一道余晖。

"有时候，你是不是很难分辨这是黄昏还是黎明？"此刻车里流淌出来的是肖邦的夜曲。

"那是你不熟悉黎明的样子。"柳蕙兰抬起手，还想说，被钟欣打断。"我来过黎明市好几次。"

柳蕙兰的手收不回来了，僵在半空，胸口起伏，呼吸加重。

"每次去看望老领导，或者谈生意出差，我都住广场喜乐酒店，专门要面向广场的房间。从那里可以清楚地看见你们银行。一天之中，你进出银行好几次。你来得很早，喜欢站在玻璃幕墙前喝咖啡。我认为我们目光交汇过好几次，有时我就坐在广场石凳上；有时我站在酒店房间窗口；有时我走在广场喷泉间。但是，我没有勇气往前再走两三百米，进到银行来找你。"

"既然不想跟我见面，那你又何苦这样做呢？"柳蕙兰嘴角挂着一丝冷笑。

"我心里害怕。"

"害怕什么？"

"害怕你有什么事情。"

"我哪有事情？"

"看到你几次后，我稍微定了心。"

车流开始缓缓启动，钟欣微微加了油门。

"我真感谢老领导的关心！"柳蕙兰停顿一下，轻声说，"我只回来过一次。在你家别墅门口待了一段时间。"

一辆摩托车从边上插上来，轰鸣的马达声，盖住了肖邦夜曲和柳蕙兰声音。但是，钟欣全身流淌的血液为此停顿了一秒。

"你家花园很大，落地玻璃大窗很现代。你妻子很漂亮，个子也高，笑起来两只手喜欢叉腰，显得活泼可爱。你儿子总是在问你问题，而大部分问题的回答者是他姐姐，他却非得让你做评判。一对儿女围绕在你身边，你一直在笑。于是，我的罪过感减轻不少，认为自己做出了这辈子最正确的选择。"

钟欣立刻感觉到这最正确的选择，或许是八年前柳蕙兰的离开，或许另有更深含义。他想开口问时，医院大门已在眼前。

10

住院部门口围了一大堆人。一辆警车挡在门卫室前，警灯不停地闪烁。

钟欣打王培电话，不接。柳蕙兰拿出手机，吓一跳。父亲打了十几个电话过来，她开静音没接到。赶紧回过去。

"小宝不见了啊！"柳鸿基在电话里哭了起来。

柳蕙兰再问，电话那头只有哭泣声，已经无法回答。她扔下钟欣，朝人多的地方跑去。

柳鸿基被王培搀扶着，坐在了门卫室的椅子上。一个警察站着问，另一个坐着记录。柳蕙兰扒开人群，推门进去，被门卫阻挡。

"我是他女儿。"

门卫放她进去，伸手把钟欣挡在外面。

"这是怎么回事啊？"柳蕙兰用手擦一下额头的汗。

"她，她把小宝带走了。她怎么可以这样呢？会害死小宝的啊！"柳鸿基垂下头。光头上全是汗，反射着灯光。

王培看到外面对他挥手的钟欣，跟警察说了一声，钟欣也进到屋里。

"你跟我说的，也是这个孩子？"王培确认一下。

钟欣轻轻点头。"您觉得现在情况下要不要动手术？"

王培回答很肯定："我还是那句话，做手术会有风险，不做手术孩子会有生命危险。"他看了一眼柳鸿基，"逃避不是办法，总要面对现实。"

"小宝！小宝！你到底在哪里啊？"柳鸿基连续不停地只会说这句话。

柳蕙兰问警察："熟人那里都打电话问

过了吧？"

警察反问她："你觉得还有哪个要询问？"

柳蕙兰摇摇头。

"没什么的话，我们要回去了。"警察开始收拾东西。

钟欣上前问："你们怎么能走呢？孩子都没找到呢。"

"兄弟！我们已经帮得够多的了。都是看在王主任面上。亲妈不愿意年幼的儿子受手术之苦，暂时避一避，我们能立案吗？最多这是家庭矛盾或者纠纷，最终还是要靠家里内部协调解决。"

钟欣看了一眼柳蕙兰，默默退到一边。

王培送两个警察出门，握手道辛苦。

王培看围观的人还是不少，对柳鸿基说："走吧，去病房商量吧。"

"我不去！我要在这里守着。"

"万一他们回了病房呢？"

听王培这么一说，柳鸿基在柳蕙兰搀扶下，慢慢走向病房楼。

被风一吹，柳鸿基忍不住连打几个喷嚏，接着咳嗽、喘气。他在路边歇了好一会儿。一盏路灯恰恰在此刻黑了。他便又哭了："老天爷啊！你就把我收走吧，早收早好啊！我把命借给小宝。"

王培把他们带到值班室。护士倒了几杯温水给他们喝。

柳蕙兰轻声问王培："下午不还好好的吗？"

王培把手插在白大褂袋子里，轻轻叹口气。"暴雨来的时候，她还热心地替其他病友家属关窗、拉窗帘。惊雷炸响时，送药的护士说她抱着小宝讲小英雄哪吒的故事。让儿子学哪吒，坚强勇敢，战胜困难。后来，发生了一件事情。"

柳鸿基又开始喘气，像一头牛呼吸的声音。王培跑出去拿哮喘药。

柳蕙兰轻轻拍父亲后背。那场景恍若隔世。贲雪梅有时也喘不过气来，柳蕙兰也这样轻拍母亲后背，虽然那时母亲已经抬不起手来，可柳蕙兰感觉有一只手在轻抚她手臂，表达着爱意：孩子，辛苦你了！

今天好多事都碰到一起去了，越糟心、烦恼，温馨场景越时常借机出现。

柳蕙兰回头看了看钟欣，心里涌上难以描述的滋味。

王培很快回来，给柳鸿基用了药。柳鸿基靠在椅子上，紧闭双眼，一言不发，呼吸渐渐平缓。

"下暴雨的时候，同一病房的一个孩子没抢救过来，走了。孩子家属哭倒在病房里。她受了惊吓。雨后，她去问了医生详细情况。回病房后，就一直呆呆地看着外面那棵被雨打风吹的大香樟树。等大家忙着订餐、吃晚饭时，老柳来了，发现母子俩不见了。病房里的人都没注意到他们怎么走的。"

"东西全带走了吗？"钟欣插问了一句。

"没有。老柳看了，只带走几件衣服。"王培叹了口气，"刚才护士告诉我，下午小宝床位账户上打入了一笔钱，足够他动手术了。"

柳蕙兰把钟欣拉到值班室门外。"是不是你打的钱？"

钟欣没说话，低头看褐色皮鞋往上翘的光亮尖头。

"这是我们家私事，你不要掺和进来。我找你，是请你保证人工二尖瓣的品质。完全没有其他任何意思。"柳蕙兰有点着急，"钱，我有。我真不缺。"

"怎么说呢？"钟欣还是抬不起头来，

"我总感觉当初你的离开,最主要的原因在我。我的歉疚感,随着时间推移,越来越深入骨髓。"

"你想多了。钱我明天就打回给你。"

"我们还是先把人找到吧。"

"哎!天这么晚,手机又关机,哪有办法找啊?"

"关键在你啊!"

钟欣的一句话,让柳蕙兰愣在那里。

病房上下楼道里散发着方便面和烤肠的香味。柳蕙兰站到半层转角窗边,呼吸着新鲜空气。爱得越深,恨得越深。她脑子里浮现出这两句话。

她拿出手机,给薛三妮发了一条信息。"三妮姐:我只能叫你姐。好多事情过去也就过去了,特别是钱财的事情,不要太放在心上,人没了什么都是空的。可是,有些事情直到最后,也不会被原谅。最关键的是,你对小宝的爱,现在可能会走偏。当然,我没资格说孩子的事情。不过,我尝过失去孩子的痛苦。几年前,你特意来找我,说了小宝的事情和你们的处境,虽然我拒绝了你的请求,但内心却是被触动的。我这辈子很可能就这样了。可看着我爸的样子,既可恨又可怜。他需要小宝。我们想了很多办法,找了最合适的医生,也许不能完全治愈小宝的病,但是目前来说是最科学合理的方案。时间很宝贵,命运往往只在一念之间被改变。今晚,能决定小宝命运的,只有你。蕙兰。"

钟欣走下楼梯,站在柳蕙兰背后。"你爸躺在王士仜躺椅上睡着了。"

"回潮啊。"柳蕙兰轻轻说了一句。钟欣没反应过来。她补充了一句"黄梅天回潮"。然后捋一下头发继续说下去。

"小时候,每到黄梅季,我妈总会格外关注天气预报,只要有一两天出大太阳的日子,她都会把棉被、棉衣等摊在钢丝床、竹榻上晒太阳,有好多衣服,我都没见他们穿过,有的还是祖父祖母的衣物。我问为什么要把这些已经不用的都拿出来晒太阳。母亲说为了防止回潮。衣物回潮会霉,再也不能再用了。我有点纳闷,不用的东西还怕回潮吗?后来我想清楚了,母亲晒的是记忆和怀念,她怕的不是衣物,而是心里回潮。"

钟欣略有所悟地点点头。

"如果碰到小宝妈妈,我会认真地跟她谈一次。我们曾经是好朋友。那件事情使朋友关系无法持续。回头看八年前的自己,我在焦头烂额中不得不把话说得那么狠。其实,吃苦受累的都是自己。现在,我不会让这个事情'回潮'。父亲很快就会老去,我也承担不起责任。我不会再来,只会在背后支持小宝的治疗。我也不能再来,'回潮'只能让事情失去本来模样。"

"我一直想解谜。想知道那个初夏你离开的真正原因。"钟欣声音很轻,被窗外来风一下子吹散了。

柳蕙兰背对着他,缓缓地摇了几下头。"八年前,我曾有机会做母亲,但是我主动放弃了。从失去的那一天到现在,我每隔一周都要去看心理医生,每天都要服用专用处方开的药片,哪怕停一两天的药,头脑都会产生幻觉。从内心深处产生冰冷的恐惧感,让我感到活在这世上,一点意义都没有。我外表光鲜,内心却千疮百孔。人要做对一件事情很难,因为必须接受众人质疑、时间检验。做错一件事情很容易,还显得那么合情合理,而长久舔舐苦涩的只有自己和至亲。"

她转过身，微笑地对钟欣说："不说了。我们还去病房看看吧。信息发出去好久了。"

两人通过病房玻璃查看口往里看，靠窗的那张病床还是空空的。

王培刚给柳鸿基量好血压。见柳蕙兰进来，对她说："你父亲身体很不好，心肺功能都不好，最好要住院。"

柳蕙兰感到一切都掉进了谷底，没有更深更暗的地方了。她说："您是知道情况的，如果我爸住院，那整个事情就搞得不可收拾了啊。"

王培点点头，没再说话。

"我不住院！我明天申请安乐死。既然成了大家的累赘，那么就让我早点消失吧。"

王培说："医院不会接受你这样的人申请的。"

柳鸿基无力地伸出手。"哎！把我的手机拿来，我要再给三妮发个信息。"

正在柳鸿基戴上老花镜，字斟句酌地给薛三妮发长长的信息的时候，值班室闯进来一个护士。

她气喘吁吁地对王培说："25床，那对，母子，回病房了！"

2023

收获文学榜榜单

长篇小说榜

榜 首
毕飞宇《欢迎来到人间》
《收获》2023 年第 3 期 / 人民文学出版社 2023 年 10 月

第二名
张 楚《云落图》
《收获》长篇小说 2023 冬卷

第三名
贾平凹《河山传》
《收获》2023 年第 5 期 / 作家出版社 2023 年 11 月

第四名
格 非《登春台》
《作家》2023 年第 8 期

第五名
颜 歌《平乐县志》
《收获》长篇小说 2023 夏卷 / 理想国·上海三联书店 2023 年 10 月

长篇非虚构榜

榜　首
薛　舒《太阳透过玻璃》
《收获》长篇小说2023春卷／上海文艺出版社2024年1月

第二名
马小起《独留明月照江南》
《收获》2023年第2期

第三名
阿　来《西高地行记》
北京十月文艺出版社2023年5月

第四名
舒飞廉《云梦泽唉》
四川人民出版社2023年9月

第五名
易小荷《盐　镇》
新经典·新星出版社2023年1月

中篇小说榜

榜　首
韩松落《鱼缸与霞光》
《收获》2023 年第 6 期

第二名
须一瓜《去云那边》
《收获》2023 年第 5 期

第三名
迟子建《碾压甲骨的车轮》
《收获》2023 年第 4 期

第四名
龚万莹《出　山》
《钟山》2023 年第 2 期

第五名
糖　匪《快活天》
《上海文学》2023 年第 1 期

第六名
杨　方《月光草原》
《江南》2023 年第 3 期

第七名
黎紫书《一个陌生女人的来信》
《收获》2023 年第 3 期

第八名
北　村《表舅纪》
《作家》2023 年第 7 期

第九名
计文君《花　问》
《十月》2023 年第 4 期

第十名
王啸峰《回到那个初夏》
《鄂尔多斯》2023 年第 7 期

短篇小说榜

榜 首
索南才让《午夜的海晏县大街》
《收获》2023 年第 2 期

第二名
牛健哲《音声轶话》
《延河》2023 年第 2 期

第三名
赵 挺《热带刺客》
《作家》2023 年第 7 期

第四名
双雪涛《香山来客》
《收获》2023 年第 5 期

第五名
穆 萨《骷 髅》
《野草》2023 年第 6 期

第六名
周于旸《穿过一片玉米地》
《西湖》2023 年第 6 期

第七名
阮夕清《讲苏州话的人》
《上海文学》2023 年第 3 期

第八名
邓一光《华强北往事》
《天涯》2023 年第 5 期

第九名
别 鸣《双 桨》
《花城》2023 年第 6 期

第十名
东 西《天空划过一道白线》
《人民文学》2023 年第 1 期

图书在版编目（CIP）数据

收获文学榜2023中短篇小说 / 《收获》文学杂志社编
. -- 上海：上海文艺出版社, 2024（2024.10重印）
ISBN 978-7-5321-8986-1

Ⅰ.①收… Ⅱ.①收… Ⅲ.①中篇小说－小说集－中国－当代
②短篇小说－小说集－中国－当代 Ⅳ.①I247.7
中国国家版本馆CIP数据核字(2024)第039058号

发 行 人：毕　胜
责任编辑：李伟长　张诗扬　吴　旦　景柯庆
封面设计：黄　海

书　　名：收获文学榜2023中短篇小说
编　　者：《收获》文学杂志社 编
出　　版：上海世纪出版集团　上海文艺出版社
地　　址：上海市闵行区号景路159弄A座2楼　201101
发　　行：上海文艺出版社发行中心
　　　　　上海市闵行区号景路159弄A座2楼206室　201101　www.ewen.co
印　　刷：苏州市越洋印刷有限公司
开　　本：710×1000　1/16
印　　张：25.5
插　　页：2
字　　数：529,000
印　　次：2024年3月第1版　2024年10月第2次印刷
I S B N：978-7-5321-8986-1/I.7077
定　　价：88.00元
告 读 者：如发现本书有质量问题请与印刷厂质量科联系　T：0512-68180628